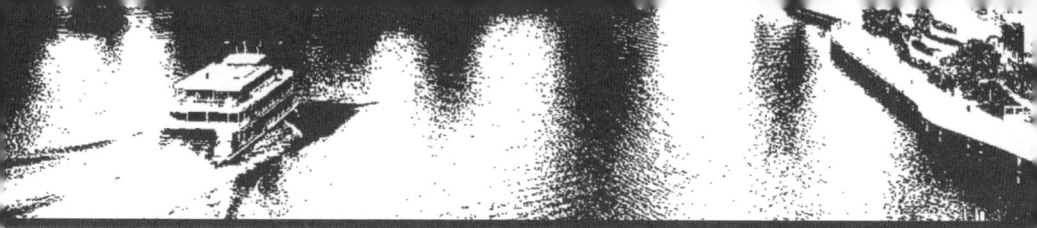

新锐

李伟 著

山东教育出版社

图书在版编目（CIP）数据

新锐／李伟著. —济南：山东教育出版社，2018
ISBN 978-7-5701-0052-1

Ⅰ.①新… Ⅱ.①李… Ⅲ.①长篇小说—中国—当
代 Ⅳ.①I247.5

中国版本图书馆CIP数据核字（2018）第020045号

新 锐

李伟 著

主　　管：山东出版传媒股份有限公司
出 版 者：山东教育出版社
　　　　　（济南市纬一路321号　邮编：250001）
电　　话：（0531）82092663　传真：（0531）82092663
网　　址：www.sjs.com.cn
发 行 者：山东教育出版社
印　　刷：济南龙玺印刷有限公司
版　　次：2018年4月第1版　2018年4月第1次印刷
规　　格：880mm×1330mm　1/32
印　　张：16
字　　数：423千字
书　　号：ISBN 978-7-5701-0052-1
定　　价：50.00元

（如印装质量有问题，请与印刷厂联系调换）
（电话：0531-86027518）

本书的故事情节和人物纯属虚构

目 录

第一章

二〇〇二年三月七日清晨，著名的海滨旅游度假胜地三岛市，在乍暖还寒的料峭春风中，又迎来了它的崭新一天。

今天，对于李家杰来说，是一个非同寻常的日子。

七点三十分，他没有像往常那样，站在人行道边，静静等候单位班车的到来，而是甩开了大步，朝着五公里开外的市委党校走去。

据说，每临大考大赛之前，人们进行适当的活动，可以调节身体的各项机能，保持头脑清晰和思维敏捷，使自己处于最佳的精神状态。而今天李家杰即将要应对的，是一场全市性的演讲答辩面试，他将为竞聘三岛市城市管理行政执法局副局长、市城市管理委员会办公室副主任的职务，进行最后的冲刺！

根据他所了解掌握到的信息，在全国继续深入推进行政管理体制改革的大背景下，国家做出了在城市管理领域中，把分散在十几个政府行政机关中的全部或者部分行政处罚权，相对集中到一个行政执法机关行使的重大决定。在市政府的积极争取下，三岛市被确定为全国相对集中行政处罚权工作试点城市，岛城各级城市管理行政执法机关也因此应运而生。在嗣后的几年里，这个新生事物将以其体制上的巨大优越性，从根本上改变过去的重复执法、多头执法、推诿扯皮、资源浪费、执法扰民等诸多的弊端，使城市管理行政执法工作得到极大的改观，行政执法的效能得以提高。无论什么样的急难险重任务，只要是各级政府一声令下，这支年轻的综合执法队伍，招之即来、来之能战、战之能胜，使城市管理工作中很多难点、热点、焦点问题，得到及时有效的治理和解决，为各级政府排忧，为市民百姓解难，也在为三岛市进一步改革开放，大力建设幸福宜居的国际化城市立功劳、做贡献。

可是，任何新生事物，都会有先天不足，存在着体制机制还未完全理顺，法律法规尚不健全，很多执法人员的身份仍然还不是国家公务员，办公条件和执法装备过于简陋，执法人员的着装混乱不统一等诸多的问题。就在前几天，国家几个职能部门还联合下发了在全国范围内，大力整顿乱着执法服装的红头文件，城市管理行政执法队伍赫然也在被点名通报之列，被责令限期脱去执法服装！一时间，社会上谣言四起，唱衰这支执法队伍的言论不绝于耳，就连城管执法内部，也有不少的人断言，相对集中行政处罚权试点前景黯淡，很有可能会半途夭折。与此同时，城管执法人员造福于社会的执法行动，也深深地触及了部分违犯法律法规的市民群众的切身利益，执法者与被执法者的矛盾日益尖锐突出；更有一些仇视社会、怨恨政府的人，将长期积累的不满情绪，统统发泄到了城管执法人员的身上。他们混淆视听、造谣惑众，制造事端，激化矛盾，经常挑起暴力抗法事件，对城管执法人员进行人身攻击和肆意伤害，严重挫伤了他们执法工作的积极性，使这支新生的城管执法队伍，在社会形象和社会声誉上，受到了很大的破坏和损害；也让这次全市竞聘市城管执法局副局长、市城管办副主任的报名工作，受到了不小的负面影响，致使全市很多具备竞聘条件的正处级干部，面对这次难得的升迁机会，心存疑虑、望而却步，不愿意报名参加这次竞聘市管领导干部的活动。

李家杰当然也不例外，这个副局长、副主任的领导职位，对他来说同样也没有多大的吸引力。他不会让自己贸然去蹚这潭子深水！从纯粹个人的角度来看，他长期在市直单位领导机关工作，又担任着一个重要处室的负责人，实际上已经占据了仕途发展上的有利位置。在这个"制高点"上，他进可以攻，退可以守，机动灵活，左右逢源，说不定哪一天，就会鸿运当头，被提拔到副局级的领导岗位上。即便是不走运，没有被提拔起来，那也没有什么大不了。只要他不犯大错误，稳稳当当地在这个重要岗位上继续干下去，到时候领导们也会念在他是位劳苦功高的老处长份儿上，主动地向市委组织部反映，争取在他现任的职务后面，再挂上一个带括号的"拖斗"，提上半格，让他享受副局级待遇。前有车、后有辙，他的前任老处长，在临退休之前，组织上就是这样安排的。再退后几步讲，就算政策上发生了变化，让他失去了享受副局级待遇的可能性，那也无所谓，无非还是在这个单位里，继续当他的老处长，那也是天熟、地熟、人熟、工作熟，无论公事还是私事，统统都能玩得转、吃得开、摆得平，公家的事情干得潇潇洒洒，自己的日子过得顺风顺水。这总比要经过残酷的竞争，才能侥幸当上的那个白天黑夜都坐在火山口上，每时每刻都处在风口浪尖上的市城管执法局副局长、市城管办副主任，不知要少经受多少风险，少遭受多少磨难。更重要的是，如果自己在这次全市竞聘中遭受挫败、铩羽而归，只是去做了一回陪练、当了一次"电灯泡"，丢了自己的面子、掉了自己的身价事小，让本单位蒙羞、背上"蜀中无大将"的名声，那可就事大了。正因为他存在着这些消极的思想和顾虑，李家杰对于这次全市竞聘市管领导干部，从开始就不积极，迟迟按兵不动，直到报名的最后一天，单位主要领导亲自打电话找到他，口气坚决地对他做了动员，李家杰这才勉强地向组织部门报了名。可是没想到，党委开会研究后，竟然把他作为本单位推荐的唯一人选，上报到市委组织部。在这种情况下，李家杰只得改变初衷，背水一战，下定决心果断地把握住这个机遇，顺势而为，乘势而上，以"当仁不让、舍我其谁"的雄心和勇气，全身心地投入到激烈的竞聘中。他先后通过了资格审查、身体检查、体能测试和文化理论笔试，在一百三十六名正处级干部中脱颖而出，成为具有参加最后决定性演讲答辩面试资格的六人之一。

谜底就要被揭开了！从表面上看，这场精英荟萃、角逐激烈的演讲答辩面试，全部的时间加在一起，只不过才四个小时；在这四个小时的时间里，每位竞聘者仅仅占有三十分钟；在这短短的三十分钟内，竞聘者要用十五分钟当场回答评委们给出的五道测试题，然后再用十五分钟，演讲参加全市竞聘副局级领导干部职位自己所具备的优势条件和将来的工作设想。随后，再由领导评委和群众评委为竞聘者分别打分投票，工作人员将竞聘者笔试面试的得分加权计算，按照名次排好顺序，交由主评委当场宣布竞聘人员的总成绩。最后，市委组织部进行干部考察，报经市委常委开会研究通过后，就可以下发红头文件，正式对外公布了。

其实，所有的人心里都明白，这个选拔市管领导干部的一般性程序，并不等于就是官场文化的全部。换个说法，按照以往的经验和社会上流行的看法，要在这场激烈的竞聘博弈中最终胜出，必须要具备两种实力：一种是硬实力，一种是软实力。所谓的硬实力，就是竞聘者本人的综合素质要过硬，笔试面试要超水平发挥，无论是心理、头脑、口才和知识面，必须要胜人一筹、高人一等，的确是出类拔萃的佼佼者；所谓的软实力，就是要比拼谁具有更加广泛、更加深厚的人脉关系，说得再直白一些，就是看谁拥有手里握着实权、能在关键时刻为自己说上关键话的人。然而，很不幸，李家杰的软肋，恰恰正是这一点。如果在软实力方面真的出现了什么问题，他不会感到丝毫意外。因为他早就听说过了，另外的那五位竞聘对手，人人都有一些背景，个个都有一定来头，他们的人脉关系，甚至可以直达主席台上那些正襟危座、手握分数、足以左右场上的局面、掌控着每位竞聘者命运的领导评委。但是，听说只能是听说，猜测也只能是猜测，这些市面上的流言蜚语究竟是不是空穴来风，三岛市公开竞聘市管领导干部究竟是不是一场认认真真走过场、实实在在摆样子的闹剧，那也只能等到演讲答辩面试全部结束，最终公布结果时，方能真相大白。

步入市委党校综合大楼门厅，李家杰在一个不起眼的位子上坐了下来，正打量着周围的环境，就听见耳旁有人搭讪道："'每临大事有静气，不信今时无古贤'这两句翁同龢的名言很适合你，你的确有些与众不同呀。"

李家杰侧目看了看来人，见他中等身材，两道几乎连到一起的眉毛又黑又密，给人一种长相英俊、好思多虑的印象，"哦，是你，咱们见过两次，都是这次竞聘抢关夺隘的战友。我叫李家杰，你贵姓？"

对方似乎没有注意到，已经站起来的李家杰，向他主动伸出来的手，只是不动声色地说："我们之间的关系，你最多说对了一半。不错，咱们的确都在闯关夺隘，但我们却不是一致对外、共同对敌的战友，我们闯关夺隘的目的，是为了致自己的竞争对手于死地，彻底打垮对方，征服对方。所以我要劝你，面对这种弱肉强食、你死我活的丛林法则，最好三思而后行，不要贸然入局，即便是下了场子，也要以保持全身而退为原则，这才是你最理智、最聪明的选择。至于我姓甚名谁，那不重要，即便我告诉了你，你也很快就会忘记，因为竞聘输赢一旦有了分晓，咱们立马就会分道扬镳，可能永远也不会再见面了。"

李家杰没有在意他的冷漠，只是顺口说道："那就祝你面试顺利，马到成功。"随后，他便将视线移向了别处。

"既生瑜，何生亮。我甚至可以断言，今天竞技场上的真正对手，一定就是你我二人。有道是，知己知彼，百战不殆。为了确保竞聘成功，我还做了一点功课，逐个研究了参加面试的另外五位选手，我想你也一定深感兴趣。"对方并不介意李家杰是否在听，只管自己滔滔不绝地说："从每个竞聘者的性格特征分析，市房管局程处长沉稳有余，却不善言谈，语言表达能力是他的最大短板，演讲答辩面试明摆着是他的弱项；城南区城管执法局的孙局长，性格太直缺乏涵养，虽然当过团长、带过兵，干基层领导没问题，但是要担任更高层次的领导却很难；上海路街道办事处的陈主任小市民习气浓厚，太精于算计，过于注重琐碎事务，又欠缺理论上的功底，所以不会有很大的作为；市城管执法局的林大队长，虽然占尽了执法专业上的优势，人也忠诚可靠，但也只能算是一位干将，其固有的缺点就是缺乏谋略，格局不太高，这将成为他走上局级领导岗位难以逾越的障碍。不是我在妄加评论，要把他们一棍子都打死，只是这四位命中注定成不了大气候，唯独你我二人旗鼓相当，还是很有一拼的。不过，在决出最后的胜负之前，我还是要敬告你：人贵有自知之明。以往的经验告诉我们，千万不要对自己期望过高，往往期望越高，失望就越大。不知道我说的这些话，你有何感想。"

李家杰微微一笑，淡淡地说："既然你对我抱有这么大的兴趣，我就说说现在的想法。此次竞聘市管领导干部，无论是谁最后胜出，只能说明他在一时一事上的成功。可是，古往今来也有很多最强大的对手，他们在极其尖锐的对立和斗争中，更加深刻地了解了对方，最终成为惺惺相惜、共同创造出一番骄人的业绩的好朋友。如果让我选择，我更喜欢后者。"

"哼，我可没有你那么大度，也没有你那么虚伪。我只是相信胜者为王、败者为寇的价值观。我压根儿就不相信，胜利的王会和败北的寇最后还能搅和在一起，成为好朋友，笑话。"后者轻蔑地笑道。

两人话不投机，李家杰自然不想多说了。恰好此时一名女工作人员走了过来，招呼参加面试答辩的几个人，都到一间小会议室里报到，李家杰便随着她走了进去。

"城南区上海路街道办事处主任陈一鸣。"那位女工作人员手执一份名单念道，同时又左右看了看。

"来了，来了。"一位白白胖胖，脸上泛着光泽的人，笑嘻嘻地把手高高举起来，接着又向工作人员和参加竞聘的人员，连连点头示意。

"市工商行政管理局市场管理处处长夏子强。"

"这儿呢。"随着一声漫不经心的回答，大伙儿把目光转向一边，见这位叫夏子强的主儿，傲气十足，听到点他的名，居然连眼皮也没抬，只顾埋头翻阅着手中的报纸。

"市城管执法局直属大队长林大岳……林大岳来了没有？"

"到！这不是来了嘛。"随着房门被猛然推开，一位身材魁梧的大个头，连人带风进入会议室，"对不起考官，我在路上出了点事故，来得晚了点。"

女工作人员用不无责备的眼光，看着一进门就往嘴里灌矿泉水的林大岳说："不管你出了什么事故，这都不是理由。城管执法局的人，更应该有时间观念。"接着，女工作人员不再理会他，又念了其他人的名字，最后说："人都到齐了，面试很快就要开始，请大家不要随便走动，要离这个房间，必须向工作人员请假报告。我祝各位好运，取得好成绩。"

林大岳见她出了门，眨着眼说："紧赶慢赶刚进门，就劈头盖脸地受到一番教育，真是莫名其妙。"

陈一鸣嬉皮笑脸地说："她的意思我都看明白了，你还在装不懂。她这是对你寄予了厚望，怕你来晚了，耽误了大事。你林大队长可是市城管执法局推荐的唯一人选，在今天的演讲答辩中占有绝对的优势。说句大白话，这个场子就是专门给你开的，我们这些人全都是来给你当电灯泡的。"

"小哥，你就别忽悠我了，林大岳能吃几碗大米饭，他的肚子最有数。这回要不是老局长三番五次地做动员，你就是用八抬大轿来抬，我也不参加。可是，本人这么顾全大局，心甘情愿地为弟兄们捧场、当'陪榜'，没想到在往这里赶的路上，还能碰上这么倒霉的事。"

陈一鸣把脸凑过来，饶有兴趣地问："这就奇了大怪，就凭咱林大队长这虎背熊腰，是谁瞎了眼，吃了豹子胆，敢来将林大队长的虎须，敢来摸林大队长的虎屁股？林大队长，你说说让大伙听听。"

林大岳愤愤道："提起这事我就上火！今天一大早，我开着执法车巡路，看看时间快要到了就往党校赶，半路上左打方向盘要上快车道，谁知道一辆宝马车响着喇叭，压着黄线从左后方窜了上来，我急忙右打方向躲开它，可是已经来不及了，宝马从后面刮着我的车屁股冲到了前面。我停下车一看，吉普车伤得不严重，宝马车却被刮了一片，开车的小哥又见我开的是城管执法车，这就不算完了，嚷嚷着要么我和他一块儿去修理厂，要么我给他三千块钱现金私了，少了一分也不行。更让人窝火的是，后面压住的车上又下来不少人，他们见我开的是城管执法车，不但不仗义执言，帮我说几句公道话，反倒都和小哥一块儿指责我，朝着我使劲。你们设身处地地想想，我这个大队长平时就是抓队伍、管纪律，天天都在喊城管执法要'内强素质、外树形象'，现在倒好，我和这辆城管执法车就摆在马路的中间，被这么多人围着指指点点，骂骂咧咧，后面还堵着一大片上班的车没法走，实在太丢人了。弄得我面红耳赤很尴尬且不说，更要命的是也快到了面试报到的时间，我只好忍痛割爱，甩给小哥三千块钱，赶紧了事走人。今天出门儿没看皇历，真是晦气透了，看来咱天生就没有当官的命，不该来参加这次面试。"

陈一鸣很同情他的遭遇，还陪着叹了口粗气，"人还没进考场，就添了这么大的堵，真不是好兆头。兄弟，破财免灾，你就认了吧，干城管执法这一行，能受委屈这是基本功，遇上没有社会道德的人，甩给他三千块钱能把事私了，也许这是你的福气。真碰上那些烂茬子、流氓无赖，你就是拿出来更多的钱，也够呛走得了。照我看呀，你今天干脆就把好事做到底，过会儿面试的时候，再来个高姿态，当好一次电灯泡，损害了自己照亮了别人，让兄弟们少一个强有力的竞争对手，相信大伙儿一定会记住你的好。"说完这些话，他觉着有点心虚，点头哈腰地笑着后退了几步，躲开了还不知道会怎样发作的林大岳。

李家杰也宽慰他道："林大，事情已经过去了，没伤着人就好，快别生气了。再说，咱这几个人里面，就数你最懂城管执法的业务，发挥好了一定能考出个好成绩。"

林大岳看了他一眼，简单地说："好成绩没有什么指望，我也不稀罕，别太丢人了就行。"

"你也太窝囊了，这还不丢人？林大，就凭你是执法局的一个堂堂大队长，还得乖乖地送上三千块钱，才能摆平一个胡搅蛮缠耍无赖的社会小哥，真是长了坏人的志气、灭了城管执法的威风，这在我们工商局，就会成为一个天大的笑话。若是这个小哥今天碰上了我，老子不整他个半死，就不姓夏！另外，李大处长也不能只说不练，耍嘴皮子玩虚的不行，你要是真够哥们，应该马上离开现场，退出这场面试，给咱林大队长创造一个成功的机会！"数落完了林大岳，夏子强又把矛头对准了李家杰。正当房间里的气氛变得尴尬起来的时候，那位女工作人员推门进来宣布道，现在开始抽签，大家按照抽到的编号顺序，依次进入前面的会议厅，开始进行演讲答辩面试。

李家杰从她手中抽出一张小纸条，看到上面的阿拉伯数字为6，便暗中自我调侃：6这个数字代表顺，预示着自己在这次演讲答辩面试中，会顺风顺水。可是，在参加面试的六位选手中，自己又是最后一名上场，那么这个最后一名，又是代表着什么呢？想到了这里，他哑然一笑，同时也提醒自己，玩笑就此打住吧，不要再胡思乱想，应该赶快进入竞争状态。

为了应对今天这场最关键、最重要的演讲答辩面试，李家杰为自己精心设计了三个方面的战术：一是在演讲答辩中使用普通话。这一点看似平常，实际上很重要，会让那些听惯了乡音方言的评委们，忽然觉得耳目一新，眼前一亮，收到先声夺人、不落俗套的效果。李家杰清楚地记得，那年市委书记朱仁达从外地调来三岛市任职，到任没几天，就为县处级以上的领导干部们做了一场非常精彩的、令人印象深刻的工作报告，直到今天人们谈论起来，仍然津津乐道。当时，他操着一口感染力很强的标准普通话，准确完美地表达出了自己缜密的逻辑思维、深厚的理论功底、惊人的数字记忆以及对三岛市历史、现状和将来的深刻理解和精确把握。他的这次演讲，自始至终紧紧抓住了每一位听众的心，只用了短短几十分钟的时间，就达到了别人用几个月、几年甚至更长时间都无法达到的效果，初步树立起了自己的良好形象和威信。现在，李家杰要在这场严酷苛刻的演讲答辩面试中，不失时机地借用朱书记这个成功的范例，应该是一个很不错的主意，可能也会收到异曲同工的好效果。二是演讲必须脱稿。李家杰无意中发现，大部分参加本单位竞争上岗的人员，都是对着准备好的演讲稿照本宣科，给人一种枯燥乏味、古板教条的印象，很难让领导和评委刮目相看，给他打上高分。而一位出色的演说家或者领导人，往往都是围绕着演讲的主题，将相关的理论依据、数字资料、实事情况等演讲内容，事先熟记于大脑，了然于胸中，演讲时自然而然、行云流水般地复诵出来，这样才能更加强烈地感染、打动和征服听众。所以，在面试的最后部分谈自己对将来的工作设想时，他也准备这样做。三是要具有镇定自若的外在表现。面对严肃的考场和考官们给出的具有一定难度的考题，很多人都会紧张得手足无措、语无伦次，甚至大脑里出现一片空白，使面试无法进行下去。因此，在演讲答辩中表现出从容不迫的心理素质和灵活多变的应对能力，就显得尤为重要，它们除了能让自己保持头脑清醒，很好地应对答辩和演讲，还会给考官们留下有历练、有主见、有定力，值得信赖的良好印象。

决定性的冲刺时刻终于到了！

夏子强、孙刚、林大岳和陈一鸣，按照抽签排列好的先后顺序，在工作人员的引导下，一个一个进入面试大厅，相继完成自己的演讲答辩面试。可是当竞聘者们重新回到小会议室时，各自的面部表情却大相径庭，他们有的自信轻松，有的困惑失望，有的满不在乎，而陈一鸣的狼狈相更是溢于言表。只见他面色煞白，手不断摸去脑门上的汗水，嘴里嘟嘟囔囔地说："考糊了考糊了，全考糊了，评委一张嘴，我立马就蒙了，全蒙了，脑子里乱成一团糨糊，肯定考糊了！"

"嗨，糊了就糊了，就凭你这白白胖胖的一身肉，比烤乳猪强得多，上市场准能卖个好价钱。"半天没说话的城南区城管执法局长孙刚，在旁边插言道，说完又憋不住，自己吃吃地先笑起来。

陈一鸣有些恼火地说："孙局长，我刚刚遭受到无比沉重的打击，急需得到朋友们的安慰，没想到你这么没有人情味，这么缺乏同情心，那张臭嘴不分时间，不分场合还在一个劲地胡说八道，简直让我无法容忍！"

孙刚见他动了气，忙赔不是，"陈主任，别生气呀，你还不知道我这个人，有嘴没心，好开个玩笑，你不是也经常拿我开涮嘛，说我像头犟驴，三头牛也拉不回来。"

"拉倒吧，你就别糟蹋犟驴了。"林大岳一旁哄笑着说。

"打住打住，我看你们这几位，胡咧咧、瞎掰掰都挺在行，可是动真格儿的就没心没肝没肺的了。俗话说咬人的狗不叫，闷着头才能发大财，人家李大处长压根就和你们不一样，懒得和你们瞎掺和，他正铆足了劲儿这次要拿头牌、当状元，如果你们还有点心眼，就赶紧端上矿泉水上前预祝，这种事可是赶早不赶晚。"几个人把目光投向李家杰，正对夏子强说的这些话摸不着头脑，只听他突然又大声叫道："我的矿泉水呢？哪个下三烂偷喝了我的矿泉水，谁举报我一定重谢。李大处长，我的矿泉水就放在你面前的桌子上，一定是你偷喝的，就是你！"

李家杰哑然失笑，举起手中的那瓶矿泉水说："夏处长，我自己的还没喝完呢，不可能再去喝你的。"

"喝了就喝了，不就是一瓶矿泉水嘛，可是如果你抵赖不承认，这就说明你在道德品质上出了问题。做贼的都是这样，只要没有确凿的证据，他是不会主动承认的。"夏子强不依不饶，仍然没有停下来的意思。

林大岳对他的无端指责和恶意攻击实在看不下去，又不好撕破脸皮，伤了彼此的和气，便从桌子下面的纸箱里，又拿出几瓶说："夏处长，不就是一瓶矿泉水嘛，快别计较了，这里还有不少，你拿两瓶先喝着。"

夏子强对他的劝说不但没有理会，相反还进一步借题发挥，开始对李家杰进行人身攻击，"林大队长，这不是我计较，是李处长太自私，太喜欢占别人的小便宜。一瓶小小的矿泉水，喝了就喝了呗，这才到哪儿，却死不认这壶酒钱。其实，处理这种事情很简单，一点也不复杂，无非就是当着大伙儿的面，向我诚恳地赔个礼、道个歉，那也就算了，我决不会再去计较。没想到李处长就是不干，当了婊子还要树牌坊，好事都成他一个人的了，这种人我实在是看不惯。"

他把话说得如此难听，李家杰也有些上火了，严肃地警告说："你说话要注意分寸，不要随便栽赃，随便骂人。"

"我骂人了吗？我骂你什么了？你这是血口喷人，倒打一耙。"夏子强毫不退让，无理争三分，声调也高了上去。

见对方胡搅蛮缠耍无赖，又联想到见面时他说的那些话，李家杰的心里顿时就明白了几分：夏子强早就把自己当成最主要的竞争对手，且不管他在面试中进行得顺利与否，他都会想办法故意挑起事端，在最关键的时刻激怒自己，搅乱自己的心思，分散自己的注意力，进而影响自己的临场发挥，使自己在这场决定性的演讲答辩面试中，功亏一篑，败下阵来。想到了这里，他当机立断，转身走出了会议室，向工作人员请假去了卫生间，暂时避开了夏子强的骚扰。稍做调整，重新返回会议室时，程处长的面试已经结束了。当李家杰作为最后一名竞聘人员，从容自若地走进了面试大厅时，他感觉到所有人的目光同时聚焦在了自己的身上。也就是从那一刻起，一种从未有过的强烈使命感，从他的内心深处慢慢地升腾了起来，使他迈出去的每一步，都更加坚定，更加有力。他稳稳地走向了那个小小的演讲台，并开始以这里为起点，大鹏展翅、扶摇直上，踏上新的征程！

按照面试的程序，一切都进行得很顺利：在十五分钟的演讲中，李家杰紧扣着主题，侃侃而谈。论点论据论证的逻辑关系十分严谨，语言表达丰富凝练，时间把握精准到位，演讲结束时，仅仅提前了两秒钟！十五分钟的答辩，更是超常发挥，临场的表现无可挑剔。考官给出的六道面试题，是市委党校的几位教授封闭了一天，共同研究确定的，水平相当高。可是谁也没想到，它们在李家杰的面前，竟然如此不堪一击！他近乎完美的答辩，让不少的群众评委，一次又一次情不自禁地鼓起了掌，致使主评委方明副市长，不得不一次又一次地举起了手，向他们示意停下来，当六道答辩题全部测验结束后，自我感觉很好的李家杰，自信地猜想道：如果一切正常，可能用不了多长时间，自己就要去市城管执法局报到了。

李家杰的直感没有错。就在方明副市长宣布其他人员原地休息、评委到休息室开会后不久，工作人员就将一份测算好的成绩单，报送到了他的手中。方明看过几眼考虑了一下，便向八个评委通报了每位竞聘人员笔试、面试加权计算后的总成绩，接着又谈了自己的意见："各位评委，从竞聘人员的最后成绩来看，第一名和第二名之间的得分差距实在太大了，第二名和第三、四、五、六名之间的得分差距又实在太小了。因此我建议，只把第一名作为组织考察的唯一人选，大家有没有不同意见？"说完，方明先看了看在座的市委组织部副部长，见他没有表示什么，又看了看其他的评委，也没发现他们有不同的看法。刚要结束会议，突然有个低沉的声音说："我有意见，我不同意。"方明定睛一看，是市城管执法局的局长赵长河！他顿时就感到有股火气往上蹿，"赵长河，大家都没有反对意见，你为什么要跳出来打横炮，扯后腿。"

赵长河沉着脸说："方市长，我没有打横炮，也没有扯后腿。这次全市公开竞聘副局级领导干部，市委早就定了，要确定两名候选人作为组织考察对象。即便我们要改成一个候选人，那也要经过市委的同意。"

方明冷冰冰地把他顶了回去，"你的理由不成立，可以保留意见。现在，代表市委管理干部的组织部领导就在这里，他都没有表示不同的意见，你就不要再干扰大局了。再说了，我是本次公开竞聘市管领导干部的总负责人，也是这里的最高领导，有权根据实际情况，作出临机的处置和适当的调整，出现任何问题，我会承担一切责任。现在散会。"

评委们重新回到了面试大厅各自的位置，待工作人员整顿好考场的秩序，主评委方明站起来郑重地说："根据市委市政府领导的意见，由市委组织部牵头，面向全市公开竞聘副局级领导干部的工作，经过了一系列严格的竞聘程序，今天终于取得了最后的结果。现在我宣布：以压倒性比分优势获得了本次公开竞聘总分第一名、成为三岛市城市管理行政执法局副局长、三岛市城市管理委员会办公室副主任唯一人选的是——李家杰！让我们以最热烈的掌声，向他表示由衷的祝贺！"

全场立即爆发出热烈的掌声，坐在前几排的群众评委，还有不少人拥上前去，抢着和站在竞聘人员中间的李家杰握了手。李家杰往前迈出两步，向领导评委和群众评委们一一鞠躬致谢。无意之中，他发现夏子强愤然离开了考场，而站在评委中的市城管执法局局长、他未来的顶头上司赵长河，则脸色阴沉地看着夏子强离去的背影，谁也猜测不透，他的内心里究竟是在想些什么。

第二章

　　三岛市面向社会，公开选聘市管领导干部的工作，只待市委组织部对李家杰的考察工作结束，市委研究后任命文件一下，就全部结束了。到时候，他就可以满怀着干事创业的激情，前去市城管执法局走马上任，履新就职。可是，李家杰无论如何也没有想到，此次全市公开选聘副局级领导干部的倡议者，市城管执法局党委书记、局长赵长河，却并不欢迎他的到来，而且还在他到任后相当长的一段时间里，仍然对他采取抵触和排斥的态度。

　　赵长河已经超过了五十八周岁，再有一年多的时间，就要离开领导岗位，正式退休了。随着结束仕途生涯的时间日益临近，赵长河也像有些即将走下一把手领导岗位的领导干部一样，非常看重自己未来接班人的问题。而且，他全然不顾自己在这个问题上是否真正说了算，也不论个人操作这样重大的决定是否恰当，依然固执地将这个问题当成自己在有限的任期内必须解决好的头等大事，并且无怨无悔地为此释放出了全部的能量，发挥出了自己所有的影响，不遗余力地要完成这个最后的心愿。

　　其实，明眼人都看得很清楚，他对这件事付出了这么大的精力，无非就是要为自己找到一位政治替身，以便在将来离开工作岗位后，对继任者仍然能够保持一定的影响力。可是，要在现任的领导班子内，找到一位称心如意的接班人谈何容易！市局的三位副局长，一位援助贫困地区刚走不久，还要在外挂职三年；一位被市委推荐到省委党校学习一年半，也没有什么指望；第三位副局长倒是哪里也没去，却又是个年龄比较大的长期病号，一年能上半年的班已经很不错了。更重要的是，赵长河对他总是有点不太放心，感觉不知道什么时候，他就有可能出点事。对这样的人寄予厚望、委以重任，推荐他来担任将来的一局之长，赵长河从来就没敢想过。当然，由市委派来一位局长最简单、也最省心，可是赵长河无论如何都不愿意这么办，铁了心要自己亲自选拔、亲自培养，再亲自向市委推荐他认准的这个接班人。于是，他又对市局机关和直属单位的十几位正处级干部，进行了反复地权衡掂量，想在他们中间提拔起一名副局长，锻炼两年后，正好赶上自己退休，再向市委推荐他来接自己的班。可是挑来选去，他认为这些属下不是扛不起大梁、挑不了重担，就是感到他们不贴心、不顺心、不放心，实在找不出一个真正令他满意的人。无奈之下，他只好将视野扩展到与本局业务工作相近相关的市直单位，在自己熟悉的一些县处级干部中进行筛选，最后把目光锁定在一位青年干部的身上。此人名叫夏子强，现年三十五岁，在市工商行政管理局担任处长已经多年；父亲夏文渊，是本市人大常委会的常务副主任，他既是赵长河的老上级，也是他的老故交。至此，无论从个人的综合素质，还是私人的感情交往，夏子强都是不二人选。

　　主意已定，赵长河便以市城管执法局党委的名义，向市委正式打了报告，又多次找到市委组织部的领导，汇报市城管执法局现任领导班子的情况和面临的繁重执法工作任务，请求市委尽快为执法局领导班子增配一名新的领导干部。同时，他又提出了应该放开视野，面向全市，公开选聘市城管执法局副局长的建议。市委组织部的领导，同意了他的请求和建议，并责成相关的处室，尽快组织实施公开竞聘的工作。

赵长河大喜过望，很快就把这个消息和自己的想法，分别告诉了夏文渊、夏子强父子。夏文渊听到自然很高兴，也对赵长河的良苦用心表示了谢意，可是过后他却对这件事情很谨慎，完全没有像赵长河所期盼的那样，抓住这个机遇，为自己的儿子能够尽快得到提拔重用，跻身市管领导干部的行列，不遗余力地发挥出自己的全部能量。当然，这些都是后话。夏子强则不然，当他知道这个消息后，表现得异常兴奋，当即就向赵长河表示，自己等待出人头地的这一天已经很长时间了，天生我材必有用，到市城管执法局干副局长，一定会有更大的发展空间。至于竞聘中必须要过的笔试、面试这两道关，在他的眼里更是不在话下。甚至还有些吹吹呼呼地说，上大学时他的学习成绩一直都很优异，全校组织的几次演讲比赛也都是前三名，辩论更是他的长项，不敢说和诸葛亮舌战群儒相提并论，但对付三五个口若悬河的大学生不在话下。这次参加全市竞聘副局级领导干部，那是天赐良机，可以在这个大舞台上，充分地展示自己的才华，再加上有您和其他领导的鼎力相助，第一名不能说手捏把攥，也应该十拿九稳。

夏子强这番慷慨激昂的表态，赵长河听起来未免有些轻狂浮躁、夸夸其谈的感觉，但这并没有妨碍他对夏子强的整体看法。他认为年轻人有点这样那样的小问题、小缺点很正常，是完全可以理解的，只要他主流、大节是好的，将来经过一番艰苦工作的磨炼，夏子强仍然不失为一个有激情、有头脑、有能力、有干劲，可塑性很强的好苗子。为此，赵长河在思想感情上完全接纳了夏子强，并在随之而来的准备工作中，主动为他提供各种力所能及的帮助，包括城市管理行政执法方面的法律法规、工作资料，笔试面试中有可能给出的试题标准答案等。与此同时，赵长河还通过自己的各种关系，亲自为夏子强做了很多形象宣传和舆论造势，力求使他获得更多领导的认可，也为他今后更好地开展工作，打下一定的基础。

然而，谋事在人，成事在天。让赵长河始料未及的是，一位名不见经传却更加优秀的青年干部李家杰，在这次全市公开竞聘选拔市管领导干部中，犹如一匹崭露头角的黑马，以压倒性的优势，力挫群雄，拔得头筹，获得了市城管执法局副局长的任职资格，彻底击碎了赵长河与夏子强的美梦，让他们付出的所有努力，统统化为泡影，付诸东流。

最让赵长河气不过的是，夏子强的事他早就向分管副市长方明汇报过，也得到了他的理解和认可。谁知道，在最关键的时刻，这位副市长居然改变了主意，全然不顾市人大副主任夏文渊和自己的面子，以总分差距太大为由，在决定夏子强最终命运的领导评委合议中，提出了只设一位组织考察候选人的主导意见，将获得总分第二名的夏子强，完全排除在考察范围之外，使他彻底丧失了上位市城管执法局副局长的希望，也让赵长河的如意算盘落了空，真真切切地为他人作嫁衣裳。为此，赵长河感到非常恼怒，认为方明无视自己、无视夏家父子，实在做得太过分、太霸道，让人无法接受！尤其又联想到方明作为分管副市长，平日里以放心、放权、放手为借口，很少关心支持城管执法局的工作，致使相对集中行政处罚权试点工作困难重重、举步维艰，仅凭城管执法一局之力，很多重要问题迟迟得不到解决，逼得赵长河经常在自己的办公室，唉声叹气发牢骚。现在，好不容易争取到了一位副局长的职位，他却把手伸了过来，堂而皇之地把即将提拔起来的李家杰，揽入了自己的怀中，这不是明摆着欺负人嘛！尽管回到局里冷静下来再想想，方明毕竟是评委中的主评委，也是代表市委市政府自始至终参加这次竞聘市管领导干部工作的最高领导，他完全有权力根据实际情况需要，机动灵活地做出一些临机处置，况且他也是在得到了绝大多数评委一致赞成后，才做出的决定，这在组织原则上是无可非议的，自己作为极少数和下级，必须无条件地服从。至于他个人的情绪和感受，在这种不可逆转的大势面前，已经变得微不足道，只能自己慢慢消化了……

"嘟……嘟……"电话铃声打断了赵长河的思绪，他探身拿起了话机，没好气地问："找谁？"

"赵叔，我是夏子强啊，就在楼下，我想上去看看您。"对方小心翼翼地说。

大势已去，木已成舟，生米都快做成了熟饭，夏子强这么精明的人，难道还看不出来？落到这步田地，也只能怨自己技不如人，本事没有李家杰的大。如果夏子强还是明白不过来，在大白天里做美梦，撞上了南墙也不回头，咬住这件事情死不松口，那还真有些不好收场了。可是转念一想，夏文渊的面子在那里摆着，在这种情况下，不见见夏子强显得很不近人情，只好勉强答应了下来。刚放下电话，忽然有个新的想法冒了出来，赵长河便赶紧抓住这个念头，仔细地斟酌了一番，越想越觉得这个主意可行，便在心里先初步定了下来。

随着几声敲门，夏子强情绪低落地走了进来，赵长河要他坐下也没敢坐，沮丧地说："赵叔，我不争气，在阴沟里翻了船，让李家杰这种小人得了志，赚了便宜，也让您白费了一番心血，实在对不住！"

赵长河不像夏子强那么情绪化，脸上也没有挂着恨铁不成钢的表情，他过去倒了一杯水，放在夏子强面前说："事情过去了，不要想太多。赵叔的这间办公室，你随时都可以来，不管到什么时候，我都是你的赵叔。"

夏子强对他宽慰自己的话并不感兴趣，很颓丧地蜷缩在沙发里，表情痛苦地说："现在，市工商局上上下下，都知道夏子强在竞聘中马失前蹄，关键时刻掉了链子，我实在没有脸面再回去见那些同事了。赵叔，我求您，再帮我想想办法，我该怎么办？"

赵长河心里有数，不慌不忙地安抚道："子强啊，不要遇到点挫折就灰心丧气，越是在这种情况下，越是要振作，毕竟你还年轻，以后的路还长得很。只要这次你能坚强地挺过来，变压力为动力，早晚会有你的出头之日。再说了，我和你的父亲夏主任，也是几十年的故交，虽说你在这次市管领导干部竞聘中落选了，但是你赵叔绝不是无情无义之辈，我仍然会一如既往地关照你。"说到这里，他故意停顿了一下，又清了清嗓子，郑重地说："这样吧，如果你愿意，我就再去做做工作，争取把你调过来，在市局办公室干主任，你看这么安排行不行？"

"什么？您要我在城管执法局干办公室主任？！"夏子强简直不敢相信自己的耳朵，还以为自己听错了，连忙又追问了一遍，在得到赵长河的肯定回答后，这才如同打了鸡血似的，重新又振作了起来，万分感激地说："危难之际见真情啊！赵叔，在我人生最黑暗、最困难的时刻，您拉了我一把，这种大恩大德，夏子强今生今世没齿不忘，日后必当以死相报！"

赵长河连连摆摆手道："哎，子强啊，你的心情我理解，可是话说得太重了，什么样的好话说过了头，都会让人感到不舒服，更让我这个老头子担待不起呀。这么说，你是同意到我这里来干办公室主任了。既然是这样，我就有几句话要提前嘱咐嘱咐你。从某种意义上讲，办公室主任的重要性，不比一位副局长差多少，他要代表市城管执法局，协调方方面面的关系，还要当好领导的参谋和助手，做好承上启下的工作，这个全局的枢纽位置很重要，你可得好好地干啊！"

夏子强一向自视甚高，总以为自己与众不同，并非是个俗辈，天生就是个超人一等的佼佼者，以致他在工作生活中，说话做事往往有些过激，容易走极端。前几年，他凭借自己的聪明才智和良好的家庭背景，在仕途上顺风顺水，小步快跑，才三十岁出头，就当上了市工商局的处长。可是打那以后，也不知道是什么原因，就在原地踏起步来，停滞不前了，眼看着他平日瞧不上眼的人，后来者居上，接二连三地超过了他，被提拔到副局级的领导岗位，他的心理便开始失衡了。正当他郁郁不得其志的时候，赵长河忽然救世主般地出现了，并主动为他铺就了一块可以通往更高层次的踏板，也激发出了他对未来的遐想，为在这次公开竞聘中能够一飞冲天、一鸣惊人，做好了各方面的准备。却不料，天有不测风云，世事诡异多变。在这场全市公开竞聘市城管执法局副局长的大博弈中，他居然栽了跟头，铩羽而归，被同样也是处级干部的李家杰淘汰出局，令他饱尝失败的屈辱和痛苦……

"子强……子强……"

"啊？什么？赵叔，我在听着呢，您说。"陷入沉思中的夏子强，一下子回过神来，连忙掩饰道。

赵长河装作没有看出他在发呆，继续说："子强啊，吃一堑长一智。前车之鉴一定要引起高度重视，弄清楚这次全市竞聘市管干部，究竟输在了什么地方。你说呢？"

夏子强想都没想，愤然地说："这件事情并不复杂，我认为整个竞聘过程，都有一双黑手在暗中操控，帮助李家杰踩着我的肩膀爬了上去，让领导评委和群众评委，都在这场骗局里成为被操控的木偶。幕后的这个人物，将来绝不会有好下场！"

赵长河没有完全同意他的观点，只是有选择地给予认可，"可以肯定，面试中操纵得分的空间最大。而且谁也不能保证，所有的领导评委和群众评委，在为竞聘人员打分时，丝毫不掺杂个人的感情因素；甚至我也不完全排除有人在这次全市竞聘市管干部中，私下里进行了暗箱操作。古语说，祸兮福所倚，福兮祸所伏。包括夏文渊主任，还有我赵长河和你夏子强，都在三岛市工作了这么多年，谁也做不到人人都说好，个个都拥护，或多或少地都有一些人支持，也都会得罪几个人，这是完全正常的。所以，我不排除在这种关键的时刻，可能会有人利用这个机会，为了发泄自己的怨恨，给你打了低分；当然，还会有人为了报答你和你的父亲，而给你打了高分。但是，这些只是一种可能性，一种猜测，谁也拿不出实实在在的证据。总而言之，这次竞聘你没有入选的真正原因，还是出在了自己的身上。我这么说，可能你很难接受，这个问题我们可以留作以后再讨论。现在，我要强调的是，你要尽快地从失败情绪中解脱出来、恢复过来，集中精力尽快地熟悉、掌握城管执法局的各项工作，尤其是要注意处理好和李家杰的关系，决不能将个人的恩怨情绪化、表面化，闹得市局鸡飞狗跳，不得安宁，进而影响到全市的城管执法工作大局。你明白吗？"

夏子强脑筋转得很快，当即表态道："赵叔放心，我不会总是沉浸在噩梦之中，更不会和李家杰再去纠缠这些事情。就像您说的那样，要以大局为重，干好自己的本职工作。"

听了他的表态，赵长河才把一颗悬着的心放了下来，又特别交代说："工作上的事我就不多说了，我还得嘱咐你的就是，钱山副局长虽然是城管的老人，但是私心比较重，原则性也比较差，有时候还喜欢倚老卖老，耍点个人英雄主义，搞点小动作。"

夏子强这方面的悟性很高，一点就通，立即表态说："赵叔，您是市城管执法局的党政一把手，也是全市城管执法系统的灵魂和主心骨。我作为市局的办公室主任，第一要务就是讲政治，就是坚决维护您的权威和形象，坚决做到令行禁止、政令畅通，只要是赵叔……"

"好了，不用多说了，我相信你的政治素质。"赵长河打断了他的话，满意地拍拍他的肩膀说："以后啊，就不要再赵叔赵叔的挂在嘴头上了，称呼赵局长更贴切。你回去做些必要的准备，听到我的电话，就向市工商局党委递交辞职报告。我这边先找找你们的局长和书记，还要做好市里有关部门的工作，以便你能顺利地办理调动手续，争取尽早来城管执法局报到。"

捆绑好最后一个装满了书籍的纸箱，又小心翼翼地摘下了墙上挂着的那幅岛城著名书法家送给他的《志存高远》墨迹，李家杰环顾空空荡荡的书橱、挂衣柜和写字台，最后将目光停留在窗台上那两盆准备留给后来者的君子兰上，心中油然产生了一种这里很快就要物是人非的感觉，连眼睛都有点湿润了。

是啊，这间斗室已经相伴了他多年。它的每寸空间，每个物件，无不渗透着他的气味，残留着他的体温。在这个狭小天地里，他可以关上房门，尽情地享受一段忙中偷闲的美好时光；也可以静静地坐在那里，让思想任意地驰骋；还可以在这里将生活中、事业上所有的酸甜苦辣涩、喜怒哀乐愁，细细地咀嚼，慢慢地品味。在广袤的天地中，这间承载他、包容他的小小陋室，让他更多更深更真切地体会自我，感悟人生，认知社会和追逐梦想。这里对于李家杰，俨然就是一座精神上的伊甸园！

然而，过去的已经过去了，那只能作为一段美好的记忆。但愿后来者，也能像自己一样，喜欢、依恋这间小屋。

思路一转，他又回到了现实之中。目前，全市公开竞聘市管领导干部的尘埃已经基本落定，摆在他这个胜利者面前的，将是更加艰巨复杂的城市管理行政执法任务。一旦踏入到这个完全陌生、遍地荆棘的新领域，自己将会是一种什么样子呢？能不能把事情做好呢？对于这个未知的世界，他满怀着憧憬，又有些许忐忑，更有着干事创业、追求梦想的强烈冲动和激情。

竞聘答辩面试刚结束，李家杰就隐隐地感到，自己的心理活动和思想感情已经在悄悄地发生着变化，这种变化越来越强烈地驱使着他由一名事不关己的旁观者，开始迅速地蜕变成为一名准备承担起重大责任的真正城管执法人。就是这种强烈的责任感，促使李家杰利用竞聘结束后的一段时间，主动地走出了办公大楼，走进了市区的大街小巷，脚踏实地地到现场查看市容环境。甚至他还把市城管执法局的林大岳，主动地请到自己这里来促膝长谈，向他虚心请教城管执法方面的知识，全面了解三岛市城管执法工作当前最需要解决的问题。在做足了基础功课之后，李家杰大体掌握了他即将面对的全市城管执法工作的基本情况，在尚未履新就职之前，提前感受到了城管执法工作的压力和紧迫。

一位朋友得知李家杰竞聘市城管执法局副局长成功后，很快就给他送来了一幅印刷品的《清明上河图》，并且还颇有深意地三缄其口，就是没有对他说明，为什么要送给他这幅画，而是让李家杰自己去品悟其中的道理。对此，李家杰专门抽出时间，阅读了几篇有关这幅名画的研究文章，其中有位作者独具慧眼，竟然能从画里面的八百多个人物中，找出了几个对城市街道、房屋、桥梁、河流和市场经营进行管理的人物。李家杰再仔细一琢磨，豁然领悟到名画中的城市繁荣和城市管理，其实并不矛盾，完全是相辅相成的。同时也明白了这位朋友的良苦用心，他是在用这种方式告诉自己，既然早在几百年前的北宋时期，官府里就有专门从事城市管理的人员，这就充分说明了，城市管理工作源远流长，是历朝历代统治者必须要做好的一项经常性工作；同时它也证明了，三岛市的城市管理行政执法工作，本身就是一个历史过程，它绝不会在一朝一夕之间，就从根本上解决所有的城市管理问题，彻底改变这座城市的原有面貌，而是要经过几代、几十代甚至更长的时间，在许许多多城管执法人艰苦不懈的努力下，我们的城市才能达到无人而治的终极目标……

办公桌上的电话骤然响了，李家杰立即停止了沉思。他欠身看看座机上来电显示的号码，知道这个电话是从市政府打来的，便拿起了话筒，随即听到有人很客气地问："是李家杰局长吗？"

"我是李家杰，你是哪位？"

"李局长果然是块当官的料儿，人还没去城管执法局报到，局长的味道就出来了，你的警惕性还是蛮高的。不过，请李局长放心，我这个不速之客也不是外人，我叫黄世雄，是鑫海集团的董事长，正在方明副市长的办公室里和你通电话。虽说咱们还没有见过面，但是方市长伯乐识马，亲手把你提拔起来，我和他更是几十年的老同学老朋友。既然都是方市长的好部下、好朋友，我们自然也应该是最好的兄弟。刚才，经过方市长同意，我已经在汇泉湾大饭店订下了一桌酒席，今天晚上咱们要好好地聚一聚，恭贺你荣升三岛市城管执法局的副局长。现在，就请你到方市长的办公室里来，他有话要对你说。咱们一会儿见。"

听说又要喝酒，李家杰打心底里就有些发怵，不禁摇了摇头，挺无奈地答应了下来。他从来不否认，饮酒是一种历史悠久的文化，延绵至今已经有几千年了。适度地饮酒，可以舒筋活血、强身健体；也可以作为一种媒介，加强社会上人与人之间的交往，增进人们的友谊。可是李家杰仍然将酒场视若洪水猛兽，唯恐避之不及。探究其中的原因，主要有两个：其一，他自身酒量很小，天生就不是喝酒的料儿。每逢过年过节和家人团聚，一瓶啤酒没喝完，就满脸通红、头昏脑胀。据说，这是因为在他的身上缺少乙醛脱氢酶，所以无论他怎么"酒精锻炼"，和那些酒量大的人相比仍然望尘莫及。用他的话说，喝酒绝对是自己的弱项、软肋和死穴。其二，最近的酒场太多。在他获得了全市公开竞聘市管干部第一名以后，各种宴请活动猛然多起来，一些同学、亲戚、朋友、同事，熟悉的不太熟悉的，认识的不太认识的，也不知道是从哪里冒了出来，趋之若鹜地围拢过来找他喝酒。当然了，李家杰的心里很清楚，这里面大多数的人，都是冲着这个官位来的。尽管他很反感这种庸俗的社会现象，却又无能为力，只好有选择地参加了部分宴请活动，就这样他也已经为酒所累、为酒所困了。实在抵挡不住，他就将非参加不可的酒场，统统安排在中午，可以借下午还要开会的幌子，简单吃点就离开了。可是，今天晚上的这个酒会非常特殊，除了方明副市长直接分管城市管理行政执法工作以外，更重要的是他对自己有知遇之恩。实际上，这几天李家杰也正在考虑，如何找一个适当的机会，好好感谢一下这位在关键时刻敢于拍板、敢于担当，把自己作为干部考察唯一候选人的主评委。因此，这次酒宴于公于私，他都必须得去。

"舍命陪君子，今天晚上又要自残了。"李家杰笑着自嘲了两句，然后锁上房门，直奔市政府去了。

市政府办公大楼依山面海，坐落在市区东部的三岛湾畔。它庄重、大气、现代，是这座城市的地标性建筑，也是改革开放大潮中，在全国率先出让市级行政中心，将最好的地块进行商业开发建设的成功范例。

李家杰搭乘电梯到了大楼的三十一层，很快找到三一七号房间，按下门铃经主人同意后，走进了方明的办公室。

"家杰到了，这么快呀，几天不见更精神了嘛。来，我给你们介绍一下，这位是鑫海集团董事长兼鑫海房地产公司总经理黄世雄。"方明坐在沙发上亲切地招呼道。

早已站起身来的黄世雄，赶紧向前走两步，一把抓住李家杰的手，相见恨晚地说："李家杰这三个字可是如雷贯耳啊，今日相见，十分荣幸，果然是一表人才，气度不凡啊。李局长，这是我的名片，日后可要多关照呀。"

李家杰微笑着接过他递过来的名片，说："黄董事长说话也太客气了，你的这些溢美之词李家杰绝不敢当。倒是你们这些大老板、纳税人，对岛城的经济建设贡献得更多呀。"

方明指指沙发说："家杰，不要总站着，你们坐下聊嘛。"

黄世雄很会看事，借机告辞道："李局长请坐，方市长还有很多话要对你说，我也得赶紧去汇泉湾大饭店，把今天晚上的酒宴安排好，我就在那里恭候二位了。"刚要转身离开，他又回头嘱咐说："家杰局长，方市长专门为你设的庆贺酒宴，你可要多喝几杯哟。"

方明说："老黄，你不要太操心了，晚上家杰一定会尽兴的，忙你的去吧。"

李家杰连忙表态说："我是方市长的兵，方市长指向哪里，我就冲到哪里。但是，酒宴的主题得改改，应该是黄董事长请方市长赴宴，由李家杰全程陪同。"

黄世雄连连叫好，说："家杰局长识大体、顾大局，素质就是高。咱们就换成这个主题，晚上见。"

看他退了出去，轻轻地把房门关好，方明温和地说："家杰呀，喝水自己倒，在我这里随便点，千万别客气。是啊，全市一百多名任职五年以上的正处级干部，公开竞聘这个副局长的职位，你力克群雄、荣登榜首，如果没有点真才实学，那是不可能的，确实可喜可贺呀！"

李家杰谦虚地说："方市长，您过奖了，真才实学我实在不敢当。但是应该承认，为了竞聘成功，自己笨鸟先飞，下过一番苦功夫；再加上运气不错，得到了方市长和评委们的信任支持，这才是家杰能够侥幸成功的真正原因。否则，本人将一事无成。"

他的回答，方明很满意，开始更加喜欢这位并不熟悉的年轻人，赞许道："你很谦虚啊，看问题也比较客观，不喜欢夸夸其谈，往自己脸上贴金抹粉，是个脚踏实地的人。由你这样的同志到城管执法局当副局长、当城管办副主任，我就放心了。另外，市政府对你的任命文件很快就要下发了，按照有关规定，我这个分管副市长也要找你谈次话，实际上我们的谈话，现在已经开始了。"说到这里，他用信任的目光，再次打量对方几眼，略显犹豫地说："家杰，我可以开诚布公地告诉你，虽说三岛市已被国家确定为相对集中行政处罚权的试点城市，但是作为这项试点工作的主管部门，市城管执法局这两年的工作并不是很得力，市委市政府的领导也不是很满意，市民群众的意见也很大。试点工作很难说肯定成功，弄不好还会功亏一篑、完全失败，直到解散现有的城管执法队伍，彻底推倒重来。所以我说，你面临的形势很严峻，肩上的担子很重，要真正扭转这种困难局面，也会很不容易，你得要有充分的思想准备呀。"

　　第一次谈话，分管副市长就对城管执法工作提出了如此严肃的批评，足以说明全市城管执法工作形势的严峻，也引起了李家杰的高度重视。

　　"城管执法工作存在这么多的问题，分析起来主要是两个原因，一个是客观的，一个是主观的。在客观上，由于过去历届政府的财政都不宽裕，用于城市管理维护方面的资金太少、欠账太多，致使城市的很多基础设施陈旧老化，都在超负荷带病运转；再加上这些年来，大量外地人口纷纷涌入我市，城区的人口不断增加膨胀，城市已经不堪重负。与此同时，人民群众的生活水平不断提高，市民们对生活环境、生活质量提出了更高的要求，给城市管理和行政执法工作带来了新的更大的压力。当然了，城管执法局的领导班子很不健全，主要领导年事已高，已经快到退休的年龄；国家试点的相对集中行政处罚权工作制度，有的单位领导不理解、不支持，在思想行动上还有不少抵触情绪，不肯放弃原先的执法权，给城管执法工作带来不少困难等等。但是在主观上，从事城管执法工作的各级干部，尤其是市局的领导干部，没有真正树立起现代城市管理和行政执法工作的理念，过多地强调客观原因，很少从主观上找问题、找差距，致使全市城管执法工作进取精神不强、工作状态欠佳，面对问题不能很好地发挥主观能动性，想方设法主动解决，而是推诿扯皮，怨天尤人，当一天和尚撞一天钟，造成了现在城管执法工作这种被动的局面。我可以坦率告诉你，市城管执法局局长赵长河，应该负有很大的责任。"

　　说到这里，方明注意观察了一下李家杰的反应，见他只是略微吃了一惊，情绪上并没有明显的变化，仍在专心致志地听取自己对问题的分析和看法。方明这才放下心，进一步展开来说：

　　"作为一局之长，赵长河无论是在思维方式、工作方法，还是个人能力，都存在一定的问题。举例说，他在市城管执法局内部实行家长式管理，大大小小的事情，喜欢自己说了算，中层干部的积极性和创造性，普遍受到了压抑，长期调动不起来；对待上级领导，有很多时候也是自以为是。所以，你到城管执法局工作，面临的问题会很多，情况也比较复杂。你既要站稳脚跟，处理好各方面的关系；更要主动地打开局面，在工作上有所作为，使岛城脏乱差的市容环境，早日得到较大改观，保持住我市卫生城市和文明城市的光荣称号，圆满地完成相对集中行政处罚权试点工作。家杰呀，我可对你寄予了厚望，下一步全市城管执法工作做得怎么样，那就要看你的了。为了便于开展工作，我要为你单独设置一条绿色通道，工作中遇到什么重要问题，可以直接向我汇报，明白吗？"

"明白。请市长放心，李家杰定将全力以赴，为岛城的城管执法工作，付出自己最大的努力。"在向方明坚定地表明了态度后，李家杰还是大胆地谈出了自己的顾虑和要求："方市长，我还有几个问题，不知当讲不当讲。"

方明很痛快地答应了他："好啊，这么快你就发现了问题，说明你很敏锐，观察力很强，这是好事嘛。而且我也表了态，要为你单独设置绿色通道，有什么重要意见，可以直接谈。"

李家杰鼓鼓勇气说："那，我就冒昧了。方市长，城管执法是一支年轻的执法队伍，它从诞生到现在，经历过不少艰难困苦的考验，走过了一段风风雨雨路程。我认为，越是在这个时候，上级领导越要关心他们，兄弟单位及至全社会，越要理解、爱护和支持他们，责无旁贷地帮助他们解决一些自身难以解决的突出问题。据我了解，有的基层城管执法单位，至今还不是国家行政机关；很多城管执法人员，个人身份仍然还是事业编制，不是国家公务员；城管执法有的方面，仍然还在借法执法，我市还没有一部完整的城市管理法规作为执法的依据；城管执法的日常办公经费非常短缺，有的基层单位连执法人员的工资都发不出来；执法队伍的装备更是严重不足，办公场所和办公设施非常简陋；特别是城管执法队伍，还被上级有关部门，列入违法乱着装的名单，命令执法人员脱去执法服装，上街执法全部着便装，严重挫伤了他们的执法工作积极性，执法效果可想而知。"

方明把手一抬道："好了好了，李家杰，你的屁股还没有坐进执法局，就已经开始站在他们的立场上说话了。不过，看来你还是做了一番认真的调查，有的问题说得比较准确，但也有的问题是知其然而不知其所以然。比如说，城管执法队伍成立得晚，并不在当时国家主管部门明确统一着装的执法队伍之列，这次作为乱着装被清理的单位，在全国也不是只三岛市城管执法这一家，我们必须坚决执行。"

听了方明的解释，李家杰还是理直气壮地说："方市长，据我所知，在城市管理方面实行相对集中行政处罚权制度，把十个以上的执法队伍行使的行政处罚权集中到一个执法队伍行使，已经为精简执法队伍做出了巨大的贡献；而不应该仅仅因为城管执法队伍成立得晚，在国家有关部门当时批准的着装执法队伍中没有包括他们，现在就不分青红皂白，命令城管执法人员脱去执法服装，这么做很不合理，很难服众，严重影响了执法人员的士气和城管执法的工作。再说了，北京市的城管执法人员，现在也没有脱去执法服装，总书记刚刚还接见了他们的先进代表，英模人物也是身着执法服装在大会上做的典型发言。因此，前有车、后有辙，三岛市的城管执法队伍，就应该向北京市的城管执法队伍学习看齐，重新着装上岗执法。"

方明有些严肃起来，说："李家杰，我看你的脑袋开始有些膨胀了，你也不好好想想，我们只是个副省级城市，有什么资格在这些重要问题上，去向北京市学习看齐？你可别忘了，北京是国家的首都，是大直辖市，市委书记是政治局的委员！再说了，岛城的城管执法工作干不上去，没有什么明显的成绩，还整天琢磨着怎么伸手要待遇，天底下哪有这样的好事？！就算我豁上了这张老脸，去做市里那几个权力部门的工作，张开了嘴也觉得心虚、脸红！行了，你们还是先把本职工作做好，我找他们腰杆子才硬实，说出来的话才有底气。"他把语气缓了缓，接着又说："当然了，问题方面我说得可能多了点，基层执法人员的工作也非常辛苦。这几年，他们没有节假日，没有星期天，春夏秋冬，严寒酷暑，风里来雨里去，没白没黑地干，领导和市民都看在眼里，也都有些中肯的评价。但是，成绩不说跑不了，问题不说不得了。刚才我说的这些话，你还是引以为戒吧。今天的谈话内容，仅限于咱们两人之间，你明白吗？"

"明白，正是因为方市长信任我，才对我交了底。您说的这些话，我会烂在肚子里。"李家杰不敢再多说，赶紧表态道。

方明的脸上浮现出轻松的笑容，站起来说："好吧，就谈到这里，你可以离开了。"

李家杰犹豫一下，还是把几句感激的话说了出来，"方市长，这次全市竞聘市管干部，家杰蒙您厚爱，才得以侥幸过关，我从内心里对您非常感激。"

听了这话，方明心里很受用，嘴上却责怪道："李家杰，你懂得知恩图报这很好，但是知恩要知党的恩，图报就是要报效国家、报效人民、报效我们这座城市。"

看着李家杰离开了房间，方明的思绪又回到了刚才的话题，心想：和李家杰第一次谈话，就说得这么多、这么深，足以证明自己对这位青年干部是多么器重，对改变岛城市容环境的现状是多么迫切。事实上，岛城在这方面存在的问题，已经相当严重，远远滞后于三岛市改革开放的需要，远远滞后于市民群众对改善生活环境的要求。作为分管全市城市管理和行政执法工作的副市长，他觉得自己无法向市委市政府和全市人民交代。再这么继续下去，说不定会发生什么事。这绝不是"杞人无事忧天倾"，自己无端地吓唬自己。就在前几天，市委书记朱仁达还有意无意地向他透了一个口风，说自己对省委的一位领导说，他长期坚持着这样一种观点：分管城市规划、城市建设、城市管理的副市长，工作分工不易变动得太频繁，应该保持相对稳定。尤其在市容环境管理方面，不是谁想干好就能干好的。要做好这项工作，除了得有思路、有魄力、有干劲、有吃苦耐劳的精神，还得有顶得住挨骂、受得了委屈的涵养和肚量。正因为城市管理和行政执法工作具有长期性、反复性、复杂性、艰巨性等特征，那种希望岛城的市容环境能在短时间内就达到发达国家水平的想法，既幼稚，也不客观，更不现实。可是，老方呀，市委市政府和市民群众对我们的谅解，不应该成为岛城的市容环境脏乱差、城管执法工作上不去的挡箭牌，更不应该成为我们怨天尤人，自己原谅自己的理由！否则，在明年初的两会上，人大代表们和政协委员，就不会对我们再客气了……

说话听声，锣鼓听音。作为三岛市的最高领导，又兼任省委副书记的朱仁达，说出的这番话分量很重，有理解、有肯定，也有批评。可是在方明听起来，批评远远大于肯定，甚至还和市政府领导的工作分工以及在明年初市人大市政协召开的会议上，自己能否顺利当选市人大副主任或者市政协副主席这些重大问题挂上了钩，使方明在思想上受到了很大震动。巧合的是，就在这次朱仁达与他谈话不久，方明宴请了北京来的一位客人，席间那人神秘兮兮地向他透露了一条据称非常可靠的内部消息，说中组部很快就要在几个副省级的大城市，空降一批年轻有为的厅局级挂职干部，他们将分别担任分管经济、金融和城市管理方面的副市长。他的这种说法，让方明心里更不踏实了，因为社会上流传的不少小道消息，很多后来都变成了事实。如果把朱书记和这位客人说的话联系起来看，那就很容易得出一个对他很不利的结论：市政府准备重新调整副市长的工作分工，由中央派来岛城挂职的干部，接替他分管的工作；然后在市人大市政协的换届选举中，他想当上市人大的副主任或者市政协的副主席就难了，政治生涯可能就此戛然而止，画上一个很不圆满的句号。

偏偏就在这个当口，岛城的市容环境好像专门要和他作对似的，什么乱贴乱画、乱拴乱挂、乱吐乱扔、乱摆乱卖、乱搭乱建、乱挖乱堆、乱停乱占、乱砍滥伐、乱烧乱倒、乱拉乱运等等很多的问题，统统冒了出来，用堆积如山、满眼皆是来形容，一点儿也不为过。对此，市民群众的怨气很大，公开骂了娘，还编出两句顺口溜到处流传：方明市长真能干，誓将岛城变成县。

面对这种困境和难堪，方明非常恼火，非常焦虑，把脸拉下来，对那些负责城市管理工作的局长、区长大会批、小会骂，严令市政府督查室，重点督办检查市城管执法局的工作；还要求市人事、财政等部门，抓紧制定出台相关政策，将有限财力向一线工作人员倾斜。可以说，这种恩威并施、软硬兼上的办法，起到了一定作用，市容环境脏乱差得到了初步遏制。但是，对那些市领导和市民们最为关注、最迫切需要解决的热点、难点、焦点问题，治理的效果仍然不大，很难再向更深层次推进。这逼得方明不得不咬着牙狠下心来，亮出了最后的杀手锏，他向市委领导和组织部门郑重提出：市城管执法局履职尽责不力，市容环境脏乱差问题长期得不到解决，严重影响岛城改革开放形象和保持全国卫生城市、文明城市的光荣称号的任务，建议市委对其领导班子，采取组织措施，进行必要的干部调整，选派一位更加得力的干部担任该局的主要负责人，同时再为城管执法局增设一名副局级领导干部。可是他没想到，赵长河居然能够化险为夷，躲过了这场重大的危机，继续稳稳地坐在三岛市城管执法局局长、市城管办主任的这把交椅上。显而易见的是，赵长河要么受到了组织上的严肃批评，要么就是得到了高人的指点。且不管他内心里是怎样想的，至少在表面上他要比过去主动得多，一改很少向方明请示汇报工作，甚至有意躲着他的习惯做法，有事没事地在方明面前露露脸；还把面向全市公开竞聘市管领导干部的工作，全程都向方明做了汇报，以期得到他的支持。可是不知道为什么，当竞聘市管领导干部的面试即将结束，方明在评委会上提出将李家杰作为组织考察唯一人选的时候，赵长河竟然按捺不住，突然跳了出来反对自己，公然和自己的决策唱反调。尽管李家杰这位优秀的青年干部，最终还是在方明最急需用人的时候，只身杀出了重围，很快就要到市城管执法局、市城管办走马上任，可是赵长河在关键时刻的这种恶劣表现，也着实让方明吃了一惊，使他久久难以释怀。

竖立在墙角的落地钟连续敲了六次，提醒方明已经到了下班的时间。他走到窗边向下望去，只见大批的人群蜂拥走出了市政府大楼，搭上他们乘坐的大小班车，很快驶离了楼前广场，汇集到马路上的车流中。没用多长时间，广场上就变得空空荡荡。方明走到穿衣镜前，整理好自己的着装，离开了办公室。

夜幕降临，华灯初上。

黑色的奥迪轿车在汇泉湾大饭店的旋转门前慢慢停稳。恭候在一旁的服务员，动作规范地上前将车门打开，迎接到来的客人。方明在李家杰、黄世雄和方小虎的陪同下，经过豪华气派的饭店大堂，又搭乘观光电梯，来到了三楼，进入一间富丽堂皇的中餐厅。

今天，方明的心情很好，兴致颇高，一坐进宽大松软的沙发里便指着李家杰问儿子，"小虎，你认识李家杰局长吧？"

西装革履、风度翩翩的方小虎对父亲说："刚认识。我们聊了几句，挺投缘。"

李家杰很有同感，接上说："我和方总很谈得来，他这么年轻就做了五星级大饭店的总经理，把这座岛城最豪华、最有名的大饭店，管理得井井有条，很不简单。"

方明笑吟吟地说："这还不是因为黄董事长的厚爱，大家的捧场。"

黄世雄连忙说："方市长太客气了，自古英雄出少年，后生可畏。汇泉湾大饭店之所以生意兴隆、蒸蒸日上，完全归功于方小虎总经理有经济头脑，有经营策略，更有管理才能。我这个董事长啊，徒有虚名，只是一个甩手大掌柜。"说到这里，他怕冷落怠慢了李家杰，赶忙又补充道："方市长，咱们经常见、经常聚，今天更难得有幸请到了李家杰局长，而且他和方总一见如故，彼此都很欣赏，预示着这两位青年才俊今后一定会强强联合，携手共进，成就一番骄人的业绩。"

听到这话，方明更高兴了，频频点头道："好啊，那就借你的吉言，愿他们两人真如同你说的那样，强强联合，携手共进，我也就可以高枕无忧了。对了，老华怎么还没到？"

黄世雄看看手表，说："现在正是下班高峰期，他可能被堵在了路上，我再打个电话催催。"

"不要催了。说曹操，曹操就到了。"操着一口江浙话、身材瘦削的华南江，说话间已经站在了众人面前，"按照酒场规矩，来晚了就得罚酒，这样也好嘛，早喝醉了早回家，早回家早挨骂，早挨骂早睡觉。"

方明对他远远伸来的手视而不见，还故意板着脸说："老华的这套理论呀，那全都是骗人的，他还能喝醉了？除非太阳打西边出来。我承认，老华干工作丁是丁，卯是卯，谁也比不上他认真，掌管全市的土地规划大权，完全可以让人放心。可是一旦喝起酒来，那滑得简直就像条泥鳅，不知道他什么时候就溜了，谁也看不住你呀！"说罢，他终于忍俊不禁，抿嘴笑着站起来，一把抓住了对方的手，用力握了握："来，我给你介绍一下，这位就是即将上任的市城管执法局副局长李家杰，今晚初次见面，你可得好好表现，千万别给人家年轻干部留下个坏印象。家杰呀，这位就是大名鼎鼎的市土地规划局长华南江。他后面的这位姑娘叫夏茵，是土地规划局的副处长，市人大夏主任的千金,方小虎的女朋友,更是我的干女儿。茵茵,你的头衔还真不少咧。"

气质优雅、美丽文静的夏茵,把脑袋一歪说:"干爸,我给您纠正一下,您应该说,我是方小虎的女性朋友。"而后,她落落大方地伸过手去,"李局长,咱们早就认识,有一年多了吧?"

李家杰迎着她温柔的目光,和她握过了手,赞许道:"对,夏处长的记忆力真好。"他又对方明说:"方市长,说起来挺有意思,介绍我和夏处长认识的,竟然是台热水器。"

夏茵兴致勃勃地接上说:"是呵。那天早上,局里来了几位客人,偏偏热水器坏了,我只好到大院里别的办公楼去打开水。排队站在前面的李处长非常热情,他不仅让我先打上了开水,还请本单位的电工师傅为我们局修好了热水器。可是从那以后,我们一年多没见了,谁知道李处长一鸣惊人,在全市竞聘市管领导干部中夺得了第一名,当上了副局长。但愿家杰局长以后别摆官架子,多多关照我们这些小兵。华局长,您说呢?"

毫无思想准备,正在低头阅读手机短信的华南江,被夏茵这么突然一问,随口说道:"就是嘛,土地规划局和城管执法局本来就是一家人,我们在前面审批许可,你们在后面执法管理。这就好比一对恩爱的小夫妻,两个人既亲密无间、难舍难分,又分工明确、各司其职。要共同维护好这个小家庭,谁也离不开谁呀。"

他的话刚说完,夏茵的脸"唰"地红了,她赶紧把目光从李家杰的脸上移开,装作没事人似的,她说:"华局长,您的比喻不太恰当,本来很简单的事,被您这么一说,复杂化了。"

华南江也觉察到自己说得不太贴切,又看看几个人脸上的表情都不是很自然,便急于解释清楚,谁知道却越描越黑,"对对对,夏茵说得对。我把两个单位比喻成亲密无间的夫妻关系、爱人关系,的确不太恰当。可是话又说回来了，我只是打了一个比方，你们也不要太当真，想得太多嘛。"

就在这时，李家杰和夏茵的目光，无意之中交织碰撞到了一起，两个人的心如同触电般一阵颤抖，疯狂的想象轰然撞开了所有的禁锢……可是，这种生命中可遇不可求的神圣感觉，却如同异常美丽的电弧花，在极其短暂的时间里，放射出了自己的璀璨后，霎时又被创造它的主人封闭了起来。那扇刚刚开启了一条缝隙、里面充满了无限诱惑的厚重大门，又在瞬间重新合拢了。

"嘭"的一声炸响，人们惊恐地转身看去，只见一只大花盆从花架子上重重砸在地上，破碎的瓷片和泥土落得四处都是。被激怒了的方小虎，对身旁的男服务员吼道："放肆！你竟敢在光天化日之下，公然觊觎我亲手栽培的这盆花，实在是太可恶了。我警告你，小心偷花不成，惹祸上身！赶快给我滚，我不愿意再见到你！"看着服务员连连鞠躬，很委屈地退了出去，他又对父亲说："爸，今天晚上的这场酒宴，您得留点神，说不定会有人借酒闹事。我去接待别的客人，失陪了！"

看着方小虎愤然离去，谁都知道这个花盆是他故意打碎的，也明白他说的这些话是什么意思，却不好多说什么，只得默默看着服务员将地上的杂物打扫干净。

"你们几个，干这么点活儿就出乱子，眼睛都长到脑袋后面去了？！砸个花盆事小，惊吓了市领导，我饶不了你们！"黄世雄为打破眼前的尴尬气氛，又朝着惊慌失措的服务员训斥了几句。

华南江也装糊涂，对着黄世雄劝道："算了算了，谁家不摔个盘子砸个碗的？岁岁平安，岁岁平安嘛。"

方明更没有把这当回事儿，接着对黄世雄说起了他的开发项目："黄老板，我听说这几个月的房价上涨很快，你的阳光花园一期项目，比开盘时每平方米八千元整整翻了一番还多。按照二十万平方米的建筑面积计算，你可以净挣两三个亿的纯利润。再把这些钱投到以后开发的项目中去，利滚利你可就赚大了。"

黄世雄难掩满心的欢喜，又极力地谦虚道："前景看好、前景看好，不过我们算了个账，连皮带毛全加在一起，也没有您说得那么多。当然，钱挣得多少不重要，重要的是黄世雄什么时候也不敢忘方市长、华局长以及各位领导的大力支持。想当初，好几家大房地产开发商，都在盯着这块地，眼红得都要淌血。在这个关键时候，还不是您方市长力挽狂澜、亲自拍板，把这块地卖给了我们鑫海房地产开发公司，否则我们很难从他们这群大鳄的嘴里抢食吃。"

他说的这些都是事实，方明听起来自然很受用，"嗯，从那些大鳄的嘴里抢食吃，确实不是那么简单。当时我之所以敢下这个决心、敢拍这个板，就是看准了你们鑫海房地产公司的自身优势。比如说，你们的开发经营理念、建筑设计理念、工程精品意识、售后服务意识等等，这些都很超前，在岛城的房地产界没有几家能超过你们。作为分管建设的副市长，我当然要旗帜鲜明地大力扶持你们这种最有前途的房地产企业。这完全就是一个双赢的结果，你们做大做强了，企业得到发展了，国家的税收就可以增加，城市的形象就能得到提升，三岛市在国内外的美誉度就会更高更好，我们何乐而不为？老华、家杰，你们说呢？"

一说到敏感的房地产业，华南江的口气显然有所保留，他回答说："是啊，方市长站在全市的高度，原则性政策性把握得都很准。我们职能部门是做具体工作的，一条很重要的原则，就是一定要吃透市领导的指导精神，并在具体工作中很好地落实。同时，我也真诚地希望，黄老板不要辜负方市长的期望，在工作上我们要互相做好配合。"

黄世雄马上表态说："当然当然，黄世雄一定会配合好各位领导的工作。方市长，已经上热菜了，咱们边吃边喝边聊，怎么样？"

　　"好，那就入席，"方明说着率先站起来，走向了餐桌，"黄老板，今天晚上华局长、李局长、夏处长酒喝得尽不尽兴，就全看你这位地主的喽。"

　　跟在方明身后，招呼客人们一一落座的黄世雄，也没耽误回话，"那是那是，领导们今天喝不好，明天再给我双小鞋穿，黄世雄可就寸步难行啦。"

　　李家杰早就有所耳闻，方明的酒量在岛城的市级领导中颇有些名气，绝对排在了前几位。而且在酒席宴上，他还擅长讲些助酒的笑话，不论是什么场合，只要有他在，大家的酒就喝得格外多，气氛也格外热闹，人们在推杯换盏间增了友谊，化解了矛盾和误会。

　　耳听为虚，眼见为实。按照岛城酒宴上约定俗成的规矩，居中就座的方明率先带了三杯酒，坐在他对面副陪位置上的黄世雄也连着敬过两杯后，酒宴就转为自由敬酒的阶段了。

　　客观地说，李家杰和夏茵刚才的言谈举止并没有出格或者失态。他们两人一见钟情，心中泛起了一阵涟漪，那也只是在瞬间，除了双方在心灵上互相有所感应，外人一般是不会察觉到的。只是在这个时期，任何陌生人和夏茵接触，都会引起方小虎的高度警觉和无端反感，更不用说他面对的是青年才俊李家杰了。即便如此，他在情绪上出现了过激的反应，在行为上出现了反常的举动，这对早就是过来人的几位长辈来说，并非不可理喻，都知道这是恋爱中年轻人的常见现象。

　　夏茵并没有因为方小虎的鲁莽破坏了自己的好心情，何况还有看着她从小长大、将自己视为亲生女儿的方明也在这里，就喝了一点红酒，这让她显得更加楚楚动人，娇柔妩媚。

　　"李局长，我想请教你一个问题，这次参加全市公开竞聘市管领导干部，难道你就不怕别人给你扣上一顶'官迷'的帽子吗？要知道，就算你如愿以偿，当上了市城管执法局的副局长，那也要经受很多木秀于林、风必摧之的痛苦。"

李家杰坦言道："人言可畏，世俗可怕，我从没有否认过。孙中山先生曾经说，要立志做大事，不要做大官。我的理解是，他当时号召有志青年，不要去做维护反动阶级利益的官僚，而要去为解放劳苦大众做一番伟大的事业。对于我个人来说，现在当上了市城管执法局的副局长，那就可以充分利用这个职位所带来的权力和资源，为岛城的市容环境、为广大市民群众，做一些看得见、摸得着的实事好事，这就是我参加此次竞聘市管领导干部的最终目的。"

方明一旁激励道："好啊，你有这样的胸襟和抱负，我感到很欣慰，但最重要的是，你如何把这些美好的愿望经过自己的努力变为现实。家杰呀，城市管理行政执法工作可是一篇大文章，书写起来非常艰巨、非常困难，那可不是只凭着一腔热血就可以做好的，你可得要有充分的思想准备啊。"

李家杰十分郑重地说："方市长，这些天我想了很多，对城市管理行政执法工作的长期性、艰巨性、复杂性，有了一些初步认识，也做了一定的心理准备。孟子说：'有为者辟若掘井，掘井九轫而不及泉，犹为弃井也。'也就是说，做任何事情，不成功跟没做事情一样。因此，做事情要么不做，要做就做到底，还要做好。城市管理行政执法工作是动态的，涉及社会的方方面面。由于许多的历史原因，老的问题未解决，新的问题又冒了出来，而且反复性、周期性特别强，奢望在几年几十年里就能从根本上改变人们的思维观念、行为习惯，让岛城的市容环境在质上有个飞跃，那只是幻想。我们只有像古人掘井那样，锲而不舍，坚韧不拔，日复一日、月复一月、年复一年地埋头苦干，经过几代人不懈的努力，岛城的城市管理水平才能达到甚至超过世界上最发达的国家，最终达到人人向往的无为而治的最高境界。"

他的话还没有说完，方明就率先鼓起了掌。李家杰哪还坐得住，赶忙站起来，端着酒杯说："方市长，各位领导，今天晚上共进晚餐，家杰感到十分荣幸。现在，我先把这杯酒喝了，表达我对方市长和各位领导的敬意。"说完，他双手一抬，把一杯酒喝了个底朝天。

"好！"方明高兴地说："喝酒不中用，干活也稀松。家杰的酒量不大，却敢拼，胸中有股子豪气，再苦再辣的酒也敢喝，也能咽，是个敢于担当的汉子！来，我们陪着家杰局长，把杯里的酒全干掉。"随后，他带头把酒全喝了下去，酒宴的气氛也达到了高潮。

这时，方小虎端着一杯酒走进了包房。只见他面带微笑、彬彬有礼，与刚才那种妒火中烧的样子判若两人。他绕桌一周，和每位客人都碰了杯，还说了一些很得体的话。接着，他招呼服务员，送来一瓶高度五粮液，又要了两只喝葡萄酒的玻璃杯，自己亲手斟满后，对夏茵说："茵茵，有些时间没见面了，今天能看到你，心里特别高兴……我建议，咱俩要么为老爷子和各位领导，共同演唱那首《选择》歌，要么就一起喝下这杯——烈酒。"

夏茵避开他的目光，稍作踟蹰，轻启朱唇道："小虎，你是知道的，我唱歌一向不太好，白酒更是不能喝。但是，如果你执意要我选其中一样，那我只能选择……醉一次吧。"说着，她慢慢端起那只盛满了高度白酒的大酒杯。

方明见状很不安，对儿子严肃地说："小虎，太过分了，赶快接过夏茵的酒杯，不能让她喝。"

华南江也急切地说："方总，你让夏茵喝这么多高度白酒，这是强她所难哪，很伤身体的。你完全可以换成另外一种方式，比方说让夏茵陪你跳跳舞聊聊天什么的，都可以嘛。"

黄世雄更是坐立不安，尽管他是方小虎的大老板，可是当着他父亲的面，还不好把话说重了、说多了；但又不能不说，万一夏茵喝出什么事来，今天的这个场子可就很难收拾了，"对对，小虎，市长和局长都说得很有道理，今天我们好不容易凑在一起，一定要喝得开心，千万不要……"

方小虎红着脸，情绪激动地说："这是我的私事！董事长，请你不要干涉。爸，我知道你非常疼爱茵茵，难道我就不疼她吗？！现在，我是多么希望她能拿起麦克风，和我共同演唱《选择》这首歌，向您和各位表达我们要永远生活在一起的共同愿望。爸，夏茵是我青梅竹马的恋人，就是因为我当上了汇泉湾大饭店的总经理，干起了私企的老板，她才责怪我贪图享乐、自甘堕落，陷入灯红酒绿、风花雪月的大染缸中不能自拔，痛苦地要和我断绝恋爱关系。可是，她错了，我方小虎根本就不是她所想象的那种人，更不是自私自利，只会追求个人享乐的伪君子，而是我要用这五十万元的年薪，来支付妹妹在国外读书的费用！爸，对于我的这个决定，您也曾经误解过、阻止过，但是后来终于明白了，理解了，支持了。可是，夏茵她为什么就是不懂我的这份苦心呢？为什么在我最需要得到她支持的时候，却要与我分手、弃我而去呢？现在，我要当着您和各位领导的面，再次向她表明我的态度：夏茵，方小虎永远爱你，真想和你携手并肩，一起走完人生的道路。但是，人活着不能只为了自己。我已经下了决心，一定要帮妹妹完成国外的学业，完成母亲和全家人的这份心愿。即便咱们真的分手了，我也要在汇泉湾大饭店继续干下去！"

眼泪如同断了线的珠子，顺着夏茵的脸颊扑簌簌地落下来。她平静地说："人各有志，不能勉强。小虎，我现在就喝下这杯酒，祝你心想事成。"她双手捧起那只硕大的酒杯，任凭众人苦苦相劝，还是将里面的烈酒，一口一口地喝了下去。

"别喝了！……别喝了！！……夏茵……我求你了！！！"方小虎痛苦地喊着。

夏茵的脸上渗出细密的汗珠，胸部一起一伏，呼吸也明显开始加快，终于喝干了杯中的烈酒，而后双手捂住脸，再也没有说话。

方小虎欲哭无泪，双手抖动着端起自己的那杯酒，"咕咚咕咚"地喝了下去，然后轻轻放下手中酒杯，说："各位领导，方小虎失礼了……请你们慢用。"

看着方小虎绅士地离开了房间，夏茵再也忍不住，拔腿冲向了卫生间，将自己反锁在里面。

华南江轻叹了一口气，摇摇头感慨地说："唉，现在的年轻人，个性都太强了，我们这些为人父母的，有时候真的很无奈。"他又对闷闷不乐的方明劝慰道："方市长，你不必太担心了，说不定哪一天，人家又好了起来，咱们还是喝酒吧。来，我敬您一杯。"

黄世雄随声附和道："是啊，儿孙自有儿孙福，年轻人的事我们没法管，也管不了。来，我也算一个，咱们喝一杯，家杰局长就缓缓再喝吧。"

几个人碰了杯，一饮而尽了。一抬头，夏茵出现在面前，令人惊诧的是，这位很有书卷气的文静姑娘居然没醉，依然还是那么神清气爽，光彩照人。她嫣然一笑说："不好意思，因为我和小虎的私事，打搅了各位领导的雅兴。为弥补过错，我想邀请每位领导跳个舞，不知大家是否同意。"

"同意。"

"都同意。"

人们顿时来了兴致，热烈响应她的建议。

"那太好了，我们现在就开始。服务员，请把音响打开。干爸，我请您先跳。"说着，她走到方明面前，向他做出一个优美的邀请动作，然后上前挽起他的胳膊，走进了舞池，随着音乐的节拍，开始翩翩起舞。

刚刚发生的这一幕，李家杰全看在了眼里。让他深有感触的是，夏茵这位市人大领导的千金，被方小虎逼着当众喝下了一大杯烈酒，不仅没有大耍小姐脾气，搅它个天翻地覆；相反把自己的委屈，深深埋藏在心里。她这种品质实在难能可贵，令人钦佩。

一曲下来，众人报以热烈的掌声，纷纷举起酒杯走上前向两人敬酒。夏茵开心地说："家杰局长，我请你跳舞，好吗？"

方明看出李家杰有些迟疑，便帮助夏茵督促道："家杰，还犹豫什么？夏茵请你跳舞，别装作什么也没听见，赶快去。"

"啊？对对，夏处长请。"李家杰赶紧站起来，认真邀请夏茵走向舞池，在轻音乐的伴奏下，跳起了慢四交谊舞。

几个人欣赏了一会儿他俩优雅的舞姿，黄世雄忽然想起了什么，关切地询问方明，"方市长，方静在英国读书有两年多了吧？怎么没见她回国看您呢？"

方明摆手道："看什么，她最好别回来，我一个人早就习惯了。她的母亲生病走得早，小虎又没白没黑地干上了酒店服务行业，方静远在英国好几年了，我自己过挺清闲的。"

黄世雄深表同情地说："方静是个很懂事的孩子，这几年没能回家看看你，可能就是因为经济上太拮据，担心来回旅途花销太大。就算方小虎今年底能开上五十万年薪，那也是远水难解近渴。再加上嫂夫人这两年病重住院，你这位市长的日子，一定是过得很紧巴，不宽裕呀。"

方明对此也不否认，很坦率地说："是啊，仅凭我每年十万元的工资，就是不吃不喝也供不起方静在英国念书。所以呀，我和方静都十分感激方小虎，他在市直单位机关工作时，就把一半的工资给了妹妹；后来一看还是不行，便干脆辞去了公职，到你的汇泉湾大饭店当总经理拿年薪。可以说，没有方小虎的全力支持，方静这个学是上不下去的。可是这么一来，方小虎就完全违背了夏茵的意愿，两个人多年的恋爱关系，可能也会因此彻底破裂。就像你说的那样，他们年轻人的事，咱们没法管、也管不了，一切都顺其自然吧。"

华南江随之叹了一口气，说："唉，家家都有本难念的经。想不到您这位豁达开朗，很少发愁的副市长，也有自己的难处啊。"

　　几个人唏嘘了一阵，忽见房门被人用力推开，都以为又是方小虎回来了，再定睛一看，来人是个慌慌张张的领班。他命令服务员关闭了音响，小心翼翼走到黄世雄面前，对着他的耳边低语了几句。黄世雄听后顿时脸色大变，赶紧离开自己的座位，急匆匆走到方明面前，表情很紧张地说："方市长，就在刚才，公安人员带走了方小虎。"

　　方明陡然变色，厉声问道："什么？方小虎被公安带走了？！他们这是干什么？为什么抓人？！"

　　黄世雄吞吞吐吐地说："领班报告说，有个无赖喝醉了酒在大厅里闹事，保安人员就把这个情况报告了方小虎。方总要求那几个保安教训教训他送派出所，结果这个无赖被保安人员失手打死了。公安方面认定方总也有教唆的嫌疑，就把他一块儿带走了。"

　　方明猛地一拍桌子，愤然站了起来，吼道："胡闹，简直就是胡闹！"然后，大步走出了包间。

第三章

　　时间过得很快，不知不觉之间，李家杰到市城管执法局任职已经快两个月了。

　　和所有到新的单位履新就职的领导干部一样，李家杰初来乍到陌生的市城管执法局，也希望自己能在最短的时间内，熟悉掌握这里的情况，以便为下一步更好地开展工作，打下坚实的基础。尤其是在市局领导班子内部，他认为按照通常的做法，正职和副职之间、老成员和新成员之间，应该尽快地相互熟悉、相互了解、相互适应，这样才能平稳顺利地渡过"磨合期"，达到不断增强市局领导班子向心力、凝聚力和战斗力的目的。

　　然而，李家杰的这个美好愿望与他的实际境遇相差甚远。在这些日子里，他渐渐地发现，局里面有不少的人，好像对他的到来并不是很欢迎。不管在什么地方见了面，大家总是显得很生分，相处起来很冷淡，似乎都在有意地和他保持一定的距离。甚至有些时候，人们还故意躲着他，对他唯恐避之不及，让李家杰总是感到自己形单影只，十分孤独寂寞。尤其是在党委书记、局长赵长河的身上，体现得更为明显。自从他来市城管执法局报到以后，赵长河就从来没有找他谈过一次话，也没有给他布置过一次工作，更没有在市局领导班子内部，为他明确工作分工，使李家杰对什么事情都不好过问，对什么工作都无从下手，干不是、不干也不是，非常地被动别扭。虽然李家杰为此多次找到赵长河，向他汇报了自己迫切希望能干些工作的想法和愿望，试图得到他的理解和支持，尽快为自己安排工作；可是，赵长河要么推脱自己有事，没有时间谈论这个问题，要么就说他还没有想好到底让李家杰分管点什么工作，以后考虑成熟了再说。经过这样反反复复多次后，李家杰的心里也开始凉了下来，切切实实体会到了一个人被集体故意晾在一边，成为多余人的时候，心里究竟是个啥滋味。

这天，又到了午饭时间，李家杰带上饭卡出了门，在楼梯口处，迎面碰上一群用过餐的机关干部。他们说说笑笑地走来，见到李家杰时却立刻停止了说笑，年轻人赶快把头一低，顺着墙边溜走了；年龄大些的，则对李家杰友好的微笑视而不见，不慌不忙地从他的面前晃了过去。

餐厅里，还有几个人围坐在一起边吃边聊。李家杰端着盛好饭菜的餐盘走到近前，这才听清楚，他们谈论的原来正是自己，便找了一个合适的位置坐下来，静静地吃饭。

"……你说新来的李局长没有真才实学，就是靠着耍嘴皮子、走后门才当上了副局长。可是，经过这些天我对他的观察，发现你们的说法并不准确。相反，夏主任的个人关系比谁都硬，他的父亲就是市人大的常务副主任，嘴皮子也比李局长更会说，最后不还是在市里这次竞聘中落选淘汰，被李家杰拔得头筹。这让我不得不相信，评委们的打分是公正的，其他的竞聘人员和李家杰比起来，确实存在着很大的差距。"

夏子强扔下手中的筷子，很藐视地看着法规处的叶桐说："叶副处长，你才经历过几个场子，懂得几个问题？你既不具备参加全市竞聘领导干部的资格，更不可能坐在评委席上当大考官，所以考场上的事，你根本就没有发言权。想在这方面谈点个人的看法，那就先掂量掂量自己到底有几斤几两，千万不要癞蛤蟆插鸡毛掸子，冒充大尾巴狼！"

叶桐有些生气地说："你，你太不像话了，说话这么损，真是岂有此理！"

康辉见状，劝她说："吃饭吃饭，话不投机，也不要上火嘛。凡是考试，都存在一定的偶然性。这次考了第一名，下次很难说考第几；这次考得不好，说不定下次还能考第一。特别是面试，众人皆知这里面的道道更多，伸缩余地很大，说不定夏主任和林大队长，就是栽到了这上面。"

夏子强愤愤地说："此一时，彼一时。人不会总是走八字，得势一时，并不等于得势一世！这次我和老林虽然落选了，算是走了麦城，可是并不比谁矮一头。我来到城管执法局，感到如鱼得水，发展的空间很大。可是有的人就不行了，他在市局名义上是个副局长，实际上还真不如我这个办公室的主任，要权力没权力，要人缘没人缘，要市场没市场，谁都不买他的账，这样时间长了，他绝对受不了。说句不好听的话，他在城管执法局，就是个临时工，就是个来去匆匆的过客。用不了多久，他就会主动打报告要求调走，到别的单位去。谁要是不信，咱们可以打赌。"

叶桐不顾夏子强的白眼，连连叹息说："马善被人骑，人善被人欺。李家杰太老实、太软弱了。一个堂堂的市局副局长，被人这么公开地摆来摆去、踩来踩去，一点反抗精神也没有，真让人看不下去。"

康辉也怒其不争，愤然说："这只能怪他自己不争气，自废武功。继续这么混下去，谁都瞧不起，没有人会服他，也没有人敢靠近他，更没人愿意跟他干。"

"你们瞎掰掰什么？李局这么做，自有他的道理。这就叫虚怀若谷，大局为重，冷静观察，伺机而动。一旦条件具备、时机成熟，他就会再次发力，早晚让你们心服口服，咱们还是走着瞧吧！"闷头吃饭的林大岳，看似随意地说了几句。

那边夏子强把头扬起来，板着脸质问道："你们几个是什么意思？一个为他鸣冤叫屈，一个恨他不争气，还有一个公然为他涂脂抹粉。我警告你们，在重大问题上，可要睁大了眼，保持头脑清醒；跟错了人，上错了船，站错了队，到时候栽了跟头、吃了亏，可别怪我夏子强不够意思，没有及时提醒你们。"

"当当当当——"，耐不住性子的林大岳，用筷子敲击着餐盘说："还有完没完？是什么重大原则问题，值得这么上纲上线？我看就是吃饱了撑的！真要是个男人，那就当面锣、对面鼓，面对面地和李局长把话挑明白。总在背后瞎议论，这算什么能耐？简直就是个嚼舌头的村妇！"

"耶，奇了怪了，河边没青草，哪来的多嘴驴?！"夏子强伸直了脖子、斜着眼，冲着林大岳挖苦道。

"小样儿，不知道姓什么了吧？还敢骂老子！"林大岳有点怒火中烧，眼珠子瞪得溜圆。他把手里的餐具往桌子上"咣当"一扔说："你信不信，再敢骂一句，老子不出几秒钟，保准要你头朝地脚朝天，来个倒栽葱。"

当着众人的面，受到如此羞辱，夏子强的脸上再也挂不住了。他将椅子向后一拖，站起来用手指着对方说："少在我面前装腔作势，就凭你这么个傻大个儿，白送你一个豹子胆，也不敢把我怎么样。"

林大岳勃然大怒，"呼"地站起来，几步跨过去，一把揪住了他的衣领，"你小子，就是煮熟了的鸭子，嘴巴硬，不信咱就试试。"说着，他双手用力使劲，果然把夏子强平地提了起来，却听背后一声断喝，赶快又放下了他。

"住手！把人放开。"

几个人回头一看，见李家杰就站在身后，不禁暗暗吃了一惊。

"李局，这小子太狂了，经常背地里捣鼓局领导，我说了他几句，他竟敢当众骂我，真得好好教训他一顿。"林大岳松开了手，余气未消地说。

"背后贬损辱骂局领导是非常错误的，也是纪律所不允许的。可是，作为一个单位的领导，如果他的工作确实不称职，甚至犯了严重错误，给事业带来了很大的损失，那被同志们骂上几句也是正常的，没有什么大不了，天也塌不下来。"李家杰拉过来把椅子，坐下继续说："大家别站着，都坐下吧。所以呀，当领导干部不能小肚鸡肠，没有雅量，容不下别人的一些非议和骂声。即便这些话很不中听，这样的行为也缺乏道德修养，我们也不能立马火冒三丈，还要给人家来个倒栽葱，这不是我们领导干部应有的气度。刚才，你们的谈话我都听到了，我也想借这个机会向各位交个底：干上城管执法这一行，没有人逼我，纯属个人自愿，而且这个自愿并非一般的自愿，是参加了全市的激烈竞争后，才如愿以偿。除非市委对我另做安排，我必须得服从组织的调动；否则，如果不在城管执法局干出点名堂，不在城市管理行政执法成就一番业绩，我是决不会主动打退堂鼓，卷起铺盖溜之大吉的。所以呀，请大家不要听信谣言，仅仅凭借个人好恶和想象，就对自己的同事、自己的领导，胡乱猜测、妄加评论，影响了局里的团结，损害市局的凝聚力、战斗力，危害全市城管执法工作的大局，这是我们决不允许的！希望今天这件事，就到此为止，以后不要再发生。如果大家没有意见，可以回去休息了。"

他说这些话时，口气并不是很严厉，却是句句在理、绵里藏针。默然无语的几个人，陆续送回各自用过的餐盘，离开餐厅上楼去了。从表面上看，这件事情似乎已经过去，一切都恢复了平静。然而，李家杰的心里明白，今天这个以自己为中心的话题，仅仅只是暂时告一段落，它的实质性问题其实并没有得到真正的解决，自己在市城管执法局事实上被孤立、被架空的处境，依然没有任何缓解改变。假如在今后的日子里，自己还是不能尽快扭转眼前的这种局面，让今天发生的这种事情反复重演，那么自己仅存的那点尊严和威信，就将丧失殆尽、不复存在。这对一位初来乍到的年轻领导干部来说，后果将会是极其严重的。

鲁迅说，不在沉默中爆发，就在沉默中灭亡。李家杰深知，在沉默中灭亡，那绝不是自己的性格和选择；但是要在沉默中爆发，则需要有个很好的契机。哪怕这个契机看上去非常弱小，但是只要自己能够敏锐地发现它、抓住它，很好地驾驭它、运作它，就有可能在城管执法的具体工作中，扭转颓势，冲开羁绊，痛痛快快地烧上几把火，畅快淋漓地打上几场翻身仗，从根本上改变当前这种不利的局面。那么，这个所谓的契机，又会在什么时候、以什么形式出现呢？

俗话说，机会总是留给最有准备的人。这个让李家杰期待已久、稍纵即逝的契机，果然以一种意想不到的方式，突然出现在了李家杰的面前。

这天，李家杰坐在办公室里，无所事事地翻阅了几遍当天的报纸，又看了看对面桌上钱山副局长未处理的大量文件，不禁摇了摇头，随口念了几句陈毅的诗"志士嗟日短，愁人知夜长。我则异其趣，一闲对百忙"聊以自慰。这时，来了个电话，他抓起话机一听，竟然是夏茵。

"李局长，很长时间没有听到你的声音了，挺好吧？"夏茵关切地问。

"嗯，还行。但是有句广告词说，没有最好只有更好，但愿你和我，都比过去更好。对了，最近你听到方小虎的消息了吗？我打听过几个人，都没有确切的说法。"

谈到方小虎，夏茵的语气变得有些黯然，"我也正在为他的事情着急。据说，一般情况下，只要公安方面没有将方小虎移交到检察院，他就还会被关押在拘留所里。至于下一步究竟如何处理，这还要看公安方面提供的案审材料。"

李家杰略作思索，说："我个人考虑，这个案子说简单很简单，说复杂也很复杂。到目前为止，还没有任何证据能够证明，方小虎具有将那个素昧平生的无赖置于死地的主观动机。只凭着他说出的那几句话，不足以证明和认定方小虎实施了教唆犯罪。而且那几个保安人员失手打死了被害人，也纯属偶然，也不应该判定为故意杀人。但是，另一种可能性也仍然不能排除，就是公安方面认定方小虎就是教唆嫌疑人，并且还得到了检察院的支持，被提交到法院进行判决。因为，对教唆犯和非教唆犯的认定区别，并不是非白即黑那么分明、那么简单。除了教唆犯的构成条件比较复杂以外，人为的因素也不容忽视。据我所知，市公安局分管治安工作的副局长孟威，就是死者的亲舅舅。"

听他这么说，夏茵更急了，"这可怎么办呀？家杰局长，你可得帮我们想想办法呀。方小虎一旦获刑，他这一辈子可就全完了。"

"说实话夏茵，在人命关天的案子上，我们都使不上劲，很难帮上方小虎什么忙。"稍停，他又用更委婉的语气宽慰道："但是，我们也不应该丧失应有的信心。第一，要相信公检法机关，一定会依据客观事实和相关法律，对方小虎的言行做出客观公正的判断；第二，要相信死者家属的思想觉悟和道德情操，他们一定会尊重事实、尊重法律；第三，说句不该说的话，方明副市长毕竟分管公安，这方面的因素有关方面会予以考虑，毕竟方小虎是他的儿子。"

夏茵却不赞成他说的第三点，"你不太了解我干爸，他是最不喜欢求人的，也不愿意人求他，一辈子就是个偏老头。但愿他在方小虎的问题上，能够动动恻隐之心。家杰局长，为了能够尽快地为方小虎洗刷冤屈，恢复他的清白，我真想到山上庙里去替他烧烧香、拜拜佛呢。"

两人你一言，我一语地聊着，不知什么时候换了话题。夏茵问："家杰局长，听你的口气，好像在城管执法局干得不太顺心呀，你遇到麻烦了吗？"

李家杰坦言道："是啊，有些事情确实不尽如人意，但是这也很正常。说句玩笑话，这才到哪，都是小——意——思——啦——"

夏茵咯咯地笑道："你学广东话还蛮像的，特别是最后那个"啦"字的拖音，还真有那么点味道。可是，尽管你说话这么诙谐幽默，也难掩你内心的孤独和处境的艰难，我说得没错吧？"

"哟，夏茵处长，我忽然发现你的感知能力绝对超强。我们很长时间没有见面，你却对我的事情了如指掌……不对吧，在我身边一定有你的内线！"感到十分诧异的李家杰，忽然醒悟了过来说。

夏茵呵呵地笑着，得意地说："算你聪明，回答正确。现在我提醒你一句，我姓夏。"

"哦，我明白了，我们局办公室的夏主任是你的……"

"亲哥哥！没想到吧？你的竞争对手和冤家对头，恰恰就是夏茵的哥哥，这是不是太不可思议了，家杰局长？"夏茵在说笑中，隐隐流露出内心的担忧。

李家杰淡然一笑，道："这没什么。夏处，其实从我个人角度来讲，我和你哥哥的关系，远非外人想象得那么糟糕，更谈不上是冤家对头；就算彼此在竞聘中曾经是对手，甚至可能他对我个人有点这样那样的看法，这都很正常，不会影响到任何人。所以，夏子强就是夏子强，夏茵就是夏茵，你们俩只是有血缘关系的亲兄妹，仅此而已。"

夏茵感到释然，轻松地说："嗯，你很理性，也很豁达，能成大事。我要送你几句孟子的话，望你自勉自励：天将降大任于是人也，必先苦其心志，劳其筋骨，饿其体肤，空乏其身，行拂乱其所为，所以动心忍性，曾益其所不能。"

李家杰哈哈大笑道："夏处，这种话都是说给那些顶天立地的大人物听的，我等只是一介小吏，岂敢对号入座？充其量也就是个参照执行而已。"

夏茵则大方地说："那好吧，既然你同意了我的赠言，那就请你对号入座、参照执行。至于那点让你不开心的小事，就更不必挂在心上了，全当是做了一场噩梦，天一亮它们就会消失得无影无踪。"

"好，那就借你吉言。"

"一言为定。"

"一言为定。"

还没有挂好电话，就有人敲门，随即在敞开的门缝里，露出了林大岳的半张脸，"李局，钱局不在办公室？"

"大岳，快进来，钱局可能一会儿就到。"李家杰站起来，热情地招呼道。

林大岳略作踌躇，便推门进了屋，摇了摇头叹口气说："李局呀，咱们现在的执法环境太恶劣了。城管执法人员脱了制服去大街上执法，混了那些长期和他们对着干的违法分子中间，鱼目混珠，良莠不辨，分不清谁是执法者，谁是违法者。只是这些社会人员的气焰更加嚣张了，违法更加肆无忌惮。他们故意挑起事端，暴力抗法，对城管执法人员造成很大的精神伤害和身体伤害，我们已经到了忍无可忍的地步，必须痛下决心，尽快解决，否则就要出大事！"他举起手中的一叠文字材料晃了晃，然后将它们摆在李家杰的面前，继续说："李局，全市的城管执法人员加在一起，不过四千多人，可是几年下来，在暴力抗法事件中受到轻伤、重伤的城管执法人员，足足六七百人！他们有的至今还在医院里养伤，有的已经办了伤残病退手续，更多的执法人员已经多次被打，伤上加伤。照这样发展下去，过不了几年，咱们所有的城管执法人员，都要被他们打遍了！"

李家杰递给他一杯水，又搬来一把椅子，"林大，坐下慢慢说。"

林大岳一屁股坐下去，旧椅子立刻被他高大的身躯压得"吱嘎"乱响。他心痛地继续说："李局长，在一线执法的弟兄们，人身安全长期没有保障，我这心里真是急得火烧火燎！这不，城南区执法局的报告又递上来了，说昨天又有几个执法人员被打，一个被打青了眼，一个被打断了鼻梁骨，一个被拧断了手指头，还有一个被踢伤了命根子。对此，城南区执法局强烈要求我们市局，全力协调有关部门，严惩打人凶手，加强对一线城管执法人员的人身保护。"

李家杰翻阅着报告问道："凶手抓住了吧？公安机关什么意见？"

林大岳一拍大腿说："提起这事我就上火！几个凶手是被我们当场抓获的，可是押送到派出所后，警察非要我们拿出人证物证，结果作为证人的现场群众，都同情这几个暴力抗法人员，说小商小贩是弱势群体，挣口饭吃不容易；城管执法人员强势执法，是他们先动手打了小商贩，这完全是颠倒黑白、不辨是非嘛！后来，警察听信了他们的证词，又见执法人员和抗法分子混在一起，很不好辨认，干脆将这起暴力抗法事件，定性为一般性民事纠纷，不分青红皂白地各打了五十大板，统统撵出了派出所。李局呀，堂堂的国家行政执法人员，受到如此不公正的待遇，谁的心里不憋屈，不窝火？！"

李家杰严肃地问道："按照你的说法，类似这样的暴力抗法事件，城管执法人员会经常遇到，受到伤害的执法人员很多，在整个执法队伍中所占的比重越来越大。这可是个严重问题，不知道市局的其他领导是怎样处理的，都采取了哪些措施，问题解决得怎么样？"

林大岳哭丧着脸说："真要采取措施解决问题，那就好了！钱局是分管副局长，这事我早就向他反映过无数次，可他不是要基层自行解决，就是一拖再拖石沉大海；再加上他的身体不太好，经常养病休假，所以我们对他也就不抱什么希望了。唉，现在干点工作，是越来越难，越来越不会干了。"

李家杰安抚道："别泄气，办法总比困难多。"他又想了想，说："你稍等，我打个电话问问。"

林大岳将信将疑，耐住性子看着李家杰打电话。从两人交谈中，他听出对方是李家杰在市检察院工作的老同学。随后李家杰便挂上电话，去了趟局办公室，没用多长时间，他便手拿着一份传真件，兴冲冲地回来了。

"林大，这是最高人民检察院对重庆市检察院请示报告的批复，主要精神就是，以暴力威胁阻碍事业编制人员依法执行行政执法的，可以对侵害人以妨碍公务罪追究刑事责任。"

急不可待的林大岳上前抢过了文件，如获至宝地看了好几遍，嘴里嚷嚷着说："太好了……太好了，这真是踏破铁鞋无觅处，得来全不费工夫。李局，这可是国家最权威的司法解释，基层事业单位的城管执法人员，因为身份不是国家公务员，受到暴力抗法侵害后，公安机关往往按照民事纠纷调解处理，这份文件完全可以解决不能将暴力抗法分子确定为妨碍公务罪的问题。这真是太重要了，绝对是雪中送炭！"

李家杰也高兴地说："有最高检的司法解释作后盾，我们的腰杆子就硬起来了。所以，要尽快地传达贯彻好这个文件的精神。首先，请你们直属大队，代市局起草一份调查报告，将我市城管执法环境存在的问题、危害程度、改进建议，都写清楚写详细，然后请钱局赵局过目批准，上报市政府；第二，请赵局长做出明确的指示，指派钱局或者我，以市城管执法局的名义，前往公检法机关，做好面上的协调工作；最后，请你代表市局领导，去一趟城南区执法局，慰问这次受伤的执法人员，同时协助区执法局，做好公安方面的工作，公正处理这次暴力抗法事件，对相关暴力抗法分子予以严惩，为今后彻底解决这类问题打下一个良好基础。"

林大岳满心欢喜地说："好，就按你说的办。另外，我还有些话想和李局聊聊，一直没找到合适的机会。听说你是钓鱼高手，咱们就定下这个周日，到海上去钓钓鱼，怎么样？"

"不对吧，"李家杰故作惊讶地说，"我就这么点小嗜好，你是从哪里打探到的，鼻子很灵嘛。"

"别忘了，李家杰可是个公众人物，在当今如此发达的信息社会，要挖出关于你的一点小情报，那还不是信手拈来的事？"林大岳大咧咧地说。

两人正说笑着，房门忽然被人猛力推开，只见钱山副局长脸拉得老长，目不斜视地大步走向自己的办公桌，将手提包用力一放，对闪到一旁去的林大岳说："怎么停下了？不怕人就接着说。大白天关门堵窗，在里面搞什么地下活动？！"

听他这么说，李家杰很反感，却还是用平和的语气说："钱局，你还不了解情况，不要乱指责。"

钱山眼珠子一转，面无表情地说："我在这间办公室里很多年了，早就养成了习惯，想怎么说就怎么说，想说什么就说什么，老天爷也管不着！要是有人听不惯，现在就出去，赶快换房间。"

"两位局领导没有什么最新指示，小的这就告退了。"趁着钱山将注意力转移到李家杰的身上，林大岳龇牙咧嘴地朝他做了个鬼脸，不想正巧被转过身来的钱山看了个正着，他赶紧脚底抹油，开溜了。

"林大岳，你给我站住！不管谁给你当靠山，只要我和赵老局长还在位一天，你们这些小泥鳅就翻不起大浪！"钱山朝着他的背影骂完，觉着还没有挽回面子，又抓起椅子用力一蹾，气哼哼地补骂了两句，"傻大个子，还敢跟我要滑头，以后再收拾你！"接着，他抓起保温杯灌了两口水，不料喝急了，呛得他将满嘴的水喷在地板上，不停地咳嗽。正骂咧咧的没地方撒气，桌子上的电话响了，钱山上前一把抢过了听筒，没好气地朝对方说："什么事？快说，我就是钱局长……哦？你是方、方市长……方市长，市文化宫违法农贸市场都存在五年了，在所有的违法市场里面，它的占地面积最大、不法商贩最多，地痞流氓黑社会，乌七八糟什么人都有，是个谁见了都打怵的'马蜂窝'，没有人愿意碰，没有人敢去戳。城南区政府和市里好几个部门几次联手要取缔它，可是雷声大、雨点小，湿湿地皮就过去了，还是外甥打灯笼——照旧（舅）。这档事，我们执法局领导班子也有分工，违法市场由黄局长全面负责，现在他还在省委党校学习，别人又不好插手。如果实在太急，我就请示请示赵局长，要李家杰先抓抓这件事……李副局长，方市长和你通话——"

李家杰见钱山也不商量，直接将自己推了出去，心中有些不悦，却又不能不接方明的电话，只好接过了话筒。谁知刚一开口，就遭到方明的一顿训斥，"李家杰，你们是怎么管的？市文化宫的那个违法市场，就像长在城市身上的一块恶疮！都这么多年了，你们城管执法局却熟视无睹，没人管没人问，这是严重的失职行为！现在，住在那一带的居民怨声载道，叫苦连天，反映十分强烈。他们骂政府不为市民做主，骂市长不敢碰硬、是软蛋，还告到了省里，告到了中央，对我市的影响十分恶劣，直接关系到今年保持全国卫生城市和文明城市的成败，也关系到我们政府的执政能力和政府的威信。当然，我不知道赵长河是怎么想的，也不知道你们这两个副局长是干什么吃的；但是不管什么原因，如果你们不想干或者干不了，那就别占着茅坑不拉屎，赶紧换人！"

李家杰没想到，方明为了这个违法农贸市场，二话不说就发了这么大的火。他大气不敢喘，紧张地听他把话说完了，这才赔着小心建议道："市长批评得对，我们一定认真整改，现在就着手制定一套取缔市文化宫违法农贸市场的执法方案，等赵局长从外地开会回来，我们马上组织实施。"

"不行！取缔这个违法农贸市场不能再拖了，地球离了谁都能转，我就是不信，城管执法局离开了赵长河，就什么也不能干了，什么也干不成了，就得散摊子了！李家杰，我告诉你，下周三天黑之前，你必须干净利落地把这个违法市场给我拿下来！"

方明决心很大，不由分说下达了命令，李家杰见状不敢怠慢，立刻语气坚定地大声道："是，保证完成任务！"

方明对他的回答还算满意，口风一转说："李家杰，这是你第一次执行大规模取缔违法市场的任务，想到什么问题，别藏着掖着，大胆地敞开说吧。"

李家杰一听这话，赶快说："我有个请求，请您务必答应。"

"说，只要你的请求不出格。"

"请市政府允许我们着装执法。"

"着装执法？李家杰，你还真是有股子钻劲，不达目的誓不罢休。实话告诉你，我已经找过负责清理乱着执法服装的主管部门，他们已经答应先穿上制服试试看。李家杰，你给我记住了，既要圆满完成任务，又不能给我惹麻烦。就这样吧！"

方明把电话扣上了，李家杰还拿着嗡嗡作响的话机，呆站了好一会儿。他放好了电话，环顾左右，发现钱山早已不知去向。他心想，这么大的事情，无论如何得向赵局长汇报，就拨通了他的手机。谁知刚转达完方明的指示，还没来得及谈完自己的意见，赵长河那头就火了起来，"李家杰，你是没长脑子，还是吃错了药？敢去捅文化宫违法市场这个马蜂窝？！你想过没有，把这个全市最大的农贸市场取缔了，那一两千商贩到哪里去谋生，还不是全都赶到马路上？那里面不少下岗职工到哪里去吃饭，还不是又得去找市政府？周围居住的十几万市民，吃的用的穿的问题怎么解决？一旦激化了矛盾，引发了大规模的集体上访，造成社会的不安定，谁负责？是你李家杰，还是我赵长河？市人大常务副主任夏文渊同志告诫我们，对市文化宫违法农贸市场绝不能轻举妄动，必须尽最大的努力避免引发严重的社会问题，除非你们做好了万无一失的准备。李家杰，你竟敢趁着我外出开会不在局里，目无领导，擅作主张，要采取大规模的执法行动，由此产生的一切严重后果，你必须承担全部责任！"

第四章

　　上海路街道办事处主任陈一鸣是个遇事想得开的人，这次参加全市市管领导干部的公开竞聘，他也是一路打拼，过五关斩六将，成为跻身决赛圈的六人之一。只可惜，在最后冲刺时，马失前蹄，前功尽弃，总成绩排在最后一名。尽管最后没有荣登榜首，成为人人仰慕的成功者；可是陈一鸣的心态很好，他不仅没有因此情绪低落、怨天尤人，相反还经常为自己在这次竞聘中，完全凭借个人实力，将一大批优秀的正处级干部远远地甩在了身后，让所有认识他的人都对他刮目相看而感到十分荣耀。他认为，竞聘的最终结果，大可不必过于在意，而应该像那些大战略家、大军事家那样，具有"大踏步地前进，大踏步地后退，不在乎坛坛罐罐被砸烂、一城一地之得失"的胸襟和气魄。其实人这一辈子，究竟在仕途上能走多远，将来能做多大的官儿，能干多大的事儿，这都是前世修行、命中注定的。随遇而安、顺其自然，这才是应该崇尚的最高境界。更何况，自己还顶着上海路办事处主任的头衔，虽说是个仅仅相当于"九品芝麻官"的县处级，可是在这个方圆七八平方公里的管辖区域内，他要人有人、要钱有钱、要势有势，呼风唤雨，好不潇洒自在。只要今后他好好地把握住机会，充分发挥自己掌握的各种资源，借着这次全市竞聘市管领导干部杀入决赛圈的好势头，何愁将来没有更好的前程！

昨天上午，失去了音讯的夏子强，忽然来了个电话，连句简单的问候也没有，就盛气凌人地说，他已经调入市城管执法局当办公室主任，将来一定会有更好的前途，希望今后自己做好配合，互相支持。然后，话锋一转，奔向了主题：

"陈一鸣，天有不测风云，人有旦夕祸福的古训，看来就要在你的身上应验了。据我所知，你们上海路办事处的财务状况一直还不错，不愁吃、不愁喝，小日子过得很滋润。可是，你们却忘乎所以，没有居安思危，连自己的生财之道就要被人掐断了还不知道。上海路办事处的好日子很快就要到头了，你这位办事处的大主任，居然还毫无察觉，既不见积极行动，也没有有效措施，你该怎么应对这场灾难啊？"

夏子强的这番话，把陈一鸣说得云里雾里，心里一阵阵地发毛，他紧张兮兮地问："夏主任，你可别吓唬我，陈一鸣只是个基层办事处的芝麻官，整天就和那些楼院里的老头、老太太、小哥、小媳妇们搅和在一起，处理些邻里纠纷、家庭矛盾，搞搞计划生育、卫生清扫这类琐碎小事，不像你那样经历过大阵势、大场面。现在听你这么一说，我就觉着世界末日好像要到了。求你看在咱们曾经并肩战斗过的份上，为老兄指点迷津，指出一条光明大道吧。"

没想到，这位竞技场上曾经的对手，竟然变得如此谦卑、胆怯，自己刚开了个头，才说了几句话，就戳到了他的痛处。于是，夏子强将口气缓和了一点说："陈主任，你还是很识时务的，能把身段主动放软了来和老弟说话，那我夏子强就不能袖手旁观了。陈主任，这么说吧，你们上海路街道办事处，早在文化宫违法农贸市场形成之初，就以加强市场管理为名，把手深深地插了进去。你们雇用社会人员，巧立了很多名目，向小摊小贩收取摊位费、卫生费、环保费、管理费，从中获取了丰厚的利润。我说的这些情况属实吧，没有凭空造假冤枉你吧？"

陈一鸣精明得很，脑子转得很快，马上就把这些话和夏子强原先在市工商局市场管理处的工作联系到了一起。为了套出更多内情，他继续吹捧道："夏主任，你可真神了，就连街道上狗拉下、猫尿下这些琐事，你都知道得一清二楚。"

夏子强更来了劲，喋喋不休地说："牛皮不是吹的，泰山不是垒的，你们街道上干的那些馊事，全在我的掌握之中。别忘了，本人干过专门管理市场的处长。好了，电话上不和你多啰嗦，以后再找机会，和你谈点更深层次的问题。今天我打这个电话，就是想给你透点非常重要的口风，谁让咱们曾是同路人，不看僧面看佛面嘛。实话告诉你，市城管执法局已经下了大决心，准备在近期强行取缔你们的市文化宫农贸市场。"

陈一鸣听后恍然大悟，原来市城管执法局就要拿市文化宫的违法市场开刀了！这无疑就是在剜他的心头肉，在砍他的摇钱树！他急忙说："夏主任，这么大的事情，咱能不能坐下来好好商量商量？可能你也有所耳闻，街道办事处的财政状况都很紧张，逼着我们这些当行政一把手的，想方设法赚点外快，也给办事处的财政添补添补；如果我们不这么办，恐怕就连干部职工的工资，都很难发得出去，更遑论为街道上的居民、为街道的自身发展做点事了。好在上海路办事处的辖区内，自发地形成了这么一个农贸市场，我们就在不违反大原则的前提下，动了点小脑筋，出了点小题目，收了点小费用。而且这点钱，我们取之于民，用之于民，从没有据为己有，除了用来发发工资发发奖金，还能为区里做点小贡献，为居民办点好事，何乐而不为？可是，刚过了几年好日子，你们城管执法局就盯上了，就要强行取缔这个农贸市场，真是让人心痛啊。夏主任，你看这样好不好，请你们市城管执法局高抬贵手，再宽限我们一年半载，等国家对街道办事处的改革方案出了台，办事处的财政问题解决了，你们再取缔这个农贸市场也不迟。到时候我们绝不会再有怨言，你看这样行吗？"

夏子强很不耐烦地说："我没有工夫听你啰嗦，我只是告诉你，强行取缔文化宫农贸市场的事已经定了，大规模的执法行动很快就要开始。在这件事上起关键作用、又亲自指挥执法行动的，就是刚刚走了八字、还在兴头上的李家杰！他是新官上任三把火，第一把火先烧到你头上，谁让你当过他的竞争对手。当然了，我是完全理解你要再拖上一年半载的想法，可是却帮不上你的忙；仅凭着你个人的力量，又小又有限，根本无法和市城管执法局抗衡；必须要找到大领导帮你说话，再让农贸市场的那些下岗职工和小商贩，一块儿到市委市政府去告状，你们把动静闹得大了，市领导自然就会考虑到下岗职工和小商贩的利益，考虑到居住在市场周围市民的菜篮子，考虑到社会的和谐稳定，做出停止强行取缔文化宫农贸市场的决定。其实，我很清楚，在如何处理市文化宫农贸市场的问题上，市领导们的意见并不是很一致。他们有的主张立即取缔，有的坚持时机成熟了再说，还有的坚决反对取缔这个农贸市场。领导们的意见统一不起来，这对你们街道办事处和居民、小贩们十分有利。只要抓紧做好工作，李家杰取缔文化宫农贸市场的计划，就一定会胎死腹中，彻底泡了汤。我的话就说到这里，你自己看着办吧。"

陈一鸣无论如何也没有想到，夏子强作为市城管执法局的办公室主任，竟然擅自向他这个文化宫违法市场的既得利益者，透露了这么重要的执法信息。而且，为了阻止李家杰亲自组织的这次执法行动，发泄自己对李家杰的怨恨和不满，他甚至不惜煽动挑唆自己和市民、小贩们联合起来，共同对抗市城管执法局组织的这次重大执法行动。他这种仅仅只是为了报复李家杰，就不惜严重违反工作纪律和职业道德的行为，不能不令陈一鸣大吃一惊！

区政府的会议通知很快也到了，要求上海路街道办事处主要行政领导，下午两点到兴隆路室内大型农贸市场，参加由市城管执法局牵头召开的强行取缔市文化宫违法农贸市场的工作协调会。

吃过午饭，心事重重的陈一鸣，取消了平日雷打不动的午睡，想在开会之前，再去看看那个让他割舍不下的农贸市场。快走到兴隆路小学门口时，一辆出租车从后面驶了过去，停在了他的前面，从车里下来的人，正是这所学校的老校长，他便上前搭讪道：

"包校长，你可真是个大忙人哪，马不停蹄地到处跑，是给老师们涨工资加福利，还是学生家长又请你吃了大餐？"

包校长的心里正郁闷着，看到陈一鸣那张滋润的胖脸，气就不打一处来，说："陈主任，这几年你钻进钱眼里去，早就顾头不顾腚了，还有闲工夫和我说话？要不是你的聚宝盆、摇钱树——文化宫农贸市场给我惹出这么多麻烦，我也用不着整天在外面到处乱窜，给这个灭火，给那个擦屁股。"

刚搭腔就被包校长塞了一嘴蚂蚱，噎得陈一鸣直咽唾沫，"老校长，我敛我的钱，你教你的书，这两件事情风马牛不相及，怎么和你去给谁灭火、去给谁擦屁股扯上了？"

包校长白皙的脸庞渐渐涨红，连说话的腔调也变了，反问他道："谁说风马牛不相及了？陈主任，你把两只眼再睁大点好好地看看，兴隆路小学的后面，那就是文化宫广场，过去上课时很安静，从来就没有什么干扰；而且我们两千多学生上课间操、上体育课都在那里，体育方面一直都是我们学校的特长，在全市小学中很有名气，家长们都争着往这里送学生，老师们也抢着往这里调工作，学校办得越来越红火。可是，自从文化宫广场出现了这个违法的农贸市场，我们的好日子就到了头，兴隆路小学就遭了大难，眼看着它走上了下坡路！这个可恨的农贸市场，一年到头，从早到晚，乌烟瘴气、闹闹嚷嚷，它产生的噪音和臭味，把老师学生们搅和得心烦意乱、坐立不安、非常头疼，根本就没法安心教书、安心上课，使老师的教学质量和学生的学习成绩全面下降。在两年多的时间里，十多名老师调走了，几百名学生转学了。刚才我还到一位英语老师的家里，苦口婆心地劝他留下来不要调走，可是他的主意已定，非走不可，坚决要离开这个教学环境。唉，再这样下去，兴隆路小学早晚就得散摊子了，我这个当校长的，真是心痛啊，真是没脸见人哪，干脆卷铺盖回家吧！"说到这里，不远处传来一阵紧似一阵的刺耳的电锯声，包校长抬起手，哆嗦着指着那个方向，气愤地质问道："陈主任，咱们将心比心，在这么嘈杂刺耳的环境里，假如你在课堂上教书，假如你在上课学习，你……你能专心吗？！"

陈一鸣承认，老校长说的这些都是实情。这两年，兴隆路小学的确因为文化宫农贸市场的严重干扰，在社会上的声誉大幅下降，为此他也感到十分愧疚，却又很不情愿地说："老校长，你先消消气，听我说两句。据我得到的最新消息，这个违法市场，很快就要被取缔了……"

"呸！"谁知道老校长不听便罢，听陈一鸣这么说，更是火冒三丈、气不打一处来，对着他狠狠唾一口说："你们这些骗人的鬼话，不知道说过多少遍了，我的耳朵都快磨出茧子了！现在，你还想把我这个老头子当猴耍，痴心妄想！我早就看透了，像你这样官不大、僚不小的办事处主任，早晚得栽到这个违法市场上！哼！"包校长越说越来气，干脆不再理他，拂袖而去。

饱受了这顿责骂，陈一鸣倒是没生气，他望着老校长离去的背影，感慨地自语道："包老头子说的话，不是没有道理。是你的跑不了，不是你的也留不住，看来这个违法市场气数已尽，在劫难逃了。市城管执法局这次组织的执法行动，的确是顺应民意，大势所趋啊！"

　　陈一鸣感叹了一阵子，抬起胳膊看了看手表，见开会的时间就要到了，便加快了脚步向兴隆路大型室内市场赶去。走到离市场大门不远处，看到有个人站在那里向这边张望，再仔细一看，这人正是多日不见的李家杰。陈一鸣连忙紧赶了几步，隔着还挺远，就把手伸了过去：

　　"李局长，今天你亲自来主持召开这个会议，真是没想到啊。"

　　李家杰热情地拉住他的手说："陈主任，我早就想见见你，在这里等半天了，挺好吧？"

　　陈一鸣用力握着对方的手说："我是你的手下败将，哪敢劳驾李局长这么久等？可是话又说回来了，就凭你对哥们的这番情义，有话就尽管说，有工作就尽管吩咐，陈一鸣一定全力配合，决不含糊！"

　　李家杰满怀歉意地说："陈主任这么敞亮痛快，我就更不好意思了。我也没想到，到城管执法局干的第一件事，就是要拿文化宫违法市场开刀，损害了你们的一些经济利益，实在是……"

　　没等他把话说完，就被陈一鸣拦住说："哎，话不能这么说。我认为恰恰相反，是李家杰局长上任不久，就为上海路街道办事处和这一带的市民做了一件大好事，依法取缔了这座岛城规模最大、市民群众反映最强烈的违法农贸市场，还原恢复了市文化宫广场的本来面貌，获得了老百姓的一致赞扬。作为街道办事处的主任，我陈一鸣双手拥护、热烈欢迎，得好好地感谢你才是。所以呀，我决定，从这个月工资中拿出一半，请你吃饭。"

　　李家杰见状，完全放下了心，笑着说："陈主任识大体、顾大局，还这么洒脱幽默。那好，就算为了吃上这顿饭，我也得努力干出点名堂。"

　　"好，兄弟，大胆干，没问题！"

　　两人说笑着，一同步入了兴隆路大型室内农贸市场。

联席会议由李家杰主持，他先请林大岳宣读了会议签到名单，让与会人员相互熟悉认识；接着自己又宣布了会议的议题，传达了市政府领导的指示。正要按照程序往下进行，发现人们的目光齐刷刷地集中到会议室的门口，有的人还站了起来，热情地和来人握手打招呼。再仔细一看，原来市公安局的副局长孟威也来到了会场，李家杰忙起身打过招呼："孟局长，派位处长参加会议就可以了，你怎么还要亲自来。"

孟威被会务人员请到李家杰的身旁，好像没有听到他的问话，等工作人员迅速把座椅放好，这才和李家杰握了握手坐下说："李局长第一次召开这么重要的会议，我这个分管治安的副局长哪能不来，慢待了李局长，驳了李局长的面子，没准哪天给我们公安挑点毛病、找点错儿，再到市领导面前奏上一本，我们可担当不起。"

"孟局长真会开玩笑，公安永远是城管的老大哥，这个规矩在新中国成立前就定下来了。我们只有跟在老大哥后面好好学习的份儿，哪还敢给老大哥挑刺儿、找麻烦。"开过了几句玩笑，又言归正传，李家杰随手拿起一支笔，站起来指着墙上的一幅文化宫广场平面图说："各位领导，现在继续开会。我先把文化宫广场和周边的情况，向大家做个简单的介绍。市文化宫广场位于城南区西北部人口稠密地带，处于上海路街道办事处的管辖区，面积约一万五千平方米，大体相当于两个标准足球场。它有一个主出入口，两个副出入口，广场的周围是住宅楼、写字楼、学校、医院、文化宫等高大建筑物，人称这个广场是峡谷中的小平原。过去，这里曾经是全市重要的文化体育活动中心，较好地满足了这一带市民群众的文化娱乐和健身活动需要。可是，从前几年开始，一些零散的小商小贩从四面八方向这里聚集过来，没用多长时间，整个文化宫广场就被商贩们的摊位和窝棚所覆盖。它所产生的违法扰民负面效应，远远大于给市民们带来方便实惠的正面效应。比如说，它存在着严重的火灾隐患，随时都威胁着摊贩和附近市民的人身安全，一旦失火，这片摊位连着摊位、窝棚连着窝棚的文化宫广场，必将火烧连营，逃生施救非常困难，后果不堪设想；又比如说，这里大大小小的社会治安事件层出不穷，打架斗殴、酗酒闹事、聚众赌博、嫖娼卖淫等事件经常发生，周围的市民群众存在着严重的不安全感；再比如说，这里市容环境遭到的破坏程度更是触目惊心，广场内垃圾堆积如山，粪便到处都是，老鼠蚊蝇泛滥成灾，随时都有可能爆发大规模的流行疾病，成为岛城脏乱差的重灾区。还有噪音问题、空气污染问题等等，就不一一列举了。所有这些，都给附近的居民和在这一带生活、工作、学习的市民，带来了严重的困扰。他们多次到市政府上访，给省里和中央写信，强烈反映这里的问题，给我市政府造成了不小的压力。对此，城南区城管执法局曾经多次组织力量，对文化宫违法市场进行治理整顿，可是由于种种原因，治理的效果并不明显，陷入了整治——回潮——再整治——再回潮的恶性循环。实践证明，我们只有采取最果断、最坚决的措施，彻底取缔这座违法的农贸市场，才能从根本上解决这个问题。为此，市政府做出决定，在近期依法取缔市文化宫违法市场。今天我们召开的这个会议，就是专题研究取缔违法市场的相关工作，各位与会领导有什么好的建议和意见，大家可以畅所欲言。"

城南区城管执法局长孙刚，听着李家杰介绍情况的同时，两只眼睛还不时偷偷打量分管副区长单亮的表情，见他的嘴角绷得很紧，脸色也越来越凝重，心里就想：过去几年，区里对文化宫违法市场没少操了心，工商公安、土地规划、市政环保、园林环卫、市容等行政管理部门的执法人员，你来我往，九龙治水，分散出击，成效很小。自从相对集中行政处罚权试点工作在三岛市全面开展以来，城南区执法局也曾经利用综合执法的形式，组织过几次执法行动。可是由于力量不足、资金不到位、治标不治本等种种原因，这个违法的农贸市场总是能在很短的时间内，又重新恢复到本来的面貌，让自己感到十分头疼。这次，市里主动插手进来，李家杰要亲自领导这次取缔文化宫违法市场的执法行动，虽说自己的脸上有些不太光彩，显得城南区执法局也太无能，但这毕竟是在帮助自己解决这个最大的难题。作为城南区执法局一局之长，与其总是被动地应付，不如主动地把责任揽过来，这样既能体现出自己的觉悟姿态，还能替分管的副区长挡挡风、遮遮丑。于是，孙刚说："李局长，这处违法农贸市场整治工作的不得力，引发了周围市民群众强烈不满，造成了很坏的社会影响，也给市里领导增添了很多麻烦。我作为城南区执法局局长，负有不可推卸的责任，如果市局领导要批评，那就批评我吧。"

单亮对他自作聪明的表态并不领情，瞪了他一眼说："孙局长，你高风亮节，把责任统统都揽了过去，这是什么意思？你眼里还有没有上海路街道办事处？还有没有区委区政府？今天开的这个会议，不是要追究谁的责任，也不是要比谁的姿态更高，而是要共同努力，找准问题的症结，为取缔这个非法的农贸市场，拿出切实可行的办法和措施。"

分管副区长的几句话，把孙刚呛得一时没有缓过劲来："单区长，我……我不是这个意思。"

"你还嘴硬？不是这个意思，又是什么意思？"单亮正憋着一肚子火气没地方出，见他还咬住这个话题不松口，把口气一变说："孙局长，不管是什么问题，都有区委区政府顶着，你还有什么话，回去再说。"

李家杰放下手中的笔，回到自己的座位上说："单区长、孙局长，在文化宫违法市场的问题上，我们都需要认真地总结经验、汲取教训。我赞同单区长的意见，今天的这个会议，不是要追究谁的责任，而是要共同努力，为依法取缔这个违法市场，提出好的意见，拿出好的办法。这样吧，我先抛砖引玉，提一个粗浅的思路，大家商量一下，看是否可行。"

单亮哑然一笑，说："好啊，李局长见识广，城府深，肚子里一定藏着不少锦囊妙计，不妨说出来听听，我们大伙儿学习学习。"

李家杰则认真地说："我只是为大家树一个靶子，各位应该毫不保留地提出自己的意见和看法。这两天，我了解了一些情况，也经过反复的思考，感到如果我们把大禹治水的"疏堵结合，以疏为主"的方法，运用到根治文化宫违法市场中去，可能就会收到很好的效果。"

众人满以为他会提出一个使人茅塞顿开的好主意，谁知道李家杰只是说出了一个人们耳熟能详的普通方法，都有点泄了气。

"我还以为，外来的和尚会念经，谁知道李局长提出的解决办法，也不过如此嘛。"单亮副区长冲着与会人员咧嘴一笑，又对李家杰说："李局长，不瞒你说，你开的这个药方子，我们早就用了多次，堵也堵过了，疏也疏过了，过不了几天，小商小贩照样还会卷土重来，违法市场的问题还是得不到解决。正因为它的效果欠佳，所以现在已经没有人愿意再使用这个办法了。说得悲观一点，文化宫违法市场已经病入膏肓，我们这些人目前已经无人能医、无药可治，我们必须另请高明了。"

李家杰依然信心满满，继续坚持自己的意见说："我认为，事情还没有想象得那么糟糕。单区长，前段时间，我们曾对全市的'退路进市'工作进行过认真的研究，接到市政府领导取缔文化宫违法市场的指示后，我们又深入到文化宫和兴隆路两个市场进行实地考察。现在，我提出一个问题，请各位思考：兴隆路室内农贸市场和文化宫露天违法市场之间的直线距离，不过才几百米，可是为什么兴隆路室内市场空空荡荡、冷冷清清，闲置着几千平方米的摊位无人问津；而文化宫露天违法市场，却是摊位连着摊位，人挤着人，非常兴旺。这两个市场，一个合法，一个违法；一个室内，一个室外；一个萧条，一个繁荣。这种冰火两重天的强烈反差，究竟说明了什么？在座的各位，你们谁能回答？"

与会人员对李家杰提出的这个问题，感到既熟悉又陌生，既简单又深奥，竟一时语塞，谁也没有开腔。

李家杰又说："各位不说，那还是我先说。其实这个问题并不复杂，用一句最简单的话来概括，就是兴隆路农贸市场没有为商贩们提供优质的买卖环境。具体地说，在兴隆路农贸市场内，人货通道、给水排水、冷气供暖、通风采光、卫生设施、保洁服务和各类收取的费用，距离商贩们的要求和承受能力相差太大，让他们觉得不方便、不划算、不满意，难以接受。尽管我们的市场管理人员为此做过不少的工作，付出了不少的努力，可是仍然治标不治本，没有解决他们最关心的实际问题，不如他们在文化宫违法市场上占个摊位更挣钱、更方便、更自由。所以，商贩们就不领政府的情，不买我们的账，使我们的很多工作干了也白干，全部的心血付诸东流，最后形成了现在这种极为尴尬的被动局面。"

单亮听完了他对两个农贸市场的分析，颇有同感，同时也还有一些疑惑，便对活跃起来的与会人员说："不错，李局长到任时间不长，就把情况摸得这么透，找到了兴隆路农贸市场繁荣不起来的根本症结，本人很佩服。可是，不知道李局长想过没有，治好大病是要花大价钱的。作为分管城管工作的副区长，我做梦都想在一夜之间，让破败简陋的兴隆路农贸市场，摇身一变成为一个设施完善、功能齐全、方便实用，人人都满意的超级大市场。可是，钱从哪里来？改造这个室内农贸市场，不投入几千万，根本就拿不下来，再好的设想也只能是画饼充饥，没有任何意义。"

李家杰胸有成竹，不慌不忙地说："说到钱的问题，我也有个建议，请单区长和各位耐心听听。"

单亮这次很干脆，说："好呀，李局长是代表市里来的，你的意见很重要。"

李家杰爽快地说："那好，在谈投入多少资金之前，我们得先给兴隆路农贸市场把把脉、定定位。据了解，居住在市文化宫广场周围的市民很集中，人口密度很高，但人均收入水平偏低，实际购买能力也不强。这就决定了我们改造兴隆路农贸市场的投入资金不能太多，改造后的这个农贸市场硬件水平不必太高，便宜实用就行，至少现阶段是这样，将来群众购买力强了，人民的生活水平提高了，我们再进行升级改造。因此，我们现在完全不必投入太多资金，只要改造后的兴隆路室内市场，服务管理工作比以前更周到，设备设施使用起来更方便，交纳的各种费用大部分得到减免，买卖双方能够得到更大的实惠，我们就可以将文化宫露天违法市场三分之二的小商小贩，疏导分流到兴隆路室内农贸市场里。这样既解决了这些小商贩的经营场地问题，防止他们再次回流到文化宫广场，又重新振兴了兴隆路室内农贸市场，为附近居住的市民带来更大的实惠和方便。为把这件事情做好做实，我已经向方市长汇报过我的想法，他原则上同意取缔违法市场工作可以和全市的'退路进市'工作结合在一起，由市政府从专项资金中拨款一百万元，也请城南区至少出资二百万元，他将亲自协调区政府的主要领导，落实这件事情。再加上陈一鸣主任的街道办事处，自筹资金三百万元，我们至少有六百万元，可以由上海路办事处统一使用，一方面对兴隆路农贸市场进行整修改造，一方面安置好文化宫广场三分之二的摊贩，一方面开展兴隆路农贸市场的正常业务活动。与此同时，由市城管执法局负责协调各区城管执法局，分别安置好另外三分之一自愿分流到全市其他农贸市场的摊贩。取缔文化宫违法市场执法行动结束后，由城南区城管执法局派人对这里严防死守，杜绝个别摊贩再次回流到市文化宫广场。我的这个意见，不知道各位领导是否同意？"

听完了李家杰取缔违法市场的实施方案，单亮正琢磨着如何谈谈自己的想法，不料陈一鸣又抢了先。只见他兴奋地表态道："让我们自筹资金三百万没有问题，李局长的这个办法，是彻底解决问题的大手笔，我坚决赞成！"

单亮蹙蹙眉头看着他，责怪道："陈一鸣，你怎么也缺了一根弦，和孙刚犯了同一个毛病？我这个区政府的副区长还没有表态，你们就越着锅台上了炕，还有没有规矩？散了会，等着我找你们算账！李局长，你提出的这个方案，我也原则上同意，因为涉及钱的问题，而且数目还不算小，那就要看区委区政府两个一把手是什么意见了。再说，市里只拿出一百万元，这个数是不是也少了点，仅够塞牙缝的……"

一直没有开口的孟威忽然说："单区长，你别得了便宜再卖乖，见好就收吧。市里出钱出人出力帮你们割去了文化宫违法市场这个毒瘤，还要帮助你们改造整修兴隆路农贸市场，这给城南区解决了多大的难题，老百姓要说你们区政府多少个好，我不知道你是真糊涂还是装糊涂，还不赶紧地表态先把这个好事定下来。单区长，咱可是有言在先，如果这次你还想邀请我们公安干警，参加取缔文化宫违法市场执法行动，就应该早一点为我们准备好误餐补贴，千万别像过去那样，抠抠搜搜的很不大方。这要是养成了习惯，给城南区干活越多，我们自己垫付的误餐补贴就越多，总干这种吃亏的买卖，可就没有人愿意再去伺候喽。"

尽管单亮对他说的话有所不满，但是情绪控制得还挺好，说话的态度也比较缓和，"孟局，总是拿着手电筒照别人，这就是你的不对了。我和李局出钱出力又出人，就是要帮助你们公安解除文化宫违法市场的火灾和社会治安这两大隐患。你作为分管这方面的市局领导，应该好好地感谢我们才是，怎么刚开始商量这件事，就张口闭口的总是说钱，难道你们真是穷怕了？市政府就没给你们按月发工资？"

对方的反唇相讥，孟威并没有在乎，仍然强势不减说："单区长，我还是那句话，为人处事千万别属铁公鸡，浑身上下拔不下一根毛，那可就没人愿意跟他玩了。"

"各位领导、各位领导，有事好商量，别伤了和气。"陈一鸣向前探探身子，笑嘻嘻地对孟威说："孟局长，你说我们属铁公鸡，那可就太冤枉人了。其实，我们单区长对公安干警的出勤补贴是早有打算，会前还专门责成我要全力做好资金保障。有了单区长的明确指示，取缔违法市场行动圆满结束后，只要公安方面给我们开出一张发票，上海路办事处将足额发放公安干警们的出勤补贴，我们定会说到做到，决不食言！"

李家杰心中暗暗佩服，重要时刻陈一鸣两次打圆场，火候拿捏把握得恰到好处，机智灵活地补了台，维护了各方面的利益，使会议得以顺利进行。他向陈一鸣点了点头以示谢意，然后趁势落篷，做出了总结性的发言："各位领导，今天的会议开得很好，我们就取缔市文化宫广场违法市场、振兴兴隆路室内农贸市场的问题，在认识上达成了共识，在几个重要问题的具体操作上，也进行了大概的分工。希望各位领导回去后对以下工作抓紧落实：一、在市里区里改造整修兴隆路农贸市场的资金尚未到位之前，请上海路办事处先行一步，自行筹措部分资金，尽快展开前期工作；二、一小时后，请城南区城管执法局配合市局部分执法人员，进入文化宫市场，向广大摊贩业主大张旗鼓地展开宣传教育动员工作，争取他们的理解和支持，配合这次取缔违法市场的执法行动；三、请公安部门做好部署，准备足够的警力，确保取缔违法市场行动顺利实施；四、请城南区政府组织协调辖区内办事处、工商管理、卫生防疫、建设施工和物业管理等相关部门，做好兴隆路农贸市场整修改造、摊位设置、秩序维护、环境整治和物业管理等各项工作；五、本次会议的纪要，由市局直属大队负责整理，上报下发存档。各位领导如果没有其他意见，现在散会。"

市文化宫违法市场内人头攒动、熙熙攘攘，摊贩们的叫卖声和买卖双方的讨价还价声此起彼伏。

人流中，炉包东瞅瞅、西瞧瞧，正在拥挤的摊位间闲逛。他那颗油光锃亮的大脑袋和脖子上拴着的那条又粗又重的金链子，在太阳底下泛着光泽，显得格外醒目。

炉包走到一个肉摊前，眯起小眼仔细地打量着铁钩上挂着的一排猪肉，手一抬指向了其中的一大块，摊主手脚麻利地把猪肉摘了下来，满脸堆笑地包好递了过去。炉包提起猪肉，看也没看那摊主一眼，便扬长而去了。在经过一个烟酒摊时，他干脆自己动手，抓起两条香烟、两瓶白酒，塞进了塑料袋中。正要转身离开，瞧见邻摊年轻的女摊主正撅着屁股收拾东西，后腰扯开的衣服下露出了雪白的肌肤。炉包立刻被吸引住了，两只绿豆小眼目不转睛地盯着那个女人蠕动的身体，终于按捺不住扔下了手中的东西，像只发情的野狗，猛蹿上去抱住了那个女人，用自己的下体在她丰腴的臀部上用力撞击，几乎将女人拱翻在地，惊得那女人一阵乱叫乱蹦，拼命挣脱开了炉包的双臂，慌慌张张地逃到一边，抓起身旁的杂物，哭喊着向他摔了过去。炉包像个没事人，嬉皮笑脸地冲着女人又做了几个下流动作，便拾起地上的东西，哼起小曲，重新钻进了人群中。

炉包是兴隆路胖姐酒楼的老板，人长得又粗又胖，再加上姓卢，不知道什么时候，有人就给他起了这么个绰号。时间一长，这么叫他的人一多，人们渐渐地就把他的真实姓名淡忘了。

炉包是个典型的大罪没犯、违法不断的地痞流氓恶棍，在兴隆路这一带小有名气，也在当地派出所常年挂号。对辖区里的这种地痞流氓如何管教，街道办事处陈一鸣主任，自有一套独到的见解。他认为，与其放任炉包带着一帮小混混在街面上为所欲为，扰乱社会秩序，不如以毒攻毒，以恶治恶，把他圈在文化宫农贸市场里面，给他封上一个协管员的头衔，让他协助正规市场管理人员，收取各项管理费用，维持买卖交易秩序，赶走那些意图霸占市场、滋事捣乱的外来流氓。这就等于给他拴上了一条无形的小绳，绳子的这头捏在自己的手上，随时可以紧紧拽拽，让炉包按照自己为他设计的路线往前走。人尽其才，才尽其用，何乐而不为？尽管炉包狗改不了吃屎，在农贸市场里仍然吃拿卡要，干一些坏事，但是只要他不出大格，自己对他还能管控得住，那也就睁只眼闭只眼罢了。事实上，陈一鸣的这一招挺管用，也挺奏效。这两年炉包把胖姐酒楼交给了老婆经营打点，自己心甘情愿地被陈一鸣"收编改造"，并且对自己的这位老大，在态度上还算服服帖帖、敬重有加，从来没敢在他的面前造次乱来；日常除了干协管员这个差事，手底下还管着十几个小哥、小混混，他们基本上能够循规蹈矩，都在专门划定的红线内行事。为此，陈一鸣心里经常暗自得意，认为这才是墙怕老鼠，老鼠怕猫，一物降一物的典型案例。

在兴隆路农贸市场开完了会，陈一鸣的思想有了新的变化，意识到过去那种偏安一隅、小富即安的日子可能一去不复返了。特别是李家杰还列举了文化宫违法市场内存在的很多重大隐患，不论是发生火灾、流行病，还是社会治安问题，只要有一项大规模爆发，作为守土有责的街道办事处主任，自己应该承担什么样的责任，受到什么样的法律追究和制裁还在其次，给广场内外的无数市民群众带来重大生命财产损失，那可就是自己的大罪了！想到这些，惊得他不禁打了个寒战，出了一身的冷汗，恨不得现在就将文化宫违法市场，从自己的视野中抹了去！再就是，李家杰亲自到兴隆路农贸市场，主持了取缔文化宫违法市场的工作会议，这无疑是对自己的最大爱护、最大帮助，而自己却没有尽尽地主之谊，留下他吃顿晚饭，这从哪个角度上看都说不过去。可是转念一想，事已至此，后悔也没用，不如抓紧时间干点正事。于是，他径直去了最不放心的文化宫农贸市场管理办公室。前脚一进门，就见炉包"腾"地从座椅上弹了起来，又是让座，又是递烟，又是沏茶，一番忙活后，他便喝退了左右，煞有介事地问："主任，你平时都是在天要黑、要收摊的时候才过来视察，今天却是来得这么早，这么急，莫非是有什么事情要发生？"

陈一鸣没理他，只顾低头吹着杯子里的浮茶，心想：这个混世魔王，鼻子还挺尖，嗅觉还挺灵，外面稍微有点风吹草动，他就感觉到了味道不对。取缔文化宫违法市场不是件小事，涉及一两千摊贩的大转移，一旦处置不当，引起了农贸市场的混乱，将会产生许多意想不到的问题。自己先到市场管理办公室看看，目的就是稳住炉包，然后再给他下点毛毛雨，打打预防针，防止他突然知道文化宫违法市场将要被取缔，一下子接受不了，领头闹起事来，搅乱人心，使摊贩们产生抵触情绪，让尚未完全准备就绪的执法行动陷入被动。因此，当前自己最重要的任务，就是当好文化宫违法市场的"维持会长"，千方百计地稳定住这些摊贩业主，尽最大的努力做好他们的思想工作。想到这里，他便打起官腔说："你哪来的这么多想法？我早一会儿来，晚一会儿到，这有什么可奇怪的？难道我的一举一动，还得向你汇报汇报不成？别忘了，我是政府的街道办主任，还兼着农贸市场管理办公室的主任，在这块地皮上是我说了算。我想什么时候来，就什么时候来；想什么时候走，就什么时候走，你根本无权过问，千万不要忘了你自己是个什么身份。"

"不敢不敢，炉包在主任面前，那就是个虾兵蟹将，什么时候也不敢翻天。"受了陈一鸣的敲打，炉包连忙表示自己的忠诚，同时两只小眼又贼溜溜地转了几圈，说："陈主任，你今天的气色就是有点不太对劲，肚子里也好像揣着不小的心事。我的人向我报告，说市区机关和城管公安的执法人员，刚才还在兴隆路市场开会，这说明可能真有大事要发生了。"

"没看出来，你炉包还挺有眼力见儿，本事也见长了，当了几天市场的协管员，连我心里想的什么，你都能揣摩出来，比钻进铁扇公主肚子里的孙悟空还厉害。照这么下去，用不了多长时间，我这个市场管理办公室主任的位子，是不是就得让给你来坐了，我以后是不是就得听你的指挥了？"陈一鸣的脸说翻就翻，阴阳怪气道。

炉包把大脑袋摇晃得像个拨浪鼓，极力想把自己撇清了，说："陈主任，俺炉包真是怕你了，叫你亲爹还不行？俺再不是个东西，也得讲点道上的规矩。当初是你不嫌弃，把我收在门下当上了协管员，手下还管着十几个弟兄，天天都能吃香的喝辣的，我哪还敢对你三心二意？只不过是这两天，弟兄们经常看见城管执法局的人在市场里里外外地转悠，说是要熟悉情况，调查摸底。可是他们到底要干什么，谁也看不明白，我就估摸着可能要发生什么事。陈主任，有几句话我憋在肚子里非说不可，咱这里要是真散了摊子，炉包好歹还有个酒楼可以操持着，顶多我回去多吃几口老婆的气。可是手底下的这帮弟兄，财路断了自己没有钱喝酒先说，养不活老婆孩子了，那还不得重操旧业，再把街道上搅和得鸡犬不宁？哪天男人又进了局子，家里的老婆孩子还得你去操心，说不定他们还能排起长队，上陈主任家里要饭吃。"

陈一鸣很不耐烦，斥责道："你们这些人，就是井底之蛙，鼠目寸光，只能看见眼皮子底下的那点事。我不是早就说过了吗，有这个市场，就有你们的饭吃；没有这个市场，陈一鸣也照样让你们吃上饭！只要你们不去干那些伤天害理的事，街道办事处一定会按照党的政策，为你们找出路、找活干、找饭吃，决不会半途而废，扔下你们不管。我们共产党人，说话从来都是算数的，决不会食言！不知道我说的这些话，你还记着没记着？"

"我这心里都记着呢，哪敢忘了。"炉包拍拍胸脯说。他知道，陈一鸣代表政府，说出来的话从没有落空过，也没有拿他和那些进过"宫"的弟兄们不当人看，陈一鸣是真心实意地帮教他们。就凭他为人这么实在，这么讲义气，眼前要是有酒，他能连着敬上三大碗以表自己的心意，"陈主任讲政策、重情义，炉包和弟兄们心服口服。可是，这个农贸市场实在太肥了，弟兄们在这里过得都很滋润，不少人看着都眼红。想砸咱的场子，弟兄们就是豁上了命，也得保住咱的这棵摇钱树，守住这块自留地。"

"炉包，我可警告你，你们这么干，就是对抗政府、对抗法律！你把那帮手下都给我管住了，谁要是坏了执法局的事，拆了上海路办事处的台，别怪我陈一鸣不客气！就凭你们几个土鳖的智商，还和我藏着掖着，以为我不知道，你们在文化宫市场霸占了两块最好的地界，除去收摊贩的共同项目费用，还私下收取他们的保护费和利润费，这两项加起来，每年有一二十万。可是你想过没有，市场管理办公室收取的费用，全部上交街道办事处，作为公款用来办正事；可是你们收取的这些钱财，是私下分了装进自己的腰包，性质完全不一样。就是城管执法局不依法取缔这个违法农贸市场，我也不会让你们继续胡作非为！"

炉包耍起了无赖，皮笑肉不笑地说："陈主任，你不让我们这么干，额外的油水什么也捞不着，弟兄们真要熬不住了，那还不得放了羊。他们重操旧业"找活"自己干，过得会比现在更加逍遥自在。"

陈一鸣和他谈不拢，心里一着急，正要张嘴骂几句，一个胳膊上挂着红袖标的人，慌慌张张地跑进来，上气不接下气地说："主任、大哥，不好了，城管来了很多人，还开进市场好几辆宣传车，又是发传单，又是做动员，命令所有的摊贩，要在三天之内，离开这个农贸市场，说是要依法取缔。"

炉包大骇，两只小眼瞪得溜圆，凶狠地骂道："王八蛋，说来就来了！陈主任，我召集弟兄们，把这帮城管撵出去！"

陈一鸣也吃了一惊，他没想到李家杰的动作会这么快。但是接着又意识到，李家杰这样做，肯定是为了防止节外生枝，担心时间长了容易出现各种意外，使这次重大的执法行动陷入被动。很可能在没有召开今天下午的会议之前，他就已经制定好了执法行动的各项步骤，会议刚一结束，便立即向违法市场内的摊贩们，展开了强大的宣传攻势，使整个执法行动一环紧扣一环，非常严谨缜密。想到这里，他对炉包说："炉包，我再次警告你，在这个关键时刻，你绝不能轻举妄动，更不能给我惹乱子，听明白没有？"

正说着，副区长单亮来了电话，告诉陈一鸣说，他已经将取缔文化宫广场违法市场的会议内容，向区委政府两位主要领导做了汇报，他们马上做出了指示，要求区属各部门全力配合，协助市城管执法局，做好取缔文化宫违法市场的工作；并责成区财政局，立即拨出二百万款项，打到你们上海路办事处的账户上。陈一鸣大喜过望，当即向单亮表态，坚决执行区委区政府主要领导的指示。没等他挂掉电话，就听见炉包在门外朝着市城管执法局宣传车的方向开了骂，气得陈一鸣差点蹬翻了椅子，扯破嗓门把他喊了进来，用手指点着他的脑门训斥道：

"你这个猪头，只长肉不长脑子！我劝了你半天，你什么也听不进去，还站在门口当街叫骂。从现在开始，你必须把那张臭嘴给我闭严实了，憋在办公室里，哪也不准去。等我回来再商量，下一步到底该怎么办，听明白了没有？！"

炉包不再说什么，勉强答应了。气哼哼的陈一鸣前脚刚出门，他后脚就悄悄跟了上去。快走到市文化宫广场大门口时，炉包看见周围有不少的城管执法人员，正在向市民和摊贩们发放着红红绿绿的宣传材料。这时，架在宣传车上的高音喇叭又响了，传出来一位女播音员甜美的声音：

"尊敬的市民朋友、商贩业主们：

根据三岛市城市管理相关规定，市文化宫广场的农贸市场，没有经过政府的批准，属于违法市场，严重损害了周围市民的利益。因此，自五月十七日凌晨四时起，城管执法部门将依据相关的法律法规，予以坚决取缔。在此期间，政府将会充分尊重摊贩业主们的个人意愿，并给予你们妥善的安置。凡是自愿迁入附近兴隆路室内农贸市场的，我们保证为你们提供比较满意的经营摊位，尽最大努力帮助你们解决实际问题和困难；凡是自愿迁入其他农贸市场的，我们也负责和当地的执法机关联系，为你们提供比较满意的经营摊位。现在，就请你们到宣传车前做好登记……"

听完了播音员的这几句话，炉包再四处寻找陈一鸣，他已经消失在人群中，不知去向了。他心里那股子被压制的火气，很快又冒了出来。他把半截烟头狠狠地掷在地上，又使劲碾了几脚，冲着宣传车破口大骂："你姥姥的！你们这群扒去了蓝皮的狗，自己都顾不上自己了，还有闲空敢在爷爷的头上动土，老子还就是不尿你们！"

买菜的市民和摊贩们见炉包胆大包天，竟敢公开地骂城管，和取缔违法市场的执法人员对着干，便纷纷围拢过来看热闹。炉包来了劲儿，跳起来骂得更欢了。不想脚底下有个小水坑，他一脚踩了进去，身体忽然一歪，重重地摔了个四仰八叉。等他连滚带爬地站起来，身上早就是干一块、湿一块，到处是泥了。炉包恼羞成怒，就要朝着哄笑的人群骂娘，突然被人抓住了胳膊拖到一边。他瞪起小眼就要发作，这才看清楚了来人，正是跟着陈一鸣出去喝酒，那个一晚上也没正眼看他的市城管执法局办公室主任夏子强！炉包顿时惊呆了，反应过来拼命挣脱，刚要一头扎进人群里，却被身着便衣的夏子强用手势制止了，他小声地说："卢老板，你冷静些，听我慢慢说。市城管执法局个别负责人，很快就要指挥着执法人员，来取缔这个农贸市场了。可是这种不顾民生、只顾往自己脸上贴金的做法，非常不得民心，已经激起了民愤。这就和当年国民党不顾人民的死活没有什么两样，必然遭到市民们和摊贩们的强烈反对，就连我这个执法局的人，也都于心不忍，看不下去。现在，只要你卢老板敢出面挑个头儿，领着市民、摊贩和他们对着干，上市政府找市领导告他们的状，城管执法局就不敢随意取缔这个市场了。"

炉包被夏子强说得一头雾水，晕头转向地拐不过弯来，眨巴着小眼说："夏主任，我这就不明白了，你是市城管执法局办公室主任，为什么还教我怎么对付城管执法人员？我看你不是吃里爬外，就是想拿着炉包当猴耍。"

看上去呆头傻脑的炉包，却一语道破了天机，夏子强只好很无奈地摇摇头说:"卢老板,我都说到这个份儿上了,你还是不接茬……那好,咱今天就打开天窗说亮话,我就明着告诉你,领头取缔这个农贸市场的不是别人,就是上回吃饭时,我在酒桌上骂的那个李家杰!现在,他仗着在市政府有人撑腰,又趁着我们赵局长在外地开会,想来个新官上任三把火,玩出个新花样,弄出个大动静,在很多领导不同意的情况下,要拿着文化宫农贸市场开刀!我这么说,你明白了吗?"

炉包摇晃着肉脑袋,两眼迷茫地说:"明白什么?你们官场上的那些事我不懂,也不想掺和,我就知道那个姓李的想要砸我们的饭碗,断我们的财路,要我和弟兄们都去喝西北风,这口恶气我咽不下去!市政府我们就不去了,别让公安城管包了弟兄们的饺子,我们就在这里守着,看谁敢抢我们的地盘!"

夏子强冷笑一声说:"这就足够了。"他又嘱咐了几句:"你记住,这事成了不要谢我,不成权当我什么也没说。但是不管成与不成千万不能对别人乱说是我教你这么做的,否则,咱就从此结下了梁子。别忘了,我是市城管执法局的办公室主任,什么时候想修理你,那可是手拿把掐!"

炉包眨巴着小眼儿,正琢磨着这些话的意思,夏子强已经闪身消失在人群中了。

这时,陈一鸣沿着一座废弃多年的露天灯光球场观众席的大台阶,登上了最高处。正在上面开会的林大岳发现了他,连忙从围成圈的城管执法人员中挤出来,走过去接住了他,随后两人就站在人群的后面,先听李家杰布置工作:"……基于以上情况的考虑,取缔文化宫违法市场我们准备分为三个阶段进行。第一个阶段,宣传动员,疏散安置。今天下午三点多,我们派出的宣传车和部分执法人员已经进入违法市场,对摊贩和市民展开了宣传教育工作。从明天上午开始,我们将抽调二百多名执法人员,分成若干宣传、帮扶小组,直接深入到违法市场的各个摊位和窝棚,面对面地做好摊贩业主们的宣传、动员、疏散和帮扶工作，协助他们尽快地撤出文化宫违法农贸市场，在新的经营场所安置下来。"

第二个阶段，堵截坚守，强行迁移。三天后，也就是五月十七日凌晨四时，参加执法行动的各单位，要准时在指定的位置集结。四点三十分到执法岗位，五点整展开全面清理执法行动，争取在八点整清场完毕。具体的执法力量配置方案，你们每位中队长以上的干部都人手一份，要按照外线、中线和内线层层布防。外线部分，城南区执法局派出三个中队、十辆执法车，围绕文化宫违法市场周边区域，进行不间断的密集巡查，阻止黎明时分赶往文化宫广场违法早市的摊贩和车辆；中线部分，城南局以三个中队的执法力量，分别控制住文化宫广场的三个出入口，特别是文化宫广场的正门，一定要加强执法力量，做到所有的人员只出不进，并将门外前来赶早市的个别市民尽快劝走，尤其要注意做好教育劝说工作，避免矛盾激化；最后是内线部分，以城南局五个中队、市局直属大队和部分公安干警分组包干，对拒不服从迁移疏散要求的摊贩业主，依法强制执行。在强制执行时，仍然要讲究方式方法，尽最大的努力，不产生对抗、不激化矛盾、不爆发冲突；对个别违法骨干分子，不惜用暴力抗法、制造流血事件的犯罪行为，来阻止这次取缔违法市场的执法行动的，公安人员要及时制止，严厉打击，确保取缔违法市场工作顺利开展。

第三个阶段，有序撤离，防止回流。取缔文化宫违法市场工作全部结束后，各单位应按照指挥部的命令，组织大部分执法人员有步骤、分批次地迅速撤离现场。与此同时，城南区执法局应该留下足够的执法人员，继续加强对文化宫广场的内外巡查，巩固取缔违法市场执法行动的成果，坚决防止不法商贩重新向文化宫广场回流。另外，孙刚局长还要负责联系上海路街道办事处的陈主任，请求他在摊贩业主全部转移撤离后，将这里留存的大量垃圾及时地拉走……"

"我们不需要请求，有什么工作安排，请李局长指示。"陈一鸣在人群后面高举起手臂，大声地说。人们迅速地给他让开了一条道，陈一鸣走上前拉住李家杰的手说："李局长，你们的工作效率也太高了，今天下午你在兴隆路农贸市场开会部署的工作，我还没来得及回到街道办事处进行贯彻，紧接着你们就展开了宣传，并部署了下一步的工作，甚至连清场后的那些垃圾都考虑到了。你放心，我们上海路街道办事处，保证在摊贩业主全部转移的当天，将文化宫广场里面的所有垃圾，全部清理掉！"

李家杰高兴地说："好，有陈主任的大力支持，我们一定会尽快地还给市民群众一个干净整洁的文化宫广场！同志们，取缔文化宫违法市场，是相对集中行政处罚权在我市试点以来，市局在全市组织的最大规模的执法行动。它关系到我们能不能完成市政府交给我们的重大任务，能不能造福于周围居住的市民群众，能不能很好地体现出在城市管理方面实行相对集中行政处罚权后的突出优势。所以，我们这次执法行动，只能成功，不能失败。大家有没有信心？"

"有！"

"好。另外，我还要告诉大家一个好消息，从这次取缔违法市场执法行动开始，我们全市所有的城管执法人员，全部恢复着装执法！会议就开到这里，大家回去准备吧。"

与会人员更加兴奋起来，有的鼓掌，有的拥抱，士气非常高涨，像是已经打了一场大胜仗。

"哎，大伙儿别走啊。李局长，要让马儿跑，就得让马儿吃草。天就要黑了，我请兄弟们吃个便饭。"陈一鸣忙拦住开会的人员说。

李家杰诚恳地说："陈主任，若是在平时，你作为我的'父母官'，要留我们吃顿饭，我会表现得最积极，只要你不怕被我们吃穷了，赶都赶不走。可是今天不行，我们还要回去加班加点，继续准备。"

陈一鸣听李家杰称他为"父母官",便疑惑地问:"你叫我'父母官',莫非李局长的家也在附近?"

李家杰笑着说:"陈主任头脑反应很灵敏,给你加十分。不瞒你说,我就住在兴隆路胖姐酒楼右侧的那栋楼上。"

陈一鸣好不后悔,自责道:"哎呀,你看看,我真是有眼无珠、有眼无珠!就在我管辖的地界里,住着这么一位岛上的名人,自己却浑然不知,愚蠢至极。那好,既然是自家人,李局长今天又公务在身,我就不勉强了,等到取缔违法市场的执法行动胜利结束以后,我一定请兄弟们喝庆功酒,到时候你可别推三阻四啊。"

市文化宫违法农贸市场里的摊贩业主迁移安置工作,正在有条不紊、井然有序地紧张进行。他们当中绝大多数的人,都能自觉地响应政府的号召,服从政府的安排,在规定的时间内,整理好了自己的经营物品,顺利地搬进了兴隆路室内农贸市场,很快又铺开了摊子,重新做起了买卖;同时也有小部分摊贩自谋出路,在政府的协助下,又到本市其他的农贸市场里落下了脚。到了市城管执法局限定迁移的最后一天,原来拥挤不堪的文化宫违法市场内,只剩下了百余户摊贩仍未迁走。尽管摊贩的数量已经很少了,可是这些仅存的钉子户却异常顽固,任凭执法人员磨破了嘴皮子,苦口婆心地进行说服动员,他们依然无动于衷,软磨硬抗地和执法部门对着干,终于超过了市城管执法局设定的最后迁移时限,迫使执法人员不得不启动了强制执行措施。

五月十七日凌晨,天还没放亮,李家杰已经站在了自己的指挥位置上。五点整,他用手中的对讲机,向所有的执法人员,下达了取缔文化宫违法市场执法行动开始的命令。早已在广场外面待命的几十辆执法车和工程车,同时启动了发动机,依次向文化宫广场南大门缓缓驶去。前面的几辆车刚刚进入广场，仍然坚守在广场内的摊贩们，呼叫着迅速集结起来，在抗法骨干分子的指挥下，挥舞着手中的器械，形成了C字形的包围圈，阻挡住执法车队。执法人员被迫全部下了车，向这些冥顽不化的违法摊贩，继续做劝说疏导工作。可是，违法摊贩们的情绪迅速激动起来，他们在坏人的挑唆煽动下，挥舞着手中的器械，朝着执法人员不断地示威呐喊，现场的气氛骤然紧张起来，械斗大有一触即发之势！

站在高处指挥位置上的李家杰，对广场内的情况看得很清楚。他强烈地意识到，取缔违法市场的执法行动，已经到了最关键、最紧张的时刻！广场上那些绷紧了神经的违法摊贩，随时都有可能爆发一场大规模的群体性暴力抗法事件，必须果断地采取有效措施，坚决杜绝流血事件发生！于是，他举起手中的对讲机，命令道："执法一队负责人注意，你们立即停止向前推进，脱离与违法摊贩的接触，保持一定的距离，并继续采取不同方式，做好宣传教育工作。同时，你们可以组织部分公安城管执法人员，便装进入抗法群众当中，就近做好分化瓦解他们的工作，严密监控领头抗法闹事的骨干分子，防止发生暴力抗法流血事件。完毕。"

"一队收到。"

布置结束，李家杰仍然放心不下，带人离开了高地，直接进入了执法队伍，以便更好地掌控局面，加强指挥。

接到命令的执法人员迅速后撤，同抗法摊贩拉开了距离。唯独市局直属大队大队长林大岳，只身留在执法队伍和抗法摊贩之间，面对面地做着抗法人群的工作，使高度紧张的形势得到了缓解。

这时候，天已经大亮。逐渐冷静下来的摊贩们，看着对面执法队伍的强大阵势，再看看己方这群乌合之众，开始慢慢地泄了气，还有的人扔掉手中的器械，转身离开了抗法的人群。就在这时，突然有人歇斯底里地叫嚷道："谁也不能走，谁走就砸断谁的腿！"

炉包凶狠的叫喊得到了几个地痞流氓的呼应，他们狐假虎威，威胁恫吓身边的摊贩；另外几个抗法骨干分子，又将逃离现场的几个摊贩抓了回来，当众一阵棍棒相加、拳打脚踢，吓得那些摊贩们再也不敢逃跑了。

"奶奶的！弟兄们，城管不让咱活了，咱也不能轻饶了他们，给我往死里打，把他们打回去！"

炉包对着执法人员不停地叫骂，还抓起地上的砖头石块，狠狠地扔了过去，后面的抗法分子立刻仿效，不断将砖头和石块扔向执法人员。更有一个穷凶极恶的摊贩，趁没有人注意，悄悄绕到执法队伍的后面，将点燃的汽油瓶，砸向两辆城管执法车，车辆随即燃烧了起来。大火借着风势越烧越猛，很快引爆了车上的油箱，随着"轰——轰——"两声巨响，燃烧着的碎片飞向了空中，又溅落在附近摊贩们用油毡纸、塑料布、木料和草席子临时搭建的摊位和大小窝棚上。这些易燃物品霎时便燃起了熊熊大火，浓烈的黑烟遮天蔽日，弥漫在广场的上空。炉包见状疯狂地大笑起来，正在得意忘形之时，不料身后猛扑上来好几个身穿便衣的执法人员，迅速将其牢牢地按住，然后执法人员将那个纵火犯和几个抗法骨干分子，一同押上了警车。剩下的那些抗法摊贩，顿时没有了主心骨，很快作鸟兽状四处逃散了。

就在这时，正在冷静观察广场内形势的李家杰，忽然听到女人和孩子的哭喊，顺着声音仔细看去，果然发现一位披头散发、手里牵着一个小男孩的年轻妇女，绝望地站在大火中间的一块空地上。李家杰没有丝毫犹豫，奋不顾身地冲过了火海，一手抱起了孩子，一手搀着妇女，拼命地冲了出来。随后，他连续发出了两道指令：公安备用消防车立即进入执法现场，迅速切断火场，阻止火势蔓延，全力扑灭广场内的大火；广场内的城管执法人员，除一人留守车辆，其他的人全部进入摊位窝棚区，帮助剩余的摊贩业主，带上简易生活用品，尽快离开执法现场。

这时，林大岳匆匆跑来，将手里的电话递给了李家杰，说局长要他亲自接电话。李家杰心想，赵长河在执法行动之前，就坚决反对取缔文化宫违法市场，在这个最关键的时刻，突然又给自己打电话，一定还是有关这次执法行动的问题。可是这个电话又不能不接，他只好硬起了头皮，放缓了声调，说："局长，我是李家杰，有什么指示，请讲。"

"指示？还指示个屁！李家杰，你要立即停止执法行动，赶快撤回执法队伍，听候组织处理！"

"局长，现在停止执法行动，很不合适，应该按计划继续进行，否则就将前功尽弃。"

"李家杰！你以为我在外地，就什么也不知道？现在，执法现场大火熊熊、火光冲天，执法人员和摊贩业主的暴力冲突非常严重，你已经在天上捅开了一个大窟窿！到了这么严重的程度，如果你仍然对这种悲惨的场面视而不见，那就是拿着执法人员和商贩们的生命当儿戏，就是草菅人命，就是丧失了理智，不，不是丧失理智，是丧心病狂！就在刚才，执法现场有人给我打来了电话，报告情况已经万分危急，如果我再不出手制止，现场的局面就将完全失控，造成更大的流血事件！现在，你要马上收拾残局，做好善后处理，统计好执法人员和摊贩业主的伤亡情况。如果你继续一意孤行，不计后果，那就不是一个失职渎职、违反组织纪律的问题了，而是要提高到法律的层面上，受到法律追究和严惩！李家杰，我再次命令，立即停止执法行动，撤出执法现场，听候组织处理！"

赵长河发着狠，一字一句地说完了这些话，不容对方再做解释，干脆关了机。

李家杰神情黯然，环视着文化宫广场，心里反复掂量着，眼前的这个局面到底应该怎样收拾。

林大岳见李家杰默不作声，一直难下决心，心里急得火烧火燎，"李局长，到底怎么办，你得赶紧拿主意，这可是最关键的时候，你可要千万挺住，到底是进是退，大伙儿就等你一句话了。"

少顷，李家杰转过身来，表情凝重地对身边的执法人员说："同志们，我们组织的这次取缔违法市场执法行动，是按照市政府领导的指示进行的，完全符合组织程序和纪律要求。更重要的是，我们执法的最终目的，就是为了维护岛城绝大多数市民群众的根本利益，也是为了忠实地履行我们的职责，坚决制止各种违反城市管理法律法规的违法行为。因此，我们决不能停止这次执法行动，中途撤出执法现场。现在，我命令你们，按照取缔文化宫违法市场的具体分工，继续开展执法行动。不获全胜，决不收兵！"

随后，李家杰果断地举起了对讲机，向在广场附近集结待命的执法人员，发出了"继续开展执法行动"的命令。刹那间，几十台推土机、铲车、运输车同时发动了起来，一辆接着一辆地进入了文化宫广场内，轰隆隆地冲向了那片低矮破烂的摊位窝棚！

第五章

　　李家杰亲自组织指挥的第一次大规模城市管理执法行动圆满地结束了。

　　第二天一早，他就赶到了市政府，向方明副市长详细汇报了这次取缔文化宫违法市场的执法情况。在谈到改造装修兴隆路农贸市场需要的费用时，李家杰对方市长的坚决支持，表示了衷心的感谢；又对自己在执法过程中，没有更加深入地做好摊贩业主的思想工作，致使小部分人员产生强烈的抵触情绪，终于发生了严重的暴力抗法事件，做出了诚恳的检讨。而方明却不这么看，他认为任何大规模的执法行动，事前就是准备得再充分，考虑得再周到，都存在着突然发生各种意想不到的情况的可能性。尽管在这次重大执法行动中，几位执法人员受了轻伤，两部执法车辆被烧毁；但是城管执法部门彻底取缔了全市最大的违法市场，还给了十几万市民一个永久的、安全的，适宜工作、学习、生活的好环境，还是很值得的。当然，对于在执法行动中存在的问题，市城管执法局应该认真反思和总结经验教训，以便把今后的工作做得更好。与此同时，方明还对李家杰个人在这次重大执法行动中的表现，给予了充分的肯定。他说，"共产党员怕就怕'认真'二字，你李家杰在关键时刻能冲上去，不怕困难、勇于担当，率领城管执法人员忠实履行了自己的职责，完成了市政府交给的任务，经受住了严峻的考验。而且，你在工作中能够团结协调各个方面，充分运用经济杠杆，成功调动起市区街三级政府的积极性，发挥出了兴隆路室内农贸市场的最大功效，在妥善安置好一千多名摊贩业主、下岗职工，保住周围市民群众'菜篮子'的前提下，坚决取缔了这个如同城市毒瘤的违法市场，彻底消除了在文化宫广场发生火灾、治安、卫生、环保等重大安全问题的隐患，为全市在这方面的工作提供了有价值的经验。"方明毫不掩饰自己的心情，高兴地夸奖李家杰说，"给你一个小舞台，你就能在上面玩出新花样，功力道行都挺深啊。这说明，我们的城市管理执法工作，决不能因为有些反对意见，听到些骂娘的声音，就前怕狼、后怕虎，裹足不前，不敢作为。事实证明，城管执法队伍存在的价值，只有在实实在在的工作中才能体现出来。只要你们为了绝大多数人民群众的根本利益敢于严格执法、理性执法，就一定能得到广大市民的拥护和爱戴，就一定能得到市委市政府和全社会的理解认可。"说罢，他慨然提笔，当面在李家杰的请示报告上批示，请市财政局从全市"退路进市"专项经费中，拨出一百万元，用于兴隆路农贸市场的整修改造项目。

很显然，分管副市长对这次取缔市文化宫广场违法市场的工作非常满意。可是，因为这次重大执法行动，李家杰却与自己的顶头上司——书记兼局长赵长河，产生了严重的意见分歧，公然地违抗了他的命令。虽然事实证明了他的做法是完全正确的，效果也是显著的，得到了市政府领导和广大市民群众的认可；但是，他这么做，在组织原则上又是不允许的。更让李家杰担心的是，这势必让他和赵长河本来就很冷淡、很微妙的个人关系，变得更加雪上加霜，更加不可预测了。那么，赵长河究竟会做出什么反应呢？自己今后又该如何与这位顶头上司相处呢？为此，在李家杰的心里，充满了不安和迷茫，感到十分纠结。

星期天到了，林大岳没有食言，约上李家杰，又叫了陈一鸣，三人各自带好钓具，一起兴致勃勃地赶到海边，登上了一艘正在等候他们的小快艇，朝着海天连接处的一座岛屿飞驰而去。

"大岳、一鸣，今天可是个钓鱼的好日子！赶上了阴历十五，涨大潮、退大潮，昨夜还刮起了一阵西北风，今天早上就停住了。这么好的潮水和风向，我看用不了多长时间，咱们就能钓上来几十斤鱼。"李家杰迎着海风，大声对两个人说。

昂首挺胸屹立在前面的林大岳，抬手摸去了溅在脸上的海水，兴奋地说："这么好的潮水很难得，是老天爷开了恩，专门为我们准备的。家杰局长，幸亏你还听劝，今天终于出山了，要不然白白错过了这个难得的机会，那该多可惜！没听说吗，钓鱼可是一种很奢侈的享受，今天我们就是要放松放松身心，好好地享受享受！"

把身体蜷缩在挡风玻璃下面的陈一鸣，仰起脑袋说："林大，你还认真了，真以为家杰局长不想来，根本就不是那么回事。我琢磨着，出海钓鱼恐怕他比谁都急，只不过还惦记着取缔违法市场后的一些工作罢了。"

林大岳很赞同陈一鸣的说法，也借此机会宽慰了李家杰几句："瞎猫碰了个死老鼠，这次算你说到点子上了。告诉你吧，今天一大早，我就陪着家杰局长先去了趟文化宫广场到处转了转，看到在敞敞亮亮、干干净净的广场上，已经有不少人开始晨练了，四周也没有发现一个商贩。更何况，孙刚局长放弃了这次钓鱼的好机会，说他守土有责，不敢大意；如果再出现了什么问题，他将对不起家杰局长，对不起江东父老兄弟。他还说，你们就把心放在肚子里，好好地享受钓鱼吧，只是满载而归的时候，别忘了给兄弟我捎回来几条鲜鱼，当下酒菜就行了。"

陈一鸣见自己的看法受到了林大岳的肯定，心里喜滋滋的，情绪越发高涨："你们两位有所不知，其实天还没亮，我就爬了起来，赶到兴隆路农贸市场一看，里面赶早市的人熙熙攘攘，一点儿不比文化宫露天市场的人少，用人挤人来形容毫不夸张，繁荣的景象就像对联上说的那样：财源广进通四海，生意兴隆达三江。当时我就在想，要保持住兴隆路农贸市场这种兴旺发达的景象，就必须要做到家杰局长在会上讲的那三点：一是市区街三级政府承担的维修改造资金，都要及时到位；二是市场内部的管理服务，要更加科学、更加规范、更加人性化；三是要大力减免各项收费，让摊贩业主的买卖做得更划算、更挣钱。可是，家杰局长，这第一件事，我还真为你捏着一把汗，你向市政府的领导伸手要钱，方市长不会难为你吧？"

李家杰很坦率地说："实话实说，在没开兴隆路会议之前，我对自己的这个想法，心里也很打怵，觉得这一百万没法向方明副市长张开嘴。可是再一想，如果不这么办，后面的一系列工作将无法开展，这才咬住了牙，壮起了胆子，硬起了头皮，向方市长来了个狮子大开口，请求市政府拨款一百万。取缔文化宫违法市场结束后，我去市政府向方市长汇报工作，这心里更是七上八下、提心吊胆的，担心取缔违法市场出现了暴力抗法这种恶性事件，在社会上造成了一定的影响，他会为此大发雷霆，一怒之下把我撵出办公室，这一百万元拨款可真就从此石沉大海了。我在会上的承诺彻底泡了汤，无法兑现，自己下不来台事小，耽误了后面的工作可就闹大了。可是，让我意想不到的是，当我胆战心惊、小心翼翼地把这个问题，向他提出来以后，方市长竟然大笔一挥，很痛快地批了这一百万！我这颗拔凉拔凉的心，突然来了个急速升温，一下子就热乎了起来。"

"就这么简单？"两个人的表情很愕然，异口同声地问。

"啊，就这么简单。"看着两人难以置信的错愕样子，李家杰又肯定地说："陈主任，这一百万已经是板上钉钉，可以说随时都可以打到你们单位的账户上了。"

陈一鸣好像明白过来什么，抓着头皮说："哦，怪不得区政府的钱到位这么快，说不定这和方市长的协调表态有直接的关系。为了不落在市政府后面，留下一个守财奴的名声，区政府才赶在市政府的前面，把钱一下子都打了过来。这若在平时，想把这点钱要出来，那可就太难了。我得天天在区里泡着，像是挤牙膏一样，挤出一点算一点。"

李家杰又想起了一件事，接着问他："陈主任，那位妇女和孩子都安顿好了吗？你可不能把我托付的事忘到脑后面去。"

陈一鸣装作不太高兴的样子，咂着嘴说："啧啧啧啧，家杰局长，不信任我是吧？你安排的任务，我哪敢马虎？你怀疑我，我还怀疑你呢。这么三番五次、不厌其烦地催我，连口气都不让喘，她到底是你的什么人？你对她动了什么心思，怎么时刻挂在心上？我再一次向你保证，一定要做到让她满意，让你满意，这总该行了吧？"

李家杰也说："你这个人哪，总是往歪处想。那好，我不催你了，相信你一定会积德行善，办好这件事。"

正聊着，一个大浪迎面扑来，快艇被高高地托出了海面，又重重地跌落下去，顿时溅了三人满脸满身的海水，激起了一阵惊叫。

"都抓紧了，千万别被甩进海里，还没开始钓鱼，先把自己当成鱼食喂了鲨鱼！"陈一鸣自己缩成了一团，同时还不忘提醒别人。

林大岳斜视下方，挖苦他说："我们两位浑身上下都是骨头茬，没有哪条'傻鱼'稀罕；可是你这身大白肉，一千海里外就能闻到腥味，甩进海里不出两分钟，也就只剩下'架子鼓'了。"

陈一鸣好人没做成，还受到一番数落，立刻反击道："你这张狗嘴，吐不出象牙！"

李家杰岔开他们的话，大声问："你们俩谁去过黑石礁？那里可是鱼多、礁多、水流急，最容易上鱼，也最容易挂钩。如果把咱带来的鱼钩、鱼线和铅坠很快赔进去，我们就只能望洋兴叹了。"

"那还不好办？咱就立马打道回府，到海鲜市场转一圈，买上几十斤新鲜鱼，拿出几条到酒店加工加工，当作下酒菜，再找来孙刚喝上一顿。剩下的那些哥几个分分，各自拿回家去，应付应付老婆，这不就全扯平了嘛。"脑子快、嘴快的陈一鸣说。

林大岳一听乐了，说："这个主意还不错。陈大主任说了一万句废话，就是这几句说到了点子上。男人嘛，最在乎的还是这个脸面。在外面忙活了一天，还喝了一顿酒，最后甩着十根'胡萝卜'回家，见了老婆实在没有底气，说不定再被人家臭骂一顿，自己连个响屁都不敢乱放，实在是没劲。现在，经陈大主任这么一点拨，我的眼前豁然开朗了。咱用这个法子回家对付老婆，准能哄得她笑脸相迎，好好地伺候着。陈大主任，我看你还是好人做到底，贡献出点银子来，把买鱼的事办了吧。"

陈一鸣仰脸看着他，满不在乎地说："林兄，这才到哪儿？天上飘着五个字，全都不是事！你就瞧好吧。"

快艇驶近黑石礁，缓缓地靠上了一块小礁石。几个人和驾驶员约定好返回的时间，就带上各自的渔具，离开了小快艇，又连续越过几条小海沟，登上了一座巨大的礁盘，开始做钓前准备。

李家杰很娴熟地组装好一根钓竿，在线头处系上了铅坠和鱼钩，又挂上了鱼饵。然后，他拉开架势，双臂用力一挥，铅坠便拖起长长的鱼线，落入六七十米开外的海中。

"一气呵成。同行一眼就明白，李局是个钓鱼高手。"林大岳摆弄好自己的钓竿，双臂一甩，鱼线在空中划出一道美丽的弧形。接着他又转动几圈滑轮，收回了一些鱼线，把钓竿插进岩石的缝隙之中。

"高手谈不上，钓鱼老手应该是名副其实。"说着，李家杰放下手中的活儿，伸出两只手去，"你看，手上的这几道疤痕，都快三十年了，全是小时候用铅笔刀做滑轮留下的纪念。所以说，本人的钓鱼历史不短了，可是战绩平平，没钓上过像模像样的大鱼，不敢在二位面前班门弄斧。"

那边陈一鸣举起了钓竿，嘴里还不住地嘟囔说："泰山不是垒的，牛皮不是吹的。我现在就给你们露一手，看好喽——"

林大岳挑起眼角，口气轻蔑地说："陈大主任，尽管你身上肉多有点分量，那也得悠着点，别不小心一使劲，把自己也甩出去喽。"他的话刚说完，只听陈一鸣手中的钓竿，被甩得"呜"一声响，眼看着铅坠拖着鱼线，落进了挺远的海里面。"哟嗨，陈大主任，这一手露得漂亮，算我狗眼看人低，忘了你也是海边长大的。"

李家杰又将第二支进行完了这套程序的钓竿，插进了石缝中说："都说钓鱼上瘾，只要钓过了一次，再想不钓就很难了。这其中的奥妙，全在鱼儿咬钩时的刹那间，手中鱼竿的那阵子抖动，心里头扑扑腾腾跳动的那种感觉，简直是妙不可言，太诱人了、太激动了！"说到这里，他忽然发现第一支鱼竿的竿梢，果真用力抖动了起来。他赶忙向前跨出几步，拔出石缝中的鱼竿，将其夹在腋下，再轻轻地摇动滑轮，确信鱼儿已经上钩，随即便将竿稍向上用力一挑，钓竿瞬间便弯了下来。李家杰赶快摇动几圈手柄，又适当地放了放线，再重新收紧了鱼线，这样反反复复地收放多次，终于将一条几斤重的黑头鱼，拖到眼前的水面。林大岳眼疾手快，一把抓起准备好的抄网，从水下向上一兜，便将这条活蹦乱跳的大黑头用力提了上来，惹得几个人又惊又喜、又喊又叫，高高兴兴地将这条鱼儿放养在了一个全封闭的小水湾里。

回到自己的钓位，林大岳心里又急又痒，他不停地搓手踱步，对着大海喊道："郁闷啊郁闷，老天爷太不公平了，我的鱼竿怎么还没鱼咬钩？你们这些鱼鳖虾蟹们都听好喽，家杰局长开竿大吉、旗开得胜，我和陈大主任当然也不能闲着，欢迎你们都给个面子，早点儿上钩，我们一定会盛情款待！"

陈一鸣也捏紧鼻子，尖着嗓门说："快得了吧，你们的盛情款待，俺可享受不了。一旦我们上了钩，谁也逃脱不了被下锅煮熟，吃进你们肚子里的命运。也就是俺黑头哥傻头傻脑，经不住你们的诱惑，才被你们钓了上去，俺可不能再上你们的当了。"

两人正要着贫嘴，忽然同时发现，自己的钓竿一个劲儿地点头，便知道鱼儿已经上了钩。他们赶紧拔起鱼竿，一阵子手忙脚乱，不一会儿两条不小的黄鱼，就被他们钓了上来。就这样，几个人来回收竿甩竿，忙得不亦乐乎，没用太长时间便都有了很可观的收获——几十条大小不等的黄鱼、黑头、鼓眼、逛鱼、鳝鱼，还有螃蟹，挤满了那个小小的水湾。

一想到这些鲜活的鱼儿很快就要变成极为可口的鱼汤，陈一鸣禁不住一个劲往下咽口水，最后还是忍不住了，开始不停地喊饿，李家杰、林大岳只好恋恋不舍地收了竿。按照事先的分工，李家杰负责掌勺，他麻利地摆好野餐炊具，把事先切好的葱姜蒜和豆腐放进了精钢锅里，再倒入几瓶矿泉水，点燃了酒精炉；林大岳干活也挺麻利，七八条大小不等的鲜鱼，在他手中很快就被开膛破肚、摘腮去鳞冲洗干净，放进锅里炖了起来；陈一鸣则开罐头倒啤酒，切香肠摆餐具，样样都准备得很细致。待一切收拾停当，从喝上第一口鱼汤算起，不出一个小时，这顿美味佳肴和一箱啤酒，便在他们风卷残云般的狼吞虎咽中，被一扫而光了。

也不知睡了多久，林大岳被阵阵海涛声惊醒。睁眼看看，发现自己的身上盖着李家杰的衣服，他忙起身四处查看，只见李家杰正坐在附近一块礁石上沉思，就拿着衣服走过去，披在了他的身上，关切地问：

"出来透透气、钓钓鱼，多开心，还有什么心事放不下？"

李家杰莞尔一笑，答非所问地说："醒了？睡得很香，鼾声震天，都压过了海浪声。"

林大岳大嘴一张，笑着说："嗨嗨，这就对了，能吃能睡，这是我的福气。我这种人哪，没肝没肺，肚子里总是装不住事，虽说没有多大出息，却也活得潇洒自在。这一点，你还真得向我学习，别想得太多。再说了，现在你是市管领导干部，只要不违背大的原则，不犯大的错误，谁也不能把你怎么样。"

李家杰淡淡地说："你想到哪去了，我还不至于那么小肚鸡肠，遇到点事就想不开。"

林大岳在他的身边坐定，点上香烟吸两口，说："拉倒吧，你就别嘴硬了。那天我在你的办公室，钱山副局长当面倚老卖老、蛮横无理，明目张胆地挤对你，连我都看不下去了。你却还是一味地讲团结、讲大局，再这么讲下去，你可真就成了谁想捏就捏的软柿子，哪还有点副局长的权威？"他见李家杰望着远方沉默不语，干脆敞开来说："钱山副局长的情况，你可能不太了解。他这个人表面上看挺粗犷、挺大咧，好像对什么事情都不太在乎，可是骨子里却很自私、很计较。前年组建市城管执法局，他满以为局长大位非自己莫属，没想到市里把赵长河调来当了一把手。他顿时就像泄了气的皮球，情绪非常低沉，经常小病大养不来上班。后来，他可能想过来了，认为赵局长年事已高，只是一位过渡性人物，只要自己再坚持几年，局长的宝座说不定还是他的，这才又打起了精神，恢复了工作。可是你这么一来，他立刻又感到是个威胁，会使出浑身解数，明里暗里和你争斗。在这种背景下，你来执法局报到，被冷落了几天没人管后，局办公室居然经过赵局长的同意，安排你和钱局长同坐一辆车、同在一间办公室工作，这难道正常吗？我看未必。"

李家杰疑惑地说："是啊，我也有所感觉。局里明明知道，钱局长十年以前就在那间办公室里干城管办副主任，就一直使用着那部车，天长日久早就养成了固定的习惯。在机关完全可以为我腾出一间小办公室，有重要公务也可以为我临时派车的情况下，为什么还要生硬地把我们合在一起？这种做法，从组织原则上看，完全符合有关规定；但是从具体情况来看，却打乱了钱局长多年的个人习惯，随时随地都有可能在我们之间制造出一些矛盾和摩擦。那么这种安排，到底是偶然疏忽，还是有意为之？"

林大岳冷笑一声，说："很明显嘛，这是故意安排的。这样的馊主意，也只有比你提前报到一周的夏子强能够想得出来。他这么做的目的，我们都看得很清楚，无非就是希望你和钱局之间产生内耗，造成两败俱伤的局面，以便他能从中渔利。"

李家杰蔑视道："这种损人不利己的招数，永远都拿不上台面，一旦被人识破了，也就没有什么意思了。好了，咱不谈这些。其实啊，最让我感到忧心焦虑的，还不是这些问题，而是我们城管执法队伍的未来前途。"

"李局，我看你该想的不想，不该想的瞎操心。"林大岳不无埋怨地说："你考虑的这个题目太大太复杂，从全国诞生第一支城管执法队伍那天起，到现在也没有谁能真正说清楚，这支执法队伍的将来到底是个什么样。"

李家杰目光深邃，像是说给林大岳听，也像是说给自己听，"没有远虑，必有近忧。我作为三岛市城管执法局的一名副局长，上为市委市政府，下为数千名兄弟，完全有责任为城管执法队伍将来的发展和前途，认真地思考，努力地践行，尽到自己的一份绵薄之力。大岳，在城市管理领域实行相对集中行政处罚权制度，是国家确定的行政执法体制改革的方向，我们必须坚定不移地贯彻执行。可是，全国各地在这场城市管理行政执法的变革中，在体制、机制、法制以及执法人员的身份、待遇、装备等各方面却大相径庭，出现了很多亟待解决的问题。如果这些问题不能引起人们的足够重视，就会严重侵蚀这支新生的执法队伍。比如说，公安、工商、环保、税务、质监等绝大多数行政执法部门，都是实行垂直管理，国家设立的行政业务主管部门可以管理到基层一线的执法队伍，形成了一套科学规范的管理运行机制。可是，在城市管理行政执法方面，国家和省一级都没有行政业务主管部门，就连市对区、街执法队伍的管理，也仅仅停留在业务指导，并没有人事、财政等方面的管理权。因此，这种市、区双重管理，以区为主的管理模式，中间断层严重，存在很大空白。市局部署的执法工作，只要当地区委区政府不点头、不发话，区局可听可不听，敷衍应付、推诿扯皮现象很普遍；甚至个别区局领导人，不从市局是区局的上级领导机关的角度来处理问题，而是要看与自己的个人关系究竟如何，凭借私人交情、个人好恶来处理公务。可是，这些具体的情况，市里的领导们和市民群众们并不完全知情，他们只知道市局是区局的上级领导机关，全市出现的所有城市管理问题，市城管执法局理所当然就要承担全部的责任。面对这些问题，我们究竟应该如何处理？怎样才能从根本上予以解决？这些都值得我们深入地思考。"

"嗨，你这话算是说到我心里去了。"林大岳大巴掌一拍，高声叫道："李局长，我们直属大队的工作职能，就是负责全市城管执法部门的队伍管理、队容风纪、廉政建设。可是，究竟应该怎么管？管到什么程度？说句实话，到现在我的心里都没太有底。现状就是这样，我们抬头看不见亲爹娘——上面没有国家主管部门，低头看不见亲儿女——下面没有直属单位。这两头不着边，上下使不上劲，我们夹在中间是干着急、干上火，这种憋屈的滋味，实在太难受了！"

李家杰很激动，不由得站起来说："我们的面前，到处困难重重，遍地布满荆棘。唯一的出路，就是咬紧牙关，脚踏实地，遇山过山，遇河蹚河，一步一个脚印地往前拱！上级领导既然把这块阵地交给了我们，我们的责任和使命就是，在现有的城管执法体制下，团结奋斗、砥砺前行，全力以赴地完成相对集中行政处罚权的试点工作，向市委市政府交上一份合格的答卷！"

"好，就照你说的办！"林大岳也挺身站了起来。

"大岳，你喜欢诗吗？"李家杰忽然问他。

"诗词歌赋是我们中华民族的瑰宝，我当然喜欢。"

"那我就为你背诵一首我十八岁登临泰山时，写的一首五言律诗。"李家杰跨出了两步，望着波浪汹涌的大海，情绪激昂地朗朗吟诵道：

秋空横东岳，巍峨刺破天。

腾腾松柏气，浩浩云海烟。

豪杰攀古道，龙蛇锁深潭。

问君意如何，险峰若泥丸！

"好一个'险峰若泥丸'！只要能有这样的精神气度，就是天大的困难，也会被我们踩在脚下！"林大岳击掌叫绝，大声喝彩。

此时，一排涌起的大浪扑来，猛烈地撞击到附近突出的礁岩上，随着一声山崩地裂般的巨响，雪白的浪花冲天而起，衬托着李家杰坚毅挺拔的身躯，瞬间构成了一幅生动绝美的画卷！

前来市局参加紧急会议的区局长和市局机关的处长、大队长们，像是听到了什么风声，个个神情严肃地进入会议室，谁也没有像往常那样，见了面互相开开玩笑、打打哈哈，而是闷头坐在各自的座位上等着开会。

夏子强看看开会的人员都到齐了，说声请大家稍等，自己就去了局长办公室请赵局长。见赵长河还在低头翻看案头上的资料，正要开口请他过去主持会议，赵长河先开了腔：

"子强，你来得正好，我这刚刚回来，你就催着我开这个会，是不是太急了。我看了看你们给我写的这个发言提纲，有几个数字我还得当面和你落实一下。取缔文化宫违法市场那天早上，你在现场给我打电话，说广场上暴力抗法的摊贩有二三百人，好几辆执法车被烧毁了，还打伤了几十名执法人员，社会舆论反响很强烈，市委市政府的领导也非常恼火等等。可是，从你们给我准备的发言提纲上看，这和你在现场跟我说的数字完全对不起来。比如说实际上执法人员被打伤的只有两三个人，被烧毁的执法车也只有两辆，参加暴力抗法的分子还不到一百人。这到底是怎么回事？你们得把数字报得清楚、确切，免得报送到市政府的和在全市城管执法系统通报的，弄到了两岔去。"

夏子强解释道："现场的报告和后来的统计报告，在数字上确实存在着一定的误差。主要原因是，执法行动那天，天才蒙蒙亮，视线比较差，而且现场又非常混乱，所以报告的数字就不太准确，应该以这次最后的统计为准。但是我认为，数字统计上不太准确，这不是问题的关键。最重要最突出的问题是，在这次取缔文化宫农贸市场的大规模执法行动中，个别的领导干部目无上级领导，目无组织纪律，有令不行、有禁不止，好大喜功、哗众取宠，擅自利用手中的权力，大量调动执法队伍，目的就是建立个人威信，树立个人形象，严重损害了赵局长您作为全市城管执法系统最高领导权威的形象，破坏了城管执法队伍军事化的统一领导。"

对于夏子强说的这些问题，赵长河向来就特别忌讳，是他绝不允许出现的。他阴沉着脸说："如果李家杰真的这么想，也真的这么做了，那就得在这次领导干部会议上，好好地说道说道，好好地整顿整顿，绝不姑息迁就！走，开会去。"

说罢，两人就去了会议室。

一进门，赵长河就问："人到齐了？"

"到齐了。"

"到齐了，一个也不少。"

钱山、夏子强争相答道，还相互不满地看了对方一眼。

"那现在就开会。可能有的同志不太理解，基层的执法工作这么忙，周一上午一般都要参加区长办公会，为什么市局却突然改变了以往的做法，通知各区局主要负责人，必须参加市局今天召开的全市城管执法系统领导干部紧急会议，而且不管是什么原因，都不能请假，否则就全市通报。其实，这也没有什么好奇怪的，因为在一些特殊的情况下，我们必须统一行动、严肃纪律，否则将严重贻误全市的城管执法工作。"开场白说完，赵长河接着宣布道："言归正传。这次会议有两个议题：先讨论市局办公室赶着起草的一份文件，大家提提意见，争取早日下发；再就是研究一下取缔市文化宫农贸市场执法行动的一些相关事宜。子强，你先说说文件吧。"

夏子强煞有介事，似乎是在有意地炫耀。他说："市城管执法局党委书记、局长赵长河同志，高度重视市局即将出台的这份文件，连在外地出差期间，都反复给我打电话做指示。为了全面贯彻落实赵局长的这些指示精神，坦白地说我两天两夜没合眼，亲自执笔起草了这份文件。该文件的题目是《关于在全市城管执法系统大力开展思想、作风、纪律整顿的意见》。我可以很负责任地告诉大家，赵局长在全市执法工作非常紧张的情况下，仍然做出了进行这次思想、作风、纪律整顿的重大决定，就是因为在我们全市城管执法队伍中，普遍存在着以上这三个方面的问题，尤其是在个别的领导干部身上，这些问题表现得更为严重、更为突出，已经到了非下重手解决不可的程度！"说到这里，他朝着李家杰瞟了一眼，咳了两声，继续说："在座的各位面前都有一份文件的初稿，你们可以在会议上提出口头修改建议，也可以在草稿上用文字修改。只要是有利于城管执法队伍建设，有利于树立市局集中统一的领导权威，我们都会积极地采纳。赵局长，我的发言结束了。"

赵长河对他的发言比较满意，只是感到夏子强人微言轻，恐怕难以服众，自己需要做出进一步的重申和强调，便说："夏子强主任对市局下发这个文件的背景，进行了解释和说明，我基本上都同意。在当前全市城管执法工作异常繁忙的情况下，市局下了最大的决心，集中两个月的时间，在全市城管执法系统内部进行一次思想、作风、纪律整顿，它的目的意义、指导思想、方法步骤、时间安排等具体要求，文件上都已经写得很清楚，我就不再重复了。但是，我要在这个会议上特别强调的是，在座的各单位主要领导，一定要对这次思想、作风、纪律整顿的重要性、必要性和紧迫性，有更加清醒的认识。正因为在我们城管执法队伍中，尤其是在个别的领导干部身上，存在着严重的组织纪律观念不强，有令不行，有禁不止；上有政策，下有对策；目无领导，好大喜功；我行我素，老子天下第一等这些严重腐蚀城管执法队伍的问题，所以我们非常有必要举一反三，进行一次自上而下的思想、作风、纪律整顿，最终达到惩前毖后、治病救人，进一步提高各级执法干部，尤其是领导干部素质的目的。当然了，这次整顿工作结束以后，市局也会将有关的情况，实事求是地向各区政府、党委进行通报。更为重要的是，如果今后有人不接受经验教训，继续我行我素顶风而上，那就不管他是谁，哪怕是市局的领导，我们都将一视同仁，严肃处理，决不姑息！因为时间关系，这个议题就不展开讨论了，有什么意见、建议，就写在你们手里的初稿上吧。下面，由李家杰汇报一下取缔市文化宫农贸市场的执法行动，成绩不成绩的就不要说了，存在什么主要问题，倒是要好好谈一谈；然后请在座的各位，帮助你好好地分析分析，现在就开始吧。"

会议的两个议题事先并没有人告知李家杰，现在赵长河突然要他汇报这次执法行动中存在的主要问题，没有任何思想准备的李家杰，只好停下手中的笔记说："局长，取缔文化宫违法市场所遇到的所有重要问题，我们都已圆满地解决。至于在执法过程中存在的一些不足和缺点，市局直属大队和城南局正在自下而上地认真总结，后天就能形成一个正式的执法行动工作报告，到时经过您的同意后，我们可以上报市政府，下发至各区执法局，这样的总结会更系统、更全面、更有意义。所以我建议，这次会议就不说了。"

"李家杰，你这是什么态度？！向赵局长和各单位各部门主要负责人，当面汇报取缔文化宫农贸市场执法行动中存在的主要问题，仅仅凭借着一份工作总结就可以取代了吗？你要的这个小聪明，就连小学生都瞒不过去，何况我们这些人也不是阿斗，你也不是诸葛亮。你这么做的唯一目的，就是要故意拖延，试图掩盖执法行动中存在的那些重大问题，逃避自己应该承担的责任。这正恰恰说明了，你从骨子里就蔑视赵局长，蔑视局党委，蔑视在座的所有与会干部，可以说你的傲慢和轻狂，已经到了肆无忌惮的程度！"当李家杰很自然地谈出了自己的想法后，没等主持会议的赵长河对他的发言进行表态，钱山抢在赵长河的前面发表了自己的看法，而且心怀叵测、措辞过激，以维护赵长河个人领导权威、捍卫赵长河个人领导形象的姿态，出现在众人的面前。只听他继续说道："在座的老城管都知道，文化宫农贸市场一直就是我市城管执法工作的老大难、烂泥塘，过去我们组织过多次执法行动，非但没有治理好这个违法市场，反而陷了进去，很难拔出脚来，招惹了很多麻烦，连屁股都擦不完。这次，李家杰欺上瞒下，大耍个人英雄主义，趁着坚决反对这次执法行动的赵局长在外地开会，对他鞭长莫及无法约束的机会，就擅自打着市政府领导意见的旗号，调动市局直属大队和城南区执法局全体人员，置其他执法工作于不顾，花了一个星期的时间，全都集中在文化宫农贸市场上，还付出了重伤几位执法人员，损毁两辆执法车的重大代价，严重干扰了全市城管执法工作大局，问题是很严重的，也是我们绝不允许的！现在，你又大言不惭地宣称，执法过程中遇到的所有问题已经全部解决了，这简直就是天方夜谭嘛！在座的各位，都是城管执法方面的'老中医'，你就不要在这里玩偏方，卖狗皮膏药了。现在，我就当着大伙儿的面儿，再问你几个问题，你要如实地回答：文化宫农贸市场近两千摊贩业主被你赶到哪里去了？那几十名下岗职工你是怎么处理的？取缔这处全市最大的农贸市场所产生的费用你是怎么解决的？你采取了什么措施，能保证这个被取缔的违法市场不再回潮？据我了解，市人大常务副主任夏文渊同志和市里其他的一些领导，都对这次执法行动非常恼火，他们担心这会成为社会上一个不稳定的因素。而且我也听说，一些摊贩和下岗职工正在互相联络，准备择日聚众闹事。请问李家杰副局长，由于你的严重失职和过错，造成了这么多的后遗症，你能拿出什么具体办法，来应对这种对我们城管执法极为不利的局面？！"

　　钱山做出这番夸大其词的发言后，自我感觉良好，认为赵长河一定会很满意他在关键时刻的这种表现。岂不知，他对李家杰这种卑劣的人身攻击，已经引起了相当一部分与会人员的反感，同时也让夏子强妒火中烧，认为钱山自以为聪明，企图一箭双雕，既攻击贬低李家杰，又巴结吹捧赵长河，表演得实在太过分。如果自己再不出手，对李家杰谈出点更深刻的看法，就会完全被钱山抢去了风头，失去赵长河的信任。为此，他迫不及待、危言耸听地说："文化宫农贸市场执法行动开始时，我就在执法现场，目睹了一场大规模的暴力抗法事件发生的经过，也亲眼看到一场疯狂蔓延的大火，已经严重威胁到周围市民群众的人身安全。就在这个最危急的时刻，幸亏公安方面及时出动了大批的警力，制止了这场即将震惊全国乃至全世界的严重流血事件。就是现在回想起来，我仍然觉得很后怕，就连头发都在往上竖！同志们，我绝不是在危言耸听，假如真有几十人、几百人死伤在那里，我们在座的市局领导们，可就成了历史的罪人，连我们这些中层干部，恐怕也永远抬不起头来了！人们不禁要问：为什么这次执法行动，会出现这么严重的问题？难道公然抗命、哗众取宠的李家杰副局长，不应该对此承担重大责任吗？"

　　对于钱山、夏子强的无端指责和诋毁中伤，李家杰开始并没有太在意，认为这种别有用心的人身攻击不值得一驳，它们很快就会在事实真相面前被击得粉碎。况且，他也从大量的信息反馈中得知，此次执法行动获得了很大的成功，社会上的反响极佳，可以说达到了"三个满意"，即市区街三级政府满意，文化宫广场周围的市民群众满意，被迁移的绝大多数摊贩业主满意。与此同时，文明高效的大规模城管执法行动，很有气势、很有震慑力，重塑了城管执法队伍在人们心目中的地位和形象，极大振奋了全市城管执法人员的士气，严厉打击了违法分子的嚣张气焰。可是，取得的这些积极成果和带来的这些正面效应，刚刚返回岛城的赵长河却并不知情，钱山、夏子强正是利用了这一点，趁机对自己展开肆无忌惮的污蔑和攻击，借此发泄他们心中的不满，以达到不可告人的个人目的。如果自己对这种极不正常的现象，一味地迁就忍让，蒙在鼓里的赵长河和这些基层单位的领导们，就会被这些错误的言论严重误导，除了会对自己和取缔文化宫违法市场的执法行动进一步加深误解，陷入"谎言千遍就是真理"的谬误之中；更为重要的是，会让赵长河和参加会议的各单位、各部门主要负责人，对全市城管执法工作的形势产生很大的误判，在思想上产生不应有的顾忌，为全市今后的执法工作带来负面影响。为此，很有必要树立正气，纠正谬误，澄清人们的模糊认识，告诉大家事情本来的真相。想到这里，李家杰不再犹豫，主动掌握住话语权，从方明副市长代表市政府，将取缔文化宫违法市场的任务郑重交给了市城管执法局开始，到自己如何向赵长河局长做的汇报；从慎重研究制定出取缔违法市场的重大执法行动方案，到召开各有关方面参加的联席工作会议，进行全面的工作部署；从取缔违法市场大规模执法行动开始，到妥善处置执法现场的暴力抗法事件，及时扑灭了广场内发生的大火，清除摊位窝棚产生的大量垃圾，将摊贩业主和下岗职工全部迁移安置到了兴隆路农贸市场和其他的市场，圆满地完成了这次重大执法行动；又从如何做好巩固执法行动胜利成果、防止违法摊贩"回潮"文化宫广场的后续工作，到继续加紧改造整修兴隆路的室内农贸市场，更加方便摊贩业主的经营活动，更好地服务于周围市民群众等情况，做出了全面的汇报。

钱山听得很不耐烦，蛮横地打断了他的发言："就算李家杰副局长把这次执法行动吹得天花乱坠，也掩盖不了他违抗命令，拒不执行赵长河局长的指示，公然和市局主要领导对着干的原则错误！你们在座的各位负责人可以扪心自问，如果你的那些部下，人人都敢违抗命令，老子天下第一，不听你的指挥，天马行空独往独来，自己想干什么就干什么，那么我们这支准军事化管理的执法队伍，将会成个什么样子？我们今后的执法工作还怎么干？所以我认为，仅凭着有令不行、有禁不止这一条，就足以给当事人以严肃的纪律处分！我的意见谈完了。"

"钱局长，你太过分了，不能这样信口开河，肆意诬陷攻击另一位副局长。当时方市长下达任务，是你先接起了他的电话，在感到这件事情不好处理以后，才把电话交给了我。如果你还有点职业道德或者领导干部的基本素质，就应该主动站出来为我作证，当面向赵局长和在座的各位解释清楚，这次大规模的执法行动，的确是方明副市长亲自下达的命令，而不是我李家杰违抗赵局长的命令，自己擅作主张，私自采取的执法行动。同时我也坚信，赵局长是一位具有丰富工作经验的老领导，他绝不会因为盲目地听信个别人的片面看法，就对这次富有成果的大规模执法行动产生误解误判。"李家杰理直气壮，继续申辩道。

"放肆！一个上任不过才几个月的副局长，说话竟敢这么张狂。我警告你李家杰，要摆正自己的位置！"感到自己的权威再次当众受到挑战的赵长河，愤怒地吼道。

夏子强"呼"地站了起来，用手指着李家杰说："别以为自己当了几天副局长就有什么了不起，全市副局级以上干部我见得多了，如果你嫌执法局的庙小，就赶紧去另攀高枝。可是，只要你在市城管执法局一天，就不能和赵局长这么公开叫板，就不能在他的面前装腔作势，癞蛤蟆插鸡毛掸子——

冒充大尾巴狼！"

李家杰没理会他，只是诚恳地对赵长河说："赵局长，咱们之间可能有点误会，散会后我要单独向您汇报。"

"不行！问题都摊在了桌面上，如果李家杰副局长还是这么执迷不悟，顽固地坚持自己的错误，不能当着大伙儿的面，向赵局长赔礼道歉，做出深刻的检查，今天就不能散会！"夏子强瞪着眼，不依不饶地叫道。

"可以，我同意子强主任的意见。"钱山跟上一句说。

实在看不下去的林大岳，终于憋不住发话了，他直面夏子强说："夏主任，不要那么激动嘛，有话可以坐下慢慢说。我倒是觉得，咱们要将心比心，体谅家杰局长的难处。接到方市长下达的执法命令后，家杰局长当场就向赵局长做出了全面汇报，可是赵局长不同意，弄得家杰局长两头作难：不听分管副市长的命令不行，不听局长的指示也不行。考虑了半天，家杰局长只好从大局出发，按照方市长的要求去做了。可是咱把话反过来说，假如家杰局长不愿意给自己找麻烦，不愿意负起这个重要责任，那就很简单，他完全可以两手一撒，把挑子一撂，让赵局长自己去看着办。可是，夏主任，你想过这么做的后果没有，如果不执行分管副市长的指示，市政府真的严厉追究下来，赵局长是要首当其冲承担领导责任的。其他的局领导当然也跑不了，都得吃不了兜着走，胳膊拧不过大腿的道理，就连三岁的小孩都懂的。所以，咱这些做下级的，最好不要去掺和领导们之间的事，相信他们一定能处理好这些问题。"

夏子强自知有些失态，说话的口气却依然很硬，"林大，我坐下来说话完全可以，但是关键时刻，你究竟是在替谁说话，和谁坐在一条板凳上，我也请你三思。别忘了，今天是全市城管执法系统主要领导干部会议，在座的每个人都有发言权，我当然也会为自己的发言负责任，这可不是你说的那样，我们都是在瞎掺和。哼！"

没等他坐稳当，对面的孙刚忽然一字一句地说："我谈点意见。林大究竟和谁坐在一条板凳上，我们这些局外人一概不知道，也不想知道。可是，作为城南区执法局的局长，我亲自参加了由李家杰副局长直接指挥的、市局成立以来最大的、也是最成功的一次执法行动，彻底解决了困扰我们城南区多年的市文化宫违法农贸市场问题。我局全体城管执法人员和全区的市民群众，为此拍手称快、好评如潮！我个人认为，市局有这么一位好领导，我们应该感到由衷的欣慰！"

参加会议的所有人员都感到很惊愕：在市局领导们的争论达到白热化时，作为基层的一名区局长，孙刚竟然挺身而出、仗义执言，向陷入困境的李家杰主动地伸出了温暖的双手。

"咚咚锵、咚咚锵，咚咚锵锵咚咚锵……"

"嘀嘀嗒、嘀嗒嘀，嘀嘀嗒嗒嘀嗒嘀……"

就在这时，一阵阵欢快的锣鼓声和嘹亮的少先队号声，由远而近传了过来。而且，这个欢庆的队伍来到市城管执法局大门外以后，就停下来，好像再不走了。众人正觉着奇怪，一位局机关的干部走来向赵长河报告说，上海路街道办事处、市工人文化宫和兴隆路小学的部分领导、老师、学生，还有一些小商贩们，前来我局赠送锦旗和感谢信，请求李家杰副局长亲自出面会见。

赵长河听罢一怔，将信将疑地站起来，走到了窗前向下面观望，果然看见大批市民学生和摊贩聚集在大门前。正在考虑着如何应付，夏子强上前低语道："局长，李家杰沽名钓誉不择手段，这一切都是他事前安排好的，不能让他就这么得逞了。我马上下楼，要他们离开这里。"

赵长河眼神犀利地看了看他，用怀疑的口吻小声道："子强啊，从那天你在执法现场给我打电话到现在，你究竟是在扮演一个什么角色？我现在虽然还不能确定，但是总觉着你这个角色，恐怕不是很光彩。"说完，他没去理会夏子强的反应，回身对全体与会人员说："今天的会议就到这里，什么时间再开，市局会另行通知。李家杰，楼下这么多市民学生等着你出面会见他们，那你就下楼去，负责接待一下吧。"

见李家杰迟迟未动，没等赵长河再说第二遍，林大岳急不可待地催促道："李局长，赵局长都发话了，你还不赶快下楼？做了这么大的一件好事，老百姓是不会忘记的，你再不下楼，人家可就要用八抬大轿，上楼来抬你了！"

李家杰还是摆摆手说："工作是大伙儿干的，我只是其中的一个，怎么敢贪天功归己有？要代表市局出面，赵局长最合适。"

孙刚也上前劝道："这话说得不假，工作肯定是大家一块儿干的，但是个人的作用也不能否认，没有家杰局长的领导指挥，我们就不能取得这么大的成绩。再说了，市民们强烈要求请你出面，赵局长也明确指示，要你下楼负责接待，你既要服从命令，也要尊重民意，这就是众望所归，你就不要过于谦虚，让市民在楼下等得太久了，还是赶快去吧。"说罢，不由分说，拉起李家杰就往外走，一直把他送到了楼下。

李家杰走下台阶，来到大门外等候他的人群面前，和陈一鸣、包校长等人握了手。陈一鸣刚要开口说明来意，包校长的双手已经拉住李家杰，热泪盈眶地说："李局长，我们不知道该用什么语言，来表达对你、对城管执法局的感激之情！从今往后，我的学生们就可以安心读书了，我的老师们也可以安心教学了，他们再也不会转学、再也不会辞职了，兴隆路小学又可以成为全市最好的学校了。你们城管执法局为兴隆路小学两千多名师生，办了一件大好事啊！"

李家杰对激动不已、泪流满面的包校长好一番劝慰，等他的情绪稍微稳定一些，旁边的陈一鸣又开口说："李局长，今天一大早，我又去兴隆路农贸市场里面转了一圈，看到文化宫那几十名下岗职工，都成了这个农贸市场的物业管理人员，他们个个干得都很带劲，人人心情都很舒畅。那些摊贩业主们更是高兴得合不拢嘴，都说就是用鞭子赶，也不走了。李局长，在这件事上，我陈一鸣可是出了力，我就向你提出一个请求，年底全市城管工作评先进，在办事处这一级，上海路不敢说当仁不让坐上头一把交椅，至少也得进入前三甲，你可得多帮忙啊。到时候能在电视上面露露脸，陈一鸣就能对上海路街道办事处的老少爷们和区上的领导们，有个好交代了。"

李家杰当即表态说："你放心，这次取缔文化宫违法市场，改造整修、振兴繁荣兴隆路农贸市场，陈主任可是立了大功，上海路街道办事处也做出了很大的贡献。到年底总结表彰时，我们一定会如实地向市、区领导们反映你们的情况，让你们得到应有的荣誉。"

陈一鸣乐得满脸开了花，说："够意思。李局长说话办事就是两个字——爽快！"而后，他挺挺肚子大声宣布道："现在，请少先队员们，为李局长佩戴红领巾！"

刹那间，欢快的鼓乐声再次响了起来，一位少先队员手捧鲜艳的红领巾走上前去，恭恭敬敬地系在了李家杰的脖子上。

陈一鸣又拉起长腔朗声宣布道："请少先队员宣读感谢信。"

两位少先队员伸展开一张大红纸，另一位少先队员则充满感情地将感谢信高声朗读了一遍。没等热烈的掌声和鼓乐声完全停下来，陈一鸣再次高声宣布："请市民代表和商贩代表，向三岛市城市管理行政执法局赠送锦旗！"

鼓乐喧天，鞭炮齐鸣。李家杰郑重地接过了一面大锦旗，只见在紫红色缎面上精心绣着"为民执法、造福一方"八个大字。他向市民和摊贩代表，深深地鞠了一躬，然后将它交给了后面的执法人员。正要代表市城管执法局说几句话，那位他从文化宫广场大火中救出来的妇女，手里拉着小男孩，"扑通"一声跪在他的面前，大声叫道："恩人哪，俺看你来了，俺给你磕头了！"李家杰忙不迭地搀起不断磕头的娘俩儿，又和陈一鸣、包校长对她们一阵好言安慰，这娘俩儿才停止了哭泣，站了起来。

"唉，她们娘俩孤儿寡母，真是不容易。"陈一鸣感慨地说："李局长，按照你的一再嘱咐，我在兴隆路农贸市场里面，专门为这位大嫂找了一个好点儿的摊位。今后，这娘俩儿就算安顿下来了，她们的日子会越过越好，你就放心吧！"

李家杰心存感激地朝他点点头，对那位妇女说："大嫂，陈主任考虑得很周到，把你们安排得很好，你们娘俩以后就好好过日子吧。"接着又蹲下去，抚摸着小男孩的脑袋问他："孩子，几岁了？"

小男孩怯生生地看了母亲一眼，回答说："六岁半了。"

"告诉叔叔，想不想上学，和这些少先队员们一样？"李家杰又问。

小男孩眨眨眼睛，很羡慕地看了看面前的少先队员们，认真地点着头说："叔叔，我想上学，我要和他们一样。"

李家杰牵起他的手，把小男孩领到包校长面前，说："孩子，给这位校长爷爷鞠个躬吧，他会让你上学的。"

小男孩很懂事，郑重地按照李家杰的话去做了，惹得包校长开怀大笑，满心欢喜地说："好孩子，爷爷收下你了。再过上几个月，到秋天开学的时候，你就是兴隆路小学的学生了。"

那妇女再也控制不住自己的感情，放声地哭了起来，几位市民赶忙上前去，又是劝又是哄，把她搀回到了队伍里。

李家杰登上几层台阶，对着市民和学生们说："市民朋友们、少先队员们，执法为民、造福岛城是我们应尽的职责，也是我们的光荣使命。其实，我们只做了一点应该做的工作，却受到了你们如此的厚爱，给了我们这么高的荣誉，我们实在是不敢当，实在是受之有愧！今后，我们报答人民群众的唯一方式，就是绝不辜负市委市政府和全市人民对我们的期望，更加努力勤奋地工作，为把我市早日建成现代化的国际城市，贡献出自己的一切。现在，请允许我，代表三岛市城管执法局和全市的城管执法人员，对广大人民群众，在城管执法工作中给予我们的大力支持和热心帮助，表示最衷心的感谢！谢谢大家了！"

欢呼声、鼓乐声和鞭炮声再次响了起来，它热烈、欢腾、高亢，满载着广大市民群众和少先队员对城管执法人员深深的感激之情，也寄托着人们对未来更加美好生活的憧憬和向往。

第六章

　　天气渐渐变得暖和了，岛城一年一度的旅游旺季，也随之悄然而至。在这个惬意浪漫的季节到来之时，市容环境中那些难以根治的顽症，比如跨门占道经营、路边烧烤大排档、建筑工地夜间施工噪音扰民等，犹如"野火烧不尽，春风吹又生"的野草，迅速在大街小巷里疯狂地生长蔓延了起来，再次成为全市城管执法部门年复一年的工作重点。

　　这天，李家杰收到了一份市政府的紧急督办件，要求市城管执法局根据市信访办通报的有关情况，务必在三天之内，以口头和书面两种形式，向分管副市长和市政府督查办，汇报如何解决市民群众集中反映的这些问题。当李家杰的目光落在市局主要领导的批示上，一行"请家杰局长阅办"的钢笔字，清晰地映入他的眼帘中。对这个从未见过的亲切称谓，他感到很疑惑，也感到很激动。

　　事实上，自从李家杰到市城管执法局任职以来，在几个月的时间里，赵长河极少亲自为他安排工作、给他批示文件。即便是偶尔有过几次，那也是公事公办，语言简练生硬。可是，这次完全不同，赵长河故意少写了一个"李"字，又少写了一个"副"字，称呼他为"家杰局长"，缺少了这两个敏感的字后，它的寓意就决然不同了，里面的学问也就大了。这既可以折射出赵长河内心世界的一种取向，又不显得太唐突，分寸拿捏掌握得恰到好处，不可谓不用心良苦。等到这种兴奋的心情逐渐归于平静，李家杰又对过去几天发生的事情，重新做出了一番梳理和思考。

那天，在全市城管执法系统主要负责人会议上所发生的一幕，让他实实在在地感觉到，自己在众人和权威的面前，显得那么渺小、那么无奈。冥冥之中，仿佛有只不可抗拒的无形大手，完全操控着会议的形势；并在很短的时间内，一会儿把自己抛入被人谴责诽谤、唾骂遗弃的冰窟地狱，一会儿又将自己捧为受人仰慕尊敬、感恩戴德的英雄楷模。贬损和褒奖之间的反差如此之大，转换速度如此之快，如同大起大落、强烈刺激的过山车，令他头晕目眩、应接不暇，充分感受到了什么是"转瞬之间冰火两重天"的冷暖滋味。李家杰确信，这种磨难历练必将令他在今后的人生道路上，受益匪浅，终生难忘！

一般来说，常在官场上行走的人，都会懂得一些基本常识，悟出一些基本道理。这其中有一条很重要的原则，就是做人做事要适当留有余地。即使因为工作上的原因，与他人产生了一些误解、矛盾、成见，甚至仇恨，只要不是你死我活的重大问题，大家都应该点到为止，及时收手，得饶人处且饶人，没有人会弱智到将某个人完全树为自己的死敌。这是因为，从政并没有它特定的规律，谁也不知道自己对手的背景究竟有多深，他的能量究竟有多大，更拿不准今天被自己踩在脚下的倒霉蛋，明天会不会成为自己的顶头上司！

那么，赵长河突然放软了身段，搁置起过去的那些成见和猜忌，以这种亲切的方式主动向自己示好，难道这种姿态的展现，就是人们所说的那种为官之道吗？李家杰认为，答案显然是否定的。因为无论是从资历，还是从职务或年龄来说，赵长河都具有压倒性的优势，他完全没有必要这样去做，用这套庸俗的官场哲学，来对付自己这个新来乍到的年轻干部。既然不是这个原因，那么又是为什么呢？

正在百思不得其解，妻子谢玉清来了电话："家杰呀，你能不能回家看看，咱楼下的胖姐酒楼，又把那个大烧烤炉子摆在了人行道上，烟熏火燎得呛死人啦。街坊邻居们都到咱家里来告状，说你是市执法局的领导，应该先管好自己家门口的事，连这点小事都办不了，怎么能干好全市的城市管理？家杰呀，为了让街坊邻居们能过上个安稳日子，也为了让你们的城管执法局能在老百姓的嘴里有个好名声，你就赶快想想办法，派人过来管管吧。"

胖姐酒楼在人行道上设置烧烤炉子、摆大排档，已经是老问题了。过去李家杰家和周围的邻居们一样，只能默默地忍受着刺鼻呛人的恶劣空气。现在，自己当上了市城管执法局的领导，开始他还觉得，去管家门口的这种事，显得不是很超脱。后来经过妻子和邻居们的劝说，他也觉得她们说得很有道理，因为全市的城管执法是一盘棋，不论在城市的哪个位置、哪个环节上出现了违犯城市管理法规的问题，他都责无旁贷，应该依法管理。于是，他对妻子说："那好，我马上让城南执法局通知辖区的五中队，让他们派人过去看看，我随后就赶回去。"

"太好了，城管中队一来，准能解决问题，今天晚上大伙儿又能睡个囫囵觉了。家杰，你可要早点回来呀。"谢玉清又嘱咐一句，挂上了电话。

李家杰住在兴隆路东头一栋居民楼的三层，房子是前几年单位分的，房改后作价给了个人。当时，这一带还是城乡接合部，市政设施很简陋，有的道路连沥青也没有铺，刮风一天土，下雨一地泥。在生活上也很不方便，居民们买点日常用品，还得专门跑到市区去。即使这样，也没有妨碍李家杰夫妻二人享受生活的乐趣，他们甚至还为可以欣赏到美丽的田园风光，聆听到鸟儿和昆虫的鸣叫，远离市区的喧嚣噪音和混浊空气而感到庆幸。后来，岛城举全市之力加大开发东部地区的力度，这里的城市建设突飞猛进，只用了几年的时间，一座日益繁荣的现代化新城区已在岛城的东部初现雏形。尤其是李家杰居住的那栋楼，大门外面就是一个十字路口，过往的行人车辆明显地增多，高峰期往往拥堵不堪。与此同时，街道两旁的商家店铺，也如同雨后的春笋，仿佛在一夜之间全冒了出来。酒店饭店洗衣店，歌厅餐厅咖啡厅，洗浴按摩美容院，五花八门，应有尽有，生意很火爆。可是，在城市不断繁荣发展的同时，这里对市容环境的破坏和污染也日益严重。许多居民对此已经到了无法忍受的程度，他们像躲避可怕的瘟疫那样，纷纷举家迁移，又去重新寻找一个可以让自己和家人安身立命之地。

李家杰也时常为住在这样的环境里感到烦恼，更为患有支气管炎、神经衰弱的妻子感到担忧，总觉得在这里临时住几年还凑合，但是要住上十年、几十年、一辈子，那就太对不住谢玉清了，必须找个合适的机会，换个周围环境好点的地方居住。

昨天夜里，李家杰刚睡下不久，就被妻子一阵阵咳嗽声惊醒了，他连忙起来问妻子，是不是气管炎又犯了。就在这时，忽然有股子异常辛辣呛人的味道，直往鼻子里、嗓子里钻，呛得他猛咳了一阵。他推开窗户向下察看，只见楼下不远处的那个胖姐酒楼，又在门前的人行道上，架起了一座大约三十米长的巨无霸烧烤炉子，在它后面一字排开，站着七八个小伙计。他们有的来回翻动肉串，有的将大把大把的辣椒面、胡椒粉撒在了那些肉串上，还有的不断扇动炉中的炭火。随着升起的大股大股白烟，浓烈的辛辣气味被风吹得四处飘散，顺着居民楼的门窗缝隙，钻进各家各户的房间里，使这里的居民们饱受折磨、苦不堪言。

这时，对面楼上有人朝着楼下大骂了起来："烤肉串的小哥们，你们的良心都让狗吃了！只顾着自己挣钱，不管别人活受罪，住在楼上的居民都快被你们的烧烤呛死啦！城管的领导，城管的领导听见没有？我知道你住在对面的楼上，你不能眼看着小哥们违法烤肉串就是不管，把街坊邻居们折磨得没法睡觉！你快起来管管吧，别装着什么也听不见，总是当缩头乌龟，不敢出来露露面，你明天还怎么有脸再见这些街坊邻居！城管的领导，快出来管管吧……"

尽管楼上那人扯开了嗓门叫喊，烧烤炉前的伙计们却毫无反应，他们只顾忙着手里的活儿，权当那个人喝大了，只是一个司空见惯的酒鬼。忽然，不知是谁当空泼下了一盆冷水，浇得小伙计们就像受惊的兔子，"嗷"一声四散逃开了，跑到马路对面才收住脚步。抹去了脸上的臭水，正想弄明白这水是从楼上哪个窗口泼下来的，不料又不知道从哪里飞来了几只啤酒瓶子，接二连三地在身边炸碎，吓得小哥们一蹦老高，赶紧跑到了安全点的地方，朝着楼上祖宗八辈开了骂，其中一人还撒腿跑向酒楼，看样是搬救兵去了。

向楼下观望了一阵，李家杰估摸着，经过这么一折腾，这帮小伙计一时半会不敢再去摆弄那个烧烤炉了，不如趁此机会赶快睡觉。于是，他关严了窗户，刚要转身离开，就听到住在楼上的一位邻居，也向自己喊起了话："城管的李局长，你别怪我喝了口小酒，指名道姓地说你几句。你这个当局长的，还真不如我这个老百姓。眼看着街坊邻居们被楼下的烧烤呛得没法睡觉，我还敢替他们说几句公道话，可是你这个局长却是不管不问，藏在老婆身后不敢露脸，是不是太窝囊了！有两句戏言，我现在就送给你，你竖起耳朵听好：当官不为民做主，不如回家卖红薯。你这样的城管局长太没用了，太丢人了，俺明天就上网臭臭你，要求政府罢了你的官，撤了你的职！"

带着几个人冲出了胖姐酒楼的炉包，听到楼上那人谩骂李家杰，不由得乐了，他先是抬起肥厚的巴掌拍了几下，又双手抱拳，朝着楼上那人作揖道："骂得好，骂得好！这位大哥敢骂城管局长，那就是条汉子，性情中人哪。他城管算个球？拿着共产党的钱，喝着老百姓的血，欺负小孩、吓唬老头，该管的他们不管，不该管的倒是瞎忙活。今天晚上，碰上了我这样的硬茬，他们的局长就怵得不敢伸头。就在上个月，俺在文化宫市场还和这个城管局长打过交道，他们仗着公安的势力，砸碎了我的钱罐子，取消了文化宫的农贸市场，还把我抓进局子里去蹲了半个多月。楼上的城管局长，你已经和我结下了梁子，欠我的这笔账，我得找个时间好好地和你算算，哈哈哈……"一阵狂笑过后，炉包又说："楼上这位大哥，别在上面闲着，要不我给你送个小姐上去，你可以好好乐和乐和；要不你就干脆下楼，咱兄弟俩交个朋友，一块儿喝扎啤，吃烤肉。"

没想到楼上那人不领情，把枪口掉转了方向，朝着炉包开了火："滚蛋吧！你当你是谁呀？老哥我还缺你这个地痞的两口马尿？今天晚上要不是你这个猪头拨弄烟火，把老子活生生地呛了起来，老子早就做上美梦了！再说了，交朋友也得看看和什么人交，就凭你这样人不人、鬼不鬼的猪头，还想和老子交朋友，也不撒泡尿先照照自己！赶紧把烧烤炉子搬走，别再惹老子心烦，真把老子逼急了，明天就掀了你的摊子、砸了你的酒楼！"

炉包热脸贴上了冷屁股，劈头盖脸地挨了一顿骂，气得他浑身直打哆嗦，扯起嗓门对着楼上叫了起来："王八蛋，你是活腻歪了，还敢惦记我的烧烤摊子和酒楼。你要是敬酒不吃吃罚酒，有眼无珠不识抬举，老子今天晚上就上楼抄了你的老窝！"

"你这个软蛋！真要是个带把的，就拿出来亮亮，老子还就不信这个邪了！当年养出你这个王八犊子，老子就没给你安上这个胆儿。"

"你有种就滚下来，看我怎么把你剁零碎了，串起来烤肉吃。"

两个人像是斗红了眼的公鸡，谁也不服谁，一个在楼上，一个在楼下，骂得口干舌燥、精疲力竭。就在这时，又一批酒瓶子从天而降，砸在了炉包和小哥们的周围，吓得他们连跳加蹦，慌忙逃开，远远离开了刚才所站立的位置，这才失魂落魄地收住了脚步。喘了几口粗气，炉包正要和几个小哥商量，怎么才能找到这个躲在暗处未露面的"大侠"，一阵警笛声传了过来，随即就出现了几辆公安、城管的执法车。等到平息了这场纠纷，一切慢慢消停下来，天都快要亮了。

坐上直属大队小石的老北京吉普，李家杰来到了自己住的楼下，他四处转了转，没有看见谢玉清说的那座巨无霸烧烤炉，也没有发现小包黑和其他执法人员。看看天色已晚，李家杰就让小石回了家，自己上了楼，进门就问：

"玉清，怎么回事？楼下哪有烧烤炉子，连个影子也没见着。"

谢玉清在厨房里说："都几点了你才回来？下午胖姐酒楼的老板和老板娘都不在家，小包黑和执法人员一到，那几个烤肉串的小伙计赶快把烧烤炉子搬了回去，小包黑他们很快就走了。"

"对这种屡教不改的违法户，就应该严管重罚，罚得他们不敢重犯。这次，他们在执法人员的监督下，老老实实地把烧烤炉子搬了进去；到了晚上，他们照样还会再搬出来。这两口子，从来就不是省油的灯。"李家杰对小包黑的执法力度，显然有点不太满意。他换上拖鞋，钻进了厨房。

谢玉清满心欢喜炒着锅里的花生米说："你呀，就是喜欢较真儿，人家都把烧烤炉搬走了，你还要怎么着？我看小包黑处理问题就是挺有水平，也会掌握分寸。他对我说，对胖姐酒楼违法占路、烧烤肉串的行为只作警告不作处罚，就是为了防止激化矛盾，别给住在楼上的李局长和嫂子添乱找麻烦。家杰呀，小包黑考虑得很周到，你可不要错怪他呀。"

李家杰争辩道："该较真儿的时候就得较真儿。这么草草地收兵，起不到教育震慑违法分子的作用。怕找麻烦、怕添乱子，就不能干城管执法这个行当。如果我们的执法工作都这么干，把国家和人民赋予的执法职责束之高阁，当成了摆设，有法不依、执法不严、违法不究，类似胖姐酒楼这些违法当事人，就会为所欲为、肆无忌惮，市民的合法权益、群众的切身利益，将无法得到保证，甚至会受到更大的侵害。"

谢玉清不同意他的看法，坚持己见说："你呀，净讲些大道理，人家小包黑就很实事求是。那天晚上，你没听见卢老板在楼下喊，就是你在文化宫广场要求公安把他抓进局子里。这件事，他牢牢记在了心上，你还去招惹他？别忘了，咱和这个有名的地痞恶霸住邻居，他和你来个新账旧账一块儿算，这个家可就要遭殃了。家杰呀，到这个份儿上，你可不能犯糊涂，再去刺激他。"

"这没什么了不起的。一个地痞流氓放出了几句狠话就能把我吓住？那也太可笑了。老婆，我李家杰不会为一己私利，就去姑息迁就这些违法分子，否则我们将失信于民。"

谢玉清见丈夫的态度很坚决，便不再与他争执。她忽然灵机一动，劝他说："家杰，你以前不是说过几次要搬家吗？要我看呀，不如现在就搬，越快越好。"

"嗯，这是个好主意。"妻子的话立刻引起了李家杰的兴趣，"现在就搬家，一来可以让小包黑放下包袱，打消顾虑，大胆地开展执法工作，为街坊邻居们解决好这里的占道经营、烧烤扰民的问题；二来我们搬到一个环境好些的地方，对治好你的气管炎和神经衰弱都有很大的帮助。好，说办就办，咱们明天就去市商品房交易中心选房子。"说罢，他坐在椅子上顺手拉开了一听啤酒，喝了两口。

谢玉清将炒好的花生米端到他面前，说："慢点吃，别烫着。真要搬家呀，愁事也来了：这买新房子再加上装修，就要花上一大笔钱。再说了，咱俩从部队成家到现在，已经搬过十一次家，几乎所有的大家具不是缺胳膊就是断腿，下面都用砖头垫着，说什么这次也该换上几件新的了，可是又得花钱。这么多的钱从哪来呢？我现在就有些发愁了。"

李家杰还是满不在乎，一脸轻松地说："愁什么？车到山前必有路。我们面临过多少艰难困苦，不是照样都挺过来了吗，就这点小事还能难住了咱？事实也是这样，咱的家不是越搬越好嘛。想当初，咱俩刚从部队转业，就住在农民工也嫌简陋的工棚里，恰好还遇上了九号台风，当时外面刮狂风下暴雨，屋里面刮小风下小雨，你抱着孩子，我抱着被褥，站也没地方站，躲也没地方躲，苦苦熬了一整夜。到了冬天，那间四处透风的工棚更是冷得出奇，白天老鼠冻得在床上做窝，晚上我们上床睡觉都得穿着棉衣、戴着棉帽、盖着棉被。早上要喝口热水，暖瓶不知什么时候已经冻成了冰疙瘩。就在这么艰苦的条件下，咱们全家不是咬紧了牙关，硬是扛过来了吗？咱们为什么从来就没有悲观过，那是因为在我们的心里，永远都对未来充满了希望！"每当回忆起这些往事，李家杰总会被同甘共苦的妻子所感动，心里总是觉得一阵阵酸楚，他快速扯出几张纸巾，趁着谢玉清没注意，偷偷拭去了就要落下来的泪水。他假装咳了几声又说："买新房子的钱，你不要过于操心，听我给你算笔账。咱现在住的位置非常适合经商，按照每平方米一万块钱计算，九十平方米就能卖九十万元，加上咱过去的存款二十万，再到银行贷款四十万，一共能凑一百五十万元。然后，我们可以用一百四十万左右，在市区东部城乡接合处买一套新房，再用八万元搞装修，二万元买家具，一切就可以大功告成了。等我们搬完第十二次家以后，就再也不搬了……永远不搬了！"

听完丈夫说的这席话，谢玉清觉着自己的心里也不知是个啥滋味。她轻轻叹了口气，笑着说："你的计划听起来倒是蛮不错的，也有可操作性。可是最关键的，还是要把咱住的这套房子卖出个好价钱。否则，你的这个方案那就是纸上谈兵。"

李家杰乐呵呵地说："老婆是领导，只要拍板决定就行了；后面的那些具体工作，由本人全权负责。"

谢玉清满心欢喜，又把一盘炒好的菜放在丈夫面前："快趁热吃吧，慰劳慰劳你。"

"好啊，肉丝炒豆芽，这道菜的寓意很好！不就是换套新房子、再搬一次家吗，这又算得了什么？张飞吃豆芽，小菜一碟！明天咱俩就都跟单位请个假，一起去看房子。"说着，他夹起一筷子菜放进了嘴里，津津有味地大嚼起来。

"你就使劲地吹吧，也就是吹给我听听。什么事都这么硬撑着，总有你好看的时候。慢点吃，别烫着。"

妻子不经意间的这句话，说到了李家杰的心坎上。他放下手中的筷子，直愣愣看着谢玉清，动情地说："对，只要老婆孩子能过上好日子，我就是做一只垫桌子腿的屎壳郎，也会硬撑到底。"

"好好好，我知道老公对我好，是一个很有责任心的好男人。"谢玉清说着，也为自己倒上一杯啤酒，坐在丈夫身边："就凭这一点，我也会好好伺候我的老公。"

两人一齐把酒喝了。李家杰放下酒杯，好好地看着谢玉清，装作疑惑的样子说："老婆，你今天是怎么了？一会儿说，要好好地慰劳慰劳我；一会儿又说，要好好地伺候伺候我，是不是今天晚上有戏？"

"你……你这个老没正经的！"谢玉清的脸"唰"地红了，她咬住嘴唇，轻轻打了丈夫一下。

房门被悄无声息地推开了一条缝，炉包把那颗又圆又亮的脑壳塞了进去，左顾右盼地窥视过几眼后，便钻进了屋里，蹑手蹑脚地走到夏子强身后，耐心地等他把这个电话打完。

夏子强完全没有注意到这个不速之客，谈完了事后把电话挂上，猛然看到一颗锃亮的大脑壳就在眼前，惊得他大叫一声倒退了几步。再定睛一看，这人居然是炉包，他恨不得当场抽他两个大耳光，骂道："你他娘的是人是鬼？进了屋连个屁也不放！我的办公室岂是你们这些鸡鸣狗盗之徒，随随便便可以进来出去的？赶紧给我滚蛋！"

见了面还没张开嘴，就被劈头盖脸地骂了一顿，炉包的脸上早就是红一块、白一块的了。他连忙举起手中的塑料袋说："夏主任，别生气呀，炉包知道你喜欢抽中华烟，今天专门过来给你送上几条。兄弟我大老远地来看你，你对我还是客、客气点。"

"呸，谁和你是兄弟？不就是那次陈一鸣请我吃饭，你跟着他去蹭酒喝，见过一面，这就成了兄弟了？炉包，我可警告你，别打着我的旗号在社会上到处招摇撞骗，败坏了我的名声。只要被我抓住一次，绝没你的好果子吃！"夏子强毫不留情，狠狠地敲打他说。

炉包也有点恼怒，露出了满脸的痣子相，说："夏主任，炉包可是很敬着你，你多少也得给我留点面子，真和我撕破脸皮，别怪兄弟我到时候不仗义。你别忘了，那天城管局到文化宫广场执法，就是你在背地里撺弄我领头闹事，到头来公安把我抓进铁笼子里去遭罪，你坐在这里什么事也没有。逼急了我咬上你几口，把这件事抖搂出去，你还能不能当这个办公室主任，那可就谁也不知道了。"

夏子强冷笑一声，向前伸直了脖子，睁大了两眼说："你有这个能耐吗？就凭你长得这颗猪头，还想和我要心眼，真不知道天高地厚！当时，我只是要你们到市政府，向市里的领导如实反映那里的情况，这是正大光明的表达民意的正常渠道，我夏子强何罪之有？再说了，你揭发我在背后指使你领头闹事，证据是什么？既然你拿不出任何证据，来证明是我指使你这么做，你就是在诬陷诽谤好人，我完全可以起诉你，给你再加上一条罪名。怎么样，你敢不敢试试？"

几句话说得如同连珠炮，打得炉包有些晕头转向。他拍拍脑壳，转转眼珠，实在想不出对付夏子强的招数，只好使出了看家本事，耍起了无赖，"夏主任，哪个王八犊子吃了熊心豹子胆，敢说是你在背地里指使我闹事？他这是活腻歪了！就算炉包说的话，夏主任觉着不中听，那也得掌嘴！"说完，他把脸凑到夏子强的眼前，抡起了巴掌，朝着自己肥厚的腮帮子左右开弓地煽起了耳光，直打得自己脸皮火烧火燎，夏子强才厌恶地叫他住了手。

"炉包我告诉你，别拿着这套在街面上撒泼放赖耍流氓的小把戏，在我办公室里捣乱胡搅和，我现在就可以把你当成扰乱办公秩序的犯罪嫌疑人，再次送你进公安的铁笼子！谅你这次还是初犯，我就先放你一马。说吧，今天你到我这来，到底想干什么？"夏子强也不想和这个滚刀肉彻底翻脸，便见好就收，放缓了口气。

炉包马上态度一变，腆着笑脸说："兄弟，不，是夏主任，今天我是无事不登三宝殿，求到了你的门上。其实，就是想麻烦夏主任打个电话，让城管五中队的那些兄弟通融通融，对胖姐酒楼在自家的门口干点小买卖、做点小生意，就睁只眼、闭只眼算了，别动不动就罚款没收，伤了兄弟们的和气。"

"炉包，你想得倒美。兴隆路大街就是被你们这帮人折腾得鸡飞狗跳、乌烟瘴气，那些街坊邻居们都在喊爹骂娘。现在，城管五中队顺应民意，要收拾收拾你们，你赶紧来个临时抱佛脚，就拿上了这几条烟，紧三火四地往我这里跑，要把我搬出去给你们当挡箭牌、当消防队长，天下哪有这样的好事？！你看看吧，我手里的这些举报信，哪件不是告你的状！"夏子强拉开抽屉，拿出几件信函，摔在了他的面前。

不知道炉包真不懂还是装不懂，他摸着光头说："什么举报信？炉包开饭店挣大钱，喝酒吃肉交朋友，这些都是天经地义的。是谁闲得难受，还要举报我？不行哪天我去找找他们，拉拉呱、唠唠嗑，那些人也就没有这些毛病了。"

夏子强见他还是满不在乎，摇晃着大脑袋面无惧色，便讥笑道："都要大祸临头了，还在这里装彪卖傻，真是不见棺材不掉泪。"

"大祸临头？"炉包眨巴眨巴小眼，不解地问："什么大祸临头？夏主任，你不是吓唬我吧？我劝你到市面上打听打听，俺炉包打小到现在，有没有怕过的事？你说的大祸临头，哪天真叫炉包碰上了，我要是眨眨眼，那就不是爹娘养的！"

夏子强斜眼看看他，无奈地摇摇头，走过去把门反锁上，回来神秘地说："这不是在胖姐酒楼，你可以胡吹乱侃，吹破了牛皮都行。我实话告诉你，这些举报信要不是被我压了下来，你还能站在这里对着我胡咧咧？早被城管执法局罚得倾家荡产，成了无家可归的流浪狗了！可是，都到现在了，你还是傻瓜一个，什么也不懂，什么也不明白，不知道是谁在背地里打你的黑枪；也不知道是谁煽动那些街坊邻居，到区政府、市政府告你的黑状；更不知道是谁在举报信上反复批示，要城南执法局五中队对胖姐酒楼的违法行为，加紧查处、严管重罚！"

"什么，加紧查处、严管重罚？"炉包外强中干，心里早已发虚，再加上夏子强对他说的这些话，显然也起了作用。他低下头去琢磨一阵，再把脸抬起来，就和刚才大不一样了，"夏主任，你不说这些，我哪能知道？还是得靠你多指点。"

夏子强冷笑一声，接着说："老实了？咬不住牙了？我告诉你吧，我说的这个人，心肠够硬，下手够狠。就是他借着取缔文化宫市场，指使公安把你送进了铁笼子；现在，他又要利用这几封举报信，继续整治你，直到把你玩死。"

炉包的脸色很快变了，他咬着牙说："猫急了上树，狗急了跳墙。把炉包逼急了，老子什么事都能干出来！夏主任，你得和我说清楚，这个人到底是谁，是不是你们城管局那个姓李的？"

夏子强见火候已到，不想自己戳破这层窗户纸，就说："这个人不用我报出他的名字，你就能猜个八九不离十。依我看，你现在就去找他报仇还为时过早。这几封举报信，我可以暂时替你压着，帮你先迈过去眼前的这道坎。可是话又说回来，胳膊拧不过大腿，说不定哪天哪月，再有个头衔比我大的人追究下来，我可就顶不住了，到那时你就是倒了八辈子大霉，我也没法给你帮忙了。好了，该说的话我都说了，听不听那是你的事，我手头上还有不少公务等着处理，你可以走了。"

主人下了逐客令，不愿意再去搭理他，只顾看着自己手头上的文件。炉包只好揣着一肚子火，低头耷拉脑地往外走，不想拉开门，正好和进来的人撞了个满怀。倒退了几步才看清楚，原来这人是个老头，他便把两眼一瞪，狠狠地骂道："你这个老不死的，都这把年纪了，还不老老实实地在家里等着进火化场，跑到城管局来瞎转悠，这可是夏主任的办公室！好狗不挡道，赶紧滚到一边去！"

炉包骂得兴起，抬脚踹向了赵长河，后者把门一关，炉包一脚踢在门边上，疼得他原地跳了好几个圈，朝着赵长河就要抡拳头。

夏子强看得真切，见炉包狗胆包天，要在自己的办公室里对赵长河动粗，大惊失色叫道："住手！王八蛋，这是我们局长！"

炉包愣住了，待在原地不知如何是好。又看着夏子强愤怒地奔了过来，这才如梦方醒，脱口叫声"俺的娘哎"，狼狈逃窜了。

"站住！这个地痞流氓竟敢在执法局办公室里撒野，看我怎么收拾你！"夏子强骂着就要追上去。

"行了，别追了。"赵长河挡住了虚张声势的夏子强，问："子强，这种不三不四的人怎么在你的办公室？告诉门口的保安，以后不能让这些社会上的人，随随便便进入办公楼。"

夏子强连忙申辩说："局长，这个人是上访户，门卫也拦不住他，跑到我的办公室里胡搅蛮缠。以后要严肃制度，谁把这种人放进来，轻者扣罚奖金，重者予以除名，决不姑息迁就。"

"你准备准备，跟我去趟土地规划局，我要和华局长谈件事。"赵长河说罢，径自下楼去了。

夏子强到楼下坐上车，汽车就出发了。正不知道说点什么好，赵长河打破沉默，先开腔道："子强，我和你父亲通了一次电话，他说的那些话对我触动很大。原先我总以为，夏主任对你在全市竞聘市管领导干部中落选，对取缔文化宫违法市场执法行动，一定会感到很失望，也很愤怒。可是，通过这次长谈我才明白，我的这些担心都是多余的，夏主任的想法和我的想法截然相反。他认为，全市竞聘市管领导干部，李家杰的表现出类拔萃，最终得以胜出，这是公平公正的体现，他为此感到很欣慰。而且，事实也证明，李家杰刚上任不久，就组织领导了这场非常成功的取缔文化宫违法市场执法行动，打了一场很漂亮的攻坚战。由此可见，组织和群众选了李家杰这个年轻干部是完全正确的。过去，我对取缔文化宫这个全市最大的违法市场，看法上过于保守了，心里总是担心那些下岗的职工，担心附近居民的菜篮子，担心社会的团结稳定。现在回过头来看看，这些所谓的担心，全都是无稽之谈。通过成功地组织这次执法行动，所有问题不是都很好地解决了嘛，这完全超出了我的想象。由此看来，选好一个领导干部，就是最大地解放生产力！子强，你父亲的这番话，对我的教育触动很大，看来我也真得好好反思反思了。活到老学到老，这话一点也不假呀。"

听了两位最亲近最信任的长辈的话，夏子强感到脑子里一片茫然，他觉得自己突然变得和他们格格不入，很快就要被他们在思想方面抛弃，一种从未有过的莫名恐慌顿时搅得他心神不宁。只听赵长河又说："子强，你建议我在全系统领导干部工作会议上，对李家杰违抗我的命令，坚持取缔文化宫违法市场的执法行动，采取有力的组织措施，进行严厉的追究。我作为局长，出于某种不良的动机，居然同意了你的这个建议。现在回过头来再想想，这种做法实在太过分，以后我会找个机会，主动向李家杰局长赔礼道歉，希望你也能从中接受教训。"

一向思维敏捷的夏子强，这时竟不知该如何作答，只好说："良药苦口，良药苦口嘛。局长，我认为大家的出发点都是善意的，适当地开展批评和自我批评，进行必要的思想斗争，最终达到团结统一的目的，这样更有利于我们的工作，也是我党的光荣传统，并不存在对李家杰批评得过于严厉的问题，您不必太在意了。"

赵长河态度坚决地说："我看这个问题没有那么简单。首先是场合不对。这次会议不是市局的党委民主生活会，我们可以开展批评和自我批评，展开必要的思想斗争，而是在全系统主要负责人的工作会议上，在这种场合，根本就不应该发生这样的事情。其二是动机不纯，存在着借题发挥的嫌疑。出现这些问题的责任主要在我，我这个党委书记、局长，在这件事情上，掺杂着个人的情绪和好恶，在思想认识上存在着问题。最后一点，还是你父亲说得好，无论是竞聘市管领导干部，还是取缔文化宫违法市场，只要有利于我们的城管执法事业，有利于维护绝大多数人民群众的利益，就是大好事。所以，我们必须转变观念，汲取教训，在思想上和行动上尽快改变；否则，将会误入歧途，错上加错。"

听到这话，夏子强的心情更沉重了，但在嘴上仍然不服软，"局长，这次会议的气氛是有点紧张，主要是研究整顿思想、作风和纪律这个议题本身就很严肃，也很敏感；而且局里确实有个别的领导，存在着有令不行、有禁不止，无组织、无纪律的严重问题。如果局里对这种行为视而不见，姑息迁就，不敢对此坚决抵制和斗争，那么整个执法队伍势必成为一盘散沙，在未来的执法行动中，必将毫无战斗力。至于借题发挥、打击局领导的问题，我敢保证自己绝对不存在，至于钱局和其他的人有没有这种问题，我就不敢妄加评论了。"

赵长河进一步说："我还是那句话，负主要责任的是我，我会向家杰局长主动道歉。"又说："找个时间，你们两个也要好好地谈谈。人嘛，就是应该经常反思，不断找出自己身上存在的问题和不足，及时加以改正，这么做很有好处。夏文渊主任是我多年来最敬重的老领导，你在我这里工作，于公于私我都要对你负责。"说话间，他摸出了包里的手机。

"不，赵局长，你不能退缩，不能就这样向李家杰低头。否则，你的权威将荡然无存，我们也就失去了主心骨，更会让很多的人嘲笑你，嘲笑你是一个……一个草包局长！"

"够了！你太不像话了。"对脱口说出如此难听字眼的夏子强，赵长河有些暴怒，样子很是吓人。他任凭手机里有人不断地呼叫，好一会儿才慢慢调整好自己的呼吸，与来电人又简单地交谈了几句。随后他压住火气，对夏子强说："我还有更重要的事情急于处理，这次就不能和华局长见面了。你代表我去拜见他，向他好好解释清楚，再听听他对今后土地规划局和我们城管执法局在执法业务的对接上，有什么好的意见和建议，回来马上向我汇报。"

夏子强还想就刚才的话题，再好好劝劝赵长河，可是汽车已经在一座大门的前面停了下来。看着赵长河乘坐的奥迪车绝尘而去，他只好迈起有点沉重的脚步，走进市土地规划局的办公大楼，去见华南江局长。当他将来意向主人汇报过后，已有思想准备的华南江当即表示说，国家确定相对集中行政处罚权在岛城进行试点是一件大事，应该得到各个部门的大力支持。他很反对有的业务主管部门，还是站在本单位小团体的眼前利益上，不顾综合执法试点工作的大局，仍然还在具体的工作中，对城管执法局集中行使过去由业务主管部门行使的行政处罚权，不支持、不配合，甚至还进行牵制、设置不少阻力的做法。他完全赞成赵长河局长的意见，应该切实加强两个部门在执法业务中互相衔接、互相协作、互相支持的工作。同时他又进一步建议说，城市管理行政执法部门，应当尽快全面介入城市规划审批和工程竣工验收的全过程，具体操作细节由双方业务处室反复磋商沟通后，明确地写入两个局准备联合下发的文件之中。到时候他将亲自前往市城管执法局，拜会赵长河局长，与他共同签发这个文件。

事情很快谈妥了，夏子强辞别华南江，走出了局长办公室，迎面正好碰上了夏茵，便傲气十足地对妹妹说："我找你们局长谈成了一件大事，涉及两个局今后的重大合作事宜，你没有什么要紧的事情，就不要打扰我了，我急着赶回局里，找赵局长布置这项工作。"

夏茵最不愿意看到哥哥这种虚荣浮夸、煞有介事的样子，过去她总嘲笑说，他像一个令人啼笑皆非、生活在虚拟世界中的"假人"。这次，她当面给他指出来说："你呀，总是把自己看得过高，讲话的口气过大，像个不接地气的天外来客。其实你作为执法局的办公室主任，只能对等地和我们局办公室主任谈话，除非工作内容特殊，受到领导的指派，又在我们局领导同意的情况下，才能找到我们局长谈话。所以，今天这件事，你可不要胡吹海侃，到处乱说。"

夏子强很自负地说："茵茵，你怎么这样说话。实话告诉你吧，正是因为我有赵局长的授权，才来和你们局长面对面地直接沟通。而且我们谈得很顺利、很深入，达成了重要共识，也为下一步更好地开展这项工作打下了很好的基础。好了，我该走了，不能在这里耽误时间了。"

兄妹俩说着话，走出了局机关的大门。夏子强停下脚步，往左右两边看了看，说："你们市土地规划局牛得很，手中的权力很大，在岛城叫得很响，怎么却和好几个单位挤在这么一个大杂院里？人来人往的，鱼龙混杂，像是在赶庙会……哎，茵茵你看，那不是李家杰吗？他和那个女人去房地产交易中心干什么？对了，听说最近这几天，他和楼下胖姐酒楼的老板翻了脸，双方闹得很凶，一定是害怕对方报复，今天到这里来买房子，看来是准备赶紧搬家，逃离现在的居住地。"

顺着哥哥手指的方向，夏茵果然看到李家杰进了房地产交易中心。随即她便在头脑中冒出一个念头，"哥，买房子是家中的大事，李家杰又是你们的副局长，你应该主动地帮帮他，给鑫海房地产公司的黄老板打个电话，求他把房子卖得便宜点，给个优惠价。"

夏子强先是推脱，接着又不怀好意地说："正因为他是副局长，我是办公室主任，所以我们才应该避避嫌。否则，一旦有什么情况，我们就算浑身是嘴，也解释不清了。要不然，你给黄老板打个电话，他想巴结你还来不及呢。只要你说是给李家杰帮的忙，黄老板绝对会给你这个面子。当然了，要办就要争取到特别的优惠，给的价越低越好，不要钱就更好了，你明白吗？"

夏茵见哥哥躲到一边，把自己推到了前台且不说，还要把价格压到如此之低，猜想他肯定又在打什么坏主意，有点不太高兴地说："哥，我去找黄老板没关系，可是你也不能让我把价格压得太低了，你想让我们犯错误啊！"说完，她没再理哥哥，扭头走向房地产交易中心。在售房信息大厅里，李家杰夫妻二人正坐在大型电子屏幕前，仔细察看上面显示的房源信息，夏茵紧走了几步，上前轻轻叫了声："嗨，李局。"

李家杰循声看去，只见亭亭玉立、妩媚动人的夏茵忽然出现在他的面前，便觉得耳根子一阵发热，慌忙起身对妻子说："来，我给你们介绍一下，这位是市土地规划局的夏处长，这位是我的爱人谢玉清。"

两个女人四目相视，直愣愣地互相看着，都被对方的美丽所吸引。最后，还是夏茵先开了口；"哟，您就是大姐呀，长得太漂亮了。"

谢玉清连忙说："还漂亮呢，都老了，哪比得上夏处长，美得像出水芙蓉，让人怎么看也看不够。"

夏茵赶快谦虚了几句，又问："李局，你和大姐是来买房的吧？我可以帮你们吗？"

"那可太好了！玉清，今天是什么好日子，天上落下来一位要主动帮助咱们的贵人。夏处长是城市规划方面的专家，掌握着很多房源信息，有她的热心相助，咱们一定会买到称心如意的好房子。"李家杰大喜过望，高兴地说。

"看把你高兴地，就差点没说出来'天上掉下来个林妹妹'！"谢玉清脸上还是笑盈盈地，又说："家杰呀，夏处长很忙，就别麻烦她了，咱们耐心地找找，也能买到很满意的房子。"

夏茵似乎没听出来谢玉清话里的意思，依然很热情地说："大姐呀，您就别客气了，我这就打个电话，你们稍等一会儿。"

谢玉清看看一旁打电话的夏茵，又瞅瞅喜上眉梢的丈夫，说："家杰，看来你俩的关系非同一般哪，要不然这种躲都躲不掉的麻烦事，谁会主动地往自己身上揽，给你帮这个大忙。"

李家杰点点头，认真地说："是啊，在关键的时候，有人主动地站出来为你排忧解难，往往就是你最好的朋友。"

谢玉清也郑重地说："最好的朋友也要有原则，也要有底线。我要提醒你，千万不要失去了自己的原则，越过了自己的底线，尤其是异性男女朋友，应该保持一定的距离。家杰呀，你是有妻有子的已婚男人，可要好好地把握自己哟。"

李家杰被妻子说得有些坐不住了，争辩道："玉清，你都想到哪去了。好朋友只是好朋友，就这么简单，并不意味着会改变性质。好了，玉清，不要再胡思乱想了。"

　　看样子事情办得挺顺利，夏茵打完了电话，满脸带笑地走过来说："都办妥了。李局、大姐，咱们现在就走，到阳光花园一期项目的楼盘去看看那里的新房。"

　　几个人高兴地搭上了一辆出租车，来到阳光花园一期住宅小区的大门前，受到了售房部经理的热情接待。他告诉李家杰说，鑫海集团的黄世雄董事长，对几位的光临高度重视，打来电话特别嘱咐，一定要让李局长挑到最满意的房子。

　　进入住宅小区后，几个人兴致勃勃地徜徉在十几栋多层住宅楼之间，连续看了八九套各类户型、楼层的住房，直到走得很累了，才停了下来。李家杰和谢玉清对这个住宅小区的各个方面都感到十分满意。从大的环境来看，这里是新的城乡接合部，发展的空间很大，视野也很开阔：南面是广阔无垠的大海；西面距离市政府不到一小时的车程，不算近也不太远；北面是高科技开发区；东面则是著名的国家旅游度假区，自然环境和区位优势非常明显。再看住宅区内的小环境，这里满眼都是绿色，植被覆盖率很高，空气十分新鲜清爽；所有车辆全部进入地下车库，楼宇之间的通道上没有一辆私家车；院落、楼道、车库出入口，全部使用智能卡，小区内实行二十四小时全方位监控。所有这些管理措施和设备设施，都彰显出该小区的内部管理非常规范有序，给人以舒适感和安全感。唯一让李家杰、谢玉清犹豫不决的是，这些户型各异的住宅都有各自的优势，究竟要买哪一套，他俩一时还拿不定主意。心无杂念的夏茵，便率先谈出了自己的看法："我看这些房子都挺好，综合比较一下，还是觉着A座A单元的301室更好些。咱且不说两个A字打头大吉大利，更重要的是，楼层、户型、面积、朝向和客厅，都很难挑出明显的问题；而且价格也适中，一百二十平方米的建筑面积，最多用一百四十多万就能买下来，基本上和你们买房的预算差不多，还是可以考虑的。"

她的意见很符合李家杰的看法，可以说正中下怀，就立即表态，对谢玉清说："夏处长是专家，对房屋很有鉴赏力。她说的这套房子，无论从哪个角度看，可以说都比较合适，在我们看过的所有房子中，这套房子我感到最满意。玉清，你说呢？"

谢玉清莞尔一笑，说："你们俩都定下了，还让我说什么呢？"

夏茵的脸上霎时飞起一片红晕，慌忙说："大姐，您是女主人，最有发言权了。我只是谈了自己一点看法，有什么不对的，您可得多包涵啊。"

谢玉清拉起她的手说："瞧你说的，夏处长真心诚意地帮助我们，处处都替我们着想，我和家杰感激你还来不及呢。"

"就是嘛，夏处长帮我们这么大的忙，我们从内心里很感激你。到时候住进了新房，我们一定请你到家里来做客。"

谢玉清对丈夫说的这几句话还算满意，热情地邀请说："家杰说得对，我们搬家以后，第一个要请的客人就是夏处长，到时候你可千万不要推辞呀。"

见夏茵点头应允了，李家杰赶快说："好，那咱们就一言为定。"说完，就到一旁接电话去了。

夏茵对身边的销售经理说："那就定下A座A单元的301室。我和你们董事长谈妥了，交上四十万元的预付款后，就拿钥匙先住进去。另外的一百万元，等李局长把现在的住房卖出去以后，再全部交齐。"

销售经理连忙说："没问题，董事长事先交代过，要我一切听从夏处长的安排，现在我就陪你们到售房部，交上预付款，拿钥匙。"

"玉清，赵局长来电话要我马上赶到市政府。购房手续办妥后，一定要搭车把夏处长送回去。"李家杰收起电话，嘱咐几句就要离开。

谢玉清的脸上挂不住了，不高兴地说："家杰，你今天是怎么了，这么婆婆妈妈、神魂颠倒的？我不搭车送夏处长，难道用花轿去送？真是的。"

又遭到了妻子的埋怨，李家杰很是狼狈，连连道："那好那好，我走了。"

望着他急急离去的背影，谢玉清不禁笑出了声，对夏茵说："家杰就这么点好处，看到我急了，就会赶快转变态度，乖得像个大孩子。夏处长，咱去办正事去。"

"真的？李局在外面可是男人味十足，很难想象他在你面前会变得这么乖。"

两个女人说说笑笑，随着销售经理去了售房部，交上预付款，拿到了新房钥匙，这才觉得浑身乏力，两条腿像是灌了铅，一步也不想走了，就在一条排椅上坐下来休息。谢玉清随口问道："夏处长，你和家杰认识多久了？"

夏茵不假思索地回答："过去在一个院子里办公，但是真正认识，还不到半年呢。"

"不到半年？可是看起来，你们就像是多年的老朋友。"谢玉清惊讶地说。

夏茵抿嘴笑笑说："大姐，看得出来，你非常爱李局。"

"是啊，我们互相搀扶，风雨同舟，在一起生活了多年，感情自然很深。夏处长，请你原谅我唐突冒昧，我感觉你对家杰也很好，对不对？"说罢，谢玉清直视着她的眼睛。

"这……怎么说呢？我确实很尊重李局长，说得再那个些……大姐，我说出来，你可别在意呀。"夏茵略显羞涩地说。

"你……你说吧，大姐就想听听你的心里话，我不会在意的，真的不会。"谢玉清在说这几句话时，表情很不自然，明显有些紧张，连呼吸都屏住了。

"我……我有点崇拜他，觉得他思想境界高，不落俗套，工作很有水平，也很有亲和力，像个大哥的样儿，是一位很值得信赖、很靠得住的人。

就这些。"

手心有点冒汗的谢玉清，听到夏茵这么说，悄悄地松了口气，勉强笑笑说："看得出来，夏茵姑娘很诚实、也很直爽，说的都是心里话，我相信你。夏处长，我有几句话想对你说。我认为一个女人，尤其是没有结婚的年轻女人，最好不要轻易崇拜一个男人，特别是崇拜一个已经有了家庭的男人。这么做的后果，往往会给自己、给别人，带来许多剪不断、理还乱的麻烦。"

夏茵不这么认为，她说："照您这么说，崇拜就等于厄运。许许多多崇拜领袖、崇拜英雄、崇拜明星的人们，统统会惹上大麻烦。可是，我并没有看到他们因此交上了厄运，他们都过得很开心呀。"

谢玉清坚持道："崇拜那些可望而不可即的大英雄、大明星，也许不会给人们带来直接的麻烦。可是当一个年轻的女性，全身心地崇拜自己身边一位充满魅力的男性时，那就很难说了。在一般情况下，被崇拜者对于崇拜者，都有无与伦比的强大吸引力，甚至会使许多崇拜者情不自禁地在精神上、肉体上依附于他，心甘情愿地沦为他的奴隶。当然，我们不能完全用邪教组织里面的信徒和教主之间的关系，来和这件事情作类比，可是这些邪教组织的受众信徒们，就是因为自己对心目中的偶像盲目崇拜，最终陷入了受迫害、受奴役、受摧残的境地！所以呀，夏茵妹妹，崇拜者和被崇拜者之间，必须要自觉地建立起一道理性的、道德的坚强防线。我不知道，你是否有了这样的思想准备？在你的心目中，是否已经建立起了这样的一道防线？"

夏茵眨着美丽的大眼睛，坦诚地说："没有啊，大姐，对李局这样的好人，我从来也没想过要对他建立什么坚强的防线。当然了，如果崇拜他的后果，当真像你说的那样，给他和我带来很多的麻烦，那我也应该建立起自己的防线。"

见她如此率真、清纯，谢玉清紧绷的神经慢慢地松弛了下来。她满怀歉意地说：“夏处长帮了我们这么大的忙，感激都来不及，我还说了这么多不该说的话，真是不好意思。现在看来，女人的敏感在有些时候是对的，能起到防患未然的作用；而有些时候恰恰相反，完全是在庸人自扰。比方说对于夏处长，我的这些胡思乱想实在没有必要，处长妹妹要多担待呀。”

夏茵也发自内心地说：“大姐懂得这么多，让夏茵很钦佩。如果有些事情我做得不好，请大姐原谅、别在意。”

谢玉清不好意思地说：“嗨，我才懂几个问题？只是一点生活的小经验，这比起夏处长的大学问，那可是小巫见大巫了。夏茵妹妹，姐姐真的很喜欢你。”

夏茵孩子般开心地说：“那好啊，往后我就把你当作亲姐姐。”

谢玉清捧起夏茵的小手抚摸着，心满意足地说：“那可太好了。感谢上苍，给我送来了一个这么好的妹妹。”

第七章

汇泉湾大饭店因为服务纠纷，引发保安人员群殴当事人致死案，已经过去一段时间了。在此期间，参加围殴受害人的几名保安人员，很快将要按照各自违法行为的轻重，分别受到不同程度的法律判决。唯独涉嫌教唆他人犯罪的大饭店总经理方小虎的案情仍然扑朔迷离，方小虎继续被羁押在拘留所里。公安机关没有将其提交检察院批捕，或者对他实行其他的强制措施，却也没有将方小虎免于追究刑事责任，给予无罪释放。

根据方明掌握的情况，方小虎在供词中称：当发生了服务纠纷，大堂经理带着一个保安跑上二楼向他汇报时，自己刚和女朋友在感情上发生了一些矛盾，心里比较苦恼，情绪也比较低落，就对大堂经理和保安说了句，好好教训教训，送派出所。但是，大堂经理在证词中一口咬定，当他上楼汇报完这起服务纠纷后，方总态度严厉地命令，"狠狠教训教训，送派出所！"所以他下楼后，也以同样严厉的口吻，命令在场的保安人员，狠狠教训教训受害人。谁知道保安们下手过重，当场打死了那个受害人。

但是，大堂经理的证词，并没有得到紧随他身后的那个保安人员的认同。他在证词中称，当时他跟着大堂经理进了方总的办公室，只听方总说要把当事人教训教训送派出所这句话，其他的什么也没有听到。现在看来，按照这位保安的证词，方小虎不应该承担法律责任，必须立即无罪释放；按照方小虎的供词，可以承担一定的法律责任，也可以不承担法律责任；按照大堂经理的证词，方小虎具有故意指使或者教唆他人犯罪的嫌疑，应该承担法律责任。

方明也知道，在这段时间里，死者的家属们一直很不冷静，闹得很凶。有几个人整天堵在公安分局的大门外，强烈要求公安机关秉公执法，严惩幕后教唆犯罪嫌疑人。在网络上也出现了一些帖子，指名道姓地公开指责，教唆犯罪嫌疑人的父亲已经亲自插手此案的审理，该案的最后结果必定是官官相护，不了了之等等。

随着时间的推移，方明看方小虎的案子还是这样拖着不见眉目，便渐渐地失去了耐心。他作为犯罪嫌疑人的父亲，又是三岛市分管公安工作的副市长，这种很特殊的双重身份，让他在面对方小虎的案子时，深深地陷入了既救犊心切，又不好过问的尴尬境地！经过了这段时间，现在回头看看，纵然自己顾全大局、坚持原则，对方小虎的案子不插手不过问，完全尊重司法部门依法办案，却仍没有在社会上落下一个好名声。况且，都这么长时间了，方小虎的案子还是没有定性，仍然处在判和不判的两可之间。在这种情况下，一旦出现某种不可预知的因素，打破了这种僵持，使法律的天平朝着不利于方小虎的方向倾斜，公安方面最终将方小虎的案子移交到检察机关，那么方小虎教唆指使他人犯罪的罪名极有可能就会成立，很快就要批捕判罪。如果自己还是冷眼观望，继续按兵不动，最终看着自己的亲生儿子被判刑监禁，深陷囹圄，那可就太对不住为了方家已经付出很多的儿子了，更对不住妻子的在天之灵，自己必将会为此悔恨一辈子！

于是，方明决定不再犹豫，不再观望，他要像所有的父亲那样，对自己陷于危难之中的儿子施以援手，不惜运用自己的权力和影响，促使警方尽快结案，无罪释放方小虎。

正当方明为此心急如焚，感到苦不堪言的时候，机会来了。

按照市政府办公厅的通知，孟威在全市机动车露天停车管理工作会议召开前一小时，赶到了方明的办公室。一进门，他就看出来，今天这位分管副市长的表情格外严肃，态度特别冷漠，只是用下巴示意自己坐下，便埋头伏案批阅他的文件，再也没有理会自己。抽了两支烟，孟威感到浑身不自在，都有点坐不住了。可是他的心里很明白，自己在处理方小虎的问题上，已经严重得罪了这位分管副市长，现在他这么做，就是在冷落自己，故意甩脸子给自己看。在这个特别敏感的时候，自己最好不要主动招惹他，只好闷着头，继续一个劲吸烟。眼看着烟灰缸里又多了几个烟头，孟威终于憋不住了，瓮声瓮气地说："方市长，开会的时间快到了，你这里没什么事，我先去会议室了。"

方明这才抬起头，不满地说："没事我找你来办公室干什么？我手头上的这个文件，比我要说的事更急，不赶快把它批出来，耽误了工作你负责？！不就是让你等了半个小时吗？这么短的时间你就受不了了？这比起你们把一个很简单的社会治安案子，硬是拖了这么多天，到现在还拿不出什么明确的意见，仍然把当事人押在局子里面，可是差得太远了，完全没有可比性嘛。如果这事摊在了你身上，你是不是就活不成了？你的耐性也太差了！孟威，我请你记住一句古话：己所不欲，勿施于人！"

孟威揣着明白装糊涂，勉强赔着笑脸说："跟着方市长干了这么多年的活儿，你还不知道我是个什么人吗？我的毛病就是性子太急，到哪里都坐不住，干什么事都喜欢干脆利索，从来不愿意拖泥带水，更没有闲工夫去吊人家的胃口。"

方明冷哼了一声说："那就要看对什么人、对什么事了，是吧？但愿你能表里如一，说到做到。别忘了，尤其是涉及市政府领导的个人私事方面，可是有人每时每刻都在盯着你。"接着方明把手一抬，制止了对方的辩解，"好了，现在不扯这些事情。我要你在会议之前，赶到我的办公室里来，就是想再次听听，你们公安方面对全市机动车露天停放管理的意见，你说说吧。"

被方明数落了一阵子的孟威，带着情绪说："我们的想法早向你汇报过多次了，这次来市政府开会，我就是带着眼睛和耳朵来来听的，不会再代表公安方面发表其他任何意见。"

方明冷笑道："听你的口气倒是满自信的，好像今天市政府开会，就要按照你们的意见去办。可是你们想过没有，如果市政府不同意你们的意见呢？"

"市政府不同意，我们也没有办法，只能坚决执行上级的决定，把露天停车的管理工作全部移交给城管方面。只是这么做了以后，市财政每年就要拿出四五个亿来，给公安系统做补贴，用以堵上我们的财务缺口。"孟威以退为进，软中带硬地说。

"四五个亿？"方明神情严肃地说："你们给市政府的报告里明明写着，对全市露天停放车辆收取的管理费用，每年总共不足三个亿。这要交出停车管理权了，就狮子大开口，向市里要四五个亿，你们是穷疯了，还是忽悠市政府？！"

孟威摁灭了烟蒂，抬起头说："方市长，我们不是穷疯了，也不敢忽悠市政府。全市的露天停车管理，每年只要能有三个亿的收入，我们就可以调动全局干警的积极性，节能挖潜，自己想办法填补财务的窟窿。可是，假如市政府决定不让我们继续管理全市的露天停放车辆，那我只能实话实说，请市财政每年为公安再补贴四个多亿。"

方明将手中的签字笔往桌上一扔说："孟威，我可以明着告诉你，城管方面早就拍着胸脯向我保证，只要他们接过全市露天停放车辆的管理工作，每年将向市财政上缴四个亿！你听好了，你们是收三个亿自己用，人家是上缴市财政四个亿！这一反一正，差得可就太大了。同时，城管方面还表示，将来他们会随着全市机动车保有量的不断增加，争取上缴市财政的停车管理收入五年之内再翻上一番，达到八个亿！孟局长，这八个亿进入市长的钱袋子里，那可就能办成大事了。如果你当这个市长，你认为全市机动车露天停放的管理权，是交给公安好，还是交给城管好，岂不是一目了然吗？"

孟威知道自己被方明点中了软肋，明显感到底气有些不足，强词夺理地说："方市长，咱不能只算经济上的小账，不算政治上的大账。公安机关有了充足的资金作保障，办案效率、工作质量就会大幅度提高，整个社会就会更加和谐安定，老百姓就会把这种大好的局面统统归功于市委市政府领导得好，你说呢？"

方明心想，孟威自从进入这间办公室，已经被自己反复敲打，受到了一定的触动，连说话的口气也都软了下来，可以见好就收了。于是，他顺水推舟，在态度上来了个很大的转变，"好，看来你这个同志的头脑，还是比较清醒的，懂得算大账、算政治账。正是因为考虑到这些重要的因素，所以市政府才更倾向于你们的意见。为此，我也专门和其他几位市领导交谈过，也向岳峰市长汇报过，得到了他们的理解和支持，已经原则上同意了公安方面暂缓向城管方面，移交全市机动车露天停放管理工作，待将来各项条件更为成熟以后，再考虑这个问题。不过，这也需要做好城管方面的工作，他们为此付出了大量的努力，做好了充分的准备，现在市里又突然决定向他们暂缓移交露天停放车辆的管理权，他们一定很难想得通，一下子很难转过这个弯，工作不是太好做呀。可是，为了支持你们公安的工作，这个当黑脸、得罪人的事，就得由我亲自来干了。"

孟威那张紧绷的脸，开始慢慢松下来。他轻松地笑笑说："方市长，你也得相信人家城管，他们的思想觉悟高，不会为了这点蝇头小利，就去闹情绪，撂挑子不干。再说，你这么做，更能得到我们公安机关的拥护和支持，有机会市局领导班子全体成员陪着方市长吃顿饭，当面向你表示感谢。"

"你说的话第一层意思，我很不赞成，怎么能是蝇头小利呢？这可是几个亿呀！你说的第二层意思，还算比较到位，但是我不需要你们领导班子请我吃饭，向我当面致谢，我只希望得到你们真正的支持，看到你们实实在在的行动。我说的什么意思，你心里应该很清楚。"方明抓住时机暗示道。

孟威当然心知肚明，马上表态道："明白。关心照顾好上级领导，是我们应尽的本分，您就放心吧。"

方明琢磨琢磨，还是觉得不踏实，干脆戳破了这层窗户纸，直截了当地说："我问你，方小虎究竟有没有罪？"

孟威躲开他突然变得冷峻的目光，支支吾吾道："应该……应该无罪吧。"

"应该是什么意思？"

"应该……应该就是无罪。"

"既然是无罪，为什么拖延了这么多天，还不予以释放？你们是想让我批评办案的效率太低、工作水平太差，还是想让我点出来，故意拖延时间，以达到不可告人的目的。"

"方市长，话可不能这么说……"

"那你想让我怎么说？说什么？难道非得要我说出来，你们这是挟持我的儿子，逼着我向你们低头就范不成？！"

"不不不，方市长，您可是我们的分管副市长啊，这么缺德丧良心、又违反纪律触犯法律的事，我们谁也没这么想过，更没这么做过，您可千万不要误会呀！"说到这里，孟威真的急了，拼命摆着双手说。

"那你就说实话，方小虎的案子你们久拖不决，压了这么长的时间，到底是为什么？是不是因为死者是你的亲外甥，你想公报私仇？！"方明目光灼人，逼视着对方。

孟威干脆把腰杆儿一挺，理直气壮地说："方市长，说死者是我的亲外甥这纯属造谣，完全是编造出来的谣言，所以根本就不存在我有公报私仇的问题。但是也应该承认，方小虎的案子到现在也没有了结，我们是有意地拖延了一些时间，主要原因就是死者的家属闹得很凶，再加上网络上的炒作很多，他们都把矛头指向了你和我们公安机关，说我们互相勾结，以权谋私，执法不严，在幕后进行了肮脏的交易。为了缓解冷却社会上的不良情绪，做好解释安抚工作，尽可能地不火上浇油，保护你和公安机关的良好声誉，我们只好这么做了，就请你耐心地再等上几天吧。"

他解释的语言不多，情况也不复杂，在一定程度上得到了对方的理解。但是，方明并没有因此就完全原谅了他，而是加重了语气进一步向他施加压力："你的态度还算诚恳，说的理由也有些道理，我可以再等几天。不过，这些理由并不应该成为你们长期关押方小虎的借口，而且安抚死者家属情绪的办法也很多，不知道你们是否尽心尽力地做了工作。在这里，我请你给局长和政委捎上几句话，就说我老方不是政法委书记，更不是市长、市委书记，管不着你们的帽子，也管不着你们的票子。可是秉公执法、公平正义，却是我们的共同原则和底线。所以，有罪就是有罪，不管他是谁，该怎么判就怎么判；无罪就是无罪，该释放的，应该尽快放人。我就说这些，孟威，以后就看你们的了。你先去会议室吧，我随后就到。"

"主角和配角的待遇就是不一样，我等跑龙套的，就要提前赶来暖场子，坐在冷板凳上足足要等十几分钟，主角这才粉墨登场露了脸儿。小孟局长，一向可好？老夫这厢有礼了。"往日严肃持重的赵长河，今天的心情特别好，看到孟威步入会议室，主动和他开起了玩笑。

孟威也不是省油的灯，马上回击道："看来赵老局长今天的心情很不错呀，居然不顾年事已高，亲自披挂上阵，要下山摘个桃子尝尝究竟是个啥滋味，真是个挺开心、挺惬意的事儿。可是，我也替赵老局长担着一颗心，捏着一把汗。都这么一把年纪了，也不知道你的牙口还行不行，要啃下这颗又酸又硬又涩、根本就不熟的桃子，崩掉了几颗老牙事小，咽进肚子里去消化不了，再闹出个肠梗阻来，那可就太不划算了。"

赵长河被挖苦了几句也不生气，反而笑眯眯地摸着自己的下巴说："小孟局长，请你放心，我吃不吃这个桃子无关紧要，只要牙口最好的家杰局长能吃上了这颗仙桃，老朽也就足矣了。"

"既然是个仙桃，赵老局长就不要想得太美，高兴得太早了，这可不是谁想吃就能轻而易举吃到的。"孟威胸有成竹，很自信地对在座的其他领导说："当着诸位的面，我要和赵老局长赌一把。如果露天停放车辆的管理今后全归城管负责，本人就请赵老局长和在座的各位吃个大餐；如果露天停车的管理仍然还归公安，赵老局长可以免请这顿大餐，全当孟威给赵老留个面子吧。怎么样，我说的条件很宽松吧？"

李家杰马上意识到情况可能有变，否则孟威绝不会这么自负，就说："哎，这就奇怪了，历来只有城管请公安吃饭的硬道理，哪有铁公鸡主动从自己身上拔毛的说法？局长，我看这里面有问题，很可能情况会有变化。"

赵长河也听出孟威说的话有点不太对劲，经李家杰这么一提醒，更确定了自己的判断。正想着怎么能套出孟威的几句实话时，方明大步走进了会议室，只好就此作罢。

"人都到齐了吧？到齐了就开会。"方明自问自答，将座椅向前拉拉，又说："开会的内容大家都知道了，就是专题研究全市机动车辆露天停放的管理问题。根据公安方面的统计，目前我市的机动车已经达到了二百五十多万辆，并且每年还以百分之十六左右的速度递增。现有的各种停车场和临时停车泊位，早就远远满足不了机动车停放的需要，必须在不断增加新建停车场的同时，进一步开拓思路、挖掘潜力，不断适应当前的这种情况需要。比如，可以在部分有条件的人行道上，设置临时停车泊位等等。对此，城管部门做了大量的调查研究，进行了有益的探索和尝试，提出了他们的初步设想。现在，就请他们谈谈意见。"

赵长河很快接上说："李家杰副局长在我局负责露天停放机动车辆管理改革的调研工作，就由他汇报吧。"

见方明点头表示同意，李家杰便开始了汇报，当谈到在人行道上停放机动车辆应该注意的问题时，他说："……开放部分人行道停泊机动车辆，应当把握的原则是，必须为市民的安全出行，留出足够的空间。其中有几点需要特别注意：一、交通主次干道两侧的人行道上，行人的流动量很大，要严禁设置机动车停车泊位，坚决杜绝机动车乱停乱放，否则城管执法部门将严惩重罚。二、在背街小巷不足七米宽的人行道上，要严禁设置停车泊位，未经城管部门批准、私自设置的必须予以取消，绝不能将行人挤到车行道上，以牺牲市民的人身安全为代价，增加停车的泊位。三、在大力增加停车泊位，不断满足机动车停放需求的同时，应进一步规范停车秩序，加大对乱停乱放违法车辆的整治力度。在这个问题上，城管执法部门目前遇到了很大的麻烦，严重制约了我们的执法质量和执法效率。由于国家在我市进行相对集中行政处罚权制度试点工作，原先由公安交通管理部门行使的对人行道上乱停乱放机动车辆的执法权，转交到城管执法部门行使以后，法律上只是授予城管执法部门一般性的管理权力，没有赋予我们和公安相同的执法手段和执法措施。比如说，交警对违法车辆具有记分、罚款、锁车、拖车、扣证等强制性处罚措施，而城管执法人员对人行道上的违法停放车辆，就没有这些强制性处罚手段。因此，我们在这方面的执法工作很难适应现实情况的需要，迫切希望市政府协调相关部门，尽快解决城管执法部门执法手段严重不足的问题。"

他的汇报结束后，赵长河又进行了几点补充，与会人员也开展了一些讨论，最后方明表态道："有条件地开放在部分人行道上设置机动车辆停放泊位的工作，市城管执法局已经提出了具体的实施办法，明确了设置停车泊位的原则，可行性、可操作性都比较强，可以提交到市长办公会议上研究，通过后在全市范围内尽快开展这项工作，以缓解当前停车难的问题。至于家杰同志还提出的授予城管执法部门对乱停乱放在人行道上的违法机动车辆增加强制性的行政处罚手段问题，会后请市法制办牵头，抓紧研办。下面，我们要着重商定的议题，是全市露天停放机动车辆管理改革的问题，这个议题请市公安局孟威副局长先谈谈。"

孟威的发言很精练，没有赘言。他说："所谓全市露天停放机动车辆的管理改革，简明扼要地说，就是研究确定是否将这项工作的行政管理权，由甲方转移到乙方。我们公安机关对这项改革的态度，历来都很明确，始终认为改革的动机是好的，应该给予充分肯定；但是改革的时机尚不成熟，应该无限期地推迟。希望市领导和各位领导，能够予以认真考虑，我的发言到此结束。"

孟威代表公安机关阐述的意见，一以贯之，没有什么新的说法，都在人们的预料之中。而接下来方明的表态，却让在场所有的人感到吃惊。这位昔日全市露天停放机动车辆管理改革的最先倡导者和大力推动者，今天突然一改往日的观点，完全摒弃了他一直坚持的意见，来了个一百八十度的急转弯。他说："经过半年多的酝酿讨论，公安方面一直对这项改革工作保留自己的意见。为此，市政府也进行了认真考虑，认为他们的意见的确有一些道理。为了慎重起见，调动各方面的积极性，使我们各项改革工作能够稳妥扎实地推行，市政府的几位领导，又对全市露天停放机动车辆的管理问题，进行了反复磋商研究，最后确定在我市暂不实行这项改革。对于这个决定，有些同志可能会在思想上不是很痛快，一时转不过弯。尤其是城管方面的领导干部，他们对这项工作非常重视，专门组成得力的工作班子，做了大量艰苦细致、富有成效的工作，很辛苦。可是，既然市政府这么定了，你们就要无条件地服从，并且在今后的工作中，继续做好与公安方面的配合。如果各位没有其他问题，现在就散会。"

就在这时，李家杰一个令人意想不到的举动，骤然拉紧了人们的神经，使几位抬起屁股准备离开会议室的与会领导，不自觉地又坐回到原处。只听他缓缓说道："孟局长，你能不能给大家传授一下经验，究竟用的什么好办法，说服市领导改变了自己的初衷，让我们的辛苦努力全部付诸东流。"

"怎么，你对市政府的决定还有什么疑义吗？"孟威陡然变色，还提高了嗓门，拉长了音调，咄咄逼人地说："就算你有不同的意见，那也得坚决地执行，这是你李家杰副局长作为一名党员领导干部必须具备的素质。在此，我好意奉劝你几句，当前你们的城市管理行政执法任务，已经相当繁重，相当艰难了，你们应该把全部的精力，都放在自己的本职工作上；而不要吃着自己碗里的，还要瞅着别人锅里的，把手伸得太长了，对谁都没有好处。实话对你说，依据国家的法律规定，对机动车辆的管理历来都是公安机关交通警察的职责，停车泊车的管理理所当然也包括在内，绝不会例外。这个管理权谁也休想拿走，你们就死了这份儿心吧。"

李家杰毫不示弱，不客气地反驳道："我没想到，孟局长的逻辑思维竟然如此混乱。众所周知，城市道路交通管理和城市露天停放机动车辆管理，完全就是两个概念，前者有国家法律的明确规定，后者则由各个城市自行决定。因此，当方市长提出要在这方面进行改革后，我们城市管理部门便责无旁贷地积极行动起来，充分利用城市管理办公室和城市管理执法局合署办公，既有行政管理职能，又有行政执法职能的优势，最大限度地挖掘、整合，利用全市露天停放机动车辆的各种资源，努力为市民们解决好停车难问题。可是，就在我们的改革方案即将获得市政府的批准，很快就可以付诸实施的时候，不知道你们哪来的回天之力，居然能让市政府中途变卦，实在令人瞠目，令人佩服！"

"李家杰，我知道你的情绪不小，可我不知道你的胆子这么大！在这个问题上，市政府已经做出了决定，你还敢公然反对？！无论如何，你都要对今天的言行负责！"方明完全没有想到，被自己视为嫡系、爱将的李家杰，明明知道代表市政府做出这个决定的就是自己，却还敢当着这么多人的面，进行公开质疑，这不是明摆着要和自己过不去，要自己下不来台吗？！

这一刻，在李家杰的潜意识中，的确暂时忘记了自己，也忘记了被他顶撞的那个人。此时他的心中只有一个念想，就是要把本应属于城市管理范畴的工作权力，再重新要回来！

"方市长，话都说到了这个份上，那我就知无不言、言无不尽了。当初，'动态车辆公安管，静态车辆城管负责'的改革大思路，就是您首先提出来的；后来也是您，向我们面授机宜，督促我们迅速准备，尽快提出实施改革的具体方案；接着又是您，亲自主持了多次工作汇报会、专家论证会、部门协调会，集思广益、统一思想，达成了共识；最后还是您，终于顶不住来自各方面的压力，使来之不易的改革方案中途夭折、胎死腹中，这也太不严肃了吧。"

"放肆！"受到严重冒犯的方明怒吼着站起来，手指着李家杰说："你也太狂妄了！我还从来没有见过一个像你这样，翅膀还没长硬，就敢如此张狂的干部！我警告你李家杰，市政府的决定你无须问为什么，只能无条件地服从，城管在这个方面出现了任何问题，我都拿你是问，决不姑息。散会！"

全市的机动车辆露天停放管理工作会议，就这样不欢而散了。亲手封杀这个曾经使自己充满了改革激情的工作设想，对于承受着很多反面意见强大压力的方明来说，其实并不是一件很糟糕的事情，相反让他感觉到了一种如释重负的解脱。况且，在他被迫做出这个重大让步的同时，还不失时机地顺手牵羊，为尽早打开关押方小虎铁门上的那把锁，提供了新的契机和动力。

可是，李家杰就没有这么轻松了。当与会人员全都离开了会议室，唯独剩下他自己孤零零地坐在那里时，李家杰才真正意识到了问题的严重性——就在刚才的会议上，也是在大局已定的情况下，他显得简单轻狂、很不明智，仍然感到自己还有满肚子道理，公然挑战了方明副市长的权威，不仅没有在重要问题上和他保持一致，相反还站在了他的对立面，完全和他唱起了反调。毋庸置疑，方明副市长一定会对他今天这种拙劣表现，感到非常愤怒！与此同时，他也辜负了赵长河的期望，丧失了全市机动车停放改革的重要机遇，使全市城管执法系统因之而解决办公经费严重不足的希望，彻底落了空，也在两位正副局长稍微缓和的个人关系上，又重新蒙上了一层阴影。而同孟威的那场不留情面的唇枪舌剑，完全可能影响到他们在今后工作中至关重要的合作。虽然这一连串的问题，到底会产生怎样的严重后果，还有待于今后的观察；但是，在今天的这场到底由谁来负责、由谁来主导的全市露天停放机动车辆管理的博弈中，自己遭受了重大挫败，落得了孤家寡人的结果，这已经是不争的事实。这也足以证明，在运作更深更高层次的工作上，在处理比较宏观复杂的问题上，自己仍然缺乏应有的能力、智慧和历练，必须认真总结经验，接受深刻教训！

李家杰的心绪很乱，独自坐在空荡荡的会议室里，发了好一阵子呆。

直到有人过来问他是否需要帮助，他才心事重重地离开这里，去了政府督查室，向有关的领导汇报了几项涉及城管执法方面的工作。随后他走出市政府大楼，钻进了那辆切诺基旧吉普，不想开门一看，赵长河早就端坐在里面了。

"还愣着干什么？沾沾你的光，坐坐你的车，一块儿回局里还不行？"赵长河语调轻松地随意问道。

李家杰心头一热，站在原地说："让局长等了这么长时间，我真是有点、有点过意不去。"

"过意不去那就别耽误时间，赶紧上车吧。"赵长河抬起屁股向里面又挪了挪，给他让出了更大的空间。

李家杰钻进了吉普车，很抱歉地说："局长，好好的一台戏，就这么让我演砸了。"

赵长河好像并没有把这次重大的失利放在心上，他只是看着窗外飞逝而过的景物，淡淡地说："算了吧，你就不要太自责了，计划不如变化快，这都是常有的事。市政府做出了这个决定，也自有它的道理，作为下级单位，我们必须无条件地服从。再说，你已经为这件事付出了很多努力，做了大量的工作，这些大家都有目共睹。谋事在人，成事在天。这件事没有做成，还有更多的事情在等着你去做。"

他说的这些话，是发自内心的。当初方明公开提出要对全市露天停放的机动车辆进行重大改革时，赵长河就有着自己的考虑。他在心里反复地权衡，对这项看似不需要投入太多资金、太多人力的工作，到底是接还是不接，一直没有拿定主意。客观地说，由城市管理部门统管全市露天停放的机动车辆，的确有它自身的优势。而且，做好了停放机动车辆的管理工作，市区两级财政部门还可以从上缴的巨额收费中，按一定比例，向各级城管执法部门返还相当可观的资金，用以帮助基层的执法中队解决捉襟见肘的财务问题。可是，要真正管理好全市露天停放的机动车辆，也绝非是一件简单的事，同样存在着相当大的难度。除了城管执法部门还没有被法律授权，可以对违法违规停放的机动车辆实施各种行政强制措施以外，在城管执法任务相当繁重的情况下，再增加这么一项重要的工作职能，以现有的城管执法人员，很有可能会力不从心，非常疲惫，长期下去必将影响到全市城管执法工作大局。所以，当初若不是分管副市长一再坚持，大部分执法领导干部积极劝说，赵长河不会因为有这些利益回报，就贸然去揽这档子差事。况且，公安方面为了维护自己的既得利益，在态度上十分坚决，没有表现过丝毫让步，还在背后做了大量的工作，最后终于迫使方明彻底放弃了自己的改革主张。对于这个大背景，赵长河心知肚明，在今天的会议中，他干脆一言不发，既不阐明自己的态度，也不对李家杰的发言表示支持或者否定。实际上这就等于他默认了方明在这个问题上的重大转变，还送给公安方面一个顺水人情。更何况，在这场流产的变革中，他并没有失去什么，相反还得到了一个非常重要的意外收获：就在这次会议上，李家杰为了发展壮大城管执法事业，争取到对基层执法工作更大的财力支持，在势单力薄、大势已去的情况下，仍然不畏强权据理力争。这种难得的忘我精神，顿时令他眼前一亮，对李家杰刮目相看，彻底打消了他对这位年轻领导干部所存有的戒备、猜忌和成见，也为自己身边能有这么一位德才兼备的好帮手倍感庆幸和欣慰！

"局长，平日我和孟局相处得挺哥们，彼此不分你我，有事都能互相帮忙。可是今天不知道他犯了什么浑，只要牵扯到公安的利益，他全都六亲不认，像是刨了他家的祖坟。"李家杰忿忿地说。

赵长河呵呵一笑说："各为其主嘛。这个浑小子，我很了解，从小就是头犟驴，只要他认准的事，谁也别想扭回来。有一年他干交警中队长，硬是在马路中间把他老爷子的座驾拦住了，还当着围观群众的面，非得处罚一百块钱，司机赔着笑脸说了很多好话就是不行。这可把车上的老爷子惹火了，命令司机强行离开这里。谁知道这个举动更是点着了孟威的驴脾气，他挡在了发动起来的汽车前，硬是不让走，还要调来警力和拖车增援，气得老爷子差点没背过去，只好递给他一百块钱了事。所以呀，他今天在会上死缠烂磨，打死也不认那壶酒钱的样子，完全是正常现象，要不然他就不叫孟威了。"

说到这里，小石已经把车开到了局门口。站在台阶上左顾右盼的夏子强，装作没看见停下的吉普车，还故意把脸扭向了别处。当赵长河下车从他的身旁经过时，夏子强怔了一下，马上追了上去，跟在他的屁股后面急问道："局长，会开完了？全市的机动车停放管理权咱拿到手了吧？"

赵长河不屑地说："权权权，就知道权，你要那么多的权干什么？闲操心！"

夏子强紧跟了几步说："局长，这可不是闲操心，它关系到咱全系统的重大利益，这个时候我再不瞪起眼来，那不是脑子进水了？局长，你的表情看上去，好像是很无奈的样子，是不是这件事已经泡了汤，露天停车的管理权还是没有争下来？如果是这样，肯定是公安在背后搞鬼。所以，咱们也应该来点硬的，要他们知道城管执法局也不是吃素的。正好昨天晚上，直属大队巡查人员抓到了一辆严重撒漏建筑垃圾的运输车，听说运输公司的经理就是孟威的亲弟弟。刚才他还把电话打到了我这来，求我看在他哥哥的面子上，把车放行免予处罚。现在，我们就在这件事上使使劲，给孟威弟弟点颜色瞧瞧，严惩重罚这家运输公司，借此杀杀他那个当公安局长哥哥的威风。"

赵长河停下脚步，打量几眼显得有些陌生的夏子强，告诫他说："你要杀杀他的威风，他再灭灭你的志气，这样杀来灭去的，冤冤相报何时了？子强，你要记住，对别人一定要宽，对自己一定要严。否则，早晚得跌大跟头。你告诉林大岳，对这家违法撒漏的运输公司，要加强批评教育，要他们接受这次教训，把违法现场都清理干净了，保证以后不再重犯。但是在行政处罚上，可以从轻或者免除。"说罢，不再听他啰嗦，径自上楼去了。

第八章

　　孙刚、陈一鸣和几个执法人员，站在马路边上，朝着来车的方向焦急地眺望着。孙刚看了看手表，准备再打个电话联系一下，有辆旧式的北京吉普车快速驶了过来。

　　"长水市城管执法人员打死了一名暴力抗法的小商贩，你们都知道了吧？"一下车，李家杰和几个人握过手，接着就问。

　　孙刚厚实的脸庞带着微笑，抬手做了个"请"的姿势，接着回答了李家杰提出的问题，"李局长，咱城管执法是个热点行业、焦点行业，执法人员天天都在街面上巡查执法，社会上形形色色的违法当事人，我们都得打交道，出些这样那样的事情并不奇怪。只是咱们对长水市这件事，要引以为戒，提高警惕，避免在岛城也发生类似的悲剧。"

　　陈一鸣满脸不悦地说："这个视频我看过了，说句实话，很气愤。虽然那个小商贩确实违法在先，还拿着菜刀追砍执法人员，而且在他的凶器被夺下来以后，还是又踢又打又咬；但是执法人员把他控制住也就行了，不应该继续打他，结果还把人打死了，这在全国造成了很恶劣的影响。依我看，对这几个执法人员，就应该绳之以法，严肃处理。"

林大岳对他的说法很不赞成，"陈主任，什么事都有个前因后果。这个商贩举着菜刀追砍执法人员，已经完全丧失了理智，如果不把他制服了，他还会把刀夺回去，再次砍杀我们的执法人员。从这个角度上讲，让这个歹徒丧失攻击能力，就是对执法人员最好的保护。至于个别执法人员防卫过当，偶然失手，不慎将这个暴力抗法分子打死了，只是个别人出的个别事，不能好茄子烂土豆一块儿乱炖，分不清楚谁好谁坏。同时我还认为，在这个敏感时期，即便平时对我们城管执法人员有点这样那样的意见，抱有这样那样的成见，也不应该推波助澜、借事说事，趁机大肆攻击、抹黑我们城管执法队伍。谁这么做，不是人不厚道，就是别有用心。"

陈一鸣有点急了，辩白道："林大，我知道你们市局直属大队，是负责全市城管执法队伍纪律作风和廉政建设的内部宪兵；也知道你们对执法队伍监管得很严格，不允许任何人出现任何败坏你们名声的问题。这就像很多家长管教孩子，自己用什么办法管，管得松还是管得严，怎么着都行；可是别人插手进来，多说一句话，多伸一根手指头，就是动了他的心肝，就是一件天大的事情，那是绝对不允许的。我看你林大岳，就是这么一个家长式的护犊子大队长！可是，你这次完全错了，陈一鸣绝不是你想象的那种人，我是在真心实意地为你们着急。你若是不信，可以到上海路办事处辖区打听打听，陈一鸣是不是城管执法的一流粉丝？是不是你们最积极的拥护者和支持者？说句老实话大家别见笑，就连晚上做梦，我都想着穿上城管的执法服装，走在大街上显摆显摆！尽管缘分不到，我这辈子恐怕没有机会加入到你们的执法队伍中去了；可是天地良心，陈一鸣绝对不可能趁机臭你们，损害你们的名声。我说的这些话，城南区执法局的弟兄们相信，孙刚局长相信，家杰局长更会相信！总之，长水市城管执法人员出了这档子事我很痛心，但愿咱们能够从中汲取教训，'小心驶得万年船'。假如盲目骄傲，忽略管理教育，万一岛城也出现类似问题，就连我陈一鸣的脑袋也抬不起来了！"

林大岳拧紧眉毛，没好脸子地对他说："你这个人说话怎么这么丧气，好像我们的执法队伍明天也要发生什么事，看来你对我们还是缺乏了解。其实，我们这些局长、处长、大队长们，哪敢像你说的那样盲目骄傲？这脑子里面的那根弦儿，每天二十四小时，全都绷得紧紧的。从早上起来睁开眼，就得时刻想着三件事，一是要为政府排忧，二是要为市民解难，三是要带好队伍不出事。不是我林大岳吹，在岛城所有的执法队伍中，我们城管抓执法队伍的管理，不敢说是最好的，那也得是个前三名！如果陈主任还在人云亦云，杞人忧天，那就实在没有必要了！"

对方认准了死理，让陈一鸣有口难辩，有点下不来台，便向李家杰求援道："李局，林大误解了我的意思，完全搞反了，好心被他当成了驴肝肺，你快帮我说说他吧。"

李家杰马上说："林大，陈主任是在善意地提醒我们，我们应该虚心地接受。赵局长要求我们全市城管执法系统，抓思想、抓作风、抓纪律整顿，也要紧密结合天水市发生的这起恶性事件，未雨绸缪，防患于未然，坚决杜绝此类事情在三岛市重演。我想，在汲取反面教训的同时，我们更要积极总结正面经验，树立起我们自己的先进典型，用身边的优秀个人和先进集体，教育人、鼓舞人、引导人。这次，我们到城南局六中队进行现场考察，就是因为这个执法中队在各个方面都表现得很突出。他们的中队长小包黑，更是一位很有特点的先进人物。"

说到这里，孙刚忽然想起什么，回身将一位执法人员拉过来介绍说："李局，我忘介绍了，他就是六中队的中队长包涵，也就是你刚才提到的小包黑。"

"李局长好。"包涵向前跨出了半步，敬了个标准的军礼。

李家杰仔细打量着眼前这位皮肤黝黑、姿态挺拔的英俊青年说："你就是小包黑？我对你是只闻其名、未见其人，今天一睹你的风采，果然名不虚传呀！"一阵笑声过后，李家杰拍拍他的肩膀说："小包黑在外面的名声，可要比包涵这个真名大得多。这既是市民们对城管执法人员一种发自内心的期盼，也是对包涵同志个人无私无畏、秉公执法的一种肯定。所以，千好万好，不如市民们的口碑好啊！"

孙刚大喜过望，趁机进言道："李局，小包黑和六中队的先进事迹，虽得到了你和市局的认可，但这还远远不够。我建议，市区两级应该组成专门的班子，好好挖掘挖掘、总结总结小包黑和六中队的感人事迹，有朝一日把他们培养成为全市城管执法系统的一个优秀品牌、一面先进旗帜，将来再把他们推向全省、推向全国！"

"这个想法好，咱们不谋而合，应该设定这么一个更高的目标！"李家杰看看有些腼腆的小包黑道："我还听说，包涵心里装的全是工作，下决心三十岁之前不谈恋爱，三十五岁之前不结婚，而且说到做到，谁介绍女朋友也不见。就在上个月，他连续蹲点潜伏，整整一周没有好好睡个觉，配合公安机关抓获了一个四处张贴小广告的惯犯。接着又顺藤摸瓜，很快查封了几个专门制造假公章、假证件的黑窝点，抓获了近三十名违法犯罪嫌疑人，收缴的各种假公章、假证件，足足装满了十几麻袋。孙局长，我说的这些没错吧？"

"李局长消息很灵通，对基层的情况了如指掌，孙刚自愧不如。"他抓抓头皮说。

李家杰说："了如指掌可不敢当，只是小包黑的模范事迹早就是墙头上吹喇叭——名声在外了。下一步就要看孙局长，对这块好钢怎么淬火、怎么锻造了。如果制造不出好产品，市局是不会放过你的。"

　　孙刚把胸脯拍得山响，认真地说："请李局长放心，这件事就包在孙刚身上，不把这个小包黑打造成像模像样的精品，我绝不罢休！"表完了决心，他另换了个话题，说："李局，我还有个小小的请求，六中队的办公条件很一般，现在已经快到中午，咱就不去中队部了，直接进饭店边吃边谈，怎么样？"

　　林大岳听了不太满意，嚷着说："孙局长，不是说好了去中队吗？怎么来了又不去了？李局，既来之则安之，还是应该去六中队看看。"

　　李家杰也坚持原来的安排，说："抓队伍建设，基层中队最重要，这次一定得去六中队看看。"

　　说话间，他们已经走到一座旧式的宿舍楼前。抬眼看去，只见门洞右上方的墙壁上，挂着一块锈迹斑驳的金属牌匾，仔细辨认后才能看出，上面镌刻着"三岛市城南区城市管理行政执法局六中队"的字样。小包黑向李家杰介绍说，"这座宿舍楼是20世纪70年代建成的，中队部就设在三楼，是一间不足七十平方米的套房，每年需要租金五千元。现在，大多数执法人员都外出巡查了，否则咱们进去，连屁股也挪不开了。"

　　李家杰抬脚踏上破旧不堪、光线阴暗，还堆积着很多杂物的楼梯，又穿过晾晒着衣物、被褥的半开放式公共走廊，来到了六中队的队部。进门一看，他立刻感到很拥堵、很压抑。在这间很小的客厅里，大部分空间都被堆积到天花板的烧烤炉、小推车、旧牌匾、破桶烂筐、水果蔬菜、臭鱼烂虾等占满了，这些暂扣物品散发出来的浓重腥臭味，使人们的呼吸都有些困难。而旁边几间堆满了物品的小屋，要进去都得侧着身子往里挤。堂堂的城管执法六中队，就在这么肮脏拥挤的环境里办公，如果不是亲自进来看看，可能谁都很难相信。

　　"同志们，市局领导来看望大家了，鼓掌欢迎！"紧随李家杰身后的孙刚，朝着屋里大声喊道，自己率先鼓起了掌。

李家杰表情凝重，没有露出一点笑容，和几个留守的执法人员握过手，就坐在一个破木箱上，再也没有说话。

孙刚招呼人们倒腾出一点空间，放下几个小马扎，让大家凑合着坐下。自己很快掏出一包香烟，挨个分了一圈，没想到李家杰也把手伸了过来，孙刚赶快递上烟去，又用打火机给他点着了，像是发现了新大陆似的叫道："太稀罕了！我今天算是开了眼，李局长竟然主动要烟抽！"

李家杰没吭声，点烟时手都有点发抖，脸色也越来越难看。他用力吸了几口，嘴里喷出浓浓的烟雾，忽然低声道："我要问问大家，这里是什么地方？"

众人不解地愣住了，互相看看谁也不明白李家杰问这句话的意思，只有小包黑意识到了什么，小心翼翼地说："李局长，这就是我们六中队，条件可能差了些。"

脑子转得快的陈一鸣，马上打起了圆场说："六中队的办公条件是差了些，可是并不代表他们的工作也差。在这么艰苦的条件下，他们还能把自己的工作干得很出色，那就更不容易了。李局长，咱们在这稍坐会儿，马上就去吃饭，下午就在办事处的会议室开会，你看怎么样？"

"这哪是中队部？简直就是个狗窝！狗窝！！"憋红了脸的李家杰，终于爆发了，他愤怒地吼着，把半截香烟狠狠地摔在了地上。

所有的人大气都不敢喘，低着头不敢吱声。过了好一会儿，孙刚叹口粗气说："说句老实话，就是狗窝、猪圈、牛棚，也都比这里强。一个执法中队，办公条件这么差，在全世界也找不出第二个。我作为一局之长，感到很难过很惭愧，无地自容啊！"

李家杰抬起头，愧疚地说："对不起，是我太冲动了，说话很粗鲁，请大家原谅。可是，全市城管执法系统最优秀的中队，办公条件竟然是这个样子，我感到太揪心了……同志们，我们一线的执法人员，就是在这么艰苦的条件下，抛家舍业，默默奉献，实在是可敬可爱、难能可贵！我们这些当领导的，居然对此一无所知，真是不应该呀。从现在开始，市局区局必须要共同努力，千方百计地为一线执法人员，提供有尊严、有保障的工作环境；否则我们就是失职，就不配做他们的领导！孙局长，城南局还有多少办公条件这么差的中队？"

"有三个中队和六中队差不多，办公条件都很艰苦；还有四五个中队比他们稍好点，但是也不行；只有三四个中队的办公条件，算是比较好。"孙刚心思重重地回答说。

李家杰边思考边说："城南执法局和另外七个区局相比较，财政状况还算是好的，就有这么多中队办公条件很差，按照这个比例计算，在全系统内就得有六七十个以上的中队不具备正常的办公条件，这可是一个很突出的问题，必将严重制约城管执法事业的顺利发展。林大岳，你们直属大队应该进一步掌握这方面的情况，在调研报告中，要把这件事作为一个突出问题，详细地向市局、向市政府做出汇报，争取市里给予我们一定的支持；另外，你们要以市局的名义，拟定出台一部《基层执法中队办公设施建设标准》，凡是在今后考核中不达标的中队，一律不得评选为市级优秀中队。我们就是要用这种硬性的手段，逼着各区城管执法局，积极争取各区党委政府的支持，拨出专门的资金款项，改善基层中队的硬件设施，下死把子尽快解决这个问题！"

"明白。我们立即起草《调研报告》和《建设标准》这两份文件。"林大岳答应着，在小本上记录下来。

李家杰继续强调说："争取上级支持和必要的外援，固然很重要，但是更要发挥主观能动性，不断挖掘自身的潜力。在我去的中队中，有一个印象特别深，他们的中队部从外观上看，并不比六中队这座旧楼好多少，可让我大吃一惊的是，走进屋里一看，却是另有一番天地。房间里非常整洁干净且不说，更让我感到不可思议的是，那里的办公设备、生活设施，样样俱全、十分完善。写字台、大沙发、书橱、档案柜，照相机、复印机、电视、电脑、电冰箱，空调、洗衣机、热水器，那是应有尽有。我就很奇怪地问中队长，你们用什么好办法，筹集到这么多经费，解决了这么多实际问题。中队长笑着说，李局长，我们是猪八戒啃猪蹄，自己啃自己——这里的绝大部分家具和办公设备，都是执法人员从自己家里搬来的！这件事，对我触动很大，让我深受感动。这些可爱的一线执法人员，不靠天不靠地，以队为家、艰苦创业，全身心地投入到城管执法事业中去，这种舍小家顾大家的精神，值得我们很好地学习，很好地思考。同志们，抓好基层中队办公设备、办公环境的硬件建设，会使我们城管执法队伍的外部形象和精神面貌，产生一个很大的变化。市民群众来到这里办事，就会自然有一种亲切感、信赖感、依靠感；违法当事人来到这里接受处罚，就会对法律和执法部门有一种敬畏感；咱们的执法人员回到了自己的办公室，就会产生一种归属感和自豪感，从内心里更加热爱自己的职业，热爱自己的岗位，热爱自己的中队。我相信，只要大家共同努力，全力支持一线基层中队，为他们做好各种服务保障，岛城的城管执法工作就会再上一个新台阶。到时候，我一定会再来六中队，为大家庆功，向同志们祝贺，大家有没有信心？"

"有。"回答的声音有大有小，参差不齐。

孙刚站起来，指点着小包黑和几个执法人员训斥道："看看你们这个熊样，一个个低头耷拉脑的，像是霜打的茄子，显然底气不足，这哪是城南局的头牌中队？所有的人都给我振作起来，把腰杆子挺直喽，铆足了劲再来一遍。大家有没有决心？！"

"有！有！！有！！！"三声回答，整齐洪亮有力。

孙刚咧开大嘴笑了，满意地说："很给力嘛，这才是头牌中队应该具有的精神头！同志们，李局长的讲话很精彩、很到位、很中肯。中队的基础建设严重欠账，内务管理存在不少问题，主要责任在我。现在，我代表城南区执法局，向市局郑重地表个态：闻过而终礼，知耻而后勇。为切实加强中队的基础建设，我们局要从明年开始，每年为两个中队重点加大资金投入，改善办公的硬件设施。力争在三年之内，让六个条件最差的基层中队，办公设备和办公环境，来个大变样！"

他掷地有声的郑重表态，赢得了大家的热烈掌声。

陈一鸣也坐不住了，很愧疚地说："各位领导，六中队就在上海路办事处的辖区内，常年在我们的眼皮子底下工作，他们的办公条件这么差，我们也感到脸上不太光彩，心里不太好受。人非草木，岂能无情？我看这么着吧，明天我们办事处就腾出一间小仓库，先把眼前的这些暂扣物品搬过去，让六中队的办公室能够宽敞亮堂一些。同时，我再想想办法，看看能不能调整出几间好点的房子，彻底改善六中队的办公用房，也算尽尽我们的地主之谊。"

"我就纳闷了，你这个地主早干什么去了？怎么到了今天才反应过来？"林大岳接过了话，继续给陈一鸣施加压力，"陈大主任，你也不拍拍脑瓜好好地想想，人家六中队在你的辖区里干了多少好事，帮助你解决了多少难题？可是你们街道办事处，又给了六中队多少真正的关心，帮助他们解决了什么具体困难？你还好意思在六中队这些青年人的面前晃来晃去，真不知道你这个地主的脸皮有多厚！"

陈一鸣满以为自己的慷慨表态会获得一片叫好，不料却招惹来林大岳一顿劈头盖脸的指责，正感到浑身不自在，有些无地自容，孙刚抓住他的手说："陈主任，在六中队最困难的时候，你主动地站出来，向他们伸出了自己的援手，这不仅是对六中队的大力支持，也是对孙刚和城南执法局的大力支持。今天中午，我请李局长吃顿便饭，也一定好好地敬你几杯。"

几句好话听进耳朵，陈一鸣又有点飘飘然了，他说："孙局长，你是不是瞧不起我们办事处？城管执法局的经费紧张，今天又是在我的辖区内，中午请请家杰局长，还是我来办好。"

李家杰笑着说："两位的美意我心领了，下午还有很多工作要干，咱哪也不去了，就在六中队喝西红柿汤，吃大包子。"

林大岳一听满脸兴奋，拍了一下大腿说："好啊，吃大包子对我来说就是过小年，在部队的时候，我一顿能吃上八个这么大的包子。"

正憋着一肚子气的陈一鸣，马上对他进行了报复，用手比画出脸盆大小的圆圈说："你也太能吹了，我就不相信，你一顿能吃上八个这么大的包子，除非你把自己当成了猪！"

在众人的哄笑中，孙刚赶忙拦住了撸开袖子、露出胳膊上强健肌肉的林大岳，说："林大，咱按领导说的办，中午就让你解解馋，一起吃顿大包子。小包黑，你这个电话怎么打起来没完没了？长话短说，赶快招呼几个人去买包子，再抬回来两桶西红柿鸡蛋汤，多捎上几头大蒜，赶快去！"

小包黑朝着孙刚一个劲地点头，坚持着把电话打完了。然后他赶紧吩咐几个队员去办饭，自己悄声向孙刚报告说："局长，出事了，几个执法队员上午出去巡查，和违法当事人发生了纠纷，被派出所扣住了，三个小时也不放人，太不像话了。"

"什么？派出所扣住咱的人，三个小时也没放？你把话说清楚，到底是怎么回事！"

孙刚的嗓门大，这几句话满屋里的人都听得一清二楚。小包黑见纸里包不住火，只好将事情的来龙去脉，从头到尾汇报了一遍。今天上午，几个执法人员巡查到兴隆路胖姐酒楼，发现在门前的人行道上，又架起了那座几十米长的烧烤炉，就上前进行劝阻。胖姐根本就不听，还朝着执法人员骂道，市局的钱局长是她的表哥，办公室的夏主任是她的表弟，他们经常到酒楼来喝酒，就凭着你们这几条小癞皮狗，还敢在我的门口龇牙撅腚，小心扒了你们这身狗皮。有个队员看她太张狂了，忍不住争辩了几句，胖姐忽然就地一躺，开始打滚撒泼，随后又爬起来冲上去，扯住这个队员又撕又咬。好不容易被人拉开了以后，她又恶人先告状打了110，巡警来后不问青红皂白，把执法人员和胖姐统统赶上警车，直接送进了当地派出所。值班民警先是对他们分别进行了笔录，又对双方当事人按照打架斗殴的一般性民事纠纷进行调解。更可气的是，派出所早早地放走了违法当事人胖姐，却将执法人员一直关押到现在。

"混蛋，欺人太甚！小包黑，你这个中队长是怎么当的？自己的弟兄被关进了铁笼子，你还能在这里沉得住气？赶快去把人要回来，少了一个我就拿你是问！"孙刚怒不可遏，发着狠命令道。

小包黑咬着牙根，两眼冒火，朝着几个执法队员一挥手吼道："走，跟我要人去！"

看着执法人员个个义愤填膺地往外跑，李家杰十分担心这群血气方刚的青年人会失去了理性，连忙追出去喊住小包黑，对他好好嘱咐了几句。接着他又回到房间，给孟威打了个电话，向他通报了这里发生的情况，请求他立即过问这件事情。可是孟威不想理这个茬，还振振有词地进行了辩护，李家杰对他的口气也开始硬了起来："……孟局长你说什么，这种情况只能按民事纠纷处理？派出所依法办案不存在任何问题？孟局长，你是不是太官僚了，最高人民检察院对重庆市检察院的请示答复，已经表述得非常清楚，对事业单位的执法人员在执法活动中遇到了暴力抗法行为，应当按照妨碍公务处理。这是国家权威的司法解释，所有的执法部门都必须认真执行。孟局长，尽管我们有部分区、市的城管执法局和部分城管执法人员，仍然按照事业单位的待遇，但是有了这个最高检的文件，派出所无论如何也不应该继续这样对待我们的执法人员。咱们可是把丑话说在前面，如果这件事情引起了严重的后果，你们必须承担全部责任。到时候，李家杰一定会拉上你孟威，到市委市政府去对簿公堂，你就看着办吧！"

"好！痛快，有胆量，有气魄！"没等李家杰挂上电话，孙刚就翘起大拇指，由衷地赞叹道："李局长爱护部下，关键时刻不畏权势，敢于挺身而出，为一线的执法人员遮风挡雨。我们执法人员的脖梗子就会更硬，腰杆子就会更直，没有了后顾之忧，就可以放开手脚，大胆地干好城管执法工作。只可惜，十根手指头不是一般齐。个别的市局领导，在里面扮演了很不光彩的角色，如果没有他们做后台，胖姐酒楼的老板娘恐怕也不敢如此猖獗。钱局长我不好说，局办的夏主任可是三番五次地给我和六中队打电话，为胖姐酒楼门前的广告牌和烧烤摊免于处罚说情，弄得我们左右为难，很不好处理。我看哪，抓城管执法队伍的思想、作风和纪律整顿，很有必要先从上面抓起，从领导机关抓起。只要市局领导为我们做出了好的表率，相信基层的执法人员，就一定会很快跟上来，否则很难服众啊。"

陈一鸣眨着眼，疑疑惑惑地说："不可能吧？钱局长、夏主任下来检查指导工作，那可是丁是丁，卯是卯，板起脸来训人，绝对不讲情面。尤其是钱局长，我更是深有体会。他不可能对人严、对己宽，当面一套、背后一套，善于要两面派吧？"

林大岳没有听明白他说的是反话，只当他还在护着这两个人，很反感地说："你这张乌鸦嘴，宁可胡说，也不能不说。什么叫不可能，什么叫不讲情面，什么叫不要两面派？你就敢说得这么肯定？河边无青草，哪来的多嘴驴？"

陈一鸣被林大岳塞了一嘴蚂蚱，噎得干咽了几口唾沫，"你……你不明白我说的是什么意思，就张嘴骂人，也太损了。"

孙刚用胳膊碰碰林大岳，使了个眼色说："林大，陈主任是文化人，说出来的话很有水平，得仔细琢磨着听。而且，陈主任是我们的伙伴，得饶人处且饶人嘛。"

李家杰也严肃地说："林大，开玩笑不能过了头，个人关系再好，说话也要有分寸，也得讲究礼貌。赶快向陈主任道歉。"

林大岳也意识到自己说话太随便，见两位局长都为自己架好了梯子，赶忙点头哈腰地说："林大岳有眼不识泰山，触怒了陈大主任，没想到你有这么大的"势力"，市区两级局长都罩着你，林某自愧不如、甘拜下风，当面向你赔礼道歉。"只见他双手抱拳，高高举过了头顶，深深地作了个揖。不料屁股一撅。撞在了身后堆放的杂物上，只听轰隆隆的几声响，上面的东西坍塌下来。等人们手忙脚乱地将这些杂物重新码放好了，小包黑和几名执法人员，也抬着几笼屉散发着诱人香味的大包子和两大桶鸡蛋汤走进了中队部。只见他得意扬扬地说："领导们，今天也不知道刮的什么风，真是有点神了。我们到了派出所，还没张口要人，那些平日高出我们半头的警察兄弟，忽然变得特别热情起来，乖乖地把扣留的执法人员全都放了且不说，还专门派车拉着我们去买包子，然后又把我们送回到中队部里来。自打我干上了城管执法这一行，还从来没有享受过这么高的待遇。"

由于言行不慎，自己把自己置于尴尬境地的林大岳，赶快抓住扭转颓势的机会，教训道："你这个小包黑，说话办事也不动动脑子。弟兄们能够顺顺当当地回来，还有专车相送，那肯定是有贵人相助——要不是家杰局长一个电话打到了市公安局孟局长那里，命令他立即放人，你们还能回来得这么快，喝上热鸡蛋汤、吃上热包子？做梦去吧。好了好了，别都傻站着，赶快谢过家杰局长。"

孙刚和陈一鸣也异口同声地说："对对，赶快谢谢李局长。"

李家杰连忙制止道："谢什么，都是自己的兄弟。在这件事情上，违法者没有受到应有的处罚，执法者没有得到应有的保护，大家的心里感到很委屈，很愤怒，我是非常理解的。可是，越是在这种情况下，我们越是要坚定信心，主动作为，以我们卓有成效的执法工作，赢得广大市民群众的理解、配合和支持。特别是公安部门，他们是我们的老大哥，有着丰富的工作经验，很值得我们学习和借鉴。我们以后要主动地和他们多交流，多沟通，多协调，多配合。兄弟同心，其利断金。只要我们紧密地团结起来，经过不断的艰苦努力，就一定能够打开我市城管执法工作的新局面，就一定能够早日把岛城建设成为一个法治社会！"说到这里，李家杰发现孙刚早已做好了鼓掌的姿势，就对满屋子的执法人员说："现在，有一个很重要的任务交给大家。"

"什么任务，请李局长指示，我们保证完成！"孙刚瞪大了眼睛，忘记了鼓掌，认真地说。

李家杰看着大家略微停顿一下，忽然说道："这个任务就是——吃包子！"

"对，吃包子！"孙刚顿时乐了，对着众人大声说道："大伙都听到了，李局长已经下了命令，马上开饭，吃大包子！"

一阵狼吞虎咽之后，李家杰和林大岳就要离开六中队了。临行前，他向孙刚透露了一个内部消息，告诉他市局已经基本确定，要在近期组织一次全市性的大规模整治违法户外广告、门头牌匾和乱贴乱画小广告的执法行动。现在，市政府已经原则上同意，在这次执法行动中，实行"以奖代补"的政策，就是哪个区的工作干得越多，获得的奖励就越多。他告诉孙刚现在就可以着手做区里的工作，把执法行动的指标和计划做得大些，费用先由区财政全部承担，等到执法行动全部结束后，尽可能多地留下市政府的那些奖励资金，帮助基层执法中队解决最突出的问题。李家杰提供的这个重要信息，引起了孙刚的极大兴趣，也吊足了他的胃口，让他恨不得现在就要甩开膀子大干一场。

李家杰和林大岳就此告辞，乘坐的吉普车都开出去很远了，再回头看看，那些可爱的基层执法人员，仍然依依不舍地站在路旁，向他们挥手致意。

"李局，别看了，舍不得离开这帮兄弟，就经常下来看看他们。现在，你也闭闭眼，赶紧休息一会儿吧。"上车后就倚靠在座位上，用大盖帽挡住自己脸的林大岳说。

李家杰感慨地说："你说得很对，我们确实应该经常到基层看看，帮助执法一线的弟兄们，多解决一些实际问题。要不然，市局可就成为不接地气的空中楼阁了，我们这些人也就真的成为可有可无的摆设了。回去后，我们要尽快拿出一个像模像样的报告，哪怕这次能为基层解决一个问题，对于这些执法一线的弟兄们都是一件大好事。"

林大岳挪动一下身体，懒洋洋地说："局长大人，实在抱歉，俺没有这个金刚钻，揽不了这个瓷器活儿——给市里写报告的事，还是你亲自动手吧。"

李家杰宽厚地说："行啊，我写就我写。脸皮厚也有脸皮厚的好处，肚子里的话能说出来，否则我还真等着你拿出来这个调研报告呢。"

前面开车的小石接话道："李局长就是善良，遇到事情总是先替别人考虑，谁跟着你干谁就沾大光了，就连局里开车的司机们都很羡慕我，恨不得把我替下来给你开车。他们经常私下里说，给有的局领导开车很难，他的毛病太多，很难伺候……"

李家杰打断了他的话，严肃批评道："小石，在背后随便议论领导，这可是犯自由主义，也是违反组织纪律，你不明白吗？"

一向都不多言多语的小石，非但没有因为李家杰的批评而闭嘴，反而打开了话匣子，"李局，小石没有文化，也没有那么高的思想觉悟，可是什么样的人，我还是能分得出来。现如今这些当官的，很少有人能做到像你这样。我打个比方说，也不知道对不对，就算有人拿刀子捅了你，你可能也会说，人家未必有心。你要求我不犯自由主义，维护领导班子的团结和威信，但是有的人毫不顾忌，到处说你的坏话，散布你的谣言，犯你的自由主义，就连我这个当司机的都看不下去了。局办的夏主任，从来就没有起过好作用，最近他见了人就说，你勾结房地产商，索贿受贿，花了很少的一点钱，就住进了大三室的新房子；他还说，你这个人很自私，给自己办事，眼瞪得溜圆，什么都滴水不漏；给局里办事，就出工不出力，说得多干得少，前怕狼后怕虎，不敢得罪人，不敢承担自己的责任。全市露天停车管理这么一块大肥肉，本来城管都吃进嘴里去了，可是公安那边稍微有点变脸，你就顶不住了，赶紧把吃进嘴里的肉再吐出来，也不知道在背地里捞了多少好处……"

"放他娘的狗屁！"林大岳怒不可遏，掀开帽子要坐起来，身子向上猛地一挺，脑袋重重地撞在车棚上，疼得龇牙咧嘴、晕头转向也顾不上，接着说："这个夏子强，工作起来很稀松，造谣生事很卖力。我也经常看见他在你的身后打黑枪、放冷箭，说你划圈子、拉山头，说我林大岳就是马前卒；还说你和赵局长、钱局长面不和心更不和，早晚得彻底摊牌，到时候两个老局长一使劲，你就得卷起铺盖走人。李局，我不明白，为什么夏子强这种人，在赵局长、钱局长面前就是红人，在局里就能吃得开？林大岳没有先见之明，可是今天我敢把话撂在这里，如果局领导任由夏子强这样搅和下去，市局机关早晚会因为这颗老鼠屎，坏了一锅人参汤！"

李家杰相信，林大岳和小石向他反映的这些情况都是真实的。夏子强明里暗里、人前人后，给他使绊子、耍手腕，他不仅早就有所耳闻，也当面经历了无数次。尽管这样，李家杰仍然坚持自己的看法，认为夏子强的本质是好的，迟早有一天，他能够认识到自己的错误，对自己的所作所为幡然醒悟。再退几步讲，即使他没有这种思想境界和宽阔胸襟来主动地消弭对自己的偏见和忌恨，也一定会在这次全市城管执法系统展开的思想、作风、纪律大整顿中，受到一定的教育和触动，从而对自己的错误言行有所顾忌、有所收敛。但可悲的是，李家杰这种美好的愿望和少有的耐心，在夏子强肆意妄为、连番不断的践踏下，已经显得越发苍白无力，几乎消耗殆尽了。直到现在，他才真正明白，自己急于摆脱复杂的居住环境，保护妻儿免受空气污染和地痞流氓的伤害侵扰，在仅交上了四十万元的预付款，还有一百万元购房款尚未交付的情况下，就贸然接受黄世雄的"美意"，堂而皇之地搬进了阳光花园一期新房中居住的举动，是多么荒唐、愚蠢和轻率！殊不知，极有可能就在这段时间里，就因为这件事情，一封封的举报信已经摆在了市纪委和市检察机关的案头上。李家杰蓦然意识到，那条他历来认为与自己相距甚远、毫无关联的红色高压线，其实就在他的身边。它那令人恐怖的强大电流，每时每刻都会让自己的政治生命，瞬间化作一缕淡淡的青烟，很快就消逝得无踪无迹！一种从未有过的恐惧感，刹那间弥漫了他的全身。

手机铃声打断了李家杰的思考，他看看显示屏，是谢玉清的名字，就按下了接听键，手机里立刻传来妻子兴奋的声音："家杰呀，告诉你一个天大的好消息，咱们的旧房子卖出去了，真的卖了一百多万呢！"

"是吗？太好了！玉清呀，谢天谢地，我正为这件事情急得直冒火，嗓子都要发炎了！快说，你在什么位置？"

"我在市房地产交易中心办手续，你快来吧。"

李家杰激动得如同获得了世界冠军，紧握的拳头用力挥舞着，"太棒了！我的好老婆，你就在原地等着我，哪里也别去，我马上就到，赶紧把购房的全部欠款交还给房地产公司！小石，加快点速度。"

第九章

　　很长时间以来，赵长河都在反复地思考，岛城作为国家相对集中行政处罚权试点城市到现在，还有几个重要的问题没有得到解决。其中，城管执法局的综合执法和简易执法程序与部分行政主管部门的专业执法和一般执法程序，在对违法建筑物和构筑物的具体执法过程中，仍然存在着界限模糊、职责交叉、重叠执法、执法扰民的问题。尤为明显的是，全市数以百万平方米的历史遗留的和新建的违法建筑物、构筑物，究竟哪些由城管执法部门负责，哪些由城市规划专业执法队伍负责，两个政府部门长期以来争来吵去，至今也难以理清。终于，赵长河下定决心，向市政府正式提出了，要将市土地规划局直属的专业执法大队，作为相对集中行政处罚权的一部分，成建制划归市城管执法局领导，试图从管理体制的根子上彻底解决这个问题。对此，市土地规划局长华南江采取了"犹抱琵琶半遮面"的暧昧态度：在非正式场合议论这件事时，他都会很大度地表示，只要是对工作有利，市委市政府无论怎样决定，他都会坚决地服从。可是，当市领导和有关部门正式征求他的意见时，他又对在当前这种大投入、大建设、大发展的关键时期，土地规划管理工作突然失去了行政执法的强有力保障，是否会出现一系列问题，表示严重地关切和强烈地质疑，实际上还是对行政处罚权交给城管执法局相对集中使用，保留自己的意见。这件事又隔了一段时间，特别是年初市委书记朱仁达在全市党政领导干部大会上，点名批评了岛城的规划工作不久以后，华南江放出风声说，为了落实朱书记的指示精神，全市土地规划主管部门今后要把所有的精力，全部放在城市规划的制定和审批上，因此将土地规划方面的全部行政处罚权划归城管执法局相对集中行使的意见，原则上可以考虑。但是，与城管执法局合署办公的市城管办，也应该把全市户外广告的行政审批权，重新交还给市土地规划局。赵长河听说了这个消息，认为华南江终究不再掖着藏着，愿意公开讨论这件事情，应该说是向前迈进了一大步。可赵长河还是觉得他开出的两项职能相互交换的价码太高，同时又很担心分管全市户外广告审批工作多年的钱山副局长那，思想工作不好做，只好暂时作罢，将这件事情又搁置了下来。前几天，从现实利益和长远利益上考虑，赵长河把这件事情再捡起来，带着夏子强去市土地规划局，想面见华南江好好地谈谈，却又被一件急需处理的事情所耽搁，只好先让夏子强单独去探探华南江的口风。而华南江这位老弟，也不知是出于什么目的，亲自会见了夏子强且不说，还对土地规划大队将来隶属于市城管执法局的事情，说了几句挺正面挺积极的话，但却没有涉及全市户外广告审批职能的归属问题。夏子强根本也不知道华南江的真实想法，只是自己添油加醋，有意夸大了这次见面的成果。尽管这样，对夏子强甚为了解的赵长河，还是透过他掺杂的水分，领悟到了华南江的基本想法，认为条件已经趋于成熟，自己可以和华南江就这个问题继续进行更加深入的探讨，认真地解决这两个行政主管部门非常关注的行政审批职能和行政执法职能互换调整的问题了。

这天，赵长河正琢磨着，李家杰到基层调研的工作已经结束了，可是人还没有回来，就又安排他去参加了一个会议。等他回来以后，两个局个别职能互换的问题，就要摆上议事日程，好好地商量研究下一步如何推动和落实。就在这时，忽然有人敲门，随后进来的那人正是李家杰。赵长河便高兴地迎上去说："想曹操，曹操到，岛城人不抗念叨，果然是家杰局长回来了！快来这边坐，调研结束了，一切都还顺利吧？"

赵长河又是让座，又是倒水，非常亲切热情，倒是让李家杰有点不太适应了，他略显局促地说："调研很顺利。今天回到局里，先来向您报个到，看看局长有什么吩咐。"

赵长河把茶杯放在他的面前说："工作多得是，就怕你忙不过来。出去调研了半个多月，我就觉得仿佛过了半年多，手里少了一根可以依靠的拐棍，简直就是寸步难行哪！"

"局长，我这根拐棍你还是扔掉的好，这样走起路来更没有负担。"李家杰也嬉笑着说。

"你呀，就是站着说话不腰疼。你当我是个老妖怪呀，打不死、累不垮？不信咱俩就换换，你来当我这个快六十岁的老头子，在这二十多天的时间里，大大小小的事务都由你来操心，执法工作都由你指挥着干，恐怕你也早就累趴下了。"赵长河笑着继续说，"好了，你简单说说调研的情况吧。"

李家杰听他说到了正题上，马上汇报道："局长，用半个多月的时间搞调研，我感到时间还是有点短了，给我一个月的时间效果会更好。各区执法局抓基层执法队伍建设的工作不太平衡，包括办公条件、执法装备这些硬件建设和执法人员思想素质、业务素质等软件建设，都有待于大力加强、进一步提高。为此，建议市局尽快制定出台全市城管执法队伍统一的《城管执法人员执法行为规范》和《城管中队执法装备办公设施建设标准》，全力推进城管执法队伍正规化、标准化、科学化建设，争取用三到五年的时间，将我市城管执法队伍打造成为全国一流的执法队伍。"他边说着，边把一份打印好的文字材料递给了赵长河，"局长，这是刚刚形成的调研报告，有些意见和建议还不太成熟，请你审阅。"

赵长河接过厚厚的调研报告，随意翻看了几页说："写一份比较好的调研报告，怎么着也得用上一个周的时间。可是我们的家杰局长，调研工作结束了，调研报告也随之出手了，工作效率很惊人哪。好吧，这个报告我先看看，如果是有必要，完全可以用市局的名义，上报给市委市政府。现在，你就说说刚才会议的情况吧。"

李家杰汇报说："局长，市政府召开的这个加强社区工作座谈会，我们没有具体任务。只是城南区单亮区长在发言时，情绪有些激动地表示，拆除社区的违法建筑，现在已经取代计划生育成为了天下第一难题。而且市政府每年给区政府压下来的拆违指标越来越重，可是区城管执法局和市土地规划局专业执法大队，在执法职责上还是不太清晰，存在着推诿扯皮现象，使拆违工作变得难上加难。因此，他强烈呼吁，我市实行相对集中行政处罚权制度试点，就应该彻底解决这个问题，把市土地规划局下属的执法大队，干脆归到市城管执法局管理，政令法规出自一家，什么事情都好处理。否则，执法部门都扯不清，区里完不成繁重的拆违指标，市里就不能把责任全都推到他们的头上来。单区长发表的这个意见，得到了各区领导的一致赞同，连主持会议的方市长，也表示要好好地研究这件事情。"

赵长河点头道："单亮说得很有道理，这的确是个很重要的问题。如果我们在相对集中行政处罚权的试点过程中，不能很好地解决这种困扰自身多年的老问题，那无疑是白白丧失了这次难得的机遇。等会儿我要和你谈的也是这件事情，你先说说自己的看法吧。"

李家杰说："局长，我个人的看法是，国家在极少数城市进行相对集中行政处罚权的试点工作，既是深入研究探索新的行政处罚制度，也体现出了对我市的高度信任。因此，我们当前工作的重中之重，就是在保证完成全年城管执法工作的同时，千方百计地确保相对集中行政处罚权工作试点成功。因此我建议，该舍弃的，我们必须要坚决地舍弃；该争取的，我们必须要坚决地争取。具体地说，就是把全市户外广告审批工作，交给市土地规划局；而市土地规划局，把市土地规划执法大队，成建制地转交给我们市城管执法局。这样一来，不仅便于我们进一步加强相对集中行政处罚权工作的力度，也有利于户外广告工作从规划到审批的统一管理。"

李家杰的建议说到了赵长河的心坎里，他很满意地说："好啊，家杰，你的想法和我的想法完全一致，可以说是不谋而合！该舍弃的坚决舍弃，该争取的坚决争取，这个归纳概括，智慧而又果断，就是我们下一步的工作方向。现在看来，解决这个问题的条件已经基本具备，推动这项改革的时机已经基本成熟。既然如此，那就事不宜迟，你代表市城管执法局到市土地规划局找华局长，和他直截了当地谈开这件事情，我相信他面对当前的形势，一定会答应得比较痛快。如果需要，在你们的意见基本达成一致后，我可以再和他约见，然后一起去找方市长汇报，争取得到市政府的有力支持，尽快完成两项工作职能的互相交接。"

"明白，我这就和法规处的叶桐，去市土地规划局。"说完，李家杰并没有立即起身离开，而是慎重地继续说："局长，钱局长分管户外广告审批工作已经很多年，我们商量的这个意见，是不是和他通通气，听听他的看法，避免他在思想上不痛快。"

"什么？他在思想上不痛快？"赵长河不以为然地反问道。"哼，这几天我是得找老钱好好谈谈，除了要他做好工作移交的准备，我还要提醒提醒他，说得再严肃一些，就是要敲打敲打他，有的问题老钱需要严加注意了。家杰呀，说句老实话，把户外广告审批权移交出去，实际上也是在保护钱山，有些事情还不便于现在就对你说。"

　　李家杰知道他说的是什么意思，也不多问，和赵长河打过招呼，就离开了他的房间。他到法规处叫上叶桐，直接奔赴市土地规划局。在经过香港中路时，看到有许多市民，不顾这条主干道上来回过往的密集车辆，聚集在马路一边，不知在围观什么。李家杰出于职业敏感，要小石把车停下来，自己下去探个究竟。近前一看，新修不久的马路上，被横着挖开了一条大约两米宽、三米深、十米长的大沟；旁边隆起的土堆上，摆放着几个白色的花圈；在花圈的中间，有一幅二十几岁男青年的照片。李家杰警觉起来，立刻联想到可能因为违法挖掘道路，造成了人员伤亡。他赶快走到一边，给孙刚打了个电话："孙局长，我在香港路上看到一条挖开的深沟，旁边还放着几个花圈，祭奠一位因交通事故死亡的年轻人，这是怎么回事？"

　　孙刚连忙解释说："李局，昨天晚上有个施工队挖掘道路，由于忽略了围挡和盖沟，致使一个开摩托的青年栽进沟里，今天上午因为伤势过重不治身亡。但是这次开挖道路，经过了市政公用局的审批，完全是合法施工。如果没有经过审批，违法挖掘道路，我们的城管执法人员又没有及时查处，那我今天就什么也别干了，只能去忙着追查执法人员巡查不及时、检查不到位的责任了。"

　　"这次恶性交通事故虽说没有我们的直接责任，但是也要引起我们的高度警惕，应该举一反三，继续健全严格的规章制度，确保执法人员在辖区内做到巡查及时、检查到位，防患于未然，将可能发生的问题解决在萌芽状态之中。"

　　李家杰上了车，仍然在想：既然在城管执法系统内部，还需要进一步完善各种制度，用制度来管理人管理事，那么城管执法局与政府各个相关部门之间，是不是也应该建立起横向的协调配合制度呢？毫无疑问，答案是肯定的。李家杰从香港路上发生的事故中，产生了新的联想：这次城管执法局和土地规划局，在职能互换上取得成功后，就应该在这两个行政主管部门之间，以及和其他的政府部门之间，迅速建立起行之有效的协调配合制度。只有这样，才能让行政审批职能和行政执法职能，真正实现无缝对接，发挥出它的最大功效。

果然不出所料，李家杰、叶桐在会议室里和华南江见了面，对方表现得还真是挺热情，这更加坚定了李家杰的信心。寒暄了几句后，他便开门见山说明了来意："华局长，把土地规划大队成建制划归市城管执法局的方案，上上下下已经酝酿了很长时间，这次赵局长委派我们专门拜访您，就是想听您更深入地谈谈意见。"

华南江微微一笑，故意拐了个弯说："李局长，如果别人在前面栽了大跟头，后来人是不是应该更加提高警惕？我可是听说过，外地有个城市也成立了城管执法局，可是磕磕绊绊地运行不到一年，就因为一些行政主管部门不愿意把行政执法权交给城管执法局，以前交给城管执法局的，现在也急着再把执法权要回去，搞得市政府难以平衡协调，最后只好又把城管执法局解散了。李局长，难道这个城市的经验教训不值得你们深思吗？"

李家杰淡然一笑，坚定地说："华局长，你的意思是说，我们城管执法局连自己的生存都难以保证，更不应该考虑把市土地规划执法大队也划归到市城管执法局管理的问题，我这样理解没错吧？可是你想过没有，任何新生事物的成长绝不可能都是一帆风顺的，实行相对集中行政处罚权制度，更是前无古人的重大创新。而且开展这项试点工作，各个城市的自身条件也不尽相同，存在着很大的差异。国家确定在我市进行相对集中行政处罚权试点，就是考虑到了三岛市在各个方面条件都比较成熟。事实证明，在筹备这项试点工作的过程中，虽然有个别行政主管部门，对将自己的行政处罚权，部分或者全部移交到城管执法局存在着这样或那样的看法和意见；但绝大多数行政主管部门还是能够顾全大局，服从市政府的统一部署，在很短的时间内，顺利地完成了行政执法权的移交工作。比如说吧，华局长就表现得十分睿智，将土地规划方面的简易行政处罚权，迅速移交给市城管执法局集中使用，为岛城的相对集中行政处罚权试点工作，做出了自己的贡献。"

"别别别，李局长，你不要拿着土地规划局来当典型案例，我们还是低调点好。再说，简易行政处罚和进入一般程序行政处罚，无论是重要性还是复杂性，都是不一样的，不能混为一谈，这是个专业问题，咱们今天不讨论。总之我们能为试点成功做点工作，完全都是应该的，至于将来市土地规划大队的归属问题，也是可以探讨的，哈哈哈……"华南江挑起话头就不再往下说了，却又试探着问李家杰："李局长，不知道赵局长对你说过没有，全市户外广告的行政审批问题，将来如何处理？"

李家杰也明知故问地说："华局长，这个问题很重要吗？难道它可以决定土地规划大队的最终去向？"

"你说呢，李局长？"华南江狡黠地笑道，没有正面回答这个问题，又把球踢了回去。

李家杰点头说："好吧，既然华局长如此重视这个问题，我们当然也不敢忽视。据我所知，赵局长对待户外广告审批和你对待土地规划大队归属，想法上完全一样，态度上完全一致，都是可以探讨的。相信只要我们真诚合作，两个问题都会得到圆满解决。"

"那好，找时间我一定要会会赵局长，相信我们的合作一定很愉快。"华南江毫不掩饰自己高兴的心情。

李家杰也赶快说："就这么定了，我马上回去向赵局长汇报，咱们随后约个时间，两位局长见了面好好地谈谈。"

"没问题，一言为定！"华南江一锤定音，果断拍了板。

李家杰趁着这股热乎劲，又建议道："华局长，我来这里的时候，看到香港路上新挖开一条沟，昨天晚上就有个骑摩托的青年摔死在那里。这件事情必须引起我们的注意，在相关的政府部门之间要加强协调合作，尤其是在行政审批部门和行政执法部门之间，要建立起更加完善的工作制度，使我们的配合协作，更加规范、严谨、有效。"

华南江对这个提议很感兴趣，说："李局长，你的意思我明白，我也感到很有必要，你最好说得详细一些。"

李家杰进一步展开道："比如说，建立行政审批告知制度。市土地规划管理部门行政审批结束后，将审批内容迅速发送到城管执法部门，使我们一线的执法人员尽快了解掌握什么单位在什么时间什么地点获得了什么审批事项，以便能够更好地为其服务；同时对没有经过行政审批的违法事项，依法予以严肃地行政处罚。再比如，建立案件移交制度。当行政审批部门通过各种渠道，得知违法当事人的违法事实以后，应该将案件及时向行政执法部门进行移交，行政执法部门在执法行为结束以后，必须向案件移交部门做出回复。当然，还有一些应该建立的制度，我就不一一列举了。不知道我的这个想法，华局长是否赞同和支持？"

"这个主意很好，无非就是给我们审批部门增加了一点工作量，但是对批后管理大有裨益，应该尽快制定并实行这些制度。"华南江的回答很肯定。

李家杰高兴地对叶桐说："叶处长，华局长表态了，你们业务部门要尽快地主动对接，拿出具体的意见，提交到双方的联席会议中研究确定。"

见叶桐答应下来，华南江欣然说："李局长，咱们办事效率很高，两个挺重要的问题都有了眉目，有机会还要继续合作。"

事情办得很顺利，李家杰一离开市土地规划局，马上就给赵长河打电话，向他汇报了和华南江谈话的情况。赵长河听了也很高兴，看看还有些时间，知道方明正在市政府，便和华南江又通了电话。两个人决定简化程序，无须见面再谈，现在就一同赶往市政府，向分管副市长直接汇报。方明听了赵长河和华南江的汇报后，认为这项酝酿已久的改革方案，在市土地规划局和市城管执法局的共同推动下，两相情愿，瓜熟蒂落，终于可以准备出台了。这既符合行政管理权和行政处罚权适当分离的大方向，也有利于相对集中行政处罚权在岛城的试点工作，更有利于全市户外广告审批管理和全市城管执法工作的顺利开展，自己作为分管副市长，没有理由不支持，何乐而不为？因此，他当场拍板，原则上同意了。同时，他还要求赵长河和华南江，继续深入研究职能交接的细节问题，抓紧向有关部门的领导做好详细汇报。同时自己也要利用这段时间，做好市委市政府相关领导和市编办、市法制办等几个部门的工作，尽快确定这个改革方案，使两个行政主管部门按照新的职能配置，各司其职，开展工作。

　　夜幕降临，天色渐渐地暗淡下来。从二楼一家敞开的窗户里，传出来《新闻联播》即将开始的雄壮乐曲声。

　　方明抬头望望悬挂在天空中那几颗不知名的星星，深深呼吸了几口新鲜空气，从包中拿出了智能卡，打开自家单元的防盗门，正要抬脚走进去，忽听身后有人感叹道："像方市长这样起早贪黑干工作的好领导，如今可是越来越少喽。"

　　回身一看，黄世雄不知从何处冒了出来，方明心中顿生反感，冷冷地说："黄老板，这么晚了你怎么突然出现了，不是来找我的吧？我的习惯是从来不在家里谈公事。"

　　黄世雄碰了软钉子，但仍然不慌不忙地说："您的规矩是不在家里谈公事，可是我要谈的这件私事，绝非一般性地拉家常，这总该可以吧？"

　　方明一怔，仿佛意识到了他要谈的私事大体上是什么意思，"噢？绝非一般性地拉家常？黄老板不会是因为方小虎的事，要趁机讹诈我吧？"

　　"哪敢哪敢。方市长，本想约您去汇泉湾大饭店，咱们边吃边谈，不想打了几个电话您都没接，事情又不能耽搁，我只好贸然赶了过来。谁知道又被老同学堵在家门外，实在让我……方市长，咱们说好了，下不为例，好不好？"黄世雄诚恳中透着可怜，央求着说。

"那就按你说的，下不为例吧。"方明打开了房门，很不情愿地将黄世雄让进了客厅，"随便坐吧。"

见方明去了别的房间，黄世雄环顾四周看了看。客厅里很零乱，到处都是随便丢放的报纸杂志和生活用品，就连墙上挂着的那只应当嘀嗒作响的艺术闹钟也完全停止运转，失去了往日的生气。最后，黄世雄的目光落在了桌上摆放的方明夫人遗像上，对端着一杯茶水和一个饭盒走过来的主人说："方市长，嫂夫人过世该满周年了吧？你不能总是这样一个人过，还是有个贤内助好。以后若是有机会，我给你当个月老，你可不能推辞。"

方明放下茶杯，平静地说："我现在挺好，一个人吃饱了全家不饿，省心省力又省钱。黄老板，你喝你的茶，我吃我的面，咱们就各取所需。在你没谈我的私事之前，我先问你一件关于李家杰的事。他打电话告诉我，说最近碰到了一件很荒谬、很离奇的怪事，自己明明欠着鑫海房地产公司阳光花园一百万元购房款，可是到售房部交还这一百万欠款时，经理和会计要么就推，要么就拖，要么就躲，反正是没人敢收他的这笔欠款。为此，他只好找到了你黄老板，你倒是满口答应下来，可是后来不仅没给他办，你还不接他的电话了。李家杰就找到了夏茵，夏茵也为这事给你打了电话，同样也是这种结局，最后还是不了了之。逼得李家杰实在没有办法，只好找到了我，求我出面为他说情，把买房子的欠款尽快还上。真是天下之大，什么怪事都有。黄老板，我可能是孤陋寡闻，只知道买房子便宜点需要托关系走后门，可是从来就没有听说过，交还购房款也得四处求人。唯一的解释就是，你在暗示属下，这笔钱不要了，对李家杰进行变相行贿，将他拉下水去为己所用，否则就再也找不出其他的合适理由了。"

黄世雄发现对方在说这些话时，经常用反感和警觉的目光看着自己，连忙表白说："方市长，这种缺德的事，我怎么能干呢？你这种说法对老同学可是天大的冤枉。李家杰虽说是个副局长，可也就是个工薪阶层，上百万的购房款对他来说并不是个小数，一下子拿出来肯定会很吃力。我就故意拖了拖，想给他留出更宽裕点的时间，等他手头上有了钱再交上也不迟。这也是人之常情嘛，作为朋友完全都是应该的，没有什么不可理解。可是，我的这片好心，被他误解了，还把黑状告到你这里，这让我说什么好呢？"说着，他叹了口气，摇摇头又说："如今，做人难，做好人更难。好吧，既然方市长说到了这个份儿上，黄某就按照你的意思，明天通知售房部，赶紧收下李家杰的购房款，这样你总该满意了吧？"

方明看他不像是在说假话，便说："这就对了，欠债还钱，天经地义。大家干干净净、利利索索，浑身上下都会感到很轻快。黄老板，你说吧，这么急匆匆找到我家里来，究竟为了什么事。"

黄世雄略作停顿，把身体向前探出去，神秘地说："为了方小虎！"

方明不动声色地说："方小虎的案子，还有我这个做父亲的撑着。你这位私企的老板掺和进来，能不能帮得上忙，效果好不好，咱暂且不说，关键是我已经得到了确切消息，小虎很快就要无罪释放了。"

听到这个消息，黄世雄自我表白得更起劲了，"方市长，我这次就是专程赶来向你报喜的！你想，咱们是几十年的老同学、老朋友，方小虎又是我们汇泉湾大饭店的总经理、鑫海集团的顶梁柱。我这个当叔叔、当领导的，绝对不可能对方小虎的事置身事外，无动于衷，眼看着他含冤入狱，饱受铁窗之苦。所以，自从方小虎被关押后，我不敢说夜不能寐、茶饭不思这种话，但是跑了很多的关系，做了很多的工作，受了很多的白眼，送了很多的好礼，这些话我敢拍着胸脯当面说。当然了，这些都是应该的，我就不啰嗦了。反正就是，头拱着地下死把子，我也得把方小虎捞上来。好在苍天有眼，功夫没有白费。我刚从关系那里打探到方小虎很快就要被无罪释放的消息，这比中了六合彩的头等奖都让我高兴。这不，二话不说我赶快跑过来向你通风报信。方市长，这么大的喜事，咱可得好好地庆贺一番，我准备在汇泉湾大饭店，备上一桌有史以来最丰盛的酒宴，为小虎贤侄压惊洗尘！"

方明没想到，老奸巨猾的黄世雄如此善于钻空子，本来自己是在阻止他参与方小虎的事情，反而被他巧妙地利用了，来了个顺手牵羊，把无罪释放方小虎的功劳，全都揽到了自己的身上。这让方明不得不承认，和此人打交道必须慎重，他简直就是一个玩社会的混世魔王！可是，他纵有千条妙计，我自有一定之规。尽管黄世雄把话说得天花乱坠，但是方明的心里再清楚不过了，拖了这么长时间，方小虎终于要被无罪释放的真正原因，一是他的案情并不复杂，也没有确凿的证据，证明方小虎就是有罪；二是公安方面顾及死者家属的态度，担心这件事情被坏人利用，煽动群众的不满情绪，造成社会的不稳定，有意识地拖到了现在；三是在全市露天停车管理的问题上，自己向公安方面做出了重大让步。至于黄世雄所说，他为了救出方小虎如何如何，且不论他说的这些话、做的这些事，到底是真是假，目的却只有一个，那就是获取自己的最大利益，只不过他走的是一条"曲线救国"的路线而已。商人就是商人，从来不做赔本的买卖。这种特性，在黄世雄的身上，体现得更为淋漓尽致。

茶几上的电话响了，方明刚伸手拿起话筒，里面就传来女儿甜美而忧郁的声音："爸，我是方静呀，您好吗？咱们说过多次了，我这里一切都很好，您就不要给我寄钱了，您都答应我了，怎么又寄来了二百万元，您不是把房子卖掉了吧？"

"什么？你收到两百万元，这是怎么回事？"女儿突然收到这么多钱，方明不免心中大惊，又是在自己家里，就不慎脱口说了出来。当他意识到黄世雄就在身边，可能正在笑眯眯地看着自己时，便赶紧背过身去，捂住话筒小声说："方静，家里有客人，咱们再联系。"

竖直耳朵、极力想听清父女俩通话的黄世雄，看到方明说了两句就挂断了，干咳了两声说："方市长，这个女孩声音很熟啊，是方静从英国打来的电话吧？对，是她，一定是她。这孩子从小嗓音就又脆又甜，在一群人当中，只要她开口说笑，谁都能很快就分辨出来。现在，方静也长大了，孤身一人在国外刻苦攻读，很有志气，将来一定会前途无量、前途无量呀。好了，方市长，你的方便面也该凉了，我的茶水也喝过了，在下就此告辞。"

方明随即说："那好，我不留你了。"

黄世雄走到门口，像是忽然想起了什么，停住脚步说："方市长，阳光花园一期项目在你的大力扶持下，一炮打响，非常成功，还被省里评为样板工程，入住率达到了百分之九十以上。现在，阳光花园二期项目前期筹备工作已经全面铺开，可以说万事俱备，只欠东风，就等着市土地规划局发证批准了。在这个关键时刻，黄世雄还是期待着，能够得到方市长坚强有力的支持啊。另外，如果两个孩子还有其他的什么事情，请你尽管吩咐，我这个做叔叔的，就是赴汤蹈火，也在所不辞。方市长，千万不要客气呀。"

方明面无表情，说："黄老板今晚突然赶到我家来，阳光花园二期项目，才是你要谈的真正主题。既然你打开天窗说亮话，那我也要真诚地提醒你几句：你们提出的阳光花园二期项目用地选址，土地使用性质不是住宅用地，而是滨海公共绿地。要改变土地使用性质，必须要经过法定的程序，其难度有多大，不需我多说，你的心里完全明白。我听说，市土地规划局对你们阳光花园二期项目的用地选址就表示坚决反对。你们连业务主管部门的工作都没有做好，还怎么能得到市领导和其他部门的同意？我看哪，你们还是知难而退，到别处选址去吧。"

黄世雄嘿嘿笑着，软中带硬地说："到别处选址，我们也考虑过，只是比较起来，还是觉着现在这个地块最好，就不想换了。方市长，更改土地使用性质，说起来难度是大了点，但是事在人为嘛。谁都知道，只要你这位分管副市长要办的事情，从来就没有办不成的。咱俩说句掏心窝子的话，以你这样的年龄和身份，保住名声、守住晚节，固然是很重要，但是再重要，也比不上那两个孩子的前途重要！这可是一笔大账呀，相信方市长一定会算得清。我就不打搅了，再见。"说罢，黄世雄闪身走出房门，径自下楼去了。

方明迅速把门锁好，回身拨通了方静的电话。当女儿以肯定的语气，再次向他说明下午她收到了二百万元人民币，又疑惑地追问父亲，为什么要给她寄这么多钱时，方明没有回答她的问题，就把电话挂断了。

他呆呆地坐在沙发里，心里不由自主地上下翻腾，耳边又反复响起黄世雄临走时扔下的那几句话，"以你这样的年龄和身份，保住名声、守住晚节，固然是很重要，但是再重要，也比不上那两个孩子的前途重要！"

实际上，为了拿下阳光花园二期项目用地，黄世雄已经对方明下过很大工夫，做过很多工作。主要就是利用方小虎和方静这两个孩子，千方百计地讨好方明、捆绑方明。他先是投其所好，把不想留在政府机关工作的方小虎，安排到汇泉湾大饭店，当上了拿年薪的总经理；又在方小虎深陷囹圄时，坚持不离不弃，虚位以待，不再安排新的总经理；最后，又为方小虎能够早日获释，出了不少的力。而这一次，他极有可能又在方静的身上打起了主意，想方设法掌握了她在英国的个人信息，然后又冒名顶替，假借方明的个人名义，将二百万元人民币汇给了她。可以说，他这么做的手段非常高明，既可以巧妙地资助方静，帮助方明和方小虎解除后顾之忧；又把事情做得神不知鬼不觉，你知我知天衣无缝。

方静的求学之路，一直走得很艰苦。从远赴英国就读高中开始，再到预科、本科、硕士、读博，整整花了十年的时间。在这十年里，为给她交付昂贵的留学费用，全家人省吃俭用，日子一直过得紧巴巴的。就在方静读博不久，她的母亲被确诊为癌症晚期，可是这位坚强的母亲为了让女儿能够在国外安心读书，完成自己的学业，要求全家不得向方静透露自己的病情，还断然拒绝使用昂贵的进口药物。直到弥留之际，她还为了让女儿省下往返的机票钱而阻止她回国探望自己。妻子去世后，方小虎为了完成母亲的遗愿，帮助妹妹把博士读完，在黄世雄的劝诱下，毅然决然地辞去了在政府机关中的工作，受聘于鑫海集团旗下的汇泉湾大饭店，当上了拿年薪的总经理。谁知道天有不测风云，仅仅任职半年多，方小虎便要失去青梅竹马的女朋友夏茵，还被当成致人死亡的教唆犯嫌疑人，关进了看守所。正当方明为女儿断了经济来源发愁时，刚刚离开了这里的黄世雄，又济困解危，暗中使劲，替他把这个棘手的难题解决了。

福兮祸兮？这个天大的问号，让有些迷茫了的方明无法回答。可是只要方静没有退还那二百万汇款，他们一家三口人实际上已经成为黄世雄获取阳光花园二期项目用地的人质——方静能否继续求学深造，完成自己的学业；方小虎能否继续担任汇泉湾大饭店的总经理，从而在事业上很好地发展；方明的政治生命能否得以延续，平安过渡到市人大或者市政协：这一切的一切，全在黄世雄的掌控之中，全在他的一念之差。

此时此刻，方明强烈地感觉到，自己仿佛置身于一个巨大的漩涡之中，它强大的引力使得他头晕目眩、急速下沉，让他一切有气无力的挣扎，都变得徒劳，完全失去了意义。他只能听任自己的身体，或者能够侥幸地被推向岸边，或者就要被吞噬进那无底的可怕深渊！

这一夜，方明辗转反侧不能入睡，他彻底失眠了。

第二天一早，面容憔悴的方明独自来到了市城市规划展览馆。他站在那个令人叹为观止、单体面积超过两千平方米，几乎囊括岛城全部海陆面积和所有建筑物的巨大沙盘前，两眼凝视着东部新区美丽海岸线上的那片绿地，久久没有离开。

这块尚未开发的处女地,位于阳光花园一期项目的东面,它们中间只隔着小片的松树林,地理位置得天独厚,是做房地产项目难得的风水宝地,升值的空间和潜力巨大。虽说业内人士也都知道,这里已被市里规划为滨海绿地,但是仍然有些开发商并未死心,他们还在不断地对其进行觊觎窥伺。尤其是鑫海集团的董事长黄世雄,朝思暮想着要把这里作为阳光花园二期开发项目的选址用地。为了达到这个目的,尽快获得此处的开发权,他绞尽脑汁、用尽手段,试图将分管副市长方明也捆绑到自己的战车上,成为满足他贪婪欲望的手中王牌。现在看来,他的这个目的就要达到了。经过一夜紧张的思考,方明终于下定决心,要运用自己手中的权力,帮助黄世雄拿下这个地块,解决阳光花园二期开发用地问题,满足他的贪婪和野心,以换取黄世雄放弃对自己全家的控制,了断他们之间错综复杂的恩怨纠葛。

"方市长,这么早就赶到了展厅,可是把我们搞得很狼狈呀。"

方明目光忧郁,看着华南江、夏茵等人快步走过来,努力掩饰自己整夜未睡的疲态,佯装轻松地笑笑说:"展馆开馆那天,我只是剪了彩,就急匆匆地去参加另一个会议了。今天上午稍有点空儿,也不想兴师动众,只想请你过来,给我补补课就行了,谁知道几位城市规划方面的专家都来了。"

华南江瘦削的脸庞上架着一副金丝眼镜,显得整个人更加干练、有内涵,他接上说:"那天你在百忙之中赶来剪彩,令我们的城市规划展览馆蓬荜生辉,给了我们很大的支持,很大的鼓舞。今天,你又突然微服私访,专程前来参观,只点名让我一个人陪同,这哪行啊?万一我被方市长问住了,憋在那里答不上来,岂不是贻笑大方了?所以,干脆就来个双保险,把几位专家都请了过来。方市长,说句老实话,其实你看不看这个规划展,实际意义并不大——你是连续两届的分管副市长,还干过多年的市建委主任,岛城的中长期规划、详细规划和大小修编工作,哪样不在你的脑子里装着?可以毫不夸张地说，你就是闭着眼睛指挥，也没人能给你挑出大毛病，因为你对这项工作太熟了，都熟透了。"

方明佯装奇怪地说："你这个老华，平日看起来挺清高，怎么也学会说起奉承话了？就算我对全市的规划工作不陌生，可是动起真格的，我也得让着你这个实权派呢。"

开场白说到这里，华南江的神态逐渐郑重起来，"哪敢哪敢，我这不是给市委市政府扛活嘛。方市长，我们办这个规划展，就是为了落实市委朱书记在全市领导干部会议上做出的重要指示。规划展的服务对象，主要是本市社会各界市民群众、来我市访问的各级领导嘉宾、全国从事城市规划工作的同行以及国内外的游客。主要目的是通过这个平台，向社会各界大力宣传和普及城市规划方面的知识，不断增强市民们的主人翁意识和法律意识，客观权威地解读三岛市过去的历史、现在的建设和将来的发展。现在从实际效果上看，社会各界参与的热情很高，短短两个多月的时间，参观人数已经接近十万，大大超出了我们的预想。其中有许多人还提出了很专业很具体的意见，我们会将其作为重要的参考，纳入到今后的规划和修编工作中去……"也不知道为什么，平日里不善言表的华南江，今天说起话来口若悬河，收不住嘴，直到发现了方明有些心不在焉，对他喋喋不休的汇报并不是很感兴趣，这才来个"急刹车"，还把夏茵推到了前台，告诉方明自己只是把面上的情况做个简单汇报，重点部分由夏处长具体说明，她的讲解会更精彩。

方明敏锐地觉察到华南江在情绪上的变化，为了创造后面良好的谈话气氛，便不吝溢美之词，对他大大褒奖一番，"华局长，你是城市规划方面的权威，在岛城内外的名声大得很。夏茵处长就是有再好的口才、再渊博的知识，也不敢班门弄斧，是不是夏茵？"

夏茵认真地点点头说："当然了，局长就是局长，权威就是权威，我们这些小兵只配给他当个跑腿的小工。就说眼前的这个规划展，如果没有华局长的大力支持，悉心指导，我们绝不会办得如此成功。"

华南江赶快阻止道："夏处长，咱们不要为自己评功摆好，还是请方市长多给我们批评指正吧。"

方明想了想说："好吧。在你们赶到之前，我已经在值班人员的陪同下，大体上参观了一下，有了一点粗浅的想法：城市规划展无论是从立意、构思、筹划、制作、布局、品位、规模，还是它所产生的社会效益上，都处于全省的领先地位，走在了全国的前列。为此，我要再次向你们表示热烈祝贺！"看到人们都高兴地鼓起了掌，方明便因势利导，把话引向了更深的层次，"但是，建成一座好的展览馆，举办一个好的规划展，这都不是最难的；最难的是，在贯彻执行城市规划的基础上，如何适时地对现有的城市规划进行科学的修正和调整。"

华南江和几个人互相交换了一下眼色，正要向方明请教话中的含义，却见他已经将手中的激光笔，指向了沙盘模型中的东部新区，"现在，我要向你们提出一个质疑：我们制定的城市总体规划、分区规划和详细规划，特别是东部新区的详细规划，难道只是因为我们为它付出了很多心血，而它又代表着岛城的最高城市规划水平，还经过了法定的程序批准，我们就可以不顾城市的发展、时代的进步、知识的更新，让它永远成为铁板一块，变得神圣不可侵犯吗？我看未必。华局长，朱仁达书记年初在全市党员领导干部大会上，对咱们提出的批评，不知道你是否还记得？"

华南江脸一红，下意识地扶了扶眼镜，羞愧地说："怎么能不记得，印象非常深刻，我时刻铭记在心里。"

方明心中暗想，看来这一手已经起了作用，必须趁热打铁，扩大战果，就进一步说："那天面对朱书记对市土地规划局的批评，我作为分管副市长，也是如坐针毡，脸上阵阵发烧！现在，如何落实朱书记的讲话精神，继续加大我市改革开放的力度，绝不是仅仅说上几句空话就行了，必须要用实实在在的改革动作、实实在在的大项目建设，才能做出实实在在的有力回答。其中，大型的房地产建设项目，在城市的形象提升进程中，占有独特的、无法取代的重要地位。为此，我们要着力采取一些特殊的政策，引进扶持一批国内外范围内在资金保障、技术能力、开发面积、工程质量等方面享有良好声誉的大型房地产开发企业，建设一批具有标志性、引领性作用的大型工程项目，加快提升东部新区的整体形象。要做到这一点，规划先行还是关键。首先，我们的领导干部，要在思想观念上深入转变，不断适应城市建设和城市发展的需要；其次，要对岛城长期规划和正在执行的近期详细规划，做出适当的调整；第三，在项目审批中，要对那些开发业绩好的房地产企业，简化程序、特事特办、优先照顾。比如说，在我市有着良好声誉的鑫海房地产公司，他们投资建设的阳光花园一期项目，已经成为全省响当当的样板工程。现在他们又准备斥资十个亿，在东部新区开发建设阳光花园二期项目。类似这样的金牌企业、金牌工程，你们土地规划主管部门，理所当然应该鼎力相助、大力扶持！……老华，你的情绪不太对呀，是不是对我的讲话有意见？"

华南江抬起头，勉强笑了笑，对方明说："哪能呢，我们听得都很认真。方市长有什么指示，请尽管说。"

见他外表积极、内心敷衍，方明有些不太高兴，脸上也表现出了愠色，"老华，我说的话你可以不接茬，也可以有意见，但是你对市委市政府早已确定的大政方针，不能有丝毫的含糊，必须无条件地执行。千万不能像某些专业技术人员出身的领导干部那样，在国家改革开放大潮不断向前推进的情况下，谨小慎微、优柔寡断，还在前怕狼后怕虎，裹足不前贻误工作。这种人，必将被时代所淘汰，被历史所抛弃。"

华南江白皙的脸庞开始发红，却仍然倔强地说："也许，我就是你说的那种专业技术人员出身的领导干部。我也承认，自己身上还存在着不少的缺点。但是我这种人有一个长处，也算是优点，那就是尊重科学、尊重法律，坚决维护城市规划的严肃性。而且，我的分管市长比我更清楚，当一个城市超常规地扩大膨胀时，最忌讳最可怕的，就是不按照科学规律办事，对依法制定的城市规划，朝令夕改、频繁变动，使其失去了自身的规范性和严肃性，完全成为一种摆设。特别是在东部新区的沿海一线，我们必须预留下足够的空间，建设滨海公园和大片植被绿地，充分体现出人与自然的生态和谐，有力地舒缓特大城市空间狭小带来的压力，为子孙后代施展才华抱负，留下一个广阔的舞台。所以，我坚决反对那种城市规划和城市建设只顾眼前利益，不做长远考虑，在沿海一线再建一片钢筋水泥高楼大厦，严重破坏海滨自然景观的违法违规行为。"

华南江言之切切，动了真情，完全摆出了一副城市规划卫道士的姿态。对此，方明很不以为然，干脆把事情摊开，直截了当地说："老华，我发现你这个人什么都好，就是脾气太犟，好认个死理，思想还不够解放。如果我们政府部门的领导干部，都像你这样不从大局着眼，不做开拓性的工作，拘泥于一些条条框框，靠着抱残守缺混日子，三岛市的城市建设就不会有实质性的突破，就会被兄弟城市远远地甩在后面。时不我待呀，老华。现在我代表市政府，正式通知你，必须加快对鑫海房地产公司建设用地的审批程序，尽快向其颁发《建设用地规划许可证》和《建筑工程规划许可证》，有什么问题，我承担全部的责任！"

"方市长……"

方明用不容置疑的口气说："不要再解释，就这么定了。"然后他缓了口气，又说："老华，我知道，自从朱书记对你点名批评后，土地规划局克服了不少困难，很快就制定出台了全市的户外广告详细规划。可是，当前的视觉污染问题非常严重，违法户外广告仍然比比皆是；而社会舆论又不明就里，把造成这一乱象的根源，全部归结到市土地规划局规划滞后上，这让你们有苦难言，背了很大的黑锅。为此，你老华的思想压力很大，曾经多次找过我，请我帮助你们扭转这个被动的局面，我作为分管副市长，当然不能坐视不管。我准备从三个方面入手，帮助你们做做工作：一是由市政府组织新闻发布会，大力宣传新出台的户外广告规划，澄清社会上的模糊认识；二是督促城管执法部门，组织全市性的大规模清除违法户外广告、乱贴乱画小广告和门头牌匾的执法行动，使大街小巷的墙体楼面全都干净整洁起来，为你们下一步将全市户外广告管理得更加规范有序，打下良好的基础；三是调整工作职能。你和赵长河的意见，都向我汇报过了，我完全同意，由市土地规划局全面负责我市的户外广告规划和行政审批工作，由市城管执法局负责我市的土地规划执法工作。以上几个措施实行后，全市的视觉污染问题，就可以在很大程度上改观。这就等于给了你们一张白纸，从此以后，城市土地规划管理部门就可以尽情发挥自己的天才想象，用规划和审批全市户外广告这种形式，美化亮化我们的岛城，把城市打扮得更加靓丽！同时，这也促进了相对集中行政处罚权的试点工作，加强了城市管理行政执法的力度，为彻底解决我市的各种违法建筑问题，打下很坚实的基础。老华，这么一来，你和赵长河总该满意了吧？"

华南江紧锁的眉头渐渐舒缓，脸上也重新浮现出了一点笑容，"这几个措施，都很给力、很实在，我们都很感谢方市长给予的大力支持和帮助。"

看到华南江的心情逐渐好转起来，方明心中暗想：我还得多说上几句，让他好好领领这个情。他接着说："当然了，调整两个局的工作职能，也不是一件小事，它涉及方方面面，工作上也有相当的难度，不是那么容易去做的。我为你们欠下的这些人情债，老华你可得和我一起还呀。"

华南江有点感动地说："是啊是啊，我和赵局长心里都有数。"

方明借题发挥道："再说了，帮助和支持没有单向的，从来都是互相的。在现实的生活和工作中，谁都会遇上一些难处，需要得到别人的理解和帮助。打个比方说吧，如果华局长不服从我的命令，不给鑫海房地产公司解决阳光花园二期选址土地使用的性质问题，不能尽快地为他们颁发《建设用地规划许可证》和《建筑工程规划许可证》，就算我是个副市长，也会感到很难堪，你说对吧？"

华南江还要说点什么，兜里的电话响了，他向方明示意了一下，就到旁边接电话去了。

至此，方明那颗悬着的心，总算是有了点着落。虽然华南江还没有向他正式表明态度，但他已经从对方的言谈举止中感觉到，这位难缠的学究型市土地规划局长，似乎已经默认了他所提出来的交换条件。如果不出太大的意外，变更东部新区那片绿地的土地使用性质，解决黄世雄在阳光花园二期项目上的用地，应该没有太大的问题。方明难以察觉地舒了口气，发现夏茵正独自一人站在旁边，面对着巨大的沙盘发呆，便走过去对她说："茵茵，你的几位同事呢，怎么一个人站在这里？不会因为我和华局长谈话，把你们冷落了不高兴吧？"

夏茵扬起眉毛说："没有啊。几位同事知道领导有事，暂时回避了，只是把我留了下来，给你们当个传令兵，他们可以随叫随到。"

方明赞赏地说："嗯，还是我的干女儿懂事。你爸怎么样，他挺好的吧？"

夏茵说："老爸好得很，您就别为他操心了，还是多关心关心您的宝贝女儿方静吧。"

方明轻松地说："方静怎么了？昨天晚上我们还通过电话。她不愁吃，不愁喝，一心只读圣贤书，在世界顶级大学里，过得悠哉游哉，别人羡慕都来不及，我还替她操什么心？"

夏茵见方明还不了解实情，便有些抱怨地说："您还真的不知道？方静的日子过得可没有像您说得那么舒服，还悠哉游哉呢。她在大学里的生活，一直都比较艰苦，经常到中餐馆打工，有时候干到深夜。前些日子，她高烧快四十度还坚持着去了，同学们硬是把她从餐馆里拽了回来。像她这样的市长女儿，在全世界也找不到第二个。"

方明不太相信她说的话，还跟夏茵开玩笑说："你不是在蒙我吧？你们这两个鬼丫头，只要是凑在了一起，说不定会闹出个什么花样，谁知道你们这次又在搞什么鬼，反正我得小心着点，万一再上了当，你们又会哈哈大笑着，庆贺自己的胜利。"

夏茵有点急了，很认真地说："这次真的没蒙您，您再不阻止她，方静可就回国了。"

"你说什么？方静要回国？"方明吃惊地问。

夏茵说："是啊，她有这个想法很长时间了，我一直都在为她保密。特别是小虎出事以后，她更是急着回来。理由就两个：一是担心家里经济负担太重，二是要回家照顾您。"

方明不高兴地说："不像话，太不像话了。你告诉方静，就说我不允许她中途辍学、半途而废！什么减轻家里经济负担，什么回家照顾我，这些都不是理由。等她完成学业，了却了她母亲的遗愿，再谈回国也不迟！"说到这里，方明感到自己的情绪有些激动，换了种口吻说："茵茵，你劝劝方静，不要再去打工了，我会尽力想办法，解决她的留学费用问题；另外，你告诉她，我过得很舒心，方小虎也很快就要无罪获释了。现在，她的任务只有一个——安心读书。"

"可是您的身边连一个亲人也没有，方静还是会不放心。您真的需要有人照顾。"夏茵担心地说。

谁知方明听她这么一说，忽然乐了，"茵茵，你希望有人照顾我，那还不好办？赶紧和小虎成个家，不就有两个亲人来照顾我了吗？"没等夏茵说话，他又接着说："茵茵，小虎很快就会无罪获释，作为他的父亲、你的干爸，我现在很认真地问你几句话：假如方小虎还要回到汇泉湾大饭店当总经理，假如他还是一如既往地深深爱着你，你还会像过去那样，去爱他吗？"

　　夏茵默然无语，未作回答。

第十章

　　省政府法制办的主要负责人，对三岛市相对集中行政处罚权的试点工作进行了三天的实地调研后，今天就要结束行程了。临行前，他对方明和李家杰等人表示，三岛市城管执法局在这项重大行政执法制度改革试点过程中，不怕困难，勇于开拓，取得了很大的成果。同时他又指出，再好的工作设想，再先进的执法制度，最终还是要体现在对工作的推动上，体现在岛城的市容环境有更大的改观上。为此，省法制办还将派出专人回来暗访，全面评估三岛市在相对集中行政处罚权试点工作中，所取得的实际效果。如果答案是令人满意的，国家在这方面的主管部门又予以认可，省法制办将立即着手准备，认真总结三岛市在这项试点工作中取得的宝贵经验，并向省政府做出全面汇报。争取在年底之前，请省长和分管副省长前来三岛市，共同出席在这里召开的全省相对集中行政处罚权工作现场会。从明年开始，在全省县级以上的城市中，全面推行这项先进的执法制度，使本省的相对集中行政处罚权工作，走在全国的前列。

省法制办领导的郑重表态，使李家杰感到非常振奋，认为这会极大地鼓舞全市城管执法人员以更加饱满的工作热情，投入到城市管理行政执法中去，并以最优异的工作业绩，迎接全省相对集中行政处罚权工作现场会在岛城召开；也为他们的代表人物——市城管执法局局长赵长河，在事业上达到一个新的高度后，明年光荣地退出领导岗位，画上一个圆满的句号。

最近李家杰在无意中发现，或许是由于几十年来对工作太认真、太投入的缘故，赵长河同许多即将从领导岗位上、特别是主要领导岗位上退下来的老同志一样，也出现了一些失落、悲观、焦躁等症状。这些不良的情绪，如同影子一般纠缠着他，使他的心理压力很大。随着退休时间日益临近，赵长河也在试图强迫自己，减少一些行政事务，放缓一点工作节奏，思考一下自己的未来，为明年初离开领导岗位，过好退休后的生活，在思想上做好准备，使自己从容地接受这个谁也无法逃避的自然法则。可是，他好像没有成功，仍然和过去一样，从早晨忙到晚上，不该想的照样想、不该管的照样管、不该干的照样干，任由自己这部开足大半辈子马力的老机车，冲到哪里就算哪里。

李家杰并不知道，其实在赵长河的心里，也有两件让他感到特别欣慰的事情，除了省法制办的领导对岛城相对集中行政处罚权的试点工作感到很满意以外；还有一件让赵长河更为舒心的事情，那就是他得到了一位渴望已久、称心如意的接班人。

在李家杰成功地竞聘市管领导干部，来到市城管执法局担任副局长初起，作为该局的党政一把手赵长河，在内心里并没有看好他，在感情上也没有接纳他，在工作中更没有重用他。出现了这个问题，不是因为李家杰不优秀，而在于赵长河的思想仍然被落后的观念所束缚。在那段时间里，他曾经固执地认为，自己和李家杰素昧平生，既不是志同道合的老搭档，李家杰也不是为他立下汗马功劳的老部下，更不是和他交往多年的老朋友。所以，像他这种从未谋面的"外来户"，一旦自己退了休，离开了领导岗位，他是不会忠实地继承和延续自己的理念、意志，成为三岛市城管执法系统一脉相承的领军人物的。更何况，那时候他早就心无旁骛，把老领导夏文渊的儿子夏子强，作为填补副局长空缺的不二人选。可是，令赵长河意想不到是，自己的所作所为，并没有成为这位新来的副局长意志消沉、精神不振的理由，相反他很快就适应了这种复杂的工作环境，忍辱负重、以德报怨，用自己宽广的胸怀和出色的工作成绩，缩短了两个人在感情上的距离，默契了副职和正职的工作配合，在几个重要的问题上，全都处理得很得当、很有水平。尤其是在那次市政府召开的全市露天停车管理工作会议上，他的表现更为出色，让赵长河刮目相看，认定李家杰绝不是自己想象的那种只会投机钻营、没有真才实学的小人，而是一位光明磊落、不畏权势、敢于直言、干事创业的好干部。他蓦地发现，自己苦苦寻觅的那位可以托以重任的人，原来近在咫尺，就在眼前。真可谓：不识庐山真面目，只缘身在此山中。

可是，世事难料，好事多磨。正当赵长河为自己的新发现感到欣慰和庆幸的时候，这些天却陆续听到了一些李家杰在思想品质上，存在着严重问题的风言风语。尽管这些传闻还有待于进行认真查实，但是对于赵长河来说，仍然是个不小的震动，让他不得不在内心里，又谨慎地给李家杰打上了一个大大的问号。

这天，赵长河接到方明打来的一个电话："老赵，省法制办的领导对我市相对集中行政处罚权试点工作的考察结束后，虽然总体上比较满意，可是他在私下里也对我说过，三岛市的城管执法局和城管办，两块牌子一套人马合署办公，既有管理协调的职能，又有监督执法的职能，怎么就连个小小的垃圾箱都管理不好。几个几十个垃圾箱，堆积在主次干道上，弄得垃圾成山、臭气熏天，岛城这个著名的旅游城市，很可能就会因此坏了名声，也使相对集中行政处罚权试点工作，失去了说服力。我们希望下次再来的时候，不会再看到这种现象。"

方明的话刚告一段落，赵长河赶快插话说："方市长，你是老领导，很清楚这个小小的垃圾箱，早就是全国性的难题，人人都嫌弃，谁也离不了。尽管所有的环卫部门，都在绞尽脑汁地想办法，可是至今也没有彻底解决这个问题。"

方明并不同意赵长河强调的理由，仍然按照自己的思路说："省法制办领导向我单独提出这个问题，一定有他更深层次的考虑，要是年底前在我市召开的全省相对集中行政处罚权现场会上，那些又脏又臭的垃圾箱还摆在领导们的眼皮子底下，确实是大煞风景。到那时即便我们浑身是嘴，也解释不清楚了，所以我们现在就要高度重视，尽快研究出解决的办法。比如说，你们执法局和城管办，对全市的市容环境具有监督权和执法权，你们完全可以考虑，除了对社会上违反城市管理法规的行为进行行政处罚以外，也要对那些实行路段承包的环卫公司，实行高压态势，加强监管力度，督促他们及时打扫清运；确实不能恪尽职守且整改不力的，要对企业法人实行严惩重罚，我就不信治不了这个顽症！"

放下电话，赵长河正在考虑如何处理这件事情，见夏子强敲门走了进来，便问他："李家杰回来没有？"

"小石的车在楼下，李家杰一定在办公室，我打电话要他上来。"说着，夏子强就要拿起电话。

赵长河制止他道，"算了吧，还是我下去。你回到办公室，把那几封匿名信送到家杰局长的房间里。"说罢，他站起来，独自下楼去了。

"局长，你怎么来了？我正要上楼向您汇报。"李家杰看到赵长河略显吃惊地问道。

赵长河很随意地坐在沙发里，点上支烟慢慢吸着，听李家杰详细汇报了这几天陪同省法制办领导，在岛城调研的大概情况，然后要求李家杰稍加整理，在中层以上干部会议上，结合省法制办领导和方市长做出的指示，一并进行传达贯彻。他又接着问："家杰呀，你要汇报的事情，不只是这些吧？"

李家杰忙说："局长，先公后私，我确实还有件重要的私事要赶快向您汇报。"

赵长河好像不太在意他说的话，漫不经心地端起杯子，轻轻喝了口茶水，很随意地问："什么重要私事，还得向我汇报？不是那件没有交齐购房款，就搬进新房子住的事吧？"

他这么突然一问，让李家杰吃了一惊，赶忙回答说："就是这件事。局长，你也知道了？"

赵长河的表情变得严肃起来，放下水杯说："家杰，要想人不知，除非己莫为。这件事，不光是我知道，机关里的大部分同志可能都知道了。现在，你主动地向组织上汇报这件事，说明你对自己的问题，已经有了认识。说说吧，到底是怎么回事。"

李家杰从衣兜里掏出几张收据和发票，恭敬地放在了赵长河的面前，说："局长，一个多月前，我托市土地规划局的夏茵处长，找到了鑫海集团的董事长黄世雄，在阳光花园购买了一套新住房。在交上了四十万元首付款后，因为我原先居住的旧房没能及时卖出去，一时无法交上剩下的一百万元欠款。在这种情况下，我们简单地粉刷了房屋，全家人就搬进去住了下来。现在我认识到，不管是什么原因，在未交大部分购房款的前提下，就住进新房的错误是很严重的，我请求组织上给予严肃的纪律处分。现在，这一百万元欠款我已经全部还上，这是我当时写的欠条和交齐全部购房款后，鑫海房地产公司开出的收据，请局长过目。"

赵长河瞅了几眼收款单据，站起来踱着步说："认识到自己的错误，诚恳地做出了检查，这些都很好。家杰呀，我可以明确地告诉你，当我知道了这件事后，没有立即把你找来谈话，就是要给你留下一定的时间，让你能够自己认识到这个错误，主动把欠款交还给房地产公司。现在看来，目的还是达到了。所以我认为，这件事情的性质和其他的违法违纪情况有所不同，组织上在处理这个问题的时候，所使用的方式方法也应该有所区别。我说的意思，你明白吧？"

"明白，十分感谢组织上对我的信任！"李家杰点着头，非常感动地说。

这时，夏子强怀抱着文件夹，走进了李家杰的办公室。赵长河向他招招手，接过文件夹，从里面抽出了几封信函，递给李家杰说："这是几封匿名信，你可以看看，都是检举揭发你以权谋私，接受房地产开发商贿赂这一严重问题的。"

李家杰像是挨了一闷棍，脑中一片空白。他努力控制住自己的情绪，低声说："局长，从内心来讲，我决不接受这种污蔑和诽谤！但是在客观上，我的错误所产生的实际效果，确实非常恶劣。这个教训很深刻，我一定铭记在心！"

"局长，市纪委、市监察局要您去一趟，专门汇报局党委对这些举报信的意见。这是他们的电话记录，请您签字。"夏子强表情冰冷，手指着文件夹说。

赵长河在电话记录上签署了自己的名字，说："告诉局纪委，明天上午九点，我们准时赶到市纪委。"接着他又对李家杰宽慰道："不要太紧张了，关键是要引以为戒，今后更加严格地要求自己，防止再犯类似的错误；同时，也不能背上思想包袱，还要轻装上阵，继续大胆工作，这样才能不辜负领导和组织上对你的期望和信任。我说得对吧？"

听了赵长河这席话，李家杰感到心里热乎乎的，刚才紧张沮丧的心情，随之舒缓了许多，他坚定地表示："局长，请您放心，我会更加努力工作，坚守住自己的底线。"

赵长河的脸上浮现出了笑意，赞赏地说："你的这种态度和精神，才是我最想要的。如果李家杰遇到点风浪和挫折，就趴在地上站不起来，那你就是个纸扎的、泥捏的，也是赵长河看错了人，不值得我承担一定的风险来保护你。现在看来，你还不是那种人！好了，咱们换个话题，还有项重要的工作，等着你去完成，有没有问题？"

听说又有新的任务，李家杰立马精神了，"局长，有什么新任务，您尽管布置，我保证完成。"

赵长河见状，朗声笑了起来，"家杰局长听说有任务，眼珠子瞪得比谁都大！咱们干城管的人，要是都有你这么大的干劲，我看用不了多少年，咱们三岛市就要赶上新加坡了。"接着，他又换了种语气说："家杰呀，前几天市委朱书记率团到几个沿海城市学习经济工作，有个城市的城管工作对他的触动很大，当即就把方市长连夜叫过去，要他留在那座城市，深入地学习三天，务必取得真经，年内让岛城的市容市貌也来个大变样。菩萨发了威，悟空也打怵。方市长学完归来后，向市委市政府的主要领导做了汇报，岳峰市长的性子更急，当天下午就召开了市长办公会……"正说得起劲，他忽然发现夏子强还站在一旁，就问他："你怎么还没走，有事吗？"

"市政府督察室王主任打来电话，询问岳峰市长在工作会上严肃批评了城管执法局以后，我们打算如何整改。他还要求以书面的形式形成详细报告。"夏子强汇报说。

赵长河见他说话的声音很小，似乎怕被别人听到，知道他是有意背着李家杰，马上不满地说："你说话的声音怎么这么小，难道家杰局长听到了也丢人？干城管这行，哪有不挨批的？领导批评几句很正常，那是在爱护我们、帮助我们。最可怕的，就是领导不愿意再批评了，这说明领导对我们已经不抱有希望了。子强你还有什么事情，大大方方地说出来。"

当着李家杰的面，受到赵长河的责备，夏子强感到自己很没有面子，很下不来台，却又不敢当场就表现出来，便看了李家杰两眼，干咽了口唾沫，提高了嗓音说："王主任说，岳市长在办公会上，严肃批评了岛城市容环境脏乱差的问题。他指出，大街小巷里很多商店的门头字号，杂乱无章、破旧不堪；密密麻麻的违法小广告在建筑物、构筑物上，乱贴乱画得到处都是，好像城市的身上长满了'牛皮癣'；大大小小的户外广告，更像是见缝插针的苍蝇拍，竖满了城区内的大小空间。市委朱书记一针见血地指出，这是严重的视觉污染，必须依法整治。王主任还说，咱们城管执法局面对市委、市政府两位主要领导的批评，如何抓好整改工作，有哪些新的举措，需要多长时间完成，这些都要在文字材料中详细体现出来，越具体越好。"

"我知道了，你回去吧。"赵长河吩咐完夏子强，又对李家杰说："听到了吧，问题不小啊，你现在回来正是时候。市长办公会议结束以后，方市长又找我谈过一次话，我把咱们的初步想法向他做了汇报。方市长表示完全同意，准备近期在全市范围内，对各种违法的小广告、门头牌匾和户外广告牌，进行一次大规模的集中整治，这几天就要成立临时指挥部，由方市长担任全市的总指挥，你来担任常务副总指挥兼办公室主任。现在，你马上找几个人，组成一个小班子，尽快提出个完整的'三项整治'工作方案，经过方市长同意后，在下次市长办公会上通过实施。另外，还有件好事要告诉你，我们的努力很快就要有结果了。市编办准备正式下发文件，将市土地规划大队成建制地划归到执法局，我们也将全市的户外广告审批管理职能，交给市土地规划局。这个重要的举措，将会大大加强城管执法工作的力量，充实相对集中行政处罚权试点工作的内容，为全市依法查处、彻底解决各类违法建筑的问题，打下最坚实的基础。同时，我也想借此机会，将市局领导的工作分工重新做出调整：因为钱山副局长身体不适，长期病休在家，原先由他分管的违法户外广告执法工作，也一并交给你统一负责。"

"哗啦"一声响，打断了赵长河的谈话。两人同时看过去，只见走到门口的夏子强，好像撞上了房门，手中的文件夹也掉在地上，文件散落得到处都是。他手忙脚乱地将这些纸片拢在了一起，慌忙走出了李家杰的办公室。

赵长河看见房门被关好，连连摇头道："这个夏子强，魂不守舍的，也不知道他整天都在胡思乱想些什么。"

李家杰顺着他前面的思路说："局长，'三项整治'的常务副总指挥，建议还是由您来担任，我只干办公室主任，给领导们当当参谋助手、跑跑龙套就可以了。再就是，局里调整领导工作分工，让我接手钱局长分管的户外广告执法工作，我心里也有些顾虑。"

赵长河见他态度诚恳，心里就在想：李家杰确实不是权力欲很重的人。可是钱山无论在身体、能力还是品德上，都不便于继续分管这项工作。自己早就有重新调整他工作分工的想法，可是因为种种原因，一直没有找到机会。这次市局进行职能调整，正好落实自己的这个想法。想到这，他便摇了摇头，对李家杰坚决地说："这两件事，你都可以保留意见，但是却没得商量，非你莫属，就这么定了！"

少顷，他将目光重新落在李家杰的脸上，语重心长地说："家杰呀，市委市政府两位主要领导，都对市容环境高度关注，亲自做出了重要指示。我们作为主要责任单位，没有任何回旋余地，必须责无旁贷地坚决打赢这场硬仗。因此，整治三乱的执法行动非同小可，它既是改善市容环境一个非常重要的突破口，也关系到相对集中行政处罚权试点工作是否能够取得成功。所以，只能干好，绝不能干砸。要达到这两个目的，我们就要做出最艰苦的努力，晒脱几层皮、累掉几斤肉，这还都是些小事，真正把那些积重难返的问题和困难解决了，才是对你的真正考验！但是，请你记住，李家杰绝不是一个人在孤军奋战，还有赵长河这个老头子在做你的坚强后盾。他一定会在最关键的时刻，为你挺身而出，为你遮风避雨，为你做挡箭牌！更为重要的是，你身后还有三四千名城管执法的兄弟，他们都在跟着你干、跟着你拼、跟着你往前冲！就算是泰山压顶，只要你李家杰能咬紧牙关，挺直脊梁，咱的城管执法这杆大旗就倒不了，咱的城管执法事业就大有希望！"

李家杰看得很清楚，这位老局长说到动情处，两只眼中噙满了泪水。

赵长河与李家杰的这次谈话，可以说是推心置腹，令李家杰深受感动。事后他总在想，由于自己的严重疏忽，急于让妻子和孩子换一个安全的环境居住，在大部分购房款还没有交齐的情况下，就搬进新房子里去，犯下了很大的错误。可是赵长河非但没有借题发挥、揪住不放，相反还对他宽宏大量、不计前嫌，力荐他担任全市"三项整治"常务副总指挥，又对市局领导班子成员重新做出分工，由他主管全市的城管执法工作，都无不充分体现出这位老局长对自己的理解和信任。可是，这也让李家杰在思想上产生了很大顾虑，因为这就等于完全剥夺了钱山最看重的全市户外广告工作执法领导权。如果赵长河做不通他的思想工作，让钱山对这次工作调整不理解、不痛快、不接茬儿，在行动上又很消极、抵触，那么他们两个副局长也就很难相处了。

根据李家杰对钱山的了解，多年来他对户外广告的审批权和执法权一直都把持得很紧，可以说在某种程度上，视其为自己的独立王国，当成了个人经营的"自留地"，存在着针插不进、水泼不进的问题。而这次在两个业务主管部门之间进行工作职能调整，市城管执法局又在领导班子内部调整工作分工，很可能会成为一个矛盾爆发点。事实也证明，李家杰的这种担心，并非没有道理，绝不是凭空想象。就在赵长河找他谈话的当天下午，钱山就和李家杰爆发了一场激烈的争吵。

按照两人的商定，赵长河要在下班之后，亲自赶到钱山的家里，面对面地和他好好谈谈，在做好他的思想工作基础上，找个适当的机会，再向市局机关的全体干部们，宣布市局的工作职能调整和局领导的工作分工。可是，由于全市"三项整治"工作任务很急，赵长河又在中午改变了主意，认为很有必要抓紧时间往前赶进度，便督促李家杰，马上召开相关部门负责人会议，尽快研究制订出"三项整治"的实施方案，随时准备提交到市政府常务会议上研究通过。

下午上班，赵长河忙着在局会议室接待一批客人，李家杰就按照他的要求，将几位处室、大队的负责人，召集到自己和钱山共用的办公室里开会。当李家杰正向与会人员，传达市政府领导的指示，表示近期要在全市范围内，展开一次大规模的"三项整治"执法行动时，房门"咣"的一声被人猛力踹开了，钱山暴怒着出现在了门口，只见他挥舞双拳，声嘶力竭地吼道："滚！都给我滚出去！！快滚出去！！！"

开会的中层干部们互相看了看，谁也不知道应该怎么办，只好看着李家杰，等他做出表态。

钱山见开会的人并没有被他吓住，一哄而散赶快逃离这间办公室，而是都坐在那里，静等着李家杰的指示，这让他的自尊心再次受到挫伤，满肚子的火气不打一处来。他几步冲到桌子前，抓起一只水杯，狠狠地摔在地上，"我要你们都滚蛋，你们听不见？难道耳朵全聋了？！滚！都给我赶快滚出去！！"

面对他的疯狂举动，李家杰显得很有定力，他不慌不忙地对中层干部们宣布道："会议暂停，大家先回去，什么时间再开会，局里会提前通知。"

人们站起来离开了办公室，唯独林大岳迟疑着不想走，他对钱山的霸道作风非常看不惯，还想留下说点什么。李家杰担心他太冲动，会把事情搞得不可收拾，就连拉带推地把他劝了出去。钱山把门重重地关上，快步走到自己的写字台后面，抓起座椅用力拉出来，然后一屁股坐了下去。

李家杰不急不躁，先倒了一杯水，放在钱山面前，说："同志哥，你是哪来的这么大火气？中午是吃了炸药，还是喝了烈性酒？赶快喝上几口茶水，冲淡冲淡吧。"见钱山把头扭向一边，不接他的话，也没再发毛，就继续说："你这个同志哥，心脏、血压都不好，不在家里好好休息，忽然跑到局里来，大动肝火、大发雷霆，万一身体出点什么故障，我们怎么向嫂夫人交代？再说了，赵局长下了班，就要亲自赶到你家去，找你商量一些事情，有什么话不能好好说。"

钱山看也没看李家杰说："你别在我面前卖狗皮膏药，老子什么阴阳脸没见过？你们当面一套，背后一套，合起伙来整人。谁不知道是你给赵长河出的鬼主意，趁着老子在家里养病，拿着我分管多年的户外广告审批权送人情，又把户外广告的专项执法权攥在了自己的手心里。现在，你又黄鼠狼给鸡拜年，在我面前装起了大善人，这套骗孩子的小把戏，你还真当我看不出来？老子出来混的时候，你还穿着开裆裤呢！"

尽管李家杰内心里很反感，却还是尽量平和地说："钱局长，你有什么话，咱们可以好好地谈，不要随便猜测和无端指责。你这么做不仅于事无补，而且相当错误。"

"呸！你少给我上政治课。别以为自己是诸葛亮，别人都是你手里的阿斗。你和我玩阴的，真还嫩了点。"钱山用白眼珠斜睨着对方，恶狠狠地说："我告诉你李家杰，老子混城管快二十年了，还真没怕过谁。只要老子还有口气，谁夺老子的权、占老子的位、从老子的嘴里抢肉吃，就绝没有他的好下场！"

李家杰觉得钱山很没有素养，从他的嘴里说出这种话，很像是黑社会的老大，哪还像个党员领导干部！出于对老同志的尊重，自己一而再、再而三地忍让，不去计较他出格的言行。可是对方非但没有收敛，反而瞪着鼻子上了脸，越发蛮横张狂，实在不应该继续迁就下去，他便把口气一转，义正词严地驳斥道："钱山同志，你是市城管执法局的副局长，不是江湖好汉、绿林英雄，你对自己说出的话，做过的事，都是要负责任的！现在我要郑重地提醒你，在市城管执法局，没有人要夺你的权、占你的位、从你的碗里抢肉吃。市局工作职能的调整、领导成员的工作分工调整，完全是基于我局的实际情况和试点工作的需要，是赵长河局长出自公心，站在全局的角度上，经过深思熟虑以后，做出的慎重决定。作为市局领导班子的主要负责人，赵局长完全有权力这么做，这也完全符合组织原则。况且，市政府已经同意了局里的意见，要用几个月的时间，集中整治市容环境的三乱问题，赵局长正是因为担心你的身体不堪重负，无法承受这项艰巨繁重的工作，这才推荐我来担任这次'三项整治'的副总指挥，并接手负责全市的行政执法工作。可是没有想到，你作为一名老同志、老党员和有着丰富城管工作经验的领导干部，竟然轻信谣言、莽撞冲动，抱病跑到市局里来，踢开办公室的门，冲散正在召开的会议，赶走开会的中层干部，又对另一位副局长出言不逊、谩骂攻击，造成恶劣影响。现在，我要当面质问你，你这是什么作风？你这是什么习气？你这是什么素质？你凭什么如此野蛮霸道？你对自己的恶劣言行，必须承担全部责任！"

钱山用拳头猛劲砸着桌子，吼道："李家杰，就算你把老子说成是土匪恶霸，也不能证明你们就是什么好东西！你们结党营私，要阴谋、搞诡计，精心设计了一个局，还以为老子蒙在鼓里，真的看不出来，现在我就把它给你戳破了！第一步，你们事先设下圈套，操纵了全市的竞聘上岗，把你顺利地提拔起来，当上了市局的副局长；第二步，你们又千方百计地给老子挑毛病，使用一切卑鄙手段打击排斥我，为你明年能顺利地当上市局局长，清除障碍；第三步，赵长河在退休之前，把你推上前台，借着相对集中行政处罚权试点这个机会，以两个政府部门交换工作职能为幌子，剥夺了我的广告审批权，削掉了我的专项执法领导权，把全市的执法领导权都集中到了你的手上，使你成为赵长河日后在城管执法系统，不折不扣的代理人和傀儡。现在，这个计划只剩下最后一步，只等着赵长河明年退休下了台，你就可以堂而皇之地当上一把手，我说得没错吧？不给你来个一针见血地彻底戳穿，你还真以为老子就是吃干饭的！"

李家杰很蔑视地说："钱局长，你这是以小人之心，度君子之腹。你凭空编造出来的这些谣言，经不起推敲，纯属无稽之谈！而恰恰相反，正因为你在这方面花的心思太多、思想负担太重，以致于自己的血压和心脏问题总不能得到很好地缓解。实际上你一直都认为，自己在原城管办当副主任，主持工作这么多年，没有功劳也有苦劳，在上次的机构改革中，一定能当上新成立的城管执法局局长。谁知道现实很残酷，毫不留情地打碎了你的如意算盘。当市委把赵长河调到市执法局担任局长、你仍然作为副职时，你的自尊心受到了严重的打击，思想情绪也非常低落和消沉，还在一次酒宴上喝酒过量，一头栽倒在马路边上，磕掉了几颗牙齿，下颚缝了二十多针。于是，你干脆称病在家常年休息，很少到单位里来上班，我说得没错吧？"钱山一时语塞，没有承认，也没有否认。李家杰没给对方喘息的机会，继续抨击道："现在，赵局长已经五十九周岁，还有半年多的时间就要离开领导岗位正式退休。而现年五十三周岁的钱局长，自认为还有希望接上他的班，成为市局的一把手。可是就在这个节骨眼上，李家杰通过全市的竞聘上岗，来到了城管执法局担任副局长，而且他干劲十足，占尽了年龄、学历和精力的优势，给你平添了一个强有力的竞争对手，直接威胁到你能否成为下一任的局长。巧合的是，李家杰这个潜在的冤家对头，又被分配到过去你自己独立拥有的办公室，与你共同在一个房间里办公。除去给你造成了很多的不方便，更让你不能容忍的是，过去向你汇报工作的那些老部下，现在转而向李家杰请示汇报工作了，这让你的心里很不平衡，很不是滋味。再加上有人暗中挑唆，背后搞自由主义、宗派主义，使你更加心生怨恨，经过了一段时间的累积后，今天终于来了个大爆发。钱局长，你在这段时间里大体上的思想脉络，应该就是这样。"

钱山不得不承认，李家杰说的这些基本上靠谱，和自己的真实想法没有太大出入。他显然感到自己有些底气不足了，但是表面上仍然还在硬撑，强词夺理地说："拿着手电筒找别人的毛病，这是你一贯的长处，可是你的内心里是多么肮脏，自己却从来装作不知道。其实你李家杰，当局长的念想比我更急、心思更重！只不过你隐藏得更深点、装得更好点罢了，我说的这些也没错吧？"

李家杰很坦诚，把自己对这个问题的看法敞开来说："宁当鸡头，不当凤尾，这是从古到今很多人的想法和抱负。尽管当一把手很累、承担的责任很大，可是一把手在重要问题上可以拍板说了算，能够充分体现出自身的价值、实现自己的政治理想，甚至还可以在历史上留下自己的印迹。至于我个人想不想当一把手，我认为没有任何实际意义。因为个人在这个问题上，根本就没有决定的权力，完全由组织上说了算，由群众说了算。除非是自己注册了一家私营企业，当不当这个老板，完全是个人的意愿。当然，如果上级党组织需要我来当执法局的一把手，我也会义不容辞，全力干好这件事情；如果组织上不需要我，我也会泰然处之、顺其自然，干好自己的本职工作。总之，我的行事原则就是，尊重事物发展的内在规律，尊重党组织的选择，绝不会为了捞到一官半职，就把自己弄得灰头土脸、焦头烂额，贻笑大方！"

钱山色厉内荏，心里头很清楚，自己无论在口才上，还是在理论水平上，都不是李家杰的对手。于是，他表面上尽可能保持着原有的姿态和气势，但是说话的口气已经不知不觉地软了下来，只听他"哼"了声，说："你是个典型的伪君子，耍个嘴皮子、玩点虚的，一般人还真是赶不上你。可是你的脖子后面也是又脏又臭，别人的手指头都快要戳到你的脊梁骨了，自己还在那里假正经，装着什么也不知道。我真没见过脸皮还有这么厚的，简直能让人笑掉了大牙！"

李家杰直视着对方，淡然一笑说："钱局长是说我买新房子的那件事吧？明人不做暗事，我今天也打开天窗说亮话，好让你不再疑神疑鬼，心里总是惦念着。我可以负责任地告诉你，这件事情已经全部解决了，赵局长也亲眼看过了我的购房合同和交款收据，他准备明天就去市纪委做出详细的汇报。唯一留下的小尾巴，就是我住进新房以后，还没有来得及邀请各位到我家里去'温锅''烧炕'，到时候我给你送去请柬，钱局长可不要推辞哟。"说到这里，他发现钱山的表情有些木讷了，眼皮和肌肉也开始下垂松懈，整个人都显得很疲惫，便把话说得又和缓一些："钱局呀，李家杰自从来到城管执法局，可能不一定很随你的心、如你的意，但是我从内心里面，还是很尊重你这位老城管、老大哥的。希望以后咱们也能像今天这样，有什么事情开诚布公，全都摆在桌面上，推心置腹地好好谈谈，将问题解决在萌芽之中。这样对工作对个人都好，你说是吧？"

稍停一会儿，钱山终于说："哦，还就是最后这几句话，算是中听。"说罢，他举起茶杯喝了两口，又扯过一张报纸，遮住了自己的脸。

两位副局长这场唇枪舌剑的正面交锋，就这样结束了。也让那几个被钱山赶出办公室、一直把耳朵贴在门缝上听动静的中层干部们，放下了一颗悬着的心。

就在里面争吵最激烈的时候，闻讯赶来的夏子强表现得很亢奋，他三番五次地要冲进去，都被高大魁梧的林大岳挡住了。当时他就在想，只要能冲进去，一来可以帮助钱山，杀杀李家杰的锐气，出出自己的这口恶气；二来在关键时刻出手相助，钱山一定会很感激自己，两个人就会在事实上形成统一战线，一旦自己需要，就可以得到对方的一臂之力；三来可以激化钱、李二人的矛盾，让他们两败俱伤，自己可以从中渔利。可是，眼前的林大岳如同一座小山，死死地堵在门前，任凭他如何解释，用尽了全身的力气往里钻，都在对方毫不妥协的态度和魁梧的身躯面前，变得无济于事。他只好放弃了这个浑水摸鱼的念头，快步跑上楼去，一头闯进赵长河的办公室，刚要张口汇报楼下正在发生的事情，被正在接电话的赵长河制止了。直到他把这个挺长的电话打完，才问起慌慌张张跑进来的夏子强有什么事。

夏子强声情并茂，大肆地渲染一番："局长，不好了，钱局和李局在办公室里干起来了。他们拍桌子、砸板凳、摔茶杯，闹得非常凶，说不定现在已经动起手来，早就打得头破血流了！机关里几乎所有的干部，都不干活了，全都挤在那里看热闹，影响简直太恶劣了。"

赵长河立时就火了，黑着脸问："他们两个吃饱了撑的，有劲没处使，还是怎么了？老钱不在家里好好养病，跑到局里来吵什么？！你说，到底是怎么回事？"

夏子强摆出一副很公正的样子，暗地里却添油加醋地说，"我听在场的人说，李局带着几个中层干部正在办公室里开会，钱局突然飞起一脚把办公室的门踢开，又赶跑了那些开会的中层干部；李局见钱局冲散自己召开的会议，感到很没有面子，立刻就破口大骂；钱局觉得自己这个老资格的副局长，被他当众羞辱，更是火冒三丈，抡起拳头来就要揍李局，幸亏被那些在场的机关干部们拉开，要不然两个人早就打得鼻青脸肿，说不定还能出人命！"

"混账！这里是执法局的办公大楼，不是街上的自由市场！这两个人，哪还像领导干部，完全就是街面上的地痞。走，跟我下楼去，我倒是要亲眼看看，他们两个到底谁能打过谁。"被激怒了的赵长河，迈开大步就要往外奔，但忽然又停了下来，他慢慢地转过身体，用怀疑的目光紧紧盯住夏子强，一字一句地问他："你说，钱山不在家里好好养病，为什么忽然跑到局里来，专门找李家杰吵架？如果他不是受到了很大的刺激，会做出这样的举动吗？"

夏子强敏锐地觉察到，赵长河用这种质疑的口吻和自己说话，显然有些不太对劲，马上顺着他的意思说："是啊，我也是这么认为。不过也有一种可能，就是他们的积怨实在太深了，外面稍微有点风吹草动，他们就会掀起惊涛骇浪！"

赵长河的道行更深，仍然不动声色，他在房间里踱了几步又说："钱山还有个特点，就是对权力的欲望比较重。这些年他把持着全市户外广告的审批权，从来就没有松手过，别人谁也无法染指。现在，局里根据试点工作和职能调整的需要，对领导班子成员的工作进行重新分工。可是在没有做好钱山的思想工作之前，一旦让他感到有大权旁落的危险，他的反应必定会很强烈。上午，知道这件事情的只有三个人，而且我和李家杰已经商量好了，下班以后我要专门到老钱家里去，找他好好地谈谈。可是我人还没去，钱山就提前知道了，这个私自向他透露信息的人，只有你——夏子强！"

"我？……对对对，是我，是我告诉钱局的。"夏子强自知无法隐瞒，迅速地承认了。

"你回答得倒挺干脆，子强果然很聪明，懂得把握火候，有进有退。我问你，为什么没有经过我的同意，就擅自给钱山通风报信？"赵长河看似挺随意，说话像是拉家常，可是话锋咄咄逼人，直接指向了问题的要害。

"这也很正常。局长，我是局办的主任，上情下达、下情上传，及时地向各位市局领导，报告各种重要信息，这也是我的工作职责。把两位局领导研究讨论的问题，向钱局做出汇报，就像我现在把李局和钱局吵架的情况向您报告一样，都是应该的，很正常。"夏子强并没有胆怯，而是迎着赵长河逼人的目光，轻描淡写地说。

"真的很正常？"赵长河努力压制住自己心中的怒火，声调不由自主地提高了不少。

"真的很正常……充、充其量，有点向钱局讨好的嫌疑？今后注意点就是了。"夏子强顽固地坚持着，尽可能地避重就轻。

"可是在我看来，就不正常，很不正常！"赵长河把后面的这句话，反复强调了两遍。略作停顿后，他又说："从表面上来看，你把本不该你知道却又知道了的重要情况，未经允许擅自向当事人打了小报告，似乎就是一个讨好钱局长的问题。但是从更深的层次说，你要的这种小手腕，一边可以拉拢钱山，一边可以打击李家杰，成功地挑起这两位副局长的争斗后，你便可以从中渔利了。它产生的客观效果，就是造成了市局机关人心不稳、思想浮动，局领导班子内部出现空前的信任危机和团结危机，市局的各项工作必将受到不同程度的影响。而所有这一切，都是因为你私心太重、投机钻营、挑拨离间、违反组织纪律造成的，你现在还认为很正常吗？你以为靠自己要要嘴皮子、玩玩小聪明，就可以瞒天过海、掩盖事实的真相吗？就可以将自己的责任推脱得一干二净，逃避组织的追究吗？我告诉你夏子强，在重要的问题面前，赵长河不会以感情代替原则，以迁就代替纪律。如果因为你的问题，给市城管执法局、给我们的工作带来了更大的损失和更坏的影响，局党委在处理这件事情时，一定会很严肃，绝不会手软！当然了，我作为局长、党委书记，在做出深刻检查的同时，还要向我的老领导——市人大夏主任负荆请罪。因为，我让他很失望，没有把他的儿子带好！"

几天之后，市政府召开了全市市容环境"三项整治"动员大会。会议由方明副市长主持，岳峰市长作动员讲话，由李家杰、单亮和陈一鸣，各自代表市城管执法局、城南区政府和上海路街道办事处，在大会上作了表态发言；方明还以市政府的名义，和各相关责任单位签订了责任状，大会开得十分成功。由于政府层层动员的工作做得比较好，全市上下的工作积极性被充分调动了起来，全民参与整治市容环境"三乱"的热情空前高涨。仅仅用了不到三个月的时间，整治乱贴乱画小广告和破旧不堪的门头牌匾工作，就取得了重大进展，预计再用一个月左右的时间，这两项工作就基本上可以结束了。唯独整治违法户外广告的工作陷入了困境，各区的工作进展都十分缓慢，进度最快的也尚未完成工作总量的三分之一。在李家杰电脑上标志着工程进度情况的那几条红线，哪怕上升一点点，都显得很吃力、很艰难。

整治违法户外广告的工作出现了如此困难的局面，市"三项整治"指挥部常务副总指挥李家杰并非没有一定的思想准备。他深知，岛城的违法户外广告面积巨大，数量惊人，积重难返，是块很难啃的硬骨头。这些年来，由于种种原因，三岛市的户外广告业呈现出畸形发展的态势，无序的竞争异常激烈。在全市大大小小近三千家广告公司中，每年都有几百家广告公司被淘汰，同时又有这个数量的新广告公司挂牌成立，形成了你方唱罢我登场，来来往往如同走马灯般的热闹场面。其中最主要的原因，还是户外广告业的利润太大。一般来说，在高速公路、主要干道、大型超市、立交桥下、旅游景点等繁华地带，竖起一块大型的广告牌，它的投资当年收回绰绰有余，再往后就可以用极小的成本，换回来大把大把的钞票。因此，重利之下趋之若鹜，广告商们八仙过海、各显其能，他们找门路、钻空子，占地盘、打擦边球。年复一年，日积月累，在岛城方圆几百平方公里的建成区内，大体上形成了必须整治拆除的三种违法户外广告牌：未经政府有关部门审批，私自设置的违法户外广告牌；审批期限已过继续使用的违法户外广告牌；经过审批可以延期使用，却年久失修、破烂不堪、严重影响市容市貌的违法户外广告牌。大量事实证明，要在短时间内，把近十万块、近百万平方米、牵扯到成千上万个人利益的违法户外广告牌全都强行拆除谈何容易。

这天，李家杰应陈一鸣的邀请，前去参加兴隆路商业特色街的开街仪式。

　　在他的印象中，兴隆路的繁荣昌盛，总是要和市容环境脏乱差紧密地联系在一起。它们之间如同一对孪生兄弟，什么时候一半都带有另一半的影子，谁离开了谁都不再是真正意义上的兴隆路；更不会有人奢望，在这里建成一条有特色、有品位的商业特色街了。尽管管辖这片区域的街道办事处主任陈一鸣，这次站在市政府动员大会的讲台上，慷慨激昂地表了态、发了言；又和区政府的单亮副区长签订了责任状；还在市"三项整治"副总指挥李家杰的面前，把胸脯拍得"啪啪"响，发誓要借着这次整治"三乱"的机会，让兴隆路来个脱胎换骨的大变样。可是，李家杰更愿意相信，他说出来的这些豪言壮语，多半只是在证明，他陈一鸣还是个有血性、有骨气，想在事业上干出点名堂的男人罢了。

　　这么想着，小石已经把切诺基开到了兴隆路路口，李家杰便下了车，他要到实地去走一走、看一看，以便更直接更深入地了解这里的市容环境"三项整治"情况。可是走了一段路后，他居然找不到以前那种熟悉的感觉了，甚至还一度怀疑自己是否走错了路。在他的记忆中，这里原先是一条尘土飞扬、坑洼不平、年久失修的旧马路，而现在呈现在眼前的，却是一条很整洁、很宽阔、很上档次的柏油大道；过去在街道两旁的建筑物和构筑物立面上，密密麻麻地贴满、写满了各种各样的违法小广告，可是现在这些让人深恶痛绝的城市"牛皮癣"，突然就像从人间蒸发了似的，一下子都变得无影无踪，再也看不见找不到了；那些原来悬挂在商铺店面上歪七扭八、破旧不堪的匾额招牌，也被设计考究、制作精良、布置规范、充满时尚个性和艺术品位的门头牌匾，取而代之了。更有趣的是，在林林总总的中式店铺中，还点缀着几间西式的酒吧、咖啡屋和快餐店，里面不时传出的异国情调乐曲，在街道和花丛灌木中飘荡回绕，为整条大街平添了一些浪漫情趣。

　　这时，全神贯注欣赏市容街景的李家杰，两只眼睛忽然被一双柔软酥滑的小手蒙住了，直觉立即告诉他，这一定是夏茵。当他面红耳赤地从她的手中挣脱出来后，果然看见夏茵笑容灿烂地站在自己的面前，还大大方方地问："帅哥局长，怎么一个人站在大街上发呆，是不是在怀旧啊？"

"怀旧？"夏茵的话提醒了李家杰，他再仔细一看，可不是嘛，原先自己就住在前面十字路口的那栋楼上。李家杰不无感慨地说："我才搬走几个月，这里就发生了如此之大的变化，实在是难以想象。若不是你提醒，我还真没看出来。说实话，刚才我犯了职业病，只顾一门心思看市容，没想到在这里能遇上夏茵处长，实在很抱歉！"

夏茵抿嘴一笑说："没什么，我是去参加兴隆路商业特色街的开街仪式，打这里路过，恰巧碰上了你。你说自己是犯了职业病，这话若是换了别人说，我可能会不相信，甚至还会认为他在故作姿态、矫情造作。可是，这句话从你的嘴里说出来，我一万个相信。对了，李大总指挥，你如痴如醉地欣赏了这条大街，总会有点心得体会吧？那就请你分析解读一下，这条商业特色大街在环境设计上体现出了什么样的独特风格。"

李家杰诚恳地说："夏处长，很抱歉，我这个人对设计，尤其是对城市环境设计，感知很愚钝，完全是个门外汉，谈不出什么看法。"

"说说嘛，你的意见对我很重要。不管你说了什么，我都喜欢听。"夏茵执拗地说，美丽的眼睛里闪烁着晶莹的光泽，温柔而夺人魂魄。

李家杰触电般地躲闪过去，装作完全没有读懂的样子。他在心中暗想，夏茵为这条大街所做的环境设计，一定付出了大量的心血。即便自己能够谈出点粗浅的看法，最好还是什么也不说。因为如果说得好，她就有可能会误解自己的意思；如果说得不好，就有可能伤了她的心。因此，不如把话题岔开来。想到这，李家杰说："夏处长，你跟我谈环境设计，等于对牛弹琴，我在这方面就是个榆木疙瘩，死活都不开窍。不如我给你出个主意，让艺术方面很有造诣的方小虎给你作个点评，或许会对你大有裨益，你看怎么样？"

听他把话引向了方小虎，夏茵便不再吱声，脸上洋溢着的那种迷人的神采也慢慢地黯淡下来。李家杰知道，自己的话已经触动了她，便索性敞开来说："夏处长，方小虎已经无罪获释了。俗话说，浊者自浊，清者自清。作为他的好朋友，我们都由衷地高兴；作为他的恋人，你应该抽出更多的时间，好好地陪陪他。所以，你完全可以请他到这里来，欣赏品味你的这个得意作品。这么做，不仅可以增加彼此的感情，提高你的设计艺术，还可以帮他尽快恢复自信……"

夏茵打断了他的话，说："自信？看来你并不太了解方小虎。其实他最不缺乏的，恰恰就是自信，特别是他在对待我们两个人的感情上，那种盲目的自信——不，是自负，是严重的自负，让我感到很讨厌，不如冷他一段时间，看看情况再说。另外，他现在刚上班，汇泉湾大饭店里有很多事情需要他去打理，他根本无暇顾及我的环境设计，即便是把他生拉硬拽到这里，恐怕我们也会不欢而散。不如暂时分开一段时间，各自都冷静地考虑一下，这样对我们的将来，也许是件好事吧。所以呀，在我们没有正式确定恋爱关系之前，我也要为自己留下一点小小的空间——让我向另外一个男人——说出我对他的这份情感……我很清楚，我和这个男人，或许永远不会有卿卿我我、相濡以沫、白头偕老的机会，可是能站在他的面前，向他敞开心扉，如实地倾诉，这也就足够了。否则，总是憋在心里，我会怨恨自己一辈子！"说到这里，她苦涩而幸福地笑了笑，就沉默了下来。

夏茵如此坦诚、突然的表白，着实让李家杰吃了一惊。在心跳如鼓的同时，他内心里更多的是充满了感动。于是，他也笑了笑，用半开玩笑半认真的口吻说："幸亏你所爱的这个男人，纯粹是个不解风情的大笨蛋，否则你俩可能早就双双坠入爱河，永远也爬不到岸上来了。"

夏茵会意地一笑说："看来，他也是心有灵犀啊，懂得自己内心深处萌发出的这种情爱，只不过他不能割舍自己的那位结发妻子。而我呢，也不忍心将他俩拆散，将来看着他终日痛苦的样子。所以呀，我只能在离他很近很近的地方，好好欣赏他，然后……然后就会悄然离去。可是我们这份纯真的情爱，必定会珍藏在各自的内心深处，即便这段美妙的时光如同划过去的闪电那么短暂，但是它烙在我们心中的深深印迹，却是永恒的。家杰，我是不是太罗曼蒂克了？"

说这些话时，她脸上的表情很圣洁，声音也很轻柔，每个字都像滴水穿石，镌刻在李家杰的心上，让他终生难忘。

"嘀嘀"，一辆面包车在两人身旁停了下来。陈一鸣、孙刚前后下了车，握住了李家杰和夏茵的手，热情地说："李局长、夏处长，不知你们大驾光临，有失远迎啊。"

李家杰笑呵呵地说："陈大主任，你用的什么法术，在这么短的时间里，愣是把兴隆路来了个大变样，就连我这个老坐地户，也都认不出来了。"

陈一鸣乐得合不拢嘴，连声说："小庙里的和尚，哪有什么法术？笨人有笨人的福分，我只是碰上了一个好机会，赶上了市政府要把兴隆路当作主干道进行翻修，我们就借风使船，勒紧裤带，省吃俭用，把道路两旁整修了一遍。就算是有了点小小的变化，那也是你这位总指挥领导得好，夏茵处长环境设计得好，孙刚局长支援配合得好，我这个七品芝麻小官，岂敢贪天功归己有？！"

李家杰笑着说："士别三日，刮目相看。陈主任的工作很出色，这嘴皮子上的功夫，那也是了得。到时候，请你在全市的大会上介绍经验，肯定会很生动、很有说服力。说句真心话，你能把工作干到这个份上，别人的帮助总是有限的，关键还是要靠你自己，出思路、出钱财、出人力；还是要靠你自己，亲自带领着团队，把想干的事情干成了。而且，陈主任还在成绩面前不居功、不骄傲、不自满，实在是难能可贵。我们大家期盼着你，今后取得更大的成绩，能继续一鸣惊人！"

夏茵随声附和道："对对对，陈主任应该乘胜前进，让你的上海路辖区，全都来个大变样儿。"

陈一鸣连忙双手抱拳，高高地举过了头顶，连连作揖道："两位市领导，请你们千万高抬贵手，饶了陈某人吧。我现在是驴屎蛋子表面光，攒着一肚子苦水没处倒啊。"

孙刚说："陈大主任，这样不好吧，得了便宜还要卖乖。你当着全市整治三乱的副总指挥的面，把你为社会、为老百姓做的好事，说得这么悲惨邪乎，不就是想在李局长的身上，多捞点好处嘛。"

陈一鸣苦笑了几声说："孙大局长，俺这点心思你全知道，我也确实想在李局长的面前哭哭穷。李局长，今非昔比啊，不是从前了，穷富之间的转换实在是太快了。我和孙大局长在这个问题上，已经是交换了位置，完全颠倒过来了，现在我就要把他过去说我的话再还给他：孙大局长，你这是站着说话不腰疼，饱汉子不知饿汉子饥！李局长，像咱这种人，干工作累点苦点都没啥，就算身上掉个十斤、二十斤的大白肉，这对我来说也是一件大好事，减肥嘛！关键是，想干事、干成事，全都挡在了一个'钱'字上，也都累在了一个'钱'字上。我这次借着全市整治市容三乱，打造了这条兴隆路商业特色街，纯粹属于屎壳郎垫桌子腿——在那里硬撑！把多年的积蓄花了个底朝天且不说，还欠了一屁股债。满以为区里能同情弱者，发发善心，尽快拨出点款项，支援支援地方建设；谁知道他们除了教育我们办法总比困难多，要相信群众、依靠群众，大力地节流挖潜就一定能够克服眼前的困难以外，好像没有什么实际的行动。这样的话我们不是不愿意听，只是它不能当钱花，也不能当饭吃，更不能解决我们的燃眉之急。现在，我们最关心最上火的，还是账面上什么时候才能进钞票。哪怕是弄个姿态出来摆摆，下点小小的毛毛雨，滋润滋润我们干渴的心田，那也行啊。所以呀，两位市领导的重要意见，陈一鸣一定虚心接受，往后更要朝思暮想着，如何让我们的全辖区来个彻底的大变样；但是手头上没有硬通货，巧妇难为无米之炊，那也是万万不行的，嘿嘿嘿。"

在李家杰的印象中，陈一鸣是位既有经济头脑，又不显山露水，喜欢关起门来朝天过的土财主。这几年，上海路办事处在他的苦心经营下，经济等各项主要工作指标，在城南区连续保持在前几位。这一回，他又瞅准机会，再次主动出击，继配合城管执法部门依法取缔文化宫违法市场、扩建改造兴隆路市内农贸市场之后，借着市容环境"三项整治"的东风，集中力量、大刀阔斧，举办事处全辖区之力，在市政部门对兴隆路进行大翻修的同时，统一规划并设计改造了道路两侧破烂不堪的商铺门头牌匾，彻底清除了周围乱贴乱画的违法小广告。虽然强行拆除违法户外广告方面，还有待于城管执法方面继续加大支持力度，但还是成功打造了一条崭新的商业特色大街，干出了令所有人都对他刮目相看的不俗业绩。

"陈主任，有时候就是这样，付出和回报并不成正比，甚至还会出现反差。但是，上海路办事处在全市市容环境'三项整治'工作中，独具慧眼、顺势而为，建成了这条上档次、有品位、重特色的商业街，同时也带动周围的市容环境发生了巨大的变化，市民们的生活质量得到了很大的提高，这一切必定会为你们带来更好的经济效益和社会效益。与此同时，为了鼓励在全市'三项整治'工作中做出突出成绩的上海路办事处，我们会以市政府'三项整治'指挥部的名义，向全市通报办事处的先进事迹，并向城南区政府建议，进一步支持你们的工作，帮助你们解决一些实际的困难。我相信，各级党组织和政府是绝不会让那些拼命干工作的人吃亏受委屈的。你说是不是？"

李家杰的这番话，说得陈一鸣脸上云开日出，他像个孩子似的咯咯笑着，说："是啊是啊，有总指挥的这几句话，陈一鸣的心里头就满足了。对我们这些一线打拼的基层干部们，这就是最大的鼓舞、最大的信任、最大的爱护、最大的鞭策……"

陈一鸣越说越激动，鼻子一酸，开始哽咽起来，孙刚赶紧劝阻道："哎，陈大主任，你这是怎么了？总指挥充分肯定了你们上海路办事处的工作，我们区执法局可是没享受到这个待遇，你应该好好高兴才是，怎么还像个孩子一样，当街哭起来了？再说了，在这么年轻的女领导面前，你鼻涕一把泪一把的，哪还像个男人？你就不觉得掉价儿吗？"

夏茵善解人意，忽闪着大眼睛说："孙局长，男儿有泪不轻弹，只是未到伤心处。当初陈主任提出要全力打造兴隆路商业特色街时，有很多人不理解，也有的领导不支持，说上海路办事处好大喜功、劳民伤财，管了自己不该管的事，干了自己不该干的活，陈一鸣是在出风头等等。面对这些批评和反对声音，陈主任力排众议、顶住压力，没白没黑地泡在街面上，终于圆满地完成了这个很有争议的改造项目。现在，他的委屈和付出得到了上级领导的理解和肯定，掉下几滴幸福的眼泪，还很奇怪吗？"

孙刚自知理亏，忙说："对对对，应该应该，还是夏处长体恤基层干部的难处。不像我们上级机关的某些人，没见他们对基层工作有什么帮助、有多大的支持，却高高在上，指手画脚，总是给我们出难题、找麻烦，表现出十足的官僚主义；还有个别人，拉大旗、做虎皮，仗势欺人，就算我们各区的执法局都是市局的直属单位，我们这些人都是市局直接任命的干部，那也不能想怎么摆布就怎么摆布。李局，请你回去强调一下，市局只能指导区局的执法工作，管不着我们的'帽子'，也管不着我们的'票子'，区委区政府才是我们真正的领导机关，请那些人今后对我们区局客气点。"

本想劝劝陈一鸣，没想到说着说着走了嘴，开始当着李家杰的面，宣泄自己对市局个别人的不满，试图引起他的重视，加强对这种人的教育，改进领导机关的工作作风。本来提出这样的意见和建议，也很正常，无可非议；可是孙刚嘴上没个把门的，不知不觉中又换上了一个更加敏感的话题，等他意识到自己把话说过了头，已经无法收回了。

李家杰认为，在全市城管执法系统内部，孙刚的这种错误认识具有一定的代表性。现在他竟然当着自己的面，公然发表这些不负责任的言论，自己对这种不良情绪不能听之任之，无原则地迁就，必须予以及时纠正，以维护市局的权威，确保相对集中行政处罚权试点工作和全市城管执法工作能够沿着正确的轨道继续健康发展，不断地前进。于是，他说："孙局长，你作为城南区执法局的局长，说出这样的话，是不是太离谱了？请你不要忘记，进行相对集中行政处罚权的试点工作，是国家对整个三岛市的批准，不是只对个别区（市）的批准；而市城管执法局是市政府的职能部门，它具有代表市政府对全市这方面的工作行使统一指挥的权力。因此，各区城管执法局必须要接受市局和区政府的双重领导，虽然区委区政府直接管理你们的干部和财务，但是你们也必须服从市局在执法业务方面的统一指挥、监督检查和业务考核，这是由国家和省市政府决定的原则，不会因为哪个人有意见，就可以随意改变。希望你就此打住，以后不要再信口开河。至于市局个别干部存在官僚主义作风问题，市局党委也会加强批评教育，同时欢迎基层的同志们，随时监督举报。"

李家杰板起了脸，把话说得挺严肃，因为他的心里很明白，全市城管执法系统在体制结构、运行机制、适用法律、人员身份、编制数量、装备配置、统一服装、待遇补贴等方面，确实存在着很多的问题。而且这些问题，随着时间的推移和执法工作的不断深入，已经暴露得越发明显，更加亟待解决。尤其在管理体制方面，各区执法局在开展工作时，既要按照当地政府的要求和部署去做，还得顾及市局的工作安排，往往就会顾此失彼、两头都不落好。在这次全市市容环境"三项整治"工作中，负责岛城政治、经济、文化、旅游中心区域城管执法工作的城南区执法局，区委区政府给他们压的担子很重，使他们不能调动更多的执法人员全力执行市局布置的执法任务，致使市局各部门、各大队的负责人很有意见。他们纷纷找到李家杰告状，指责城南区执法局耍大牌，不把市局放在眼里，对市局布置的工作、提出的要求，能推就推、能拖就拖，执行得很不得力。特别对违法户外广告的整治工作，迟迟没有明显进展，作为"首善之区"，没有起到好的带头作用，辜负了市局对他们的期望。对中层干部们反映的这些意见，李家杰做了不少说服教育工作，要求他们设身处地地多为基层考虑，体谅理解基层干部的难处。可是后来他也发现，城南区执法局对违法户外广告整治工作的进度，的确很滞后，迟迟上不去，特别是兴隆路北头立交桥下那十几座巨大的违法广告牌，到目前为止连一块也没有拆掉，已经成为全市"三项整治"工作中的反面典型。说得轻点，这是城南区执法局对全市的市容环境"三项整治"工作认识不到位、重视程度不够、采取措施不得力的态度问题；说得重些，那就是政令不通，缺乏大局观念，执行上级决定不力的原则问题。必须要在适当的机会，当面提醒和批评城南区执法局的主要负责人。于是，李家杰便不客气地接着说："孙局长，还有个问题希望能够引起你的高度重视。在全市"三项整治"工作中，如果你对市局的工作安排有意见，可以向我、也可以向更高的上级领导反映。可是，在你的意见还没有被上级采纳之前，市局部署的各项执法工作，你们城南局必须坚决执行。比如说，兴隆路北头立交桥下那十几座违法的立柱式广告牌，到现在还是岿然不动，堂而皇之地竖在那里，好像在这座立交桥的下面，就是违法设置户外广告牌的特区和天堂，严重阻碍了全市拆除违法户外广告工作的整体进度。你作为城南区城管执法局的一把手，应该为此承担领导责任。"

孙刚是个顺毛驴，听了李家杰几句不入耳的话，马上就要起性子，尥起了蹶子。只见他伸长了脖子，叫道："你说什么？要我承担领导责任？李局长，你们市局别的人看我不顺眼那没关系，现在连你也嫌弃我了，不如咱就来个干脆的，你就把我这个局长撤了拉倒。不过，我也有言在先，在撤我之前，我也得从你们市局里，拉出来一个垫背的。这个人太自私太霸道了，总想着自己捞好处，真出了问题，又躲得远远的，连句话也不敢替我们说，更不敢站出来承担责任，完全要我们替他背黑锅！"

李家杰听他话中有话，知道事出有因，便激将他说："撤不撤你，市局不能做出最后决定，所以你才敢大声地这么喊。但是，兴隆路立交桥下的那片违法广告牌是明摆着的，城南区城管执法局对此视而不见，拖着顶着就是不拆，这也是抹杀不掉的事实。除非你现在当面向我解释清楚了，这到底是怎么回事，否则这笔账就只能记在你头上，这口黑锅你也就背定了。当然，市局也会把你在全市重大执法行动中的表现，如实地向区委区政府反映，提出我们的看法和建议。"

看到孙刚还在犹豫不决，陈一鸣凑到近前，想好好劝他几句，不料自己还没张嘴，就被对方呼出来的一口臭气，熏得把头扭向了一边。他赶快猛吸几口新鲜空气，这才说："孙大局长，在我眼里，你从来就是个痛快人，有话就说，有屁就放，肚子里没有弯弯肠子。今天你倒是犯的哪门子浑，黏黏糊糊、吞吞吐吐，像个见了生人不敢说话的小娘们，我看着都不顺眼。你就不能敞亮点，把那个让你背黑锅的人，大大方方地说出来，这不就全了了吗？要不然，大伙儿可就认为你拿了别人的好处，在替人家扛事呢。"

孙刚把眼一瞪说："你这张臭嘴，少给我满嘴喷粪。今天把李局长惹得不高兴，我就够窝囊的了，你还要火上浇油，我看你真不是一只好鸟！"

陈一鸣闪到夏茵的身边，说："夏处，这个人经常不讲理，现在又起了性子，我是制服不了他了，你赶快帮着说两句吧。"

夏茵对他一笑，又看了眼孙刚，就对李家杰说："李局长，不要再为难孙局了，他不肯说出是谁让他背的黑锅，一定是有他的难处。不如你们自己成立个调查组，把这些违法广告牌的来龙去脉了解清楚，不就一切真相大白了吗？"

孙刚慌忙摆手道："使不得使不得，就算几位领导对我有意见，那也不能使这种法子，这会让我非常被动，里外不是人。既然事已至此，那我只好实话实说。我说的这位市局领导，自恃资深位重，长期以来把持着全市的户外广告审批权，可以说他在这方面是一手遮天，专横跋扈，以权压人，从来就没把我们各个区局放在眼里；甚至连个招呼都不打，就直接越级批准设置一些广告牌；有时候还给辖区的执法中队下达命令，任何人都不得过问，真给我们出过不少难题，也给我们的户外广告审批和执法工作，带来了大量的后遗症。兴隆路立交桥下这十六座立柱式违法广告牌，就是个很典型的例子，违法设置广告牌的产权单位，从来没到我们局里办过什么手续。可是几年来在这位市局领导的庇护下，虽然经历过多次执法行动，还是没有伤到他们半根毫毛，到现在也纹丝不动地竖在那里。”

“孙局长，你左一句市局领导，右一句市局领导，怎么就是不把他的名字说出来，他到底是谁？”陈一鸣紧接上他的话，一针见血地逼问道。

孙刚斜愣他一眼，不得不气哼哼地说：“还有谁，钱……钱山副局长！”

李家杰认真地追问他：“真是钱局长？”

“那还有假。”孙刚点着头，很肯定地说：“市局领导知法违法，出了问题还要我们区局扛着，谁要是有点反对意见，他就施加高压手段，早晚有我们的好果子吃。现在，全市整治违法广告牌进展缓慢，我们城南局成了拖后腿的，立交桥下那些广告牌也成为反面典型，可是谁去追究上面的责任？难道是你吗，李局长？真是岂有此理！”

他越说越来气，不觉间嗓门也大了起来，引得不少路人驻足观望。夏茵和陈一鸣为他俩紧张地捏了把汗，就怕李家杰把控不住，情绪也激动起来，和孙刚当街争吵。好在李家杰并没有动怒的意思，他的神情理性而专注，像是在耐心地倾听一位上访人员的激动陈述。夏茵和陈一鸣这才松了口气，悄悄劝走了围观过来的市民。

“说完了？很好啊，对市局有什么意见，就应该把话摊开来说，知无不言、言无不尽嘛。"见对方不再吱声，李家杰接着说："既然是这样，我就向你郑重地表个态，如果兴隆路立交桥下那十六座广告牌，确实属于违法设置，市政府"三项整治"指挥部的意见就很明确，所有违法设置的户外广告牌，不论是谁批准同意的、是谁投资建设的，全部一视同仁，坚决予以拆除！明天上午，市指挥部将召开专题会议，研究全市违法广告牌的整治工作进度。我们就拿兴隆路立交桥这批违法广告牌做样子，坚决啃下这块硬骨头，为全市对违法广告牌的整治工作，强行打开一个突破口！孙局长，城南区执法局对门头牌匾和乱贴乱画的小广告，整治力度很大，工作卓有成效，我们都有目共睹。希望你们不骄不躁、再接再厉，在拆除违法广告牌的执法工作中，取得更大的成绩。"

陈一鸣发现孙刚不知在想什么，好像没太注意李家杰说的话，心里一急，就在他的脚面上狠踩一脚，"不知好歹，还不赶快表个态！"

"哎哟！"孙刚疼得大叫一声，单腿原地蹦了几圈，又脱下鞋来，用手抚摸着脚趾头，骂道："你这个陈胖子，下脚也太狠了，本来我想说的话，全被你这脚踩忘了。"

陈一鸣顾不上和他啰嗦，抬起手腕看看表说："李局呀，没时间和他磨嘴皮子了，改日你再给他来个单独教练，好好地调教调教他。"说着，他向后退了几步，把胳膊一伸，屁股一撅，做出很正规的邀请动作，"城南区兴隆路商业特色街开街仪式马上就要开始了，请贵宾李局长、夏处长现在上车，前往主席台就座。"

第十一章

钱山低着头，钻进等候在马路旁的奔驰车里，屁股还没坐稳，就打起官腔问："方小虎呢，他怎么没来？我给汇泉湾大饭店办事，总经理不到场，这件事还怎么办？"

坐在副驾驶座上的夏子强解释说："钱局，计划不如变化快。方小虎都做好了去现场的准备，没想到英国皇家酒店集团突然打来了越洋电话，说副总裁威尔逊博士后天就要到达我市，与他洽谈汇泉湾大饭店的改造项目。这个合作项目是方小虎提出来的，所以他对这次洽谈格外重视，放下了手头上的所有工作，要全力以赴为这个极为重要的商务谈判作准备。况且，方小虎到汇泉湾大饭店工作也就是半年多，立交桥广告牌的问题他根本就不了解情况，所以就指派了大饭店副总兼广告公司总经理魏扬全权处理立交桥下的这些广告牌。方小虎还委托我全程陪同，请我给您捎话，他对这次失约很抱歉，改日他将当面向您赔礼，请您吃饭。"

"吃饭算个屁！我在什么地方不能吃顿饭？他还真把自己当个人物，

把老钱当成了要饭的！就算他爹是个副市长，他也不能在老子面前摆谱！算了，别说他这个毛孩子，今天就是他老爷子出面，老钱也不伺候！赶快停车，我要下去！"也不知道钱山哪来的这么大火气，他用力拍着车座位，命令开车的魏扬把车停下来。

谁知魏扬的脾气也不小，一脚踏在刹车上，奔驰车"吱"的一声停住了，车门却还上着锁，并没有打开让钱山下去。只听魏扬缓缓说道："钱局，脾气大了不是个好事，今天方总去不去你都得去。咱把丑话说在前面，李家杰这次是动了真格的，如果钱局就会打官腔，骂咧咧地不干正事，不把该你唱的戏唱好，你可就真得好好掂量掂量了！咱当着夏主任的面，有些话不便说得太透。可是当初设置这些广告牌，你可是拍了好几次胸脯，把这件事大包大揽在自己身上。尽管召开了几次联审会都没有通过，你还是以'增强区域经济商业氛围，配合岛城重大宣传活动'为理由，强行为我们投资几千万在立交桥下设置这批广告牌开了绿灯。可是，由于当时审批手续不完备，几个联审单位都没有签署意见和盖章，这批广告牌就成了违法设置，现在随时都面临着被强拆的命运。在这个关键时候，你把头往后一缩，藏在家里不露面，今天好不容易出来了，又要蹬蹄子尥蹶子，还没解决问题就想溜。你也不到外面打听打听，当今社会，有谁占了别人的便宜，就敢不出力不出血，洗手漂白一走了事？！"

钱山也气势不减地说："那个时候是什么形势？老子在岛城户外广告界说一不二！尽管当时审批手续不全，可是广告牌就竖在那里，好几年也没人敢动，你们挣的广告收入，没过亿也差不多了吧？我没说黄世雄还欠着我的人情，就很给你们面子了！再说，时过境迁，此一时、彼一时。这都过去好几年的事，早就和我完全没有关系了，可是你们很不仗义，很不够朋友，又把这个陈年的老账再翻腾出来，死皮赖脸地抓住我不放。你们用这种下三烂的流氓做法，明目张胆地敲诈要挟政府官员，就不怕我报警，到法院去告你们？！"

魏扬说话的声调不高，可是听起来挺瘆人，让人头皮都发麻，"告我们？钱局，你吓唬谁？自古以来，猫有猫道，狗有狗道。你有你的说法，我们有我们的规矩。只要你上了这条船，就别想轻易甩手走人，除非你愿意当只半死的臭虫，到时候能不能落个全尸，那可就全看你的造化了。钱局，和我们处事，要有始有终，你最好还是悠着点。"

钱山很心虚，可还在硬撑，"你是哪片林子里的怪鸟，敢这么对我说话？翻脸就翻脸，谁怕谁？！"

夏子强明白，钱山外强中干、装腔作势，肯定有短处被人家抓在了手里。可是两个人现在就翻脸，还怎么一起到立交桥去，逼迫李家杰让步，保住这些广告牌？他赶快对二人劝说道："钱局、魏总，有话好好说，别伤了和气。这次我受方小虎委托，把钱局请了出来，又请上海路办事处的陈主任帮忙，在兴隆路特色街开街仪式结束以后，也把李家杰请到立交桥广告牌现场，让大家在现场自然而然地见见面，心平气和地谈一谈。机会非常难得，所以希望二位能够同舟共济，按时赴约，把问题解决了，对大家都好。"

尽管钱山余气未消，可是想了想，还是把话接上说："夏主任说的话在理，我愿意听。可是有个问题你还不明白，其实方小虎给不给我面子不重要，重要的是如果他不在现场，就算我们见到李家杰，他也不会答应我们的要求。只要方小虎本人在这里，他的身后就有方明市长的影子，而方市长是李家杰的靠山。李家杰不看僧面看佛面，只要方小虎开口，向他提出明确的请求，那就比咱们这些人磨破了嘴皮子都管用，不信咱们就走着瞧。今天这件事，我看十有八九得拉倒！"说完，他朝后一仰，再也不吱声了。

奔驰车又重新启动起来，再过去两个路口，经过兴隆路小学的正门，往前不远就到立交桥了。

这时，前方忽然出现了大批的学生和市民，他们手执各种简易工具，三人一伙、五人一群，涌进了兴隆路两旁的大街小巷，洗刷着墙体上和候车亭、垃圾箱、电线杆、树木上乱贴乱画的小广告。

夏子强打通了陈一鸣的电话，问他开街仪式是否已经结束，他们在什么位置，需要多长的时间能赶到立交桥下。陈一鸣告诉他，开街仪式刚刚结束，他们很快就能过去，要夏子强几个人尽快地赶到。

"尽快地赶到？这满大街到处都是人，车辆全都堵住了动弹不了，除非插上翅膀飞过去！这都什么年代了，李家杰还玩这些过时的小把戏，把这些学生和市民全都忽悠出来刷墙皮。"他扣上了电话，愤然道。

钱山半睁半闭着两眼，仰靠在座椅上说："他使出吃奶的劲儿，也就这几个招数，用不了多长时间，我们就有笑话可看了。"

几个调皮的学生围住停在马路上的奔驰车，互相追逐打闹着。性情暴戾的魏扬猛按了几下汽车喇叭，试图驱赶他们。谁知道学生们不但不理会他的警告，还对车里的人挤鼻子弄眼出怪样。魏扬气得骂了几句，抄起几只装满矿泉水的玻璃瓶子，钻出车门狠狠地扔了过去，正好砸中了一个学生的脊背，只听他大叫一声扑倒在地上，滚了几下又爬起来，跌跌撞撞地钻进人群里去了。

前面长长的车队终于又动了起来，开始慢慢地向前行驶。

魏扬面无表情地回到车里，像是什么事情也没有发生。他系好安全带，刚把汽车发动起来，就突然发现在前方不远处，大批学生簇拥着一位老教师和那个被砸倒的同学，群情激愤地向这边赶来。魏扬见势不妙，连忙急踩油门，车子向前猛窜了出去。幸亏道路这时已经畅通，所有的车辆都加快了速度，奔驰车便在师生们的怒骂声中，穿过他们不断扔来的抹布、扫把和泼来的污水，狼狈地逃离了现场。

"这个老不死的东西，真他妈活腻了。"魏扬打开雨刷，刮去挡风玻璃上的污垢，狠狠地骂道。

"他是兴隆路小学的老校长，把这些学生看得比自己的命都重要。这次要是真的让他把车拦住了，咱要办的正事，那可就得泡汤了。魏总，遇事不能由着性子来，因小失大可就后悔莫及了。"

魏扬对夏子强说的话，好像没听见，只管开自己的车。

钱山也在想，立交桥下面这些广告牌和自己有着重大利害关系。尽管这次见面很难解决问题，可是机会也不能白白地放过，不能说死马要当活马医，那也得竭尽全力争取，尽一切可能避免由此引发的严重后果。夏子强这次受方小虎的委托，成为双方会面的主要牵线人，他的倾向性已经很明显，在这场即将展开的交锋中，他会站在李家杰的对立面，维护自己一方的利益。因此让他更深入地了解一些情况，以便做好互相配合，还是很有必要的。想到这，钱山便装着可怜兮兮地对他说："夏主任，为了立交桥下这些广告牌，我是出力不讨好，实实在在当了一回冤大头，这肚子里的苦水，还真的不知道往哪里倒呀。当初，市里有位领导三番五次地指示我们，要动员有经济实力的大企业，在兴隆路的立交桥下，投资设置一批大型的广告牌；并允许他们在做好公益宣传的同时，还可以发布一些商业广告，让企业收到一定的经济效益，作为对他们投资进行的补偿。可是这件事情说起来容易做起来难，难就难在出于各种原因、各自目的，参加联合审批的几个单位，无论怎么做工作就是不通，开过多次会议研究，意见还是统一不起来，真是好虎缠不过一群狼呀！但是，为了顾全大局，坚决落实市领导的指示，我力排众议，果断做出先上再批的决定。可是没想到，都过去了好几年，这批特事特办的户外广告牌，还是没有通过联审会议，终于赶上了这次全市的"三项整治"执法行动。现在，这些广告牌子就像抱在我怀里的刺猬，抱又抱不住，扔又扔不掉，唉……"他叹了口气，接着又说："不幸中的万幸，夏主任牵头组织了这次调解工作，这对我来说也是一个很大的安慰。因为我对你非常了解，在局里就很主持公道，而且头脑灵活，水平很高，处理问题也能实事求是，绝不会脱离历史，脱离当时的实际情况。所以我仍然坚信，即便方小虎没来，我们也能团结一致，共同做好李家杰的工作，让他放弃针对这些广告牌的执法行动。魏总，我说得没错吧？"

钱山忽然变得如此谦卑，和几分钟之前那种居高临下的傲慢态度相比，简直是判若两人，还真让夏子强和魏扬感到有些不太适应。好在他们见多识广，懂得人们被抓住软肋时，都会情不自禁服软的道理。魏扬只是在心里骂，这只就剩下嘴硬的煮熟鸭子，现在也回过味来了，明白了只有把问题真正解决，他本人才是最安全的。魏扬还在想，实际上自己和钱山的利益高度一致，在这个关键时候，不要轻易把关系搞僵了，何况钱山还是执法局的副局长，今后还有很大的利用价值。于是，魏扬就附和着他说：

"钱局长说话很在理，夏主任确实很费心，事成之后我们一定会重谢。但是钱局长，你只知道方小虎是方市长的儿子，其实并不真正了解他。他这个人眼里从来不掺沙子，如果他这次参与进来，知道这些广告牌没有通过审批，都是违法设置的，他肯定会大动肝火，强逼着我们把这些广告牌赶紧拆了。可是这么一来，我就把董事长得罪了。他给我扣上个给集团公司造成重大损失的罪名，撤掉我的常务副总是小事，更要命的还在后面，不知道他会用什么家法来伺候我。所以，这次和李家杰见面，必须得把问题解决了。如果李家杰王八吃秤砣铁了心，就是不给咱这个面子，那就什么事情都可能发生，你们也得有点思想准备。"

说话间，魏扬把车开到了立交桥下，果然看见李家杰等人正站在不远处，对着那些巨大的立柱式广告牌指指点点地说些什么。几个人便打起了精神，下车朝他们走过去。

夏茵眼尖，抬手一指说："李局快看，我哥和钱局都来了。"她向前跑出几步，大声地问道："哥，你也来了。钱局长，您最近身体好吗，您怎么也会来到现场？现在看见这些违法广告牌，心里头是种什么感想？当初咱们开了几次联审会，大家都不同意在这里设置广告牌，可是我们的意见你就是听不进去。在无法通过行政审批的情况下，你竟然私自同意他们设置了这些违法广告牌，现在终于成为全市'三项整治'的反面典型，面临着随时要被拆除的命运。钱局长，我真为你当时的这个鲁莽决定感到难过。"

夏子强见钱山听了妹妹的话，脸色很难看，显得很窘迫，便赶快责备她道："夏茵，你真不长眼色，这都什么时候了，你还在这里乱喳喳，快站到一边去。"

夏茵对他的指责很不服气，说："哥，这不是在家里，你说什么话我都会听。现在我是在工作，工作就要讲原则。在原则问题上，我是不会让步的。"

正在观察周围情况的魏扬，看见李家杰几个人也朝这里走来，赶快对夏子强说："夏主任，你妹妹太任性，钱局长召开的几次联审会议，都被她带头搅黄了。我们这次和李家杰对话，你可得管住了她，要她站在咱们这边，多帮着咱们说好话，可不能再像过去那样，拉开架式和咱们对着干，帮助李家杰朝我们开炮，最后闹得咱兄弟们也撕破了脸。"

夏子强听了这些话，脸上没有表情，也没有表明态度，他心里到底怎么想，谁也捉摸不透。

"哎呀，李局长能亲临现场，我这心里可就有底了。相信今天要办的事，一定会非常顺利。"钱山特别热情，努力地笑着，让人觉得很不舒服。

李家杰主动和他握过手，开玩笑说："解决城管执法的很多问题，都应该得到钱局长的支持，否则很难成事。陈主任今天把我们请到这里来，虽然感到有点突然，却也是各个方面坦诚交流的好机会。相信我们大家只要抱有诚意，服从市里的统一安排，就一定会取得好效果。"

　　陈一鸣赔着笑脸，赶快接上话说："对对对，这是个过去多年的老问题，拜托各位就不要再拖了。今天大家好不容易见了面，就应该像李局长说的那样，要很好地珍惜这个机会，共同商量出个万全之策，快刀斩乱麻地把它彻底解决好就行了。"

　　"解决这个遗留问题并不复杂，因为广告牌是违法设置，违法的性质早就决定了它的命运，要么是自己拆除，要么是执法局强拆。"孙刚单刀直入，直奔主题。

　　"孙局长说得对，违法设置的广告牌必须依法拆除，只不过拆除的形式有所不同。"夏茵马上表示支持说。

　　"你懂什么？少在这里掺和事，赶快闭上你的嘴！"夏子强又急又气，狠狠地斥责了妹妹。

　　"夏处长代表市土地规划局，她谈的意见很重要。"李家杰站在夏茵身边，坚定地维护她。

　　夏子强头脑灵活，迅速撇开妹妹和李家杰，把矛头转向了孙刚："孙局长，问题既然出在城南区，那你最好少在这里唱高调。我问你，作为一局之长，你明明知道这些广告牌是违法设置，为什么在你的眼皮子底下好几年，你却熟视无睹，好像和你们没有任何关系？请你不要看钱局长，我是在问你！你认为市局和区政府是追究你失职、渎职、不作为，还是要查你索贿、受贿、办人情案，还是对这两个方面都审查？"

　　违法当事人就在眼前，夏子强竟然毫不顾忌，当着他们的面挖苦羞辱自己，这让孙刚非常愤怒。正要和他理论，魏扬抢先辩解说："这十六座广告牌，当初不是我们要设的，是钱局长动员我们上的；而且他还给我们打了保票，说这是市里领导决定的重要事项，将来一定会为我们补办审批手续。可是，我们等了好几年，这个审批手续也没有办下来。现在执法局又要我们拆了这些广告牌，这就给我们企业带来了巨大的损失，我要当面问问你们两位领导，这笔赔偿金谁来付？共产党和政府说话，还算不算数？你们这样反过来复过去的，说了不算、算了不说，还怎么取信于民？我们就是不服！”

钱山赶快顺着他，说：“魏总说的没错，当时就是有位市领导，指示我们动员有能力的企业，出资上的这批广告牌。我想问问各位，这种事现在怎么追究，追究谁的责任？以前的这些陈芝麻、烂谷子，再去追究还有什么意义？由于受当时的条件限制，政府做事有时候也有缺点，有时候也有错误。今天大家凑在一起，就是要想办法弥补这些缺憾，解决这些历史遗留问题。”

“对对对，各位领导，过去的遗留问题已经存在，再去来回指责、互相争吵，已经没有任何意义。不如像钱局长说的，大家心平气和地想想办法，找出一个都能接受的方案，把问题解决了为好。”陈一鸣再次当起了和事佬。

“说的好！陈主任讲话很得体，我非常赞成。今天，我和家杰局长亲自在这里现场办公，目的就是和大家一道，共同解决这个很棘手的问题。”钱山看准机会，抢占了话语权，还站在很高的角度上，居高临下地说：“现在，中央反复强调要建立和谐社会，这项重大的政治任务在岛城的所有工作中，都具有压倒性的分量。特别是我们党员领导干部，要自觉地维护全社会团结稳定的大局，并且要在各项实际工作中，自觉地加以落实。因此，我的意见是，既然这些问题是历史遗留下来的，我们一时又难以形成统一的意见，提出一个大家都能接受的好方案；那么，在这种时机很不成熟的情况下，强行解决这件事极有可能会激化矛盾，直接造成了社会的不稳定。不如先暂时搁置一段时间，等到整治‘三乱’工作结束后，我们再回过头来，专门解决这个最棘手的问题。这个办法不论从哪个角度上看，都是最实际、最稳妥的，一定会得到家杰局长和大家的理解，下面就请他作总结性的发言。家杰局长，你是全市‘三项整治’工作的常务副总指挥，你说出来的话，是最有分量的。"

所有的目光都集中在李家杰的身上。他知道，该是自己亮明观点、表明态度的时候了，便坚定地说："钱局长要我作总结性的发言，我就恭敬不如从命了。我的态度历来很明确，凡是违法设置的户外广告牌，必须要在规定的时间内，由产权单位自行拆除，或者由城管执法部门强制拆除。"

"什么？你说了半天，还是要砸我们的饭碗？！"魏扬咬牙切齿，厉声尖叫道："你在砸我们的饭碗之前，那也得先问问，吃这碗饭的这些人，他们同意不同意！"说着，他举起手臂用力一挥，周围忽然冒出来十几个人，他们身着统一服装，行动十分敏捷，迅速向这里会集过来。

面对这个突如其来的情况，陈一鸣显得有点惊慌，脸色也变得煞白，"老魏，你这是干什么？李局长可是我请来的客人，你招来了这么多社会上的人，真要是出点事，可别怪我翻脸不认人！"随后，他又赶快小心翼翼地对李家杰说："李局长，好汉不吃眼前亏，这帮亡命徒人多势众，咱们不能和他们来硬的。不如先按照钱局长的意见，宣布暂时不动这些广告牌，稳住了他们的情绪。等我们的准备一切就绪了，再集中力量解决这个问题。"

魏扬早就失去了耐性，对围上来的那群人声嘶力竭地吼道："弟兄们，这些广告牌是咱养家糊口的本钱，把它们拆了，就是砸了咱的饭碗。李家杰是城管头儿，这件事就是他说了算，咱得要他白纸黑字写下字据，保证不拆这些广告牌。他要是不写，咱就对他不客气！"

这群社会人员在魏扬的极力煽动下，个个面相狰狞，朝着李家杰围逼了过去。尽管孙刚和陈一鸣极力阻拦，却明显势单力薄，李家杰随时都有可能受到人身攻击。夏茵便赶紧向夏子强求援，"哥，你们局领导受到暴徒的围攻，你是局办主任，难道真的袖手旁观、坐视不管吗？！"

"住嘴！"夏子强恼怒地呵斥妹妹："群众向领导反映情况，是完全正常的，就算情绪有些激动，那也不能叫围攻！再说，两个副局长都在这里，他们的意见又不一致，你让我怎么办？我只能照顾一个，另一个顾不过来！钱局，咱们走，上车去。"

夏茵见哥哥拉着钱山离开了这里，喊了几声他也没有回头。再看看这边的李家杰，已经被那些凶狠的暴徒团团围住，其中有人已经开始对他动手动脚，进行人身攻击。如果再不及时制止，他很有可能会受到更严重的伤害，后果不堪设想！就在这个危急关头，夏茵不顾一切地挺身而出，她奋力拨开暴徒冲了进去，站在人群中间，在李家杰的前面伸开双臂，用自己单薄的身躯遮护住他，大声地喊道："我是方小虎的未婚妻，看你们谁敢碰我？！"

奇迹顿时出现了！夏茵这个让人意想不到的举动，居然把魏扬和十多个凶悍的男人镇住了。他们就像听到了什么咒语，立即停止了所有行动，站在原地眼睁睁地看着李家杰等人迅速登上面包车，离开了现场。

在回去的路上，做出了惊世骇俗般举动的夏茵，把自己的脸埋在双手之间，好长时间才抬起了头，自语道："也许，这就是宿命。"说完，她看看沉默不语的李家杰，故意又问："我对暴徒的喊话，你听到了没有？"

"听到了，而且听得很清楚。在关键时刻，一位弱女子挺身而出，从暴徒的围困殴打中，救出来一个大男人。这个故事非常有趣，很快就会成为大家争相传颂的佳话，我更是有两个没想到。"

"哪两个没想到？说出来听听。"夏茵很介意他的想法，赶快追问道。

李家杰接着说："一个没想到是，我从来没见过、也没听说过，有哪位年轻的女性，只用自己未婚夫的名字，就把一群行凶的暴徒吓退，她那声自豪的呐喊，会让方小虎感动一辈子！第二个没想到，就是只听说过英雄救美人的故事，可是今天却亲身经历了美人救笨男的壮举。今天碰上这两件奇事，应该说是福分不浅，大开眼界。"

孙刚击掌叫绝："好，李局归纳得太好了！我补充一句，其实不是一个笨男，而是三个笨男！"

说罢，他放声笑起来，而且笑得很投入，前仰后合的。就连坐在前面不敢吭声的陈一鸣，也受到了感染，把白胖胖的圆脸转过来，看着他傻傻地笑着。只有李家杰和夏茵，还在想着各自的心事，没有笑出来。

魏扬本想借助钱山和夏子强的力量，利用这次在兴隆路立交桥下和李家杰见面的机会，软硬兼施地迫使他让步，避免桥下的立柱式广告牌被城管执法部门强制拆除。谁知道事与愿违，这次勉强拼凑起来的双方见面，刚谈到实质性问题，场上的气氛就迅速升温，很快演变成了尖锐的对立。更让人匪夷所思的是，当他把事先隐蔽在那里的手下召集过来，准备强迫李家杰写下字据的时候，夏茵——这位他根本没有放在眼里的年轻姑娘，竟然不顾一切地挺身而出，公然打出她是方小虎未婚妻的旗号，用自己的身躯阻挡住众人的围攻，掩护着李家杰安全地撤出了现场。这完全打乱了他的精心布置，让他失去了逼迫李家杰就范的最佳时机，也让保住这批广告牌的希望变得更加渺茫！

从兴隆路立交桥回来后，魏扬左思右想不得要领，感到自己无法向两个上司交代。由于这批未经审批的广告牌已设置多年，大饭店的总经理方小虎并不知情，况且他三番五次地在会议上宣称，自己最忌讳的就是企业干违法的事，最讨厌的就是别人把事干砸了他去擦屁股，更何况这件事还牵扯到了他的未婚妻。至于夏茵在方小虎的面前会怎么说，对自己有多么不利，那就不得而知了。鉴于以上这些原因，加上魏扬还不想和这位新上司闹翻了脸，他只好硬起头皮，强打着精神，越过方小虎直接找到集团董事长黄世雄汇报情况。在遭到一顿预料之中的臭骂后，黄世雄并没念及魏扬跟他打拼多年的情分，警告他如果还不赶快想办法，解决好由他一手经办的广告牌问题，保住鑫海集团的这些摇钱树，那么魏扬面前就只有两条路：一条是自掏腰包，损失多少赔多少；一条是缺只胳膊少条腿，像只癞皮狗般活着。同时，他要魏扬传话给钱山，拿人钱财，替人消灾，这是自古以来的规矩。如果钱山在这件事上还不尽力，关键时候不站出来，那就把他敛钱的事儿抖搂出去，让共产党的纪委和检察院去收拾他。没过几天，魏扬就找到了钱山，先把这件事的责任统统推到他头上；接着又把黄世雄说的话，添油加醋地说给钱山听，给钱山造成了巨大的压力。他当时就感到胸口异常沉闷，眼前阵阵发黑，摇摇晃晃地就要瘫倒在地上。幸亏魏扬从他的衣服口袋里，及时找出来速效救心丸，给钱山喂了两粒，他这才慢慢地缓了过来。

打那以后，钱山的面容显得更加憔悴，精神上也有点恍惚，看上去苍老了许多。他和黄世雄相处的往事，也像是电影里的片段，不时地浮现在眼前。他记得，那是在三年前的一次酒宴上，钱山经过朋友介绍，认识了黄世雄。当时，他俩一见如故，交谈甚欢，你来我往地互相敬酒，直到深夜才尽兴而归。从此以后，钱黄二人开始频繁地接触，投桃报李，相互之间有求必应，尽量给对方以方便。尤其是在阳光花园一期建设和兴隆路立交桥下大型广告牌的设置上，黄世雄都得到了钱山不遗余力的支持。作为回报，他当然也没有亏待钱山，除了对他提出的事情有求必应，还多次示意属下，以各种名义和借口，付给钱山大量的现金和有价证券，累计多达数百万元。当然，钱山也是老奸巨猾，他像一只偷食的老鼠，在反复评估了自己的所作所为可能带来的风险之后，认定只要在黄世雄一个人身上下赌注，绝不再向别处伸手，出事的概率就会非常低。可是谁知道，人算不如天算。就在钱山对自己的冒险行为因时间的推移而内心的压力开始慢慢减轻、逐渐消逝的时候，全市"三项整治"执法行动开始了，立交桥下那批违法设置的立柱式广告牌，已经成为众矢之的，随时都面临着被依法拆除的厄运。面对这种危险的局面，钱山一直在想，如果自己不出重手帮着黄世雄逢凶化吉、灭火消灾，他随时都会露出可怕的尾巴，落入万劫不复的深渊。对于这个令人毛骨悚然的可怕后果，钱山绝不敢存有任何奢望和怀疑，这使他深切地感受到人心险恶、世态炎凉的真正含义。

那么，怎样才能阻止李家杰，不去拆除这些违法广告牌呢？苦思冥想的钱山，始终不得要领，情急之下，他只得豁上这张老脸，给平时骂自己最多的方明打去电话，试图请这位分管副市长出面，亲自给李家杰打个招呼，把立交桥下违法广告牌的问题压下来。谁知道，方明不仅全然不顾和钱山多年的"战斗友谊"，还打起官腔斥责他道："我在全市动员大会上讲得很明白，整治违法户外广告牌，归纳起来就是两句话，一句是下大气力制定出一部高水平的户外广告设置规划，一句是下大决心拆除所有的违法设置广告牌。现在，全市'三项整治'工作已经到了最关键的时刻，你作为城管执法局老资格的副局长，就连全市'三项整治'的动员大会都不参加，更不考虑如何落实好这个大会的精神；反而还为这批全市最大的违法广告牌，说人情当说客，真不知道你的党性原则都跑到哪里去了。像你这样不知羞耻的领导干部，我在全市也没发现第二个！"一顿臭批过后，钱山憋出了满脑门汗，赶紧搪塞几句，就把电话挂上了。坐在那里发了阵子呆，又吸了几支烟，他便鬼使神差地把电话打给了赵长河。结果这个倔老头说出来的话更呛人，处理问题更不留情面，把钱山气得又要犯心脏病。只听赵长河压低声调，冷冰冰地说："李家杰在兴隆路立交桥下遭遇不法分子的围殴，这些情况我都知道了。我想，在市局领导班子内，一位副局长为了保护违法设置的广告牌，居然和不法分子站在了一起，围攻逼迫另一位副局长，这种事情我闻所未闻，性质十分恶劣！对于这个严重问题，我准备采取如下措施：第一，召开局党委会，责成你做出深刻的检查，并且写出书面材料；第二，向市纪委和相关部门进行详细汇报，并且上报你的书面检查；第三，如果有必要，我们还会配合上级党组织，对你做出进一步调查。

听了赵长河这些话，钱山当场就懵了。他心想：做出口头和书面检查，自己还能抗得住；可是有关部门再来个深入调查，后果就不堪设想了，说不定就会把自己彻底葬送进去。

据他了解，其实方明、赵长河、李家杰等人，也都认识黄世雄，甚至有的人认识黄世雄的时间比他还早。而黄世雄不是一盏省油的灯，为了保护自己的利益，他绝不会放着这些现成的人脉资源不去用，私下里肯定也会找到他们做工作。可是，这几个人对严厉处置那些违法广告牌，并没有显得顾虑重重，缩手缩脚，反而很超脱、很自如。唯独自己这个老资格副局长，却因此陷入两座绝壁的夹缝之中，无论哪边坠落下来石头，都会让自己遭受灭顶之灾！一个人混到了这步田地，实在是可悲、可怕、可叹！

然而，自救的本能让钱山不得不挣扎着振作起来。在碰过了方明、赵长河这两颗硬钉子之后，他将自己的全部希望再次寄托在他最忌恨的对手——李家杰的身上！他期待着李家杰能发发善心、既往不咎，在自己最困难、最危险的时候，帮他躲过这场日益迫近的劫难！想到这里，他不敢再有半点犹豫，即刻动身去了市局的办公室。在小心敲过了房门，听到李家杰说了声"请"之后，他便装作什么事情也没发生的样子，走进那间熟悉的办公室。先是很机械地问了声"好"，接着，他又伸直双臂扑过去，抓住对方的双手，热情洋溢地说："家杰局长，自从你搬进了这个房间，咱俩就朝夕相处，虽说也就半年多，但是已建立起深厚的革命友谊。那天在立交桥下，你被歹徒们围住，我真想冲上去和你并肩战斗，却被夏主任连拉带拽地架走了。回到家里你不知道我有多后悔，简直吃不好、睡不香啊，一直恨自己没有保护好你，没有尽到当大哥的责任，让家杰局长独自面对那么危险的局面。今天为了表达我的歉意，就拖着病重的身体，专程赶到局里来，看看你这位好战友、好搭档、好兄弟、好朋友，是否受到了歹徒们的伤害？"

李家杰抽出双手，指着对方的座位说："钱局，你从家里赶来，路不算近，快请坐吧，我给你倒杯水。"

钱山立刻又表现得过于敏感，酸溜溜地感叹道："家杰局长，你太客气了。看来我老钱十几年的城管算是白干了，离开这间办公室才几天，家杰局长就把我当成了外人，当成了客人。这就难免让人产生很多感慨，还真有点物是人非的感觉。"

李家杰见钱山显得很疲惫、很憔悴，而且还有些心神不宁、局促不安，便好言安慰道："钱局，你刚说过咱们是好战友、好搭档，怎么转眼又变了？这些日子你这位老城管、老局长没来局里上班，这间办公室就像少了半壁江山，我心里也是空落落的。"

钱山摇着手说："哎，家杰局长太客气喽。无论是从年龄、学历，还是从工作能力来说，你都是一位佼佼者，前程远大、不可限量。不像我这个老朽，年龄大了，身体也有病，还经常犯点糊涂，办出些自己都不乐见的事。就说那天吧，咱俩事先没商量，不约而同地都去了立交桥，目的只有一个，就是为了解决那些广告牌的历史遗留问题。本来这是件好事，可是没想到我的老毛病又犯了，满脑子乱成一团糨糊，让这个原来好说好商量、说解决就能解决的简单问题，忽然变得复杂化了，还差点酿成一场针对你的暴力流血事件。今天我专门回来向家杰老弟赔礼道歉，希望你大人大量，不要把这件事情放在心上。同时，咱俩也对立交桥下的广告牌问题，商量出个万全之策，尽快地解决了，避免再次发生不愉快的事件。李局长，你看这样行吧？"

李家杰见钱山如此谦卑，还主动承认了自己的错误，就像完全变了个人似的。但是透过这些表面现象，钱山真正的目的还是来替黄世雄当说客，希望自己能手下留情，保住立交桥下那批广告牌。可是，即便他的意图果真如此，自己也不好多说什么，便仍然很客气地说："钱局，为了城管执法工作大局，家杰个人受点小委屈不算什么，我不会把这件事情放在心上。而且，本人在工作中，也会出现这样那样考虑不周的地方，还请你这位老城管、老大哥、老局长，多多地帮助指教。"

钱山眨了眨眼，没有听到自己想听到的话，只好先顺着对方说："家杰局长过奖了，你说我是老局长，钱山不敢当，但是比你多干了十几年的城管，这倒是事实。当初创业时，非常不容易，可以说历经艰难困苦，一路摸爬滚打，这才走到了今天，成为全国关注的相对集中行政处罚权试点城市。其中有条很重要的经验，就是无论在什么时候、无论做什么事情，大伙儿都能心往一处想、劲往一处使，有了问题共同解决，有了困难共同承担。真正做到齐心协力，同甘共苦。家杰局长，咱可得把这个光荣传统发扬光大呀。"

"是啊，兄弟同心，其利断金。要想把城管执法工作干好了，就必须树立起这种坚定的信念。"李家杰深有感触，也是毫不含糊地说。

"好！家杰局长是个明白人，咱们的观念完全一致。"钱山设法和李家杰取得共识，为后面要谈的实质性问题创造良好的气氛。接着他又顺水推舟，送给李家杰一个干巴人情，说："家杰局长，老哥说句掏心窝子的话，全市户外广告审批和执法工作，我已经干了很多年，还是很有感情的。这次按照相对集中行政处罚权的工作思路以及审批和执法适当分离的原则，咱局把户外广告行政审批工作，转交给了市土地规划局；赵局长又考虑到我的身体情况，调整了局领导的工作分工，由你主管全部行政执法工作，我是打心眼里高兴呀。"

李家杰连忙解释说："钱局，这个问题我得向你说清楚。赵局长找我谈话时，我向局里提出了三点建议，赵局长也完全同意。一是等你身体康复上班后，我会把暂时分管的户外广告执法工作，重新交还给你；二是你过去做出的工作决定和安排，我们原则上将继续执行，必须调整的也要经过赵局长的同意；三是借助这次全市'三项整治'的东风，我们会把全市的户外广告整治得更加规范、更加有序、更加到位，也算是对得起你这位老局长了。"

钱山叫道："好啊，家杰局长考虑问题就是周到。真是话不说不透，理不辩不明呀。家杰局长，你就放心大胆地干吧，老哥我完全信得过你！"说完，他撇了撇嘴，用手捋了把头发，话头一转又说："既然咱把话都说到了这个份上，我也没有必要再对你藏着掖着。家杰局长，我作为你的老大哥，觉着有件事情必须要及时提醒你，你和方小虎是最好的朋友，方市长对你又有知遇之恩。在这种情况下，知恩不报，已经是犯了大忌；再恩将仇报，按老百姓的说法，那可是不得好死呀。所以，对立交桥下面的那些广告牌，我劝你还是不要轻举妄动，更不能凭着一时心血来潮，就要把执法队伍拉上去强行拆除。如果你这么干，会让汇泉湾大饭店里里外外损失几千万；就会让方小虎颜面扫地、极其难堪，在黄世雄面前没法交代；当然这也等于狠狠打了方市长一个耳光。这种忘恩负义的做法，产生的后果很可怕，它会让你众叛亲离，最终被所有人所唾弃！家杰局长，你可要三思而行啊！"

对他这番苦口婆心的规劝，李家杰没有做出正面回答，而是拿出一个文件夹，交给坐在对面的钱山说："这些投诉举报，你还是先看看吧。立交桥下的违法广告牌，已经犯了众怒。现在，网上正有大量的跟帖，市民们也到市里上访，更有三百多家广告公司的法人联合起来向市政府投诉鑫海广告公司。他们扬言，如果市政府不给他们一个满意答复，他们将联络大批的业内人士，坚决抵制市里整治违法户外广告的执法行动，同时还要组织部分人员进省进京上访，状告三岛市政府徇私枉法、执法不公，并宣称不达到目的，誓不罢休！钱局长，我们城管执法部门如果失去了民心，失去了群众基础，受到市民们的公开质疑和坚决抵制，那今后我们还怎么开展'三项整治'执法行动，还怎么进行相对集中行政处罚权的试点工作？"

正说着，传来几声敲门声，林大岳侧身进入办公室，看见钱山诧异地问道："钱局，你怎么来了？你的身体不是很差吗？"在对方做出似是而非的回答后，他又对李家杰说："李局，人都到齐了，开会去吧。"

"开什么会，有户外广告议题吗？我也参加。"钱山很警觉，赶快插言道。

林大岳一听就很反感，不客气地说："钱局，既然你的身体还很差，就应该在家里好好休息。现在局领导的工作已经重新分工，这次会议由家杰局长主持，你最好就别去掺和了。"

钱山瞪大了眼就要发作，"你说的什么屁话？我参加局里的会议，怎么能说成是掺和？！"

李家杰对林大岳说："大岳，钱局对户外广告工作比较熟悉，今天正好也来了，如果钱局的身体还能坚持，我们也应该听听他的意见。钱局，咱们去会议室吧。"

会议室拉着窗帘，里面的光线很暗。李家杰请钱山先走了进去，然后和他并排坐在椭圆形会议桌的前面，说过几句简单的开场白后，接着宣布道："今天我们还请钱局长一同参加会议，他在全市户外广告管理方面很有经验，而且今天还是带病坚持工作，让我们以热烈的掌声表示欢迎。"

稀稀落落的掌声使钱山很快找到了感觉，不由自主地又开始摆不正位置，主动打起了官腔说："在座的各位，多数人跟我干过很多年，就不要那么客气了。今天的会议，我看筹备得还不错，多媒体也用上了。林大岳，谁介绍情况？那就开始吧。"

林大岳默然以对，像是什么也没听到，只是用征询的目光看看李家杰。在确认对方同意后，他才点击鼠标，开始用多媒体向与会人员，介绍全市整治违法户外广告工作的进展情况。当他谈到兴隆路立交桥下那十六座违法广告牌时，人们交头接耳的议论声更大了，林大岳提醒了几次，也没有起到多大作用。李家杰只好让他暂时停了下来，说："请靠窗的同志，把窗帘拉开，把窗户都打开，透透外面的新鲜空气。既然大家有话要说，我就不能堵住各位的嘴巴，让你们把那些好的建议、好的意见都烂在肚子里。干脆，大家就敞开心扉，畅所欲言，仁者见仁、智者见智，每个人都谈谈自己的想法。谁先发言？"

钱山为了充分体现出自己的存在，也高调鼓动道："对对对，家杰副局长给你们这个机会，要你们谈谈自己的看法，你们就不能麻绳拴豆腐，提不到桌面上。都说说吧。"

时间在一分一分地过去。沉默了良久，终于有人憋不住话了，感慨地说："牛啊，确实很牛！连续三次召开市联审会议都没有得到通过，在拿不到行政审批的情况下，鑫海广告公司居然就敢在那么显眼的兴隆路立交桥下面，连续设置上十六座立柱式违法广告牌。说白了，如果没有很硬的后台老板给他们撑腰，鬼才相信鑫海广告公司的人会有这么大的胆子！"

"不管谁是他们的后台老板，必须要扳倒！这批违法广告牌已经在'三项整治'中，起到了非常坏的作用，成为违法当事人广泛关注的风向标。不把它们强制拆掉，就正不压邪，就难以服众，就会激起更多违法广告牌产权人的愤怒，促使他们联合起来共同抵制'三项整治'执法行动，使我们以后的执法工作变得难上加难。"有人接上愤懑地说。

"对，违法就是违法，后台老板势力再大，也不敢把这样的事情公开地摆在桌面上，阻止我们的执法行动。除非上面的领导早就和他们有些龌龊交易，心甘情愿地当缩头乌龟。那我们这些基层干部，就只能徒有报国情怀了。"

说话间，李家杰发现钱山已经变得焦躁起来，开始坐不住了。他伸直了脖子，阴沉着脸，用眼睛不断瞪视着每位发言的人。李家杰便侧过身子，对他低声说："钱局，让他们说吧，畅所欲言嘛。这些憋在心里的话，早晚得说出来，堵是堵不住的。"

钱山心烦意乱地说："这还叫开会吗？你发两句牢骚，我说几句怪话，一片乱哄哄的，还能提出什么好建议、好意见？这和自由市场赶大集，讨价还价没有什么两样！李局，我看他们说得也差不多了，有民主更得有集中。"

"莫名其妙，我真是弄不明白，这么多超大型的违法广告牌，明目张胆地建在立交桥下，负责该辖区的执法中队不可能不知道呀，是看见了不敢管，还是管了管不了，还是有别的什么原因？总得有个说法，有个交代吧。"坐在前排的一位区局长，拉着长腔慢条斯理地分析道。

"老刘，你们局是不是闲着没事干，你替我们局操的哪门子心，你提的问题是不是多点了？都这么大年纪了，好奇心怎么还是这么强！"坐在对面的孙刚，向这位区局长发出了一连串的反问，然后继续教训他说："你这么生拉硬拽地胡联系，把我们局老的少的全都套进去，不就是想逼着我说出事情的真相吗？那好，今天孙刚就当着这么多人的面，拍着胸脯向你们打个保票，兴隆路立交桥下的违法广告牌，和辖区中队、和城南区城管执法局，没有任何的瓜葛。说句更到家的话，这件事我们就是想插手也插不进去，就是想管也管不了。老刘，这回你该满意了吧？我今天满足了你的好奇心，以后就不要再对我们局指手画脚了，再这样端起屎盆子往我们局的头上扣，别怪孙刚兄弟对你不客气。"

"孙局长，你不要睁着眼睛说瞎话！"林大岳"呼"地站起来，将桌子椅子碰得一阵乱响，"男子汉大丈夫敢做敢当！在你们城南区执法局的辖区内，出现了这么多大型违法广告牌，你却把责任推得一干二净，这能说得过去吗？难道这个责任还要市局替你们承担吗？你最好把话说清楚了。"

孙刚也站了起来，吼道："林大，你不要逼我，这口黑锅一直压得我喘不过气，我早就不愿意再背了，你真的把我惹急了，我现在就把真相抖搂出来。"

钱山听到此话，用力干咳两声，耷拉着眼皮说："只要是为了岛城市民的利益，为了三岛市改革开放的大局，就应该理直气壮地把该做的事情做好！现在，我可以明确地告诉大家，设置兴隆路立交桥广告牌，是我亲自批准同意的！"说到这里，他的眼皮子突然抬了起来，扫视了一圈参加会议的人员，略停一会儿才说："现在我也有几个问题，想要问问在座的各位。你们哪个区局能做到，在你们的辖区内绝对没有设置一处暂时没有拿到行政审批的广告牌？难道我这个负责全市户外广告工作十年的最高领导，就没有特事特办一件事的权利吗？当时我市的历史背景、特殊情况，你们都知道吗？现在，我可以告诉你们，当年的市委市政府，要借着协办APK国际会议，这个非常难得的机遇，大力宣传我市在经济、旅游等各方面的优势，大力提升岛城的美誉度和知名度，加大招商引资的力度，加快改革开放的步伐。我作为主管全市户外广告工作的负责人，面对市里下达的刚性宣传任务，在深挖现有资源仍然不足的情况下，特事特办在兴隆路立交桥下设置了这批广告牌，难道还要向你们在座的各位进行汇报吗？难道这就成为你们趁着市局的领导调整工作分工，迫不及待地对我发泄私愤的借口吗？难道这就成为你们在我养病期间，对我进行人身攻击的理由吗？嗯？！"

会议室里顿时安静下来，静得连人们的呼吸声都能听到。在近乎凝固的空气中，绝大多数与会人员，都因为自己的确不了解内情，也不愿意得罪强势霸道的钱山，再次保持起了缄默。

然而，就在这个看似冷场的短暂过程中，一种不可动摇的意志和决心，也在李家杰的头脑中迅速形成。他强烈地意识到摊牌的时刻到了。如果自己不能主动地把情况说明白，任由钱山继续在会议中反客为主，操纵引领本次会议误入歧途，偏离下一步的工作方向，就会搅乱全市'三项整治'的工作大局。为此，必须适时地对这种倾向，予以坚决地纠正和制止！于是，他朗声说道："在座的各位都是全市城管执法工作的领导干部，都知道城管执法工作处在行政活动链条的最末端。有还是没有行政主管部门的行政审批手续，是决定行政执法部门是否启动行政执法程序的唯一依据。兴隆路立交桥下的违法广告牌，其设置单位没有获得行政主管部门审批核发的有效证件，在法律上必然被认定为违法设置的性质。虽然它在特殊的时期，起到过特殊的作用，但是这种特殊的情况不能永久地存在下去。也就是说，它已经完成了自己的历史使命，必须及时地回归到依法治市的正常轨道。因此，我的意见是，兴隆路立交桥下的违法广告牌，必须依法坚决拆除！"

他的话音未落，震怒的钱山猛拍桌子站了起来，可是他的愤怒叫喊完全被突然爆发的热烈掌声淹没了。很显然，李家杰的发言代表了绝大多数与会人员的心声，赢得了他们的充分理解和坚决支持；而内心空虚、面色苍白的钱山，不知是慑于李家杰的正义，还是感到自己空前地孤立，只是茫然无助地四处看了看，就颓然坐了下去。

李家杰趁热打铁，宣布道："既然大家一致赞同这个决定，那么我们现在就接着讨论，拆除这些违法广告牌的具体时间，并明确由谁来组织实施。"

林大岳大咧咧地说："什么时间拆？当然是越快越好，下周一就开始，半个月之内解决问题。至于由谁负责组织拆除，那就更简单，实行辖区负责制，城南区执法局干这个活儿，名正言顺。"

孙刚瞅了他一眼，顾虑很重地对李家杰说："李局长，城南局干活没问题，这你最清楚。可是干这件事，我真的很为难……"说话的同时，他还瞟了钱山一眼，又说："作为局长，我不得不慎重考虑，接下这项任务会给我们局带来什么样的后果。直截了当地说吧，很有可能就是，猪八戒背媳妇——出力不讨好！花多少钱、出多少力、耗费多少时间，我们且不说，关键是由我们牵头，不仅会得罪市局的老领导，还等于承认了我们对这批违法广告牌，确实存在着严重的不作为问题，这将直接影响到我们的全年考核成绩，还要受到区委区政府的严厉追究。这么大的亏本买卖，我们实在做不起。因此我建议，解铃还须系铃人，既然设置这些广告牌是由市局领导特批的，那么要拆除这些广告牌，当然还是由市局牵头最合适。如果这个建议市局不同意，我就要先向区政府汇报，请市局和区里做好协调工作以后，再给我们下达任务吧。"

林大岳听了他的发言很反感，脱口说了句很难听的话："这件事明摆着是你们城南局该干的，你们却畏畏缩缩、上推下卸，不敢承担起来，这哪还像个老爷们，简直连个娘们都不如！"

孙刚立刻面露愠色，手指着对方道："林大岳，你的嘴里干净点，怎么还骂人？！"

仰面望着天花板、半天一声不发的夏子强，抬起胳膊搭在孙刚的肩膀上，劝道："孙局，冷静点，林大有个言差语错，你也没必要和他较劲，这会伤了兄弟们的感情。"说罢，他将身体直起来，貌似公正地谈了自己的看法，"你们两位婆说婆有理，公说公有理，可是都站在自己的角度上看问题，没有进行换位思考，没有设身处地地替对方多想想。既然大家都有难处，谁也不愿意牵头干这件事，这本身就说明了现在解决这个棘手的难题，时机还不成熟。所以，我看不如这样，采取先易后难、先轻后重的策略，待全市绝大多数违法广告牌全都拆完以后，我们再回过头来，研究解决立交桥下这些违法广告牌的问题。这个意见是否可行，请大伙儿讨论吧。"

他的这个折中方案很快引起了人们的兴趣，有人立刻表明了赞成的态度，认为这个建议操作起来比较稳妥、切实可行。

李家杰也迅速做出反应，阐明了自己的观点："按照夏主任的意见，我们应该暂时不动这批全市单体个头最大、聚集数量最多、社会影响最恶劣的违法广告牌。对他的这个建议，我不赞成。我们今天召开这个会议，就是要研究解决在全市'三项整治'工作中，对违法户外广告牌的整治力度太小、进度太慢、效率太差，已经远远地滞后于其他两项工作，甚至很有可能会导致'三项整治'工作在整体进度上都要无限期向后拖延的严重问题。造成这种被动局面的最直接原因，就是各级城管执法部门和违法设置广告牌产权人，普遍存在着等待和观望的心理，把我们敢不敢动兴隆路立交桥下的这批大型违法广告牌，看作一个最直接、最重要的风向标！面对这个无法回避的问题，我们已经别无选择，必须鼓足勇气，横刀立马，敢于踢开拦路虎，敢于闯过地雷阵，敢于克服一切艰难险阻，坚决打赢这场攻坚战。在兴隆路立交桥下，必须开辟出一片崭新的天地，从而极大鼓舞全市城管执法人员和人民群众在'三项整治'工作中的必胜信心，来保证圆满完成市政府交给我们的光荣任务！"

对于李家杰这个主导意见，夏子强不以为然，甚至还赤裸裸地挑唆说："有道是，退一步海阔天空。李家杰副局长顽固不化，硬要坚持这么做，实际上是项庄舞剑，把矛头对准钱山局长。目的就是要把他晒出来，在全市人民面前公开曝光，这就等于把他放在火炉上烤干、烤焦、烤死！现在我要当着大家的面，严词质问李家杰副局长：本是同根生，相煎何太急？！"

钱山接着就怒不可遏地骂道："我倒是要看看，哪个不知道天高地厚的王八蛋，竟敢把我往死里整？！"

会议室里出现了骚动，有人赶快收拾起了桌上的本子和笔，个别动作快的已经站起来往外走。夏子强几步窜过去，堵住门口叫道："谁也不能走，钱局长有话要说。"

钱山拍着桌子威胁道："我看你们谁敢走？老子干了十几年的副局长，你们很多人都是在我的举荐下提拔起来的，翅膀还没有长硬，就开始六亲不认了？我告诉你们，只要我这个副局长还在位，就由不得别人在我的头上拉屎撒尿。谁敢和我对着干，绝没有他的好果子吃！"

夏子强举起胳膊，大声地呼应："我建议，请钱局长主持，做出会议决定。"

"我不同意！"随着一声斩钉截铁的回答，赵长河出现在门外。夏子强赶紧闪到了一边，让表情异常严肃的赵长河进入了会议室。只见他走到李家杰身旁站定，环视着与会人员，一字一句地宣布道："李家杰副局长，是由市政府任命的全市'三项整治'指挥部副总指挥，他做出的决定完全有效，在座的各位必须坚决地执行。现在，就请李家杰副局长，作会议总结。"

李家杰目光如炬，语气坚定地说："感谢赵局长和同志们的信任。我在此立下军令状，在十天之内强制拆除兴隆路立交桥下的违法广告牌，不获全胜，绝不收兵。请领导和同志们，拭目以待！"

第十二章

最后几位酒足饭饱的客人陆续离开了胖姐酒楼，悬挂在大厅墙壁上的电视机里，正在播放的二人转也演到了高潮。

独自喝啤酒看表演的炉包，此时完全着了迷，他忘记了手中举着的酒瓶，大张着嘴，睁圆了小眼，死死盯住屏幕上女演员胸部那对一起一伏、一拱一耸的乳房。它们就像两只藏在单薄衣服里面，寂寞难耐、急欲挣脱出来的大白兔，把炉包的心抓挠得奇痒无比、欲火中烧，恨不能立刻把自己变成凶狠的饿狼，猛扑上去将它俩生吞活咽！

这时，伴奏音乐停了下来，只见女演员双手向上一抖，旋转着的方巾便被抛向了空中，她迅速转动身体，做出了一连串鹞子翻身。就在方巾即将落下来的一刹那，女演员又迅即来了一个卧鱼亮相，稳稳地将它们接在了手中。

"好！"炉包亢奋地大喊一声，手中的啤酒瓶也重重地砸在桌面上，惊得那几个正在收拾餐具、抿嘴偷笑的女服务员，发出了几声惊恐的尖叫，接着又传来了一些盘子和碗落地摔碎的声音。幸亏炉包早就入了戏，只顾紧盯着电视里的那个女演员。服务员们这才放下了那颗提到嗓子眼的心，手忙脚乱地清理起地上的碎瓷片。

这时，酒楼外面传来一个女人骂街的声音，几个服务员互相使了个眼色，踮起脚后跟轻轻地走到窗前向外张望。只见胖姐站在门外自家的台阶上，双眉倒立、怒目圆睁，左手叉腰，右手指点着路边的城管执法人员破口大骂。她足足骂了十几分钟，直到那几位执法人员离开这里，胖姐才蔑视地看了看围观的人群，抹去嘴边上的白沫，又擤了两把鼻涕，狠狠地在台阶上跺了几脚，这才趾高气扬地出现在酒楼的大厅里。

"哼，就这几个小城管，还敢跟老娘叫阵，也不掂量掂量自己有几斤几两！"

又骂了几句狠话，见还是没有引起丈夫的注意，他仍然睁着两只色迷迷的小眼，盯着电视机里的那个女人。胖姐顿时醋意大发，抬腿一溜小跑冲到他的面前，照准那颗油光闪亮的肉脑袋，狠狠地扇了一巴掌，疼得炉包"嗷"的一声蹦起来，摸着火烧火燎的头皮骂道："臭娘们，你想要老子的命？把我打傻了，你再去找野男人？！"

"呸！"胖姐气不打一处来，亮开嗓门骂道："你这头种猪！闻着臊味就急得难受，大白天的还想着干那种事！城管这都找上门来了，要咱自己拆了门前那几块广告牌，咱不拆他们就要派人来强拆。这几棵摇钱树真要是拔了去，那还不如从我的身上剜下几块肉。你这头种猪，整天就惦记着怎么发情，都这时候了，还不赶紧拿个主意！"

炉包摸着脑袋，嘶哈嘶哈地吸着凉气说："骚娘们，一天到晚就知道瞎咧咧，来了几个小城管就吓得乱了方寸，转着圈找不着北了。俗话说，天塌下来，有个子大的顶着，你怕个球？兴隆路立交桥的下面，不是还有些大型广告牌吗？它们不拆咱就不拆，它们拆了咱也不拆，你该干什么就干什么去，别在我眼前乱晃悠，叽叽喳喳地惹老子心烦。"

　　胖姐看得一清二楚，炉包说话的时候，两只小眼还在电视里那个女人身上打转，气得她差点儿没有当场背过气去，"你这个挨千刀的，魂都让那个小妖精勾去了。老娘今天就要你长长记性，看看你还敢不把老娘放在眼里！"说着，她伸长胳膊，一把揪住男人的大耳朵，铆足了劲用力一拧，疼得炉包鬼哭狼嚎，早就不是人声了。

　　"你给我好好听着，有好几百城管、公安，今天下午就开进了立交桥下面，准备强拆那些大广告牌子。眼看大火就要烧着腚了，你得赶紧打起精神，想办法保住咱这几块牌子。电视上的那个小妖精，她不能给你当饭吃，你听明白了没有？！"

　　"明白了明白了，你赶快放手，快放手，哎哟哟，疼死我啦……"

　　胖姐不仅没松手，还把牙一咬，又加上几成力道，"快说，你以后改不改，还敢不敢玩女人？"

　　炉包疼得"嗷"一声惨叫，龇牙咧嘴的眼泪都出来了，"改改改，一定改，赶快放手，耳朵扯掉了。"幸亏这时兜里的手机响了，他赶紧伸手摸了出来，举到胖姐的眼前说："来电话了来电话了，快松手。"

　　胖姐还是不解气，临松手之前，再使劲一拽，"你给我记住喽！"

　　炉包疼得原地蹦了几个高，从胖姐手中挣脱出来后，轻轻地捂住那只差点被老婆扯掉的耳朵，满脸痛苦地按下了手机的接听键。他哭哭咧咧地说："哎哟……我……我被马蜂蜇了，真他娘的疼，有什么话，你赶快说。"

　　"卢老板，大河不满小河干的道理你明白吧？现在，城管和公安的执法人员已经到了兴隆路立交桥下面，他们要强行拆除那些大型的广告牌。这些牌子要是被他们拆掉了，你们家门前的那几块小牌子，肯定也就保不住了。幸亏我们提前得到了消息，赶紧做好了应对准备。今天早上天还很黑，就有九个民工自告奋勇地爬到了广告牌的顶上。他们要豁上性命，保住自己的饭碗，人在广告牌在，誓与广告牌共存亡！"

"魏总，你稍等，我上楼去看看。"说着，炉包慌忙逃离了胖姐的纠缠，跌跌撞撞地上了楼，推开窗户向外仔细地观望，果然影影绰绰地看到，有人正在不远处那群高出立交桥的广告牌上面来回地走动。他就对魏扬说："魏总，我看见广告牌顶上的民工了，你说怎么办吧。"

"我告诉你，这些民工可能要在广告牌顶上坚持很长一段时间，要等着城管、公安全都撤走了以后才能下来。不管他们在上面多少天，我要你保证他们一天三顿饭，顿顿大鱼大肉，有吃有喝。钱不成问题，我给你双倍，现在就开始办吧。"

炉包两眼放光，精神大振，说："好，这个主意好，只要上面的民工挺住了，死也不下来，城管就拿他们没办法。保住了你们的大广告牌，也就保住了俺的小广告牌。再说，魏总出手这么大方，给我双倍的价钱，别说是一天送三顿，就是送六顿饭也没问题，我现在就下楼去张罗！"

两人一拍即合，很快就把事情商量妥当。炉包下了楼，从灶间里喊出来厨师，往皮卡车上装了两筐包子、四箱矿泉水，还有些炸鱼、香肠和鸡腿之类的熟食。临走他也没忘把脑袋伸出驾驶室，朝着监工般的胖姐扔上一句话，"等老子回来再收拾你！"胖姐更不是省油的灯，把眼一瞪就要冲过去，惊得炉包急忙猛踩油门，皮卡车"轰"的一声就窜了出去，三转两拐地来到了立交桥下。炉包找了条车少的小道刚停下，迎面就走过来几个城管和警察，要求他不得把车辆停在这里，必须立即离开执法现场。炉包这才注意到，长长的警戒隔离带已经将执法现场全部圈了起来，里面的城管、公安、消防、医护和施工人员，团团地围住那些立柱式的广告牌。他们有的用车载扩音器，对广告牌顶上的民工反复地进行说服教育；有的正在往广告牌底下不断堆积大量的空纸箱、塑料泡沫和充气垫子，加强对广告牌上面人员的安全防护；还有不少施工人员和城管执法人员，正在使用大型机械设备，加紧拆除那些上面没有民工的广告牌。

看到眼前的阵势，炉包还算知趣，他没敢多说半句废话，赶紧溜出了驾驶室，屁颠屁颠地走到执法人员面前，又是递烟又是送矿泉水，接着好声好气地把他送饭的原因作了一番解释。他对执法人员说："广告牌上面的这几个民工，早上两三点钟就爬上去了，到现在也没喝上一口水、吃上一口饭。再这么拖下去，他们的身体就会严重透支，说不定什么时候就会坚持不住，从广告牌上面掉下来摔死。所以，作为一名热心肠的好市民，我不能眼看着这些民工出人命，给咱的执法部门添麻烦，这才从自家的饭店里，准备下这些好吃好喝的，送来让他们填饱肚子，也好在广告牌的顶上多坚持些日子……呸呸呸！我说错了，说顺了嘴，不是在广告牌顶上多坚持些日子，是在广告牌顶上坚持住了，别从上面掉下来摔死。城管和公安兄弟，我说的还在理儿吧？"

执法人员互相看了看，感到他说的话也有一定的道理，正商量着对他是否放行。炉包还以为他们担心自己会不会在这些饭里下了毒，伸手从箩筐里抓起两只包子，硬是塞进了自己的嘴里，还没嚼上几口，就强行往下咽，噎得他翻了一阵子白眼，半天才顺过气来。执法人员见状，又对他交代几句，就将警戒线开了一个口子，放皮卡车进去了。

炉包把车停在一个适当位置，让两个厨师卸了车，再将这些食物和水分成九份，招呼每座广告牌顶上的民工把绳子放下来，捆绑好了以后，一份一份地吊上去。

正午的太阳很毒，炉包的光头很快就晒得出了油。他发现广告牌粗大的立柱背阴处，是个遮阳乘凉的好地方，就走过去一腚坐下，倚靠在立柱上打电话，"魏总，我可是把饭送到了，就坐在广告牌的下面给你打电话。现在，立交桥上上下下、里里外外，全都是城管和公安的人，他们三步一岗，五步一哨，阵势很惊人！炉包艺高人胆大，就凭着这张能说会道的嘴，连着闯过去好几道关卡，这才把事给你办成了。我不是冲你吹，今天要换了别人，恐怕连个边也靠不上；就算拱耸着混进来，也得被城管和公安这么多关卡吓得腿肚子转了筋！魏总，见人下菜碟儿的理你比我明白，城管公安都给了我这么大的面子，炉包的身价也得水涨船高，可不是那点钱就能打发的，你手头上是不是也该再松点。"

正聊着，天上忽然下起了雨，哗哗啦啦地直往炉包头上身上浇。他抬头一看，阳光还很刺眼，正觉着纳闷，又有些黏黏糊糊的东西落下来，抬手在头上脸上摸几把，臭烘烘、臊乎乎的味道熏得他张口就吐，差点连肠子也喷出来。他这才恍然大悟，原来有人正在广告牌顶上往下拉屎撒尿！炉包连滚带爬地躲到一边，拍着屁股蹦着高，对着广告牌上面破口大骂，直到骂得自己咳嗽不止，嗓子眼里直冒火，才不得不停下来，赶快拧开几瓶矿泉水，顺着脑袋往下浇。忙活一阵后，他又摸出手机，哭唧唧地对魏扬说："我日他姥姥！广告牌上面的王八蛋，也太没有良心了，吃饱了喝足了，还把撑出来的屎和尿拉在尿在老子的头上。早知道这么倒霉，你就是给我十倍价钱，老子也不干！"

"卢老板，这就是你的不对了，谁吃饱了喝足了，不拉屎撒尿？你自己没长眼色，跑到人家腚底下找难看，这怨不得别人。这么着，先给你送去一万块钱，以后每天都是这个数，就这样吧。"

通完了话，炉包把手机关上，伸出来两根手指头来回比画，"每天给一万，十天就是十万！"他心头一阵窃喜，不由得笑出了声，顾不上浑身屎尿恶臭，招呼厨师上车，一溜烟开出了执法现场。

岂不知，他的来去行踪、一举一动，完全都在附近一栋大楼里魏扬的密切监控之中。

此时，魏扬放下手中的望远镜，对仍在观察执法现场的黄世雄说："董事长，这个卢老板还算听话，也能办点事，就是太贪财了，只要是多给钱，我看叫他杀人他也能干。"

"嗯，那就先这么喂着，说不定以后还能派上用场。"黄世雄又观察了一会儿才把望远镜放下，不无悲观地说："老魏，现在看来，如果没有极其特殊的意外情况发生，这些广告牌被城管强制拆除的命运，已经是不可逆转了。从根上说，造成现在的这个局面，你负有不可推卸的责任！当初，钱山拿了咱不少好处，你却只得到了他几句口头上的承诺，这才种下了今天的祸根。现在，尽管大局已经基本确定，但是不到最后，我们绝不言败！我们要尽一切努力，使这些广告牌起死回生，即使不能如意，那也不能让李家杰轻易成功。你不是找来很多新闻记者要大规模地报道，城管执法人员把九位农民工逼到广告牌顶上去的悲惨事件吗？怎么到现在我也没有发现他们的人影？你这个最后的招数再泡了汤，还怎么有脸在我面前站着！"

魏扬的脸上现出惶恐不安的神色，他低声说："董事长，今天邀请的新闻记者，都是我亲自打电话，一个一个落实的。眼前这十六座大型立柱式广告牌，民工们要死保，城管执法人员要强拆，矛盾非常尖锐。这对各种新闻媒体记者都是不可多得的猛料，对于全市、全省乃至全国的观众，都是一场吸引眼球、很有轰动效果的大戏，相信谁也不会放过这个非常难得的机会。按照通知的时间，本市记者应该很快就要到了，《焦点访谈》栏目组也会在一个小时之内，从省城赶到这里。"

黄世雄阴沉的脸上露出了一丝难得的笑容，他说："很好，那就让城管兄弟们在中央电视台的《焦点访谈》里，好好地露露脸吧！老魏，只要记者一到，你马上要属下打电话，通知广告牌顶上的民工，把带上去的横幅打出来，那句"拆广告牌就是砸我们饭碗"的口号很有煽动性，能起到画龙点睛的作用。央视一旦播出这个画面，必定会深深地打动全国老百姓的心，引起社会上的广泛同情。到时候，上面再层层追究下来，李家杰就得吃不了兜着走，哪还有这个胆子，敢再来拆咱的广告牌？！"

魏扬接上说："这就叫搬起石头砸自己的脚，李家杰自作自受。董事长，你对李家杰有情有义，他却不知好歹、恩将仇报，竟然执法执到了你的头上。对这种养不熟的恶狼，就应该给他点厉害的尝尝，杀杀他的威风。要他明白想和董事长斗法，那就是孙悟空向菩萨叫板，绝不会有他的好果子吃！"

两人正说着，黄世雄突然转过身去，手指着电视机对魏扬说："赶快把音量调大，快！"

魏扬几步跨过去，一把抄起遥控器，用力按住了增音键，电视机的音量立刻变大了。

"……超级强台风'鲑鱼'，正以每小时三十到五十公里的速度，由东南方向，向西北方向移动，中心的最大风力为十七级，并伴有特大暴雨。预计'鲑鱼'将在今天夜间由南海进入东海，明天白天将向黄海偏移，傍晚将在我市沿海地区登陆……"

"超级强台风明天傍晚要在我市登陆？真是天助我也，天助我也呀！哈哈哈……"感到眼前豁然开朗的黄世雄，反复咀嚼着播音员的这句话，不禁狂笑不止，接着又兴奋地设想了在执法现场可能会出现的情景："假如一切顺利，今天下午《焦点访谈》栏目组录制的节目，晚上就会在央视播放。如果城管的执法行动明天还不停下来，傍晚超级强台风在岛城登陆时，《焦点访谈》再来个跟踪采访、现场直播，把广告牌上面的几个民工被超级强台风刮到天上去，很快就消失在暴风骤雨中的震撼画面，直接播向全中国、全世界，那个意境可就太美妙了，真是千载难逢，千载难逢啊！哈哈哈……"

魏扬正被又一次放声大笑的黄世雄所感染，也想大笑几声时，忽然自己的胳膊被他一把抓住，只听对方急促地问道："你说，民工们是不是自愿爬上广告牌的，你没有对他们进行胁迫吧？"在得到魏扬的肯定回答后，黄世雄便完全放下心来，满意地说："老魏，小心驶得万年船。在人命关天的大事上，我们必须慎之又慎，千万马虎不得，绝不能让公安抓住我们任何把柄，把我们当作这个重大事件的幕后操纵嫌疑人。等记者们都赶到了，你只能给属下打一次电话，然后马上就换一部新手机，迅速赶回汇泉湾大饭店，协助方小虎干点别的事情，千万不要在外面再露面了。我这就去香港住几天，不是特别急的事情，都等我回来再说，退下去吧。"

魏扬见大老板催促，不便再多说，答应着出去了。

黄世雄独自在房间里思考了一阵子，掏出手机，拨通了方明的电话，"方市长，我是老黄啊，你在北京开会？"

"是啊，住建部召开的，国家要加快推进保障房建设，你有什么事？"

黄世雄说："方市长，我正在香港参加一个商务活动。方小虎在电话里告诉我，英国皇家酒店集团副总裁威尔逊博士，已经由上海抵达我市，即将和汇泉湾大饭店洽谈合作项目。如果此次谈判一切顺利，英方至少要投资三千万英镑，那么，用于汇泉湾大饭店升级改造的资金将会由此变得十分充裕。它很快就要成为全省首屈一指的超五星级豪华大饭店。您这位大饭店总经理的老爷子，当然就可以经常享受到这里超豪华的服务了，这可是您的福分哟。"

方明似乎对这件事情不是太感兴趣，他话题一变说："黄老板，听说李家杰带着城管执法人员，正在兴隆路立交桥下面拆除那十六座立柱式广告牌。有人向我反映说，这些广告牌的产权属于汇泉湾大饭店，咱们都给方小虎打个招呼，要他们配合好城管执法部门的工作，不要节外生枝给他们添乱。这么做对政府、对执法部门、对你们企业都好，有百利而无一害。"

黄世雄很爽快地说："你放心，鑫海集团一定会全力配合。只要你发了话，我绝不会为难李家杰。"

"那好，没有别的事，咱们回去再聊。"

黄世雄急忙说："方市长，阳光花园二期项目审批问题，您再催催市土地规划局。如果老华再这么拖着不批，我从香港回去，就要先斩后奏开工了。"

方明坚决地制止道："黄老板，你可不要乱来，这事我催过他多次。听说有的业务处室不同意，工作很不好做，弄得老华很为难。"

黄世雄马上轻描淡写地说："方市长，夏茵处长别人的话可以不听，但是她绝不会不听你的话。这样吧，过几天回去后，您点将我请客，在酒桌上您再为我美言几句，我看这事也就促成了。"

方明不想多说，借故那边不方便，就把电话挂了。

李家杰没有想到，九名农民工赶在城管和公安执法人员之前，爬到了三座大型立柱式广告牌的顶部，这使已经遭遇到重重阻力的拆除兴隆路立交桥下违法广告牌的执法行动，变得更加复杂、更加棘手了。

这九名农民工都是汇泉湾大饭店鑫海广告公司的临时员工，他们毫不隐讳占领这几座广告牌的目的，公开宣称要不惜用自己的生命，阻止城管执法人员拆除这些广告牌，以保住自己赖以生存的饭碗。如果执法人员好说好商量，给他们白纸黑字写出保证，不再拆除这些广告牌，他们就会从广告牌上撤下来；如果城管执法人员不答应他们的条件，他们就要死守在广告牌的顶上，和这些广告牌共存亡。事实上，这些农民工说到做到，非常顽固，把执法人员对他们的说服教育，完全当成了耳旁风，根本就听不进去。执法现场的副总指挥、市公安局副局长孟威，只好紧急调来了几台消防车增援，用车载的升降梯，把执法人员送到最接近广告牌顶部的位置，近距离地对这几个农民工做耐心的思想工作，同时尝试着实施近身营救。可是这些农民工非常敏感，营救人员稍微有点行动，他们马上就拉开架势要往下跳，弄得营救人员很紧张，生怕把他们逼急了真出人命。孟威也只好紧急下令，暂时停止了营救行动。

不仅如此，让李家杰和孟威感到非常棘手的事情，还在接二连三地不断发生。他们首先试图打破僵局，重新调整营救部署，将执法人员分为两路，一路加紧做农民工的思想工作，在确保他们生命安全的前提下，找准机会继续实施营救；另一路加紧拆除没有上去人的违法广告牌，对抗法的农民工施加一定的心理压力，促使他们尽快接受执法人员的营救。正在这时，好像事先约好了似的，执法现场的周围忽然出现了大批新闻记者，就连中央电视台的《焦点访谈》栏目组，也不知道从哪里听到的风声，竟然从几百公里之外的省城赶到了这里。一时间，无冕之王手中的"长枪短炮"全都对准了执法现场，对准了广告牌顶上的九名农民工，对准了城管和公安的大批执法人员，也对准了李家杰和孟威。他们又是拍照，又是摄像，又是采访，分散了营救人员的注意力，干扰了执法现场的正常秩序。但是，没有一个人敢于上前阻拦，都怕节外生枝，再惹出更多麻烦。

这个不同寻常的新情况，立即引起了李家杰和孟威的警觉，他们在第一时间，向市政府办公厅做出汇报；办公厅也在第一时间，将这些敏感而重要的信息，上报市委市政府领导。市委书记朱仁达对此十分重视，当即做出了三点指示：一、强制拆除兴隆路立交桥违法广告牌的执法行动，必须要加强领导，各相关单位要服从指挥部的统一指挥；二、公安部门应该加派警力，全力营救广告牌上面的农民工，确保他们的生命安全；三、请宣传部的郑部长即刻赶赴北京，与在京开会的方明副市长会合，争取在《焦点访谈》栏目组返京之前，向中宣部和央视的领导，汇报岛城正在开展的执法工作情况，建议缓播或者不播对立交桥拆违现场的采访。同时宣传部还要指派一名副部长，立刻赶到执法现场，做好新闻记者的协调工作。

就在各部门、各单位，按照朱仁达书记的指示，分头抓紧落实的时候，又一个特别重大的新情况即将发生！李家杰突然接到市政府防汛办的紧急通知，预计今年第九号超级强台风"鲑鱼"，将于明天傍晚前后，在我市沿海地区登陆，中心风力将达到十七级，同时还伴有大暴雨。

"屋漏偏逢连夜雨，船迟又遇打头风。"毫无疑问，这个极为重要的信息，又给李家杰增添了更加沉重的压力。他完全可以想象得到，如果不把广告牌上这九位农民工及时地解救下来，随之而来的十七级超级强台风和大暴雨，将会如何地肆虐和摧残那九条脆弱的生命。

时间在一次次营救失败中和一次次重新组织起来的营救中，一分一秒地过去了……

北京方面的工作有了很大进展，中宣部和央视的领导根据三岛市两位领导的情况汇报，同意暂时不在央视播放岛城拆违现场的执法情况。但是他们也明确表示，如果三岛市对这九位农民工的营救工作不力，使他们的人身安全受到严重威胁，甚至丧失了宝贵的生命，那么，央视将会把这个案例作为反面典型，在《焦点访谈》栏目中向全国播放。

这无疑对三岛市市委市政府、对强拆违法广告牌的现场总指挥李家杰和孟威，都是一个严重的警告。

第二天下午三点，岛城上空出现灰黑色、漫无边际的"跑马云"。随着它们快速地向西北方向移动，风力在不断地增强，降雨也变得忽急忽慢；临近市区的沿海一带，长长的海浪渐高渐大，一排排地扑向了海滩、礁石和断崖，不断发出轰隆隆的响声……种种迹象表明，超级强台风"鲑鱼"的前锋，已经逐渐接近了三岛市。

市委书记朱仁达冒着大风大雨亲自赶到了拆违现场。他听完李家杰等人的简要汇报，又在众人的陪同下，仔细查看了铺设的大批充气软垫和用帆布蒙住的纸箱塑料泡沫。随后他对几位现场指挥人员说："市委市政府领导已经按照各自的分工，全部深入到了第一线。为了加强这里的领导，方明副市长已经从北京往回赶，在他没有到达现场之前，仍然由李家杰同志总负责。在这段时间里，你们要争分夺秒、毫不懈怠，全力以赴营救农民工，一定要赶在超级强台风登陆之前，把他们从广告牌上面解救下来，绝不能因为我们的工作做得不到位，摔死摔伤一个农民工。当然，现场也不能有太多的人，只留下必要的救援人员就可以了，大部分执法人员和施工人员，都应该迅速地撤离现场，避免超级强台风给更多的人造成伤害。同时，预防农民工坠落的工作还要继续加强，这是保护他们生命安全的最后防线。在最危急的时刻，孟威同志可以不需要请示，拥有临机处置权，根据情况采取断然措施，把广告牌上面的农民工抢救下来。"说完，他又嘱咐几句，才离开了现场。

市委书记的最后授权，像是给孟威打了一针兴奋剂。朱仁达离开这里不久，他就三番五次地提出，不能再这样继续拖下去，应该立即进行强制性营救，均被李家杰和赵长河予以拒绝。随着天气情况变得更加恶劣，狂风卷走了地上的软垫，崩断了固定篷布的绳索，将里面的纸箱和塑料泡沫刮得到处乱飞，很快失去了踪影。就连几个巨大的广告牌，都发生了明显地倾斜，执法现场一片混乱。孟威终于忍耐不住，冲着李家杰和赵长河发了火："……你们这是浪费时间，浪费时间！现在的风力已经达到了十级，绝不能再随意浪费一分一秒！况且，我们已经尽了最大努力说服动员这些农民工，继续和他们毫无意义地磨牙，只会让他们的生命更危险！因此，赶在超级强台风登陆之前，把他们全部强行解救下来，这才是唯一正确的选择。否则，超级强台风一旦登陆，这几个筋疲力尽的农民工就会像纸片一样，瞬间被刮到天上去！"

李家杰控制住自己的情绪，对恼怒的孟威解释道："孟局长，你的心情我很理解。可是你想过没有，这些农民工不仅体力精力已经耗尽，他们的精神也已接近崩溃。在这种情况下，如果没有他们的自愿配合，我们采取任何莽撞的行动，都会对他们的心理造成更大的压力，都会对他们的精神产生更大的刺激，使他们做出失去理性的强烈反应，致使农民工和营救人员的生命，同时受到严重的威胁。根据市防汛办的最新通报，预计超级强台风的登陆时间为今天下午六点，现在是四点十五分，我们至少还可以争取到一个小时左右的时间，不到实在万不得已，我们绝不能轻易使用强制性手段。"

孟威朝他吼道："你这是一厢情愿，是贻误战机，是草菅人命！我根本就不信，气象台会预报得那么准，说超级强台风几点几分到就几点几分到。如果超级强台风提前登陆，现在的这个执法现场，那可真的要变成悲惨世界了，不仅广告牌顶上的农民工会被超级强台风刮得无影无踪，就连这些营救人员和医护人员，也都在劫难逃！真的出现了这种情况，你李家杰敢负这个责吗？你能负得起这个责吗？！我认为，现在已经到了非常时刻，我按照市委朱书记的授权，决定立刻动用警力，对农民工实施强制营救，由此出现的任何问题，由我孟威承担全部责任。"说罢，他对身后的干警命令道："第二组，给我上！"

"站住。孟局长，你不能蛮干！"在风雨中密切关注现场情况的赵长河赶忙过来阻止他，"孟局长，朱书记的授权，不到实在万不得已，绝不能滥用！根据我的观察，现在还不到那种非常时刻，我们完全可以好好利用这最后的一个小时。因此，你必须要尊重现场总指挥的决定，不能草率地实施强行营救。"

孟威冷笑着说："我就知道，在关键时刻，赵局长的胳膊肘绝不会往外拐，一定会全力维护李家杰。可是不要忘了，你赵长河是执法局的局长，孟威是公安局的副局长，就算你赵长河的资格再老、水平再高、人缘再好，那你也管不到我们公安的头上！第二组，给我上！"

赵长河火了，指着他吼道："你敢！孟威我告诉你，在这里还轮不到你逞能。你要是敢胡来，造成城管和公安两家执法人员因此发生内讧，严重破坏了现场的抢救工作，市委市政府必定会拿你是问！林大岳、孙刚，把你们的人赶快准备好了，我倒是要看看，谁敢在这里撒野要横！"

孟威两眼喷火，咬着牙说："你！……赵长河，不看在你这把年纪的份上，谁胆敢阻止公安的执法行动，老子早就把他拿下了！"

"你……你敢在我面前称老子？还要把我拿下？你……"赵长河气得浑身哆嗦，指着孟威骂道，"你……你这个狂妄自大的东西！"

李家杰连忙把赵长河拉到一边，劝道："局长，你可别真生气，孟威的这个驴脾气，你是最了解的。只要这阵子过去，明天他就会请你喝酒赔罪。"他又对林大岳说："赵局长风吹雨淋的时间不算短了，你陪他到指挥车里歇会儿。"

赵长河临走前，又气哼哼地补上了句，"回头我再找他算账！"说罢，愤然地离开了这里。

李家杰又看看孟威，走过去说："孟局长，城管、公安是一家人，我们的目标完全一致，只不过在方式方法上有所不同，你没有必要发这么大的火。再说了，听说你小时候经常住在他家里，他一直很喜欢你，今天你就是有再大的火气，也不该对他说那种话，老头子听了会很伤心。"

"行了行了，你快说怎么办吧？赵局长好说，明天我请他喝酒。"孟威的态度果然变了，马上来了个一百八十度的大转弯。

这时，李家杰来了个电话，他简短说了两句便挂掉，又接上了前面的话题说："喝酒好说，把这些农民工抢救下来，我就请你和赵局长好好地撮一顿。孟局长，刚才我接到报告，两天来音讯全无的方小虎并没有离开汇泉湾大饭店。他只是把自己封闭起来，做了些商务谈判的准备。现在，他正在汇泉湾大饭店的三十八层，和英国人进行闭门谈判。我这就去把他请来做农民工的工作，我估计，成功的可能性很大。你别忘了，他是大饭店的总经理，广告公司是大饭店的下属单位，方小虎在员工们的心目中很有权威，由他亲自出面做工作，效果肯定会好得多。我走了以后，这里就完全交给你了。如果我一个小时后还赶不回来，你就指挥公安干警，把这些农民工强行解救下来。孟局长，李家杰拜托你了。"

孟威很痛快地说："客气什么！李局长，既然我把最后的一个小时交给了你，这就意味着我把解救农民工的希望和我们公安干警的荣誉，也托付给了你，你必须要格外珍惜！但是，如果情况有变，超级强台风要提前登陆，那我也会毫不犹豫地立即采取果断措施！"随后，他对待命的公安人员命令道："所有的公安消防人员，都要高度关注天气变化情况，随时做好充分准备，对农民工实施强制性营救！"

李家杰很果断地说："好，就这么办！孟局长，请你派出两位公安干警随我一起去。"

几个人跳上了吉普车，在狂风骤雨中急速离去。幸好这时马路上车辆行人很少，他们很顺利地赶到了汇泉湾大饭店。

李家杰等人穿过大堂，在保安人员警惕的目光注视下，进入电梯间，连续按下楼层的按键，这才发现三十八层的电梯已经被锁死。他们只好先上到三十七层，走出电梯间找到安全通道，沿着楼梯直奔三十八层。

"站住，这里谁也不准进，你们赶快离开！"

众人抬头一看，几个彪悍的保安站在楼梯口挡住他们的去路，其中有个小头目厉声喝道。

"上！"李家杰一声令下，林大岳和两名干警立刻冲了上去，没等保安们有所反应，他们已经被公安人员制服，乖乖地下楼去了。

几个人进入三十八层走廊，迎面碰上大饭店的副总经理魏扬。他立即感到情况不妙，连忙对后面大喊："赶快关好中门，所有的人员都在外面守着，绝不能放他们进去！"随着他的喊声，从两侧房间里窜出来十几个人，他们并排站在一起，很快组成了一道密不透风的人墙。魏扬见所有的保安都已到位，上来的执法人员也不过才几个人，便镇定下来，点起一支烟说："果然不出所料，你们还真的找上门来了。只可惜这里已经被我们完全控制，你们要赶在台风到来之前见到方总，已经是不可能。况且，你们城管根本没有进入室内执法的权力，就算公安可以，那也要得到上级的批准，拿到有效的证件，恐怕你们没有时间做好这些准备了。所以，我完全可以罗列几项罪名，把你们驱离出大饭店或者押送到派出所。你们如果不服，我现在就可以打110报警。"

李家杰忽然急中生智，对林大岳悄声说："他们人多，我们很难冲过去，不能在这里白白浪费时间，得想个办法把方小虎逼出来，你这样办……"他对林大岳耳语了几句，对方立刻心领神会，返身走出了安全门。没过多长时间，这里所有的灯突然全部熄灭了，如同白昼般的走廊里顿时变得一片漆黑，保安们也随即陷入混乱之中。

"安静，别吵了，方总到！"

有人在黑暗中喊了几声，紧闭的走廊中门随之缓缓地打开了。只见走廊的另一头，有几个人用手机照着亮走了过来，有个很像方小虎的声音低声喝道："慌什么？找来值班电工，马上检修，赶快供电！"

魏扬赶快迎上去，毕恭毕敬地说："方总，李家杰来了，还带着警察，断电很可能是他们干的。"

果然是方小虎！尽管光线很暗，他的脸庞看不太清楚，但是西装革履的方小虎依然显得英俊潇洒、气度不凡。

李家杰走近几步说："方总，有人假借着你和英国人谈判的名义，把你和外界完全隔离了。我们要见到你也只能这么办，实属无奈。"接着他又吩咐身边的公安人员说："告诉林大岳，把电闸合上。"

走廊里的灯重新亮了起来。方小虎平静地说："杜绝闲人杂事打扰，全力准备商务谈判，这是我对他们的要求。真正让我感到不可思议的，是正人君子的李家杰局长，居然也使用这种下三烂的小动作。"

回到走廊里的林大岳，快步赶过来说："方总，拉电闸是我干的，你想怎么着，事后都好说。眼前急需解决的，是李局长要和你谈的正事。"

方小虎对他说的话，显然不感兴趣，说："我没有闲心去追究，拉电闸到底是谁干的；也没有工夫去掺和你们那档子事，我只知道和英国人的谈判，现在已经到了最重要的关头！我的话就说到这里，谁要是再打扰，就别怪我不客气。送客！"

"方总，请留步。"李家杰严肃地接着说："不管你在和谁谈判，都不能成为你置鑫海广告公司九名农民工生死不顾的理由！"

方小虎愣了一下，"生死不顾？"他又急问魏扬："这是怎么回事？"魏扬伸长了脖子，凑到他耳朵前嘀咕几句，方小虎听后小声地骂道："混蛋！这么严重的事情，你们也敢隐瞒不报？！"

李家杰赶紧又说："方总，十七级超级强台风就要在半个小时之后登陆了。广告牌顶上这九名农民工，处境万分危急、万分险恶，随时都有可能被强台风卷走。你必须立即赶到执法现场，动员这些农民工，赶快撤下来！"

方小虎对他说话的口气很反感，斜视着李家杰说："你把自己当成谁了？方小虎不是你的部下，你少给我下命令！不过，念在你救人心切的份儿上，我可以把汇泉湾大饭店的领导分工，向你透露一点。鑫海广告公司由我的副手魏扬兼任总经理，这方面发生的任何问题，你都可以找魏总，恕不奉陪。"

"方总，你不能走！"李家杰加重了语气说："我郑重地恳求你，请你务必亲自赶往执法现场。我有三条理由：首先，方总在大饭店有着至高无上的权威，唯独你亲临现场，向农民工下达撤离广告牌的命令，他们才会真正服从。第二，此次的抗法事件，魏扬负有重大的责任，事后有关部门会依法调查处理，因此不能由他来承担涉及九条人命的重大任务；第三，最为重要的是，我们相信方总深明大义，一定会懂得，任何谈判都可以重新开始，唯独生命失去了，再也不能复生！"

方小虎心里很清楚，李家杰说的这些话，已经让他受到了强烈震动，可是他仍然坚持着自己的意见："作为企业的法人，我必须完成和英国人的谈判。如果我中途退出，傲慢的英国人就会认为我们没有诚意，对他们缺乏足够的尊重，致使这次极为重要的谈判中途夭折。李局长，为了让汇泉湾大饭店和下属公司近千名职工吃饱饭、过上好日子，我方小虎没有分身之术，不能同时照顾两头。广告牌顶上那九位农民工的安危，就全靠你们城管和公安了。"

话完，方小虎抬腿就走，众保安立刻蜂拥而上，挡在了李家杰的前面，使他不能向前迈出半步。眼看着方小虎的背影，就要在慢慢关闭的中门消失，突然一声非常威严的喝令，在人们的身后响起："方小虎，你站住！"

在人们惊愕目光的注视下，方明大步走了过来，他对停住脚步、慢慢转回身的儿子郑重地说："站在你面前的，是三岛市的副市长，更是你的父亲。于公于私、于情于理，你都没得选择，必须遵命照办！现在，你随着李家杰局长，马上赶往执法现场，赶紧把那九名农民工解救下来！"

方小虎不为所动，略作思考后，一字一句地说："您的双重身份，只能让我尊重，不会让我盲从。但是，李家杰刚才说的话，我突然有了新的感悟。他说，任何谈判都可以重新开始，唯独生命失去了，再也不能复生。大家都听着，广告牌顶上那九条农民工兄弟的生命，方小虎必须放在心上！你们去转告威尔逊先生，就说中国有句古话，救人一命，胜造七级浮屠。我现在要去救的是九条性命，请他务必见谅！"随后，他快步走到父亲身旁，悄声地说："老爷子，儿子大逆不道，冒犯了您，但是为了服众，我只能这么做，请您多担待。"

　　方明默默看着儿子从他的身边疾步走过。此时此刻他也不知道自己是什么心情，只感到自己的儿子又变了，变得既陌生又熟悉，既模糊又清晰。

　　不出李家杰所料，在此后的营救行动中，方小虎以其在员工当中的巨大影响力，果然起到了别人无法替代的重大作用。

　　离开了汇泉湾大饭店，几个人飞速赶回执法现场，准备抓住大风过后的短暂间隙，搭乘消防车的升降梯，迅速救下广告牌上面的农民工。可是超级强台风即将登陆，狂风和暴雨更加猛烈，竖起的消防车升降梯，在狂风暴雨中大幅度地摇摆，随时都有倒塌的危险。李家杰当机立断，要求孟威调整营救方案，改变每辆消防车各自为战，单独营救一个广告牌上面农民工的做法，将三台消防车集中使用，使它们互相依靠、互相支撑，共同抵御特大风雨的袭击，逐个接下广告牌上面的农民工。这个意见得到了孟威的大力支持，他快速地调动消防车辆，将升降梯尽可能抵近广告牌顶端的横梁处，便于李家杰和方小虎上去和农民工面对面地做说服工作。这些命悬一线、精疲力竭的农民工，顺从地让他们解开了将自己捆绑在横梁上的绳索，慢慢移动起僵硬的身体，从仅仅几十厘米宽的横梁上，被营救人员艰难地接到消防车的升降梯内，顺利地送回到地面上，安置在早已等候他们的急救车里。

　　当最后一名农民工安全地撤下了广告牌时，李家杰迅即向全体营救人员发出了撤出的指令。他们刚刚离开执法现场，一场非常罕见的超级强台风，就以雷霆万钧之力、地动山摇之势，异常凶猛地扑向了三岛市的海岸，极其疯狂地冲进了岛城的市区！……刹那间，整个天地都被这个狰狞恐怖的巨大怪兽凶狠残暴地撕扯踩蹂躏着，悲惨地抖动着，痛苦地哀号着，绝望地挣扎着！所有一切的一切，全都变得零零碎碎、模模糊糊、混混沌沌的了……

第十三章

超级强台风"鲑鱼",终于知趣地悄悄溜走了。

经受住了大自然的严峻考验和洗礼的三岛市人民,在党和政府的坚强领导下,积极行动起来,迅速恢复了城市的正常运转和正常生活。

强制拆除兴隆路立交桥下违法广告牌的执法行动,也在中央电视台的《焦点访谈》栏目中,得到了客观公正的报道,强大的舆论效应所产生出来的正能量,又很快转化成了拆除违法广告牌的工作实绩。仅用了一个月左右的时间,这项工作就在全市取得了重大的、决定性的进展。除了还有小部分的产权人非常顽固,违法设置的户外广告牌仍然由执法部门强制拆除以外,市区内三万多处、四十余万平方米违法设置的广告牌,大部分都由违法当事人自行拆除,彻底扭转了此项工作严重滞后的被动局面,使全市的"三项整治"工作,按照总体的进度要求,全部进入到最后的收尾阶段。只等外出考察学习的方明副市长回来,就可以召开全市的总结表彰大会了。

这天早上,天还没放亮,睡梦中的李家杰就被一阵紧似一阵的电话铃声所惊醒。市政府的值班员告诉他，一位发生了车祸、正在医院治疗的市民反映，来往于重庆路运输砂石的车辆，超载情况非常严重。他的车就是因为压上了撒漏的石块而发生了侧滚翻，自己伤得比较严重，老婆和孩子也受了不同程度的外伤。希望这起交通事故能够引起政府的足够重视，坚决制止道路违法撒漏的问题，避免更多的市民受到伤害。值班员接着说，根据工作职责和带班市领导的意见，请城管执法局的领导迅速赶往事发现场，负责处理这个突发事件。李家杰随即将这个情况向赵长河做了汇报，又通知事故发生地的城南区执法局，确定了他和孙刚会面的地点，就出门搭上出租车赶了过去。他前脚刚到，孙刚也来了。

"孙局长，上班高峰期很快就到了，当务之急要先做好三件事：尽可能多调些执法人员，沿着撒漏路线做好布控，提醒指挥过路的车辆，防止再次发生类似的事故；尽快协调环卫部门，请他们派出专业人员和车辆，清除重庆路上撒漏的碴石；指定辖区中队的执法人员，沿着撒漏的路线顺藤摸瓜，找到违法撒漏的运输车辆，予以严肃的惩处。"

孙刚性子更急，接着就用对讲机，把李家杰的指示和自己的想法，一口气布置了下去。然后，他对李家杰说："有个中队长反映，前面又发现了一辆事故车，幸亏没伤着人。"

"走吧，咱们过去看看。"路上，李家杰黑着脸，指着马路上撒漏的碎石说："这些石块撒得到处都是，晚上主干道上的车辆跑得又快，能不出事吗？孙局长，这个案子一定要办实了，作为典型案例举一反三。不但我们自己要加强早中晚巡查，开展车辆撒漏的专项治理，还要和交警、运管等部门联起手来，以多种行政管理形式，狠狠打击道路运输超限超载、严重撒漏的违法问题。我会督促市局的处室，尽快出台一个综合治理的方案。但是你们不能等也不能靠，把该做的事情，自己先做起来。"

"明白。"可能是因为，这起违法撒漏出在自己的执法辖区内；也可能是因为，李家杰在他的心目中，已经树立起了权威；孙刚开始对这位年轻的市局领导，尊重有加，言听计从。

两个人说着话往前走，果然发现不远处，有辆轿车出了事，就加快脚步走近察看。只见驾驶员正在给车换轮胎，没等他俩开口询问，那人把手一伸说："帮个忙，把扳手递过来。"

李家杰捡起地上的扳手，递过去问，"师傅，轮胎扎破了？"

驾驶员接过扳手，套上一个螺帽，边拧边说："可不是吗，大早上就这么晦气，被马路上的石头扎破了胎，油箱也硌破漏了油，还撞碎前面一个大灯，没伤着人就算我命大了。"

孙刚粗声粗气地说："你是个大活人，又在很宽的大马路上开车，怎么偏偏往石头上压，不扎破轮胎就怪了。往后要记住，开车要眼观六路、耳听八方，千万不能走神儿。"

驾驶员听了他说的话，不知道是个啥滋味，歪起脑袋说："你这个人，是不是小学没毕业？好话到了你嘴里，怎么就变了味。"

李家杰拦住又要发脾气的孙刚说："这位师傅，你不要太敏感了，他是一番好意。再说，一块大石头挡在路中间，你怎么就没看见？"

驾驶员拧着螺丝说："别提了，天还黑着，马路上的电灯就全关了。我急着赶路，这条主干道又很宽，路上的车辆也不多，就把车开得快了点。当我看见这块大石头再刹车时，已经太晚了，只听轰的一声，车头就撞上了电线杆子。"

李家杰好言劝慰道："没伤着人就好，以后多加小心就是了。对了，你没给修理厂打电话，要他们来拖车？"

驾驶员拧紧最后一个螺帽，打开了话匣子说："打过了，他们很快就到。两位师傅，我看你们像政府的人，别怪我说话不中听。我就纳闷了，在市区道路上，经常发生这种野蛮运输、违法撒漏的问题，怎么就是没人管？现在从建筑工地往外拉渣土、拉建筑垃圾，都是层层承包，层层剥皮，最后到了司机手里，也就没有什么油水了。于是为了多挣钱，他们只能超载快跑，找个近地方把渣土随便一倒，赶紧跑回去再拉。可是他们省了油，省了时间，达到了多拉快跑多挣钱的目的，其他的车辆却遭了殃。我就经常听说，因为撒漏的问题出车祸的事，前几天还有辆重型卡车碾飞了马路上的一块石头，正好砸到一个行人的头上，还没送进医院就死了。两位领导，我真的不明白，运输撒漏的事到底是归谁管？是交警，还是交通？是市政，还是城管？他们这些执法人员，不能白吃饭，要给我们这些纳税人办些实事，怎么到了关键时候，连个人影也看不到，真是叫人心寒啊。"

李家杰觉着自己的脸上有些火烧火燎，很自责地对这位驾驶员说："你批评得很对，我们的工作确实没有做好。违法撒漏和污染道路方面的执法，都是城管执法局的职责。街面上出现撒漏问题，我们有不可推卸的责任，应该向你和所有的受害人，表示诚挚的歉意。"

驾驶员很疑惑地看着他，不解地问："你说什么，就连马路上车辆撒漏的事，都得你们城管执法局管？你们管得也太多了吧，就那么几个人能管得过来吗？公理公道地说，凡是马路上出的事，都应该公安的交警管。"

司机师傅随意说的话，使孙刚受到了启发，他不断地点头表示赞同，对李家杰说："这位师傅的观点，确有几分道理。即便对违法撒漏的执法权必须保留，也要把对人行道上违法乱停车的执法职能交出去。因为我们只有责任，没有手段，无法管好这件事。相对集中行政处罚权的试点是否成功，合理适度也应该是一个重要的指标。"

"合理适度。"李家杰也对这个提法很感兴趣，"是啊，试点工作进行到现在，的确应该很好地进行总结。适合集中使用的行政执法权就纳进来，不适应集中使用的行政执法权就交出去，这样更有利于试点工作的健康发展，更利于城管执法的实际工作。"

孙刚见这位驾驶员对他们的对话听得糊里糊涂，便说："师傅，我介绍一下，这位是市城管执法局李家杰副局长。我是城南区执法局的负责人，孙刚。"

驾驶员一听乐了，说："你说什么，两位大局长亲自上路巡查？好啊，领导能扑下身子这么干，运输撒漏的问题就一定能管好。"

李家杰诚恳地说："感谢你的信任。撒漏的问题我们一定会尽快地解决，给市民们一个满意的交代。师傅，现在上班高峰到了，我们还要到前面看看，再见了。"

"城管执法很辛苦，老百姓看在眼里、记在心上，我们很感谢你们！"司机师傅在身后朝着逐渐走远的李家杰和孙刚，大声地喊道。

两人沿着重庆路继续向前查看。途中，他们看到一些城管执法人员，正在马路上警示行进中的车辆；环卫公司的工人也开来了专业的保洁车，开始清除重庆路上的砂石，看样子很快就可以清扫干净，两人这才放下心来。

孙刚一屁股坐在路边的石条上，顺手摸出一支香烟，点上吸了几口，又用对讲机调来一辆车，对李家杰说："李局，早上没吃饭吧？我的肚子可是饿得咕咕直叫，一会儿来了车，我请你吃广东早茶。"

李家杰挨着他坐下，忧心忡忡地说："运输撒漏看似是个影响市容的问题，其实更是一个严重的安全问题，如果不彻底解决，行人的生命安全将难以得到保证。目前，全市开工建设的工地有几千个，准备开工的也很多，单凭着我们城管执法人员跟在运输车辆屁股后面抓撒漏，就算把我们都累死了，这个问题也无法从根本上得到解决。要想根治这个问题，必须从运输单位的管理细节这个源头上抓起，对车质况、运输时间、行车路线、超限超载等方面严加管控，否则撒漏的问题将难以根治、防不胜防。"

孙刚很同意他的想法，说："对，这是个系统工程，只有从源头上抓起，才能收到事半功倍的效果。"

两人正谈着，对讲机里传来追查肇事车辆的执法人员的报告，说他们顺着撒漏的砂石，找到五六个建筑工地连在一起的施工现场，可是无法确定，这辆肇事车是为哪个建筑工地拉砂石，是属于哪家运输公司。

孙刚很不耐烦，斥责道："你们是干什么吃的？怎么查不出来？查不出来就别回来！"

李家杰提醒他说："要他们联系交警大队，把那个区域的视频录像借调出来，仔细地查找，一定能查出肇事的车辆。"

孙刚摇摇头，懊丧地说："这个办法我们也用过，交警那边很难协调。他们推托提供监控录像涉及个人隐私，需要层层上报，由市局分管的孟局长批准才行。"

李家杰考虑了一下，拿出手机接通电话："孟局长，我是李家杰。"

"李局长，方市长带着我们在外地学习，你又有什么事情要骚扰我？听说这次学习也有你，可是赵老局长就是不同意，硬是把你从名单上撤了下来，好像缺了你这根拐棍，城管就得关门停业了。再说，你没有这个福分出来，还不让我清闲，你这家伙也太不够意思了。"孟威絮絮叨叨地说。

"你还是先解决问题再清闲吧，我们可不能替你们再背这个黑锅，给你们再擦这个屁股。"

"你说什么？你们替我们背黑锅，给我们擦屁股？我说李大局长，你还是少给我瞎掰掰。我们公安就是再忙再累，也用不着你们来发这个善心。"

"我问你，运输车辆超限超载，是不是公安交警管？"

"这还用问，交通法规明确规定，是我们公安交警管。"

"那好，就在两个小时以前，有辆超载严重的运输车，在重庆路上撒漏了大量的石块渣土，致使过往的车辆连续发生多起交通事故，已经造成一人重伤、三人轻伤，一辆轿车报废、一辆轿车受损的严重后果。现在，城管执法人员已经全部上岗，正在全力追查肇事车辆，帮助交警维持交通秩序；环卫工人也开始清理路上的渣土石块，确保上班高峰车辆安全畅通。所以说，正是由于你们公安交警在前面对超载的违法车辆管理不到位，我们城管执法人员才要跟在后面追查违法撒漏的肇事车辆，我用给你们擦屁股来形容难道不对吗？"

"这种事情很复杂，涉及好几个单位，不是我们公安自己就能解决的。况且，我也只是听你这么说，并没有收到下面交警的报告。"

"你没有收到报告很正常。公安家大业大，要负责的事情太多，偶然发生几起交通事故，又没有造成太严重的人员伤亡，你还在外地学习，他们不一定马上就报给你，这谁都能理解。关键是，今天的交通事故不太大，不等于明天的交通事故就不大；今天偶然没有死人，不等于明天就不死人。上次，就是因为一辆超载的运输车在市政府的门前突然发生了侧翻，把十几吨的碎石料倒在了一辆轿车上，幸亏没有压死人。就因为这件事，你们被岳峰市长在大会上批小会上骂，难道你还没有接受教训？今天再次发生车辆严重超载问题，而且还伤了人毁了车，咱们如果不重视，这不是明摆着要受到市政府的责任追究吗？"

"好了好了，你赶快说点有用的，我们到底应该怎么办？"

"我考虑过了，最重要的还是我们应对出现问题的态度。也就是说，我们整改得越主动、越迅速、越彻底，越得到市领导和人民群众的谅解。"

"你就别啰嗦了，赶快说点实的。"

"我建议，请交警立即把事发区域的监控录像提供给我们，帮助我们尽快地查出撒漏的肇事车辆，对相关的单位和人员予以法律追究；同时，请公安交警牵头，城管等部门配合，尽快出台一个关于严禁运输车辆超限超载的管理办法，尽快上报市政府。"

"说了半天，还是把我推出来给你扛活儿！那好吧，就这么办，我这就给交警打电话。"

"一言为定。"

孙刚满心欢喜，拍着巴掌直叫好，"漂亮！李局，这件事你办得太漂亮了，我真是服了。没和孟局说上几句话，就把我们长期想解决又解决不了的难题解决了，真是太棒了！"

李家杰笑着说："关键是孟局长想解决这个问题，他没有积极性，我还不得干瞪眼。"

两人正说着，孙刚要的车到了，他站起来拍打着屁股上的土说："走，吃饭去，那家广东饭店就在兴隆路上，正好我也顺便看看五中队整治违法早市场的情况。"

李家杰随他上了车，吃惊地问："你说什么，五中队又要治理违法早市场？兴隆路这么快就回潮了？陈一鸣费了那么大的劲，投入那么多的资金，整治改造好了兴隆路，建起了时尚特色商业街。从开街仪式到今天，满打满算也不过两个月，就在这条全市的样板路上，再次冒出来个违法早市场，这说明我们的日常执法工作存在着严重的疏漏，干得很不到位！"

孙刚对自己说漏了嘴很懊悔，照着自己的大腿根狠狠地拧了一把，心里嘀咕道：明明知道李家杰很看重这条时尚特色商业街，不知道自己哪根神经搭错了，偏偏提出来要去兴隆路喝早茶？就算到兴隆路喝早茶，自己为什么又要说出五中队今天整治违法早市场？这不是明摆着揭自己的短、打自己的脸，给李家杰上眼药吗？正在心烦意乱时，兴隆路已经快到了，他赶紧找了个借口说："对了，我想起来了，兴隆路那家广东饭店正在内部装修，下个月才能完工。我们不如去香港路，那里有家宾馆的自助餐更好，咱们这就去……"

李家杰截住他的话，坚持道："还是先去兴隆路，看看五中队清理违法早市场的情况。如果摊贩不多，应该很快就结束了，咱们再去香港路吃自助餐也不迟。"

年轻的司机用征询的目光看看孙刚，见他没再说别的，便将方向盘向右一打，汽车拐进了兴隆路。向前开出去没多远，就看到零散的商贩在摆地摊。当汽车行驶到接近胖姐酒楼时，在人行道上和车行道上，游摊浮贩和购物的市民就骤然多了起来，一个乌烟瘴气、脏乱不堪的违法早市场，俨然出现在他们的眼前。

"停车！"李家杰突然喝道，驾驶员随即把车停在了路边。李家杰对他说："你先下去，我和孙局长要说几句话。"

驾驶员大气不敢出，顺从地下了车，赶快走到一边去了。

"胡闹，很不负责！孙局长，我们上个月才在这里，隆重召开了全市'三项整治'工作现场会，把兴隆路时尚特色商业街树立为全市的先进典型。可是，还不到两个月时间，我们就前功尽弃，让辛辛苦苦得来的整治成果付诸东流，使兴隆路时尚特色商业街再次沦落为全市脏乱差的反面典型，这对我们是一个极大的讽刺！我把话说得再重一些，你们城南执法局要对这里发生的一切，承担工作失职的责任。必须尽快加强执法工作力度，挽回这个让我们城管执法队伍失信于民，让政府失信于民的恶劣影响！"

面对李家杰的严厉批评，孙刚神情漠然，他说："李局，我这张脸皮厚得可以做鞋底，自从干上了城管执法这个行当，就没少挨领导的批评、市民的骂，今天也就不差你这几句了。可是，你总得给我个机会，让我解释一下吧。"

他谦虚温和的态度，反而让李家杰有点不太适应。依着孙刚这头犟驴以前的脾气，挨了这么一顿臭批，早就该使起驴性子，可是这次他居然没发毛！李家杰便也耐下心来，听听他的解释，把自己还要说的话先咽了回去。

孙刚这时像个擅长做思想政治工作的书记，他不紧不慢地说："说实话，自从召开了全市'三项整治'现场会以后，兴隆路这里我就再没来过。昨天下午，我们召开局里的执法工作碰头会，小包黑汇报说，胖姐酒楼在门前的兴隆路人行道上，又摆出来几十张桌椅板凳，重新支起来那个三十多米长的烧烤炉，还加上了四口炸油条的大油锅。胖姐酒楼的小哥，早晨在这里炸油条、卖豆浆，中午、晚上在这里烤肉串、卖散啤。在它的周围，很快聚集起了一些小商贩，形成了违法早市、夜市的小气候。小包黑打算从今天早上开始，集中全队的力量进行整治，坚决不让这个违法早市、夜市扎下根，否则再治理起来，难度可就大得多了。唉，李局长，局里的人手太少、任务太重，执法工作顾了这头顾不了那头，经常按下葫芦起来瓢，陷入治理、回潮的怪圈中，把我们折腾得很疲惫、很被动、很狼狈。当然，这些都是客观因素，我就不多说了。可是，建成这条时尚特色商业街的时间并不长，这么快就在胖姐酒楼的周围，出现了这个违法的早、夜市场，我就觉着有些不太正常。"

李家杰警惕地问："有些不太正常？你说说看。"

孙刚拧紧了眉毛，思考着说："炉包、胖姐这两口子，经过几次和城管执法部门直接较量后，已经和我们结下了不小的冤仇。特别是在最近，五中队又联合公安部门，强行拆除了酒楼上和门前的几块违法广告牌，炉包和胖姐更把城管执法人员当成了死对头。现在，他们公然藐视法律法规和执法部门，在自家的门前，再次组织起了违法的早、夜市场，破坏市容环境，扰乱交通秩序，严重污染环境，超出了一般性的违法活动，具有明显的对抗性质。所以我说，出现这个违法早、夜市场，有些不太正常。"

正在谈着，他们看到两辆城管执法车缓缓地开了过来。小包黑和七八个城管执法人员，在胖姐酒楼不远处下了车，开始劝说那些违法占路经营的小商贩，要他们赶快离开这里。摊贩们就像一群惊弓之鸟，赶紧收拾起地上的物品，慌乱地四散逃去，现场的气氛很快就变得紧张起来。

孙刚看着很不放心，对李家杰说："李局长，你待在车里别动，我到前面去看看，防止发生意外情况。"

李家杰说："还是咱们一块儿去吧。我们就掺和在市民中间，实地考察了解一下，基层中队面对复杂的执法环境，怎样做到规范执法，旁观者清嘛。当然了，我们更要密切关注炉包、胖姐和小商小贩以及围观的市民群众，对我们整治违法占路经营的执法行动，抱有什么心态，做出什么反应。"

他们随即下了车，刚找到一个便于观察的位置，就听到胖姐酒楼门前，传来了一个女人尖厉的喊叫，"放下，给老娘放下！"二人连忙看过去，只见这个肥胖的女人十分凶悍，她几步蹿到一位执法人员的面前，劈手夺去了他正往酒楼里面送的凳子，又把它往地上使劲一蹾，抬起右腿一脚踏上，大声嚷道："这是老娘的地盘，老娘想干什么就干什么，天王老子也管不着！你们这群癞皮狗，上个月拆了我的广告牌，砍了我的摇钱树；今天，你们又来搬我的烧烤炉，端我的大铁锅；说不定哪天，你们就要来砸我的酒楼了！我告诉你们这些癞皮狗，老娘怕的人还在他的娘肚子里没出生，谁敢和老娘叫板，老娘就陪着他好好玩玩！"

对胖姐的蛮横和辱骂，小包黑不急不躁，显得很有理性和涵养，他平心静气地对胖姐说："这位大姐，你们未经批准，擅自占道经营，在这里形成了违法的早、夜市场，给周围造成空气污染、噪音污染、环境污染，市民的身体健康和生活质量都受到了严重影响。他们强烈要求，依法取缔这个违法早、夜市场。现在就请你们协助我们的执法行动，把这些物品全部搬回饭店去。"

胖姐荤素不吃、油盐不进，柳眉倒竖，奋力踢翻脚下的凳子，破口大骂道："你这个小杂种，少在老娘的面前吆三喝四、耍嘴皮子。老娘今天一不做、二不休，就和你们这群癞皮狗豁上了，拼个你死我活！"说罢，她回身端起一口滚开的油锅，朝着近前的小包黑，劈头盖脸地泼了过去！幸亏小包黑见事不妙，躲避及时，迅捷地跑开了几步，但还是有少量的沸油被泼到了身上，只听他惨叫几声，扑倒在地上，痛苦地来回翻滚。

目睹了惨状发生的李家杰和孙刚，不顾一切地冲出人群，指挥执法人员迅速控制住胖姐，拨打120和110电话，小心翼翼地搀扶起地上的小包黑，帮他慢慢脱下沾满沸油的外衣，尽可能地减少对他的烫伤。就在这时，突然传来几声杀猪般的嚎叫，只见面目凶狠的炉包，赤裸着上身，手中挥舞着一把砍肉大刀，快步冲下酒楼台阶，朝着一位正在摄像取证的执法人员，猛扑了上去……

"住手！"

霹雳般的一声断喝，惊得炉包慌乱地收住了脚步。他定睛一看，原来是李家杰，真是仇人见面分外眼红！炉包当即举起手中的大砍刀，瞪起两只喷火的双眼，返身扑了过来，对准李家杰的脑袋，狠狠地砍下去。不料李家杰飞起一脚，正好踢中了炉包的肘关节，他手中的大砍刀随即飞了出去，落到了七八米开外；炉包赶紧来个饿虎扑食，企图夺回自己的大砍刀，可是没等他抓住刀把，脖梗上已被疾步赶来的李家杰猛击了一掌，炉包便一个狗啃屎，结结实实地趴在了地上。李家杰抬脚踩住炉包的脊背，将他的两只胳膊反扭过来，用市民递来的小麻绳把两只胳膊牢牢地绑在一起，干净利落地制住了这个恶棍。

很快，闪烁着红、蓝两色警示灯的110警车和120急救车，急速赶到了执法现场，将伤员和犯罪嫌疑人迅速接走了。

李家杰要求孙刚，指挥城管执法人员，协助公安干警，保护好暴力抗法的现场，做好取证的工作；立即疏散聚集在这里的市民和商贩，坚决取缔这个违法的早、夜市场。见孙刚答应下来，李家杰又给赵长河打了电话，向他简要汇报了早上连续发生的这几件事，两人便约好马上赶往消防医院，看望严重烫伤的小包黑，同时赵长河也有重要的情况要和他面谈。随后，李家杰又打通包校长的电话，向他详细介绍了小包黑在胖姐酒楼门前，遭遇油泼的暴力抗法事件，并代表市、区两级城管执法机关，向他表示了慰问。包校长听到这个消息，表现得很坚强，这让李家杰很感动很宽慰。他表示将立即赶往医院，请求医院的领导，竭尽全力治疗小包黑的烫伤。

打完这几个电话，看到周围的市民和摊贩都已经散去，现场的秩序也逐渐恢复了正常，李家杰便和孙刚上了车，直奔市消防医院，很快从急诊室医生那里，了解到小包黑的伤情和治疗的方案。这时，李家杰的手机又响了，看看屏幕上的名字，竟然是夏子强。他不由得心里打了一个问号：奇怪，这位局办主任，从来没给自己打过电话，今天这是为什么？李家杰疑惑着接通了电话，当他得知对方陪着赵长河，已经赶到医院大门外时，李家杰没再多想，连忙快步迎过去，见到了赵长河。

"小包黑的伤情不是特别严重，您不要太担心了。"一见面，李家杰先宽慰了赵长河，又简要地做了汇报，"医生做出诊断，小包黑的烫伤面积约占全身皮肤的百分之三十八，大部分都在右侧，这是因为他当时感觉到了危险，及时地向左进行了躲避；烫伤的位置主要集中在胸部和腰部，少量在头部；大部分为二度烫伤，小部分为一度或者三度烫伤。医生说，因为伤员抢救得很及时，本人又年轻体壮，身体康复应该会比较快，他们会尽力避免患者面部留下烫伤疤痕。"

听到这里，赵长河轻轻吐了口气说："小包黑很年轻，万一在脸上留下伤疤，以后找个女朋友都很困难，这是不幸中的万幸。"

夏子强对赵长河说："局长，今天这件事，家杰副局长功不可没。他临机处置得很果断，奋不顾身地救下一位人身安全受到严重威胁的执法人员，当场制服了凶手，并将其移送给公安机关，又及时帮助小包黑脱掉沾满沸油的衣服，减少了小包黑的烫伤面积。"

　　李家杰吃了一惊：夏子强突然主动地给自己打电话，又能实事求是地向赵长河反映情况，他这么做究竟为什么？是真心实意地发出了和解信号，还是一种不得已的机会主义，或者是另外有其他的什么目的？他心里在这样想，却谦虚地说："事情是大家干的，我一个人很难做到。"

　　赵长河关切地问："小包黑出事，他的家人知道不知道？"

　　李家杰感动地说："事发以后，我和他父亲通了电话。包校长哽咽着说，包涵都三十多岁了，还是一心扑在工作上，至今连个女朋友也没找。遭遇这场横祸，如果他变成了大疤癞脸，别说找个女朋友结婚成家，就是活在这个世上，都很难见人了，这让他怎么对得起包涵母亲的在天之灵。"说到这里，李家杰忍不住落了泪，他拭去了继续说："老校长通情达理，他说事情已经出了，想得太多也没用。教育局的领导很快就要来专门听取他的汇报，研究为兴隆路小学拨款建设体育馆的问题，这是他们办体育特色学校的头等大事，他暂时就不来医院了。还说包涵有咱们照看，他完全放心！……这爷俩儿真是大好人，在他们的心里，总是装着别人、装着工作。"

　　赵长河有些混浊的眼里，早已泛起了泪花。他抬头仰视着天空，很有感慨地说："爷俩儿的事迹很感人，值得我们好好学习。这人世间的事物，都有正反两个方面：有先进的，也有落后的；有好的，也有坏的。这就是一种自然平衡吧，非人力所及呀。"

　　李家杰听出老局长话中有话，自己又不好多问，正要说点别的，赵长河又开口道："家杰，有件事情要向你通报，就在昨天上午，钱山被双规了。"

　　"什么，钱……钱局被双规了？！"李家杰大惊失色，显然受到了强烈震动。

　　"真的，我也听说了。"夏子强不知出于什么动机，赶紧证实道。

　　李家杰霎时明白，夏子强举动反常，这就是一个重要原因。

赵长河也对夏子强的插言很反感，板着脸看了他一眼，然后表情凝重地对李家杰点点头，又深深地吸了两口烟，继续谈起钱山的案情，"钱山为什么煞费苦心，拼命要保住兴隆路立交桥下的那些广告牌，就是因为他在这里有着巨大的经济利益，把他牢牢地套了进去，使他陷入这个泥潭里无法自拔。在这些违法广告牌中，有两座是钱山授意魏扬，由鑫海集团垫资三百万，专门为他个人代建的。后来，钱山就把这两座立柱式广告牌，委托给了他的舅哥代为经营，他的舅哥又把广告牌租赁给一家广告公司，两年的租赁费达到了五百万元。而钱山只给了他的舅哥五十万，剩下的四百五十万，全部装进他自己的口袋。这次'三项整治'，兴隆路立交桥下的那些违法广告牌，全部被咱们拆掉了。发布广告的企业就认为，自己上当受骗吃了亏，将广告公司告上了法庭；广告公司则认为，钱山的舅哥是在进行商业欺诈，便对其检举揭发；而钱山的舅哥，则向检察机关交代了钱山的问题。市纪检部门迅速参与进来，对钱山进行了调查，发现他确实存在严重的受贿问题，随即就对他实行了双规。"

李家杰豁然醒悟道："局长，过去我总认为，在拆除立交桥违法广告牌的问题上，钱山公然不顾全市'三项整治'工作大局，全力阻止我们的执法行动，和我爆发了几次正面的冲突，这都是我们在工作中的正常矛盾；即使他掺杂着一点个人私利，也不存在很大的原则性问题。现在终于真相大白了，原来我们对这些广告牌采取的强制性执法行动，也对钱山的政治生命和经济利益，构成了最严重、最直接的威胁，所以他才不顾一切地进行抵制，实在是没有想到啊。"

赵长河将烟蒂扔入垃圾桶，自责道："钱山被双规，我作为市局的主要负责人，负有不可推卸的领导责任。钱山在我市城管工作中，长期担任领导职务，只要再严格地约束自己几年，就可以功德圆满地退休了。可是事与愿违，我们眼睁睁地看着他走上了犯罪的道路，实在是令人痛心！我应该向市委、市政府，做出深刻的检查。"

夏子强劝他说："局长，你不要太自责。钱山犯了事，完全是他个人的问题，这不会影响你的威望。"

赵长河愤然说："你错了！在钱山的问题上，不仅我要认真反思，承担自己的责任，你也应该好好地想想，接受这个深刻教训。可以说，在对待兴隆路立交桥违法广告牌的问题上，你和钱山的最终目的虽然不同，可是你们相互勾结、相互利用，采用卑鄙手段，处处阻挠、破坏家杰局长组织的执法行动。你在其中扮演的不光彩角色，难道你自己还不清楚吗？！"

面对赵长河如此严厉的批评，夏子强一声不吭地听着，最后连连说了几个"清楚"，又提醒道："局长，家杰副局长马上就要出差，您是不是还要嘱咐他几句话？"

"出差？局长，局里忙成这个样子，我哪还有工夫再去出差，还是换别人去吧。"李家杰觉着此时出差很不合时宜，连忙建议道。

赵长河看了看手表说："方市长率团到几个大城市学习，几次点名要你参加，可是都被我挡住了，为此我还后悔了好几天。今天早上，方市长又给我打电话，再次说明了你去参加这次考察学习的必要性，这次我二话没说就答应了下来。家杰，你马上动身去渤海市，向方市长报到。"

听到赵长河的决定，李家杰更急了，争辩道："局长，从上到下连续出现了几件大事，这会让我们的城管执法人员在思想上受到很大的冲击，说不定就会影响到整个执法工作和相对集中行政处罚权的试点。在这个节骨眼上，你把我这唯一的副局长从一线撤下来，派到外地去考察学习，自己身边连个拐棍、帮手也没有了，这么做我实在想不通，我不同意！"。

赵长河目光坚定，不容置疑地说："要你走，你就走，少啰嗦！李家杰我告诉你，不要以为离开了你，三岛市的城管执法工作就非得停摆不可！"接着，他的目光又慢慢变得柔和了，笑吟吟地说："要你走你就走，不要太担心了，我还没到老得没了牙，完全不中用的时候。年龄大了也有年龄大的优势，这个优势就是什么事情都见过了，什么阵势都经过了，没有什么了不起，你就放宽心地走吧。子强，把机票交给家杰局长。"

夏子强将一个牛皮纸信封交给了李家杰，"机票和其他的费用都在里面，飞机十一点五十分起飞，小石的车在门外等你。"

第十四章

由方明副市长率领的三岛市城市规划、建设和管理政府考察团，去几个沿海城市学习的日程安排得很满，紧张地连轴转，在他们离开岛城的六七天里，几乎一天换一个城市。每到一地，他们都要和当地的政府以及各部门的领导，展开面对面的交流，有时还要到实地去参观学习。尽管考察团的成员都感到挺疲惫，但是他们也觉得很解渴，很有收获，增强了每个人时不我待的紧迫感。尤其是考察团又挥师北上，来到了与三岛市在历史、人口、政治、经济、环境、地理等各个方面最为相似、最有可比性的渤海市后，考察团的成员刚下飞机，就被这里扑面而来的城市建设所震撼，也为这里极具前瞻性的城市规划所惊叹，更为这里整洁的市容环境、很高的城市管理水平所折服！

这些年来，考察团的成员在三岛市市委、市政府的正确领导下，率领着本部门、本单位的干部职工不懈努力，让过去在国内外享有一定声誉的三岛市，变得更加闻名遐迩，充满了魅力。可是，这次考察学习的所见所闻，却给这些志得意满的各路精英兜头泼了一盆冷水，使他们顿时清醒了许多，不约而同地对这些兄弟城市的同行们，毫不吝惜地使用了"非常震撼""刮目相看""沧海变桑田""天翻地覆的变化"等褒奖赞叹的词汇。大家纷纷表示，跳出岛城看岛城，变换角度找差距，头脑就会更加清醒，看问题就会更加全面，受到的启发教育就会更大，改变落后面貌的愿望就会更加强烈。这些在岛城独当一面的领导干部清楚地认识到，在过去的工作中，取得一点小进步，有了一点小发展，就故步自封、沾沾自喜，是多么肤浅和无知。如果任其继续存在下去，我们必将被快速进步的兄弟城市远远地甩在后面。这绝不是在庸人自扰，危言耸听。面临这种现实危机，这些在一个部门、一种行业中说了算的头头脑脑们，一改过去外出考察学习就是休闲休息的思维模式，稍有空暇就躲进自己的房间，静静地思考问题，认真地撰写笔记，就像一群面临年终大考的学生。连一向自视甚高、恃才傲物的土地规划局长华南江，也更加信奉"天外有天，人外有人"这句古话，悄悄地夹紧尾巴，放下架子，主动向兄弟城市的同行们询问了解那些新理念、新经验、新技术。看到这些变化，方明心中暗喜：闻过而终礼，知耻而后勇。连华南江这样赫赫有名的城市规划专家，也有了醍醐灌顶的警醒，如果他早点摒弃那些落伍过时的旧观念，也不至于因为思想不够解放，而惨遭市委书记朱仁达在全市党员领导干部会议上点名批评。这件事情，就是现在想起当时的情景，方明仍然觉得自己的脸上还在阵阵发烧……

"方市长……方市长……"

正在凝神思索的方明，忽然听到身后有人喊他，转过身便看见华南江和李家杰不知什么时候进了房间，他微笑着把手伸过去说："哟，家杰到了，这么快呀。我给赵长河打电话，也不过才几个小时，你就站在了我的面前，确实有点雷厉风行的味道。"

李家杰连忙上前和分管副市长握手说："军令如山。方市长下了命令，我还不得乖乖地赶紧往这跑，是吧，华局长？"

华南江装出一副被忽视的样子，酸溜溜地说："家杰局长，你是得了便宜又卖乖呀。我早就听说，方市长看你和看别人的眼神那是大不一样，今天我是真领教了。这不，你刚进门，方市长的神情马上就变了，变得既亲切又和蔼。你是不知道啊，我们这些天跟着他跑了好几个城市，除了见到人家的市领导还能谈笑风生以外，只要一回到宾馆，原本还笑着的那张脸，立马就换成了晴转阴。也不知道是哪位缺了大德，把我们的方市长总是招惹得生气上火，弄得全团上下，人人心情沉重。现在好了，你这个开心果一到，方市长脸上又云开雾散、多云转晴，我们这些人也跟着你沾光，沐浴在和煦的春风里、温暖的阳光下，那个惬意劲就别提了。家杰局长，现在你知道自己的分量有多重、面子有多大了吧？"

方明也戏谑道："你们这些专家型的领导，就是心细如发、洞察秋毫，把自己阴晴圆缺的心情，全写在了这张小白脸上。我可不是当年了，这张老脸对于喜怒哀乐愁、甜酸苦辣咸，已经没有什么感觉了，可是没想到却对你们还有这么大的吸引力，让你们时刻都惦记着，真是作孽呀。"

几个人开怀大笑起来。李家杰又说："方市长，局里忙得都快要揭不开锅了。在这个时候你还要我放下手里的活，急匆匆地往这里赶，我心里还真是有点不太情愿。而且，按照这次考察学习的时间安排，明天就该结束了，住一晚上就回去，我有必要浪费这些时间吗？"

方明看着他说："即便考察学习就要结束了又怎么样？难道我特事特办，把你单独调过来更深入地学习还不行吗？你的局长架子，是不是端得太大了。局里的工作需要你，那也不能把自己看得过重，不要总是以为离开了你，三岛市的城管执法工作就得停摆。"

李家杰一看情况不对，赶快表示服软，自贬道："方市长，我这个小小的副局长，在三岛市多一个不算多，少一个不算少，完全可以忽略不计，说不定没有我的存在，地球会转得更顺溜。"接着他又正色道，"报告方市长，共产党员是块砖，哪里需要哪里搬。李家杰前来向您报道，请您指示。"

方明哑然一笑说："行了，别跟我油嘴滑舌的。家杰呀，既来之，则安之。单位的事情暂且放在一边，就不要去多想了。你现在最需要的，就是把心静一静，把脑子换一换，好好思考一些更深层次的问题。"

李家杰把胸脯一挺说："明白！不过，方市长，在换脑子之前，我得赶紧把刚刚发生的几件事，向您做个汇报。"见方明没有表示反对，他将钱山因为经济问题被市纪委双规、运输撒漏造成重庆路连续发生了几起车祸、小包黑执法遭到不法分子油泼等情况，向方明详细做了汇报。最后，他忧心忡忡地说："方市长，这段时间局里确实忙得很。我这么一走，局领导就剩下了赵局长一个人，手里连根能使上劲的拐棍也没有，压力全部集中在他一个人的身上，我很担心他的身体能不能扛得住。"

方明默默地点点头，又看看李家杰有些消瘦的面庞说："你们两个一老一少，还真有点惺惺相惜的味道。这次学习考察，正是因为考虑到了你们城管执法局领导干部太少、工作任务太重的情况，我才同意了赵长河的意见没让你参加。可是，我们到过了几个城市后，越发觉着城管方面没有派员出来走走看看，是一个很大的缺憾，而且也是一种很短视的行为。更何况赵长河和你，两个执法局的正副局长，还兼任着市城管办的正副主任，除了城管的执法工作，你们也对城市的行政管理工作负有重要的领导责任，更需要对这方面的情况进行了解和掌握。家杰，有句歌词唱得好，外面的世界很精彩；市委书记朱仁达同志更是反复强调，要跳出岛城看岛城。这次，所有前来参加学习考察的同志都深切地感受到，'它山之石，可以攻玉'。大家普遍认为，兄弟城市特别是渤海市，有着很好的城市管理和城管执法工作经验，而且这些经验很实际，拿来就可以用，值得我们很好地学习和借鉴。所以，我才下决心把你叫了过来，这是其一。你到城管执法局任职半年多来，工作一直非常紧张，几乎天天都要承受超负荷的压力。如果继续紧绷着神经，身体得不到较好的休息和恢复，恐怕时间一长，你肯定承受不了，早晚有一天会病倒垮掉。为了从长计议，你必须暂时脱离开一线的领导岗位和繁忙的工作环境，到渤海市来住上十天八日，用这段时间进行心理和身体调整，这是其二。其三，让你得到适当休息和调整，可能只是个美好的愿望，因为在渤海市的这十天里你不能白住，还要带着任务深入调研渤海市在街道社区的城管工作站、办事处辖区的城管责任制、区政府的城管网络化、市政府的城管数字化监督等。特别是在城管执法工作方面，据说渤海市还走了一段挺痛苦的弯路，而恰恰又是因为这段弯路，才使得他们比别人对城管执法工作，有着更深刻更独到的理解和诠释，值得我们很好地深入剖析、系统总结，最终提出一份有建议、有突破、有分量、有深度的综合报告，为市政府决策提供依据。家杰呀，这项工作非同小可，是关系到我市城市管理和行政执法工作今后如何发展、如何突破的大课题，你决不能掉以轻心，要下功夫把这篇大文章做好！"

李家杰语气坚定地表示道："市长放心，我保证完成任务。"

华南江上前拉住李家杰的手，有些羞愧地说："家杰局长，方市长主管全市的城市规划、城市建设和城市管理工作，可以说这些年来，岛城在这方面发生的令人瞩目的巨大变化，都与方市长的领导分不开。可是，老华很不争气，被朱书记在全市党员领导干部大会上点了名，我的个人名誉受点损失不重要，可是给分管副市长丢了脸、抹了黑，实在是不应该。现在，方市长要把城市管理工作作为新的着力点和突破口，把你专门调来研究这个重大课题，你可不能辜负他的期望，也要替我争回这口气啊！"

方明见他很激动，说话的声音也有点哽咽，便拍了拍他的肩头，安慰道："老华，不要这样。这几年，你们规划先行，发挥龙头作用，在三岛市政治、经济、文化中心东移工作中，做了大量艰苦细致的工作，使这个极为重要的战略目标得以顺利地实现，这些大家都是有目共睹的。可是朱书记站在更高的角度，提醒督促我们，在抓好大的工作的同时，也不能忽略其他的重要工作。好在你们知错就改，朱书记提出的几个详规都做得不错，市规划展览馆也按时建成，如期向社会公众开馆了。所以呀，你不要过于自责。好了，你也是五十多岁的人了，平时外柔内刚、外圆内方，性格挺坚强的，今天怎么像个受气的小媳妇，说掉泪就掉泪，丢不丢人？晚上我的老同学、渤海市的王市长还要给咱们饯行，你红着鼻子肿着眼，怎么去见人？时间已经不早了，你去叫上其他的同志，到楼下大厅里集合，准备出发。"

王市长尽显地主之谊，他以渤海市政府的名义，对方明副市长率领的三岛市政府学习考察团的客人们，给予了热情的款待。在频频举杯中，他大力赞扬了三岛市在这些年工作中取得的成绩，又自曝家丑，谈了一些渤海市存在的问题和困难，表示一定要专门抽出时间，亲自率团到三岛市学习取经。而来自三岛市的客人们，全都真切地感受到了渤海市政府主要领导的热情和好客，毫不怀疑王市长说的这些话是发自内心的，里面没有掺杂任何虚假的成分。可是不知道为什么，主人越是自然、坦荡、谦虚，客人们的心里就越是觉得拘谨、不安。好在王市长火候把握得很好，在单独和方明叙说了一番同学情谊、痛痛快快地喝下几杯酒后，便以考察团一路辛苦劳顿，明天还要启程为由，适时地结束了宴请活动。

在返回宾馆的路上，所有人都坐在车里一言不发，只是看着窗外亮灯后色彩斑斓的夜景，不知道在想些什么。就连平日上了车就喜欢说点玩笑，带头活跃大家气氛的方明，也端坐在自己的座位上，直到大巴车在宾馆门外停稳,才板着面孔宣布道:"半个小时以后,全体人员到我的房间集合。"

对他发出的这个指令,没人敢问为什么,必须坚决执行。可是,每个人的心里都在嘀咕:这么晚了还不让睡觉,被召集到团长的房间里开会训话,莫非是有人在酒席上表现欠佳,说错了什么话、出了什么洋相,给考察团丢了脸,惹得市领导不高兴,要来个秋后算账、集体训话?还是又有别的什么紧急事情?人们暗自揣测着,怀着忐忑、好奇的心情,准时聚集到方明的客厅里。当他们进门看到大茶几上放满了香肠、鱼片、花生米等下酒菜时,这才明白了过来:原来是他们的分管副市长善解人意,很理解这些局长、区长们此时此刻的心情,知道他们看到自己的工作在某些方面落后于兄弟城市,人人都有一肚子话要说,个个憋着一股子不服输的劲便想给他们一个释放的机会。尽管王市长刚刚盛情款待了他们,可是方明却要用这种大家更喜欢的放松方式,好好地犒赏犒赏这些与他荣辱与共的兄弟们,让他们尽情地释放自己火热的情怀。

看到所有人都到了,方明朗声笑了起来,指着他们说:"你们互相都看看,一个个低头耷拉脑的满腹心事,就算有的工作不如人家,那也不用这么严重地伤自尊嘛。现在最最重要的,就是你们要给我像个男人,打起精神振作起来!我可是有言在先,谁再继续这样绷着脸皮装正经,那就是对我方明有意见,可以回自己的房间去睡大觉;凡是愿意留下的,那就得轻松点,给我痛痛快快地喝上一场二锅头。当然了,喝酒也不能乱喝,得讲点规矩,分清每个人的喝酒级别,像李家杰这个级别的喝一杯就可以了,华南江这个级别的喝两杯就行,我和孟威这个级别的,肯定不能少于三杯。"

"我的妈呀,您要我喝三杯?方市长,这也太不公平了吧。这三杯喝下去,那可是一瓶高度二锅头啊!"孟威有点夸张地叫道。

方明不容他诉苦,说:"孟威,我刚才可是有言在先,你对本人有意见,可以回到你的房间睡大觉,没有人拉郎配去强迫你,你有绝对的人身自由。"

"别别别，方市长，您把我的馋虫都勾出来了，再让我回去睡觉，那也太残忍了。要不然这样，我用什么办法您别管，肯定把这三杯酒喝出来，这可以吧？"

"同意，就这么着。"方明爽快地说。

孟威赶快把目光转向李家杰，向他求援说："家杰局长，平时我待你不薄，咱俩配合得天衣无缝。今天晚上你总不能眼瞅着兄弟，喝高了栽到这里吧？"

李家杰把心一横，很仗义地说："方市长，孟威局长的第三杯酒，我来替他喝！"

"好，这才叫兄弟！"话音未落，立刻换来孟威和其他几个人的叫好声。

方明也舒心地笑了，赞赏道："就凭你们两个执法部门心往一处想，劲往一处使，关键时刻能互相保护，宁伤自己不伤战友的情义，今天晚上我也要多喝几杯。来，把酒都斟满。"

早有人将酒瓶打开，"咚咚咚"将二锅头倒满了每只玻璃杯。

方明率先端起一杯酒说："在座的各位局长、区长们，你们都是负责三岛市城市规划、城市建设、城市管理的八方霸主、十路诸侯，方明虽身为副市长，也是不敢轻易得罪。好在我和各位在市委市政府的坚强领导下，在为岛城父老乡亲的服务效力中，相互支持、鼎力合作，建立了深厚的革命友谊。在此，我衷心祝福各位，在今后共同的事业里，创造出更加辉煌的业绩。干杯！"

这位分管副市长满怀深情地和每个人碰了杯，然后在众人的注视下，将满杯高度烈酒缓缓喝了下去。紧接着，华南江等人也豪气干云地一饮而尽。轮到李家杰时，他当然也不甘示弱，把心一横、把牙一咬，硬是把那杯烈性酒一口一口地喝了下去，然后也学着别人的样子，将杯口朝下，高高地举过头顶，请方明和众人过目。可是没过一会儿，他就感到自己的脑袋变得又晕又胀又沉，浑身都冒虚汗。当他再次鼓起勇气，要替孟威喝下那杯酒时，只觉得天旋地转，烈火中烧，腹腔里的那股热浪直往上顶。他急忙冲出人群，跑回自己的房间，对准马桶，翻江倒海地一阵猛吐。折腾完后，李家杰漱了口，喝了杯水，又在澡盆里泡了一阵，走出卫生间时，才感觉浑身舒服了些。他一头扎在枕头上，本想就此睡个好觉，谁知道体内的残存酒精还在发挥着作用，大脑仍然处于亢奋之中，让他躺在床上辗转反侧地睡不着。他只好睁开双眼，透过明净的玻璃窗，静静地望着那轮挂在深邃夜幕上、放射出皎洁光芒的月亮。没过多长时间，他就看到一位女子的朦胧身影在眼前若隐若现、若即若离，越看越像自己的妻子谢玉清。他连忙张大嘴巴呼喊她，可是怎么喊也喊不出声，急得他赶紧抬腿去追，却又无论如何迈不开腿。李家杰更急了，身体往前一用力，人便坐在了床上，头脑顿时清醒了许多，心里也随之想起了一件事：今天，正是十年前的今天——八月二十七日，他和谢玉清结成了终生伴侣。

在他们的眼里，这是一个极不平凡的日子，现在想起来，一切还都是清清楚楚、历历在目。那天上午，阳光非常明媚，他和谢玉清手牵着手，去当地的街道办事处办理了结婚登记手续，领取了结婚证，成了合法夫妻。第二天早上，李家杰抱起自己简单的被褥，搬进了谢玉清那间大点的女军官单身宿舍，算是合二为一，完成了一个小家庭的组建。紧接着，他们又利用婚假，探望了远在两座城市的双方父母，进行了简朴、浪漫的旅行结婚……白驹过隙，光阴荏苒。两人结束了在部队的工作生活，同时转业回到了地方，都面临着安置新家和在新单位开展工作的双重压力，可是谢玉清却主动承担起了几乎全部的家务，让李家杰能够全身心地扑在事业上。尤其是后来干上了城管执法这一行，李家杰更是"白加黑，五加二，正常周六不休息，周日休息不正常"，几乎没有精力再去照顾妻子和孩子，这种无法弥补的缺憾让李家杰经常愧疚不已。可是，尽管这样，善良的妻子仍然如同初恋时那么爱着自己，永远把自己当成她生命的另一半，竭尽全力地呵护着这个家庭。想到这些，李家杰只觉得鼻子一酸，眼泪就要夺眶而出。他伸手拿起手机，想给谢玉清打个电话，哪怕是少聊上几句，也说明自己一直在想着她，却发现里面有很多未接的短信，挨个看了看，全是谢玉清发来的问号，数了数整整一百个。李家杰明白了，现在如果还像平常那样，用几句话来抚慰妻子，已经是远远不够了，必须用一种更能打动她的语言，来表达自己对爱妻的心迹。于是，他站起来，遥望着天上的月亮，充满感情地填了首词，给谢玉清发了过去：

江城子
连理十年有怀

昨夜激情犹未散。风乍起，枕正暖。一声召唤，已隔千重山！人南人北各挂牵，三岛热，渤海寒。

十年结发共扶挽。思妻切，止亦难。风情万种，岛城一红颜。来生仍结汝为伴，爱亦苦，苦亦甜！

短信发出后，对方良久没有回音。李家杰正要打电话问问妻子，这首为他俩结婚十周年作的词收到没有，妻子回了短信，他的手机屏幕上出现了一个大大的感叹号。

第二天上午，三岛市政府考察团离开了渤海市，唯独将李家杰留了下来。他按照方明的指示，在渤海市政府的帮助下，对城市管理和城市管理行政执法方面的几个问题，展开了很有针对性的深入调研。经过一周的努力，初步形成了一份内容包括城市社区居委会、街道办事处、区市两级政府在创新城市管理工作方面的综合性文字材料。另外，他还突出重点，尽可能详细地了解到，同样作为国家相对集中行政处罚权试点城市的渤海市，两年前遭遇了重大挫折，又调转身来走了一段回头路，全面中止了试点工作，撤销了城管执法局。但仅仅过了一年多的时间，渤海市城市管理行政执法局又如同凤凰涅槃般浴火重生，再次挂牌成立了起来，重新开展起相对集中行政处罚权的试点工作，并且还取得了非凡业绩。

渤海市城管执法局起伏跌宕的命运，对全国的城管执法工作和相对集中行政处罚权的试点工作影响很大。当初，导致城管执法工作全面倒退的直接原因，看起来并不是很特别，只是源于一次正常的执法行动。那时，由于渤海市没有为城管执法部门制定出台一部配套的地方性法规，城管执法局的日常执法活动只能在行政主管部门的授权和同意下，借用他们的条例、办法进行执法。另一方面，执法部门在具体操作中不甚严谨，执法行为又存在着简单粗暴等问题，造成了比较尖锐突出的社会矛盾，从而引起了少数违法人员对城管执法部门的执法行动进行对抗和报复的心理。就在一次清理违法占路市场时，他们故意制造矛盾和纠纷，有意和城管执法人员抢夺物品，又把各种水果和蔬菜抛撒在执法车辆下面任其碾压，用事先准备好的摄像机全部拍摄下来，作为有力的证据告上了法庭，再加上还有大批的违法分子作为人证，结果法院判决城管执法局败诉。为此，局长在市人代会上受到了严厉的质询，有些失去行政处罚权的职能部门负责人，也趁机向有关方面施加压力。结果没出半个月，市里就把城管执法局局长的职务免除了，同时还撤销了市城管执法局的编制。

可是，这个看似顺理成章，实则轻率荒唐的行为，进一步加重了渤海市城市管理的被动局面，加剧了市容环境脏乱差的严重问题。这迫使人们不得不重新思考，没有一支专业的城管执法队伍，不实行相对集中行政处罚权制度，究竟是有益于城市的管理和发展，还是在建设现代化城市中的巨大缺失。最终，渤海市的领导们痛定思痛，认真总结了失败的经验和教训，在重新组建起各级城管执法部门的同时，抓紧制定出台了渤海市城市管理行政执法条例，还创建了专职保障城管执法工作的公安执法队伍，明确了城管执法人员参照公务员管理的个人身份等。这一系列的重大举措，极大地振奋了城管执法人员的士气，加强了相对集中行政处罚权的试点工作，在很短的时间内，就使渤海市的城市管理工作发生了显著的变化，市容环境的美誉度举世公认，成了全国的典范。

前事不忘，后事之师。李家杰将渤海市城管执法局和城管执法工作的这个大起——大落——再大起的鲜活例子，特别是他们连续出台的几项城管执法重大保障措施，浓墨重彩地写入了考察团即将向市委市政府上报的综合考察文字材料中。如果市里将来采纳并施行这几项成功的经验和做法，将会对岛城的城管执法工作，乃至整个城市的管理工作，起到巨大的推动作用。李家杰心想，如此这般，他也就不枉此行了。

赵长河不明白，华南江怎么会有这么大的胆子，或者说他为什么会这么冲动，竟敢在没有经过专家委员会的集体论证、公开听取市民的意见等一系列法定程序的情况下，公然将三岛市城市规划中早已确定的一块沿海公共绿地，擅自改变使用性质，向鑫海集团的房地产开发公司，核发了《建设用地规划许可证》，允许该公司在这块绿地上，建设阳光花园二期商住两用高档写字楼。这件事情在社会上，特别是在岛城的房地产界掀起了轩然大波。业内人士纷纷揣测，鑫海房地产公司如何会有这么大的能量和法道，竟然把人们长期以来可望而不可即的奢望变成了既成事实；并且开始强烈地质疑，这个不可思议的建设用地划拨事件，市里的主管部门和相关的领导，是否存在着严重违规、暗箱操作的问题。就在此时，华南江又如同一条知寒知暖的变色龙，适时地改变了原来的态度，来了个很及时的急刹车，绝不再越过雷池半步，完全中止了对阳光花园二期项目的审批程序，压住《建筑工程规划许可证》，绝不再继续核发。这使鑫海集团董事长兼房地产公司总经理黄世雄，在后续审批无着落、开工条件不具备的情况下，下狠心霸王硬上弓，以破釜沉舟、背水一战的架势，在阳光花园二期项目选址用地上，举行了开工典礼仪式。

面对这个重大的违法建设项目，负监督和查处责任的直接责任人市城管执法局局长赵长河认为，批准或者不批准阳光花园二期项目在这块滨海绿地上开工建设，完全是市政府和土地规划局等部门的事情，他没有任何权力予以干涉。但是，他却非常关注这个建设项目前置审批的工作质量问题，是否严格按照法定的程序进行，不能因为他们前面的工作处置不当，而给后面的执法工作留下大麻烦和后遗症。可是，老天爷有时候就是这么捉弄人，你越是怕什么，他就越是来什么。这次，就连华南江这样循规蹈矩的文人局长，也敢有悖常规，做出了令人瞠目结舌的事情。他先是违反了法定的程序，批准将滨海绿地变更为建设用地，而后又在中途突然止步不前，将后续的审批事项无限期地搁置下来，似乎又要中止对这个建设项目的行政审批。他这种反复无常的做法，为城市管理链条的最后一环——城市管理行政执法工作，埋下了重大的隐患，造成了极大的困难。事实的确如此，随着阳光花园二期工程项目，在大部分审批手续不具备的情况下，明目张胆地展开大规模的违法建设，来自方方面面的压力迅速集中到了赵长河的身上，让他不得不拿出相当的精力，来应付和处理这个特别棘手的重大违法建设案件。

在赵长河的记忆中，他还没有经历过、甚至没有听说过如此严重的大规模违法建设事件。阳光花园二期违法建设项目，无论从违法工程的位置、规模、面积、造价、影响，还是违法当事人的强硬态度来说，在处理岛城违法建筑的历史上都是绝无仅有的。因此，他也不敢贸然行事，擅自做出严肃处理的重大决定，而是无数次地前往市政府，主动地向方明副市长请示如何去做。可是，方明好像也有他的难处，赵长河每次向他汇报这件事情，他总是喜欢唱点高调、打点官腔，说岛城东部新区大开发、大建设的成功与否，会直接关系到三岛市改革开放的全局。对此，我们必须要以超常的思维、超常的眼光、超常的胆略、超常的方法，去解决那些过去从来没有遇到的问题和困难。拿得准的，你们就放开了手脚，大胆地干；拿不准的，你们必须要多请示勤汇报，和市政府共同商量出解决的办法。比如说，正在加紧开发建设的阳光花园二期工程项目，就是一个非常敏感、非常棘手的重要问题。它牵扯到了方方面面的神经和利益，你们绝不能因为这个项目出现了个别问题，就一时冲动起来，把它作为普通的违法建设案件进行轻率地处理。因此，我要特别提醒你，不管你们以后准备采取什么执法行动，必须要经过市政府的同意。说到了这里，对这个话题有些忌讳的方明总是主动地停下来，不愿意再往下深谈。后面需要赵长河做的，就是等待市政府可能做出的任何决定。在这些日子里，作为主管全市查处违法建筑工作的市城管执法局的局长，赵长河只能眼看着这起重大的违法建设项目，在那片规划好的滨海绿地上，昼夜不停地开挖基坑和进行地下隐蔽工程建设，他却只能视而不见、装聋作哑，内心的苦闷可想而知。等到他实在熬不住了，只好再次硬起了头皮，去向分管副市长请示，得到的结果无非还是前面早已说过的那些话。市政府究竟什么时候做出决定，做出怎样的决定，仍然是个未知数。

　　这样的软钉子反复碰过许多次后，赵长河也暗自下定了决心：作为市城管执法局的局长，绝不能继续对这起大规模的违法建设，置若罔闻、无所作为，自己捆住自己的手脚，完全听任别人的摆布，丧失了基本的自主权和主动权。假如哪天真的有人把自己、把市城管执法局失职渎职不作为的严重问题，告到了市纪委和市监察部门，到时候就算自己浑身是嘴也难以说清楚了。而且，即便自己承担起了这个重大的责任，在滨海绿地上的违法建设，也已经成了既定的事实。为了避免这种情况发生，忠实地履行自己应该履行的职责，他考虑必须要采取"两条腿走路"的策略，在等待市政府做出最后决定的同时，主动地派出早已做好取证工作的市局土地规划执法大队，通过送达、邮寄、登报等多种方式，反复向其下达《限期整改通知书》，要求鑫海房地产开发公司对这个违法建设的工程项目立即进行整改。不料，这家房地产开发公司非常狂妄，根本不理会城管执法人员多次下达的《限期整改通知书》，致使送达的这些法律文书全都无人签收，更谈不上违法建设的当事人对违法建设项目主动地进行整改了。这使城管执法机关白白地浪费了许多宝贵的时间，丧失了制止这起大规模违法建设的最佳时机。

　　凭借多年的领导工作经验，赵长河对这起重大违法建设案件也有自己清醒的判断。他认为，市政府对阳光花园二期大规模违法建设问题迟迟没有做出决定，使市城管执法局的执法工作陷入进退维谷、左右为难的困境，作为分管这项工作的副市长，方明具有不可推卸的领导责任。从出现这起大规模违法建设案件开始，他在态度上就暧昧隐晦，在行动上推诿搪塞。种种迹象显示，方明副市长和这起重大违法建设案件，很可能存在着一些瓜葛，说不定还涉入得挺深。甚至还有可能，他与市土地规划部门和违法建设的当事人，早就达成了共识，形成了默契。换一种说法，方明在这个严重的问题上久拖不决，很有可能是他在有意为之，目的就是通过尽量拖延时间，实现建成该项目的最终目的。真到了那个时候，即使这起重大的违法建设案件惊动了市委市政府的主要领导，他们也会因为这个工程项目投资巨大，强制拆除会造成极大的浪费和很坏的社会影响等严重后果，而对其无可奈何，望而却步，致使这起重大的违法建设案件最后束之高阁，不了了之。当然，这件事情对于方明个人来说，也不会造成太大的伤害。只要他没有严重的索贿受贿、触犯法律和纪律，市委市政府的主要领导也会像通常的做法那样，无非就是严肃地批评几句，充其量给他个行政记过处分，要他对这起重大的违法建设案件承担一定的领导责任，然后这件事情也就会过去了。可是，自己这个一门心思只想"安全软着陆"的市城管执法局的局长，却只能面临着两种道路：一种是被扣上在市政府没有做出最后决定之前，违反组织纪律，擅自动用城管的执法力量，严重打击了开发企业的建设积极性，破坏了东部新区全面发展大好局面的帽子；另一种则被冠以执法不公，严重地失职渎职，对重大的违法建设问题失察不作为，纵容违法分子公开践踏法律法规的污名。至于该事件所造成的严重经济损失和恶劣社会影响，他赵长河作为直接责任人，必须承担这一系列严重后果。

现在，赵长河终于明白了，围绕着阳光花园二期项目违法建设的较量与斗争，如果处理得不妥当，他极有可能成为一个名副其实的牺牲品，一个将要被推出来承担重大责任的冤大头。

在这种沉重的思想压力下，身边又少了李家杰这样的得力助手，赵长河开始感到自己有些心力交瘁、不堪重负，真的吃不消了。

这天，夏子强紧锁着眉头走出自己的房间，在走廊看见正站在会议室的门外急得团团转的法规处副处长叶桐。叶桐也像是发现了新希望，快步走来对他说："夏主任，我们要开会研究立法的问题，好不容易请来了市法制办的邱主任，可是赵局长迟迟不肯露面，我催了他好几次也不管用。局里的主要领导不见见人家，说不定就会得罪邱主任，你是局办的主任，面子比我大得多，麻烦你帮忙再去催催赵局长。"

夏子强耷拉着眼皮、口气轻蔑地说："你们这些女同志，平时叽叽喳喳的比谁都能，稍微遇到点事就慌了神，说你们是头发长见识短，你们还不服气。叶桐，我告诉你，做事不能一根筋，难道你就没看见，局长室的门前有好几个人在排队吗？你敢说他们的事都不如你的事急，都不如你的事重要吗？再说了，你请局长碰了一鼻子灰，还得拉上个做伴的，再把我也搭进去，亏你能想得出来。"说到这里，他抬手阻止了叶桐的辩解，仰起头想了想说："这样吧，既然你认为我这个办公室主任很重要，那我就替赵局长拿个主意。你去转告法制办的邱主任，就说局长正在处理市委市政府交办的紧急公务，请他自己权衡和考虑究竟是哪边的工作更重要。"

"你……"叶桐还要说什么，夏子强把她拨到一边，径自朝着局长室走去了。

"挤什么挤，康大，咱总得讲究个先来后到吧？我可是在上班之前，就在这里排队了。"林大岳鹤立鸡群，站在局长室门前，对矮他半个头的康辉说。

"我这辈子就没见过比林大脸皮还厚的人！"康辉拿林大岳没办法，摇着头无奈地说。他站在林大岳面前很有压抑感，也不愿意抬头看他，只好对身后的人说："弟兄们，公理何在！明明是我排在最前面，被晚来的林大三挤两拱弄到了后面。对这种恬不知耻的暴徒，我们只有团结起来，共同使劲把他掀出去，除非他能主动地出点血，拿出两包软中华来犒劳犒劳大家。"

有人立刻笑道："康大，你是真不知道，还是装痴卖傻？在林大的眼里，从来就没有咱这些人，你想从他这只铁公鸡的身上拔根毛，除非太阳从西边出来。可是，如果把你换成他总想巴结、又巴结不上的夏主任，你就是让他当回老母鸡，杀鸡取卵他也干。"

林大岳大咧咧地把身子侧过来说："笑什么笑，他这是在说反话，你们还就当真了，也不怕闪了舌头、笑歪了脸！你们哥几个，就算没被林大岳放在眼里，那也是放在了心上，有了什么好处，林大岳自然不会忘了各位。可是夏大主任就不同了，他得好好地伺候老子，否则我就不会给他好脸子看。有一回，他还真的提着茅台酒、抱着中华烟，屁颠屁颠跑到我的办公室，那个殷勤劲挡都挡不住。我实在没有办法，只好把心软下来，勉强收下了他的这份薄礼。当时被他巴结的美好滋味，现在想想都浑身舒服，全局上下也只有赵局长和我才能真正享受到。难道你们哥几个，就不想来个亲身体验吗？"

几个人忍俊不禁，笑得前仰后合。林大岳不知个中缘由，也跟着笑起来，又觉得不太对劲，就往身后看了看。只见夏子强脸不是脸、鼻子不是鼻子，正瞪着眼看他，林大岳当即窘得抓耳挠腮，又是咳嗽又是咽唾沫，不知道如何是好。

"林大岳，你大白天的给我造谣，是不是神经错乱了？你当着大家的面，把你刚才说过的话再重复一遍，我是什么时候给你送的茅台酒和中华烟？"夏子强的自尊心本来就非常强，平日里绝不允许别人说他半个"不"字。现在林大岳当着几个人的面，对他公开地进行贬低、嘲笑，他更不会轻易地放过林大岳。

林大岳满不在乎地说："夏主任，你的心眼也太小了，兄弟只不过是开了几句玩笑，你实在没有必要太认真。如果你喜欢被别人巴结的滋味，那咱就把它颠倒过来，是林大岳给夏子强送的茅台酒、中华烟，这样你总该满意了吧。"

夏子强鄙视地说："哼，像你这样四肢发达、头脑简单的人，自己连自己都顾不过来，还有闲工夫去败坏别人的名声，真是可笑之极！我警告你林大岳，论嘴上的功夫，你永远都不是我的对手。"

林大岳仍然笑呵呵地说："夏大主任，你总是喜欢把话说得太重、说得太绝，这和兄弟们之间的战友情谊相比，是不是显得太过了，完全没有这个必要嘛。为此，我也想奉劝你两句，大主任就得有大主任的度量，别那么小肚鸡肠，什么事情都要斤斤计较。"

听林大岳这么说，夏子强更觉着在众人的面前下不来台，总想把自己的颜面再挽回来，至少表现得要在气势上压倒对方，便厉声质问他："林大岳，你把话说清楚了，是谁小肚鸡肠？！"

这时，局长室里传来赵长河愤怒的呵斥声，人们霎时变得鸦雀无声，一齐伸长了脖子，屏住了呼吸，趴在门缝上想仔细听个明白。忽然，房门被人拉开了，几个人慌忙闪到一边，谁也顾不上你碰了我的脑袋、我踩了你的脚，只是看着财务处吴处长，满头是汗地走出来。他轻轻地关严了房门，又在脑门上摸了几把，好心好意地说："赵局长的肝火这几天很旺，你们最好在汇报之前，把该说的和不该说的，再仔细地掂量一番。否则，一不小心招惹了老局长，会比我的下场更惨。"说完，他赶快离开了这里。

经他这么一说，几个中层干部的心里都开始有点打怵，谁也不愿意冒着挨批挨骂的风险出这个头，先进去自讨没趣。他们你推我、我扯你，都在往后缩，完全失去了刚才那股子争先恐后的劲头。最后，还是林大岳建议道："凡事都要讲个规矩，按照局机关处室大队的排列顺序，办公室排在最前面。所以，夏主任率先向局长汇报工作理所当然，我们谁也不能和他攀比争抢，我想这个意见，大伙儿一定能接受。"接着，他不由分说，将夏子强拦腰抱起，又把肚子一挺，将他送进了局长办公室，顺手把门关严了。

夏子强双脚落地，回身就要发火，却发现房门已经关上了。再看看赵长河，他正用奇怪和审视的目光盯着自己，只好先咽下这口气，整整衣服定定神，走过去就要张嘴汇报。这时，办公桌上的电话又响了，夏子强竖直耳朵，仔细听着赵长河和李家杰的通话："局长，我整天在这里养尊处优，都要变成乐不思蜀的阿斗了。趁着现在还能回心转意，您就赶快让我回去吧。"

赵长河苍老的脸上慢慢浮现出一丝难得的微笑，他说："家杰呀，磨刀不误砍柴工，心急吃不了热豆腐。这点道理，就连小学生都懂，我不信你会不明白。这次，市政府交给你的任务十分重要，你必须把全部的精力放在对渤海市城管工作的调研上。至于局里的工作，你就不用操心了，还有我这个老头子顶着哪。站完最后一班岗，为你们年轻的领导干部铺好路，这就是我现在唯一的心愿……不多说了，你就安心地搞调研吧。"

老局长这么说了，李家杰当然也不敢太犟，只得说："好吧，那我就再坚持一个星期。不过局长，有件事情还得请您亲自过问，省政府的领导原来就有话，说十一月下旬要在我市召开全省城管执法工作现场会。这个会议的很多准备工作需要我们牵头来做，是不是现在就应该有所准备。"

赵长河看了眼夏子强说："嗯……我知道了，就这样吧。"

夏子强反应很快，嘴头子也跟得上，没等赵长河扣上电话发问，就抢先解释道："局长，省里召开城管执法工作现场会的事情，我专门请示过市政府办公厅和法制办，他们都说没有接到省政府的通知。"

赵长河很老到，思路也很清晰，他说："省政府法制办的主要领导，曾经专门来过我市做城管执法工作的调研，回到省里后就向省长和分管副省长做了全面汇报。省政府的领导当时就有了这个初步意向，省法制办的领导也很快向咱们传达了这个信息。因此，我们必须未雨绸缪，现在就要开始做些必要的准备。"稍作停顿，他接着又说："根据以往的经验，省里召开的工作现场会，即便由市政府协办，相关的业务主管部门也得先提出个会议筹备预案。这件事就由你们局办牵头，把各处、大队划分成几个工作小组，明确各自的职责分工，将出席会议的领导和与会人员、会议地点、会议议程、领导讲话、典型发言、现场参观、队列演示、接机送站、客人住宿、宴请活动、预算费用等，统统地归纳起来，提出一个详细的预案。待局里召开几次专门会议研究通过后，提报到市政府办公厅和市法制办，由他们向省政府汇报，做好上下的对接。最后我们再按照省市确定的方案，进行组织落实。我考虑，在我们自己的准备工作中，牵涉面最大、涉及人数最多、筹备时间最紧张的，要数向省市领导和兄弟城市城管执法同行们汇报的队列演示部分。

你去把林大岳找来。"

夏子强答应着走到门口，没好气地把林大岳叫了进来。赵长河简明扼要地向他交代任务说："十一月下旬，省里将在我市召开全省城管执法工作现场会，局里要组织一次队列演示活动，这个任务就由你们直属大队负责。"

林大岳听到这个消息表现得很振奋，但在思想上也有很大的顾虑，他说："局长，在省里召开的现场会上，我们局进行队列演示，这个机会非常难得，是展示我市城管执法队伍形象和精神风貌的最佳时机，问题就是时间太紧张了。从现在到十一月底，满打满算我们只有两个月的时间，可是建国六十周年的北京大阅兵，在全军范围内挑选精兵强将，那还得紧张地训练大半年。所以，我最担心的就是，咱们的训练时间太短，万一队伍走得不像个样子，把一场好戏演砸了，那咱们可是光着屁股转圈，把脸丢遍全省了。"

赵长河听了林大岳的回答很不满意，把脸一板就训上了："你们平时都干什么去了？你这个管队伍的大队长，是怎么抓的队伍训练！咱们每隔半年就要搞一次全系统的队列训练比赛，全年还要进行综合评比，这真到了该露脸的时候，你们就变得娘娘们们，拉不出来、冲不上去，留着你们这个直属大队还有什么用？！林大岳，就算时间再紧，你们也得给我走出个样子来；要是真的演砸了，我就先找你林大岳算账！"

林大岳怕把老局长气出毛病，赶紧先把这件事接了下来，连连表示一定要办好，又找机会换了别的话题说："局长，重庆路上严重撒漏的案子，我们已经调查清楚了。从交警部门提供的视频录像上看，肇事车辆是为阳光花园二期违法建设工程运输土石方的斯太尔重型卡车。依据相关的法律条款，应该对违法撒漏的肇事方处以二十五万元的罚款。同时，我们还了解到，阳光花园二期违法建设的法人代表，是方明副市长的儿子方小虎。"

"你说什么，法人代表是方小虎？这个消息可靠吗，我怎么从来没有听说过？"赵长河很惊诧地连续问道。

林大岳肯定地说："这个消息很确切。鑫海集团的董事长黄世雄在这个时候把方小虎推到前台，让他当上法人代表，无非就是要利用方小虎是方市长的儿子这层关系，再给自己增设一道防火墙。"

赵长河略作沉思，指示道："上次我们处理的那个违法撒漏案子，因为考虑到要和公安部门保持良好的关系，对孟局长弟弟的运输公司，就网开一面，从轻处罚。可是，违法撒漏的危害性太大了，我们必须尽快制止。因此，这次不管运输公司是什么来头，我们都要进行严肃处理，坚决震慑和遏制全市的违法撒漏问题，有效地保护市民的生命财产安全。所以，你们提出的处罚意见，我原则上同意，明天就提交到市局案审会议上研究通过。但是，阳光花园二期违法建设的问题，情况非常复杂，也非常特殊，我们不能按照处理常规违法案件的方法进行处置。你马上通知土地规划大队队长康辉，咱们现在就到违法建设现场实地查看，了解清楚那里的情况。"说罢，赵长河起身站起来，准备离开办公室。突然，他的身体晃了晃，险些摔倒，脸上的表情也比较痛苦，用手在头部不停地揉搓。林大岳和夏子强赶快扶住他，慢慢坐回椅子上。两人正手忙脚乱得不知所措，赵长河痛苦的症状逐渐缓解了，他对他们挥挥手说："没事，我只是有点头疼恶心，一会儿就好了。大岳，你还是赶快去找康辉，我们马上下楼，快去吧。"

林大岳不敢不听，只好答应着离开了。

赵长河用手掌不断地拍打着脑袋，微微一笑说："好了，现在好多了。可能是最近太疲劳，今天晚上早点睡，明天早晨就好利索了。"

夏子强对这个突发情况，显得爱莫能助，只能心痛地说："是啊，局长，这些天你确实太累了，这么个拼法实在没必要。尤其是阳光花园二期违法建设这个棘手的案子，完全可以交给康辉去办。如果你觉得还不妥当，那就等着李家杰回来，由他去全权处理这个问题。您不能大事小事的全得亲自动手，身体吃不消，工作也没有了回旋的余地。"

赵长河知道夏子强是在替他着想，就笑着说："你不懂，我这么做，至少有两个原因：一来这是我的责任。作为市局的主要负责人，我必须要掌握重大问题的第一手资料；二来呢，就是在退休之前，我要把局里最重要的问题尽可能地处理完，不能给后面的领导留下个烂摊子。不说了，你留在局里，处理好面上的事情，我和他们几个立刻就到现场去。"

林大岳和康辉陪着赵长河，来到重庆路和南海路的丁字路口。一下车，他们就发现在很大一片区域内，自己的视线已经被设置在阳光花园二期违法建设工地的围挡板完全遮住，从这里再也看不到波澜壮阔的大海了，直到走进喧闹繁忙的建筑工地内，眼前才豁然开朗起来。在这片违法建筑的工地上，已有三个巨大的基坑，它们呈"品"字形面向大海。左面的基坑属于城南区地界，基坑里的建筑物已经超出地面好几层；右边的基坑地处海云区，坑内密密麻麻地竖立着许多钢筋，地下的隐蔽工程正在加紧施工；中间最大的基坑正在开挖土石方，几台钻孔机在十几米的深坑内发出了震耳欲聋的响声，五六辆挖掘机也开足了马力，将石块渣土装入等候的空车里。一辆辆满载渣土的载重卡车，沿着陡峭的简易土路，轰隆隆地开上了基坑，沿途扬起一片黄色的尘土。建设工程项目公示栏上写得很清楚，在这片火热的违法建设工地上，将会竖起三座超高层的商住混用写字楼，总建筑面积达到三十万平方米，工程总造价接近十亿人民币，法人代表方小虎的名字，也赫然在目！

"哟，市城管执法局的大领导来了，怎么不打声招呼？我们也好有个准备，恭候各位的大驾光临。"头戴安全帽的黄世雄，带着几个人不知道从哪里冒了出来，"这位就是赵局长吧？我一眼就认出来了，电视里经常有你的镜头，令人印象深刻啊。我姓黄，黄世雄。"

"哦，你就是神通广大的黄老板，你们的动作可是真够快的呀。"赵长河收回看向别处的目光，从黄世雄的脸上一扫而过，一语双关地说。

黄世雄顿了一下说："赵局长过奖了，黄某不是神仙，腾云驾雾、能掐会算，我们只是巧遇。"

赵长河不容对方喘息，将话锋直指主题，"我是说，你们的建设进度，可是非同一般哪，即使当年的深圳速度，也不过才三天建成了一层楼。看来，除了先进的施工理念、施工技术、施工设备以外，最应该看重的还是人的因素——毕竟阳光花园二期违法建设工程的主人黄老板，恨不得明天就把这三座大楼竖起来！不过，我还是要提醒黄老板，就算工期再紧，工作再忙，也要好好学习城市管理方面的法律法规，否则这三座违法建筑物一旦被城管执法部门强拆了，那你的损失可就太大了。希望黄老板三思而行，立即停止违法建设，不要继续在违法的道路上走下去了。"

黄世雄相当自信，对赵长河的忠告不以为然，只是轻轻一笑说："有些事情，恐怕赵局长说了还不算。阳光花园二期工程项目之所以进展顺利，关键是得到了上面各级大领导的支持，只要他们不点头、不表态，我看还没有谁敢来动这个项目。当然了，我们这里还有一位很得力的法人代表，可以毫不夸张地说，方小虎对这个建设项目的贡献，还没有人可以企及。至于赵局长的担心，关于我们对城市管理相关法律法规还不太熟悉的问题，我倒觉得大可不必过虑，黄某自然会掌握分寸。"

旁边的方小虎，淡然一笑说："赵局长，我们的董事长是法定代表，我是法人代表，别看它们只是一字之差，可是却有天壤之别。所以，请各位领导不要误会，我在阳光花园二期项目上，只是挂了个虚衔，并没有实际的工作。"

黄世雄见方小虎不想蹚这潭浑水，讲话的口径和自己完全不一致，马上把脸沉下来，用带有警告意味的口吻说："方总这是什么意思？希望你在重要的问题上，可不要犯糊涂，小心坐错了板凳、上错了船！毫无疑问，你是汇泉湾大饭店的法人代表，也是阳光花园二期项目的法人代表，这两个法人代表在我们鑫海集团的文件中，白纸黑字写得很清楚。你可不能只图一时痛快，辜负了我和集团全体员工的信任哟。"

赵长河对方小虎则是另眼相看，赞许地说："黄老板可能有所不知，其实在某些方面我比你更了解方总。他确实很有才干，别说是两个法人代表，就是再给他压上更重的担子，那也不在话下。关键是黄董事长要他干的是什么事情，是不是在国家法律的允许范围之内。我可以明确告诉你，方小虎正直善良，疾恶如仇，还通过自学获得了律师资格证，就是为了主持公道，伸张正义，保护社会和市民的利益。"

黄世雄傲慢地抬起了下巴，挑衅地说："噢？赵局长这是话中有话呀，照你这个说法，我黄世雄是在逼着方总干违法乱纪的事情喽？！我可以明确地告诉赵局长，阳光花园二期项目的选址用地，是经过市土地规划局正式批准的，即便还有个别的审批手续暂时没有拿到手，有关部门也在加紧办理中。作为市城管执法局的老局长，你捕风捉影说的这些话，很不负责任，纯属无稽之谈。说得直白一些，你这是在公然挑拨我和方总的关系！可是，这对我和方总来说，绝不会起到任何作用，我们不会因为听了几声蝼蛄叫，就不种庄稼了。赵局长，冒险是我与生俱来的性格，接受挑战更是我最喜爱的游戏。如果你感兴趣，不妨也加入进来，黄某愿意和你切磋技艺，说不定我们还会在交手的过程中，成为很好的朋友，你说呢？"

林大岳早就听不下去了，一个箭步冲上来，指着黄世雄说："姓黄的，你太狂妄了！早晚会有一天，你要在法律的面前碰得头破血流，付出惨痛的代价！"接着，他对着康辉大声说："康大，你们土地规划执法大队也不是摆设，对这种无法无天、公然蔑视法律、对抗政府的违法分子，我们绝不能姑息迁就、心慈手软。我建议，你们对阳光花园二期的违法建设，要立即采取行动，进入处罚程序，依法进行强制拆除！"

康辉面露难色，看着赵长河不知道说什么好。

"大岳……沉……沉住气……"赵长河勉强说完了这句话，忽然身体一斜，眼看着就要倒下去，林大岳和康辉急忙上前架住他，只见赵长河的脸色已经变得蜡黄，额头上也渗出了豆大的汗珠，他吃力地说："咱们……走……"

林大岳答应着蹲下去，在康辉和方小虎的协助下，背起赵长河，快步走向奥迪车，让他平躺在后排的座椅上，轿车很快地驶离了违法建筑工地。

黄世雄注视着远去的汽车，脸上浮现出一丝得意的微笑。他对几个手下说："看赵长河的症状，很有可能是患上了心脏病或者脑溢血，就算送到医院及时抢救，出院的时候也该退休了。可以肯定地说，从现在开始，赵长河已经成为一个过气的人物，市城管执法局的其他几个副局长，钱山被双规了，另外两位还在外面，又暂时回不来，即便市里增派新的副局长，那也是立足未稳，不会有新的动作。如此看来，能给我们制造大麻烦的，唯独只有一名副局长——那就是李家杰！现在，我有种强烈的预感：在阳光花园二期工程建设上，我们极有可能和李家杰冤家路窄、生死一搏！"

"董事长，大饭店那边有几个重要的问题急等着处理，我得赶快回去了。"黄世雄的话刚说完，方小虎就提出马上要离开。

很显然，瞬间流露在黄世雄脸上的表情，已经不是一般的不满，而是发自内心的憎恨。尽管如此，他还是忍住了，强装淡定地说："哦，方总不是因为听到我说李家杰，就急着要回避吧？看来，你是真想清者自清呀。我想起来了，那天刮超级强台风，方总就是听信李家杰的话，把涉及汇泉湾大饭店生死存亡的重要谈判，完全扔到了脑后面，不顾一切地赶到了兴隆路立交桥，和李家杰共同上演了一场英勇救人的大戏。在关键时刻站到我的对立面，严重损害鑫海集团的利益，方总你让我这个做董事长的感到很寒心呀！可是，你终究是方市长的大公子，也是我的大侄子，还是鑫海集团的顶梁柱、未来的接班人，在我心目中的分量很重。况且，事后的补救工作，你也做得很到位，成功地和英国人正式签订了翻修改造汇泉湾大饭店的合作协议。所以呀，那件不愉快的事情，我会很快地忘掉它。但是有一点你得记清楚了，作为鑫海集团的董事长和法定代表人，我任命方小虎为汇泉湾大饭店的法人代表，也任命方小虎为阳光花园二期工程项目的法人代表，这两个职务紧密联系、缺一不可。特别是在近期，你要把自己的主要精力，放在阳光花园二期工程项目上，这里出现任何重大问题，你都得承担法人代表的责任，你听明白了吧？"

他说的话，方小虎没有同意，也没有反对，只是勉强地笑笑说："我走了。"

他离开了，黄世雄没有同意，也没有反对，只是由着他去了。

魏扬见黄世雄若有所思地望着方小虎的背影，不敢贸然打扰，待他感慨地小声自语道："两条路上跑的车，早晚要分道扬镳"，慢慢把目光收回来以后，才说："董事长，上次李家杰强拆了咱的广告牌，鑫海集团的损失非常惨重，我憋了一肚子恶气还没能出得来。他要敢再来阳光花园二期项目上找麻烦，我就得和他新账旧账一块儿算了！"

听到魏扬这么说，早就恨得牙根直痒的炉包，从后面把头伸过来说："董事长，我是从铁笼子里放出来了，可是老婆还关在里面受罪，祸根就是李家杰，我早晚得扒了他的皮！董事长，什么时候做了他，我全听你的。"

"闭嘴，后面去，这里哪轮得上你说话！"魏扬一声吆喝，像是在喝斥一条狗。

炉包吃了一惊，很快便明白了，知道自己越着锅台上了炕，眼里没有了魏扬，犯了他给自己立下的规矩，就再也没敢吭声，哈着腰顺从地退了回去。

黄世雄说："老魏，卢老板有话要说，就要他说完。"

魏扬瞪了眼炉包说："有话快说，有屁快放，赶紧的。"

炉包重新近前两步，点着头说："董事长、魏总，我落难的时候，就像条流浪狗，谁都闪得老远，还是董事长和魏总不嫌弃，敞开了大门留下我，这个恩炉包早晚得报。不管什么时候，两位只要用得上我，就是爬刀山、跳油锅，炉包也决不皱眉头！"

黄世雄对他说的这几句话还算满意，又夸奖又关心地说："没看出来，卢老板为人还挺仗义，也懂得知恩图报，是个敢作敢当的爷们。好，你的心意我领了，说不定日后还真会重用你。不过，你从局子里放出来的时间不长，现在还不便于在街面上多露脸，就留在工地上看家护院，好好调养调养再说吧。"

几句话说得有情有义，把炉包感动得欣喜若狂，恨不得当场就给黄世雄跪下，磕上几个响头。又见魏扬向他挥了挥手，知道这是撵他快走的意思，连忙向后倒退了几步，差点摔了个仰面朝天，急忙转过身去，很快跑得没影了。

黄世雄重新阴下脸来说："老魏，刚才我分析过，市城管执法局能主事的人，就剩下这个李家杰了。对付这个心腹大患，不是一件容易的事，我们必须多准备几手。我听说，李家杰和市局办公室主任夏子强两人长期不和，积怨很深。你可以在夏子强这个人身上打打主意、想想办法，争取在两个人的中间，把火头挑得更旺一些，让他们斗得更狠一些，最好能闹出个大点的动静，这样可以牵扯李家杰很大的精力，让他没有心思再来管咱的闲事。”

魏扬思考着说：“李家杰和夏子强，这两个人的矛盾确实很大，不少人都知道。我会按照董事长的意思，再想想办法，看看能不能进一步加深他们的矛盾。可是，夏子强毕竟是共产党的处级干部，从小到大都受到很正统的教育，他和李家杰的矛盾，只是他们内部的问题，和我们完全不是一路人，无论什么时候他也绝不会和我们穿上一条裤子。所以，我们不能把最大的赌注，压在他的身上。李家杰的问题，还是我们自己解决更有把握。”

黄世雄略微点下头，挺认可地说：“你说的也不无道理。实际上，我们也只是利用夏子强，把他们内部的水搅混，为我们多争取一些时间。你作为阳光花园二期项目的实际负责人，必须要做到两快：一快就是，加快补办《建设工程规划许可证》。市规划局的华南江，也不是个省油的灯，他被上面压得实在没有办法了，这才发给我们《建设用地规划许可证》，可是他扣住了《建设工程规划许可证》，到现在也不发，这就引发了后面的一系列问题。同时，这也让李家杰抓住了把柄，使他得以把阳光花园二期项目，定性为没有经过审批的违法项目，那这个建设项目就只能任人宰割，随时都有可能被他强拆了！第二个快，就是要加快施工进度。趁着现在市城管执法局乱哄哄的，争取在两个月内，一个楼座主体封顶，一个楼座即将封顶，一个楼座建到一半。造成了这样的既定事实，我倒是要看看，谁还有这么大的胆量，把这个总投资近十个亿的大项目炸平了！……老魏，我是豁上去了，为阳光花园二期项目押上了血本。成了，咱兄弟们一块儿挣大钱，有福同享；输了，那就赔它个精光，老兄弟们一块儿有难同当。老魏，我把话说到了这个份上，你可不能对不起我呀。”

魏扬感恩戴德地说：“我跟着董事长创业十九年，受了太多恩惠，这次不但不追究我广告牌被强拆的重大损失，还要我实际负责阳光花园二期项目，给了我一个戴罪立功的机会。老魏的心里很明白，这一辈子也不敢忘。我愿意至死追随董事长，成就你的宏图大业！"

"成就我的宏图大业？好啊，这句话我最爱听！"黄世雄目光炯炯，信心满满地说："我毕生的心愿，就是要不断地积聚财富，再把手中巨大的财富，转换成支配一切的魔杖，这个威力无比的魔杖，更能为我点石成金、呼风唤雨、掌控一切！"

第十五章

　　夏茵洗过澡，身穿一件白色吊带裙，出水芙蓉般地走出了浴室，显得格外美丽动人。

　　她来到宽敞的客厅里，随意摆弄着湿漉漉的秀发，顺手从冰箱取出一瓶橘汁，吸吮了几口，又坐进沙发里，拿起茶几上的设计图纸，仔细地审阅着。没过多久，房门传来了开锁的声音，她连忙扔下手中图纸，快步走到了门口，接下父亲手中的提包，轻声嗔怪道：

　　"老爸，这都几点了您才回家，肚子该闹意见了吧？"

　　夏文渊脱下外衣，挂在衣架上，"你妈呢，做好饭了吧？"

　　"她去老年大学上课了，说饭都温在锅里，您回来就可以吃了。今天给我哥打过电话，他说也可能要回来，我再等等他。"说着，夏茵将父亲的手提包送进了书房。

　　"哦？这不过年不过节的，今天是个什么黄道吉日，你哥居然也要回家吃饭？难道他也动了恻隐之心，想起来家里还有个老爹老妈？嗯，那我也等等这位夏大公子，一起共进晚餐吧。"夏文渊去卫生间洗过脸，出来见女儿坐在沙发里看图纸，就问："茵茵，你们土地规划局办的城市规划展，你一定也参与了吧？"

夏茵骄傲地扬起头说："是呀，何止是参与。老爸这么问，一定是大驾光临过，有什么想法和感受，说来听听。"

夏文渊打开电视机，用遥控器选着频道，慢悠悠地说："你这是给你老爸出难题呀。城市规划的学问很深，你老爸完全是个外行，怎么能妄加评论呢？何况，听你口气，我的宝贝女儿想来是为规划展付出了大量的心血，万一哪句话没说到点子上，惹得女儿耻笑事小，让她不高兴了，把我这个家里排名最后的老头子末位淘汰掉，那可就事大了。"

夏茵将嘴巴翘得老高，装作不开心的样子说："老爸，您有一肚子的大学问，我那些都是雕虫小技，您要是不谈点宝贵的意见，人家可就再也不能进步了。"

看着女儿认真的样子，夏文渊这才颔首道："既然我女儿不耻下问、虚心求教，老爸就从一个观众的角度，谈点粗浅的看法。客观地说，这个规划展办得还是蛮不错的，在全国应该也属一流。它真实地反映了岛城过去、现在和将来的发展脉络以及内在规律，在方向上是对头的，在立意上是准确的，在设计上是创新的，在社会反响上是良好的。具体地说，印象中最深刻、最让我感到震撼的，就是那座规模宏大的岛城全域规划模型沙盘，还有那部用三维技术制作的宣传片。它们对三岛市近、中、远期的城市规划，给予了很形象、很全面的诠释，使人观赏后，印象清晰、深受鼓舞。如果要我给这个规划展打打分，那就应该是……八十分吧。"

"啊？您好听的话说了一大堆，最后才给我们八十分？"满心欢喜的夏茵，像是受到了莫大的委屈，说："老爸，您不是口误吧？前面把人家表扬得晕头转向、云山雾罩的，后面又紧接着泼了一盆冷水，把人家从头到脚都浇凉了。您这么吝惜分值，也太……太……太那个了吧。"

夏文渊用手中的遥控器将电视机的音量调小了几格，意味深长地说："城市规划，历来都是制定容易执行难，这在全国的很多城市中，几乎成了一个通病。当然，我不反对适时地、科学地对城市规划，做出一些必要的调整，以便更好地适应现代和将来城市发展的需要。但是，我要强调，现在有些城市对规划的调整人为的因素太多了，有的时候甚至还很离谱，在家里我就不多说了。所以呀，老爸只能给你们的规划展打上八十分，这已经是手下留情、很照顾你们的积极性了。要不然，咱们就订立个为期五年的君子协定：假如市土地规划局能够顶住各个方面的压力，严格地执行由你们亲手制定又经过法定程序批准的城市规划，到时候我一定会给你们打高分，请你们吃大餐；反过来说，假如你们在城市规划行政审批的实际工作中，不能尊重城市规划的严肃性，任意地修改和破坏现有城市规划，在社会上造成很不好的影响，你们市土地规划局，恐怕在我这里就连八十分也得不到了，说不定我还要给你们打个不及格。怎么样茵茵，同意吧？"

夏茵没犹豫，痛快地接受了父亲的建议："嗯，没问题。君子一言，驷马难追。"

"好啊，这才是我夏文渊的女儿！"夏文渊的目光变得更加慈祥了，他很理解地说："当然了，城市规划在执行过程中出现问题，并不应该全由你们业务处室来负责，你也有自己的上级领导嘛。可是，作为市土地规划局一位主要业务部门的负责人，你能这样认真地去想，这样努力地去做，已经是难能可贵、很不容易了，尤其你还是一个女孩子……哦，对了，茵茵，有件事情，希望你能如实地告诉我。"

夏茵很干脆地说："您是老爸，又是市人大副主任，您想问什么，尽管问。我肯定是知无不言，言无不尽。"

夏文渊把话说得尽可能自然、婉转，让女儿容易接受些，"不知道是我记错了、看走眼，还是你们在行政审批许可中，出现了什么问题。总之，参观城市规划展时，我发现了一个很奇怪的现象：明明在那个巨大的沙盘上，标明着城市滨海园林绿地，可是在现实中，却成了正在加紧施工的大片建筑工地！茵茵，这件事你一定了解内情吧？能不能说给老爸听听，究竟是怎么回事？"

夏茵的眸子里掠过一丝慌乱，很快又莞尔一笑，岔开话题说："老爸，我哥要回来了，我得赶紧去热饭了。"

"别急嘛，老爸还没说完，你再坐会儿。"夏文渊见女儿起身要走，便拦住了她，然后自己去书房，取了一个牛皮纸袋回来，交给夏茵说："你看看吧，这是在本次人代会休会期间，我们收到的由九十九名市人大代表联名提出建议的复印件，他们强烈地要求，市政府应该迅速采取果断措施，制止阳光花园二期项目的违法建设，严惩相关的责任人。如果有关方面不能满足他们的要求，他们年底将会联络更多的市人大代表，在召开的市人代会上提出质询或者罢免案。茵茵，这么多的市人大代表联名提出一份建议，在岛城的历史上也并不多见。因此，市人大常委会极为重视，责成我尽可能处理好这件事情。茵茵，实际情况你最了解，你来给老爸提供尽量全面的第一手资料，协助我把这件事情搞清楚，提出解决这个问题的具体办法。怎么样？"

父亲的话，在夏茵的心里瞬间激起了层层涟漪。为掩饰自己的窘迫，她连忙躲开了父亲殷切的目光，低头抽出信袋中的复印件，说："好啊……不过，您总得让我先看看这些材料吧。"

夏茵比谁都清楚，到目前为止，鑫海集团房地产开发公司并没有拿到市土地规划局核发的《建设工程规划许可证》。毫无疑问，在行政审批手续不完备的情况下，擅自开发建设阳光花园二期项目，纯粹属于违法行为。而让她感到特别苦恼的是，这个岛城乃至全省甚至更大区域内最大的违法建设群，几乎涉及了她所有最亲密、最尊重、最熟悉的亲人、领导和朋友——夏文渊、夏子强、方明、方小虎、华南江、赵长河、李家杰，当然还有黄世雄等。由于这些人站在不同的立场上，出自不同的思想动机，为了不同的目的利益，在随之而来的这场缠斗中，都会自觉不自觉地、或多或少地受到牵连，甚至可能付出沉重的代价，遭受非常严重的伤害！尽管经过几年的锻炼，夏茵作为市土地规划局城市规划处的负责人，在为人处事方面已经比较成熟干练，也养成了一种严谨的职业习惯；但是，她的心里很清楚，在这个非常时期，她说话做事更得慎之又慎，即便是面对自己的亲生父亲，也不敢有丝毫大意，不敢有任何闪失。

实际上，夏茵对岛城开发建设中存在着的问题，早已司空见惯。由于法律法规还不完善，政策上仍然有缝隙可钻，又赶上岛城东部地区处于大开发、大建设的非常时期，再加上社会上盛行的各种不良风气的严重影响，那些善于投机钻营的开发商和建设单位，为了获得最大化的经济利益，无孔不入、无缝不钻。特别是对于夏茵这样手握要权的政府官员，他们更是极尽能事，让她感到不胜其烦，压力很大。可是，更让她感到为难和纠结的，并不是来自于社会的滋扰，而是如何处理和协调政府内部的关系。尤其是面对分管副市长方明和市土地规划局局长华南江，他们时常对建设项目在规划上提出新的要求，改变和调整原有规划等行为，夏茵常常倍感为难，颇为苦恼。在这种情况下，她虽然很不情愿，有时候也坚决抵制，但是总体来说，她还是要服从和执行上级领导的决定。为此，她只好给自己预设了最后的红线，在保证不会出现重大技术问题，不会违背重大原则问题的前提下，适当满足领导和开发建设单位的要求，对特定工程建设项目进行适当的变通处理。当然，那些没有经过审批，就对建筑规划设计图纸擅自改动、私自违法建设的开发单位就更多了，这些大量存在的违法建设问题，只能由城市管理行政执法部门依法处置。可是，以上这些情况和阳光花园二期大规模违法建设的问题比较起来，无论在性质上、规模上、损失上、危害上、影响上，都没有可比性，不在一个量级上。阳光花园二期违法建设工程，已经变成了一个十分危险的巨大隐患，如果处置不当，很有可能会在岛城引发更加严重的问题，说不定就像父亲说的那样，在年底的人代会上，给三岛市带来一场政治上的小地震。

一个多月前，华南江按照方明特事特办的要求，将城市规划中的部分滨海绿地，变更为商业开发用地，并向鑫海房地产公司核发了阳光花园二期工程项目《建设用地规划许可证》。可是不知道为什么，他后来忽然又改变了主意，在对待阳光花园二期工程项目的态度上，来了个一百八十度的急速大转弯，甚至不惜和方明翻了脸，拼命地顶住了这位分管副市长对他不断施加的压力，同时还给夏茵下了一道死命令：对阳光花园二期开发项目的行政审批到此为止，绝不能向它核发《建设工程规划许可证》，并要求夏茵立即通知鑫海房地产公司，将上个月市土地规划主管部门核发的《建设用地规划许可证》迅速返还上交回去，否则就将该地产公司列入不良记录名单，今后休想再能得到市土地规划行政主管部门的任何支持和帮助……

"茵茵，想什么呢，可以回答我的问题了吧？"夏文渊口气未变，问得轻松自如，像是平日里和女儿拉家常，"你们调整了部分滨海地区的规划，将园林绿地变更为商业开发用地，是不是经过了专家论证、市民讨论和政府批准这些程序？这九十九位市人大代表所反映的阳光花园二期工程项目，是不是存在着严重的违法建设问题？你们土地规划局……"

正当夏茵对父亲的一再追问，感到局促不安、不知所措的时候，门铃开始"叮咚叮咚"地响个不停，夏茵高兴得一下子蹦了起来，说声"我哥回来了"，就像发现了救兵似的，飞快地跑去打开了房门。

"哟，又一位夏大主任回家了。怎么形单影只的一个人呀，没有带回来一位嫂夫人吗？我还以为这么长时间未见尊容，是因为我哥沉浸在热恋之中呢。快进来吧，我和老爸正等着你吃饭呢，我饿得肚皮都快要贴到后背了。"

夏子强没正眼看妹妹，只是大模大样进了门，冷着脸说："去去去，自己的老大难问题都解决不了，还好意思说别人。满以为这次开门的会是我未来妹夫，结果还是你这个孤苦伶仃的妹妹。都这么大了，还是嫁不出去，也不嫌丢人。"刚说完，胳膊上就被夏茵掐了一把，疼得他咧了咧嘴，赶忙伸手去抓妹妹，夏茵早就躲在了父亲的身后，他只好对夏文渊说，"爸，我回来了。"

夏文渊挺舒心地说："饿了吧？你先洗把脸，我去打个电话，茵茵把饭热好了，咱们马上就吃饭。"随后，拿起茶几上的复印件和牛皮纸袋去了书房。

夏茵把门关好，对态度冷漠的哥哥说："有的人呀，官做得不大，架子端得不小，总是瞧不起人。可是，命运就是这么捉弄人，你自己摆的谱越大，就越是当不了大官，这种辩证关系放之四海而皆准，你没看见吗？李家杰和方小虎在这方面，都比你做得好。"

夏子强皱紧眉头不耐烦地说："你少在我面前左一个李家杰，右一个方小虎，我听到就烦。你要是看好了哪一个，趁早嫁出去得了，别在家里单相思。"

夏茵的脸上飞起了红晕，赌气说："你……你怎么能这样说话？！我告诉你，李家杰要是没结婚，我就嫁给他；还有方小虎，他也比你强，只要我愿意，明天就嫁给他。"

夏子强讥笑道："因为方小虎救下广告牌上面的农民工，你就开始对他旧情复燃了？你也不好好想想，人家方小虎现在多牛，他现在是汇泉湾大饭店的总经理，阳光花园二期项目的法人代表！像他这样的年轻大老板，围绕在身边的美人佳丽何止成百上千？就算他的心不花，眼也早就看花了，在大马路上走到对面，他还能把你认出来，就已经是烧高香了，你还奢望和他白头偕老？快别大白天地做美梦了。"

夏茵很自信地说："哼，你看到的都是表面现象。这次方小虎能够冒着生命危险，义无反顾地去解救那些普通的农民工，这本身就证明了，即便他做了大老板，也经受住了考验，仍然没有改变重情重义的本色，这完全超出了我的想象！对我来说，这就已经足够了。"

夏子强沉下脸来教训道："你不要以为方明是你的干爹，方小虎和你曾经有过恋情，而且又一时冲动舍身救人，你就开始头脑发热，固执己见。我告诉你，现实中的方小虎，绝不是你想象中的那个出淤泥而不染的正人君子。近朱者赤，近墨者黑，这是千古不变的铁律。现在的方小虎，不仅仅是个沾染了恶习的私企老板，还是黄世雄的左膀右臂、得力干将；而黄世雄更是个阴险狡诈，社会背景极其复杂，黑白两道通吃，什么事情都能干得出来的主儿。你也不想想，方小虎白天黑夜地和这种人搅和在一起，他能好了吗？你和方小虎藕断丝连，到时候一定会后悔莫及，不如现在就一刀两断、彻底分手。"

夏茵对哥哥的话越听越糊涂，简直无法理喻，很疑惑地质问他："不对呀……哥，这是你说的话吗？你不会去做朝秦暮楚的小人吧？方小虎从小和你一起长大，比亲兄弟还要亲，谁也无法离间你们铁哥们的关系。即使方小虎去做私企的老板，我不和他谈恋爱了，那你也绝不应该要和方小虎、和方家反目为仇啊！"

"你懂什么？！"夏子强很烦躁、很强势地说："在几个最重要的问题上，方家如果还能念及和夏家是世交，方明就不会在全市竞聘市管领导干部的关键时刻，下死手把我打下来，而把李家杰拉上去。他对夏家如此背信弃义，我会记恨他一辈子！再说，上次在兴隆路立交桥下，我忍辱负重、不计前嫌，为了帮助方小虎保住那十六座立柱式广告牌，又联合钱山准备对李家杰采取措施，没想到你却挺身而出保护了李家杰，令我们的计划泡了汤。尽管这件事没有办成，方小虎也应该记住我的这个情分，关键时刻和我站在一起。可是没过多久，超级强台风要在我市登陆，方小虎竟然完全听命于李家杰，和他穿上了一条裤子，结成了共同对付我的统一战线。为此，我进一步确认了一种观点：敌人的朋友，就是我的敌人。"

哥哥怪诞的逻辑，夏茵不能赞同。同时看到他现在的这个样子，夏茵感到又心痛，又着急，就用从未有过的口气批评道："照你这么说，李家杰已经成为你的敌人了？方小虎也成为你的敌人了？哥，你把话说得太重了，你的想法也太狭隘、太偏激了。你这样疑神疑鬼的，总是看谁都不顺眼，给自己树立这么多的冤家对头，到头来你会成为孤家寡人的！哥，你的心胸一定要宽广一些，千万不要再自我封闭了，千万不要在自我设计的路上继续走下去了！"

夏文渊出现在客厅里，说："你们兄妹俩见面就说个不停，还有完没完？把我这个老头子撇在一边挨饿，于心何忍？"

夏茵见哥哥情绪低落，心里很不好受。她灵机一动，忽然有了主意，忙对父亲说："老爸，我哥好不容易回家吃顿饭，得有酒助兴才行啊。要不然您再坚持一会儿，我去给你们炒两道下酒菜。"

"好啊，锦上添花的好主意，也就是我女儿想得出来。你快去准备吧，我正好有点事情要问问你哥。"夏文渊高兴地说。

夏子强很不情愿地说："爸，我自己的这些烦心事都还没解决呢，哪有心思再和你去聊别的。"

夏文渊没有理会他的这种情绪，开门见山地问："子强，现在社会上有些传言，说正在加紧施工的阳光花园二期项目，是岛城有史以来最大的违法建筑。你作为市城管执法局的办公室主任，能不能给我一个明确的回答，这些传言究竟是真还是假。"

夏子强勉强应付道："爸，网络时代什么都很透明，纸里根本包不住火。我可以负责任地告诉您，这个传言是真的。"

夏文渊紧接着又问："既然是真的，那我就大惑不解了。你们城管执法局，为什么要对这起罕见的大规模违法建设置若罔闻、放任自流呢？难道你们不知道这是严重的失职、渎职、不作为吗？赵长河和李家杰平日一贯坚持原则，敢于碰硬，在领导和市民中有着不错的口碑。可是在这个重大的违法建筑问题上，为什么一反常态地毫无声息了呢？很蹊跷嘛，这里面一定有原因，你把知道的情况统统告诉我。"

夏子强苦笑几声说："爸，赵局长敢于坚持原则，那都是过去的事情。人总是要变的，何况还是一位即将退休、又重病卧床的老人呢？再说了，那个总想把持市局大权的李家杰，本来就是个能说不能干的伪君子。在这种情况下，别说发生阳光花园二期违法建设这样的事情，就是出现更严重的问题，那也不足为奇，完全顺理成章。如果要改变和扭转当前市城管执法局不正常的工作状态，最好最快最能解决问题的办法就是，绝不能让李家杰继续在我局兴风作浪、为所欲为。因此，应该建议市委市政府尽快委派新任局长到位，全面主持市执法局的工作；同时，还要尽快地提拔和配备几位新的副局长，防止刚到位的局长孤掌难鸣，被别有用心的李家杰架空。爸，对我个人来说，这也是个可遇不可求的重要机会，请你务必充分发挥自己的影响力，把我提拔为副局长。"

儿子的精心设计并没有引起夏文渊的重视，他只是关切地询问了赵长河的病情，说明天一定要去医院探望他；又问了李家杰是否还在外地出差，他什么时间才能回来。话题自然而然地又延伸到对李家杰的个人看法上，"哦，你们的领导班子情况确实比较特殊，相信市委很快就会考虑解决这个问题。可是我不明白，为什么你对李家杰抱有这么大的成见？你们过去不认识，并没有什么积怨，就是竞聘市管领导干部时，他上去了，你下来了，然后开始在一个单位工作。根据我的了解，李家杰的口碑在市级机关里还是很不错的。半年前，他到市城管执法局任职不久，就亲自组织领导了取缔市文化宫广场违法市场的大规模执法行动，不仅彻底解决了那里市容环境脏乱差的严重问题，重新交还给市民们一个文化娱乐、休闲锻炼的好去处；而且还借此机会，改造扩建了兴隆路室内农贸市场，妥善安置了文化宫部分下岗职工和绝大多数的小商贩，在社会上的反响非常好，成为执法为民的一个典型案例。而且，在前段时间里，他又领导了全市的市容环境'三项整治'工作，解决了兴隆路立交桥广告牌等几项全市性的重大违法问题，消除了岛城大量视觉污染，使三岛市城管执法局在全省和全国树立起了良好的形象，也为三岛市相对集中行政处罚权的试点工作，起到了很好的促进作用。这些都足以说明，李家杰同志是位有思想、有魄力，心里装着市民的好干部。"

夏子强不屑地说："爸，这都是李家杰做的表面文章，谁在副局长的位置上都能做得到，您可不要被这种假象蒙骗了。李家杰这个人，本质上就有问题。在阳光下，他装得道貌岸然，很像正人君子；在暗地里，他却卑鄙龌龊，尽干见不得人的勾当，是个典型的伪君子。前些天，市委组织部到局里考察干部，在民意测验中，据说我的分数很低，我想极可能就是他在私下里串通了一批人，在投票时给我做了手脚；再就是他挑唆我和赵局长的关系，诬告我原则性不强，和社会上的地痞流氓沆瀣一气，主动向他们透露重大执法行动信息等等，致使赵局长对我几乎失去了信任，多次严肃地批评我且不说，如果我不是您的儿子，可能早就被他踢出办公室、清除出执法局了。幸亏我最近主动地改变了策略，和李家杰缓解了关系，赵局长对我的态度才比前几天好了些。"

"嗯"，夏文渊听着儿子的倾诉，没有马上表态，可是脸上的表情已经愈加严肃了。

夏子强也注意到父亲的沉默，有些着急了，"爸，我说了这么多，难道您就没有一点感觉？为什么到现在也不表明自己的态度。我想，我在市城管执法局的这种恶劣处境，您绝不应该无动于衷，眼看着不管，您必须抛弃所有的顾忌，帮助我一步到位，直接当上副局长。否则，我这辈子恐怕再也翻不过身来了。"

夏文渊随口问道："就算你当上了副局长，那又能怎么样？"

夏子强的精神为之一振，如同换了个人，说什么最痛快、最解气，他就肆无忌惮地说什么，"我当上副局长，在精神上和行动上，就能彻底地得到解放，再也用不着逆来顺受，看着别人的眼色行事！而且我还要以其人之道，还治其人之身，让李家杰之流像狗一样夹紧了尾巴，在我的身边转来绕去，嘤嘤地哀鸣，任我随意羞辱，才能一解我的心头之恨！"

当夏子强突然意识到，自己这么口无遮拦，毫无顾忌地说气话、说狠话，很有可能引起父亲的反感和警觉，起到适得其反的效果时，这些话却已如同泼出去的水，再也收不回来了。他赶紧偷眼看了看父亲，只见夏文渊的脸色，已经变得铁青铁青的了。

夏文渊的一生，命运多舛、起伏跌宕，阅历不可谓不丰富。可是还从来没有人当着他的面，赤裸裸地说出如此骇人的狂言！而这位让他长了见识的人，居然就是他的儿子！

"吃饭了。老爸、哥，下酒的菜都上桌了，你们再不来吃，可就让馋猫叼光了。"

夏文渊强压住自己的火气，尽可能平心静气地说："子强，我不明白，你和李家杰之间，到底存在着什么样的重大原则问题，有什么解不开的死疙瘩，为什么非得这样誓不两立、水火不容？我实在难以理解！古人云，冤家宜解不宜结，冤冤相报何时了？在我看来，你们之间根本就不存在大是大非的问题，你只是根据自己的想象和臆测，把李家杰设想成一个所有敌人的总代表，然后再和他进行无原则、无休止地缠斗，这是患上了政治上的妄想症！"略做停顿，他轻叹一口气，接着又说："子强啊，你父亲这辈子见过许多人，也经历过许多事，但是我一直坚持的处世哲学，就是要有原则地团结，而不是无原则地争斗。在这方面的经验教训，我们党、我们国家和我们的前辈们，经历得实在太多太多了。前车之鉴，后车之师。我希望从现在开始，在你的身上，不会再发生这样的问题。"

父亲说出这样的话，夏子强并不感到意外，他本来就是这么个人。可是今天不同，夏子强多么希望能从他的嘴里，得到几句体贴宽慰的话，哪怕是在哄骗自己，也能暂时麻痹一下自己紧张得快要绷断的神经，安抚一下自己极度疲惫、极需慰藉的心灵！可是，父亲没有这么想，更不会这么做，他仍然几十年如一日地冥顽不化，坚守着自己所谓的信念：只要涉及他认为的原则问题，不管面对的是什么人，要处理的是什么事，都休想在他这里得到怜悯或者妥协。在这方面，他永远是地地道道的、完完全全的"冷血"！

"我认为，现在我是在和自己的亲生父亲对话，而不是向市人大的副主任汇报工作。"夏子强压抑着内心的痛苦，努力控制好自己说话的口气。

夏文渊横下一条心，绝不再后退半步，他说："对话也好，汇报工作也罢，形式已经不再重要；重要的是，你必须要从现在开始，深刻认识到自己的错误，并下定决心尽快改正，否则将后患无穷！"

夏子强感到，自己的嗓子里就像被塞上了一团又苦又咸的棉花，他的声音开始变得哽咽起来，"不……不！……我不信，我不信！在儿子最需要父亲的时候，父亲却如此冷漠、如此无情！爸爸，您不要忘了，我的失败，不仅仅是我个人的失败，也将是您的失败！是我们全家的失败！！"

夏文渊心情沉重地说："你的失败，的确也是我的失败，是我们全家的失败，这几句话没有错。作为你的父亲，我承认对你的教育和引导存在着一定的问题和失误，但是无论如何，我从来没有放弃过自己的底线和原则！对，我从来就没有放弃过！所以，你能不能当上副局长，市城管执法局领导班子怎样组成，完全要由市委做决定，我们必须坚决服从。至于你和李家杰、和赵长河、和市城管执法局的同志们，关系相处的紧张问题，我看主要原因还是在你自己身上！"他越说越生气，越说越激动，狠狠地批评道："我把说过的话再重复一遍。这个问题归根结底，就是因为你私心太重，胸襟太窄，权力欲太强。身上具备这三条，将来一旦成了气候，就有可能会祸国殃民！所以，在你没有认识到、没有解决好这三条之前，你连做个人、做个公务员的资格都不够，更休想去当副局长了，休想！"

听到父亲激怒的吼声，夏茵又惊又怕，赶快从厨房里跑了出来，紧张兮兮地问："老爸、哥，你们这是怎么了？刚才还是和风细雨的，谈得挺好，怎么转眼间就变成电闪雷鸣，好像天都要塌下来了。"

夏子强仰起头，长叹一声道："爸，您不帮我，儿子无话可说；可是您对我的评价，儿子至死也不接受！……您让我的心，开始流血！"说着，他表情扭曲地站起来，忽然像疯了一样，大声喊着向门外冲去。

"夏子强，你站住！爸爸……爸爸的话，还没有说完！"夏文渊强烈地意识到，这三条评价就像三把利剑，深深地刺中了儿子的心，严重地伤害了儿子的自尊，更担心他会因此失去了理智，干出谁也无法预料的事情，便在夏子强拉开房门的同时，失声向他喊道。

听到父亲凄凉的呼喊，夏子强不由自主停下了脚步，夏茵慌忙跑过去，又将房门锁上了。

夏文渊步履缓慢地走到儿子身后，将手臂搭在他的肩上，恳切地说："子强啊，对不起，爸爸对你发了这么大的火，说了这么重的话，是有些过分了，我向你道歉。知子莫如父。客观地说，你也是个有理想、有抱负、有才干的青年。但是，只要是个人，就会有自己的缺点，我的儿子当然也不例外。刚才我说的三条，或多或少地都在你身上有所表现，这绝不是爸爸无中生有、凭空捏造，而是通过对你的长期观察总结出来的。这些问题的存在，使你随时可能变得目中无人、唯我独尊、思想偏激、好走极端，为了达到个人的目的，甚至可以不择手段。孩子，这三个问题，可能你一时还意识不到，也可能你已经意识到了但是还没有来得及改正，但确信无疑的是，它们已经对你造成了巨大的伤害！所以呀，为父建议你，赶紧调整调整思维方式，变化变化为人处事的观念，改善改善自我封闭的心态。只有这样，你的视野才会更加高远，你的胸襟才会更加豁达，你的事业才会如鱼得水！子强啊，一个政党、一个民族、一个国家，尚且都要与时俱进，不断改变，才能生存和发展，何况我们这些芸芸众生、一介庶民？……总而言之，要么在固执己见、妄自尊大中沉沦淘汰，要么在调整改变、吐故纳新中发展进步。这就是爸爸对你的忠告！希望你三思……三思啊，我的儿子，爸爸……爸爸求你了！"

夏子强呜咽着，泪如雨下，过了好一会儿，他的情绪才逐渐地平静下来。他慢慢转过身，泪眼朦胧地看着显得愈发苍老的父亲，再也控制不住内心的感情，张开双臂抱住了他，"爸，您的良苦用心，儿子明白了……请您给我点时间，让我好好地想想……好好地想想。"说完，他抹了把眼泪，再次向门口走去。

夏茵还要阻拦他，被父亲制止了。她清楚地看见，在父亲的眸子里，饱含着深深的理解和期待，流露出浓浓的舐犊之情。

离开父亲以后，夏子强去了国际帆船中心，他独自坐在情侣大坝上，望着海湾对面璀璨的城市夜景，听着海浪轻轻拍岸的声音，心里面却是更加苦闷了。他不敢承认，更不愿意面对，父亲极其严肃地给他指出的那三

个问题。他坚持认为，自古以来便是这样，成者为王，败者为寇。既然自己
在关乎政治命运的全市竞聘市管领导干部中失利了，随之而来的处处碰壁和
事事倒霉，都是很自然的现象，并不像父亲所说的那么严重、那么复杂，大
不了也就是个运气不佳的问题，还不是应验了那句老话：人在不顺的时候，
喝口凉水都塞牙，放个屁也打脚后跟。然而，让他无法接受的是，仔细想想
这些接踵而至的挫折和失败，又确实如同父亲所说的那样，都是由自己一手
策划、一手导演、一手制造出来的。而且经过了一次又一次周而复始的折腾
后，到头来受到伤害最重的不是别人，恰恰还是他自己！这不能不让一贯自
视甚高的夏子强，从内心里感到十分矛盾、万分沮丧。

　　在父亲的严令威逼和苦口劝说下，也是为了扭转当前这种非常不利的
局面，让自己尽快地化被动为主动，跳出这个恶性循环的怪圈子，夏子强对
自己来到城管执法局以后发生的主要事件，开始从头到尾进行认真的梳理和
反思。他仔细回顾着每件事情，试图厘清自己当时的思想动机、事件的发展
过程和最终结果；反省自己平时又是在什么时间、什么地点、什么场合，说
错了什么话、办错了什么事。他的这种自我审视和反思，效果并不理想，答
案也不是很清晰，对自己也不是很有说服力。只是不得不承认，自己的私心
是多了点，胸襟是窄了点，当官的念想是急了点；也确实对特定的人和特定
的事，使用过一些小绊子和小手腕。可是，这些小小的动作，在私欲横流，
人不为己、天诛地灭的现实社会中，那又算得了什么呢？！所以，他仍然认
为，既然要充分地体现出自身的人生价值，实现出人头地的梦想和抱负，有
时候说点过头话，做点过头事，完全都属于技术层面的操作问题，绝不能真
实地反映出一个人的善恶本质。比如说，自己将窃取了市城管执法局副局长
职位的李家杰，作为头号的政敌和攻击对象，对其使用了一些必要的手段，
这在官场仕途上，都是些很常见的做法，不值得大惊小怪。可是，让夏子强
百思不得其解的是，既然他这么做并非有悖常理，而是很平常的官场现象，

那么自己为什么却因此落得众叛亲离，几乎为所有的亲人、领导和同事所不容呢？

夏子强总是认为，在这个世界上、在他个人的仕途中，唯一可以信赖、可以依靠的，只有他的老父亲。且不论父子俩在一些问题上是否谈得拢，在原则立场上是否完全一致，仅凭着护犊的本能和天性，在儿子最需要他的关键时刻，夏文渊也一定会毫不犹豫地挺身而出，用尽自己的全部力量，去完成自己"救赎者"的使命！在这一点上，夏子强非常自信，从来就没有半点怀疑过。可是，他无论如何也没有想到，为了完成这个"救赎者"的使命，在重大问题上一辈子都没有低过头的老父亲，居然会让自己的儿子逼到了无可奈何的境地，石破天惊地喊出了"儿子，爸爸求你了！"这样使人心碎、令人震惊的语言。

实际上，从那一刻起，受到强烈震撼的夏子强，已经在内心里开始承认了，那被老父亲一针见血指出的、自己早就意识到却没有勇气面对的真正病根，就是私心太重、胸襟太窄、权力欲太强！

是时候重新审视自己的人生坐标，调整自己思想行为的轨迹了。用父亲批评他的话和夏子强自己悟出来的道理来说，那就是一个政党、一个民族、一个国家，尚且都要与时俱进，转变观念，不断地调整自己的思维方式和行为方式，更何况在大千世界中，渺小得不能再渺小的一个人呢？

让他对自己感到一丝宽慰的是，其实在李家杰去几个大城市考察学习之前，自己就已经在思想行动上开始有所收敛，有时还主动地做出一点小小的姿态。虽然这些行为很微小、很虚假、很被动，并非是发自内心的，但是随着这次思想深处如此强烈的震动，自己的内心里已由此引发出了强烈地要改变现状的急切愿望。他相信，这种强大的内在动力，一定会让自己发生难以想象的真正变化。……越是这样思考问题，夏子强心里头就越是敞亮，清除与李家杰之间的芥蒂、化解和李家杰之间矛盾的意愿，就越是强烈，越是迫切。于是，他一分钟也不想耽搁，立即给李家杰发了条手机短信：

"家杰局长好。前天下午，赵长河局长突患脑溢血，今天中午刚刚脱离了危险。如果有可能，请你速回岛城，主持全局工作。本人过去多有冒犯得罪，望你海涵。夏子强。"

短信发出去不久，夏子强就坐不住了。他两眼盯着手表，计算着李家杰回信的时间，还做出了种种假设，考虑对方收到短信后，会做出怎样的反应，自己又应该如何应对。就在这时，手机上出现了讯号，他连忙打开查看，只见屏幕上显现出几行清晰的仿宋字：

"子强主任好。得知赵局长突然病重，我心急如焚！确定明天上午工作收尾，下午乘航班返回。你的坦诚，令人感动。我做得不好的方面，也希望得到你的谅解。让我们面向未来，携手共进。李家杰。"

平实、诚挚的语言，让夏子强着实激动了一阵子。他将手机短信翻来覆去地念了很多遍，从中不断感受出李家杰坦荡的胸怀和炽热的情感，那些长期淤积在心底的沉疴杂疾，如同残冬后的积雪，在温暖阳光的照射下，在和煦春风的吹拂中，开始慢慢地融化了……夏子强心里明白，是李家杰的善良和大度，成全了他的求和，使他主动进行的思想沟通，获得了圆满的回报。如释重负的轻松和久违了的愉悦，刹那间弥漫全身，那份难以名状的感动，让他终生难忘。

第二天，卸下了思想包袱、轻装上阵的夏子强，工作效率高得出奇。上午，他代表市局领导，连续参加了市里的两个会议；又利用中午休息的时间，再次去医院，探望了赵长河；下午回到局里，又对上上下下、局内局外的事务性工作，作了一些处理和协调；接着，他又打通李家杰的电话，问清了他所乘坐的航班到达岛城的时间；再和方小虎通了话，预定好晚上在汇泉湾大饭店宴请李家杰的房间，并亲自通知局里的所有中层干部，请他们务必放弃一切私人事务，共同参加这次专门为李家杰接风洗尘的晚宴。

　　这时，门卫来了电话，说有个姓魏的人要求见他。这位不速之客的突然到来，立刻搅了夏子强的好心情。他思考了一下，还是告诉门卫，来人可以上楼见他。

　　"夏主任。"不一会儿，魏扬跨进了已经敞开的房门。

　　夏子强没有表现出应有的热情，只是淡淡地问道："什么事，说吧。"然后继续整理桌上的文件。

　　性情孤傲的魏扬对夏子强的冷淡，并没有太在意。他没有马上坐下来，而是背起双手，四处打量了一番夏子强的办公室，挺有感触地说："夏主任是城管方面的第一大笔杆子，是名副其实的文化人，可是办公室却如此简陋，连幅像样的字画也没挂，实在让人看不下眼去。这样吧，我那里还收藏了几幅墨宝，改日专门前来奉送。"

　　夏子强抬起头，淡漠地说："算了，别费心思了。魏总喜欢的东西，并不等于别人也喜欢。你来我这里有什么事，就赶快说吧。"

　　"也没有什么急事，主要是过来看看你。不过……"魏扬偷眼看看夏子强的表情，感觉他的情绪有点不对劲，又把要说的话咽了回去。犹豫了一会儿，走过去把房门关严，坐到椅子上，十分感慨地说："难得呀，我们在市城管执法局，还有夏主任这么一位好弟兄。夏主任和我们的情义没的说，关键时刻该出手时就出手，甚至还亲自为我们通风报信，帮助鑫海集团共同应对不利的局面，黄世雄董事长对此念念不忘，多次要我亲自登门向你致谢。"

　　"过去的就让它过去，我们谁也不欠谁的，到此为止吧。"夏子强不失时机地强烈暗示道。

　　魏扬嗅出味道不对，忙说："一条船上赶路，少了哪一个也不行。"

　　夏子强笑了笑，话说得更加直白坚定："魏总，我是共产党的人，你是私企老板的人，咱们井水不犯河水，各走各的道。从今天开始，咱们没有任何关系！你走吧。"

即使说到了这个份上，魏扬也还是不死心，连拉带打地说："夏主任，是不是老魏慢待了你，怎么一家人说起了两家话？咱们过去合作得非常好，完全可以交个长远的朋友。再说，董事长要是知道你中途变卦，那还不整死我？他的脾气谁都知道，认准的朋友，那就得死交到底，谁要是背叛了他，他就要动用家法处置！"

一阵电话铃声响起，夏子强顺便中止了和魏扬的谈话，他对着电话说："林大，刚才是我找你。家杰局长今天傍晚就回来，航班在五点三十八分到达国际机场，我已经在汇泉湾大饭店定下了一桌酒席，请你和局里的中层干部们全都参加，为家杰局长接风洗尘。另外在饭局后，咱俩再陪他蒸个桑拿浴，给他解解乏。"

"什么什么？夏大主任，你最好再重复一遍，我怀疑是不是耳朵听错了。秦桧和岳飞，竟然会在一夜之间，突然变成了铁哥们！？这个世界级的奇闻怪事，怎么就让我林大岳给碰上了！？玩这么高端的脑筋急转弯，我可是大姑娘上花轿，头一回呀！"林大岳那边絮絮叨叨地说。

"你少啰嗦好不好？"夏子强装作有些不耐烦道："反正我把该说的话都说了，信不信由你。今天晚上的接风宴，多你一个不算多，少你一个不算少，你自己看着办吧，就这样。"

"哎——别挂电话，我参加我参加……"

夏子强撇嘴笑笑，没有理他，放下了电话机。见魏扬非但没有要走的意思，还很注意地听着自己打电话，就想找个借口，赶快把他支出去。谁知道，魏扬先入为主，他借着夏子强今晚邀请李家杰吃饭的话题，继续展开他们之间的谈话：

"嘿嘿嘿，仅仅凭着一顿饭，就要奢望弥合你与李家杰之间的那道鸿沟，也未免太天真了吧。如果我是李家杰，就会顺水推舟，假意接受你的这次邀请，以后再慢慢地调教你，最后把你训练成为一只唯命是从、可以操控的猎犬。我再重复一遍，是只唯命是从、可以操控的猎犬，而绝不会扶持你当上副局长，任由自己的身边安睡一只可以和他平起平坐的老虎，而给自己留下后患。一山不容二虎的古训，聪明绝顶的夏主任，不会不懂吧？"说到这里，他盯住夏子强的眼睛，又是"嘿嘿嘿"地干笑几声，然后说："事在人为嘛。夏主任，不要气馁，什么事情都有峰回路转的时候，关键看你个人的态度。这么说吧，如果我们帮你，把李家杰这只拦路虎搞臭、搞垮、搞趴下，把你扶植起来当副局长，你还会和我们断交，不做朋友了吗？"

夏子强警惕地问："你的意思，就是我们联手整垮李家杰，再把我扶植起来当上副局长，你们就可以操纵我这个傀儡，控制三岛市的城管执法工作，为你们的利益集团服务，我这样说没错吧？"

魏扬颔首道："就算是这个意思，也不要把话说得太露骨，隐晦一点可能更好。"

"够了！"夏子强突然把脸一沉，调门也高了上去，"你记住了，过去夏子强鬼迷心窍，犯过糊涂，伤害过自己的同志，阻碍了城管执法工作。可是，从今往后，夏子强完全变了，这样的错误永远也不会再犯了！我警告你，在这间办公室里，绝不允许有人拨弄是非、挑拨离间，插手我们城管执法局的内部事务，干扰全市城管执法工作的大局。否则，我将以干扰公务的名义报警，要求公安人员立即依法处置你！"

魏扬窘迫得红了脸，又不敢在这里发作，厚着脸皮说："夏主任，你误解了我的意思，找机会我会慢慢地向你解释。但是不管怎么说，你总不能说翻脸就翻脸吧。"

夏子强很蔑视地说："你也太幼稚了。现在的夏子强，已经从里到外完全变了一个人，和你划清界限，和你翻脸，难道还有什么可奇怪的吗？！魏扬，你可以走了，我要去机场接家杰局长。"

魏扬的脸色变得很难看，他慢慢地站起来，冷笑着说："你说得没错，夏子强这个人确实变了，和我们翻脸确实也不奇怪。你说出来这么绝情的话，看来也不是一时冲动，而是铁了心要和我们作对。既然如此，你就休怪我们对不住了。告辞。"

就在离开办公室的同时，一个卑鄙邪恶的报复计划，已然在他的头脑中萌发生成了。

在发动机巨大的轰鸣声中，空客A320稳稳地停在了停机坪上。

李家杰跟随陆续走出机舱的乘客，步入机场的行李大厅，刚打开手机准备联系夏子强，他的电话就打了进来，"李局长，旅途顺利。"

"很顺利。夏主任，我刚下飞机，就接到了你的电话。"

"李局长，航班很准时，我在接机大厅等你，咱们一会儿见。"

从输送带上取下了旅行箱，李家杰向接客的人群望去，果然看见夏子强正隔着栅栏向这边翘首观望，就挥了挥手臂向他示意，然后快步走出了旅客出口，两个人第一次把手紧紧地握在了一起。

"夏主任，我自己回去就行了，怎么还劳烦你来接机。"李家杰诚心诚意地说。

"那哪行，家杰局长到兄弟城市学习取经，今天满载而归，这是我们全局的大事。我这个局办主任，还有条工作职责，就是要做好迎来送往的接待工作。现在，自己的领导回来了，那还不得加倍努力，好好表现表现。"说着，抢过李家杰手中的旅行箱，带着他来到了停车的位置，二人钻进小石的车里后，夏子强又接着说："李局，咱局的事情本来就多，再加上赵局长突然病重，我和大伙儿都六神无主，找不到北了。"

李家杰顾不上其他的事情，赶紧问了赵长河的病情，表示现在就去医院看他。

夏子强连忙劝他说:"李局,虽然赵局长昨天已经脱离了危险,可是仍然住在重症监护病房,进行二十四小时的特别护理,你就是到了医院,恐怕医生也不会让你见他。再说,从这里回到市区就接近七点了,局里的中层干部们都在汇泉湾大饭店等着,要为你接风洗尘。所以,赵局长那边,咱们还是改日再去吧。"

尽管李家杰还在渤海市的时候,夏子强已经和他互通了短信,进行了简单的沟通,可是平日里的夏子强,总是给人不苟言笑、拒人千里的冷面印象;但今天一见面,他显得如此周到和热情,还真让李家杰有点不太适应。尤其是听夏子强说,他已经把市局全体主要中层干部召集了起来,要为自己接风洗尘时,李家杰就更是感到过意不去了,赶紧推辞说:

"夏主任,咱们都是自己人,专门为我设宴接风,显得有些生分了。不如通知大家,取消这次宴请活动,以后再找机会我请大家。"

夏子强不改初衷,诚恳地说:"李局,你放心,这顿饭我自掏腰包,不会出现任何问题。如果你出于别的原因考虑,不想参加今天晚上这个接风酒会,那就像你说的,咱们另找机会再聚。可是,局里的这些中层干部们,工作劳累了一天,他们听说你回来了,个个高兴得不得了,下了班就往汇泉湾大饭店跑,一直等到现在,如果你忽然不去了,会不会凉了大伙儿的心?李局,说实在的,我知道你对我还心存疑虑,还是有些不放心。那么,我就向你简单交个底:我在思想上的转变,老爷子起到了关键作用,我们进行了一次触及灵魂的深刻谈话,而且思想转变的过程也非常痛苦,并不是那么轻而易举。如果李局对此感兴趣,咱们就另找时间,我向你做个详细的汇报。"

夏子强都这么说了,李家杰感到他的态度还是很认真、很诚恳的,自然也就不好再说什么:"好啊,咱们找个时间,把心扉敞开,再好好地聊聊。"

夏子强很高兴,也很兴奋,他伸出手去,再次和李家杰用力地握了握,

"咱们一言为定。"随后，他将近期市里对城管执法工作的要求、赵长河病重之前对工作的安排，以及市局机关和下属单位正在进行的各项工作，向李家杰一一做了汇报。李家杰也不时地插言、问话，对有些工作和问题，谈出自己的意见和看法。两人交谈甚欢，不觉间已经进入了市区，很快便到了汇泉湾大饭店。当他俩同时出现在酒宴包间时，等候他们的十几名中层干部，一齐围拢了上来，又是鼓掌，又是握手，争相问候。夏子强将李家杰请到圆桌的中心位置上坐下来，自己则坐到对面的副陪座位上，待所有的人全都就座了，李家杰端起盛满红酒的杯子说：

"我在渤海市调研了十几天，就像过去了几个月，用度日如年来形容有点过分，但确实感到挺难熬的。其中有个很重要的原因，就是想念各位同甘共苦的战友。今天，都这么晚了，大家放弃自己的休息时间，饿着肚皮在这里等我，我深受感动。现在，借着夏主任的这杯酒，我先敬大家一杯。"

说完，他绕着桌子走了一圈，和每位同事碰过杯，才回到自己的座位上，将杯中的红酒一口气喝了下去。

旁边的服务员见所有的客人都喝完了杯中酒，便上前重新为每位客人斟满了红酒。

李家杰再次端起酒杯，深深地感念道："我们的老局长赵长河同志，是全市城管执法队伍的创始人，也是我们的良师益友。他为了城管执法事业，为了相对集中行政执法权试点的成功，呕心沥血、心力交瘁，病倒在工作岗位上。让我们共同举杯，祝愿老局长早日康复。"

说完，他把杯中的红酒又干了。稍过一会儿，又第三次举起了酒杯说："这段时间，对我们执法局来说，是一个非常时期。老局长病倒了，其他局领导又不在岗位，我们还面临着更繁重更艰巨的工作。在这种特殊情况下，三岛市的城管执法工作就要仰仗在座的各位，同心协力，共同承担。在这里，我要向大家说一声，同志们辛苦了，谢谢大家！"

"服务员，斟酒。"喝完了李家杰敬的第三杯酒，夏子强连杯子都没放，迫不及待地说，"李局连敬了三杯，下面轮到副陪了。大伙儿都知道，今天晚上酒宴的主题，是为学习考察兄弟市城管执法工作经验，满载而归的家杰局长接风洗尘。作为副陪，我本应连敬家杰局长两次才是，可是为了节省时间，让各位都有表达心意的机会，我建议从现在开始，敬酒者都要两杯并作一杯喝掉，大家同不同意？"

"同意。"众人同声响应道。

"好，服务员，给我换个大杯，把酒倒满。"夏子强站起来，双手端起盛满酒的大杯子，说："欢迎家杰局长凯旋归来，祝家杰局长身体健康，工作顺利。"随即也不顾李家杰的劝阻，咕咚咕咚地把一大杯红酒喝了下去。

"好！夏主任今天喝得高兴，喝得痛快。"一圈人有的叫好，有的鼓掌，有的站起来又开始敬酒，唯独法规处的叶桐，心里头直打怵，对挨着她坐的林大岳，小声地嘀咕道：

"这么喝酒，我可不行。让你们酒量大的男同志和我们酒量小的女同志画等号，也太不绅士了。说句不好听的话，这么霸道地强求别人，就是在……强奸民意。"

她的声音不大，可是被夏子强听得一清二楚，顿时就触动了他的虚荣心，认为叶桐这是在故意搅局，当众出自己的丑，感到脸上很没有面子，讥讽她道："叶桐，你都这么一把年纪了，还说出如此性感的语言，也不觉着脸红害臊，真是让人佩服。现在，你就当着大家的面，把话说得清楚一些，是谁要强奸民意？是谁要强奸你？"

"你……你太不像话了！"羞愧难当的叶桐，差点就掉下了眼泪。她愤怒地拿起自己的手提包，抬腿就要往外走，被两边的林大岳和康辉起身拦住，经过两个人一番好言相劝，她才勉强地留了下来。

　　夏子强很快意识到，自己的老毛病又犯了，把话说得太尖刻、太过分，伤害了叶桐，可是又不愿意马上就向对方赔礼道歉，情绪上明显不如开始时那么活跃了。

　　李家杰也觉着，酒不能再这样喝下去了，若是都喝多了，说不定还会闹出更多的不愉快。但是无论如何，也得感谢一下这次聚会的组织者夏子强，他便对全桌的人说："前面喝得太急，后面放慢一点，大家既要尽了兴，也不要喝过了量。这样吧，我提议大家共同举杯，感谢夏主任今天晚上的盛情款待。"

　　夏子强赶快站起来，连连说："谢谢家杰局长，谢谢大家光临。鄙人有照顾不周的地方，还请大家多加原谅，尤其是我们的叶桐处长。"

　　叶桐听他说到了自己的名字，后面还加上了职务，一开始并没有太理会，眼见夏子强端着酒杯走过来，恭恭敬敬地要和她单独碰杯，这才认真起来，在众人的鼓励下，大大方方地与夏子强把这杯酒喝了，赢得了人们的一片掌声。

　　这时，李家杰感到自己不胜酒力了，他又勉强地接受了几个人的敬酒，便嘱咐了夏子强几句，在林大岳的陪护下，和大家道别先退了席。可是，当他们乘坐小石的车离开汇泉湾大饭店时，立刻有辆黑色的轿车，悄无声息地尾随了上去，紧紧地跟在他们的后面。

　　红酒的后劲很大，李家杰上车不久，就觉着脑袋阵阵发晕，变得又沉又胀。不知过了多长时间，车子停了下来，他听到了林大岳的轻声呼唤，"李局、李局，我们到了，下车吧。"

　　李家杰睁开蒙眬的双眼，朝着窗外看了看，说："不对吧？大岳，怎么在这里下车？"

　　林大岳心痛地说："李局，你今天喝了不少酒，虽然这是为了大家、为了工作，可是最后受罪的还是你自己。好在夏子强安排得还算周到，他现在留下继续照顾那些同事，等着结结账，稍晚一会儿就赶过来。他要我先陪着你到这家洗浴中心泡泡澡、蒸蒸桑拿，还为你预约了一位扬州的老师傅，据说他是个推拿高手，常来洗澡的人都认识，没有很硬的关系根本请不到，让他为你按按穴位、敲敲背，又解酒、又解乏，舒服极了，回家准能睡个好觉。走吧，咱这就进去。"

李家杰非常信任林大岳，不管是在什么时候，到什么地方，只要有他在身边，心里总是觉着挺踏实的。所以，这次同样也没有多想，他便随林大岳下了车，走进洗浴中心。两人更了衣，先在大浴池里泡了一阵，又到桑拿房蒸桑拿浴，不想林大岳天生怕热，还没蒸上一会儿，就熬不住了，嘴里嚷嚷着温度太高，享受不了这种清蒸人肉的待遇，自己先跑了出去。李家杰感到很舒服，认为大量的汗水能将体内的污垢和酒精带出来，在里面足足蒸了二十分钟，才从桑拿房里走出来。他洗了头、冲了澡，却还是不见林大岳的影子，正琢磨着是否离开这里，一位服务员走来对他说："您好！有位客人让我转告您，他先去推拿室了，让我带着您也去做推拿。"李家杰就想，既然已经安排好了，那就请老师傅做一次推拿吧。在服务员的引导下，他换好了衣服，走进一间小客房，看看里面的床铺还算干净，便全身放松地俯卧在上面，就等着老师傅来给他做推拿。

时间过了不长，紧闭着双眼、昏昏欲睡的李家杰，好像听到有人走进房间，便客气地说了句，"是老师傅吧，麻烦你了。"那人没吱声，只顾做着自己的事情。李家杰只当老师傅没听见，趴在床上又寒暄道："师傅是扬州人吧？听说那边来的推拿师傅都是高手，今天能请到你来给我做推拿，很荣幸。"那人依然没吭声，只是轻轻地坐在床边，将两只手搭在李家杰的肩上，开始为他做起了推拿。李家杰马上觉察到有些不对劲：这位老师傅的双手，怎么会如此酥软无力？自己背部的穴位被按摩后，非但没有疼痛麻木的感觉，相反还有一种说不出来的……不对！李家杰迅即警觉起来，刹那间绷紧了全身的神经，猛地回头一看，脑袋"嗡"一声就像炸开了：只见一个赤裸着白花花的上身、美艳妖媚的年轻女人，正微微轻启性感的双唇，很饥渴地凑近自己的脸颊……李家杰全身的血液直往头上顶，触电般地推开了这个女人，猛然翻身下了床，指着她暴怒地吼道："你给我滚开！赶快滚！赶快滚出去！！"可是，女人坐在那里无动于衷，一动也不动，并不服从他的命令。李家杰只好自己拉开房门，冲出了推拿室，疾速穿过走廊，进入更衣室里，又用最快的速度换好了衣服，迅速出现在了洗浴中心的前厅。

林大岳从另一条走廊满脸紧张地跑过来，紧握着的双拳在胸前用力抖动，"真是急死我了、急死我了，找了好多房间也没有看见你！现在炉包正带着一群人，大喊大叫地要抓你嫖娼的现行，挨个房间找你，万一被他们撞上，你的麻烦可就大了！"

极度的愤怒，让李家杰的脸变了形，他一把抓住林大岳的脖领，疯狂地吼道："你这个混蛋！到底是怎么回事？快说！"

林大岳一脸委屈，悔恨交加地说："李局，实在对不起，我不该带你到这种地方来，刚才更不该离开了你。本来是想让你好好地调整恢复身体，结果差点儿害了你，我真是该死！"

"放你的狗臭屁！快说，是不是有人故意陷害我！"李家杰进一步逼问道。

林大岳赶忙解释说："李局，你别着急，听我给你解释。你看，他就是把领你进推拿室的那个服务员。据他反映，他领着扬州师傅刚到你的推拿室外，就被一个陌生人强行拦住，并换成一个卖淫小姐送进你的房间，紧接着这个陌生人就打电话，把等在洗浴中心外面的炉包招了进来。整个过程就是这样，你可以问问这个服务员。"

李家杰松开他的衣领，转身对服务员威逼道："你说实话，事情的经过是不是这样？快说！"

"是是是，这位先生说的，没错儿，我我我，我不敢撒谎。"服务员吓得话不成句，磕磕巴巴地证实着。

李家杰明白了，确实有人事先挖好了陷阱，利用自己到洗浴中心的机会，暗中使用"调包计"，将推拿师傅换成了卖淫女，企图先用美色勾引自己，然后当场捉奸在床，制造一起轰动全市的桃色新闻，在精神上名誉上将自己彻底摧毁！想到这里，他不寒而栗，非常失望地说：

"林大岳，你要我今后还怎么信任你？啊？！要知道，你差点毁掉的不仅仅是我个人，还会让全市的城管执法兄弟，都会因此抬不起头来呀！"

林大岳痛心疾首，用双拳不断敲打自己的脑袋，"都怪我，都怪我……李局，对不起，是我太大意了，让别有用心的坏人钻了空子，差点毁了你，毁了城管执法局的名声，铸成悔恨终生的大错！李局长，你处罚我吧，我没有任何怨言！"

李家杰逐渐冷静下来，摇摇头说："算了，你有责任，我自己的责任更大。好在没让那些人堵在推拿室里，更没有达到他们捉奸在床的险恶目的。如果以后有人造谣生事，他们手里没有任何证据，也不可能掀起太大的浪头。"

"到底是谁陷害你，是不是夏子强？我们这次来洗浴中心蒸桑拿，全是由他亲自安排的，夏子强显然是第一个让人怀疑的对象。"

李家杰思考着说："现在所做的任何假设，都是在凭空猜测，根本无法确定。但是直觉告诉我，这次事件的主谋，好像并不是夏子强。究竟是谁事先得到了我们要来洗浴中心的确切信息，提前在这里做好了周密的准备，企图让我彻底身败名裂，这些都还有待于更深入的调查。你告诉这个服务员，要他不要声张，需要的时候，我们还会来找他。此地不能久留，咱们赶紧离开，快走。"

林大岳又对那个服务员嘱咐了几句，两个人便急忙离开了洗浴中心。刚上车，就听到后面一片喊叫声，只见炉包带领一群小混混，从洗浴中心的大门里蹿了出来。小石连忙猛踩油门，汽车很快就消失在夜色之中了。

第十六章

　　黄世雄简直无法想象，如同猎物一样钻进魏扬精心设计的圈套里的心腹大患李家杰，就像有神灵护佑似的，能够逢凶化吉、遇难成祥，竟然毫发无损地从洗浴中心脱身了。这个可遇而不可求的天赐良机，就这么白白地丧失掉，这不能不让黄世雄捶胸顿足地懊丧不已，连肠子都要悔青了。这个平日里比谁都精明的魏扬，关键时刻却少了根筋，缺了个心眼，结果还是百密一疏，铸成了大错！黄世雄想不明白，当时魏扬为什么不让炉包这些人，事先藏在洗浴中心的房间里，或者藏在院子里的汽车上？这样他们可以随时听招呼，干什么事也不耽误，这比让他们在附近饭店喝酒待命，强一百倍、一千倍！实在太可惜了，就差了两分钟！只要炉包提前两分钟赶到洗浴中心推拿室，就可以轻而易举地在床上抓住李家杰，然后给他拍照录像，把这些证据牢牢地捏在自己手里，就可以随时随地地要挟他，使他完全成为自己手中的玩偶。一旦有所需要，还可以把这些证据捅到网上去，给他曝曝光，让成千上万的网民跟帖，彻底葬送李家杰清廉的形象和良好的声誉，打击挫伤整个城管执法队伍的士气，使李家杰和城管执法人员在相当一段时间里，无法正常开展工作、履行职责，和势力强大的鑫海集团相抗衡，阳光花园二期工程项目，就可以放心大胆地进行建设了……

可是现在，李家杰经过这次令他胆战心惊的事件之后，必定非常警觉地加强了自我防范意识，再要利用类似的方式和手段，重新制造出一个新的事件来加害他，短时间内恐怕很难奏效了。这一方面，除非是到了万不得已，必须要破釜沉舟，对李家杰要采取特殊手段的时刻，黄世雄绝不会再轻易选择公然向政府叫板、向法律示威的自杀性方式。所以，在李家杰身上打主意的念想，他只好暂时搁置一旁，还是在方明那里想想办法吧，借鉴借鉴"曲线救国"的迂回策略，先要求方明把阳光花园二期，列入全市的重点工程项目，然后利用市政府对这些重点工程项目特事特办的优惠政策，争取为阳光花园二期工程项目，补办上《建设工程规划许可证》等后续审批手续，使这个项目得到政府正式认可。主意已定，黄世雄便连续几天给方明打电话，意图约他见面谈谈。这天，方明终于同意了，要在自己的办公室里与他会面。

黄世雄即刻动身去了市政府，在二十六层走出电梯，来到方明的办公室前敲了敲门，听到里面没有什么动静，正觉得有点纳闷，见李家杰迎面走了过来，便硬起头皮，装作挺惊讶的和他打起招呼：

"哟，李局长，你不是在渤海市抓调研吗，咱怎么在这里碰上了？早知道你回来了，一定给你好好接接风。"

李家杰一语双关地说："你的心意我已经领教了，印象非常深刻。"

黄世雄揣着明白装糊涂，阴险地笑着说："就算这次接风你侥幸逃脱了，下次怕就很难说了，我可绝不会错过任何机会。"

李家杰脸上浮现出胜利者的微笑，说："黄老板不要过于自信了，无论你煞费多少苦心，设什么样的局，在我这里都不会起到任何作用，你所得到的结果，除了失望还是失望。另外我要提醒你，在市政府大楼内，最好不要胡钻乱窜，像只没头的苍蝇，小心被保安人员当成窃贼，把你抓起来扭送公安机关，那时候你可多没有面子啊。"

李家杰说完就走了，黄世雄盯着他离开的背影咬牙切齿地骂道："王八蛋，这回算是便宜了你，下次你可就笑不出来了！"

"黄老板，和谁有这么大的仇，人走了也不放过？"方明忽然出现在他的面前，冷冰冰地问。

黄世雄浑身一颤，赶忙否认道："没有啊。方市长，你吓了我一跳。说好了你在办公室里等我，但是屋里却没人，这回你可失言了。"

方明用房卡打开门，"黄老板，你以为什么事情都是方明说了算吗？说好的事情有时候起变化了也很正常，你得学会脑筋急转弯嘛。进来吧，有什么事坐下说。"

黄世雄在沙发上坐定，开门见山地说："老同学，咱们互相摸脾气，我这个人说话不拐弯抹角，从来都是直来直去，这次见你当然也不例外。我先向你汇报，你的爱将李家杰出大事了！"

方明不动声色，递了杯茶水给他，"哦？他会出什么大事，李家杰为人处事还是比较谨慎的嘛。"

黄世雄装出一副痛心的样子，有点神秘地说："老同学呀，你那是被他的假象迷惑了，越是这种表面上挺谨慎的人，越是容易出大事。我听说，他从渤海市回来的当天晚上，喝醉了酒去洗浴中心玩小姐，结果差点就被人家当场抓住。要不是他运气好、跑得快，恐怕向你报告的就不是我了，而是公安机关或者纪委喽。他丢了人、丢了官，被开除公职也就罢了，重要的是，我更担心你这个伯乐，会受到一些牵连。所以呀，和这种部下打交道，心里得有点数，一定要小心，千万不要引火烧身。"

方明并没有对他说的情况感到吃惊，只是淡淡地问："这个情况，你是听谁说的？我们可不能冤枉好人。"

黄世雄的眼神有些游离不定，躲过了对方犀利的目光，夸张地说："社会上早就传开了，这件事千真万确，绝不是空穴来风。所以，李家杰这个副局长，绝对不能让他再干了，必须就地免职，或者调离城管执法局。方市长，当断不断，反受其乱啊。对这种败坏名声的桃色事件，千万不能太手软，必须要彻底地切割你们之间的关系，否则背上一个同流合污的罪名，你方市长这辈子创下的美誉和英名，可就要彻底葬送了。"

方明并没有因为他这么说，情绪上就受到影响，"没有这么严重吧？黄老板，即使李家杰在社会上有点传言，那也不足为奇，干城管执法这行不挨点骂，那是不现实的；再说你反映的这个情况也不一定是真实的，治罪一位市管领导干部，需要有足够的证据。不知道黄老板的手头上，是不是已经掌握了这些证据？"

"这个……这个……"黄世雄支吾道："方市长，我向你如实地反映这个重要情况，并不等于我已经拿到了李家杰嫖娼的证据。我是想要引起方市长的足够重视，派人去展开调查，搜集人证物证，确认李家杰的犯罪事实，尽快地将他严厉处置。当然，我也不必瞒着你，我关心这件事的真实目的，就是想让阳光花园二期工程，少受些干扰，顺利地实施。"

方明严肃地警告说："黄老板，你手里没有任何证据，仅凭着道听途说，就散布这种不实之词。如果李家杰到法院反告你，给你治上个诬告陷害罪，你岂不是搬起石头砸了自己的脚？行，这件事我知道了，今天就不谈了。"

黄世雄见方明不愿意利用这起事件，调查处理李家杰，牵制城管执法局，以保护阳光花园二期工程项目顺利进行。沉思半刻后，他心思一转，紧接着又亮出了第二张牌，从另一个方向，向方明发起了第二轮攻击。

"也好，这件事情暂时搁置起来，先观察观察动向再说。咱换一个话题，说说方小虎吧。方市长，你的儿子现在了不得了，把事业做得风生水起，在岛城的企业界，就是一颗冉冉升起的新星啊！他在鑫海集团的个人威望，除了我以外无人可以企及，可以说是一人之下，数千人之上。他不仅仅是汇泉湾大饭店的总经理，还是阳光花园二期工程项目的法人代表。目前，大饭店的升级改造，已经有了很大的进展，英国人两千万英镑的投资，使这个升级改造项目后劲十足，用不了半年时间，方小虎就能按照超五星级的标准，把汇泉湾打造成为全省排名第一的豪华大饭店！"

方明心里清楚，黄世雄说了方小虎这么多好话，除了是在显摆，只要跟着他好好干，方小虎必将前程远大，要自己领他的情分以外，最终的目标，其实还是阳光花园二期问题。可是为了方小虎，方明又不得不有所表示，敷衍道："是吗，有些事小虎从来没有向我提起过，他能在事业上有点进步，那也是黄老板的帮助和提携。"

"还是小虎的个人素质高、能力强，我作为董事长，只是发掘起用了他这个人才，给他的肩上多压了些担子，也为他将来的发展，创造出更多更大的空间。我刚才说过了，小虎最近还兼任了阳光花园二期项目的法人代表，可是他刚到任，赵长河就来找麻烦，特别是李家杰又从外地回来了。如果阳光花园二期的问题还是得不到解决，早晚会被李家杰当作违法建筑强制拆除了，我亏了老本彻底破产，方小虎当然也脱不了干系，他要承担重大的法律责任。方市长，现在集团上上下下，很多眼睛都在盯着方小虎，如果他能克服这个困难，解决好眼前这个最棘手的问题，把别人办不成的事办成了，那他就会更好地树立起自己的威望，为我提拔他担任集团的副总裁，打下坚实有力的基础。反之，如果他办不成事，让员工们感到方小虎外强中干、徒有虚名，他的威信怕也会一落千丈，别说是当集团的副总裁了，就连汇泉湾大饭店总经理这个位子，恐怕很快也就坐不住了，说不定还会被员工们扣上个'江湖大骗子'的帽子赶下台去。真到了那个时候，我也就不得不挥泪斩马谡了。方市长，方小虎是上是下，是好是坏，可全在你的一念之间了，在这个最关键的时刻，你无论如何也得亲自出马，帮帮自己的儿子啊！"

方明最担心的事情还是发生了，黄世雄今天果然是有备而来的。前面，他预谋着借自己的手，趁李家杰出现了麻烦，打击败坏他的声誉，给市城管执法局造成群龙无首、自顾不暇的局面，使他们无力再去组织查处阳光花园二期工程违法建设的问题，以便让该项目有时间把生米做成熟饭。然而，当这个方案落空后，黄世雄不但没有知难而退，还索性彻底撕下了遮羞布，即刻展开了新的攻势，开始明目张胆地利用方小虎要挟自己，这种卑鄙无耻的行为让方明感到非常恼怒。但是，碍于方小虎还完全处在黄世雄的掌控之中，方明只能忍下这口气，用些好话来搪塞他，想办法尽可能地把这件事情推托过去，就说："黄老板，你放心，方小虎有什么事情需要我帮忙，他会主动提出来。"

听方明这么说，黄世雄感到他是在用模棱两可的态度应付自己，以方小虎的前途来制衡和要挟方明迈出最关键的一步，看来还是难以奏效，于是把语速缓和下来，叹口气说："真是皇上不急太监急呀。既然方市长不愿意帮方小虎这个忙，也就是不愿意帮我黄世雄的这个忙，那有些话我就不得不说了。只不过——"黄世雄把最后的字音拉得很长，斜眼偷偷观察着对方，他看见，方明好像意识到了什么，神情中显露出些许紧张，脸上的表情也比刚才凝重了许多，只是端着茶杯连续不断地喝水，似乎担心自己要揭开这个不祥的谜底。这样一来，黄世雄便确认现在已经到了最后摊牌的时候。于是，他将早就准备好的一颗威力更加强大的炸弹，毫不犹豫地投放了出去，"方市长，这么说吧，方小虎还能不能继续干大饭店的总经理，对你来说可能是无所谓。但是方市长想过没有，你还能不能继续干三岛市的副市长，方静还能不能继续在国外读书，恐怕就是一道你迈不过去的坎儿了，那二百万元人民币可不是一个小数字呀！我的老同学，敬爱的方市长，你说呢？"

"去你妈的！"被彻底激怒的方明大骂了一声，将手中的茶杯狠狠地砸在桌子上，"嘭"的一声，碎瓷片和茶水随即飞溅出去，方明的手掌瞬间流出了很多鲜血。黄世雄顿时惊呆了，站在那里不知所措，左看右看发现门上挂着一条毛巾，赶忙跑过去取下来，哆哆嗦嗦地要给方明包扎，对方一把夺下毛巾，挥手骂道："滚你妈的！王八蛋！！"

黄世雄赶紧后退几步，摘下了眼镜，摸了几把被方明甩在脸上的鲜血，又擦了擦镜片上的血迹，再也不敢吭声了。

"我答应你。说吧，你想让我怎么办？"过了好一阵儿，方明把手包扎好，终于开口说道。

"我我、我看这样吧，咱不必非得一口吃个胖子，给方市长带来太大的麻烦，拐个弯能达到目的就行。方市长，请你把阳光花园二期工程，列入享受优惠政策的全市重点工程项目，按照通常全市重点工程可以特事特办的做法要求市土地规划局，把阳光花园二期的全部审批手续补齐就可以了。"话说完了，黄世雄很注意地观察着对方的反应，见方明对这个意见既没有否定，也没有肯定，就进一步说："从根本上讲，拐这个弯实在没必要。可是，华南江简直就是茅坑里一块又臭又硬的石头，到现在也没有给我们核发《建筑工程规划许可证》，连市建委原来的主任都看不过去了，担心这么拖下去，就会违背东部新区'项目一年不开发，土地就要全部收回'的政策。所以，他在调离市建委之前，干脆打破常规，在前面的审批没有到位之前，提前给阳光花园二期项目核发了《建筑工程施工许可证》。后来，我想开了，这么前怕狼后怕虎、被华南江没完没了地拖着，什么事情也干不成，白白地耽误时间，最后倒霉的还是我们企业，干脆一不做、二不休，便在三个月前，不奠基、不放炮、不剪彩、不登报，就将阳光花园二期工程项目悄悄地全面开工了。"

方明承认，黄世雄啰嗦了这么多，并不是在胡说，讲的大部分都是实情。可是，他的所有理由和苦衷加在一起，在法律的面前，依然不堪一击：

只要他开发的项目审批手续不齐全、不完备，那就是违法建设；而违法建筑的最终下场，只能是自行整改或者强制拆除。除非谁有回天之力，或者能够力挽狂澜。现在，黄世雄已经说得很明白：在他眼里，这位有回天之力，可以力挽狂澜的人，正是他方明副市长。实际上，黄世雄已经为自己摆明了两条路：要么帮助他拿到《建设工程规划许可证》，让阳光花园二期项目由违法变为合法；要么牺牲自己一家三口人的利益和前程，让方家从此江河日下、一蹶不振！对此，方明只好先含糊其辞地说道：

"黄老板，你说的这个办法，牵涉了一些具体操作，我得再考虑考虑。"

"还考虑什么？我之所以退了一步，就是考虑到华南江可能连你的话也听不进去，这才用了'曲线救国'这个下策。方市长如果还是犹豫不决，我只能认为你是在故意拖延。希望老同学不要把我逼到绝路上，那样对谁都没有好处。"

恰在这时有人敲门，黄世雄认为自己的想法已经表达得很清楚，方明虽然还没有明确表态，但是看起来他也并没有坚决地抵触。况且，这样的事情也不能逼得太紧，给他留出一定的时间考虑权衡，也许效果会更好。于是，黄世雄便趁机告辞，出门时与进门的李家杰擦肩而过，两人连声招呼也没打，完全将对方视为一个素不相识的路人。

"家杰，过来坐。回来这几天，碰上不少头疼事儿吧？怎么样，能不能扛得住？"方明坐在椅子里，心情舒缓了许多，对他招呼道。

李家杰关上房门，笑着说："市长放心，到目前为止，本人还吃得消，没觉着有什么了不得的大问题。方市长，据我猜测，黄老板跑到您这里来，一定说过我在洗浴中心的事吧？这些天你总不在办公室，我也没能及时向您汇报。"

方明指指对面的椅子让李家杰坐下，"说归说，道归道，他拿不出你违法乱纪的任何证据，我只是听听而已。"

李家杰接上说："事情发生后，我回到局里做了初步调查，局办主任夏子强说，他打电话为我安排接风酒宴时，鑫海集团广告公司的魏总，就在他的办公室里。洗浴中心的这个陷阱，几乎可以肯定，就是这个魏总专门为我设置的。"

"你说得这么肯定，有可靠的证据吗？"方明严肃地问。

李家杰谨慎地说："暂时只有夏子强一个证人，另一个证人原来就在洗浴中心工作，据说现在已经辞职了，我们正在四处查找。"

"嗯，你们可以动用一定的力量，找到这个证人。因为这不是你个人的问题，还代表着全市城管执法人员的形象，只要有了充分的证据，一旦组织上需要，你就可以占据主动。好了，今天就不谈这件事了。"

李家杰郑重地说："感谢方市长的信任，我会尽快办妥这件事。"

接着，他又汇报了几项工作：先谈了自己在渤海市深度调研的基本情况，将手头上起草好的几份文件交给了方明，建议市领导审阅后提出意见，并请市政府研究室进一步修改，然后发送到各区、市和相关部门继续深入讨论，再把收集上来的意见汇总整理，提交市政府常务会议研究确定，争取这几个文件能在明年初正式出台贯彻执行。又请示说，局里得到省法制办的口头通知，省政府在我市召开全省城市管理行政执法工作现场会的事情，已经确定了下来，很快就要向全省发出正式会议通知，要求三岛市城管执法局现在就要做好相应的准备。这项工作，请方市长做出指示。方明谈过几点具体的意见，李家杰又把赵长河病重住院后，全市城管执法工作的主要情况，向方明进行了简要的汇报，最后说：

"方市长，据我们局的两位大队长反映，赵局长病倒之前巡察阳光花园二期违法建设工地，很明确地向他们表示，对这几座违法建筑的处理，不能一拖再拖了，要下最大的决心，采取最果断的措施，尽快地予以解决，否则将后患无穷，酿成大错！我回来听说这件事后，也做了一些深入的了解，感到这起违法建设案件非同小可。该项目投资规模巨大，所处位置十分抢眼，已经引起了社会的广泛关注，是一桩非常罕见、非常敏感、非常棘手的重大违法建设案件。现在，它的工程进度十分惊人，完全超越了当年的'深圳速度'。如果继续置若罔闻，任其发展，已经很被动的我们，将会变得更加被动！但是，由于这件事情关系重大且形势紧迫，又面临着省里将在我市召开全省城管执法工作现场会议的情形，所以，在我们对该处违法建筑采取强制措施之前，我必须要向您进行当面汇报并请您做出明确的指示。"

方明知道，阳光花园二期的问题，从开始到现在，完全由自己和赵长河两人掌控，李家杰并不清楚内情。只是因为赵长河病重住了院，李家杰从渤海市返回岛城之后，这才算参与进来，开始着手了解和处理这起案子。可是，李家杰原则性太强，灵活性欠缺，他介入到这个案件中来，极有可能会和自己的意见相左，到时候犯起了性子，和自己较起了真，自己就很难驾驭他了，不如将他拒于事外，不让他插手处理这件事情，唯有这样自己运作起来才会更加方便、灵活。考虑到这些情况，方明故意对这件事情采取淡化处理的方式，口气轻松地向李家杰表示，这起所谓的重大违法建设案件，并不像他想象的那么了不起，不值得他大惊小怪，也不需要他去过于分心。市政府方面早有打算，准备将阳光花园二期项目，列为市里的重点工程，有些不太完备的行政审批手续，近期也会陆续办齐，他就集中精力，把刚才汇报的几件事情处理好就可以了。

寥寥数语，分管副市长就给阳光花园二期大规模违法建设定了调。尽管在此之前，李家杰也听说过一些关于方明副市长和这起违法建设瓜葛很深的只言片语，可是在他亲耳听到了对方的明确表态时，李家杰心里还是感到相当震惊。

他怔怔地看着自己的分管副市长，一时张口结舌，不知道该说什么好。

李家杰完全明白了，自己的分管副市长，现在已经铁了心要力挺鑫海房地产公司，将违法开发建设的阳光花园二期工程项目，经过变通处理，纳入由市政府直接掌握的全市重点工程项目，补发《建设工程规划许可证》和其他的审批手续，使该项目成为名正言顺的合法工程。那么，他做出的这个如此重大的决定，究竟是因为见不得阳光的幕后交易，进行了违法违规的暗箱操作，还是完全出自公心，准备在政策允许和他的权限范围内进行的正常调整？这一切李家杰都不得而知。而在正常的情况下，他唯一应该做的，就是要对分管副市长的指示，毫无保留地坚决执行。可问题是，假设这件事情属于第一种情况，方明是在利用自己手中的特权，进行违法违规的暗箱操作，那自己作为一个负责任的、临时主持市城管执法局全面工作的副局长，究竟应该如何处理阳光花园二期违法建设案件呢？难道真的可以置若罔闻、放任不管，为岛城东部地区的大开发、大建设，留下一个重大的隐患吗？答案显然是否定的。可是，反过来说，难道自己真的能够做到对方明副市长的错误决定不服从、不执行，对他的错误行为坚决地进行抵制吗？很明显，这样的决心，又是非常非常地难下。正当李家杰为此感到十分纠结、十分苦恼时，市城管执法局接到了上级的通知，要求单位的主要负责人，参加由市纪委监察局、市广电局联合举办的《行风在线》访谈活动。

这个电台栏目，在岛城很有名气，可以说是家喻户晓。多年以来，广大听众都可以在特定的两个月，利用早晨八点到九点的时间，从收音机里收听到这个节目，同时也可以打电话，直接和线上的市政府职能部门以及各市、区主要负责人进行交流对话，使自己最为关注的事情、最需要解决的问题，得到权威的解释和妥善的处理。这种联系沟通的方式和渠道，是市政府与市民进行沟通互动的重要补充，它进一步拉近和缩短了双方的距离，缓和了社会上的很多矛盾。可是官员与民众的直接对话，对于那些线上的领导们来说，也是一种近乎苛刻的考验：如果哪个单位平时工作做得不够好或者线上领导的谈话不够妥当，就很容易成为全社会的笑料和把柄，成为不怀好意人员的攻击对象，为这个领导和所在单位带来非常负面的影响。因此，不少领导干部对用这种方式与市民对话沟通，感到心里没底，甚至很是打怵，个别的还会发发牢骚，说上线就是上火炉，不死也得脱层皮。可是，更多的领导干部认为这是个很好的机会，把线上对话看作是宣传本单位本行业本区域的一个难得的平台，他们积极地参与进来，主动地做好和市民的沟通，取得市民们的理解和支持。

李家杰属于后一种类型的领导干部。虽然他对上线的态度很端正，认识很到位，但毕竟在市城管执法局的任职也只有半年时间，而且还是第一次上线。同时，他也做好了心理准备，不敢奢望市民们会对自己怀有恻隐之心，不对自己使用那些尖刻的语言，不对自己提出令人难堪的刁钻问题，从而让自己风平浪静地顺利过关。

市民们历来都很关注城市管理工作，因为街面上每时每刻都有可能发生的违法或执法行为，都会直接牵扯到他们的切身利益。因此，在市民们平常的聊天谈话中，城管执法经常会成为一个重要的话题，很多在这方面的传闻轶事，都会引起人们极大的兴趣和高度的关注。现在，市民们终于有了一个机会，可以敞开心扉和全市城管执法工作负责人进行直接的对话。不难想象，李家杰的这次公开上线，一定会激起很多市民巨大的热情和殷切的期望。

果然，当李家杰端坐在《行风在线》的直播间里，对着同步视频的直播话筒，讲过几句开场白，开始与市民正式展开对话以后，立刻就有人打进电话来。对方问话的语调还算平和，措辞上也不算激烈，话讲的也不是很多，但是，他却问到了一个既在李家杰的预料之中，又令他最害怕回答的大难题：

"李局长，正在加紧施工的阳光花园二期项目，是不是违法建设？你作为全市城管执法部门的主要负责人之一，将如何处理这件事情？请你现在向市民们讲清楚。"

这个看似再平常不过的提问，对李家杰来讲却极为犀利，可以说直接戳到了他的软肋，让他为线上对话准备好的近百个城管执法问题和几百条行政处罚条款，统统都派不上用场；也让这位以口才雄辩、思维敏捷著称的全市竞聘局级领导干部笔试面试第一名的金牌得主，茫然以对，在十几秒钟里硬是没有说出一句话来。好在他还算沉着冷静，充分利用这点宝贵的时间，快速思考着如何做出能让方方面面基本接受、基本满意的答复：如果自己照实说，阳光花园二期工程是违法建设，那就等于不打自招、引火烧身，承认了城管执法部门对这起大规模的违法建设，存在着严重的失职、渎职和不作为的问题，就会使城管执法部门很快成为全社会的众矢之的，处于非常被动和不利的局面。可是，如果说假话，否认阳光花园二期工程是违法建设，那就意味着，自己丧失了最起码的职业道德和做人的原则。那么究竟应该如何回答这个尖锐的两难问题呢？现在，无数的市民群众，正在通过收音机，等待着自己的回答，而不管他对这个问题做出怎样的答复，他都要担负起重大的责任。就这么想着，李家杰要说的话，已经脱口而出了：

"关于您提出的这个问题，到我目前回答为止，鑫海房地产公司还处在补办阳光花园二期项目欠缺的行政审批手续的状态中。如果他们办齐了，这个工程项目就是合法的；如果他们还是没有办齐，这个工程项目就是违法建设。下线之后，我们将立即落实这个问题，一定会给您个满意的答复。

刚说完了最后这句话，经验丰富、已经看出其中端倪的主持人，立即主动地做好配合，把话接了过去，和那位听众聊起来，为李家杰当了回防火墙，结束了这个让他最担心最紧张的话题。接着，又有很多热心的听众，纷纷打进来电话，对城管执法方面在跨门经营、违法市场、乱摆乱卖、烧烤扰民、毁坏树木、乱倒垃圾、焚烧有毒物品、城市噪音、视觉污染、违法建筑、乱挖道路、人行道上乱停车以及加强城管执法队伍自身建设、提高执法人员素质等方面的问题，提出了很多建议、意见和批评。即便是很尖锐、很难听的批评，李家杰也能虚心接受，不回避不推诿不扯皮，先是勇敢地承担起自己应该负起的责任，然后再通过耐心的解释和沟通，和市民们展开良好的交流，得到了绝大多数市民的理解。与此同时，他还对此次市民们反映的各种城管执法工作上的问题，做出了坚决的承诺："能解决的立即解决，暂时不能解决的，也要创造条件尽快解决。"下线后，他立说立行，亲自赶到几处市民反映最强烈的问题所在地，监督现场的执法人员，把能办的事情尽量办到让市民满意为止。此外，在以后相当一段时间内，市局还专门派出了多个督导组，逐个检查各区城管执法局对市民反映的几百个城管执法难点热点问题，是否逐个落实解决，还将此项工作纳入到全年的考核奖惩范围。这种实实在在的抓整改、抓落实，不说虚话套话，不玩虚假动作的有效举措，受到了广大市民的一致好评，也引起了多家新闻媒体的重视。他们将其中的一些感人场面和感人事迹，摄入了镜头，写进了文章，制成了专题片，对市城管执法局上线与市民对话后所做的工作，进行了深度报道、大力宣传，使这次《行风在线》活动取得了很大的成功。

　　尽管这样，李家杰还是为自己在线上谈到阳光花园二期违法建设问题时，态度有点暧昧，口气有些含糊，说话似是而非而感到内疚。而且他也注意到，阳光花园二期违法建设的影响，已经远远超出了房地产行业本身，正在引起社会上的广泛关注。据当时在播音室外面收听电话的执法人员汇报，除了李家杰接听到的那个热线电话以外，还有几十位市民接二连三地打来电话询问这件事情。由此可见，阳光花园二期违法建设的问题，还在不断地发酵，说不定终究会酿成城管执法部门空前的大难题，不能不引起李家杰的高度警觉。面对这个很可能发生的严峻情况，他想到了正在病中的赵长河，现在正好有点时间，就让小石开车把他送到市立医院，不想这一去，李家杰又得到一个非常重要的信息：阳光花园二期违法建设的问题，极有可能会在岛城引发一个具有轰动效应的大事件。

赵长河住在市立医院重症监护室，上次来探视他，李家杰只能遵照医院的规定，隔着窗户看看病房里的赵长河。这次还不错，医生允许他进病房探视了。

李家杰走近病床，看到头上缠满绷带的赵长河像是睡着了，刚提过一把椅子放在床前，便见赵长河慢慢睁开了眼睛，他俯下身去，轻声地问道：

"局长，感觉怎么样？看你恢复得挺不错，用不了多久，就可以出院了。"

赵长河的脸上浮现出一丝微笑，缓缓地说："这么忙，还来看我。我觉着一天比一天强了，只要能下床，我就可以回到局里去上班了。再不干点事，恐怕以后想干也没有机会，只能退休回到家里等死了。这次闯了回鬼门关，阎王爷嫌我的资格还不够，又把我打发了回来。人哪，就是这个样，不该死的时候，怎么折腾也死不了；该死的时候，谁拦也拦不住，还是顺其自然吧。"

听完老局长的一番感言，李家杰宽慰他说："我们这几代人，谁也活不到共产主义，看到最壮丽的那一天。可是，我们可以亲眼看到三岛市的城管执法队伍在一天天发展壮大；也可以看到三岛市在我们城管执法人员的不懈努力下，变得更加美丽整洁，成为全国人民、全世界人民共同向往的好地方。能看到这些巨大的变化，我们也就足矣了。局长，有个小病小灾很正常，过去了这道坎，一切都会更美好。"

赵长河的眼里，浮现起了光泽，"嗯，你说得有道理，这些话让人听起来很舒服、很愉快。"

接着，李家杰又高兴地从手提包里取出一份文件，说："局长，有件事我得赶紧向你汇报，你听了一定很高兴。市政府已经收到了省政府的正式通知，准备十一月三十日，在我市召开全省城市管理行政执法工作现场会，据说省长和分管副省长都要来参加这个会议。从今天到开会，还有不到两个月的时间，但是两个月对您康复出院来说，已经是足够了。到时候，您可以亲自向省市领导和全省城管执法的同行们，汇报我们三岛市的城管执法工作，陪同省市领导们，登上主席台，检阅我市威武雄壮的城管执法队伍。您看，这是省政府的正式通知。"说着，李家杰从茶几上拿起一副老花镜给赵长河戴上，又将文件举到他的眼前，让他亲自过目。

赵长河的眼睛湿润了，感动地说："家杰呀，还是你最了解我的心思。我心里早就盼望着这一天，希望能在我离开工作岗位，光荣地退休之前，用省市政府领导和全省城管执法工作的同行们，对三岛市城管执法工作的高度认可，为我从事的工作和追求的事业，画上一个圆满的句号。"

李家杰也有些激动地说："放心吧，老局长，你的这个愿望，一定会实现，我们共同期盼着这一天！"

说到这里，赵长河又想起了什么，不无担心地说："家杰，今天一早，你在《行风在线》和市民对话，我从收音机里都听到了。你说得很好，作为一名听众，我感到很满意。不过，有件事情我要特别嘱咐你几句，处理阳光花园二期工程违法建设的问题，一定要慎重，绝不能因小失大，惹出大乱子，冲击到快要召开的全省城管执法工作现场会，影响我市的声誉。一旦因为我们的工作没做好，造成了混乱的局面，那我这个当局长的，就得承担领导责任，说不定还会身败名裂，因此灰溜溜地下台；而你这个年轻有为、前途无量的副局长，就得承担直接责任，在仕途上昙花一现，失去美好的前程。所以呀，我的意见，还是将阳光花园二期违法建设的这个重大问题积极地向市政府汇报，在没有得到市领导的明确指示之前，绝不能轻举妄动，擅自去摸这个老虎的屁股。孩子哭了，抱给他娘；天塌下来，有大个子顶着。我的意思，你明白了吧？"

李家杰这次来医院探望赵长河，本想在可能的情况下，就这个话题和他深入地讨论一次。不想尚未开始请教，赵长河就主动地谈出了自己的意见，而且又是如此保守谨慎，和他原先对这个问题的态度和决心，已经大相径庭，完全不一样了。想想很有可能是因为他病倒之后，在心理上也随之发生了很大的变化。在这种情况下，显然不宜再去和他讨论这个敏感的话题，万一两人意见不一致，谈不到一起去，再引起他的思想情绪波动，加重他刚刚有所恢复的病情就不好了。想到这些，李家杰只好把要说的话又咽了回去，聊了几句其他的事情后，就向赵长河告辞了：

"局长，今天就谈到这里吧。时间长了，不利于你的身体恢复，改日我再来看你。现在还有点时间，我到附近的烧烫伤医院，再去看看小包黑。"

赵长河目光又变得柔和起来，叮嘱道："好吧，你去忙，不要总惦记着我，替我问候小包黑。"

李家杰微笑着点头道："放心吧！"

为小包黑治疗烫伤的市烧烫伤专科医院离这里很近，小石开车很快就到了。

李家杰走进病房，见爷俩正在聚精会神地下象棋，就没有惊动他们，站在一旁观棋不语。

小包黑今天穿了一件紫红色运动服，看上去挺精神。当时遭到胖姐泼油时，他下意识地抬起胳膊护住了面部，所以整个头部受伤较轻，已经拆除了绷带，只在头顶处和脖颈处，留下了几块伤疤。但是烫伤比较重的胸腹部和右胳膊，仍然缠满了绷带，看样子还需要治疗一段时间。

"将！"小包黑兴奋地叫了一声，抬手落子，用炮打掉了对方一个马，还直接威胁着老帅。包校长毅然撤车回防，垫在炮的前面，解除了面临的威胁。

"李局长，什么时间到的，快请坐。"小包黑忽然发现了李家杰，急着下床要给他搬椅子。

李家杰制止他说："别动，我自己来。老校长，小包黑的身体恢复得挺不错，胃口恢复得更好，一口就吞下去你的一匹马，绝不让老爷子半步。"

包校长笑着说："李局长，他是你的兵，你最了解他。这孩子，干什么都太认真，没有服气的时候，就连我们爷俩下象棋，都像他在干工作，铁面无私、不徇私情，什么老子、儿子，这时候全都甩到脑后面去了，恨不能三下五除二，喊里喀喳把棋下完，赶紧地完成执法任务。"

李家杰发现，在如此轻松、惬意的交谈中，不知道是什么原因，包校长显得有些不太自然，说了这么多的话，甚至没有看自己一眼，好像有什么事情对不住自己、瞒着自己似的。他佯装什么也没有看出来，继续说："老校长，小包黑住院前又黑又瘦，谁给他介绍女朋友都不见。现在，他因祸得福，养得又白又胖，应该趁这个机会，赶紧给你找一个称心如意的儿媳妇。"

小包黑红着脸、抓着头皮说："局长，找对象可比干城管难多了，我宁愿当小包黑干城管，也不想现在就当小白脸找对象。"

听儿子这么说，包校长真是有点急了，"城管要干好，对象也得找。要两手抓，两手都要硬，缺了哪样也不行！这次你被人泼了一身滚油，脸上没有落下大疤，没有变成丑八怪，那是不幸中的万幸。现在，市局领导这么关心你的个人生活问题，你就得有个明确的态度，要以自己的实际行动，抓紧解决自己的后顾之忧，这样才能对得起市局领导和同志们对你的关心。"

"是啊，老校长说得有道理。我看小包黑也可以调整一下自己的思路，不一定非得完全按照原来的计划，三十岁以后再找女朋友。可以适当地灵活一点，只要是合适的，随时都可以。当然，结婚的问题可以适当推后，这样做你就什么也不耽误了。我的意见，仅供参考。"李家杰进一步劝道。

"好啊，这话说到我的心坎上了，"包校长一拍巴掌，高兴地说，"哪怕我先有个准儿媳妇、后备儿媳妇，我也就放宽心了！"

小包黑不好意思地表示道："好吧，那我就按照领导说的办。"

看到儿子在这个问题上终于后退了半步，表示要灵活地处理恋爱问题，包校长那颗悬着的心，总算是有了些着落。他高兴地抓住李家杰的手，发自内心地说："李局长，自从孩子受伤后，领导和同志们对他太好了。献血、捐款，大伙儿争先恐后排着队，还从北京请来了最好的专家为他治伤，让孩子的烫伤恢复得这么好、这么快。更让我没想到的是，就连孩子谈恋爱找对象的问题，李局长也时刻挂在心上，我这个当父亲的真是一辈子也感激不尽啊！可是……可是我却做了一件对不住你、对不住城管执法局的事情……"

李家杰对他说的话大感不解，诚恳地说："老校长，您一贯支持城管执法工作，我们感激都还来不及，您怎么会对不住我们呢？"

小包黑也急巴巴地说："爸，你到底做了什么事，对不住李局长，对不住我们城管，快说呀。"

包校长叹了一口气，慢慢抬起了眼睛，看着李家杰说："李局呀，有些话憋在心里，真不如说出来敞亮。我知道，你们市城管执法局对鑫海房地产公司违法建设的阳光花园二期项目很为难、很不好下手，直到今天也是举棋不定。可是，作为一个负责任的市人大代表，我就顾不了那么多了，再也等不及了。我不能眼睁睁着那几栋正在违法建设的大楼，堂而皇之地占据着海边的那一片绿地；更不能容忍违法建设的大楼，正在肆无忌惮地一天天长高变大，却又无人问津！李局长，我得向你作个声明，我们是对事不对人，绝不是冲着你个人来的，也不是冲着城管执法局来的，而是在认真履行一个市人大代表的职责，依法对这几座将会给岛城带来非常恶劣影响和重大损失的违法建筑进行监督。就在前几天，我已经和另外的九十八位市人大代表联名，郑重地向市人大常委会提出了建议，要求市政府对鑫海房地产公司违法建设阳光花园二期项目的问题，做出明确的解释。如果不能令人满意，那么就会在九十九位市人大代表的基础上，加入更多的市人大代表进来，在明年初召开的市人代会上，向市政府提出质询，甚至还会考虑提出罢免案。李局长，我们认为，也许只有这样，才能督促市政府对这个空前的违法建设问题给予足够的重视。我们也明白，这么做可能会产生非常大的副作用，给市政府和相关部门的领导造成重大的冲击。为了避免出现这种不良后果，也为了岛城的城市建设能够更加健康有序地发展，请你们市城管执法局迅速采取果断措施，弥补、消除前期工作中的失误和影响，满足市人大代表们这个认真负责的要求。李局长，这件事情对你来说，也是一次严峻的考验，你可一定要挺住啊。"

小包黑急了，拍着床边说："爸，您这是老糊涂了。作为一个市人大代表，您应该充分体谅政府的难处，体谅城管执法部门的难处，而不能站在他们的对立面，为难政府，为难城管执法部门，更不应该联络那么多的市人大代表，一齐向市政府、向城管执法部门开炮。你带头这么做，咱爷俩今后还有什么脸面再去见李局长，再去见我的那些城管执法兄弟？！"

李家杰也在暗暗地吃惊，他没有想到，因为阳光花园二期违法建设的问题，岛城竟然正在酝酿一场不小的政治风波。而它的发起人，就是眼前这位儒雅的老学究！事态已经很严峻了，九十九位市人大代表的联名建议，此时此刻已经摆放在市人大主任的桌面上，市人大常委会随后的工作可能正在展开。面对如此严峻的形势，如果作为主要责任人的市城管执法局，仍然对阳光花园二期的违法建设无动于衷，错失最后的机会，那么这九十九位甚至更多的市人大代表共同形成的强大冲击波，必将对岛城的政治生态产生极大的影响……

"李局长，你有什么怨恨和不满，就朝着我这个老头子，统统地发泄出来吧。也许只有这样，我的心里才会好受一些。"老校长充满歉意地说。

李家杰看着表情复杂、脸上布满焦虑的包校长，宽慰道："老校长，您千万不要自责。您这么做，完全是出自公心，出自对岛城的热爱，出自对市民的负责。应该说，您做得完全正确，问心无愧。而且，我作为市城管执法局的副局长，还应该代表全局的同志们，好好地谢谢您！因为您所做的这些工作，恰恰是在帮助我们——我们将借助九十九位市人大代表的强大外部力量，推动处置阳光花园二期违法建筑的工作加紧进行，避免产生一系列的负面作用。"

为李家杰当前处境感到十分担忧的包校长，心事重重地说："李局长，来自各个方面的压力，全都集中到了你的身上，面对这么复杂艰巨的局面，你可一定要保护好自己呀！"

李家杰目光坚毅，笑笑说："没什么，我能挺得住，不会因为这点困难，就被压趴下了。"

看到李家杰神态轻松，包校长的心情才舒缓了些，高兴地说："好吧，得知你认为人大代表们这么做很有意义，我也就放心了。"

涉及阳光花园二期重大违法建设问题的主要人物，先后在不同的时间、以不同的方式、从不同的角度，运用不同的权力、为了不同的利益，悉数登场亮相了。方明、华南江、夏茵、夏文渊、赵长河、李家杰、包校长和黄世雄、魏扬等人，紧紧围绕着这个目标，互相掣肘、缠斗，毫不吝惜地发挥着自己的所有能量，试图最大限度地影响这处全国罕见的违法建筑群的最终命运。

李家杰在这场激烈的博弈中，所处的位置特别显要，他的一举一动非常抢眼，已成为各方势力争相拉拢的对象。然而，当他得知九十九位市人大代表，出自对法律的维护、对市民的担当、对岛城负责的态度，针对阳光花园二期违法建设这个重大问题，联名向市人大常委会提出了《建议》后，便受到了很大的触动和鼓舞，代表们的做法在他思想深处引发了强烈的共鸣，他决心更加坚定地履行自己的职责，当好阳光花园二期违法建筑的审判官和掘墓人。

可是，他的分管副市长方明不仅不以为然，还对李家杰再次赶到市政府，请求他支持市城管执法局对加紧施工建设的阳光花园二期违法工程尽快采取坚决措施的做法，以及他力图争取变被动为主动，以彻底扭转当前非常不利的局面的姿态，表现出相当的冷漠和不屑。

"……不就是几个市人大代表，提交了一份建议吗？那还不是常有的事情？年年都有好几百件，答复答复就行了，没有什么了不起。更不要大惊小怪，自己吓唬自己。社会这么大，总会有几张乌鸦嘴，对那些干事创业的人横挑鼻子竖挑眼，指手画脚乱喳喳。时间长了没人理，自己也就没什么劲了。放心，这些人成不了大气候。"

情况都这么严重了，方明还是那么固执，那么盲目地自信，这让李家杰大失所望，心里一急，也顾不得仔细斟酌要说的话，脱口道："方市长，阳光花园二期工程确确实实是违法建设。这处全国罕见的违法建筑群，就在我们城管执法局的眼皮子底下，体量变得越来越大，影响也变得越来越坏。它就像一颗非常危险的定时炸弹，如果我们再不及时地排除它，它就会在明年初召开的市人代会上发生大爆炸，引发很多严重的后果。我真的不明白，都到这个份上了，您为什么还是这么袒护它！"

方明的脸色"唰"地变了，怒斥道，"胡说！李家杰，你把话说明白，我这是在无原则地袒护它吗？啊？你说！我告诉你，你今天认定阳光花园二期是违法建设，明天它就会变成合法的建设，你信不信？！不要总是那么自以为是，听到风就是雨。任何事物都可以变化，更不要说是一个在建的工程项目了！"说到这里，他可能觉得有点过分，把调门降低了说："家杰呀，你现在主持全市的城管执法工作，每天面临的大事情小问题，很多、很杂、很乱。所以呀，你一定要有自己的主见和定力，绝不能人云亦云，自乱阵脚随风倒。我还是那句话，要坚信市委市政府的正确领导，要在政治上保持高度的一致。否则，万一哪天真的遇上了大风大浪，我很难想象，你这位副局长还能不能很好地应对和驾驭。你呀，还是缺乏一些历练和摔打。"

这顿劈头盖脸的教训和数落，并没有让李家杰改变自己的看法，他坚持道："方市长，在阳光花园二期违法建筑还没有改变性质，成为合法建设工程之前，我们没有任何理由，继续对它抱有侥幸的心理，而不去忠实地履行自己的职责。"

方明见李家杰还在揪住这个问题不放，顽固地坚持自己的意见，打心里感到很厌烦。可是他也知道，如果不把李家杰的思想做通了，他很有可能会按照自己的意志自行其是，指挥手下的城管执法人员，强行拆除了阳光花园二期项目的违法建筑。想到这里，他只好改变自己强硬的行事风格，耐心地打消李家杰在思想上的顾虑，说：

"家杰呀，你也不拍拍自己的脑袋瓜想想，就算部分市人大代表有意见、有看法，他们就能为所欲为，想怎么着就怎么着？就能在全市人代会上公开发难，质询本届政府、罢免政府官员？难道市人大常委会真的会睁只眼、闭只眼，任凭这些代表们去瞎折腾？难道共产党的市委，就是聋子的耳朵，只是个摆设？你不要忘了，我们现在正以实际行动，加紧落实市委市政府开发建设东部新区的战略部署，几百个项目在同时开工、同时建设，总会有点不完善、不规范的地方。只要我们很好地把控大局，保证不出现重大的原则问题，那么，市委市政府的主要领导，谁也不会因为个别的小问题，就来求全责备、鸡蛋里面挑骨头，指责干涉我们的具体工作，全盘否定我们的工作成绩。至于市委市政府市人大的主要领导，会同意把一个工程建设上的问题，提交到市人大全体会议上去研究讨论的顾虑，那就更加幼稚可笑了。你如果真是这样认为，只能说明你看问题太肤浅、太简单，在政治上还不成熟！"可能担心自己说的话太重，会挫伤李家杰的自尊心，使两人关系更加紧张起来，以致于影响上下级的合作，方明又换了个角度，继续开导说：

"家杰，我理解，你对这些市人大代表的意见很重视，这种想法本身并没有错误。可是你想过没有，市人大代表也是来自方方面面，他们每个人只代表小部分人群的利益；而且人大代表本身素质也良莠不齐，并不是每个人对每件事，都能完全出自公心，真正代表和反映出绝大多数市民的意志。你在这方面的经历不多，见识太少，还不是很有经验，这不能怪你。但是，有一点你要坚信，就算有再大的问题，还有我这个副市长扛着；如果我撑不住了，我们还有更坚强的后盾，那就是岳市长和朱书记。家杰呀，你就放心吧。"

方明说的这些话，有一定的道理，也符合他说到做到、敢做敢当，在关键时刻会尽一切可能为自己的部下遮风挡雨的行事风格，对于这一点，李家杰毫不怀疑。可是不知道为什么，他越是这么说，李家杰的顾虑就越重：如果事态并没有像方明所希望的那样，而是朝着相反的方向发展，真的出现了那种谁都不希望出现的严重情况，会对岛城的改革开放带来什么样的严重后果呢？会对方明、对市城管执法局带来什么样的恶劣影响呢？每当想到这些，李家杰都不寒而栗。

可是，为什么从政经验丰富的方明，却在这件事情上一意孤行，如此固执呢？就连学究型的市土地规划局局长华南江都懂得审时度势，根据不同的时间、不同的情况，及时调整了处理的方式：他在为该项目办理过《建设用地规划许可证》后，就再也没有服从方明的命令，而是完全中止了为鑫海房地产开发公司补办阳光花园二期项目的《建设工程规划许可证》的进程。华南江为什么会在这件事情的处理上，前后判若两人，李家杰不得而知。他现在更关心的是，华南江对于方明的强硬命令，到底还能抵制多久？他会不会因为压力太大坚持不住，而中途变了卦？又或者，他因为得到了市人大代表已联名《建议》的重要信息，而将会不顾一切地坚守住自己的最后底线？这些都是未知数。

为了尽可能地避免自己在阳光花园二期违法建设这个严重的问题上陷入被动，能够及时了解掌握华南江的思想动态，就显得尤为重要。为此，李家杰开完会在从市政府返回局里的路上，便给夏茵打了个电话：

"你好，夏处长，我是李家杰。"

"家杰局长没打错电话吧？在这个敏感的时候找我，一定是有原因的。"

李家杰听着夏茵不咸不淡的话语，开玩笑说："将错就错吧。只要是不太影响夏处长的工作，说几句话总是可以的吧。"

夏茵说："我不像家杰局长那么重要，单位里有我不多，没我不少，可有可无。说不定哪天丢了饭碗，还要到家杰局长门下讨饭吃呢。"

李家杰说："行啊，没问题。不过，在你下岗之前，也得帮帮我，算是等价交换。"

"成交。"夏茵说。

"现在，我有个重要的问题，想在夏处长那里得到确切的消息。"李家杰说。

"那得看是什么事儿，我有选择回答或者不回答的权利。"夏茵给他的问题画上了一道红线。

李家杰照实说："我想知道，市土地规划局能否给阳光花园二期已经开建的工程补发《建设工程规划许可证》？如果你们准备这样做，可能会在什么时间？这两个问题非常重要，关系到我们将怎样对这起重大违法建设采取执法行动的问题，请你务必给我一个准确的答复。"

夏茵迟疑着说："嗯，这两个问题很敏感很复杂，应该属于绝密级。别人要问，我无可奉告，拒绝回答。考虑到是李局长在不耻下问，还涉及两个单位的关系……这么说吧，反正这几天华局长的压力特别大，情绪特别不好，用焦头烂额这个词来形容他，再贴切不过了。据我了解，市政府重点工程办公室，已经把阳光花园二期项目，列为市政府直接抓的重点工程。市政府督查室要求特事特办，督促我们为阳光花园二期工程，抓紧补办《建设工程规划许可证》等审批手续。与此同时，市人大那边也传来了消息，一份由九十九名市人大代表联名的《建议》，就要通过市政府办公厅转发到我们局，我们将尽快地答复两个问题：为什么没有经过法定程序，擅自改变部分滨海绿地的使用性质？为什么市土地规划局至今没有向市城管执法局移交违法建设的阳光花园二期案件？家杰局长，围绕着阳光花园二期项目建设问题，市政府和市人大出现了严重的不一致，甚至可以说是在对着干，我们夹在中间，谁也不敢得罪。你想想，这样的日子华局长能好过吗？他以后会做出什么决定，恐怕只有能钻进铁扇公主肚子里的孙悟空才会知道。"

李家杰很有同感，不免也发了几句牢骚："咱们一样，是对难兄难弟。左边是政府，右边是人大，两面都很强势，我也感到压力极大。更让人苦恼的是，无论怎么做，也不可能让两头都满意，必定会重重地得罪下一方。唉，夏处长，我和你们华局长，同病相怜，惺惺相惜呀。"

夏茵不无同情地说："是啊，当领导真不容易，不像我们干具体活的，大树底下好乘凉。家杰局长，再有什么新情况，我会及时告诉你，咱们换个话题吧。"

李家杰早有准备，马上说："正好有件事情，我还要和你谈谈。"

"是吗，这么巧，你想谈什么，本人愿意洗耳恭听。"夏茵对他要说的话饶有兴趣。

李家杰开门见山地说："夏处长，你同方小虎和好如初，现在正是时候。"说完，李家杰故意停顿一会儿，在没有听到对方的反对后，又接上说："方小虎现在的处境也很困难，很需要得到你的理解和支持。从表面上看，他是汇泉湾大饭店的总经理，也是阳光花园二期项目的法人代表，实际上他却是黄世雄捏在手里要挟方市长的一张王牌。这一点，方小虎早就心知肚明，他的体会肯定很深。为此，他极有可能已经开始考虑如何摆脱这种受人钳制的窘况。夏处长，在这种情况下，我劝你要以将来两人的幸福为重，放弃不必要的顾虑，主动约方小虎谈谈，阐明其中的利害关系，促使他下决心急流勇退，坚决脱离鑫海集团。夏处长，方小虎是一位爱憎分明，有情有义有担当的好男人，将来你和他生活在一起，我会感到由衷地欣慰。"

李家杰几句掏心窝子的话，使夏茵深受感动，她不禁热泪盈眶，"谢谢……谢谢家杰局长。你说的话，我都记住了……我会努力去做。有你这么一位好朋友，我感到很满足……真的……"

李家杰刚收起电话，小石为躲避一个小商贩，突然踩了急刹车。抬眼看去，眼前这个小型的违法马路市场后面，有三座正在加紧施工的钢筋水泥大厦——原来这里就是阳光花园二期违法建设工地。

"李局，这几座违法建筑，建设速度太惊人了！前几天从这路过，最高的那座刚露出地面两三层。今天再看看，已经建到了二十多层，照这个速度，用不了多少天，它就该封顶了。"小石说着话，手中的方向盘也在不停地左打右转，躲避着市场附近的行人。

李家杰往上指指说："你没看见大楼顶上悬挂下来的条幅吗？'超过上海赶上深圳，创造世界第一速度'，那口号雄心勃勃，很有野心哪！黄世雄已经疯了，他在向我们挑战，向我们示威，要拼命把这几座违法建筑变成既定的事实。这种破釜沉舟的招数，有时候是很灵验的，不少地方的开发商都屡试不爽。事实上，也确实有个别地方政府，在各个方面、各种情况的压力下，对已经建成的违法建筑，睁只眼、闭只眼，最后只要工程安全质量方面没有出现太大的问题，事后再补办一下审批的手续，也就无人问津，不了了之了。"说着，他打出去一个电话，"城南局六中队吗？我是市局李家杰。阳光花园二期违法建设工地附近，有一处马路市场，堵塞道路很严重，你们查过没有？"

"李局长好，我是小包黑，刚进门就接到了你的电话。这个违法市场我们查过了，局里现在正在制定方案，准备这几天组织一次联合执法行动，坚决予以取缔。"那边的包涵接起了电话，汇报说。

李家杰严肃地批评道："小包黑，你太不像话了，还没好利索就往外跑。到时候脸上落下了疤，你哭也来不及了，赶快回去。"

"李局长，我头上脸上的烫伤基本上都好了，胸部背部和腿部也开始掉痂，用不了几天就好利索了。这不，中队正忙着搬家，我也赶回来看看，这都是托了街道办事处陈主任的福。自从上次你来我们中队发了话，陈主任就高度重视，到处张罗着给我们找房子，最后把街道办事处对外出租挣钱的房子和小院，无偿交给我们使用，等这几天收拾停当了，还得请你过来剪剪彩，为我们烧锅暖炕啊！李局长，这次我们鸟枪换炮，再也不住狗窝啦！"小包黑的兴奋心情溢于言表，一口气说了这么多话。

李家杰也非常高兴地说："好啊，过几天，我一定到六中队祝贺。但是，你还是要注意自己的身体。"

"请李局长放心，你说的违法占路市场，我们保证在一周内取缔！"

打完这个电话，李家杰忽然想起来，黄世雄一直通过各种渠道给自己捎话，要约个时间见见面，不妨现在就去会会他。这样至少可以达到两个目的：一来可以当面对他做些说服教育工作，让他了解到阳光花园二期的违法建设已经在社会上引起了强烈的反响，而市城管执法局的态度也非常坚决，从而彻底打消黄世雄心存的侥幸心理，这也算是对他仁至义尽吧；二来近距离摸摸这位强硬对手的底细，听听他到底是怎么想的，也好对随后开展的强制拆除工作，做到知己知彼，心中有数。打定了主意，李家杰便要小石将车开往鑫海大厦，小石一听大惑不解，更为他的安全感到担心，李家杰很自信地说：

"放心，黄世雄现在最想见的人里，我也算一个。这次我主动登门拜访，他不会太为难我的。"

　　果然，黄世雄接到门卫的电话报告后，便立刻撇开了正在谈话的两位建筑公司经理，亲自跑下楼去迎接李家杰，把他客客气气地请到了自己豪华宽敞的办公室，又是让座又是上茶，显得格外殷勤。他还斥责那两位被冷落在外间会客室的经理，说他们没见过世面，不懂得礼貌，就连市城管执法局的李局长来了，也都像个木头人似的，还不赶紧地过来打声招呼，向大领导问个好，净站在那里给自己丢人现眼。随着一声呵斥，这两个不长眼色的经理，便马上退出会客室，到外面走廊里等着去了。

　　还是李家杰大度，也没有官架子，主动对黄世雄说："我来鑫海大厦面见黄老板是临时决定的，事先也没有打招呼，没想到你正在和客人谈话，实在有些冒昧了。如果主人不介意，我就坐在这里等一会儿，你们把话说完了，咱们再聊。"黄世雄一想也是，说那就慢待李局长了。接着，他走到会客室门口，对两位经理大声催促道："有话快说，有屁快放，我急着和李局长谈话，没有闲工夫听你们瞎扯淡。"其中那位满口黄牙的瘦子经理，赶快掐灭了烟头，抱怨道：

　　"董事长，当初干阳光花园一期工程，总建筑面积不是很大，俺揽的活儿也不是很多，咬咬牙、跺跺脚，先垫上几百万建筑材料钱和工人的工资费用，凑合着还能对付过去。可是今年不行了，开发公司去年欠我的钱，到现在也没还，再让我自己垫钱，把阳光花园二期工程的活儿干下来，真是太难为我了。把俺逼得实在没有办法，就把承包的其他工程转包了出去，这才弄回点钱来，再加上东拼西凑了一些，总算是勉强开了工。可是活儿干起来了，到处又得用钱，那点资金死活周转不过来，加上有经验有技术的建筑工们，整天只干活，不见钱，都开始当着我的面骂骂咧咧，吆喝着撂挑子不干，要回村里去种地。他们这么个折腾法，可把我愁坏了，真要是散了伙儿，给董事长误了工期，我还得按照合同违约的规定，再给开发公司赔上一笔款。这阵子，也不知道是怎么了，我就像只钻进风箱的耗子，两头都得受气。"

脸上愁云密布的胖子经理，也接上话说："董事长，他说的这些，可全都是大实话。自从开发公司魏总把工期压下来，逼着俺加班加点往前赶进度，我手下的工人累趴下了好几十，占了建筑公司劳力的两成还多。你想想，天天干上十七八个钟头，几个月这么连轴转，就是头好马好驴也受不了。再加上不发工钱，工人的情绪不好，安全上随时都有可能出现问题，真到把工人逼急了的时候，这帮人可是什么事都能干出来，说不定都能把我撕零碎活吃了。俺被逼得实在没法子了，这才来找董事长，请你出出面，解决解决这个问题。"

黄世雄的表情随着两个人的诉说，慢慢变得阴沉下来，胖子话音还没落，他立马就训上了，"你们两个是不是吃错了药，还敢在老中医的面前卖偏方？！就凭你们玩的这点哭穷小把戏，还想蒙我？也不出去打听打听，哪个建筑公司在外面揽上活儿，不是自己垫上钱先把工程干起来？这早就是建筑业的潜规则，谁都得照着办。当初中标签合同的时候，你们个个欢天喜地，人人都是笑模样。可是，把施工的活儿揽到手了，你们又开始叫苦连天，还到我的办公室来乱搅和。真的干不了、真的不想干了，那还不好办？赶紧滚蛋就是了，我收下你们的违约赔款，再去找别的公司干，还非得用你们这些狗娘养的，只想往里进，不想往外出，真是天大的笑话！"

见黄世雄汤水不入，什么话也听不进去，说翻脸就翻脸，两位经理的脑袋就开始发蒙，心里更没了底，赶快把套近乎最常用的招数使出来：瘦经理掏出了软中华，哆哆嗦嗦地递了上去；胖经理及时地掏出打火机，为黄世雄把烟点上。两人看着自己的大老板，慢慢悠悠地吐出几口烟雾，心里这才稍稍安定下来。

"往后你俩少惹老子心烦，只要好好听话，好好干活儿，黄某不会亏待你们。"过了好一会儿，黄世雄才开了口。

"是是是，董事长为人仗义，我们都很明白。弟兄们全靠着你了，发点小财，养家糊口，什么时候也忘不了你的大恩大德。"

两个经理你一句、我一句不断奉承，黄世雄的脸上总算是好看了一点。就在这时候，胖子经理的脑子里，也不知道忽然少了哪根筋，竟然问起一个更加敏感的话题，让房间里的气氛重新紧张了起来，"董事长，我怎么听说阳光花园二期工程项目，审批手续不全，就算俺把大楼盖起来了，那也是几座违法的大楼，城管说拆就能拆。俺是真担心呀，万一这些家底子、血汗钱全都打了水漂，俺全家老小可就都得去喝西北风了。"

听他提起这件事，黄世雄大吃一惊，连忙探身向里间瞅了瞅，看到李家杰还在翻阅报纸，便缩回了脖子，压低了嗓门，恶狠狠地说："放你娘的狗臭屁！这是谁吃了豹子胆，敢在外面造谣惑众、搅乱人心？真他娘的不想活了！你们两个给我好好听着，谁敢败坏我的名声、臭我的牌子，轻的我砸了他的饭碗，重的我砸断他两条腿！"看着两人大气不敢喘，把头使劲往下低，又看看耐心读报的李家杰，黄世雄故意抬高了声调，把话说给三个人听，"当然了，阳光花园二期项目有着巨大的升值潜力，这让社会上很多人都眼红，有点流言蜚语也是正常现象，人多嘴杂嘛。现在，你们也都亲眼看到了，市城管执法局的李家杰局长，就坐在我的办公室里，他亲自登门拜访，来我这里做客，这就说明我们是最好的兄弟、最好的朋友，关系绝对不一般。到时候他不发话，谁也没有这个胆子，我看谁敢来动阳光花园二期工程半根毫毛！再说了，鑫海集团树大根深，枝繁叶茂，朋友圈子大得很，这些年没有市里、省里、中央里大人物捧着罩着，我们也不可能发展得这么快、这么好，就算将来遇上了强台风、大地震，鑫海集团也绝对抗得住！所以，你们两个把心放在肚子里，也告诉其他几个建筑公司，只要把活给我干好了，保质保量提前完成，我黄世雄就兑现承诺，按照工程总造价百分之二奖励你们！这个钱可不是小数，你们一定要好好地掂量掂量。另外，为解决眼前的暂时困难，我决定为每个建筑公司，预先支付三百万元。如果还是不够，你们就自己想办法吧。"

两个经理不敢再有更多的奢望，互相看了一眼，只好就此打住，连声道谢后，赶紧退了出去。这边黄世雄也收起了专横跋扈、盛气凌人的架势，走进办公室来，满面春风地对李家杰表示了歉意：

"李局长，实在很抱歉，让你等了这么长时间。"

李家杰放下手中的报纸说："阳光花园二期项目名气很大，引人瞩目，成了全市的焦点和热点，黄老板自然更忙一些，完全可以理解，你不必太客气了。"

黄世雄听出对方话中有话，干笑几声后，在沙发上坐定了说："李局长过奖了。其实名气大了，并没有什么好处，俗话说，'人怕出名猪怕壮呀'。"

李家杰摆摆手，正色道："这种说法，我不敢苟同，也不符合时代精神。一个过硬的企业，谁不想在全国乃至全世界，创造出自己的好声誉、好品牌？海尔的品牌价值超过几千亿，在世界上名气大得很，不但企业自身受了益，也为民族为国家争了光。可是有的企业，发展到一定程度后，就迷失了方向。他们不懂得珍惜、爱护自己经过艰苦努力，创下的品牌和声誉，更有甚者还走上了违犯国家法律，大发不义之财的邪路。这种只图眼前小利益，不顾长远发展大利益的做法，对自己、对社会、对国家都缺乏责任感，终有一天会栽大跟头。我希望鑫海集团在你这位董事长的正确领导下，能够以自己规范的企业行为、优秀的企业产品，创造出誉满海内外的企业名声和企业品牌。"

"好，好啊！"黄世雄举起双手，连续拍了几下巴掌，然后言不由衷地说："李局长见多识广，博学多才。相信你对于鑫海集团未来的发展，也有深入的研究，不妨具体点拨一下，黄某愿意洗耳恭听。"

李家杰语调平和，话锋却很犀利，"那我就直说了。黄老板，正在违法建设的阳光花园二期项目，已经触犯了企业生存与发展的底线。作为鑫海集团的掌舵人，你必须要有一个清醒的认识：尽快悬崖勒马，迷途知返。否则，必将葬送鑫海集团的大好前程！"

黄世雄立刻紧张起来，好一会儿才说："不错，阳光花园二期工程，是我一次性投资最大的项目，也是我平生掷下的唯一生死注。可是，我就不明白了，为什么做一期工程项目时，我能够如愿以偿地抱了个金娃娃；又为什么到了二期工程项目这儿，我却触犯了企业生存与发展的底线呢？李局长，你能不能把话说得更明白一些，这个'底线'究竟指的是什么？"

李家杰笑道："其实很简单，经营企业的底线，就是在生产经营过程中，绝不能触碰国家法律法规这根高压线。"

黄世雄不同意他的观点，满不在乎地狡辩道："法律法规从来都是由人制定的，也是人来执行的，更是为人服务的。当初，我在开发建设阳光花园一期工程项目时，同样也存在着政府行政审批手续不够完备的问题，后来时间不长也都补齐了，问题也就很好地解决了。前有车，后有辙。毫无疑问，阳光花园二期工程项目，同样也面临着这个问题，同样也会顺利地过关。事实证明，人不应该去做法律法规的奴隶，而是应该去做它的主人。尤其是在当今社会，不能灵活地掌握和运用现有的法规和政策，变通地处理各种各样的现实问题，那就在这个社会上无法立足，更别谈什么企业的发展了。好了，局长老弟，这个话题太沉重，咱们不谈了。现在，我想问问你，搬进阳光花园一期住下的那套房子，你还满意不满意？当初夏处长找得急，我也办得太匆忙，恐怕价格等方面上，不一定很理想。这样吧，阳光花园一期还有套样板房，位置楼层装修都很好，不如咱们调换一下，你看怎么样？"

李家杰没接他的话茬儿，义正词严地说："黄老板，我今天到你这里来，是代表市城管执法局和你谈工作，请你不要扯到个人的生活上。"随后，他又动之以情、晓之以理地说："黄老板，鑫海集团是岛城比较有影响的私营大企业，能够发展到今天的这种规模，实在来之不易。本着实事求是的精神，我今天来到鑫海大厦，面对面地做你的工作，就是希望你能珍惜这个机会，通过我们两人开诚布公的交谈，做出正确的判断和选择：立即停止阳光花园二期违法建设，服从执法机关的后续安排。"

黄世雄苦笑着站起来，在房间里踱了几步，停下说："李局长后面说的这两句话，不太中听啊，好像具有威胁的性质。你今天到我这里来，不是为了下达最后通牒吧？"

李家杰也站起来，正气凛然地说："如何理解我说的话，那是你个人的自由。实际上，我们的城管执法人员，曾经几十次地去过阳光花园二期违法建设现场，并送达了限期整改的通知书，要求你们立即停止违法建设、接受行政处罚。可是，你们的项目负责人态度极其恶劣，要么拒绝会见执法人员，要么拒不接受法律文书。现在，经过你们不分昼夜的紧张施工，在建的违法建设项目的投资额已迅速增加到数以亿计。在违法建设现场，更是相继出现了三座高度不等的违法建筑。你们这种知法犯法、顶风作案的行为，是在向法律挑战，向政府挑战，向社会公德挑战，后果将会极为严重！黄老板，面对这种极其严峻的局面，希望你不要继续抱有侥幸心理，总认为自己的手中还握有讨价还价的筹码，总以为自己控制着可以利用的人脉关系，总觉着自己只要咬住了牙就能抗过去。你若是还在这么想，那就大错特错了！我可以告诉你，阳光花园二期违法建设，不仅触犯了法律，还触犯了众怒。现在，已经有九十九位市人大代表，联名向市人大常委会提出了《建议》，强烈要求市政府职能部门严肃法纪，坚决制止阳光花园二期违法建设行为，并彻底拆除已经建成的违法建筑。

黄老板，这么多市人大代表联名提出如此强烈的诉求，在岛城的历史上并不多见，可以说，这完全代表了全市人民的共同呼声。所以，阳光花园二期违法建设工程，胎死腹中已成必然，是大势所趋。你现在的唯一出路，就是积极配合我们的执法行动，把损失减少到最小程度。希望黄老板三思！"

此时，黄世雄脸色发紫、双目突出，犹如一头发狂的狮子。他突然走到落地窗前，猛力推开一扇窗户，指着不远处的那几座阳光花园二期违法建筑，咆哮道："看见没有？！这三栋大楼是用钢筋水泥筑成的，就算来了海啸地震，也推不倒它、摧不垮它，难道还怕你李家杰不成！谁要是不怕死，那就来吧。可丑话说在前头，不论是谁来，都一定会在它的面前，碰得头破血流！李家杰，我还是那句话，法律是人定的，它从诞生的那天起，就注定是为人服务的。换句话说，它就是为我黄世雄服务的！而你，李家杰，不过是我操纵法律的一只手，你信不信？！"

李家杰迎着对方挑衅的目光，极度蔑视道："如果我说——不信呢？"

黄世雄阴森地笑了几声，说："太简单了。既然这只手已经失去了使用价值，那就没有必要再存在下去，索性……"他注视着李家杰，抬手一挥，斩在自己的另一只手上，"咔！这就叫断臂求生！"

李家杰仰天大笑，眼前的黄世雄在他眼里，仿佛只是一个小丑，"黄老板，你没听说过吗，隔行如隔山。别忘了，李家杰是一个执法者，而你黄世雄是一个被执法者，中间多的这个'被'字，就是把我们隔开的那座山。所以，你对我这般威胁，无关痛痒，更没有任何意义。重要的是，在共产党领导的朗朗乾坤下，你等无法无天之徒，必将受到法律的严惩！"

第十七章

　　方明替代另一位副市长，正在参加省政府召开的安全生产电视电话会议，半个上午过去了，到现在也没有结束。尽管他的手头上，还有几件要紧的事情急等着处理，可他却不能离开，而且还得正襟危坐。因为，面前的那些摄像头，每时每刻都能把这里的情况，传输到省里的主会场，他的一举一动，不仅代表着他个人，也影响着三岛市的整体形象。

　　这时，口袋里设置在振动上的手机，开始一阵紧接一阵地颤动。方明只好悄悄摸出来，放在桌子底下偷看几眼，发现屏幕上连连显示的，都是黄世雄的名字。方明很不耐烦，接二连三地按下了拒绝接听键，可是对方很固执，又将电话三番五次地打进来，为了摆脱烦扰，方明干脆关了机。

　　省里的会议总算开完了，方明又例行程序上台照着讲话稿念了一遍，要求各区市各单位高度重视安全生产工作，并反复强调要抓好省市两级会议的落实，这才算结束了会议。他回到自己的办公室，重新打开手机，接通了黄世雄的电话，正要发泄上几句，不料对方的口气更大。黄世雄又急又横地说："方市长，李家杰来过鑫海集团总部了。他还很不客气地警告我说，阳光花园二期工程项目违法建设已经引起了部分市人大代表的密切关注，说什么有九十九名人大代表联名签署了一份《建议》，题目是《立即停止违法建设，保护园林公共绿地，为子孙后代留下美丽的海岸线》。乌合之众也想翻天！这些市人大代表，妄图要求市政府，彻底查处所谓的相关责任人的失职、渎职和不作为行为，还想惩处我们鑫海房地产公司。就为这，他李家杰居然敢命令我，什么认清形势、悬崖勒马了，什么立即自行整改阳光花园二期违法建设工程，否则由此产生的一切严重后果，将由我个人承担全部责任了。呸！他李家杰是个什么东西！？"他似乎正骂在兴头上，又突然压低了声调，半是阴沉地从牙缝里吐出字儿来："老同学，我说的这些话你听清楚了吧？你的这位得意部下，其实最了解咱们之间的关系，他敢冲着我发号施令，还说了这么多屁话。呸！打狗还得看主人，李家杰这么目中无人，实际上就是冲着你来的，也不知道你平时对他是怎么管教的？！方市长，我得把丑话撂在这里，咱们两个可是一荣俱荣，一损俱损，是一条绳上的蚂蚱，阳光花园二期真要是出了大问题、大乱子，谁也逃不了干系。所以，你最好赶紧下个死命令，要求市规划局的华南江，为市重点工程项目的阳光花园二期抓紧办理《建设工程规划许可证》；还要严加管教李家杰，不能再给我们添乱找麻烦！"说罢，黄世雄也不管方明还有什么话要说，很霸道地就把电话挂断了。

黄世雄蛮横恶劣的态度，固然气得方明不轻，但是他也强烈地意识到，陷入极端困境中的黄世雄，已经逐渐失去了耐心。从最近事态的发展情况来看，要理想化地解决阳光花园二期问题，情况非但不容乐观，反而更加严峻了。

原先，方明对华南江做事还是比较放心的，使用起来也得心应手，还夸他是个独当一面、不可多得的学者型领导干部。可是，自从为阳光花园二期项目办理了《建设用地规划许可证》审批手续后，华南江也不知道中了什么邪，忽然一改过去的行事风格，坚决停止了为该项目办理《建设工程规划许可证》等后续审批手续。而且他还荤素不吃，任凭方明使用什么办法，死活不肯再向前多走出半步。弄得一贯都很强势的方明，对这位豁出去的学究式领导干部华南江，居然束手无策、毫无办法，眼看着阳光花园二期的工程项目，慢慢地戴实了违法建设的大帽子，一步一步走向了绝望的境地。

而另一位掌控阳光花园二期生杀大权，被自己十分看好且大力栽培的关键人物李家杰，一开始还能按照自己"正在补办审批手续，不得将其列为执法对象"的指示，经受住社会舆论的指责，担负起责任追究的风险，以求为圆满解决阳光花园二期的问题，争取到充裕的时间。直到出现九十九位市人大代表联名提出《建议》这个非常重要的新情况、新动向之后，他才强烈地向自己表示，阳光花园二期属于严重的违法建设确定无疑，而他市城管执法局不可能继续袖手旁观、置若罔闻，并提醒自己，随之而来的必将是一场大规模的执法行动。

客观地说，李家杰在处理阳光花园二期违法建设的这个问题上，原则性、灵活性把握得都非常到位，整个过程的脉络十分清晰，坚守住了自己做人处事、道德法律的双重底线。作为李家杰的分管副市长和长辈，如果实事求是地评价他，那么李家杰做得确实无可挑剔。

在这种严峻的情势下，方明环顾四周，感到唯一能够力挽狂澜，帮助自己解决阳光花园二期问题，避免自己因此滑入可怕深渊的那个人，可能也只有市委书记朱仁达了。

有一首歌唱道："一九七九年那是一个春天，有一位老人在中国的南海边画了一个圈……"在岛城普通人的眼里，落实中央改革开放大政方针贡献最大的人，就是当时刚到三岛市走马上任的市委书记朱仁达。而分管城市规划建设管理、兼任东部新区开发建设总指挥的副市长方明，则是在新市区的奇迹般崛起中，摸着石头过河的具体实践者。在那些激情创业的日子里，朱仁达发出了"大胆想、大胆干、大胆闯、大胆超"等一系列催人奋进的号召，方明则喊出了"宁愿少活他十年，也要东部换新颜！"的响亮口号。随后，他在新区的开发建设中，意识超前，率先实践，大刀阔斧，成就卓著，干出了一番骄人的业绩。尤其是在改变陈旧观念，不断提高政府办事效率上，他狠下功夫，敢于坚决突破那些不适应改革开放新形势新任务的政策规定，减免了很多烦琐的办事环节和审批程序。在新区的土地征收、银行借贷、建设配套费、建筑项目容积率等方面，他又根据实际情况，做出了灵活的调整和变通的处理，向先期到达这里创业的开拓者，提供了很多优惠政策，极大地调动起开发商们的积极性，也吸引着更多的有志者纷至沓来，促使那些投资大鳄们，不断将大捆大捆的钞票，砸向东部新区的荒郊野岭、沟壑滩涂，使这里的发展建设成果日新月异，让市委市政府《东部新区十年建设规划纲要》在方明和广大建设者的手中，仅用了不满两届政府的任期时间，就基本上实现了。

可是，同样令人难以想象的是，随着与世界日益接轨以及岛城各项事业的突飞猛进，不但政治、经济、文化等方面取得了长足的进步，人们的法治意识、维权意识、市场规范意识、环境保护意识、科学发展意识等认知，都在不知不觉中，悄悄地发生了深刻而巨大的变化。现在，一个最为直接最为明显的例子，就集中反映在阳光花园二期项目违法建设的问题上。这种过去并不少见的违法现象，忽然在一夜之间，引起了岛城市民的高度关注，他们以从未有过的严肃态度，强烈地反对和抵制试图改变既有城市规划的违规行为，用零容忍、绝不接受的实际行动，颠覆性地改变了人们过去的思维模式。这一切，让还习惯于"依靠行政命令，进行变通处理，一切由政府说了算"的方明，深切地感受到很失落、很不适应；也让他对来自四面八方的前所未有的压力，真切感到力不从心、独木难支了。他不禁扪心自问：在这个最需要支持的关键时刻，是否还能指望朱仁达书记像过去那样，为自己撑起一把保护伞？如果失去了他的帮助和庇护，自己还能依靠个人的力量，逢凶化吉，遇难成祥，躲过这场大劫大难吗？直觉告诉他，此一时彼一时也，答案是否定的。既然这样，那么接下来的逻辑顺序就是：阳光花园二期违法建设工程，受到了城管执法局的依法严惩；黄世雄则会因为绝望和愤怒，和自己反目成仇，他将毫不犹豫地把自己接受贿赂，为方静提供留学费用的问题，向纪检部门和盘托出；紧接着，自己只得提前结束仕途生涯，去接受组织上的调查处理，而方小虎和方静也必将因此受到影响，失去各自的大好前程……这一系列严重后果，绝非杞人忧天，已然迫在眉睫！那么，在这段极其有限的时间里，自己到底应该怎么做，才能防止事态失控，迅速挽回局面呢？

经过几番深入的思考，方明终于下定了决心，准备再采取一次大的举措，他要求市政府办公厅直接通知市直单位的几位负责人，下午三点赶到阳光花园二期建设工地，参加以市政府名义召开的现场办公会议。

就在这时，市人大副主任夏文渊来了电话，他约请方明中午到醇香阁茶楼去喝茶，这让苦于无助的方明感到莫大慰藉。可是欣喜之余，再细想想，夏文渊这位老上级、准亲家，为什么会在阳光花园二期工程项目闹得沸沸扬扬的重要时刻，主动邀请自己去喝茶呢？这其中的意图，恐怕很有可能是为那九十九位市人大代表站台背书，想在私下里做做自己的工作。但是，即使这样，在这个时候积极接触一下这位市人大的领导也是很有意义的，说不定还可以从他那里得到相当重要的信息。于是，方明在机关食堂里匆匆吃了点饭，就直奔醇香阁去了。

一进茶楼，方明就感到这里余音绕梁、人静茶香，果然是个饮茶聊天的好地方。他选了个合适的房间，点了一壶上等的铁观音，正在欣赏服务员的沏茶功夫时，夏文渊到了。

"不好意思，客人先到了，我这个请客的却姗姗来迟。"

方明和他握过了手，表情略显夸张地说："夏主任，我还欠着你二两好茶叶呢，到现在也没有兑现。今天你有喝茶的雅兴，我还不赶紧地往这里跑，沏好了铁观音，恭候您的大驾？快请坐吧。"又对服务的姑娘道："这里就不劳烦你了，退下吧。"

服务员轻声说了句"二位先生请慢用"，就离开了房间。

夏文渊主动接过手，熟练地摆弄起茶具，说："谁不知道方市长是个大忙人，虽说你早就说要送我二两好茶叶，可我也只是听听而已，真等着你的好茶叶，还不知道猴年马月，说不定已经见了马克思啦。能让我指望的，还是我那位没过门的女婿——方小虎呀！"

方明反应极快，马上对他的说法作了否决："哎，夏主任，本末倒置了吧？方小虎什么时候成了你没过门的女婿？你以为夏茵认我做了干爸，我就得还你个人情，把儿子送到你家去，当个倒插门女婿？想得倒美！我就是再没有经济头脑，也明白这桩买卖吃大亏了啊。"

夏文渊将茶杯里斟好茶水，说："什么亏不亏的，咱俩谁和谁呀？实在不行，每周我请你来醇香阁茶楼喝上一壶，不就全扯平了吗？"

正伸出手要端茶杯的方明，一听对方这么说，又将手缩了回去，"夏主任，要都像今天这样，你招呼请客，我先来掏钱，还一周一次，得了吧，求您高抬贵手，还是饶了小的吧。否则，把我的钱全都折腾进去，还拿什么去给孙子买奶粉呀。"

夏文渊缓缓地说："市长大人有点难处，要拼命攒钱给儿子娶媳妇，给孙子买奶粉，这些都是人之常情，我完全能理解。可是你也不能太亏待了自己，什么事情都是好说好商量。还是那句俗话，退一步海阔天空。总之，千万不要做什么事都是一根筋，硬着头皮去死抗，最后要了面子丢了里子，实在是没有必要，特别是又到了咱这个年龄，何苦呢？"他抬起眼皮，意味深长地盯住对方，又将下巴向上一抬，"哎，老方，我说的话你听明白了吧？"夏文渊说完，便不再理他，只顾将自己瘦长的脖颈向前伸了伸，鼻尖凑近了茶杯，深深地吸了口香气，又缓缓地吐出来，这么反复多次后，才略带声响地呷了口茶水含在口中，仔细品味了片刻，又徐徐地咽了下去，咂着满嘴的余香，自语道："好茶呀，好茶。"

方明听出他前面话中的意思，却没有马上回答，好像只是心无旁骛地认真品茶。少顷，他把茶杯一放，忽然道："夏主任今天约我，不只是欣赏你的茶道表演吧？还有什么指教，就请你直接说吧。"

夏文渊没有回答方明的问话，只是若有所思地说："指教不敢当，只是有个问题，总也想不明白。这些年来，方市长在东部新区开发建设中，呕心沥血、废寝忘食，而今，一座初具规模的崭新城区，已经矗立在岛城的大地上。所有的这一切，老方你功不可没，市委市政府的领导和市民们那都是有目共睹的。可是，围棋讲究收官，文学讲究结局，工程建设讲究竣工。让我感到困惑不解的是，在东部新区大开发大建设已经接近尾声的时候，方明副市长竟然会允许不法开发商，在三岛市最为珍贵的黄金海岸绿地上，要为你自己，要为这座城市，竖起三座被市民们和他们的子孙后代们，永远唾骂的巨大耻辱柱！"说完，他很注意地观察起对方的情绪，见方明仍然不动声色，便进一步单刀直入地说："方市长，阳光花园二期违法建设，已经成为岛城绕不过去的大事，必须解决的大问题，这是不容质疑的共识。而且，该问题也不能再这样无休止地拖下去，因为拖得时间越长，各方面的工作就会越被动，拆除违法建筑的难度就会越大，造成的损失就会越多，市民们的反映就会越强烈，对社会造成的影响就会越恶劣。所以，我个人和市人大常委会，希望你以大局为重，坚决纠正这个错误。"

听罢夏文渊的一席话，方明思忖了良久。他端起茶盅看了看，一仰头，一抬手，便一饮而尽，真像是喝下了一杯烈酒，"夏主任，你这番好意，我心领了。可是，你知道吗，开发建设阳光花园二期，并不是社会上传言的那样，全都是问题和不足。从另一个角度来看，它对树立东部地区新形象，为东部新区聚集更多的人气，增强东部新区招商引资的吸引力，进而拉动全市的经济建设，都将发挥很重要的作用。所以，如果我们这些市里的领导，仅仅听到几十名人大代表和部分市民的不同意见，就一叶障目，变成群众的尾巴，全然不顾这个重要的建设项目，即将在东部新区发挥的巨大社会效应和经济效应，反而去求全责备、揪住建设项目行政审批手续不全这个小辫子不放，再扣上一顶重大违法建设的大帽子，把它助推成全社会的众矢之的，强行拉下马来，致使阳光花园二期项目已投入的数以亿计的建设资金全打了水漂，致使几千名垫资建设的工人失去了工作，致使社会上的不稳定因素明显增加，再断送掉方小虎的个人前程，最终，让承担全部领导责任、一世英名毁于一旦的我——方明，悲惨地结束自己的政治生命。难道，这一切，这牵一发而动全身的局面，这多方利益尽受损失的后果，这悲惨的方氏父子的终点，就是你们一干人所想要的结果吗？！"

"唉！"夏文渊长叹一声，他摇了摇头，加重语气道："老方啊，我可以负责任地说，市人大常委会和那些市人大代表，没有一个人愿意看到，因为这项违法建设工程的下马而给社会、给企业、给个人带来任何重大的损失和负面的影响；我个人更不愿意看到，自己几十年的老同事、老朋友、老兄弟，还有方小虎，因此断送掉个人的政治生命和大好前程。但是，我最看重也最相信的是，方明副市长从来都是一位负责任，敢担当，大事面前不糊涂、泰山压顶不弯腰的人！……当然，服从全市的整体利益和改革开放大局，改变过去可以行得通的思维方式和发展建设的模式，在具体工作中做出重大的调整，停止建设甚至拆除阳光花园二期违法建筑，这些同样需要有很大的勇气，需要承受很大的痛苦，甚至付出很大的代价——个人的名誉、家人的前途，可能就会受到一定程度的诋毁和牵连。因此，我利用这个机会，完全站在个人的角度，对你说上几句心里话：请方市长相信，无论发生什么情况，你都不会孤独——因为我夏文渊和我的全家，始终都会和你在一起！"

方明听了他说的话很受感动，特别是最后两句，"我夏文渊和我的全家，始终都会和你在一起"，更让他的心头一热，眼睛里很快有些湿润了，过了良久才平静下来。他心下一横，重新抬起了那张倔强的脸庞，执拗地说：

"夏主任，你的好意我心领了，能有你这么一位挚友，方某非常荣幸。可是，人生能有几回搏？既然已经走到了十字路口，就需要自己做出选择，我只能服从命运的安排，再搏一次了。作为负责全市城市规划、城市建设、城市管理的副市长，在还没有被上级撤职罢免、做出另行安排之前，我有权在自己的职责范围内做出工作决定。我仍然认为，阳光花园二期工程项目很重要，不能因为有点具体的问题，就必须被绞死、被强拆，这种观点实际上是很不负责任的。同时我也相信，市人大常委会和绝大多数市人大代表，绝不会人云亦云、随波逐流，在少数人错误的意见引导下，做出错误的判断和决定。"说到这里，他看到夏文渊的表情很失望，便中止了自己的谈话，借口要去卫生间，离开了包房。他走到茶楼的大客厅，给市政府办公厅打了电话，并确认了下午参加会议的人员是否全部通知到，还重申华南江和李家杰必须参加，不允许请假。在得到秘书肯定的回答后，又了解了会场的准备情况，得知鑫海集团高度重视，会议室也已经安排妥当后，方明这才放下心，重新回到包房。

"夏主任，人们总说，美好的时光太短暂。今天中午，本想多陪你坐一会儿，咱们好好喝喝茶，叙叙旧。可是公务缠身，下午我还得参加一个很重要的会议，只好就此告辞了。为表达本人的歉意，弥补这次茶叙未能尽兴的缺憾，我又加了一壶新茶，请夏主任慢慢享用。不过，本人还是要郑重声明，这次你可是又欠了我两壶好茶，别忘了过几天一定要还我。"

从刚才的谈话中，夏文渊已经摸到了方明的脉搏。果然不出他所料，方明还是拿定了主意，执意要顶住各个方面的压力，将阳光花园二期项目干下去，心里不觉感叹道：且不论这件事情究竟谁对谁错，在重大的问题上，认准了就敢坚持到底的，在岛城恐怕还真的没有几个人，他方明实在该算上一号！夏文渊虽然心知劝服无望，嘴上却在说："老方啊，人各有志，不能强求。但我还是希望你能认清大势，不要盲目地继续坚持，必要时做一些适当的调整，才能适应事物不断发展变化的需要。比方说吧，本来今天是我请你喝茶，却变成了你请我喝茶。就这么一变，不用我掏钱了，还能喝上更好的茶。"

方明的心情非常复杂，他握住夏文渊的手，轻轻地说："夏主任，有些事情还不方便说得太直白，我现在只能告诉你，从目前的情况来看，这条路我必须得走下去。当然了，你劝我的话，我也都记住了，说不定以后还真的会出现这种可能性。抱歉，我先走了。"

方明以市政府的名义，要在阳光花园二期建设工地，召开现场办公会议，专门研究解决该项工程遇到的困难和问题。这在大多数不知内情的人看来，还以为是方明副市长工作深入、作风扎实，亲临施工现场第一线，为全市重点工程项目排忧解难而对他大加赞赏。可是，接到这个会议通知后，李家杰在惊愕之余，感到自己一向尊重的分管副市长，居然在为这个违法建设的工程项目，不顾一切地站台助威，实在是太离谱、太反常、太荒唐了。这只能说明，方明和黄世雄的个人关系确实非同寻常，甚至可能隐藏着不可告人的秘密，否则这么一位老资格的副市长，不可能为一个私营企业主的违法建筑如此卖力。那么，自己作为一名对工作、对领导、对市民都要高度负责的领导干部，到底应该怎么做呢？

李家杰怀揣重重顾虑，来到了阳光花园二期违法施工现场的大门外，只见这里呈现出一派热烈、欢快的景象：用气球搭建起来的巨大彩虹门下，一条紫红色的塑胶地毯从中间穿了过去，直接通向百米开外的一座小楼；震天的锣鼓声中，舞动的狮子和扭动的秧歌舞者，已经渐入佳境；正在加紧施工的高大建筑物上，十几条大标语凌空悬挂下来，上面"热烈欢迎市政府领导现场办公"等一众口号，分外醒目。

为了避免引起人们注意，产生不必要的猜测，李家杰悄悄地从侧面进入工地，在一名工人的指引下，踏上了那幢小楼的楼梯，找到了二楼的会议室。一进门，看到几位兄弟单位的领导，正聚在一起议论着什么，李家杰主动上前和他们打过招呼，然后又走向独自面对窗外、不断张望的方小虎，不无担心地对他说：

"方总，你想过没有，方市长把我们召集到这个违法施工现场开办公会，解决这个违法建筑的问题，对外界将会产生什么影响？"

方小虎凝视着前方，忧心忡忡却很坚定地说："我跟父亲通过电话，向他陈述了这么做的利害关系。可是老爷子太自信、太固执，就是听不进去，我很难说服他，只好先看看情况再说。但是，如果有必要，我会毫不犹豫地舍弃一切，来换取父亲的警醒！"

李家杰感叹地说："你总是成全别人，牺牲自己。为了方静留学，你放弃政府机关的工作，牺牲了个人的政治前程；为了救下广告牌上的农民工，你可以置最重要的商务谈判于不顾；这次为了自己的父亲，你又做好了牺牲自己成为优秀企业家的准备。"

方小虎哑然一笑，道："没什么，碰上这种事，就得做出选择。"

李家杰拍了下他的肩膀，恳切地说："需要我帮忙，尽管说。"

震耳的礼炮声连续不断地在工地上空炸响。透过五彩缤纷的纸花，二人看到方明乘坐的黑色轿车，在距离彩虹门很远的地方，就停下来不往前走了。早早率队恭候在那里的黄世雄，连忙带着几个人，快步迎了上去，亲自为方明拉开了车门。奇怪的是，方明并未下车，黄世雄俯下身去，不知道两人说了些什么。随后，他直起腰来，对着身边的人吩咐了几句，众人立刻分散，招呼着那些欢迎市长的人们，停止鸣放礼炮和舞狮子、扭秧歌，麻利地卷起了那条长长的红地毯，又给彩虹门放了气，疏散了围观的市民和工人。

看一切收拾停当，黄世雄便带着几个属下，再次来到方明的座驾前，把他请下了车，一同走向会议室。

刚落座，方明就问面前的李家杰，"李局长，你看见华局长没有？今天的这出戏，我只是个导演。唱主角儿的，是土地规划局和城管执法局，其他各单位，都是当的配角儿。可是，大幕马上就要拉开了，锣鼓也一个劲地催，主角儿到现在还是迟迟不露脸，让我这个导演丢人现眼是小事，把吊足了胃口的观众都晾在这里，人家可就不依不饶了。"

那边正在打电话的办公厅刘秘书，伸手抓起几张桌子上的餐巾纸，擦了擦额头上的汗水，听了听手机里还是没有回音，只好向方明报告说，华局长两个电话都无法接通，现在已经完全失去了联系。

"这个老华，是怎么搞的？就算他临时有更重要的事情，那也得来个电话呀。市委市政府三令五申，区市委办局的一把手，必须二十四小时开机待命，唯独他华南江胆子大，竟敢自己给自己批假条，不给他治治这个毛病，以后就会误大事。"最近对华南江看法很大的方明，不由得提高了声调，给刘秘书下命令道："马上联系市土地规划局办公室，要他们务必找到华南江，让他立刻赶到这里来，否则马上全市通报！"

话音未落，夏茵气喘吁吁地跑进来，也不知道她是在问谁："是在这里开会吧？"

方明见到夏茵，心里完全明白了：华南江这是自己故意躲起来，把夏茵推上了前台。然后他明知故问道："夏处长，你怎么来了？华南江局长呢，他什么时候能到？"

对方明的当众责问，夏茵感到很难堪，"方、方市长，您干嘛这么严肃？华局长他……他突然病倒了，还在发高烧呢，现在正打着吊瓶。他说，今天的会议内容我最熟悉，由我来替他开会，向您汇报工作最合适，他也最放心。"

华南江以患病为由，躲着自己不参会的行为，让方明失去了召开本次会议的基本重心和抓手。这意味着方明铆足了最后的力量，准备击出的这一拳，要打在一个松软的棉包上。也就是说，会议还没有正式开始，就要考虑如何宣布失败，他当了这么多年的领导，还是第一次遇上如此窝囊的事情。为此，他感到非常愤怒，厌恶的情绪溢于言表，"这个华南江，我以前还真没有发现，他的脸皮居然会这么厚！在关键时刻，自己称病躲在后面，推出一位年轻的女处长，为他做挡箭牌，还美其名曰什么，由夏处长来替他开会，来向我汇报工作最合适，让他最放心。如此企图欺上瞒下、蒙混过关，这能行吗？！"他越说越生气，越说越上火，差点儿骂出华南江简直就不是一个男人！"夏处长，我告诉你，今天的会议，要做出一个重要的决定。如果你认为自己没有资格参加这个决策，那就请你回去，千方百计地找到华南江，然后请他到这里来，向方明副市长报到！"

夏茵从没见过方明发这么大的火，她意识到，华南江今天不来参加这个会议，问题可能比自己想象得还要严重，就支吾道："那……那我们如果找到他，他还是不肯来，我们该怎么办呢？"

"那很简单，请他去市委市政府，主动递上辞职报告！"方明不耐烦地说。

"这……我……"夏茵很为难，真的不知道该怎么办了。

"方市长，您强人所难了。华南江的问题，应该由他本人负责，您这样对待夏处长，很不公平。"坐在会议桌前排的方小虎，忽然向父亲进言道，然后迎着人们惊诧的目光，继续说："方市长、黄董事长，既然华南江局长称病未到，并指派夏处长作为他的全权代表，那咱们不妨先把会议开起来。如果有重要的事项需要做出决定，我建议会后出一份会议纪要，请华局长签字盖章，然后下发执行就是了。李局长，你说呢？"

看到方小虎急需自己的支持，李家杰想了想，说："方市长，方总的建议有道理，既然其他的领导都到了，夏处长也了解情况，咱们还是开会吧。"

方明知道，自己确实有些情绪化。因为他极为担心，华南江不亲自到会，不亲自表态，不亲自签字，那么，即使召开了这个现场办公会，也没有任何实际意义，仍然达不到为阳光花园二期项目补办审批手续的目的。更何况，自己也不愿意看到夏茵被扯进来，替华南江蹚这浑水，成为华南江的替罪羊。可是儿子并不知道自己的良苦用心，他只是在尽其所能地保护夏茵，好在，他规劝自己的这个大胆发言，也等于为自己铺设了一个下台的阶梯。另一方面，这个建议也在提醒自己，应该换个角度思考问题：假如华南江这次到会了，与其硬逼着他在黄世雄的面前答应下这件事，或许还不如事后请他在会议纪要上签字，来得更加体面，更容易让他接受。但愿如此吧！想到这里，方明只好说：

"那好吧，就不等华南江了，由夏茵处长代表市土地规划局参加本次会议，不论会上做出什么决定，你都要不折不扣地、完完全全地向华南江局长做出汇报，请他务必坚决执行，妥善办理。各位，现在言归正传。今天召开这个会议，可以说是在一个敏感的时期，选了一个敏感的地点，请了几位敏感的人员，共同破解一个敏感的建设项目难题。说到底，我们就是要研究解决如何推动市重点工程阳光花园二期项目合法化的问题。这个问题，说简单很简单，只要市土地规划局补办一个审批手续，就可以大功告成了；说麻烦也是个大麻烦，搞不好就会惹出乱子，在岛城掀起一场不大不小的风波。这绝不是我在危言耸听，碍于今天的这个场合，我就不展开说了。总而言之，我们要向南方的城市学习，在这种大改革、大开放的特殊时期和环境下，遇到绿灯要赶快走，遇到黄灯要抢着走，遇到红灯要绕着走。说得更直白一些，只要把事办成了，又不惹出大乱子，那就是好样的。夏处长，长话短说，你代表市土地规划局表个态吧。"

分管副市长指名道姓，对自己提出了非常明确的要求，让夏茵感受到从未有过的压力。她发现，几乎所有的人，都把目光同时投在自己的身上，尤其是方明的那双眼睛，里面的内容很矛盾很复杂，让她无所适从、非常为难。

"这……方市长……我……我……"她踌躇了一会儿，才轻启朱唇道："华局长曾经对我说，市土地规划局向鑫海房地产公司核发《建设用地规划许可证》，就已经铸成了大错，我们绝不能一错再错，错上加错，再为阳光花园二期工程项目补办《建设工程规划许可证》。他还说，做人做事都要有自己的底线，相信方市长一定会理解、支持我们，坚决守住自己的底线。我的发言，完了。"

会议室里的空气，刹那间便凝固了起来。方明感到自己的脑袋，在一阵阵地发胀、发痛。尽管他做了一定的思想准备，可是当这些话从夏茵的嘴里真真切切地说出来以后，还是感到相当不适应，相当焦躁，却又不能对着夏茵发作，只好抓起桌上的茶杯，往嘴里猛灌几口茶水，强压着心中的怒火，憋了好一会儿才说：

"华南江躲着不见我，就是因为他认这个死理，特别顽固地坚持自己的错误意见，真是个……真是个茅坑里的石头，又臭又硬！"

见方明将茶杯往桌上重重地一搁，半天没吱声的黄世雄赶紧加了把火，"方市长，你们召开现场办公会，喊着要为企业解决实际问题，这个题目出得是不错，可是不能只做表现文章，也得干点实事吧？阳光花园二期工程的审批手续，只剩下个尾巴还没办，城管执法局和市人大代表却天天死盯着不放，说不定什么时候就要给我们搞强拆，简直逼得我们没有活路了。就像你刚才说的，这件事在南方根本就不是什么大问题，不管遇着绿灯、黄灯还是红灯，早就办完了。可是在三岛市，这就成了一道迈不过去的坎儿，完全都是人为的嘛！就冲你们政府这些落后的思想观念，还怎么提高办事效率？还怎么为企业服务？还怎么学习上海、赶上深圳？简直是在开玩笑！"说到这里，他看了看在座的人，好像都在听他说话，于是他胆子更壮了，底气更足了，说话也更放肆了，"方市长，我再说句不中听的话，华南江这是给脸不要脸，他就是故意要掐住我们的脖子，把鑫海集团往死里整！可是，他自己也不好好地想想，在我们咽气之前，他还能不能活在这个世上！"

黄世雄说出如此狠毒的话，方明很反感，立即阻止道："黄老板，你最好客气点，我们在你这里开会，是就事论事，对事不对人。请不要说话太随意，升级会议的紧张气氛。"

黄世雄对方明的警告不以为然，先是"嘿嘿"地冷笑几声，接着又"哈哈"大笑起来，转眼间换了副表情和口气，开始对主持会议的方明进行攻击，"方市长，其实我很怀疑，今天这场戏你是不是在自导自演？要真到了连华南江也玩不转的份上，你这个分管副市长还算个屁？就连庙里摆设的泥菩萨，也比你强得多！"

"住嘴！"李家杰见黄世雄当众污辱方明，不由得怒从中来，"黄世雄，这是市政府召开的现场办公会议，不是你私人企业的董事会，你不要太放肆了！"

方明则很大度地说："李局长，开现场办公会就得有点雅量，不论别人说出什么难听的话、提出什么刁钻的问题，那都得听，没有关系。黄老板，只要你不再搞个人攻击，不对党和政府进行诋毁，只要你的发言紧紧围绕着会议的主题，那么，有什么意见、建议和批评，都可以说。"

方明的袒护纵容，助长了黄世雄的嚣张气焰，他疯狗般地叫道："李家杰，你住着我的房子，还要在我新盖的大楼上，扣上一顶违法建筑的帽子，要不是方市长一直挡着，可能你早把我的大楼强拆了。像你这样吃里爬外、养不熟的白眼狼，我看早晚得遇上大麻烦。"

李家杰义正词严地说："我们城管执法局，从来就不信邪，类似你这样的人身威胁，我们见到的太多了。所以，我请你记住一个基本常识，没有任何违犯法律的人敢跟法律较劲，如果你觉着自己有这个能量，能够阻止我们的执法行动，那就大错特错了。如若你不信，咱们可以试试看。"

方明也责怪道："黄老板，你用这种语气、说出如此冒昧的话，对李局长极不尊重，这就是你的不对了。现在，李家杰副局长主持全市的城管执法工作，他手下的几千名城管执法人员，那可不是吃素的。他们可以为你保驾护航，帮助你把企业做大做强；也可以给你封门拆楼，让企业明天就破产垮台，你本人当然也会身败名裂。胜败得失，全在李局长的一念之差。从今往后，就不要对那些陈芝麻、烂谷子的事，再去耿耿于怀，以免伤了双方的和气。"

黄世雄还算识相，也装出一副很大度的样子说："行啊，方市长都表态了，刚才我说的那些话，李局长就全当耳旁风吧，今后还要仰仗你多加扶持。"

"李局长，你也来点高姿态，当着大家的面，说上几句帮助支持黄老板的话吧。"方明不失时机地提醒道。

很显然，矛盾的焦点瞬间又集中到了自己的身上，而且分管副市长又顺水推舟、借题发挥，给自己出了个绝不可能接受的难题。李家杰这么想着，没接方明的话，所答非所问地对夏茵说：

"夏处长，请你转告华南江局长，就说我对贵局知错必改、有错必究、不畏强权、坚持原则的做法，深表敬意！方市长，我们城管执法局当前也面临着同样的问题。几个月以来，我们对阳光花园二期项目的违法建设，也存在着姑息迁就、放任纵容的问题，致使违法当事人肆无忌惮、有恃无恐，至今不思悔过。相反地，他们还变本加厉、愈加猖獗，三座正在紧张施工的违法建筑，分别以不同的高度拔地而起，造成了非常恶劣的社会影响。现在，已经有九十九位市人大的代表，联名向市人大常委会提出了建议，要求市政府的职能部门，及时接受教训，立即履行职责，坚决制止鑫海房地产公司的严重违法行为，否则市人大代表们，将保留采取进一步更加严厉措施的权力。方市长，我个人的意见，市城管执法局要立即组织力量，强制拆除阳光花园二期的违法建筑，并在短时间内尽快地结案。"

"你敢？！李家杰，说你胖你就喘，给你个鼻子就上了脸，你还真把自己当成个人物了！"黄世雄恼羞成怒、一脸的街痞流氓相，"我告诉你，能执老子法、办老子案的人，还在他的娘肚子里。你和我动手较量之前，最好先找个秤弄明白，自己到底有几斤几两，属于哪个级别的，小心刚出场我就把你弄死了！"

方明急着息事宁人，接上话说："黄老板，你又把话说远了，怎么扯到拳击场上，轻量级和重量级的较量问题了？我看这样，与其这么斗嘴、闲扯淡，不如请黄老板把中途停建下马这个项目，会带来什么严重的后遗症，说给各位领导听听，让大家的心里也都有个数，考虑考虑这个工程项目，仓促下马到底行不行。家杰呀，你更要好好听听，这些问题对你冷静下来，做出正确的判断，还是很有帮助的。"

黄世雄对他这个要求，装作爱答不理，很勉强地对方明说："电话里我都说了，再这么唠叨一遍，你就不嫌啰嗦吗？好吧，方市长既然这么说了，我也不太好推辞，就对各位再叨叨几句吧。可是咱们得先把话挑明了，我做的这几件事，完全是为了提防李家杰，提防城管执法局来找麻烦，目的就是要他们知难而退。李局长，你们不是嚷嚷着要强拆我的几座在建大楼吗？那我就先挖出几个大坑，看你们敢不敢往下跳：一是，我以低于房地产市场百分之十的价格，已经把阳光花园二期三分之二的房源预售了出去，也就是说，现在有几百户房主和鑫海房地产公司签订了购房合同，交齐了预付款；二是，阳光花园二期工程项目，全部由建筑商自己掏钱、施工队伍集体垫资，包揽了各自承包工程的所有费用，等到阳光花园二期项目建成竣工后，再由我们开发企业分批付清；三是，上千名建筑工人，在半年里没有拿到一分工钱。李家杰，我倒是真想看看，你强拆了阳光花园二期这三栋在建的大楼，让鑫海集团垮了台，谁来承担房地产公司这六个亿的损失？谁来垫付资金，退赔几百户签订购房合同的市民？谁来堵上这些建筑商血本无归的垫资窟窿？我把话说得再难听些，你李家杰真敢这么做，那就一定落个里外不是人：建筑工人饶不了你，建筑企业饶不了你，开发企业饶不了你，市民百姓饶不了你，就连市委市政府，也绝不能饶了你！你要是不相信，咱们就走着瞧，哼哼，咱们就试试看。"

李家杰表情凛然，没有表现出任何惧怕，"黄世雄，快收起你这套吧。你以为你说出了这三条，就能吓得住我吗？那你就大错特错了！在强大的国家法律面前，你施展的任何伎俩，都将变得微不足道，根本不值得你这么炫耀。现在，我就代表三岛市城管执法局，向你郑重地表个态：就算面前的困难堆积如山，也永远难不倒我们城管执法搬山人！"

"你！……"黄世雄眉宇间浮现一股杀气，脸上的肌肉也在不断地抽搐，但是时间不长，这些表情又消失了，勉强笑着说："那就骑驴看账本，咱们走着瞧！……方市长，你导演的这个现场办公会，实在是没劲，也该收场了。你把夏处长留在这里，由方总照看着，只要华南江在会议纪要上签了字，她就可以回去了，你看怎么样？"

方明的口气很坚决，没有任何商量余地，"会议开到这里我同意，这件事有时间我们可以再议。但是，夏茵处长不能留在这里，你有什么事情，可以随时到市土地规划局找她。"

黄世雄端起茶杯，慢慢喝了两口，阴阳怪气地说："既然方市长心疼自己的干女儿，不愿意让她留在这里，那就麻烦你亲自写个证明，对阳光花园二期项目做出一个保证，也让我向上千名工人有个交代。"

"我父亲是市政府的副市长，他不可能听从你的摆布。黄老板，请你对他尊重些。"方小虎终于忍不住，突然发声道。

黄世雄看了看方家父子，嗓子里"嘿嘿"地出了几声，摇着头说："你说他是副市长，还让我尊重他，凭什么？市政府在这里召开现场办公会议，他这个副市长连个响屁都不敢放，你让我还尊重他什么？就算我尊重他了，他还能给我下出来个双黄蛋不成？！"

忍无可忍的方小虎，终于像头暴怒的狮子，大吼着掀翻了面前的长条桌，指着黄世雄骂道："你个王八蛋，竟敢侮辱我爸，我拧断你的脖子！"

魏扬如同一条被豢养的狼狗，见主人受到了威胁，迅即狂吠着冲上前，挡在了黄世雄的前面；李家杰和几个与会人员，也一齐拉住了方小虎，防止他真的动起手来。

黄世雄收起惊慌的神色，故作镇静地干笑几声，又把脸一沉道："方小虎和李家杰是一路货色，要想跟我斗还都嫩了点。倒是方市长有大将风度，能屈能伸，对不该翻脸的人绝不翻脸。也是他明白啊，有把保险箱的钥匙，就在我的律师手里，保险箱里存放的东西，又是何等珍贵，为了安全起见，他当然不敢大意喽。"

方明站起来，很鄙视地看了眼黄世雄，朗声道："我做的事情，由我个人承担，不需要任何人操心；如果黄老板还是个男人，还有点担当的勇气，那就希望你正视自己的违法事实，做出理智的选择。"说完，他大步流星地向外走去。参加会议的其他人员，也迅速跟上他，离开了会议室，离开了阳光花园二期违法建设工地。

黄世雄独自留在死一般寂静的会议室，仰坐在椅子里看着天花板发呆，回味着方明召开的这场令他更加心灰意冷的现场会。过了许久，他突然神经质地大声叫着，从椅子上蹦起来，握紧双拳在空中不停地抖动，"混蛋！混蛋！统统都是混蛋！全都给我去死吧！"他抓起面前一把椅子，高高地举过头顶，狠狠砸向了门口，正好摔在听到他的喊叫，急忙冲进门来的魏扬和炉包面前，吓得两个人魂飞魄散，像是受了惊的兔子，连跳加蹦地仓惶逃出门外，再也没敢进来。

黄世雄明白，方明这次以市政府的名义，亲率几位关键部门的负责人来到阳光花园二期工地，在违法施工的现场，召开办公会议，已经是个很惊人的举动，这不但是给足了自己面子，也展现出他解决这个问题的最大决心。可是谁也没想到，方明这场志在必得的最后一搏，受到了最关键的几个人——华南江、李家杰和夏茵的强力阻击。在这种情况下，自己只能迫不及待地跳出来，意图利用激将法，把这位分管副市长顽强不屈的斗志激发出来。谁知道，不小心玩过了头，意外地惹恼方小虎，被他那闪电般的反戈一击，凶狠地杀了一个回马枪，使整个局面骤然发生了颠覆性的变化，彻底摧垮了他和方家父子维系已久的利益联盟，最终使这个所谓的现场会，在双方剑拔弩张、火药味浓郁的气氛中不欢而散，这不能不令他感到十分绝望。

现在，那种你中有我，我中有你，犬牙交错的复杂局面，已经完全不复存在了，取而代之的将是阵线分明，针锋相对。面对政府的强势依法管理，私营企业本来就是弱势的，况且还是这种惹起众怒的违法项目，现在，即便他个人使出浑身解数，只要没有奇迹发生，在强大的国家机器面前，任何抵抗都将变得微不足道，结果早就已经可想而知，不存在任何的疑义了。这种情况下，黄世雄认为自己的面前摆着三条路：一条是逆来顺受，屈从政府的意志，停止阳光花园二期的违法建设，拆除工地中的违法建筑，承受巨大的经济损失，做好企业可能要破产的准备；第二条是坚决抗争到底，给社会制造更大的麻烦，让政府背上更大的包袱，使当权者面对强制拆除后所带来的各种严重后果，最好能达到让他们望而却步，不战而屈人之兵的目的。其中有个最重要的问题，就是敢于在非常的时期，使用非常的手段，达到非常的目的，以争取在绝境中求得生存。最后一条，就是做些表面的文章，稳定住和政府的关系，暗地里收拢起资金，变卖资产，将硬通货全部转移到国外去，择机永远离开三岛市。

也许是性格使然，经过一番苦思冥想之后，黄世雄认为第一条和第三条，都是在向命运低头，都是在认输逃避，这种灰溜溜的、如同过街老鼠般的悲惨结局，让他从心理上无论如何也无法接受。况且，现实中的阳光花园二期项目也并非完全没有转机，在仍然未到彻底失败、需要下定最后决心之前，在强烈的不服输和惯于冒险的性格驱使下，他将上述两条所谓的出路，当成了备用的预案。

拿定主意，黄世雄重新站了起来，他认真整理好自己的衣冠，将魏扬和炉包招呼进来，亲自安抚他们在椅子上坐定，深深地长叹一口气说：

"刚才这一幕，你们也都看到了。可以这么说，黄某与方家父子的关系，不可谓不久远，不可谓不深厚。可是世事难料，人心隔肚皮呀，在我最需要他们帮忙的时候，他们不帮我也就罢了，总不至于爷俩忽然对我撕破脸皮，倒打一耙，当众掀翻桌子吧？这事我仔细想过，强扭的瓜不甜。他们既然不仁在先，那就休怪我不义在后。老魏，从现在开始，方小虎就不是汇泉湾大饭店的总经理了，那里所有的大小事务，全部由你总负责。你一定要做到，财务管理不能乱，服务质量不能降，员工人心不能散，装修改造不能停。再遇到什么大的问题，就直接向我报告。"

魏扬一阵激动，忙不迭地表态道："感谢董事长的栽培，魏扬愿效犬马之劳，我现在就去大饭店。"

黄世雄喊住抬腿要走的魏扬，又叮嘱道："你去把各部门的负责人召集起来，我一个小时后赶到，亲自向他们宣布这个重大的决定。"

魏扬答应着，离开了会议室。黄世雄又把目光落在炉包的脸上，忽然眼圈一红，挤出两滴眼泪，"卢老弟，我一想起刚才发生的事儿，这心里就感到特别难过。人心怎么就换不来人心呢？他们父子俩，就是两条养不熟的狼，不知道什么时候，掉过头来说咬就咬，真是让我伤心透了。"

炉包见赫赫有名的大老板、亿万身家的大富豪，竟然如此高看自己，就像面对多年的挚友一般，倾诉着心中的苦闷，不由得受宠若惊，慌忙站起来，哆里哆嗦地说："董事长，俺也不知道该怎么说，就是看着你这么难过，炉包也想哭。"

　　黄世雄拉住炉包的双手，亲切地拍着说："卢老弟，最心疼我的还是你呀！我也是把你当成了过命的兄弟，才对你说这些掏心窝子的话，你可不能像方家父子那样，说翻脸就翻脸，要我失望啊！"

　　炉包把小眼睁得溜圆，信誓旦旦地说："董事长，炉包为人，在街面上还是抗打听的。别说是董事长这样的大人物，就是谁招惹了俺的小弟，炉包也是两肋插刀，要把他的面子找回来。董事长对炉包有大恩，我正愁着没法报，以后有用得着兄弟的地方，董事长尽管吩咐，就算上刀山、下油锅，炉包要是眨下眼皮，那就不是人养的！"

　　黄世雄和颜悦色地说："我信我信，你快坐下。我知道，卢老弟早就有个心思，想和我拜个把子，认个干兄弟。这件事我认真想过了，等找个好机会，我一定成全你。"

　　炉包乐得咧开了嘴，赶紧站起来双手抱拳说："董事长，不不不，是大哥、大哥。大哥的话说到俺心里去了，两个月前咱还不认识，有回在外面喝酒，听说你在隔壁，俺就过去敬个酒想认识认识你，谁知道劲使大了，把酒杯碰破了不说，还洒了你一身，你手下的人当场就要和我过不去。还是大哥你骂他们说，卢老板现在有难，自己的酒楼关了门，老婆还关押在局子里，弟兄们在这个时候，谁也不准难为了卢老板。你还对我说，卢老板，君子报仇十年不晚，往后遇到什么梁子，有大哥给你罩着。说完，你当众扔给我一捆钱，我赶紧跪下给你磕了一个头说，黄老板喊我兄弟，这是炉包的福分。炉包请你赏个脸，咱俩拜个把兄弟。你说，我认识卢老板很高兴，只是今天结拜太匆忙，将来选个良辰吉日，再拜把子也不迟。"

　　黄世雄用力叹了口气，很痛心地说："是啊，卢老弟，这件事以后再谈，咱还是先想想眼前的事吧。说不定，李家杰明天就要带着城管执法局的人，把这三座正在建设的大楼给强拆了，这里里外外算起来，那还不得损失十个亿！这十个亿干什么不行？给咱兄弟们当纸烧，也能做熟了几顿饭！"

炉包感同身受，像是烧了自己的钱一样，两只小眼闪烁着凶光说："这个王八蛋李家杰，就是活扒了他的皮，也不解我的心头大恨！大哥，上回在洗浴中心我没抓住他，还窝囊了好几天，现在我就带几个兄弟，给他上上手段、卸条胳膊、弄断条腿，让兄弟们出出这口恶气，也算是给大哥送上的一份消气礼。"

对于他的提议，黄世雄流露出浓厚的兴趣，却没有马上表态，他拍了拍炉包的肩头，背起手来回踱了几步，停下来对他说："我知道你和李家杰的私仇很深，对他恨之入骨，恨不得现在就去宰了他。我和你一样，早晚会给他点颜色看看，要他知道知道马王爷的脸上到底长着几只眼。只是现在还不到时候，你可千万不要轻举妄动，以免坏了我的大事。倒不如先调教调教华南江这个小白脸，逼着他尽快补发阳光花园二期《建设工程规划许可证》，只要先把这件东西拿到手，堵上审批这个窟窿，变违法建设为合法建设，那就是亡羊补牢，犹未为晚，谁也抓不住咱的小辫子了。他李家杰就是本事再大，也绝不敢动咱一指头，只能眼巴巴地看着，看着咱把阳光花园二期的大楼盖起来。来，兄弟，你过来，我有话对你说。"

"大哥有什么吩咐尽管说，我听着。"炉包说着，凑到了他的跟前。

黄世雄前后左右看了看，放低声音对他耳语了几句。炉包连连称是，满口答应着退了出去。黄世雄见他走远了，又独自思忖了一会儿。半晌，他摸出手机来，打了一个电话：

"方总，怎么耍起小孩子脾气了，现在该回到办公室了吧？"

方小虎和李家杰对视一眼，不屑地说："我确实到了办公室，但不是大饭店的办公室，而是李家杰副局长的办公室。"

"好、好啊，那你就拉上李局长，今天晚上我请客，咱喝上几杯扎啤消消气，不愉快也就过去了。"

方小虎冷笑道："黄鼠狼给鸡拜年，你根本就没安什么好心，赶快收起这一套吧！"说罢，他很厌恶地关上了手机，"虚伪透顶。这个人最阴险、最狡猾，谁知道他又想玩什么新花样。"

李家杰很有同感地说："是啊，和他处事，真得小心着点。好在你们已经彻底决裂，用不着再去担心什么，而且方市长也不必再为了你，对他忍气吞声、忍辱负重了。"

对方的理解，方小虎很是感激，说："你太了解我父亲了。为了我们兄妹俩，他什么事都能做出来。"

李家杰看着他，温和地笑道："小虎，你有这么一位好父亲，很让人羡慕，应该知足啊。"

"当然，我会好好地孝顺老爷子。"方小虎会心地一笑，说。

两人正感慨着，夏子强敲门走了进来。他看上去心事重重，就连见到方小虎，也只是点了点头，对着李家杰说了句"请你过目"后，便将文件夹放在桌子上，转身就要走开。

李家杰忙叫住他："夏主任，你和方总是老熟人，他很少到局里来，咱一块儿陪他说说话。"

夏子强勉强笑笑，说："小虎，办公室里杂事多，这次就失陪了。"说着，他走过去拉开了房门。

李家杰只好说："夏主任，半小时后，请法规处、规划大队、直属大队负责人到小会议室开会。"

夏子强停下脚步，扭过来半边脸，说声"知道了"，就走出了房间。

"小虎，离开汇泉湾大饭店，以后有什么打算？"李家杰重新坐回沙发里，关切地问。

方小虎正在琢磨着什么，听到李家杰问他，随口说："哦，还没来得及考虑，也可能去南方看看，会会朋友，聊聊项目，走一步看一步吧……"说着，他突然想起了什么，拍拍脑门大声说："瞧我这个脑子，差点就忘了，今天是老爷子的生日！不行，我得赶紧回去做点准备。李局，老爷子的生日很重要，请你一起到家里做客吧。我得先走了。"

李家杰高兴地答应下来，将他送到电梯间后，自己又回到办公室，打开夏子强刚送来的文件夹，一眼就看见有份辞职报告，再看看后面的署名，竟然是夏子强！惊讶之余，他赶快将这个报告看了一遍：

尊敬的市局领导：

本人调入市城管执法局，担任办公室主任已经半年多。在此期间，由于自己思想水平和工作能力不足，多次出现重大失误，难以胜任本职工作。特别是在前段时间，由于自己没有把精力放在工作上，致使一份重要的信访件和市政府领导的批示件，遗忘滞留我处达一个月之久，贻误了解决市民反映问题的最佳时机，酿成了从昨天开始的群体上访事件，为三岛市改革开放的形象抹了黑，也给城管执法工作带来了很大的被动。为惩前毖后，以儆效尤，恳请市局领导，对我的失职行为进行严肃处理，同意我辞去局办主任的职务，调离市城管执法局机关。

　　此致

敬礼！

夏子强

二〇〇六年十月二十六日

随后，李家杰又仔细地看了附在后面的信访件和市领导的批示件，发现两次信访件的内容完全一样，都是关于《三岛银行楼顶户外广告给住户挡光的举报》，只是前后相隔的时间，整整差了一个月。而且，方明副市长对信访件的批示，在后件和前件的语气态度上发生了很大变化，这使李家杰感到事态已经发展到了比较严重的地步。只见，他在第二次批示中写道："李家杰副局长，这个看似并不复杂的问题，很有可能会引发比较严重的后果。可是，你对前一个举报的批示并没有引起足够重视。这说明了什么呢？说明在你的心目中，要么是对人民群众的疾苦麻木不仁，要么就是根本没有把市领导的批示放在心上！"

方明对李家杰提出了这么严肃的批评，他还从未遇到过。更让他担忧的是，从夏子强的辞职报告中所得到的信息，市民们的群体上访从昨天就开始了。可是，他们今天是否继续上访，去了多少人，在什么具体位置，采取的什么形式，带来了什么后果，市政府又是什么意见，以上种种，李家杰一概不知，完全被蒙在了鼓里。

就在这时，局办来人报告，说参加会议的人员已经到齐，请他过去主持会议。李家杰只好放下信访件，先去把会开起来。他先听取了土地规划大队和法规处对阳光花园二期违法建筑进行行政处罚所做的大量前期准备工作的汇报，又针对这个问题提出了两点意见：一、按照行政处罚程序，市政府法制办在收到鑫海房地产公司递交的《行政复议申请书》后，已经向我局下发了《行政复议提出答复通知书》。为此，责成局法规处牵头主办，土地规划大队配合协办，三天之内向市政府法制办提交一份详细的书面答复。二，由土地规划大队主办，法规处和直属大队协办，进一步加快各项工作的进度，积极做好对阳光花园二期违法建筑进行强制拆除的准备。同时，他本人也将在最近几天，再次向分管副市长和市法制办的领导，汇报这项工作下一步的打算，以最大限度地争取上级领导的理解和支持。

等到各项工作布置停当，已经过了下班时间，信访件的问题和做好夏子强的工作的事宜，也只能等到明天再办。正好今晚上还能见到方市长，这几件事情也可以向他当面请示，李家杰这么想着，就下了楼朝方家赶去。

第十八章

　　为了挽救岌岌可危的阳光花园二期建设项目，方明最终还是动用了手中的权力，破天荒地在违法建设工地上，以市政府的名义，召开了现场办公会议。虽然他对自己的这个疯狂举动本来就不抱有太大的希望，也对会议失败做了一定的思想准备；可是，当无法收拾的残局真正出现时，他还是对自己没能掌控好会议，以及即将给自己、儿子、女儿带来的非常恶劣的后果，感到十分担忧和焦虑。

　　方明时常在想，作为副市长，他要对这座城市和分管的工作负责；作为方明，他要对自己负责；作为父亲，他要对子女们负责。可是，在阳光花园二期工地的现场会上，他的这些原则也不知道跑到哪去了，他什么也没有做到，更什么也没有得到，他对谁也没有做到很好地负责。此时此刻，他觉得自己就像一只斗败的公鸡，带着浑身的伤痕和疲惫，狼狈不堪地回到了家中。

　　打开房门，里面漆黑一片。方明伸出手去，摸索着墙壁上的电灯开关。

忽然，屋里灯光大亮，方明忙抬手遮住了光线，眯起眼睛适应一会儿，才看清方小虎、夏茵、李家杰正怀抱着鲜花，唱着生日快乐歌，满面笑容地向他走来。

"怎么，今天我过生日？"方明感到很突然，一时没有反应过来，犹豫地站在门口。

夏茵率先将手中的鲜花送入他怀中，大声说："对呀，今天是阳历十月二十八日，阴历九月初七，没错儿，就是您的生日。干爸，祝您生日快乐！"

"老爸，祝您生日快乐！"

"方市长，祝您生日快乐！"

方小虎和李家杰也先后献上了鲜花。

还有些木讷的方明这才想起来，今天确实是他的生日。阴沉抑郁的心情也在大家热情洋溢的说笑中，不知不觉地舒缓了很多，他感动地说：

"谢谢！谢谢！幸亏你们还记得，我早就把自己的生日忘得一干二净了。"

等到夏茵将他扶到餐桌前坐好，方明这才注意到桌子上摆满的菜肴，"是不是太丰盛、太奢侈了？谁的手艺这么巧，能在这么短的时间，做出这么多好吃的饭菜？我真是口福不浅呀。"

李家杰赶快说："完全都是他俩的杰作，夏茵是掌勺的大厨，小虎是她的帮工，两个人配合得天衣无缝、相得益彰。方市长，您就好好地享口福吧。"

平日不苟言笑的方小虎，现在也显得格外放松。他笑吟吟地说："老爸，您是知道的，厨房这套我真的是不在行，在茵茵面前，那只能甘拜下风。可是，好花总得绿叶衬，给她当当下手，做做小工，还是绰绰有余的。"

夏茵很骄傲，嘴上虽不饶人，眼神却和以往大不一样，"你给我做下手当小工，究竟称职不称职，本大厨自有评价。可是，如果你觉得委屈，完全可以炒我的鱿鱼，这也很简单啊。"

方小虎听出她的弦外之音，连忙表态说："大老爷们受点委屈也没啥。最重要的，是茵茵大厨能找到一位让她称心如意的小帮工，这可不是一件容易的事呢。"

夏茵马上端起架势，装作威严地咳了两声："那还愣着干什么，还不赶紧给干爸、给家杰大哥斟酒？真是不长眼色。"

方小虎反应很快，立即学着清人的样子，把腰一弯道了声"嗻"，就忙着开酒瓶、斟酒去了。

方明见夏茵抿嘴笑笑，深深地看了小虎一眼，便一本正经地说；"茵茵，你总是这么干爸、干爸地叫着，不别嘴吗？照我看干脆把前面的'干'字去掉，直接喊爸多好，又省力又亲切。"

夏茵赶快打打马虎眼说，"啊？……菜都上齐了，我去去就来。"她转身去了洗手间，很快拿回来一条热毛巾，递到方明的手上。方明擦过脸后，端起酒杯说：

"咱们改革一下，借着这次过生日的酒，我老头子，先敬你们三个年轻人一杯。"

方小虎、夏茵、李家杰连忙诚惶诚恐地站起来推辞。

方明却打着手势，让他们都坐下，说："你们听我把话说完嘛。下午和违法当事人较量时，我和小虎都感到很庆幸。因为，我们在家杰和茵茵的帮助下，毅然决然地冲破了与黄世雄的个人恩怨羁绊，勇敢地划清了和他的界线，迈出了关键的一步，实在是可喜可贺！第二点，在这次与不法分子面对面的较量中，你们三个年轻人爱憎分明、坚持原则，维护了政府的权威、法律的尊严和绝大多数市民的利益，让我这个老头子刮目相看，自愧不如！最后一点，你们今天经历的风浪，不可谓不惊心动魄！在这种情况下，你们仍然把我的生日挂在心上，还当作一件大事来筹办，让我十分感动……我，谢谢孩子们了！"

李家杰见方明将茅台酒干了，忙站起来说："方市长，今天是您的生日，这杯酒我祝您，生日快乐，健康长寿！"

方小虎、夏茵也站起来说："我们也祝您，生日快乐，健康长寿！"

方明见夏茵把一杯红酒干了，忙夹了些菜，放在她的面前，心疼地说："快吃口菜，压压。"

李家杰若有所思地问方小虎，"小虎，下午咱的话还没说完，你要去南方会朋友、谈项目，难道还要干酒店服务业？依你的才干和视野，完全有更多的选择。"

方小虎看了眼很注意倾听他俩谈话的夏茵，装出挺无奈的样子说："一朝被蛇咬，十年怕井绳。我这辈子，就算当个无业游民被老婆养着，也不敢再去奢望干宾馆、饭店的老板了。否则，煮熟的鸭子又该飞了。"

夏茵听后，恨得直跺脚，撒着娇对方明说："干爸，你看他，把我比作煮熟的鸭子，太可气了。您说，我该怎么罚他？"

方明公正地说："就是嘛，这个比喻很不恰当，应该罚酒。"

方小虎借机更深一步说："家杰，你都看到了，媳妇还没过门，老爷子就和她结成了统一战线，今后我可要生活在水深火热之中了。来，哥们，陪我喝杯解闷酒吧。"方小虎喝干一杯酒，又给同样干了杯的李家杰斟满了酒，说："家杰呀，谢谢你对我的关心。刚才，我和茵茵在厨房会议中，已经达成了新的共识：我重新把老本行拾起来，开间律师事务所，为我们的城市，为我们的市民，伸张正义、惩恶锄奸。"

为此感到惊喜的李家杰，当即向他发出邀请："好啊，我觉着律师这个职业特别适合你。小虎，到时候市城管执法局，聘请你为法律顾问，你可不要推辞呀。"

"没问题。"方小虎高兴地说："能为市城管执法局、为李家杰局长，做一名法律顾问，那是我莫大的荣幸！"

夏茵端起酒杯说："那就一言为定。为我们志同道合、共谋大业，干杯！"

方明爽声笑道："来，也算我一个，这么好的事，我老头子也得参加。"他喝下一口酒，又对方小虎说："小虎啊，既然你拿定了主意，就得赶快离开汇泉湾大饭店。"

方小虎应允道："老爸，你放心，有茵茵的严格督办，我会尽快地离开那里，抓紧筹建律师事务所。"

方明点头想了想，又对李家杰和夏茵说："今天和黄世雄摊牌，后续工作你们要抓紧跟上。我准备这两天，向市委市政府主要领导做个全面汇报，再召开个相关部门负责人会议，重点研究如何应对强制拆除阳光花园二期违法建筑时，可能出现的各种情况，并有针对性地提出解决办法；你们城管执法局也要在最短的时间内，向我提出一个强制拆除阳光花园二期违法建筑的行动方案。家杰，你还有什么问题？"

"没有了。方市长，这件事压在我们心头已经有很长的时间，这次您能亲自给我们做后盾，将会极大地鼓舞全市城管执法人员的士气。在此，我向您做个保证，一定坚决完成任务！"李家杰语气坚定地说。

夏茵也紧接着表示道："干爸，我也会向华局长详细汇报事情进展，密切配合城管执法局的工作。"

方小虎故作神秘地说："老爸，还有件非常非常重要的事情，会给您带来更大的惊喜。"

方明苦笑着摇摇头，端起酒杯一饮而尽说："儿子啊，把阳光花园二期这个烂摊子收拾利索了，组织上能高抬贵手对我从轻发落，老爸也就烧了高香，心满意足了，我哪敢还去奢望着什么惊喜？有什么话你就直说吧，别哄老爷子瞎开心了。"

方小虎故意漫不经心地说："我听说……方静明天早上就回家。"

"什么什么，你说方静明天早上就回家？她怎么突然回来了？有什么急事吗？你怎么不早说呢？"方明提高了嗓门，迫不及待地连续追问着。

方小虎对李家杰、夏茵说："瞧瞧、瞧瞧，还是惊喜了吧？我就知道老爷子会这样。老爸，我首先要替方静做个声明，她这次回家的全部费用，都是自己勤工俭学挣来的。而她回来的真正目的，就是要亲手把有人盗用您的名义，给她寄去的二百万元人民币银行卡，当面交到您的手上。"

方明点点头，肯定地说："这就对上号了。在工地上开现场会，你们亲耳听到黄世雄威胁我，说他有一把保险箱的钥匙，就在律师手里，里面存放着可以决定我命运的材料。现在看来，这份所谓的材料，就是这张二百万汇款的收据。其实这件事，方静还专门问过我；给她汇款的人，我也猜个八九不离十。可是因为当时方静病重住院，我担心她没钱治疗，就想让她先用着这笔钱，等小虎的年薪发到手了，或者我再去借些钱以后，再全部还给人家。可是，黄世雄却把方静收到的这笔钱和方小虎是否能够继续担任总经理，当成两条套在我脖子上的绞索，不断地以此要挟、操纵我为他做事，险些铸成了悔恨终生的大错！……"方明内心里十分愧疚和痛苦，良久才抬起头来说："这样吧，明天早上，咱就去机场接方静，一拿到银行卡，我就立即赶到市委把它当面交给朱书记。"

几个人正聊着，谢玉清打来了电话，忧心忡忡地告诉李家杰说，今天晚上，她连续接到了三次恐吓电话，那个人要我警告你，少管闲事，别找麻烦，不要在阳光花园二期工程项目上打主意，如果不听劝，就别怪他们心狠手辣！听他说话的口气，一定是黑社会的，这种人什么事都能干得出来。家杰，我真有点害怕，你赶紧回来吧。李家杰心里也紧张起来，唯恐谢玉清一个人在家里遇到不测，但又不好在电话中多说什么，简单地宽慰她几句后，就向方明说家里有点急事，匆匆告辞了。

刚进家门，谢玉清神情慌张地扑过来，前言不搭后语地说："那个人又打来了电话，说咱们住在阳光花园的一期，那就是自家人，自家人的胳膊肘往外拐，那就叫吃里爬外，道上最恨的就是吃里爬外的人。说要我劝你赶紧住手，再不听招呼，三口人都得赔进去，到时候别怪他们这些人心太黑、手太重、不仗义。"

李家杰明白，这肯定是黄世雄的人捣的鬼，他们为了保住阳光花园二期工程项目，阻止不利于他们的事态继续发展，终于开始动用最卑鄙的手段，向他施加更大的压力。只是李家杰没有想到，他们的最后挣扎和绝地反击，会来得这么快这么毒，而且直接对准了自己的全家。正想着，电话铃声骤然大作，一声紧过一声，声声扣人心弦，使屋子里的空气都要凝固起来了。

李家杰看着惊恐的妻子，一把将她揽入怀中，又在她背上轻轻拍了几下，随后走到座机前面，果断地拔下了连接线，叮嘱谢玉清说："从现在开始，所有打进来的手机电话，只要上面没有显示来电人的姓名，就一律拒绝接听。现在，城管执法部门和违法开发商，围绕着阳光花园二期违法建设的斗争，已经到了最后关头。在这段时间里，你一定要特别注意自己的安全，处处都要格外地小心，明天你就到亲戚家暂时住段时间。当然了，你更要坚定地相信政府、相信城管执法局也相信你老公我，我们有能力、有信心，很快就可以解决这个问题。"待谢玉清的心情渐渐平静下来，夫妻二人就上床休息了。

第二天一大早，谢玉清找出几件换洗的衣服，又带上一点随身的用品，就在李家杰的陪护下去了姐姐家。稍作安顿，李家杰就接到了方明的电话，只听他口气异常严厉地说：

"李家杰，你竟敢连朱仁达书记的电话都不接，胆子也太大了！我告诉你，作为全市的一把手，朱书记是不会轻易给一个副局长打电话的，况且还是连续打三遍！我不知道朱书记当时心里是怎么想的，可是你开着手机就是不接，要比你关着手机打不进去更让人着急、更让人不可接受。你就等着市委督察室追究责任吧！"

自从担任了城管执法局副局长这个敏感的职务，大量的急难险重任务和各类突发事件层出不穷，如同家常便饭。为此，李家杰二十四小时开机，早已养成了习惯。可恰恰是从昨天夜里到今天凌晨，李家杰打破了以往的惯例，对手机上没有显示出来电人姓名的电话一律不接。没想到就在这个时间段里，市委书记朱仁达连续打来几次电话，李家杰都让他吃了"闭门羹"。现在闯了祸，冒犯了市委书记，他又不好实话实说，只好对分管副市长谎称，自己将手机设在振动上，放在手提包里没听见，若知道是朱书记打来了电话，打死他也不敢不接。方明还是不解气，继续吼道，"你用的什么狗屁手机？把这个冒牌货给我扔到海里去！"发了这好大一通脾气，方明终于把嗓门降下来，说：

"朱书记今天一大早路过香港路，看到三岛银行门前聚集了大批居民，足足有好几百人。他们穿着白衣白鞋，扎着白头巾，举着白旗，还拉着白横幅，不喊不叫，不哭不闹，白花花地坐在地上一大片。朱书记便让司机停下了车，亲自过去询问一位居民，了解到银行设在楼顶上的广告牌，将居住在楼下市民家里的太阳光挡住了，居民们多次找到银行协商都没有谈拢，就给市政府写信求助，要求解决这个问题，可是迟迟得不到市政府的回音，只好采取了这种静坐的方式，想引起社会上的关注，帮助他们解决这件事情。朱书记当即给你打了电话，想要你立即赶到现场，却连续碰了钉子。李家杰，这个信访件我前后批给你两次，写得也很严厉，这一个多月过去了，你们怎么到现在也没处理？！这下子好了，直接惊动了朱书记，你离着当全市反面典型的日子，已经不远了！"

有苦难言的李家杰只好说："方市长，什么事都怕巧合，赶在了十三点上，其中的原因，我会当面向您汇报。可是那些都不是理由，还是我们的工作不到位。放心，这事我会尽快地调查，尽快地解决。"

方明余气未消，继续说："李家杰，什么叫凑巧了？什么叫赶上十三点？我可没有冤枉你。这件事我问过信访局和督察室，他们都说，这个信访件和我的批示件已经超过了规定回复的时间，他们正在研究处理意见，准备启动责任追究机制，在全市通报市城管执法局。"

李家杰听出来了，分管副市长说话的口气很重，态度很严肃。他不敢有丝毫懈怠，即刻动身赶到了事发现场，了解情况后，一边安抚静坐的居民，一边要求闻讯赶来的直属大队大队长林大岳，维护好现场的秩序，积极做好耐心细致的宣传教育工作，尽快撤下四周插满的白旗和悬挂的白色横幅。李家杰告诉居民们，市委市政府领导对这件事情非常重视，城管执法部门也在抓紧办理，一定会在最短的时间内，给居民们一个满意的答复。接着，李家杰又设法接通三岛银行马行长的电话，将市委市政府主要领导、分管领导的意见，都向他做了转达，希望他为了银行的自身利益和形象，也为了岛城改革开放的大局，根据居民们的诉求，立即提出解决方案，从根本上化解矛盾，哪怕在经济上承担一点损失，也要在关键时刻瞪大眼睛，千万要理性地处理好这件事情。马行长很理智，没让李家杰多费口舌，一说就通了。他再三谢过李家杰对现场情况的及时通报后，当即表示尽管楼顶上的广告牌是经过有关部门的正式批准，各种审批手续一应俱全，不存在违法设置问题，但考虑到市领导的意见和附近居民的要求，银行决定拿出一部分钱，挨家挨户地发补贴、做工作，争取迅速平息这次事件，为三岛市改革开放和建设和谐社会，尽到自己的责任。

李家杰一方面肯定了马行长的做法，一方面也在想：银行出钱给居民们发放补贴，固然是件好事，也有可能如愿平息这次静坐事件。可是，银行大楼后面一楼的居民，四季不见阳光的问题还是没有得到解决，应该想想办法，帮助这些居民彻底解决挡光的问题，这才符合他们的根本利益。但是要解决这个问题，必须先得到城市规划部门的同意。正好，李家杰还有几个问题，需要和华南江当面谈谈，于是就动身奔赴市土地规划局。

"太好了，要拜的佛都在，我来烧香正是时候。"李家杰见到了华南江和夏茵，高兴地说。

华南江用力握住他的手，使劲晃了晃说："李局长，你可是大忙人呀，想见上一面，比见中央领导还难。今天光临我的小庙，进来歇歇脚、喝喝茶，鄙人感到十分荣幸。"

李家杰又握住夏茵的手说："夏处长，你现在应该和小虎在一起，陪着方市长去机场接方静啊，怎么舍得放弃和家人团聚，跑到局里上班了？"

夏茵脸一红，忙说："家杰局长，你们城管执法局很忙，我们土地规划局也很忙呀。"说完，转身到旁边冲茶去了。

三人落了座，李家杰开门见山地向华南江和夏茵介绍说，朱书记和方市长对三岛银行楼顶广告牌挡光，引起楼下居民静坐抗议的问题非常重视，责成城管执法部门抓紧协调解决。他考虑了一下，请求市土地规划局从两个方面给予帮助；一是确认银行楼顶的广告牌是否违法；二是如果不违法，能不能调整一下广告牌的位置或者尺寸，为居民们彻底解决挡光的问题。

没等华南江发话，早已领会李家杰意图的夏茵，已经打完了一个内部电话，主动向他汇报道："局长，我问过了，三岛银行楼顶广告牌，完全符合规划的要求，经过了正常的审批程序，不存在违法设置的问题。"

华南江思考着说："嗯，即便是依法设置，我们也可以通过协商，请三岛银行进行适当地调整。"

李家杰接上说："是啊，我在现场观察过，只要三岛银行把楼顶上广告牌的高度降低几十公分，就完全不遮挡后面一楼二楼居民的阳光了。"

华南江当即表态说："你放心，银行的工作，我们来做。"

"好，华局长顾全大局，从善如流，谢谢了！"接着，李家杰又谈起另一个话题，"昨天方市长召开现场办公会的情况，想必华局长一定很清楚了。我可以负责任地说，夏茵处长执行你的指示非常坚决，代表局里谈了很好的意见。可是我还要问问华局长，如果我们城管执法局做好了准备，要对阳光花园二期违法建筑展开强制拆除执法行动，市土地规划局会不会出于某种原因，突然提前为鑫海房地产公司再补发《建设工程规划许可证》等行政审批，使我们的工作陷入极大的被动呢，这个问题很重要，请华局长向我交个底。"

华南江十分睿智，说声"请稍等"，起身走到写字台前，在文件上郑重地写下几个字，然后把它交给了李家杰。

李家杰展开一看，这份华南江当着他的面签上自己名字的文件，是市土地规划局关于《阳光花园二期违法建设局长办公会议纪要》，里面其中一条内容就是，凡是涉及阳光花园二期违法建设项目的问题，如补发《建设工程规划许可证》等，必须经过局长办公会议集体研究决定，任何人不得擅自做出主张；还有一条是，责令鑫海房地产公司，立即退回《建设用地规划许可证》，否则市土地规划局将把其列入不良记录名单。

"李局长，看过这份会议纪要，你总该放心了吧。就连我这个主要负责人，也不能擅自批准涉及阳光花园二期项目的任何事项，所有问题必须经过局长办公会集体讨论通过才行。不瞒你说，因为一项建设工程专门为领导班子成员立下规矩，这在市土地规划局的历史上，还真是破天荒第一次。目的主要有两个，一是用领导班子集体发出的声音，共同表达我们在这件事情上绝不妥协的决心；二是我们也要防止发生某种意外的情况。夏处长，你把这个文件立即存入档案，叮嘱他们严加保管。"

夏茵接过文件夹，向李家杰微笑着点点头，离开了局长办公室。

华南江白净的脸上显现出沉稳，他点起一根香烟，平静地吸了几口说："李局长，在我这里算是封上了口，后面就看你的了。我给阳光花园二期做了个初步的测算，如果你们强拆了这几栋违法建筑，鑫海房地产公司就得损失接近八九个亿！就凭这近十个亿，足以让一些人利令智昏、铤而走险，干出狗急跳墙的事情。"

李家杰非常赞同他的看法，对华南江说："这就是我今天到贵局来的第三个原因。华局长，我不知道你是否也收到了恐吓电话，我爱人昨天晚上就连续收到了多次，所以我就想，在最近的一段时间里，凡是涉及阳光花园二期项目的重要人员，都要特别注意自身安全，尤其是你和夏茵。"

方明一大早就去了机场，顺利地接到女儿后，让方小虎陪着方静回家，而他自己则揣上女儿带来的银行卡，急匆匆地赶向九龙山培训中心，总算没错过朱仁达在市委常委（扩大）读书班开班仪式上的动员讲话。讲话结束后，他先给李家杰打了电话，了解了三岛银行门前居民静坐的实时情况，又赶紧按照事先的预约，去会客室向朱仁达报到。

朱仁达此时还处在动员讲话的亢奋中。他思维敏捷，也很健谈，在听取方明对李家杰如何处理居民静坐抗议事件的简要汇报后，先就这个问题谈了几点意见，突然又把话锋一转，指向了另一个更重要、更敏感的问题，"老方，在这期省委常委的《参阅件》中，有一篇反映我市违法建设的报道，引起了省委高强书记的注意，他还在上面做了批示，你看看吧。"

方明从他手中接过这份内参，很快找到了那篇文章，果然，标题的右上角，有两行遒劲的钢笔字：请仁达同志阅处。此类违法建设问题，在我省城市中普遍存在，极易引发一些社会问题，请各市给予高度重视，后面的署名为高强。而位于左下方的主标题处，是一行赫然醒目的黑体字——《撩开三岛市违法建设的黑幕》，副标题是《九十九位市人大代表的强烈呼吁》。看到了这里，方明只觉得心头一紧，情绪也激动起来，"岂有此理！怎么捅到省里去了，这完全就是别有用心嘛。朱书记，这种事情我们得好好查查，有些心术不正的人，就是想要我们难堪！"

朱仁达见方明愤怒地将内参掷在桌上，严肃地对他说："老方，工作是我们做的，城市也是我们管的，既然存在着不尽如人意的地方，那就让人家说嘛，你总不能把每个人的嘴都堵上吧，这个道理很简单。"

方明争辩道："书记，干工作、出问题，谁都避免不了。作为一个旁观者，是善意地帮助他，还是恶意地打击他，这是衡量一个人思想道德品质的问题。有种人就是唯恐天下不乱，长着一颗专门坑害别人的心，不在背后玩点小动作、搞点小把戏，不把天上捅出几个窟窿，他就总觉着过意不去。更何况，这几年我市的城市规划、城市建设、城市管理工作那是有目共睹的，在不少方面，走在了全省乃至全国的前列，成绩是主要的嘛。当然在治理违法建设的问题上，我们的法规也是越来越健全，我们的管理也越来越规范。至于阳光花园二期违法建设的问题，我现在可以向您保证，不出一个月时间，市城管执法局就会把它拆掉。可是值得警惕的是，我们在这里做工作，有的人就越过市委向省委告黑状，拿着这件事大做文章，这是什么性质？朱书记，事态已经很明朗，这些善于躲在阴暗角落里玩阴谋、耍诡计、开冷枪、放暗箭的人，已经开始向我们进行示威，向我们展开挑战，在政治上发出了黄色的预警，这必须要引起我们足够的重视！"

朱仁达看着激动、反常的方明说："老方啊，你的观点和想法过于偏颇了，我不赞成。你想，现在的社会已进入网络时代，假设有人真想达到你说的那种目的，完全可以把这些问题集中起来，通过网络进行大量传播，这样更能发挥它的功效和杀伤力。可是，他们没有这样做，只是采用了内参的方式，企图引起省委领导对三岛市违法建设的重视，以督促市委市政府解决好这些重大的隐患。所以说，他们的出发点是善意的，是出自公心的，是无可非议的。老方啊，我们共产党人，尤其是党的领导干部，一定要做到襟怀坦荡、虚怀若谷。不管他们是什么人、反映什么问题、向哪一级反映、反映的形式是什么，只要是问题属实，符合党、国家和人民的根本利益，我们就应该无条件地接受，尽快地纠正，这才是正确的态度。还有，你刚才说，这是个黄色的预警，我看这个比喻还是比较贴切的，我很赞成。其实，我们这些人，每天都是在黄色预警中度过的，这是由我们的责任和使命决定的。正因为我们有这种危机感，每天如履薄冰地坚守在自己的工作岗位上，不断地警醒自己、鞭策自己，克服前进道路上的困难，才不至于出现更加严重的橙色预警、红色预警，才能使我们的党、我们的国家，保持长治久安，不出现大的波折、大的危险、大的损失。所以呀，我们应该把这篇文章正确地定性为积极善意的群众监督、社会监督和舆论监督，这样才能充分体现出它真正的价值。你说对吧？"

方明只是闷着头吸烟，对朱仁达的看法，他没有赞同，也没有反对。

过了片刻，朱仁达忽然又问："老方，咱们在一起工作有多长时间了？"

"十三年多点吧。"方明想都没想，脱口说道。

"嗯，确切地说，十三年又三个月。"朱仁达感慨地说："人的一生全部工作时间加在一起，也不过才三个十三年。"

方明急吸两口烟，将烟蒂按在烟灰缸里，感叹道："是啊，人生苦短，这十三年一晃就过来了。朱书记，当初你从省政府来三岛市干副市长，我就跟在你的屁股后面干副秘书长；后来你干上了市长，我也当上了秘书长；再以后你干上市委书记，我就当上副市长。这一路走下来，全靠你这位老领导的提携和关照啊。"

朱仁达摆手说："我不同意你这个说法。如果要记账，那也好办，就记两本，一本账记上党对你的教育和培养；另一本账，记上你对党事业的忠诚和对工作的努力。至于我个人，只是有资格给你当个评论员，点评点评你这些年来的思想和工作。可以这么说，你老方是位难得的将才、帅才，在两届副市长的领导岗位上，为全市的城市规划、城市建设和城市管理做出了应有的贡献，领导和群众都是比较满意的。当然了，工作中都会有失误，也会有错误，只要你能及时地认识到这些问题，认真地加以改正，都会得到党和人民的谅解。功是功，过是过，一分为二，这是我们党历来的传统。"

这席话感动了方明，他慢慢抬起头，望着朱仁达说："朱书记，你说的话很中肯，我心服口服。成绩不说跑不了，问题不找不得了。我承认，省委《参阅件》的这篇报道基本属实，在阳光花园二期违法建设的问题上，我失职渎职，以权谋私，要求市土地规划局变更了黄金海岸公共绿地的使用性质，保护和纵容不法开发商违法建设住宅写字楼，造成了重大的经济损失和极坏的社会影响，损害了党和政府的威信，破坏了三岛市改革开放的形象。现在我已经准备好接受市委的任何处置。"说到这，他从手提包里拿出两个信封，交给了朱仁达，心情沉重地说："朱书记，这是我写的书面检查；这是一张我女儿今天早上从英国带回来的银行卡，里面存有二百万人民币，是鑫海集团董事长黄世雄假借我个人的名义，私自汇给我在英国读书的女儿的，现在将它一并上交市委。"

朱仁达颔首道："嗯，你能主动地向市委承认自己的错误，交代自己的问题，说明你在思想上已经有了一定的认识。对你的这些情况，市委会认真地考虑，实事求是地向省委做出汇报。在组织上对你的问题还没有明确意见之前，你要继续做好自己的分管工作，特别是要解决好阳光花园二期违法建设的问题。"

方明连忙表态说："我明白，请朱书记放心。对阳光花园二期违法建设的那几栋大楼，我的意见是，坚决炸掉，不留后患。可问题是，一旦城管执法部门采取强制拆除措施，也会带来严重的并发症。比如说，开发公司拖欠建筑公司工程款的问题，建筑公司拖欠建筑工人半年多工资的问题，建筑施工队揽活农民工垫付大量资金的问题，几百名市民购房的预付款问题等等。如果这些问题不能得到很好地解决，很可能会激化矛盾，出现大规模群体抗法的严重事件。而且在这个全省城管执法工作现场会议就要在我市召开、全国相对集中行政处罚权试点即将成功的关键时期，万一捅出大娄子，那可就真把三岛市的金字招牌给砸了！朱书记，这件事情非同小可，我拿不准呀。"

朱仁达的态度很坚决，他以不容置疑的口吻，对顾虑重重的方明说："老方，什么时候开始变得前怕狼后怕虎了？这不是你的性格，更不是你一贯的工作作风。如果我们放弃拆除这几座违法建设的大楼，那又将出现什么情况呢？那就会极大地亵渎法律的尊严，严重地损害广大市民的现实利益和长远利益，让市委市政府在已有的错误上面，再加上一个错误，最终在黄金海岸线上，矗立起几座被子孙后代唾骂的耻辱碑！老方，这么严重的后果，是你方明能承担起的还是我朱仁达能承担起的？咱们谁也承担不起这个责任啊……我看这样吧，岳峰市长那里我和他谈，请他在财政方面做些协调；这次读书班你就不要参加了，现在就回到市政府，全力以赴地处理好这件事情。我们随时保持联系。"

方明走出朱仁达的会客厅，长长地吁了一口气，一种从未有过的轻松和愉悦，霎时传遍了全身。他忽然想到，如此美妙的时光，为什么不找一位好朋友，倾诉自己的感受，分享自己的喜悦呢？对，现在就去找他！方明取出手机，打通了夏文渊的电话，没说上几句，夏文渊就高兴地说，他刚处理完几件公务，现在正好有点闲空，欢迎他去做客。方明动作迅速，很快赶到夏文渊在市人大常委会的办公室。

"老方，你的动作也太快了，不是因为馋猫鼻子尖，闻到我沏茶的香味了吧？我告诉你，这可是茵茵孝敬我的台湾高山茶，一般的客人肯定享受不到。考虑到我还欠着你两壶清茶，咱们就共同享用吧。"夏文渊说着把茶水端到他面前，见方明还是不搭话，只是端起那杯香茶，一口连一口地吹拂着上面的热气，又说："哎，虽说你口福不浅，可也不能太性急。万一把嗓子烫坏了，什么话也说不出来，把我晾了没关系，你岂不是白跑一趟？"

方明神色专注，伸直脖子喝干了杯中的茶水，将空杯子往桌上一放说："满上，再来一杯。"

"这不是喝啤酒，干老白干，得细细地品味，哪能像你这种喝法，糟蹋了我的这壶好茶。"夏文渊责怪着，又为他斟上一杯。

方明连着喝了几杯，也顾不得对这壶好茶做出评价，就叹口气说："唉，夏主任，我这次来，是向你负荆请罪的。可是全市没有一根荆条，只好空着手来了。"

夏文渊被他说得云山雾罩，大感不解地说："向我请罪，请什么罪？我不是蔺相如，你也不是廉颇，咱老哥俩儿，有什么话不好说，怎么还得请罪？"

"老兄你是不知道啊，有三件事憋在我心里，已经很长时间了，可以毫不夸张地说，这才叫苦不堪言哪！今天，我要敞开心扉，跟你好好地谈谈，有不对的地方，还请老兄多多谅解呀。"方明没让对方插言，接着就说："第一件事，我完全理解和赞成九十九位市人大代表的建议，决定强制拆除阳光花园二期的违法建筑，尽快恢复那里的滨海园林绿地功能；第二件事，我的女儿方静已经从英国回来了，还把黄世雄以我的名义，汇给她的二百万元人民币银行卡带了回来，我已经把它亲手交给了市委朱书记；最后一件事，就是方小虎完全退出了汇泉湾大饭店，辞去了总经理的职务，夏茵已经与他和好如初了！……"

"打住打住，"夏文渊的眉毛拧成了疙瘩，困惑不解地盯住他说："老方，你这是演的哪出戏？这明明是三件天大的好事，怎么从你嘴里说出来，味道全都变了，好像成了三条大罪状！你不是神经错乱吧？"

"是吗？这是好事吗？……真是好事吗？"方明向前探出身子，把脸凑近对方的脸，表情复杂地连续追问了好几遍，终于憋不住"哈哈"大笑起来。夏文渊也被他开心的笑声所感染，跟着会心地笑了，两个人直笑得前仰后合，连眼泪都流了出来，好半天才慢慢地止住。

"好啊！老方，该放弃的放弃，该纠正的纠正，该解脱的解脱，真是浑身轻松啊！这三件大好事，实在是可喜可贺，不喝点小酒助助兴，实在说不过去！"

方明用餐巾纸沾沾眼角上的泪水，"那还用说，要不然我来找你做什么，岂是一小壶茶水就能打发走的？现在，我那儿媳妇正愁着缺少伺候老公公的经验，不如给她创造个机会，抓紧实习一下，现在就去你家如何？"

夏文渊拿捏起来，道："怎么说你胖你就喘，暖和暖和就上了炕？要喝酒可以，但是要答应我一个条件：你得亲自下厨房，炒上两道热菜，让我和茵茵尝尝，给你打打分，看你够不够资格做我的老亲家，做茵茵的公公爹。"

方明撸着袖子叫道："好啊，我正愁没机会给你们露一手，让你知道和我结亲家没啥可后悔，反而应该很荣幸。咱们现在就走，赶快回家去！"

夏文渊指指墙上的挂钟说："还有十分钟下班，你急什么。"

方明早就按捺不住急迫的心情，抓住他的胳膊就往外拉，"走吧，这么多好事凑在一起，能不急吗？你已经认真了一辈子，就不差最后这十分钟了，快走吧。"

夏文渊无奈地摇摇头，说："我真是拿你没办法。好吧，咱回家。"

第十九章

　　那天，父亲请干爸回家吃饭，夏茵从未见两位老人那么开心、那么高兴过。他们兴致勃勃地聊着天、喝着酒，品尝着大家共同烹制的可口饭菜，满脸洋溢着幸福的喜悦。后来，两位老人又谈到了双方的子女，当说到夏子强时，夏茵细心地发现，方明脸上的欣喜很快蒙上了一层阴影，变得有些难堪了。不等父亲问他什么，方明主动地说，由于夏子强在工作中的疏忽失误，市城管执法局贻误了一个重要的信访件，引起了市民群众的强烈不满，数百名居民因此在三岛银行门前静坐抗议，恰巧还被路过那里的市委朱书记碰上了。虽说后来，李家杰对这起群体静坐事件处理得很及时、很妥善，但是市政府督察室和市纪委监察局还是启动了责任追究程序，准备追究市城管执法局和夏子强的责任，并在市直单位进行通报。据说，夏子强本人除了写出检查以外，还向李家杰递交了辞职报告……

　　夏茵担心的事情，到底还是发生了。客观地说，哥哥在城管执法局出点问题，犯点错误，完全都在情理之中，并非不可想象。在夏茵看来，自从哥哥调入该局后，没有一门心思扑在工作上，而是花了不少时间去琢磨如何对付李家杰，呈现出典型的心理阴暗症状，这让夏茵无法理解，很是着急。可是，哥哥毕竟是亲哥哥，无论从血缘上、感情上，对他身上存在着的这些缺点和问题以及他今后的个人前程，做妹妹的怎能不关心，怎能置之不理。尤其是那天父亲从干爸那里知道这些事情后，他是三番五次地给儿子打电话，要他找时间赶快回家，爷俩儿好好地谈谈。可是哥哥总是找出各种理由搪塞，急得夏文渊常常吃不下饭、睡不好觉，血压明显地升高，时常感到胸闷气短，说不定什么时候心脏病就可能复发。这让夏茵看在眼里、急在心上，却又想不出个好办法。就在为此感到很无助、很为难的时候，她接到了华南江签署的会议通知单，指定她去参加在市城管执法局召开的工作协调会。当时她就想，这次见到李家杰，一定和他好好商量商量，或许可以找到一个帮助哥哥的办法。抱着这种希望，夏茵提前赶到市城管执法局，走进李家杰的办公室，对正在低头书写的房间主人说：

"局长大人，还在准备发言提纲吗？平日不烧香，临时抱佛脚。马上就要开会了，还能来得及吗？"

李家杰这才发现站在面前的夏茵，连忙起身打招呼，"是夏处长，我还以为是局里的同事。离开会的时间还有半个小时，你怎么来得这么早？"

"执法局召开的工作协调会谁敢怠慢？这可是个态度问题。"夏茵说完，便在李家杰取杯倒水的间隙，看到了桌上的两份材料：一份是市城管执法局向市政府做出的书面检查，另一份正是夏子强的辞职报告。

李家杰端着一杯热水走过来，发现夏茵正盯着桌上的材料发愣，便对她的来意猜到了几分，打趣道："就连方市长召开的市政府现场办公会，夏处长都敢千呼万唤，姗姗来迟，我们这个小小的城管执法局，你就更不会放在眼里了。"

夏茵赶快收回自己的视线，从手提包里取出一份图纸，铺在桌上说：

"城管执法局是半军事化管理，我来晚了那还不被你吃掉啊。李局长，请你过目，这就是你时常挂在心上的市文化体育中心广场规划设计草图——你可是第一位看到这张图纸的领导，就连华局长都没有这个眼福呢。"

李家杰笑道："享受如此殊荣，我可要欠你的情分了。"

"嗯，知道就好，一会儿再谈怎么个还法。"夏茵不客气地说，又指着面前的草图介绍道："经过我们反复论证，预备在原市文化宫广场旧址上，重新规划几个功能区：广场东侧，拟建一座少儿艺术活动中心；西侧，新建一所老年大学；坐北朝南的位置上，可建一座容纳六千人的文化体育综合馆；三座建筑物的中心地带，则规划为十万平方米的休闲广场。这样一来，居住在周围的市民群众，对文化体育、休闲娱乐活动的要求，就基本上可以满足了。李局长，烦请多提宝贵意见哟。"

李家杰听完了她的介绍，连连赞许道："不错，很现代很实用，夏处长果然出手不凡，真是令人眼前一亮啊。应该尽快实现这个规划，将图纸变为现实。"

夏茵说："如果此项目能列入明年市政府重点要办的十件大事，对那一带的市民群众的确会是一个福音。可是，在文化体育中心落成的剪彩仪式上，却不会出现你们城管执法人的身影。"

李家杰豁达地说："没什么，只要看到经过我们共同的努力，这里的市容环境和公共设施能够发生巨大的变化，就足以让我们感到由衷高兴。记得小时候，我酷爱体育活动，想踢足球了，用书包摆成两个大门，中间就是足球场；想打篮球了，就在树杈上绑个铁圈，树下就是篮球场；想打乒乓球了，四张课桌一并，那就是乒乓球台。好不容易有个正规球台，要想多打一会儿，那就只有两条路：占台的擂主主动让位，或者把占台的擂主打下来。"

夏茵灵机一动，急忙追问："这么说，你打乒乓球一定很好了，你的最好成绩是什么？"

李家杰迟疑地一笑，说："你问这个干什么，都是过去的事了。这么说吧，我曾经获得全市少年单打第一名。"

"是吗？太好了！"夏茵高兴地说："我要给你介绍一位球友，他拿过全市中学生运动会乒乓球的冠军。下班后，你们可以切磋球技，增进友谊，同时也让我开开眼界，好好欣赏欣赏你们精湛的球技。然后嘛，我会和方小虎请你们共进晚餐，一块儿品尝海鲜涮羊肉。家杰局长，你就答应我吧，别忘了你还欠我一份人情呢。"

李家杰笑了笑，痛快地说："行，这个人情我必须还。可是我得落实一下，你说的这位中学生乒乓球冠军，是我们局的夏主任吧？"

夏茵惊诧地睁大眼睛说："啊？你也太神奇了，居然猜中他就是我哥！哎呀，既然是这样，我只好实话实说了。请你们两位打球、涮火锅，无非就是希望你们摒弃前嫌，成为好朋友呗。"

李家杰遗憾地说："夏处长用心良苦啊。实事求是地讲，我和夏子强刚到局里时，相处得并不融洽。后来，我们各自做过一些努力，试图改变这种状况，可是因为误解和坏人陷害等原因，一直没有成功。这次，由于他思想麻痹、工作失误，受到了市政府的责任追究，在全市被通报，由此产生严重的挫败感。所以，他已经向市局打了辞职报告。"

"所以呀，在这种情况下，我求你千万不要放弃他，一定要千方百计拉他一把，帮他渡过眼前的困境。如果他对前途失去了希望，对自己丧失了信心，那我哥这一辈子，可就全完了。"夏茵忧郁不安地说。

"是啊，我也是这样想。收到他的辞职报告后，我连续找他谈过两次话，他都没有放弃调离执法局的想法。现在，我正在为此感到犯难，也想不出一个更好的办法，能够把他挽留住。夏处长，我始终认为，夏子强的主流是好的，他很要强，也很有能力。只要引导得当，帮助他树立起正确的世界观、价值观和人生观，他完全可以为全市城管执法事业做出更大的贡献，他本人也一定会有一个更好的前程。"

"家杰局长，你真是这样想的？"夏茵睁大了眼睛问。

李家杰看着她，诚恳地点点头，"是啊，我就是这样想的。我非常希望和夏子强能够成为好同事、好朋友、好兄弟，我会尽自己的最大努力，劝他放弃辞职的想法，继续留在城管执法局，和我携手并肩，共同奋斗。"

"谢谢……谢谢你……家杰局长……"这些发自肺腑的语言，让夏茵很受感动。她努力控制自己，不让盈满眼眶的泪水滚落下来。少顷，她又轻轻嘱咐一句，"别忘了，会议结束后，咱们市少体校见。"

夏茵转身离开了，又来到夏子强的办公室。她敲敲门推了推，里面一点儿动静也没有，拿出手机正要给哥哥打个电话，门又悄悄开了一条缝，"你怎么来了，不知道现在是上班时间？"夏子强向门外左顾右盼地看了几眼，低声问道。

夏茵没搭腔，侧身挤了进去，在屋里四周看了看，又用脚踢踢尚未关严的手提箱说："夏主任，上班的时间锁着门，也不去准备开会的事宜，只顾着收拾自己的细软，这很容易让人产生联想——你不是学习南霸天，准备逃跑吧？！"

夏子强被妹妹戳到痛处，脸色变得更难看了，他紧蹙着眉头说："你来了就捣乱，还胡说我要逃跑，这话也太难听了！"

夏茵看看情绪低落的哥哥，不忍心再去刺激他，噘起了嘴巴说："人家就是跟你开个玩笑，哪敢真捣乱？再说了，我是老爸派来的。他给你打过很多次电话，你都是口头上答应得挺好，可就是不照面，让老爸肚子里憋了很多话也没法对你说，急得他都要犯心脏病了。他命令我，要赶快找到你。谁知道，好不容易见了面，还要受到你的训斥，你这个当哥哥的是不是也有点儿太那个了吧。"

夏子强没有放下兄长的架势，口气大大地说："我们爷俩儿的事，是父亲和儿子的事，也是男人和男人的事，你女孩子家家的，根本就不懂，少在里面瞎掺和乱起哄。可是我要对你说明白，如果我现在就回家，还是要碍老爷子的眼，惹得老爷子心烦。所以，我要暂时离开岛城，出趟远门，今天晚上就走，家里的事情你就多操心吧。"

听说他要出远门，夏茵也没多想，更没有和他辞职的事联系在一起，认为不过就是出趟公差而已。毕竟，这对政府部门的中层干部来说，早就是司空见惯的事情，最多十天半个月就回来了，还可以换换环境，调整一下心情，回来轻装上阵。从这个意义上讲，出这趟公差岂不是美事一桩？

她便说："那好啊，出公差我不拦你，不就是我在家里多干点活嘛，不和你计较了。可是，在你走之前，必须要答应我一件事，否则家里的事情，我什么也不管了。"

夏子强见妹妹把嘴一噘撒起了娇，又考虑到自己走后，家里的许多事情还真要指望她去做，不能不照顾一下妹妹的情绪，只好试探着说："你什么时候学会跟你哥讨价还价了？行啊，只要不耽误晚上九点的航班，有什么事我都会尽力去办。"

夏茵见他松了口，马上笑着说："那我就告诉你，今天晚上有人要约你这位当年的全市中学生乒乓球冠军，进行一次乒乓球友谊赛，我已经替你答应了下来，你可千万不能推辞。"

夏子强听了直撇嘴，没好气地说："茵茵，不是哥哥驳你的面子。我是今晚九点的飞机，下午还得开会，开完会还有几件事情急等着处理，哪还有闲情逸致再去打乒乓球，这不是给我添乱嘛。"

早就想到他会这么讲的夏茵，立刻很惊讶地说："哥，不对吧？听说要打场乒乓球友谊赛，你怎么立马就蔫了？关键时刻冲不上去，还没上场就败下阵来。丢了我的脸没关系，这件事真要是传得沸沸扬扬，弄得谁都知道你当了缩头乌龟，那可就惨了。"

这一招果然很灵验，夏子强极强的自尊心，被深知他这个弱点的妹妹，只用了三言两语就激将起来。其实，夏子强的心里也在想，这次走了，什么时候再回岛城，就连自己也说不清楚，与其让妹妹大失所望，不如满足了她的心愿，给她留下一个美好的念想，毕竟自己从小就非常疼爱这个唯一的妹妹。于是他说："好好好，就这么办，你这张小嘴巴还是这么厉害。咱可是说好了，我只能打一个小时。"

夏茵高兴得蹦起来，拍着巴掌说："太好了太好了，我就知道我哥会接受这个挑战。马上就要开会了，你赶快去做准备，咱们下班后市少体校见。"

她走出哥哥的办公室，给他把门轻轻地掩好，来到了会议室里，没坐多长时间，会议就开始了。

按照会议的议程，李家杰先是向各单位的领导，详细介绍了阳光花园二期违法建设的情况，表达了市城管执法局维护法律尊严、维护市民群众长远利益，坚决拆除三栋违法建设大楼的决心。这些现实情况都得到了与会领导们的充分理解。可是，当会议研究到如何帮助执法局解决具体问题和困难时，他们的态度开始变得暧昧起来，在发言中吞吞吐吐、闪烁其词。不是推脱自己不是一把手，说话不算数，需要回去汇报以后才能决定，就是抱怨困难太大、负担太重，没有政策法律依据，超出了他们的职责和权限范围，在短时间内不可能解决，使会议完全陷入了僵局。就在这时，有人快步走到李家杰身后，低语了几句，只见他精神为之一振，站起来就要往外走。此时，方明已经出现在了门口。

"李家杰，本人不请自到，你不会有意见吧？好在我是专程赶来给你帮忙的。这个副市长的头衔，总比你这位副局长说话要管用得多。"说着，他主动坐在桌前的一张椅子上。

李家杰自然高兴得不得了，满怀感激地说："在关键时刻，您能亲自来到执法局坐镇指导，就是有再多的问题、再大的困难，统统都不在话下。为此，我建议大家，对方市长亲临我局参加这次协调会议，表示热烈的欢迎和衷心的感谢！"

方明连忙抬手制止人们的掌声，急令道："停下停下，快停下。李家杰，你这是干什么？这次会议的内容，本来就属于我分管的工作。你们帮我干了活，还要反过头来感谢我，世界上哪有这样的道理？也罢，既然你已经把高帽子给我戴上了，那我就争取多办点实事吧。可是，在涉及具体问题之前，我还要先啰嗦几句。"

可能是因为方明发现今天参加会议的各单位领导，绝大多数都是他的老熟人老部下；也可能是因为方明和朱仁达谈过话后，完全放下了沉重的思想包袱，总之，他让在座的领导们明显地感觉到，这位副市长今天情绪甚佳，兴致很高，也显得格外自信。而在接下来的谈话中，方明也是充满了智慧，还不乏幽默，感染力非常强，没用很多语言，就将强制拆除阳光花园二期违法建筑的意义，讲得一清二楚。接着，他又顺势强调说：

"……市城管执法局，作为这次采取强制拆除措施的执法主体，应该得到在座各位的坚决支持和很好配合，绝不允许出现任何推诿扯皮等不负责任的现象。各单位即便是有困难，也要发挥好自己的主观能动性，想方设法解决这些问题；你们实在解决不了，也不要为难城管执法局，可以直接向我报告；我也解决不了的，那也没关系，咱们再一块儿去找岳市长、去找朱书记。我相信，两位一把手一定会全力地支持我们。"说到这里，他将目光落在两位参会的领导身上，询问道："市政府法制办和市中级法院，你们有什么问题吗？"

"没有问题。这件事李局长和法制办协调过很多次，法制办也和中院进行了多次沟通。我们认为，市城管执法部门查处阳光花园二期违法建筑，适用法律准确、执法程序严谨，尽管违法当事人提出了行政复议和行政诉讼，但是不符合行政复议的有关规定和行政诉讼的受理范围，我们已经正式通知申请人，不予受理。"市法制办的马副主任，对方明的提问慨然答道。

"是啊，城管执法部门的工作很到位，完全可以依照相关法律，强制拆除阳光花园二期的违法建筑。"市中级法院的邱副院长补充道。

方明满意地说："两位法律权威部门的领导表了态，就说明我们在法律法规的适用上已经不存在问题。那好，现在有几项非常重要的后续工作，我在这里要一并布置：请市建委牵头，市财政局、市人社局、市建设银行参加，全力处理好施工企业和建筑工人的经济补偿、拖欠工程款、劳动工资以及市民预购阳光花园二期新房已缴纳房款退还等问题。所需的大量资金保障，岳峰市长和分管副市长，都会对你们做出具体的指示，等你们酝酿提出几个方案后，我们再专门开会研究，然后提交市长办公会讨论决定。"

"行啊，跑跑龙套、敲敲边鼓这个活儿，我们几个就包了。演得好，方市长不用鼓掌，也无需表扬，谁让我们就是干这个活儿的；演得不好，我就撅起了屁股，等着挨你的板子，反正我的腚大、肉多、皮厚，不怕揍。"市建委于主任操起那口浓重的胶东地区方言，拿腔拿调，听起来特别有意思，在严肃的会议室里，立即惹起一片轻松的笑声，使会议的气氛活跃起来。

"于主任，玩不转了就撅屁股，就等着挨板子，这一招很好使，可是不能没完没了地总是用。时间长了，谁都知道，原来于主任的屁股，才是真正的挡箭牌！"一位熟悉他的领导，借着他的话茬又开了几句玩笑，人们再次发出一阵阵哄笑。

方明也用半开玩笑半认真的语气说："于主任喜欢说几句笑话，其实他的屁股还真是很金贵，我也从来没舍得让他挨过板子。好了，李家杰，你还有什么事，就赶快接着说。"

有方明这个坚强后盾的支持，李家杰的底气也很足，"方市长，我还有几点建议，请您和各位领导考虑。第一，舆论导向特别重要，在强制拆除违法建筑过程中，我们必须给予高度的重视。请您跟市政府新闻办公室打个招呼，我们城管执法局做好密切配合，组织全市的新闻媒体，进行大规模的城市管理法律法规宣传，不断提升市民的法律意识，放大此次拆除违法建筑的正面效应；再就是，我们建议，把此次强制拆除阳光花园二期的违法建筑的行动时间，定在十一月三十日上午十时，因为在这一时间，全省的城市管理行政执法工作现场会也要在我市召开。所以，我们要充分地利用这个机会，争取把这次强制拆除违法建筑行动，作为全省城管执法工作现场会的一项重要内容，邀请省政府和各地市兄弟单位的领导们，以及我市部分市人大代表、市政协委员，一同前往拆违现场进行观摩，亲眼见证我市城管执法部门，强制拆除掉这几座巨大的违法建筑，充分地体现出三岛市委市政府，以法治市、执法为民，维护人民群众根本利益的坚定决心；最后一点是，爆破公司实施爆破拆除后，必然要产生堆积如山的建筑垃圾，请市建委协调建筑运输企业、卫生管理部门和园林绿化单位，迅速将这些建筑垃圾运往郊区的指定地点，以最快速度恢复好那里园林绿化的本来面貌。"

对于李家杰做出的最后几项安排，市建委的于主任并没有像买方明的账那样买他的账，毕竟前者是位老资格的分管副市长，而后者仅仅是位资历很浅的副局长，"李局长，你也太实在了。安排别人扛起活来，眼皮子连眨也不眨，像是在大热天里喝冰镇啤酒，简直就是爽歪歪。我看哪，市委要是同意，咱俩干脆就倒倒个儿，你干我这个市建委的主任，我干你这个执法局的副局长。"

方明知道，于主任不接李家杰的茬儿，代表了相当一部分人的心理，越是在这个时候，越是要给李家杰撑撑腰、压压阵，否则往后的工作也很难展开。于是，他把话接过去说："于主任，这就是你的不对了。虽说城管执法局没有综合协调的职能，但是清除市内的各类垃圾，无论从哪个角度上讲，都是你们建设系统的工作职责，李家杰即便不说，你们也应该主动把活儿揽下来。如果你觉着委屈，咱俩也可以倒倒个儿，我去干你的建委主任，你来干我这个副市长。"

于主任慌忙说："别别别，方市长，你要折煞我也。平时你可是对我最好，在这个时候千万别拿老于开涮，我就是喜欢和家杰局长逗个乐子，说句笑话。"

孟威掺和进来说："于主任，方市长表扬了你几句，心里偷着乐就行了，他的意思就是希望你能更上一层楼。现在，家杰局长急需我们帮忙，咱干不了雪中送炭的大好事，进行正常配合还是应该的。这次执法局强拆违法建筑，我们公安就主动考虑要动用二百名干警，如果需要还可以随时增派，只有抱有这样的心态，那才叫顾全大局！我看你这位老哥，还是赶紧把随身带的'挡箭牌'亮出来吧，也许撅起屁股挨上几板子，什么事也就都明白了。"

"好了好了，大伙儿安静，"方明制止了众人的说笑声，"公安方面主动配合的意识很强，孟局长的表态也很及时，应该提出表扬。李家杰局长提出的三点建议很重要，建筑垃圾的问题，我不多说了，于主任自然会处理得很到位；舆论宣传的问题，我去找市政府新闻办，这次一定要造好声势、搞出气势，坚决把各种违反城市管理法规的歪风邪气压下去；至于拆违的时间和邀请省政府领导到现场观摩的问题，我会向市委市政府的主要领导详细汇报，请他们拍板决定。最后，我再强调几个问题……"

协调会开得很成功，远远超出了李家杰的预期。他所考虑到的和没有考虑到的重要问题，都在方明权威性的指令下，逐个落实到责任单位，这让他感到欣喜不已。

散会后，李家杰陪着方明和兄弟单位的与会领导离开了会议室，在走廊里遇上了正在等待参加下个会议的各区局长和市局的中层干部们，李家杰将他们向方明做了介绍。方明逐个握过了手，很高兴地夸赞道：

"好，看你们个个都是生龙活虎、精明强干，有你们八员虎将镇守八区，再加上市局的正确领导和鼎力支持，三岛市的城管执法工作就一定能够锦上添花，再上一个新台阶！"

在一片热烈的掌声中，方明和他们挥手告别，边走边对李家杰说："家杰呀，你这里的人气很旺啊。上一拨开会的还没走，下一拨开会的又来了，门庭若市像是在赶大集，这若是做买卖，你可就要发大财了。好了，不要送，你回去开会吧。"

李家杰这才瞅上机会，说了几句感谢的话："方市长，还是您考虑得周到，知道这些实权部门的领导不好对付，亲自赶过来参加协调会，为我们压阵角、撑局面，解决了好几个最让我头疼的大难题。您要不来呀，李家杰就是长着三头六臂，把这个会议开成了马拉松，那也不会有这么好的效果。"

说话间，他们乘用的电梯已经下到一楼。方明走到自己的车前停下来，对紧随身后的李家杰说："把拆除阳光花园二期违法建筑，作为省里城管执法工作现场会的一项重要内容，这个意见很有创意，我认为也很有必要，搞得好就会大大地提高这次现场会的正面效应。可是如果搞得不好，也会在全省的范围内产生很大的负面影响。这样吧，你们先行一步，做好必要的准备，等待市政府的最后决定吧。家杰，开弓没有回头箭。大胆仔细地干吧，后面还有我呢！"

李家杰用力握了握方明厚实的大手，庄严地下达了一声口令："敬礼。"

前来送行的几位局里干部，齐刷刷地举起了右臂，向方明敬礼，目送着他和其他领导的车，一辆接着一辆驶出了执法局大门。随后，他们迅速返回楼上的会议室，开始了第二场会议。

市局在组织全市性的大规模集中整治工作方面已经很有经验，区局长们也对市局的操作模式十分熟悉。因此，在全省城管执法工作现场会即将到来之前，市局组织准备的市容环境综合整治工作方案一经宣布，很快就在会上通过了；而进一步加强基层中队建设的议题，虽说在各位区局长们的心目中也占有一定的位置，但它毕竟不是火烧眉毛、马上就能办成的事情，无论是硬件的执法装备建设，还是软件的思想作风建设，都需要下一番"温水煮青蛙"的慢功夫，不可能在一朝一夕就得到彻底的解决。因此，在讨论这个议题时，大家只是提出了几条建议，也就过去了。随后，李家杰宣布了第三个议题，由市局土地规划大队大队长康辉，详细介绍一起重大拆违执法行动的有关情况。

康辉举起手中的文件，对区局长们说："这份拆违的《实施方案》，是一个征求意见稿，在座的各位人手一份，有什么好的意见、建议，大家尽管提。由于这次强拆违法建筑的任务很特殊，涉及两个行政区和多个市里业务主管部门，政策性、协调性都很强，因此由市局总负责。具体的任务就是，强制拆除鑫海房地产公司违法建设的阳光花园二期三栋大约六万平方米的违法建筑。强拆时间，我们暂定为十一月三十日上午十点，确切的时间由市政府最后确定。强拆的方法，使用爆破拆除。我们将委托具有国家二级资质的华新公司，从十一月的下旬开始，对这三栋违法建筑进行勘察、测算、设计和安装炸药，完成爆破拆除违法建筑的各项准备工作。为了切实保障拆违圆满成功，市局决定由土地规划执法大队具体负责组织实施，并从八个区局和市局各抽调五十名城管执法人员，加上二百名公安干警，共计六百五十名执法人员，于十一月二十六日凌晨五点准时到达指定位置集合，五点三十分进入违法施工现场和周围地域，清理执法现场内外人员，布置巡逻警戒，完成违法施工现场内外的封闭工作，直至强制拆违执法行动全部结束。李局长，我的汇报完毕。"

李家杰点头表示同意，进一步强调说："请大家注意，在此次拆违执法行动中，安全问题将贯穿全过程，是所有问题的重中之重，必须引起我们的高度重视。除了爆破三栋违法建筑物必须确保万无一失，杜绝出现任何失误和偏差，防止和避免对现场执法人员和工程技术人员造成人身伤害以外，也要千方百计地防止矛盾激化，避免发生大规模的暴力抗法事件。南方有个特大城市，就是因为强拆违法建筑，触发了大规模的暴力抗法事件，暴徒们打死了三名城管执法人员，打伤了二十多人，掀翻、焚烧了九辆执法车，造成了极为恶劣的社会影响。而我们这次的拆违行动，要面对一两千名不明真相的建筑工人，还有部分预交了购房款的市民，他们在极少数坏人的煽动下，很有可能会做出不理智的抗法行为。因此，做好这些建筑工人和市民的宣传教育工作，防止类似南方大城市的恶性事件在我市重演，就显得极为重要，而这，也是衡量我们此次拆违是否圆满成功最重要的标志之一！"稍作停顿，李家杰又说："同志们，我们作为三岛市城管执法工作的一名领导者，绝不能眼睁睁地看着在光天化日之下，在岛城最美丽的黄金海岸线上，任由违法者目无法纪、肆无忌惮、明目张胆地建起这三座高层违法建筑。这对于我们来说，真是莫大的耻辱！为此，在这些日子里，我时常会感到对岛城人民有一种内疚感和负罪感；同时，也在耐心地等待时机、寻找突破口，争取以自己的实际行动，来补过和赎罪！现在，机会终于来了：市委市政府已经下定决心，准备不惜任何代价，坚决拆除这几座违法建筑！在这场重大执法行动中，本人担任现场总指挥，我将和大家共同努力，以自己的实际行动，践行'管好城市为人民'的承诺！大家没有意见，就进行最后一个议题，请直属大队大队长林大岳，汇报我局将在全省城管执法工作现场会上，进行队列演示的筹备工作。"

正在为这件事情感到心烦意乱的林大岳，听到李家杰点名要他汇报这项工作，赶快先用些"笨蛋无能没本事"的词汇，把自己狠狠地自贬一番，然后掉转"炮口"，朝着在座的区局长展开了猛袭：

"各位局长大人，我这个负责队列演示的大队长，把活儿干到了这个份上，也实在太窝囊、太憋屈、太没脸了。今天，我要在这个会上，向你们公开摊牌，把丑话、难听的话，都说在当面。全省城管执法工作现场会，说起来大家都认为很重要，没有一个人说不重要。可是真到该做的时候，你们各位局长大人，早就把它忘到了脑后面去。我说的这些话，你们肯定不愿意听，可是我的手头上却有实实在在的证据。现在参加集训的八个区局八个方队，全部的人员加在一起，仅仅才有三百多人，离着市局的要求，整整差了一半。而且这些参训的人员，老弱病妇相当多，高矮胖瘦上更是参差不齐。局长大人们，你们拍着脑袋想想，就凭着这等执法队员的身体素质，要在不到一个月的时间里，把他们训练成竖看'一刀切'、横看'豆腐块'的演示方队，林大岳就是天安门广场阅兵的总指挥，恐怕也得扼腕长叹，恨自己没有这个回天之力！所以呀，今天我要当着李局长的面，恳求各位局长大人，请你们高抬贵手，忍痛割爱，多给我派些精兵强将，重新组成各区局的受阅方队，齐心协力地唱好队列演示这台大戏。可是话又说回来了，如果局长大人们对这件事情还是无动于衷，在思想上引不起足够的重视，致使我们的队列演示在省政府城管执法现场会上最终'砸了锅'，'掉了链子'，那，丢了我林大岳的脸，丢了局长大人们的脸，丢了家杰局长的脸，就算都无所谓，没有什么了不起；但是给咱三岛市城管执法系统丢了脸，给咱市委市政府丢了脸，那可就得吃不了兜着走了。到时候，林大岳就算第一个跳海，也不能弥补咱们的过错了！李局长，我的发言结束了。各位局长大人，你们就看着办吧。"

李家杰认为，林大岳说的这些都是大实话。从现在的情况来看，各区局对市局专门为全省城管执法现场会安排的执法队伍入场式和队列演示这一环节，的确存在着重视程度不够的问题。但是更深层次的弊端，还是城管执法队伍先天不足的问题，包括管理体制未理顺，运行机制不顺畅，执法人员太少，执法任务过重，进出口不畅等等。这如果是在平时，李家杰完全可以设身处地地替各区局着想，做出必要的调整，可是在关乎全市城管执法系统集体荣誉，关乎三岛市整体形象的重要时刻，如果还是站在狭隘的本位主义、小团体主义等角度上考虑问题，这就是没有全局观念和大局意识的体现。作为市局的负责人，他必须对这个问题及时地提出批评和指正！李家杰便说：

"林大队长作为队列演示的总负责人，把这项工作面临的主要问题，向各位区局长做了介绍。从目前情况来看，训练的时间已经非常紧张了，如果现在我们连参训人员的问题都没有解决好，最终结果完全可以想象得出来，那就是队列演示肯定要砸锅！各位局长都知道，这次在现场会上进行队列演示，是省市两级政府共同确定的，我们无权取消，只能坚决做好。面对这个唯一的选项，各位局长可以谈谈自己的想法。孙刚局长，你先说吧。"

闷着头吸烟的孙刚，听到李家杰点他的名，不太情愿地抬起头，狡黠地笑笑说："李局长，林大队长说的这些，有的靠谱，有的不太准确，有的还冤枉了我们。说句老实话，在座的区局长们，谁都想把工作做好，谁都愿意多听些表扬、少挨些批评，谁都盼着在职一任、造福一方，里里外外赚个好名声。可是，区局有区局的难处，面对异常繁重的执法工作和执法人员严重不足这对矛盾，我们感到很无奈很头疼，真是一言难尽。宋局长，你说是不是？"

正在思考其他事情的城北局宋局长，被孙刚戳了戳胳膊，立刻接上他的话说："是啊，孙局长说得没错。按照职责分工，市局只负责全市城管执法系统在宏观上的组织协调、检查评比和政策下达等工作。在一般情况下，并不直接负责具体的执法工作，相较而言还是比较超脱的。可是区局就完全不一样，每天都要纠缠在具体的事务中，要干好日常的执法工作，还要带好队伍管好人，工作千头万绪、十分繁重。有句话说'城管执法是个筐，什么东西都要装'。区里各级领导，都觉着这支执法队伍好使唤，把它看成是解决各种疑难杂症的万能钥匙。所以，我们的职责范围，实际上又扩大了很多，只要领导们觉着有必要，就什么杂事也往这里面塞。逼得我们的基层中队，只好'一个萝卜三个坑、四个坑、五个坑'，执法人员有时候忙得连上厕所的时间都没有，哪能再抽出来这么多精兵强将，去搞集中训练、队列演示？！"

宋局长的发言，增加了孙刚的底气，他又接上说："我给市局的领导算笔账：城管是综合性的执法，涉及各行各业的法律法规七十余部，行政处罚的内容近四百项，其中许多违法行为特别顽固，反复性非常强，历经几十年，仍然没有根除。随着城镇化进程不断加快，城市人口大量增加，违犯城市管理法律法规的现象也日益突出，给一线的城管执法人员造成了很大的压力。我举个例子，城南局的六中队，名义上有十八名执法人员，实际上减去轮休、借调、病假、内勤等，平均每天在一线执法的还有十二人。到了夏天，这十二个人就要分为白班和夜班，每班只有六个人；这六个人的执法范围大约是五平方公里，主次干道四十余条，三个大型露天农贸市场，一千五百余家店铺，常驻和流动人口达二三十万，执法人员每天都要工作十三四个小时。超负荷的工作强度，能够坚持下来已经很不容易了，再从他们中间抽调出精干执法人员封闭集训，实在太勉强、太不现实了！"

"是啊，基层的难处，市局应该多体谅，不能总在上面拍脑袋、想当然地办事，这样做容易产生官僚主义，容易脱离群众。"另一位区局长附和着说。

孙刚来了劲，进一步强调自己的看法说："李局长，全省城管执法工作现场会，请领导们参观市容市貌和我们六中队也就可以了，没有必要这么硬咬着牙，再去搞什么队列演示。即便是省市领导有这种想法，我们也应该实事求是，向他们反映情况，提出自己的意见。再说，区里自己的活儿都干不过来，再抽调精兵强将到市里去集训，种了别人的田、荒了自己的地，区领导就是嘴上不说，心里也不会饶了我们，说不定哪天在盛怒之下，就摘掉我们的顶戴花翎，罢免了我们这些小局长。恐怕，到时候就算是市局也只能眼巴巴地瞅着，爱莫能助。所以，我还是建议，市局就不要再抽调我们的精干执法人员，去玩花架子，去搞形式主义了……"

"胡说！你也太随便了。"忽然有人对他大声指责道，来人很不客气地终止了孙刚的发言。人们连忙循声看去，所有的人都感到很惊讶，这个人竟然是夏子强！"孙刚局长，我要提醒你，这里是研究如何加强队列演示工作的市局会议室，不是可以讨价还价、互相扯皮的农贸市场。孙刚局长，你刚才公然指责我们的队列演示是玩花架子、搞形式主义，是种了别人的田、荒了自己的地，这是很错误的。如果任由你们毫无顾忌，信口开河，必将影响到其他各区局的参训热情，影响到集中训练的执法人员士气，导致破坏队列演示的整体效果。因此，我要严肃地提醒各位，有看法可以说，有意见可以提，但是讲话要有分寸，说话要负责任。我个人的看法是，现场会的议程和内容，都是经过省市两级政府确定的，我们作为下级的天职，就是要无条件地服从和坚决地执行。如果谁在重大任务面前继续发牢骚、讲价钱，进行软磨硬泡，或者对上级的决定执行不坚决、不得力，那么市局完全有责任有权力，对其进行全市通报，甚至可以向有关区委、区政府提出建议，给予当事人纪律处分或者行政免职！"

他的发言有理有据，语惊四座。在最关键的时刻，夏子强又一次挺身而出，维护了大局，维护了李家杰的权威，不但尽到了一个局办主任的职责和本分，更使所有的人都对他刮目相看，对他有了更新更深的认识。

李家杰的感触更多更深，可是他来不及多想，只是敏锐地抓住这个契机，果断地做出了决定：

"夏主任的意见我完全赞同。说到底，我们这次进行的集中训练和队列演示的最终目的，就是为了大大地提高城管执法这支准军事化队伍的组织性和纪律性，树立起团结一致的集体主义精神，增强战胜一切艰难险阻的顽强斗志和雷厉风行的工作作风，向世人很好地展现出我市城管执法队伍的良好素质和形象。因此，我们内部，必须要在思想认识上高度统一起来，必须要在具体行动上高度一致起来。现在我决定，各区局要在原有的基础上，再选派五十名精干的执法人员，并指定一名副局长带队，于明天上午八点三十分，准时赶到鳌山区部队训练团集结，进行全封闭队列演示强化训练。同时，市局除了直属大队、土地规划大队以外，其他各大队和局机关绝大部分工作人员，全部到执法一线，填补各区局参加队列演示集训人员空缺的执法位置，直到全省城管执法现场会圆满结束。最后，这次以省政府名义召开的现场会会务工作非常重要，省市政府要求得特别细致。据说，国务院部门领导、省长和分管副省长、部分厅局长、各市分管领导以及市（县）区级以上的城管执法局局长都要参加。我们要在接人送客、住宿就餐、会场布置、文字材料、参观路线等会务工作中，按照市政府办公厅的统一部署和要求，做好各方面的衔接和落实。这项工作就由局办主任夏子强同志总负责，同时夏子强同志还要担任强制拆除阳光花园二期违法建筑的副总指挥，和我共同做好这次拆违的组织领导工作。现在散会。"

天色渐渐暗了下来。李家杰在市少体校训练馆前下了车，正巧碰上换了一身运动装的夏子强走过来，便和他打招呼说："夏主任，来得很准时啊。今天晚上这场乒乓球赛，你可得手下留情呀。"

夏子强略微一愣，他完全没有想到，夏茵给自己预约的这位强劲对手、曾经获得全市少年乒乓球冠军的人，居然是李家杰！他马上就想到了退出，想要现在就离开这里，可是又觉得这样做对李家杰实在不够尊重，更对不住自己的妹妹。他转念一想，不就是打场乒乓球吗，给他们一小时的面子也无妨。况且，李家杰这个乒乓球少年冠军也不知道是真是假，而自己这个全市中学生运动会第一名，却是实实在在打拼出来的，说不定在十几二十分钟之内，就可以结束战斗。为此，夏子强决定装作不知情的样子，先给李家杰打打预防针，最好让他知难而退，便说：

"李局长，你是来看球的？消息很灵通啊。据我所知，今晚上的这场乒乓球比赛没什么意思，不像夏茵说的那样，是场特别紧张、特别激烈的争霸赛，而是一场比分一边倒、几分钟就结束的友谊赛，还不如咱现在就去找方小虎吃涮羊肉来得更实惠。"

李家杰对信心满满的夏子强笑笑说："这场球不管是打得紧张、激烈，还是打得比分一边倒、玩会儿就结束，都没有关系。最重要的是，可以通过这个平台，交流球技，增进友谊，这才是打球的真正目的。"

夏子强微微一笑说："李局长说的话，若是放在过去，我是绝对不会相信的。我只会认为说这种话的人很虚伪，是在战前故意释放烟雾弹，是在麻痹对方的神经和斗志。因为这种说法，不符合你死我活的丛林法则。事实也是如此，在古今中外的竞技场上，每位选手都是一只时刻准备致对方于死地的野兽，在这种时刻哪怕出现一点犹豫、一丝怜悯，都会被自己的对手抓住，利用这个宝贵的瞬间，发起最致命的攻击。可是现在……"

李家杰走上台阶，停住脚步说："现在怎么样，可以理解了吧？把一场友谊比赛看得过重，想得太复杂，就会失去它本身的意义。尽管你说的也对，但是过于原始、过于简单化了，而我们人类还有更加高尚、更加文明的体育精神，就蕴含在竞技比赛里面，比如说奥林匹克精神……"见夏子强没再吱声，只是有保留地笑了笑，李家杰便准备换个话题，对夏子强下午在会议中的表现，说上几句感谢表扬之类的话，还没来得及开口，两人便看到夏茵和方小虎高兴地走了过来。

"嗨，你俩高手对决，还不赶快热热身？等学生们吃过晚饭回来，可就没有这么清静了。"夏茵催着两人说。

夏子强将妹妹拉到一边，小声责怪道："茵茵，你胡闹什么？怎么让我和李家杰打比赛？早知道这样我就不来了。"

"哥，家杰局长如约赶来，你可不能溜之大吉呀，那样你可就太没面子、太没风度了。"夏茵担心哥哥要走，连忙对他说。

李家杰发现夏子强比较勉强，以为他有别的想法，便主动走过去说："夏主任，我可没有主动向你发起挑战，这完全是夏处长的一片好意。既然咱们遇上这么好的机会，打一场友谊赛又有何妨？"

方小虎也被夏茵拽拽衣角，马上帮话道："是啊，既然两位都已经来了，那就打场友谊赛，让我们开开眼。子强，你向来是个爽快人，今天就算是陪着家杰局长练球吧，我和茵茵给你们当裁判。"

夏子强只好说："那就按小虎说的，今天我就当是陪家杰局长练练球。"

夏茵高兴得又要蹦起来，被哥哥一瞪眼，赶紧吐吐舌头，跑到捡分牌那边做准备去了。

实际上，李家杰和夏子强此时完全想到一起去了，都要在一个"让"字上做文章。所以练球时，他们没有像过去比赛之前那样，尽快熟悉对方的打法，揣摩对方的球路，找准对方的弱点，从而在接下来的比赛中，有的放矢地击败对手。现在这两位选手，接球给球都很平和，你来我往的，配合还挺默契。外人虽然不知道他们的内心想法，但也看得出来两个人是在打"和平球"，完全隐藏起自己最厉害的杀招。对此，夏茵觉得很没意思，迫不及待地宣布，乒乓球友谊比赛正式开始！

由于两位选手的指导思想很相似，一个注重建立友谊，一个不想挫伤对方，所以虽然比赛正式开始了，可开场后的几个球，双方打得还是很温和、很谨慎，场上的气氛仍然紧张不起来。不过，他们在这种状态下打球的时间并不长，随着各自球技的自然展现，两人很快就察觉到，对方绝非是等闲之辈，乒乓球的功底既扎实又深厚，实力远超出自己的想象，再打这样松松垮垮、麻麻木木的"和平球"，就显得很无聊，很没意思了，倒不如放开手脚，畅快淋漓地打一场真正的乒乓球赛！两人想法再次不谋而合，强手对决的激情，不知不觉在他们的心中被点燃、唤醒、激活了，这亢奋的竞技状态，使他们重新找回了久违的竞技比赛感觉，一场真正的超级乒乓大战，自然而然地拉开了帷幕。

夏子强属于典型的攻击型选手，基本功比较扎实，打球的风格华丽而凶狠，弧圈球是他主要的得分手段。他拉球质量很高，又急又转又低又沉，前冲力极强，一般的选手要么接不到球，要么把球打飞，非常难对付。往往几个回合下来，对手的自信心便在他的凌厉攻势面前被瓦解、被打掉了，最后一败涂地地结束战斗。

李家杰打球的特点是能攻善守，球路多变，技术全面。尤其是他的防守反击，不同凡响、堪称一绝。通常，很多选手都喜欢在稳固防守的基础上，再伺机反扑，给对手致命的一击。而李家杰的反击技术，绝就绝在对方将球扣杀过来以后，他能在瞬间对球加力加转，使回球的速度更快，旋转力更强，完全超出攻击者的想象，使对方由主动的进攻者，突然转换成被动的防守者，瞬间丧失场上的主动权，最后心服口服地败下阵来。

开局后几个回合打下来，两人已经逐渐进入佳境。夏子强熟练地运用了先声夺人的战术，趁着自己掌握着发球权，对方仍然不熟悉自己球路的优势，频频发动抢攻，打击对方的中路要害，使比分不断地攀升，让赶来观战的少体校学员们，发出了阵阵的喝彩。他们纷纷猜测，最后的胜利者，非夏子强莫属。然而，随着李家杰逐渐适应了夏子强的打法后，他迅速调整自己的作战思路，意图先遏制住对方的攻势，尽可能地发挥自己的长项，使场上的不利局面逐渐变成僵持状态。然后，他积极推动局势，使"拉锯"式的僵持，很快过渡到有利于自己的形势，从而掌握了场上的主动权，分别以十一比九、十一比八连下两局。眼看着第三局夏子强已成强弩之末，只要李家杰咬住了坚持到底，就将以三比零完胜夏子强。可就在这个时候，戏剧性的场面出现了，只见夏子强像一只被逼入墙角的狮子，忽然抖擞起精神，凶猛无比、愈战愈强，先是占据上风，接着不断扩大战果；反观李家杰，处处被动、连连失球，使整个形势发生了大逆转、大翻盘，让夏子强在第三局中反败为胜，又在第四局中乘胜追击，终于连下两局，和李家杰打成了二比二平！

双方交换了场地，本场球赛进入最后决胜局，究竟花落谁家、鹿死谁手呢？比赛开始了！从发出的第一个球，到临近结束，两位选手的比分一直紧紧缠在一起。当李家杰以十比八领先夏子强，同时还掌握着两个发球权处于明显优势时，令人匪夷所思的现象再次发生了：只见他连续犯下两个低等错误，发出去的球全部失去了正常的水准，一个长球出了台，一个短球触了网！而夏子强拿到发球权后，把球稳稳地发出去，李家杰的回球又高了，被对方抓住战机，一记闪电般的大力扣杀，圆满地结束了本场比赛！

在观战学生的欢呼声和掌声中，李家杰满脸带笑地走到夏子强面前说："夏主任，你的球打得太棒了，不愧是岛城中学生乒乓球赛的冠军，祝贺你。"

夏子强并没有表现出胜利者的狂热，他握住对方的手，诚恳地说："李局长，赢球的应该是你，可是你却把胜利让给了我。"

方小虎也一本正经地评判道："家杰局长关键时刻连续失球，好像是不太正常，究竟什么原因，只有家杰局长自己最清楚。"

李家杰很坚决地说："小虎，赢了就是赢了，输了就是输了，胜败乃兵家常事，我以后找机会再赢回来嘛。是不是，夏主任？"

　　夏子强正要谦虚几句，却见夏茵举着一只正响的手机，快步走来说："李局，这个电话来过好几遍了，看样子挺急。"

　　李家杰忙接过手机，他听了听，脸色骤然大变，急促地问："什么，华南江失踪了？到现在也没有找到？！……我知道了。"扣上了电话，他转身面向睁大眼睛、惊恐地盯着自己的夏茵问，"夏处长，你最后见到华局长是什么时间？"

　　夏茵赶快说："前天中午，我们还一起在餐厅吃饭，今天上午没见到他，下午我就到执法局开会了。"

　　李家杰分析道："看样子，华局长是在前天下午到今天下午这个时间段失踪的。据公安方面判断，他很有可能被人绑架了，绑架者的动机则和阳光花园二期项目有关。我相信，公安方面的判断很有道理，不用很长的时间，他们就能把华局长救回来。夏处长，你的工作性质特别敏感，最近一段时间，一定要提高警惕，防止黑恶势力狗急跳墙，丧失理智加害于你。子强、小虎，夏茵的安全你们可要负起责任，千万要保护好她。我还有别的事情，先走了。"

　　望着李家杰离去的背影，夏子强的心情很复杂，他犹豫了一下，突然喊道："李局长，请留步，我还有话对你说。"看到李家杰停下脚步，夏子强急忙快步赶过去，发自内心地说："李局长，事后我想起来了，安排你去洗浴中心蒸桑拿时，鑫海广告公司的魏扬就在我的办公室，设置陷阱加害于你，肯定就是他干的。还有，因为我的过错，导致单位被全市通报，给城管执法局、也给你丢了脸、抹了黑……总之，我过去做了很多对不起你的事情，希望能够得到你的原谅。"

　　李家杰豁达地说："事情都过去了，咱们现在不是很好吗？我也希望你不要有思想包袱，局里还有很多事情等着你去做呢。就这样，我先走了。"

　　夏子强看着急匆匆离开的李家杰，喃喃自语道："走吧……走吧……该走的都走吧……我也该走了……"他正要对方小虎和夏茵说几句话，兜里的手机响了，接起来一听，立刻没好气地训斥道："你这是在什么地方？又是钻地又是砸墙的，动静闹得这么大，说话根本就听不清楚。你就不能换个安静的地方，再给我打电话？！"

不一会儿，那个电话果然又打了回来，"强哥，我这里正在装修房子，动静闹得是大了点。我把干活儿的人都撵跑了，有件特别要紧的事，得赶紧地告诉你，谁叫咱俩是兄弟。"

夏子强很恶心地说："炉包，你有什么资格和我称兄道弟？也不撒泡老尿照照自己是个啥模样！有话快说，有屁快放，我可没有闲工夫和你这种人扯淡。"

炉包不急不躁，说："那行，咱就长话短说。我听说华南江局长被道上的小哥绑了，这真是太惊人了！我还听说，这个华南江很不识抬举，硬着头皮死撑，把阳光花园二期的《建筑工程规划许可证》攥在手心上，就是不交出来，早晚把道上的小哥惹急了，这才把他绑了去。现在，能救华南江的只有一个人，就是你那个如花似玉的妹妹。只要夏处长把《许可证》办好了，送到指定的地点，那些小哥当场就会放了华南江。可是，要是夏处长不从，惹得大哥不高兴，就连你的妹妹也得绑进来！嘿嘿嘿，强哥，你那个水灵灵、娇嫩嫩的妹妹，早就把俺馋得直淌口水了，把她弄到手上，那还不得好好地揉搓揉搓，这朵小鲜花……嘿嘿嘿。"

夏子强勃然大怒，骂道："呸，人渣，畜生！我警告你，敢动我妹妹，我就活剥了你那张狗皮！"

炉包停住淫猥的笑声，说："强哥，你别发火，也别报警，有什么事还是咱哥俩私了的好。你把动静闹得山响，也不解决什么问题，说不定小哥还会撕票，把华南江的小命赔上。还是好好劝劝你妹妹吧，等她想明白了，就给我打个电话，我很愿意为她效劳，嘿嘿嘿。"

"王八蛋！"夏子强挂了电话，恨得直咬牙根，呼呼喘着粗气，过了好一会儿才缓过劲来，对两人说："炉包要求夏茵，用办好的阳光花园二期《建筑工程规划许可证》，去交换华南江，若是我们不从或者去报警，他们就要杀了华南江，再绑架夏茵。可是……可是今天晚上九点，我就要搭乘航班去南方，深圳的朋友正在等着我……"

"这么说，面临危险时，你却要扔下妹妹，自己溜之大吉了？！"夏茵的眼睛里流露出莫大的失望和悲哀。

夏子强内心矛盾，感情复杂，双手扶住妹妹的胳膊，表情痛苦地说："茵茵，哥哥暂时不能保护你了，好在还有小虎在你的身边，你会很安全的。"他又对方小虎说："小虎，茵茵就交给你了，你要照顾好她……再见。"

夏茵打开他的手，伤感地说："我不要你管，爸妈也不用你管，我们谁也不会阻止你，你有权利去追求自己的幸福。可是，我们讨厌你，讨厌你这个两面派，讨厌你这个伪君子！就在下午的执法局会议上，你还当着那么多人的面，信誓旦旦地表示，要做好工作，迎接全省城管执法现场会在三岛市召开。可是一转眼，你就要撂挑子不干了，不但完全辜负了对你一片苦心、委以重任的家杰局长，更让他、让所有认识你的人，都对你感到太失望、太寒心了！"

方小虎见夏子强面对着妹妹的批评，还是没有改变初衷的意思，便劝慰夏茵道："茵茵，你的安全我负责，如果需要我会每时每刻都陪伴在你身边，好好保护你的。"他又对夏子强说："子强，你去南方要待多久？"

夏子强讷讷道："没、没准儿，也许……也许要待很长的时间，不好确定。小虎，茵茵，该回来的时候，我会回来的……再见了。"

夏茵见哥哥说完这几句话，转身就向外走，只觉得悲从中来，不禁失声对他喊道："哥，逃兵！你就是个妄想逃避所有问题的逃兵！你要逃避父亲，你要逃避妹妹，你要逃避李家杰，你要逃避城管执法局，你要逃避那些黑恶势力，你要逃避自己应该承担的一切责任！现在我明白了，原来我的哥哥是一个外强中干、不敢担当、没有脊梁骨的懦夫！你是个懦夫！！懦夫！！！"

夏子强浑身为之一震，伫立在原地，久久没再向前挪出半步。终于，他长长地吐出一口气，自语道："茵茵说得没错，此时此刻，离开岛城，就是在逃避，就是在认怂，就是一个没有脊梁骨的懦夫！于情于理于义，实在是不应该啊！……"他慢慢地转过身，从衣袋中掏出了那张机票，举到眼前一点一点地把它撕碎，然后用力抛向空中，"我不走了……不走了……我不走了！"

夏茵喜极而泣，大叫一声奔过去，扑进哥哥的怀里。

方小虎也高兴地跑去，拉住夏子强的手，用力晃着说："子强，你应该留下，这个决定是对的！"

夏子强似乎还有更大的心事，只听他缓缓地说："小虎、茵茵，我有个很强烈的直觉。我总觉着给我打电话的炉包，所处的环境和我们其中一个人存在着某种联系。这个倒闭的酒店小老板，最近投靠了黄世雄，好不容易攀上这棵大树，当然要为新主子做点事情，而黄世雄现在最想达成的头等大事，就是拿到他朝思暮想的阳光花园二期《建筑工程规划许可证》，避免那三座违法建筑被城管执法部门强制拆除。因此，急于立功表现的炉包，很有可能在黄世雄的默许授意下，纠集社会上的黑恶势力，秘密绑架了华局长。可是，这个不够精明、难当大任的炉包，在给我打电话的时候，却忽略了自己所处的位置。在电话里，我清晰地听到电锤、电钻、电锯的噪音，这就等于告诉了我们，炉包所处的位置，一定是个正在进行室内装修的施工现场，华南江很有可能就被关在那里，你们说呢？"

方小虎很赞成他的分析，接上说："子强，汇泉湾大饭店正在进行升级改造、全面装修，而且这里是黄世雄的私人领地，现在正由魏扬全权负责。

在这么大的饭店里藏一个人，那真是太容易了。所以我也认为，华南江很有可能就被软禁在那里。"

夏茵吃惊地说："华局长被关在汇泉湾大饭店里？那还等什么，赶快通知公安，把华局长救出来呀。"

夏子强思考着说："不行。茵茵你别急，我们只是做出一般性的推理和猜测，并没有掌握真凭实据。如果现在轻举妄动，直接动用公安警力，不仅太草率太鲁莽，还会打草惊蛇，引起对方的警觉，甚至还会影响到华局长的生命安全……这样吧，咱们找个地方仔细商量一下，看看下一步应该怎么办。"

方小虎很赞成他的意见，说："对，这件事一定要办得稳妥，要绝对保证华局长的安全。"

第二十章

今天的酒宴，气氛格外沉闷，十几个人围坐在大圆桌旁，个个都是心神不宁、愁眉苦脸的样子，谁也没有心思再去享用这满桌子的美酒佳肴，更没有出现往日人们围住黄世雄，争先恐后向他敬酒的热闹场面。

黄世雄也很反常，变得有些神经质，满屋子的人就听他自己絮絮叨叨地说个没完："……古时候就有成也萧何败也萧何之说，现如今更有成也阳光花园，败也阳光花园之事。我万万没有想到，开发公司还是这个开发公司，开发的项目也还叫阳光花园，两个花园的直线距离不过就是几百米，相隔的时间仅仅只有一年多，可是最后的结果呢，却是南辕北辙、天壤之别！一期的项目，为我带来了大把大把的钞票和炫目的光环、成功的尊严、响亮的名声；而二期的项目带给我的，只有巨大的亏损、法律的制裁、蒙受的耻辱、濒临的破产！你们一定要问，为什么黄老板会在一夜之间，从辉煌的天堂忽然坠入到漆黑的地狱？为什么这种事业上的大起大落，会比让人眼花缭乱的过山车还要快？我可以告诉你们，归根到底，还是制度的问题。当他们需要你的时候，就把你当成财神供着，拉拢你为他们所用；当他们不需要你的时候，你就连泡狗屎也不如，恨不能一脚把你踢得远远的。在座的人都亲眼看见了，当年阳光花园一期项目，政府是求着咱们来投资，什么事情全都是特事特办，给的政策也非常宽松。就算有些审批手续没有办完，那也可以接着干，这边把活干完了，那边的审批手续也都补齐了，什么也不耽误。谁知道，这个办法用在阳光花园二期项目上，却是完全不行了。现在只要一项审批手续没办利索，整个工程项目就是违法建设，他们才不管你投了多少钱，建成了多大的面积，拆掉后会造成多大的经济损失。反正，那个叫李家杰的城管执法局局长，后天就要带着他的人，来炸咱的楼、扒咱的房，让老子千辛万苦挣出来的这点家底子，创下来的这份基业，在他们翻手云、覆手雨的变脸中，彻底折腾光，全都赔进去。这比掏我的肝、挖我的心还要疼啊！人生最大的不幸，也莫过如此啊！"说到伤心处，黄世雄不由得落下几颗浊泪，低头擦拭时，他往左右偷偷看了看，发现人们对他的伤感无动于衷，并没有谁特别注意他。他们的表情依然呆滞，目光依然复杂，完全是一副逆来顺受的样子。黄世雄对这些"附着物"感到很悲哀，感到很鄙视，感到很愤懑，深深地叹了一声道："唉，世态炎凉啊！在座的各位，阳光花园二期项目眼看就要大祸临头了，鑫海房地产公司马上也要倒闭了。在这种情况下，我看在你们的心里，也就只剩下一件事了，那就是琢磨如何再从黄世雄的身上，割下最后一块肉，喝上最后一口血，接着就去他妈的，树倒猢狲散，各奔东西吧。这就让我联想起意大利画家达·芬奇画的一幅世界名画，题目叫作《最后的晚餐》。画中围坐在耶稣身旁的那群人，真跟你们这些人现在的样子差不多，人人的心里都揣着一个小算盘，个个的脸上都写满了焦虑、恐惧、贪婪、愤怒、沮丧、绝望。恐怕还有人正在琢磨着，怎样把我出卖了，来换个好价钱，就像画里的那个犹大，心里总惦记着怎样出卖耶稣一样……你们两个人，举止猥琐、目光游离，在下面嘀嘀咕咕，又想着撺弄什么事呢？一看就知道是俩小人。难道就不怕我把你们的舌头割下来，去喂狼狗？！"

低着头的黑胖子惊骇地发现，黄世雄两只凶狠的狼眼正死死地盯着自己，他赶紧把头低了下去，又抬腿悄悄踢了瘦子一脚，后者不知内情，龇牙咧嘴地就要对他发作，却和黄世雄的目光正好碰撞在一起，惊得瘦子赶紧把话咽回去，一声也不敢吭了。

黄世雄忽然提高了嗓门，对他的手下和合作伙伴们说："黄世雄不是耶稣，你们也不是为了几十块银元就出卖他的那个叛徒犹大，我们是同呼吸、共命运的兄弟！只要大家伙儿齐心协力、共渡难关，我黄世雄对天发誓，绝不会亏待你们！"

魏扬紧接上帮腔道："俗话说得好，只有抱团才能取暖。各位建筑公司的经理，你们拍拍胸脯想想，当初要不是黄董事长把阳光花园一期二期项目的建筑工程，全让你们承包了去，你们还不得去喝西北风？还怎么养活老婆孩子？还怎么保证施工队伍不散摊子？不假，董事长现在是遇到了难处，可他的难处就是咱大伙儿共同的难处，这个时候谁也不能只打自己的小算盘！我们应该团结一心，帮衬董事长，帮衬他就是帮衬咱自己！如果你们连这点义气也不讲，还有谁敢和你打交道？将来你遇上了难处谁帮衬你？你在建筑业这个圈子里还怎么混？！"

黑胖子头不抬、眼不睁地说："明明是头骡子，偏偏要装叫驴！城管很快就来拆房子了，谁还有工夫听你瞎扯淡。这半年多的活，俺权当是白干了，只要开发公司把俺垫付的建筑材料钱全还给俺，俺明天就回老家。"

此话一出，立即招来人们一片乱哄哄的议论，有的干脆站起来，把椅子往后一拖，立马就要走人。急于在众人面前露脸、在黄世雄面前表现的炉包，一把抓起个酒瓶子，狠命地摔在地上，威胁道：

"站住！没有黄老板的发话，谁也不准走！我告诉你们，要钱的不要命，要命的不要钱。谁敢在这个时候和黄老板过不去，别怪兄弟我下手不留情，竖着进来的，叫他横着出去！"

"好，我看卢老板就是仗义，就是有血性！我也把话撂在这里，咱自己家的事，什么都是好说好商量，只要有我吃的，就不差你们那一口。可是，谁敢在这个时候和我别着个心眼，甚至公开地叫板，就别怪黄某翻脸不认人，下手太狠喽！卢老板，棒子队准备得怎么样了？"黄世雄恩威并施后，问道。

炉包竖起大拇指，神气十足地说："黄老板你尽管放心，棒子队的事，全给你办妥了。魏总下的命令，从每个建筑公司挑出一批精干工人，加起来足有三百多。我又从社会上找来十几个会功夫的小哥，要他们也穿上工人的服装，在棒子队里当小队长。只等后天早上城管人员进了工地，董事长你一声号令，俺就带着三百多号人顶上去，就算那些城管执法人员的头再硬邦，也硬不过咱棒子队的钢管铁棍！"

"好！"黄世雄再次为炉包叫了好，"卢老板，这个棒子队就归你指挥了，你就是他们的大队长。告诉弟兄们，保护阳光花园二期有功的，黄某一定重赏。在座的各位都听着，有句老话说得好，就是'法不责众'！你们没听说吗？南方有个城市已经闹出了大动静，城管执法人员去拆房子，被建筑工人打死了好几个，打伤了好几十，还烧了十辆城管执法车，差点就造成了社会动乱，到现在也没有找出来到底是谁打死的人，看样子这件事也就这么过去了。前面有车，后面就有辙。城管执法局后天来拆房子，咱就学学南方的样子，在北方也闹出个大动静来。只要咱这一两千的工人，'横下一条心，死保吃饭碗'，别说来上几百个城管执法人员，就是再加几百名公安，也没有什么好怕的。他们为了社会稳定，为了不闹出乱子，为了不死人，绝不敢动咱一指头。我就说到这里，大伙儿也都表个态吧。"

在黄世雄、魏扬、炉包的威逼利诱下，众人你瞅我，我看你，顿时都没有了主意。就在这个时候，不知道是谁带头喊了两句，众人也就跟着随了上去：

"横下一条心，死保吃饭碗！"

"对，谁断了咱的活路，咱就和谁拼命！"

"软的怕硬的，硬的怕愣的，愣的怕不要命的。城管执法就是再厉害，也怕咱这些不要命的。"

"先弄死几个，要他们见见血，后面就老实了！"

满屋子的人开始捋袖揎拳、狂呼乱叫起来。在一片刺耳的喧嚣声中，心细如发的黄世雄发现，一向阴沉的魏扬，悄悄开门走了出去，回来后也没有声张，只是站在门口，向自己招了招手。他明白，这一定是发生了重要的事情，连忙起身抱拳道：

"各位兄弟，今天的酒宴不算数，后面我要用十场补上。现在，请各位回去休息，养足精神，铆足劲，到后天就瞪起眼来，和那些城管来个硬碰硬，抗过了这场灾难，后面就等着分钱过好日子吧！魏总和卢老板留下，其他的人都散了。"看着人们大呼小叫地离开了房间，黄世雄对炉包说："卢老板，把门关严，谁也不准进来。""魏总，我看得出来，一定是发生了大事，你快说吧。"黄世雄担心地说。

魏扬神色紧张地压低了嗓音，尽量把话说得平缓些，"董事长，我接到饭店大堂值班经理的电话，就在五分钟前，方小虎和夏子强里应外合，召来了大批的警察，把华南江和几个看押他的人，全部从大饭店地下室带走了。"

"什么？华南江被警察抢走了？！"黄世雄大惊失色，急忙又问："到底是怎么回事？你说得详细些。"

魏扬哭丧着脸道："值班经理说，大约两个小时前，方小虎去了大饭店，说是要去总经理办公室，收拾他的私人物品，值班经理也无法阻拦，就派一个保安跟着他上了楼。可是过了挺长时间，也不见方小虎下来，再呼叫那个保安也失去了联系，正要派几个人上去看看的时候，夏子强忽然就带着大批警察闯进了饭店，直冲到地下室，把华南江和那几个看守带了出来，送上警车拉走了。"

黄世雄立即陷入了紧张的思考，好一会儿才慢慢地抬起头来，瞪起两只犀利的眼睛，反复地端详着魏扬和炉包，满腹狐疑地问道："方小虎和夏子强是怎么知道，华南江就关在汇泉湾大饭店地下室的？除了地下室那几名与世隔绝的看守，知道这件事的只有咱们三个人了，我自己可以保证，没有向任何人透露这个信息，你们两位谁能撇清自己，把事情解释清楚。"

魏扬似乎悟出了什么，紧张地说："董事长，这件事我太大意了，没有向您及时汇报。今天早上，看守华南江的人对我说，卢老板作为看守的负责人，昨天下午刚黑天就擅自违反规定，在地下室里使用手机和外面联系。当时大楼内部正在装修改造，使用的电锤、电钻、电锯声音都很大，看守就有点担心，要是这些声音通过电话传出去，就很容易引起有心人的注意。对此，我已经向卢老板提出了严重警告。但是，我却没能及时命令他们，马上把华南江转移出去，没想到这么快就出了事！"

黄世雄随即逼向炉包，阴冷地问："卢老板，你要说实话，那个电话是打给谁的？"

惶恐不安的炉包，抹了把秃头上的虚汗，话都说不成个了，"我，我……我是给、给夏子强打的电话。"

"你为什么要给夏子强打电话？"黄世雄逼近了他，接着问，又臭又热的口气直扑在炉包的脸上。

炉包更慌了，向后倒退两步，抹了把脸，结结巴巴地说："我我我、我给夏子强打、打电话，他是土、土地规划局，夏处长的亲哥哥，我要他劝劝自己的亲妹妹，赶快把《建筑工程规划许可证》办下来，亲自交到我手上，我就放了华南江。我还说，你妹妹要是拖着不办，我就连她也抓进来，到时候别怪我炉包和那帮兄弟，把这个小白兔给糟蹋了。董事长，我就说了这么多，要是闯下了大祸，惹下了大乱子，你就是把我点了天灯，大卸了八块，我也没有怨言。董事长，你就看着办吧！……我该死……我该死……"他忽然抬起手来，左一巴掌，右一耳光，直到打得自己眼前金星乱窜，才在黄世雄的喝斥下住了手，站在那里连口粗气也不敢喘了。

而这时候，黄世雄已经盘算清楚了。在这次绑架华南江的事件中，他自己应该承担的法律责任，不过就是知情不报，没有及时阻止违法当事人的违法行为而已。毕竟这次绑架事件，他并不是幕后主使，只是知道了炉包要办这件事，而给予了默认罢了。但他还是强烈地意识到，自己离着大祸临头确实已经不远了，在这种情况下，他必须下定决心，和炉包彻底切割干净。等他办完那一件大事以后，或者把他抛出去，或者将他彻底灭口！想到这里，他忽然极其伤感起来"……完了……全完了，绑架华南江当人质，最少得判十年，甚至可能要判无期！老弟，你要杀我，就来点痛快的，何必绕这么大的圈子，要我生不如死呀！"

炉包"扑通"一声跪下，连续磕了几个响头，再把脸抬起来时，已经血流满面了，"董事长，炉包闯下大祸，连累了你，你就把我处置了吧，怎么着都行啊。"

黄世雄长叹一声，"唉，我这个人哪，还有那么点好处，就是大肚能容常人难容之人。卢老板，以你犯下的罪过，就是挑断你的两条大筋，要你下半辈子瘫在轮椅上，也不为过吧！可是，又有何用？起来吧，我还有话要说。"接着，黄世雄又把脸转向了魏扬，"老魏呀，不，是魏总。患难之际见真情。现在，汇泉湾大饭店出了这么大的事，必定是人心惶惶。你临危受命挑起这根大梁，压力确实不轻啊！过几天，我选个吉辰良日，在全体员工面前正式宣布，聘请你为鑫海集团副总裁兼汇泉湾大饭店的总经理！"

魏扬听了精神一振，说："董事长器重魏某，本人一定肝脑涂地，在所不辞！"

黄世雄一把拉住转身要走的魏扬，再次谆谆嘱咐道："兄弟呀，你跟着我打拼了这么多年，一向为人忠诚、顾全大局、稳妥可靠。可是，咱这回遇上的梁子，绝非以往可比，凶险得很哪。现在，我要把全部的精力，放在阳光花园二期上，是福不是祸，是祸躲不过，后面要看天意了。记住，汇泉湾大饭店是我最后的家底子！你去吧。"

魏扬点头应允着，默默退出了房间。炉包过去把门关严，回身时看见黄世雄在轻轻地抽泣，后来哭声越来越大，干脆放开了大哭起来，直哭得炉包心慌意乱，手足无措。黄世雄好不容易才慢慢消停下来，哽咽着说：

"老弟，老天爷这是存心和我过不去呀！今天你闯了祸，让咱的后院起了火，警察抓走了好几个兄弟；紧接着前院又要闹地震，李家杰很快就要带上城管执法局的人，来炸掉阳光花园二期那三栋快要建成的大楼，你说这能不让我伤心吗？"

一心想将功补过的炉包，极其恳切地说："董事长，你现在是个什么心情，俺炉包的肚子里明白。看着你这么悲伤的样子，俺是抓心挠肝地真心疼，想了想只有一个办法能帮帮你，你可千万要答应我。"

黄世雄睁开泪水模糊的两眼，察觉到对方的脸上隐隐有股杀气，他不露声色地说："老弟，事到如今谁求谁呀？你要是能帮我消灾解难，权当是老哥我求你了。"

炉包的两只小眼开始充血，牙也咬得"咯咯"直响，"董事长，跑了华南江，还有李家杰！在这个节骨眼上，我去把他做了，城管那帮人就会群龙无首。连个头儿都没有了，谁还敢去炸你的大楼？再说，我和李家杰结下的梁子，现在也该有个了断了。我把这件事办了，等于一枪打俩眼儿，这可是一桩好买卖。董事长，无论如何，这回你可得成全我。"

此话一出口，正中黄世雄下怀，他装出一副怕事的样子，犹豫着说："办法是个好办法，把李家杰做掉，等于拔去了我眼里的一颗钉子。可是人命关天，凡是沾上了这种事儿，那可就轻易抖搂不掉的，你可得想明白。"

也不知道炉包哪来这么大的勇气，脸上竟然毫无惧色，他动情地说："董事长，炉包落难的时候，只有你不嫌弃，把俺收留在了门下，炉包正愁着没有法子报答你。现在，俺老婆还关在局子里，酒楼也倒手卖给了别人，华南江现在跑了，说不定什么时候，我就要被警察再抓进局子里。这么干等着遭别人折腾，还不如让我替你消了灾，也为我自己报了仇，办完了事赶紧跑得远远的，找个清清静静的地方住下来，过完下半辈子得了。这样，炉包也就很知足了。董事长，我就是这么想的，你高抬贵手，应了俺吧。"

黄世雄凝神思考片刻，长叹一声说："既然你决意这么干，要豁出命去帮我这个忙，那就谁也拦不住你。这样吧，我跟财务上打个招呼，你去银行提出五十万现金，把事办利索了，就赶紧跑路吧。"

炉包双手抱拳，对侧身抹泪的黄世雄说："董事长，炉包今生和你有缘，只要这回死不了，早晚和你结拜兄弟。我走了。"

"啪"的一声响，门关上了，黄世雄冷笑着自语道："想和我结拜兄弟？真是恬不知耻！好在这个猪头还算识趣，自愿去当替死鬼，要是他真把李家杰做掉了，那不管是在白道黑道，都是必死无疑。唉！好歹是个殉葬品，就让我祭奠你杯酒吧。"说完，他伸手抓起酒瓶子，慢慢地把酒洒下，再将空瓶子狠狠地摔在地上，"我就是不信了，黄世雄走到了今天，还真有过不去的火焰山？绝不可能！"

夏子强和方小虎里应外合，协助警方成功解救出了华南江，这让市公安局副局长孟威实在没有想到，他高兴地在第一时间就把这个消息告诉了李家杰。同时他还透露，根据受害人的指认，一个绰号叫"炉包"的人，很有可能就是这次绑架人质事件的主谋，警方已经在全市撒开大网进行抓捕，估计很快就会缉拿归案。

突如其来的好消息，令李家杰兴奋不已。他迅速接通了华南江、夏子强和方小虎的电话，分别向他们表示了慰问和祝贺。接着他又去市政府找到方明，向分管副市长建议，应该对夏子强、方小虎予以重奖，在全市进行大力表彰和宣传。心情极佳的方明，对李家杰的建议也从善如流，当即拿起了电话，接通孟威的手机，询问了公安方面对见义勇为的政策规定，指示他要进一步完善和落实相关制度，通过大张旗鼓地表彰协警办案的有功人员，调动全体市民共同维护社会治安的积极性，从而进一步维护岛城的长治久安。

等方明放下电话，李家杰又向他请示汇报了几项具体工作，便离开市政府，回执法局去了。

他前脚刚进办公室，夏子强后脚也跟了进来。只见他将手中的一摞打印材料交给了李家杰，说昨天晚上自己熬了个通宵，把市领导在全省现场会上的讲话、局领导的大会发言以及会议地点、议程安排、参观路线、住宿房间、就餐座位、分组讨论的会议室、迎来送往的派出车辆等，统统梳理了一遍，形成了会议指南的初稿，预备经李家杰过目并审定后，再把定稿速报市政府办公厅。

李家杰很快审阅了这些文字材料，认为夏子强对省政府召开的城管执法现场会这一活动意图和精神都吃得比较透，领导的讲话和赵局长的发言初稿，既有高度也有深度，在方向的把握和工作的指导上都比较准确；事务性的工作方面，考虑得也比较细致，安排得也比较周到。总之，李家杰感到很满意，除了对个别字句和细节，提出了修改和微调的意见，文字基本面上的工作就算是通过了。随后，李家杰又将自己明天的工作安排，告诉了夏子强，说他要全天巡查市容市貌，掌握各区迎接全省现场会的工作准备情况，还要顺便看看城南局六中队和在鳌山区部队训练团集训的执法人员。最后，他嘱咐夏子强，中午要好好地睡一觉，市局里里外外还有很多事情，都要依靠你这位办公室主任，去精心思考和运作。

夏子强今天的心情特别好，还破天荒地跟李家杰说起了俏皮话，"老板，鸡眼看就要下蛋了，窝儿都还没有搭起来。我们这些打工仔，哪有工夫睡大觉。"

李家杰也开着玩笑说："我这个老板最多就是个小工头，咱们都是给市委市政府、给市民百姓扛活打工的。你干的这些活儿很辛苦，离开局办公室，市局很多工作都要受影响，就连我这个工头，也得去跳光杆舞。一个人跳舞就是再拼命，也玩不出太多的花样嘛。所以呀，你这个办公室主任，绝对不能累垮了。"

夏子强嘿嘿一笑说："老板这么体恤下属，我就更不敢放心大胆地睡觉了。李局长，要不然这样，咱俩订个君子协定，这次省政府的现场会结束以后，咱俩谁也不让谁，放开了手脚，再痛痛快快地打一场乒乓球，就算是你对我的最大慰问，怎么样？"

"好啊，一言为定！你别忘了，方小虎和夏茵还欠着咱们一顿海鲜涮羊肉呢。"李家杰爽快地答应了下来，一种从未有过的愉悦感和信任感，在这两位昔日的冤家、对手的心中，油然而生。

第二天一早，李家杰按照事先拟定的方案，将市政府会议中心——黄海宾馆，作为这次巡查的起点；将沿海一线主干道以及旅游景点、商贸中心、车站机场码头等服务窗口和人群密集场所，作为巡查的重点。好在小石对这项工作还比较有经验，开着车逐个街道、逐片区域、逐个地点行进，凡是问题较多的地方，他都会主动地放慢车速，便于李家杰看得清、记得住，用对讲机督促所在区的执法局领导抓紧解决，也为市局以后跟进的督察小组，提供翔实的依据；当他们经过问题比较少的宽阔大道、整洁广场时，他也会加快速度，一掠而过，为后面的巡查争取更多的时间。就这样跑跑停停，快一阵慢一阵，上午的时间很快就过去了，在接近中午时，李家杰走进了六中队刚刚乔迁的办公新址。

这里原先是一家街道小工厂，四四方方的院落虽然不大，然而经过简单的装修改造、重新粉刷后，到处就显得跟崭新的一样。在小楼上下两层十几个房间里，各种生活、工作设施一应俱全，可以毫不夸张地说，这样的办公条件，在全市二百多个中队里绝无仅有。这不禁让李家杰赞不绝口，大为感慨：

"好啊，穷则思变！从小包黑发誓甩掉'狗窝'的帽子开始，到建成全市城管执法系统首屈一指的基层中队办公楼，成为全省城管执法现场会唯一的中队参观点，不过才短短几个月的时间，真是令人难以想象！更重要的是，六中队在办公装备硬件得到极大改善的同时，软件的建设也上了一个新台阶，提到了一个新档次。比如说，在中队的内部管理、党团建设、思想作风建设、规范化执法等诸多方面，从'内强素质、外树形象'的理念贯彻过程中，都积累了不少好经验，我们要认真地总结和推广。争取在全市城管执法系统，树起一个在各个方面都过硬的标杆中队，请上级领导和城管执法人员，前来参观学习，达到互相促进、共同进步的目的。"

市局领导对六中队工作的肯定，把孙刚乐得合不拢嘴，连忙摇起大手说："岂敢岂敢，六中队要想当全市二百多个执法中队的龙头标杆，那还有很大的差距，需要你们加倍的努力，可别是猪鼻子上插大葱——装相！小包黑，市局领导这么抬举你，你小子可得给我挺住了，千万别头脑发热发胀，晕晕乎乎地再从上面掉下来，不摔成个肉饼也得跌成个半残废！你说呢？"

"请二位局长放心，这个标杆龙头我们非当不可。因为，荣誉不是我个人的，而是六中队全体同志的，更是城南区执法局的，是代表了三岛市城管执法系统的。所以，只要六中队当上这个标杆，那就不会下来！"小包黑声音洪亮，态度认真，很坚定地回答道。

"好小子，有志气！"孙刚用拳头在他的胸脯上捶了两下，进一步激励道："告诉你，上去了光下不来还不行，你小子得盯住更高的地方，给我不断地向上攀登，能上多高就上多高，绝不允许给我出溜下来。别忘了，我们这些人，都睁大两只眼，在下面看着你呢！"

"报告局长，我绝不偷懒，一定拼命往上爬！……哎，我怎么觉着味道不大对，越说越别扭。"小包黑抓着头皮说。

众人被小包黑憨厚、朴实的语言逗得捧腹大笑，闻讯赶来的包校长赶快给儿子打圆场说：

"各位领导，六中队建设得这么好，不是小包黑有多大的能耐，而是全仗着领导的教育帮助和执法队员的共同努力，否则他们绝不可能会有今天。其中，上海路街道办事处的陈主任功不可没！我听说，陈主任本来打算把这个带小院的二层楼租出去挣点钱，补贴街道上的经费开支。可当他看到六中队的办公条件实在不像样子的时候，就坚决放弃了原先的想法，不但把这座小楼交给六中队使用，还贴上十万元搞装修改造，为中队建起了小厨房、小餐厅、小洗衣间、小淋浴间、小卫生间、小娱乐室、小图书室、小会议室、小休息室、小党团活动室、中队办公室、罚没物品小仓库——统称"十二小"工程。他还购买配备了电脑、照相机、摄像机、对讲机等执法装备，一下子把武工队土八路变成了装备精良的执法王牌军！"

陈一鸣开始还有点高姿态，说了些谦虚的话，后面就忍不住了，又把他的处世哲学搬了出来，"各位领导，其实我觉着处事为人并不难。很简单，无非就是你敬我一尺，我敬你一丈，互相都给点方便，只有那些真正的傻瓜，才就知道往里进，不知道往外掏，或者只知道往外掏，不懂得往里进。小包黑心里装着市民，眼里有我这个主任，自己又在城管执法干出了名堂，我还有什么好说的？那就得动真格的，掏出点真金白银，为六中队的弟兄们改善工作条件出把力。反过来说，我这么做了，小包黑和六中队的弟兄们，也会看在眼里、记在心上，他们会更加努力地做好城管执法工作，也会在区政府检查评比中，帮助办事处在城管方面拿到高分，为我这个街道办主任的脸上增光添彩。所以，这笔好买卖，绝对有赚头，合伙人能实现双赢，我何乐而不为？"

孙刚恍然大悟，叫道："原来如此！我又被陈主任好好上了一课。原先我总是认为，陈主任长了一副菩萨心肠，慈悲为怀、普度众生，为六中队、慷慨解囊。没想到，他的小算盘打得这么精明，经济头脑这么活络！如果全区、全市的街道办主任，都能像陈主任这么想问题、做事情，我相信，所有的城管执法中队基础建设，就能有一个大的改观，而街道办事处的工作，也会上一个新的台阶。服了，我是真服了陈主任！"他又对李家杰说："李局长，上次我在市局开会，还嚷嚷着执法人员不够用，不愿意出人参加市局的队列演示集训。现在回想起来，的确是存在着小团体主义、小本位主义的思想。这两天，我和陈主任、包校长，这些街道上的实力派领导商量过了，决定还是要用老办法，把居民和学生都发动起来，走上街头去宣传城管执法的法规，劝阻街面上各种违法的行为，向世人充分地展现出岛城人民积极参与和全力配合城管执法工作的热情和决心。你看怎么样？"

"好啊。说实话，我也正在为区局执法人员太少的事放心不下。"李家杰听后很高兴，对他的做法给予肯定，"孙局长，这招很厉害呀！能得到陈主任、包校长的鼎力支持，即使不是撒豆成兵，调动千军万马，那也至少是动员起成千上万的市民学生，参与到城管执法的具体工作中，大大缓解了区局执法人员太少、执法任务太重的燃眉之急。这一手，没有独到的眼光和相当强的协调能力，那是想不到、办不成的。"

孙刚大为感慨地说："李局长，在社会上要办成事，很多情况下都要凭着老感情。有时候还得公事私办，关键时候没有三两个好朋友帮忙，那就等着抓瞎吧。一个人的巴掌再大，也捂不过来天。"

李家杰颇有同感，频频点头道："是啊，耍光杆枪、跳光棍舞，一个人玩得再好，也成不了大气候。城管执法工作，如果不能紧紧地依靠各级政府、依靠社会各界的大力支持，那我们也是很难成事的。各位，我知道你们还有很多话要说，可是为了迎接全省城管执法工作现场会，我还有不少路段要去巡查，改日再来看望大家，再见了。"

离开六中队，李家杰又紧赶慢跑地看了一些市容，不知不觉地已经接近下午两点了。这时候，李家杰和小石饿得有些发慌，便将车靠在马路边，进了一家小餐馆，要上两个火烧一碗羊肉汤，狼吞虎咽地吃过一顿后才重新上了路。下午六点多钟，结束了市容巡查，赶到鳌山区部队训练团的时候，天已经完全黑了下来。

在部队吉普车的引领下，小石把车开到了灯光球场。李家杰刚抬腿迈下车，林大岳就以标准的军人姿态，跑步上前向他进行报告。接着，李家杰便和部队首长一起，观看了城管执法人员的队列演示，检阅了这段时间他们进行封闭集训的成果。随后，他们来到了可以容纳数百人就餐的军人食堂，在部队首长发表了热情洋溢的欢迎讲话后，李家杰代表市城管执法局，也上台讲了话，他说：

"同志们，明天凌晨，我市城管执法人员，将在公安人员的强有力配合下，依法进入阳光花园二期违法建设工地，同时对违法施工的现场实施全面控制，从而为爆破公司顺利进入工作状态创造条件。三天之后，也就是在全省城管执法工作现场会召开之际，我们将对建筑工地上全国最大的违法建筑群，实施定向爆破拆除。随后，你们要以最好的精神状态，最佳的训练成果，向省市各级领导以及全省城管执法战线上的战友们，进行汇报队列演示。在这个重要的时刻，我们要向解放军学习，学习他们钢铁般的战斗意志，学习他们严格遵守组织纪律的素质，学习他们敢于战胜一切敌人和不怕任何艰难困苦的大无畏精神。为此，我建议：为感谢部队首长和同志们对城管执法工作的大力支持，也为我们的封闭强化训练和重大的执法行动的圆满成功，为全省城管执法工作现场会在我市的胜利召开，请大家举起手中的酒杯，跟随我喊一二三，然后咱们一齐干杯：——二——三——干杯！"

几百人燃烧在胸腔里的激情，被骤然点燃瞬间引爆！几百人在大厅里的齐声呐喊，惊天动地，震耳欲聋！强大的声浪和巨大的冲击波，好像要把整个天棚屋顶掀上九霄云外，大厅里沸腾起来了！……

李家杰邀请部队首长，来到每一个大圆桌前，并让参训的执法人员和自己一起敬酒，六十几桌走下来，他已经觉得不胜酒力了。幸亏部队首长很体谅，在主桌上没有劝他多喝酒，稍过了一会儿，李家杰便起身向他们告辞了。

回去的路上，小石把车尽量开得很稳，让蜷缩在后座的李家杰能够睡得舒服一些。好在路况还不错，车体很少颠簸，再往前走一会儿，过了跨海大桥，就可以进入主城区了。

这座跨海大桥去年竣工，投资一百多个亿，全长四十多公里，在世界同类桥中排名第一，是主城区连接鳌山区、经济开发区的重要通道，也是岛城地标性建筑和旅游观光的新热点。白天远远望去，它犹如一条昂首天外、横卧碧波的青灰色巨龙，十分生动逼真，令人叹为观止！

这时，李家杰的手机响了起来，将他从睡梦中惊醒。他很快坐直了身体，接通来电。

"李局，你在什么位置？"

"我在返回的路上，刚到跨海大桥。夏主任，明天凌晨进入执法现场，没有问题吧？"

"放心，我和康大在一起，今天晚上就在局里过夜，明天早上五点钟，我俩带领规划大队到阳光花园二期附近集结。另外，还有些具体的事务，我们没有向你请示，都自作主张处理掉了。"

"这就对了。我说过多次，属于你们职权范围内的事务，不必请示，放开手脚大胆地干，有什么问题我承担。今天晚上我也要回局里，明天早上咱们一起到执法一线。"

关上手机后，也说不上为什么，在李家杰的内心深处，萌发了一份莫名的感动，这种突如其来的好心情，如同大桥上连续闪过的路灯，显得那么柔和，那么宁静，那么明亮，那么温馨……他很自然地想起，今天晚上不能回家，应该给妻子打个电话。于是，他拨通了号码，用手机告诉住在姐姐家的谢玉清说，他正在途经跨海大桥，准备回局里在沙发上凑合一夜，明天凌晨还要参加一场重大的执法行动……两人正说着，李家杰忽然感觉车外有些异常，就回过身去看了看。只见一辆速度极快的巨型载重卡车，从后面疯狂地冲了上来。小石也发现情况有些不对，急忙向右打了方向盘，将车驶向慢车道紧急避让，可是已经开始并行的那辆巨型卡车，突然向右猛甩车头，猛烈地撞击上小石的车，只听"轰隆"一声巨响，两辆车就像两匹脱缰的烈马，一齐撞断了桥边的护栏，高高地飞向夜空，重重地跌落进黑沉沉的大海之中！

不一会儿，有辆奔驰轿车幽灵般开了过来，在被撞开的大桥护栏豁口处停住了。化过妆的魏扬从车上下来，走到大桥的边缘，仔细察看了车祸现场，然后钻进车里，快速地离开了。

"董事长，我看过车祸现场了。两车相撞后冲断了大桥上的护栏，坠落到离桥面大约二十米的海里，这样的恶性车祸，车上的人员必死无疑，绝无生还的可能。"

"我知道了。这起严重车祸必将引起政府和公安的高度关注，他们很快就会采取行动，展开全面的调查。你乘坐的车辆，已被监控录像，这将成为他们手中重要的线索。所以，你要立刻销毁座驾和手机。"

"明白，我马上就办。董事长，根据我们掌握的情况，城管和公安执法人员、爆破公司的专业人员，明日凌晨就要强行进入阳光花园二期在建的大楼，安装定向爆破装置，进行实施爆破拆除的准备。这样一来，我们是不是还要按照原来的计划，提前进入大楼死守？"

"你认为，李家杰在这次突如其来的车祸中被撞死以后，那些群龙无首的执法人员，还有兴趣和胆量再去进行执法吗？如果明天他们不来了，那就说明李家杰的死亡，对他们的打击确实是空前的，至少在相当的一段时间内，那些执法人员很难再恢复起信心。那么阳光花园二期项目，暂时也就安全，没有人敢再去骚扰了。我们便可以利用这段宝贵的时间，把那三座大楼尽快地建起来，将生米做成熟饭。可是，如果李家杰没有死，或者执法人员王八吃秤砣铁了心，明天一早那几百名城管和公安，真要气势汹汹地往里冲，恐怕咱的棒子队也顶不住。不如来个顺手牵羊，将计就计，主动地敞开工地大门，把执法人员全部放进去。他们想怎么安装炸药，就让他们怎么安装，需要的话我们还要主动帮忙，做好配合，让他们顺顺利利地安装好炸药。但是，在此期间，你们必须要做好三件事：第一件是暗地里拿着名单，联络好那些预交了购房款的市民，让他们人人都明白，一旦实施定向爆破，他们辛辛苦苦挣来的买房血汗钱，就要全部打水漂，血本无归了。所以，他们更应该和我们紧密地团结在一起，随时准备死保自己就要到手的新房子。第二件，你要组织好棒子队和购房的市民，提前做好充分的准备，一旦爆破装置安装完毕，就从四面八方突然发起冲击，占领那三座大楼，把定向爆破的遥控器抢到手，牢牢地掌握控制权和主动权。第三件是，在省政府召开城管现场会的时候，你要指挥建筑工人，强行占领黄海宾馆，把声势造得越大越好。要是城管和公安胆敢强行阻拦，你们就威胁他们引爆炸药，和大楼同归于尽，逼着他们乖乖地就范，直到答应咱们的全部条件。用一句名言来说，这就叫置之死地而后生！"

"董事长，你放心，这三件事，我一定办好。"

"你真办好了，我一定重赏。到时候就不是给你个集团副总裁、大饭店的总经理干了，而是扶你一步登天，直接干上集团总裁！老魏呀，我的将来，可就全指望你了，你可千万不要让我失望啊！"

突然响起的铃声，把已经睡下的方明惊醒了。他摸起手机看看，已经是夜里十二点钟，再看看来电人又是市公安局的孟威，就觉着事情一定很重要，赶紧坐起来和他通话。只听孟威紧张地汇报说，十点四十五分，李家杰乘车途经跨海大桥时，遭遇到一辆重型卡车的猛烈撞击，两辆车同时冲出桥面，坠入大海，车上的人员现在生死不明。方明感到非常震惊，同时也强烈地意识到，全省城管执法工作现场会开会在即，城管和公安执法人员凌晨就要进入阳光花园二期违法建设现场，做好定向爆破、强制拆除违法建筑的准备，在这个最关键的时候，作为此项重大执法任务的总负责人——李家杰，却在今天晚上突然遭遇如此惨烈的车祸，这就充分地表明，车祸的肇事者完全是故意为之，欲置李家杰于死地而后快。可见，围绕着阳光花园二期违法建设的斗争，已经进入白热化阶段！可是，就在如此紧要的关头，市公安局分管治安的副局长，竟然在李家杰遭遇车祸一小时十五分钟以后，才向自己做出汇报，他们的反应竟如此迟钝，这不能不让方明感到愤怒，他毫不客气地说：

"孟威，从发生车祸到你向我报告，一共用了多长时间？一小时十五分钟。如果由于你们的行动不及时，处置这次重大车祸的措施不得当，而贻误了营救李家杰的最佳时机，严重影响到城管公安凌晨的联合执法行动和即将召开的全省城管执法工作现场会议的开展，那么市委市政府对这种失职、渎职的行为，绝不会姑息迁就，一定会严肃追究你们的责任！"

孟威听方明发了火，顿时感到很冤枉，赶紧介绍了事情发生的简单经过，"方市长，您听我解释。大桥的值班交警，是从监控里发现的这起车祸，他们立即赶到现场，却又无法辨认因为车祸而坠海的乘车人身份。值班交警向我们报告后，我们也无法确定，是否应该马上将这起事故向市委市政府做出报告，因此只好暂时作为恶性交通事故进行处理。直到后来110、120，连续接到李家杰妻子谢玉清的报警，我们才初步断定，受害人极有可能是李家杰。可是，由于车祸发生得太突然，时间又是在半夜，我们又没有配备专业打捞救生设备，就只好向市政府值班室做出汇报。现在，他们已经联系到几个涉海单位，派出了救援的人员和船只，赶赴事发现场，并展开打捞搜救。

方明认为，他的这些解释不能称其为理由，就加重了语气说："孟威，你给我听好了。不管是李家杰还是普通的老百姓，车祸发生一个多小时了，你们仍然活不见人，死不见尸，这能说得过去吗？！如果遇上了更大的灾难、遇上了战争，你们的反应如此迟钝，那是要上法庭、要被判刑、要被枪毙的！"

孟威顽强地维护着公安部门的形象，极力地申辩道："方市长，不能及时营救李家杰，确定坠海的犯罪分子身份，责任不全在公安。我们一没有配备打捞船和救生设备，二没有列编专业的救生人员，三没有协调各单位和驻军部队的职能。"

他的这些解释更让方明气不打一处来，"孟威，你说的这三条，根本就不是理由！就算跨海大桥新建不久，你们大桥交警缺少处置突发事件的经验，工作起来有一定难度，可是你现在说的这些，全是马后炮！我问你，在公安交警进驻大桥前，你们为什么没有针对重大灾难、爆发战争、恶性事故等特情制定应急预案？你们为什么没有向市政府主动提出报告，组建专业的或者兼职的救援救生队伍，购置必要的救援救生装备？你们为什么不主动地制定出军警民三方联动的救援预案？你们为什么没有对可能发生的各种紧急情况，组织有关人员进行反复地演练，熟练地掌握？这一切，难道不是你们的失职吗？！好了，事后我们要专门拿出时间，举一反三，研究讨论这些问题。现在，你马上赶到车祸现场，我很快就到。"

挂上电话，方明穿好衣服出了门，恰好遇到一辆路过的出租车，他命令司机打开双闪，直奔跨海大桥。好在夜深人静，马路上的车辆不多，出租车很顺利地赶到了。方明要求司机将车开向大桥出口，准备进入封闭的逆行车道。刚到收费口，立刻围拢上来几个警察，其中一个没等刚放下车窗的方明解释，就抡起胳膊用力拍着车顶，喝令车里的人赶快下车！本来就憋着一肚子火的方明，被车顶棚发出的巨大声响震得拧紧了眉毛，用手指着自己的鼻子问，"这张脸你不认识？我就是分管你们的副市长方明，现在急着赶往事故现场，你们赶快放行！"这个交警显然不认识他，把眼一瞪就要发作，幸亏身旁的同事看出来了，连忙把他扯到一边，小声说了几句，几个人就赶紧闪到一旁，让出租车驶上了跨海大桥。

到达车祸现场，方明发现这里的情况远比自己想象的严重得多：车祸的具体位置，虽然不在大桥主航道的最高处，可是当时海水已经退完潮，桥面距离海面的垂直高度大约有二十米，足足有七层楼高。大桥两侧的防护栏很坚固，阻挡一般的交通事故车辆没有问题，可是眼前这道周围散落着碎石、近十米长的大豁口足以说明，当时两辆车同时以高速冲向防护栏，再加上巨型卡车装满石料后的自身重量，其强大的撞击力已使防护栏难以承受。由此可以进一步断定，这次非同寻常的恶性交通事故，是一起专门针对李家杰而精心设计的谋杀事件！

孟威和夏子强快步赶过来，说，"方市长，这么快就到了？"

方明没有搭理他们，两眼只是盯住海面上那几条正在作业的打捞船。

孟威走近两步说："方市长，我知道你的心情不好，孟威又惹你生气了，如果你骂我几句心里痛快些，那就狠狠地骂吧。"说完稍停了一会儿，看方明还是没有动静，便摸出一支香烟递了过去，又用打火机给他点上。几个人一时无语，只是默默地吸着烟，看着海面上那几只加紧作业的打捞船。悠悠地，随着阵阵海风，传来一个女人的哭喊声，隐隐约约、时断时续，很是凄惨，任谁听到都会为之动容。方明不禁问道：

"这是谁在哭，这么伤心？"

夏子强回答说："是李家杰的妻子谢玉清，她已经哭了很长时间，谁也劝不住她。"

孟威补充说："她是最早知道李家杰发生车祸的。当时夫妻俩正在通电话，撞车的巨大声响谢玉清听得很清楚，要不是她及时地报警，我们到现在也无法确认当事人的身份。"

夏子强又说："他们夫妻俩的感情很深，李家杰出了这么严重的车祸，我担心谢玉清可能经受不住这种残酷的打击，就让夏茵赶来陪陪她。"

方明深感痛心地说："是啊，对于家杰的妻子来说，这确实非常残酷。走吧，咱们过去看看她。"

几个人来到瘫坐在地上的谢玉清面前，看到她蓬头垢面如此痛苦，方明只觉得心头一热，几颗眼泪很快就掉了下来。他蹲下身去，双手搀住谢玉清说：

"谢玉清，我是方明，是家杰的领导和老大哥。你放心，我们正在全力营救他，很快就能找到李家杰，让他重新回到你身边，你千万不要太着急、太伤心了。"

连睡衣也没换、只穿着一只拖鞋的谢玉清，神情恍惚疲惫，异常悲伤。她慢慢地睁开乱发中的双眼，沙哑着嗓子，有气无力地说："方市长，我要家杰……我要我的家杰……我就要我的家杰……家杰呀，你快回来吧……家杰……"

方明劝慰她说："谢玉清，请你相信市政府，相信同志们，我们一定会在最短的时间里，把家杰救上来，把家杰还给你。现在，就让夏茵陪着你，到车里去休息吧。"

夏茵为她理理额头上的散发，心疼地说："大嫂，听方市长的话，我扶你到车上去休息。"

谢玉清无力地摇摇头，"不，不，我哪里也不去，就在这里等着家杰……等着家杰被救上来……陪他一起回家……一起回家……"蓦地，她鼓足力气，挣扎着站了起来，推开身旁的人们，拼命大喊一声"家杰——"然后跟跟跄跄地向车祸现场奔去，突然双腿一软，又瘫倒在地上，昏厥了过去。

方明急令道："赶快送医院。夏茵，你要一直陪着谢玉清，有什么情况，随时给我打电话。"

夏茵答应着，立即和几位医护人员将谢玉清抬上担架，送上了救护车。

方明抬手看看表，焦灼地说："快三点了，从车祸发生到现在，已经过去四五个小时，即使把人从大海里救上来，也是凶多吉少，我们必须做最坏的打算。你们谈谈意见，今天凌晨，城管和公安的联合执法行动，是否应该取消？咱们边走边说，先过去看看打捞情况。"

孟威紧跟上几步说："方市长，联合执法行动不能取消，理由很简单，这么做后遗症太多。"

夏子强也表明了自己的看法，"孟局长说得对，我也认为不应该取消联合执法行动，否则会引发一系列的严重问题。"

不知是两人的意见引起了他的重视，还是他心里另有打算，方明听后只管往前走，再也没有吭声。

几个人回到事发现场，方明看到搜救打捞还是毫无进展，顿时感到很恼火，正要责问孟威后续增援船只的问题，朱仁达打了电话进来，他赶紧接听，并把这里的情况，向市委书记做了汇报：

"朱书记，从车祸发生到现在，已经过去了四个半小时，搜救仍然没有任何进展。现在正是满潮，海面的水位比发生车祸时高出了十米左右，且水下暗流纵横，水流湍急，事故车辆很可能被远远冲离了坠桥的位置，不知去向；而且，海面上漆黑一片，还弥漫着大雾，能见度很差，必须要用船上的探照灯，才能看清水面情况；最重要的是，打捞现场严重缺乏搜救船只和专业搜救人员，目前参与打捞的，仅有港务局、海洋局和渔民的十一二条船，远远不能满足搜救的需要，我已经要求市政府值班室，抓紧与舰队取得联系，请求海军向这里增派专业打捞救援船。"

朱仁达当即表示："老方，我现在就给舰队马司令打电话，请他过问此事，立刻增派搜救打捞舰船和专业人员赶往事发地点。同时，你们不要等不要靠，要充分发挥现有的资源，全力搜救李家杰，只要还有一线希望，就要付出百分之百的努力！"

方明连连答应，又说："朱书记，还有个特别紧急的情况，得立即向您请示。"

朱仁达道："你说吧。"

"按照省政府的通知，在三天以后，也就是十一月三十日上午九点，将在我市召开全省城管执法工作现场会。可是，全市城管执法工作主要负责人，赵长河因患重病住院治疗，主持日常工作的副局长李家杰，又遭遇重大车祸，到现在也生死不明。而且，现场会议开始后，城管、公安还要进行联合执法，定向爆破、强制拆除阳光花园二期三栋违法建设的大楼。根据我们现在掌握的情况分析，极有可能会遭遇违法当事人的强大阻挠，处置得稍有不当，就会造成极为严重的后果。在这种情况下，我们是否应该向省政府提出建议，请求将这次全省城管执法工作现场会，无限期地向后推延，待各种条件成熟齐备后，再择机召开。"

"什么！你要建议无限期推迟省政府城管执法工作现场会？老方，省里的这个决定，涉及全省的工作大局，国家部门的领导、省长和副省长都要参加的现场会,我们怎么能够轻易建议无限期地推迟呢?我们面临的情况确实很严峻,丝毫马虎不得,必须竭尽全力应对;但是和全省的工作大局相比,我们的事情是次要的,是局部的,是处于服从位置上的。因此,只要不是发生了不可抗拒的重大事件,我们就要千方百计克服困难,坚决执行省政府的决定,绝不能因噎废食、半途而废,贸然建议省政府朝令夕改!"朱仁达态度非常坚决、不容置疑。过了一会儿,他缓了口气说:"老方啊,你的建议,不是完全没有道理。但是这些小道理必须要服从大道理,即便我们把这个建议提上去了,省政府也不会同意。再说了,阳光花园二期的违法建设问题,由于你们一再拖延,迟迟没有得到很好的解决,已经养痈成患,成了气候,演变成了一个随时都有可能发作的恶性毒瘤!如果你们还不能痛下决心,刮骨疗伤,断尾求生,坚决根除这个重大隐患,那么我们以后处理这个问题将会更加复杂,困难将会更多,难度将会更大,后果将会更严重,这绝不是危言耸听!就在前几天,非洲有个国家,因为社会问题积重难返,引起广大民众的强烈不满,终于引发了严重的社会动乱,国家政权竟因此而颠覆。它的直接导火索,说起来很简单,就是一个小商贩占路经营的城市管理问题,但是这个教训是极为深刻的!当然了,岛城出现阳光花园二期这个全国最大的违法建筑群,市委市政府也要承担一定的责任,我也会向省委做出自己的检查。而你作为分管副市长,当然要承担更重大的责任,但是你现在却不能考虑太多,当务之急是要竭尽全力,确保强制拆除阳光花园二期违法建筑群顺利实施,确保全省城管执法工作现场会议圆满召开,确保搜救李家杰的行动尽快见效!就这样吧。"

朱仁达最后加重了语气,连续强调了三个确保,反映出他对这三个问题极大的重视,也表明了他对阳光花园二期违法建筑群强烈的不满。方明感到,自己唯有振作起精神,背水一战,闯过这三道关,打好这三场仗,才有可能将功补过,重新获得市委的信任。于是他对孟威和夏子强说:

"既然你们的意见一致，有信心打好这三场硬仗，我也已经请示了朱书记，得到了他的同意和支持，那么凌晨的联合执法行动，就按照原计划进行。现在，我重新调整一下工作分工：在李家杰因故不能履行职务的情况下，由孟威同志担任强制拆除阳光花园二期违法建筑的总指挥，全力保障拆违行动的安全进行；由夏子强同志担任副总指挥，负责城管执法和定向爆破的具体实施。现在是凌晨三点二十分，你们必须在四点三十分之前，赶到拆违现场就位。"

孟威、夏子强同声回答："是。"

方明又问孟威："老孟，从刑侦专业角度考虑，你对李家杰遭遇的这场车祸怎么看？"

孟威不假思索地说："根据大桥监控视频和现场情况初步判断，这次重大车祸，显然是场蓄意谋杀。李家杰作为城管执法局副局长，坚持原则、秉公执法，在客观上损害了某些个人或集团的重大利益。而且发生的这起车祸，恰恰就在拆违重大行动前夜，这绝非是偶然或者巧合。从华南江遭到绑架到李家杰遭遇车祸，尽管作案时间、地点、方法不尽相同，但是作案的动机，显然都是为了帮助阳光花园二期违法建筑逃脱法律的严惩。经过缜密分析，我们初步锁定一个绰号叫"炉包"的人，这个人因为各种违法犯罪行为，多次受到公安和城管执法部门的收押和处理，其配偶至今关押在拘留所里仍未释放。而且据了解，炉包最近和鑫海房地产公司的人打得火热，因此我们认为，炉包具有较强的作案动机，对华南江和李家杰实施连续作案的可能性很大。"

方明很赞同他的看法，点头说："如此看来，这起严重的车祸，很有可能就是炉包制造的，他的后台老板，就是黄世雄！"

孟威用肯定的语气说："对，很有可能。"

这时，附近一艘打捞船上的卷扬机，发出了沉重的轰鸣声，几人抬眼望去，只见多艘船上的探照灯，同时照射在一片海域上。过了不长时间，打捞船吊臂上的几根钢缆，便将一辆受损特别严重、完全扭曲变形的轿车，慢慢吊离出了海面。孟威随即用对讲机呼叫：

"051、051，我是003，赶快检查车厢内部，发现有人立即报告。"

"051明白，051明白。"

人们远远看到，那辆被打捞上来的轿车，被吊臂轻轻地放在了打捞船的甲板上。孟威的对讲机里很快有人报告：

"003、003，我们经过仔细察看，没有发现车厢有人，没有发现车厢有人。"

"003收到。你们要争分夺秒、加紧搜救，尽快打捞到李家杰。"对话完毕，孟威颇感奇怪地说："方市长，轿车里怎么一个人也没有？难道李家杰和司机都被甩了出去，好像不太可能吧？"

方明没有回答他的问题，只是说："再过两个多钟头，天就亮了。市政府最大限度地动员了涉海单位和沿海渔民，朱书记亲自请求舰队首长，派遣搜救打捞舰船赶来支援，我们很快就要对鳌山湾的这片海域，展开大规模的拉网搜救，估计不会用太长的时间，就能找到李家杰。现在，你们要立刻赶到阳光花园二期的执法现场，组织好这次重大执法行动。我也会尽快赶过去，咱们电话联系。"

第二十一章

    几缕明媚的阳光，透过宽大的玻璃窗，倾洒在病房里雪白的墙壁、病床和桌几上，让整个房间显得格外洁净、明亮。

    面部依旧憔悴疲惫，精神上却已好多了的谢玉清，凝视着头部缠满绷带、还在昏迷中的丈夫，伸手从他的腋下摸出体温计，举到眼前仔细地看了看，再轻甩几下，重新放了回去。她拿起盖在丈夫额头上的湿毛巾，去了卫生间。

    夏茵对着手表，为李家杰调整输液的点滴速度。她无意中发现，李家杰的眼皮轻轻颤动了几下，再细细地观察一会儿，果然又动了，就连忙踮起脚尖，快步走进卫生间，欣喜地对谢玉清小声叫道：

    "嫂子、嫂子，快来呀，家杰局长要醒了！"

    "是吗？我看看！"谢玉清高兴得手忙脚乱，赶紧拧了把湿毛巾，转身跑了出来，俯身看着丈夫轻轻地呼唤，"家杰、家杰，你醒醒，醒醒吧……家杰……"

在妻子一声连着一声不断的呼唤下，李家杰逐渐地恢复了神智，慢慢苏醒了过来。他睁开眼睛，缓缓看过四周，不解地问："玉清，夏茵，我怎么会在医院里？"

谢玉清红肿的眼眶里，又溢出了泪花，她一把拭去，嗔怪道："你问得倒是轻巧，人家都要被你吓死了！你想不起来吗？就在昨天夜里，有人要谋害你，在你路过跨海大桥时，制造了一起非常严重的车祸，两辆车全都掉进了大海。幸亏你命大，人没死还把小石救上了岸，昏倒在路边又遇上了好人，被他们送到医院里了。"

夏茵也很感慨地说："李局，你在跨海大桥遇到的车祸，就像美国好莱坞动作大片，事发现场非常惨烈，没人相信你还能活着回来。偏偏奇迹就发生了：你去海里摸摸龙王爷的鼻子，捋捋龙王爷的胡须，又大难不死地回来了，简直不可思议，真是太神奇了！"

听了她俩的叙述，李家杰努力回忆着，嘴里喃喃道："跨海大桥……跨海大桥……发生车祸……车祸……我想起来了……对了，小石呢？小石怎么样了？他在哪？"说着，李家杰努力要坐起来，可一阵剧烈的疼痛袭来，他又不得不躺了下去。

谢玉清看他都这个样子了，心里还在惦记着小石，眼泪止不住又流了下来，沙哑着嗓子央求道："家杰呀，我求求你，千万不要乱动。医生说，你被撞成中度脑震荡，颅骨有点骨裂，左胳膊断成了两截，现在还发着高烧，需要卧床静养一两个月，才能完全恢复过来。小石伤得更重，人到现在也没有脱离危险，医生们还在全力进行抢救，等他的伤情稳定下来以后，你再去看他，好吗？"

"是呀，李局，你伤得这么重，不能逞强啊。必须卧床休息，否则落下了后遗症，那可就难治了，你可千万要听大嫂的话呀。"

两人正在劝着，方明开门走进来，看到李家杰醒了，高兴地说：

"家杰，都说猫有九条命，我看你的命更硬！可是，你也太不仗义了，把我们折腾了大半夜，整个鳌山湾都被翻了个遍，就差没把它掀个底朝天了，可就是不见你的踪影，谁知道你却跑到这里来享清福了。刚才我听医生说，你的伤势不是很重，没有生命危险，关键是要好好地静养一两个月，就可以完全恢复了。"

"玉清，你把床头抬高些，我要和方市长说几句话。"李家杰有些迫不及待，对给方明搬椅子的妻子说。

夏茵说了声"我来"，就在床尾下面找到一个手柄，她摇了几圈，床头便缓缓地抬了起来。这时，方明的手机响了，急着说话的李家杰，只好耐下心来，等他把这个电话打完。

"方市长吗？"手机里传出夏文渊清晰的声音。

方明透过窗户，眺望着远处的景观，回答说："我是方明，夏主任有何见教？"

"李家杰找到了没有？你有没有他的确切消息？他到底是什么情况？"夏文渊口气焦灼地连续发问。

方明扭头看看病床上的李家杰说："夏主任，我就在李家杰的病房里。今天凌晨三点多钟，有市民发现他昏倒在海边的马路上，就把他送进了医院，现在已经没有大问题了，你就放心吧。"

夏文渊的语调变得轻松了许多，说："那好啊。李家杰是个很好的年轻干部，他可不能出事，经你这么一说，我就放心了。"随后，他又换种口气说："方市长，还有个好消息要告诉你，市城管执法局办理的针对九十九位市人大代表联名提出建议的答复，我们已经转交给各位市人大代表，他们对执法局的答复表示很满意，并且为市城管执法部门能够本着对市民、对社会高度负责的精神和实事求是、有错就改的态度，立志克服一切困难，加大执法力度，近期就要拆除阳光花园二期违法建筑的决心，感到十分欣慰、备受鼓舞。他们纷纷表示，要全力支持城管执法部门的执法行动。由此看来，代表们酝酿着在明年初人代会上，对市政府领导人和政府职能部门负责人提出质询甚至罢免案的问题，就都可以避免了。我们是大大地松了一口气呀。"

方明心中的一块石头也落了地，感到很轻松很振奋，向夏文渊进一步表态说："夏主任，我和城管执法局，十分感谢市人大常委会、市人大代表们对我们的理解和支持。但是，对阳光花园二期违法建设的执法行动，很有可能会遇到强大的阻力，我们绝不敢有丝毫的懈怠和马虎。我们会鼓足勇气，再接再厉，在市人大常委会和市人大代表们的坚定支持下，彻底解决阳光花园二期的违法建设问题。"

听着方明铿锵有力的声音，夏文渊感到由衷的高兴，"说得好，方市长，我们等着你们的好消息！"

"那就张罗好酒菜，准备庆功吧。"在这种情况下，方明也没有忘记开玩笑。他满心欢喜地结束了通话，正要和李家杰说上几句，铃声又响了，抬手一看来电人，脸色立即一沉，略作停顿后，把电话接了起来："黄老板，一场重大的执法行动很快就要拉开帷幕了。在这个时候，你居然还有心思给我打电话？"

"老同学之间，打个电话相互问候一下，这总不能算是违法吧？否则，那可真成了风声鹤唳、草木皆兵了。"黄世雄拉长腔调，努力掩盖住自己内心的不安。他又幸灾乐祸地说："我听说，李家杰在跨海大桥遭遇严重车祸，连人带车都掉进了海里，政府组织了很多船赶去搜救，可是到现在连个人影也没有见着。我估摸着八成是喂了鲨鱼啦，实在是太可惜喽。所以呀，做人做事不能做得太绝，得饶人处且饶人，就算是再有能耐、再牛逼，也得为自己留条后路，说不定哪天就能派上用场。比如说我黄某人吧，买卖做得再好再大，那也得经常看看风向标，不能在一棵树上吊死。你不是外人，我就跟你说句实在话，就在方小虎离开汇泉湾大饭店的第二天，我就与一位新的合作伙伴，签订了一份控股投资合同，并将一笔钱打到了国外的银行账户上。也许将来有那么一天，三岛市的投资环境变得好些了，在国外定居做买卖的黄老板，说不定还会有兴趣重新回来投资哪，到时候自然免不了要多多麻烦你方明副市长喽。"

方明轻蔑地笑了笑，说："黄世雄，你以为你是谁？在我的眼里，你只是一个正在潜逃的犯罪嫌疑人！不管你隐藏在世界的哪个角落，都会每天提心吊胆地生活在恐惧之中。说不定什么时候，公安人员和国际刑警就会突然出现在你的面前，给你戴上一副铮亮的手铐。黄老板，面对这样熬一天算一天、度日如年的苦日子，你可要三思而后行啊。"

能听得出来，黄世雄是在强压着心中的怒火。他干笑了几声说："你说我是犯罪嫌疑人，手里却没有任何证据，我完全可以起诉你犯了诬告陷害罪。可是姓方的，别说老同学没有提醒你，阳光花园二期项目那三栋大楼，不是你想象得那么容易啃，即便是你硬咽了下去，那也消化不了，它早晚会烧烂你的胃、扯断你的肠子！说白了，阳光花园的二期项目，就是给你们留下的一个陷阱、一座坟场、一场灾难！只要你们敢用炸药去炸毁这三座大楼，就会有几个、几十个、几百个人一起上西天，成为阳光花园二期项目的殉葬品！那些交了几十万元却失去了房子的市民们，那些为了建造大楼提前垫上自己的全部积蓄又亲眼看着大楼被炸毁的建筑工人们，那些在你们爆破拆除大楼行动中伤亡者的亲属们，会像成群结队的'索命鬼'一样，紧紧地缠住你、缠住市政府不放，直到迫使你们在钱财上、在精神上、在舆论上、在政治上，遭受无法承受的重大损失！"

方明朗声笑道："黄世雄，你总是高估了自己，低估了市政府和全市人民，所以在一次又一次的较量中，总是避免不了不断的失败。我要再次警告你，应该由你承担的罪责，可以逃避一时，但是绝不可能逃过一世！"说罢，方明挂断了手机，不再理会他，回身看向李家杰时，像是什么事情也没有发生，神情轻松地说："家杰呀，你是积了多大的德，阎王爷都不敢收留你？讲讲吧，究竟是怎么回事？"

李家杰忍住疼痛，勉强笑笑说："方市长，积德谈不上，运气好是真的。当时，只听到'轰隆'一声巨响，我就觉着自己的身体，腾云驾雾似的，一下子飞了起来，然后又重重地摔了下去，随即就失去了知觉。可是海水很凉，很快把我激醒了，尽管当时头部、胳膊疼得厉害，可是心里知道自己还活着，我就用两腿试着往下踩，居然蹬到了海底，这才明白这时刚退完大潮，正是海水最浅的时候。这念想一闪后，我赶快振作起精神，在齐胸深的海里摸到自己的座车，把小石从驾驶室里拉了出来，借着海水的浮力和涨潮时海浪不断向前的推力，咬紧牙关背着小石一点一点往前走，最后终于上了岸，昏倒在马路上。"

方明接上说："后来，你们就被路过那里的市民送进了医院。现在，你的心里一定有两个谜团：一个是谁是送你到医院的救命恩人，一个是谁是要致你于死地的杀人凶手。现在，我只能回答你第二个疑问，这个行凶嫌疑人，就是兴隆路胖姐酒楼的卢老板。他已经当场撞死在驾驶室里，公安机关正在抓紧追查，确定制造这起谋杀案的幕后指使者。好了，家杰呀，不能多说了，我只是赶来看你一眼，马上就得离开。今天凌晨的执法行动，你就不要操心了，我已经临时任命，让孟威担任执法现场的总指挥，夏子强担任副总指挥，他们两个人都很能干，你就安心在医院里养伤吧。"

他的话刚说完，李家杰突然抬起右臂，用嘴咬住了输液的针头，把它从胳膊上拔了下来，非常坚决地说："方市长，这次执法行动，事关重大，非同小可。孟局长和夏主任工作能力都很强，完全可以胜任这个职务，但是毕竟我对全面的情况更熟悉。为了确保工程技术人员，今天能够顺利地安装爆破装置，避免出现任何重大问题，我必须要赶到执法现场，请方市长务必同意我的这个请求！"

方明的心情很复杂很矛盾，考虑了一会儿还是难下决心，最后说："不行，你伤得这么重，需要抓紧治疗、静心休养，搞不好就会留下后遗症。既然这次执法行动事关重大，那么还是由我亲自来指挥吧。"

李家杰急了，情绪激动地说："方市长，普通的抢险救灾和突发事件，市领导完全可以亲临一线，直接指挥。可是这次情况太特殊了，执法人员和建筑工人、购房的市民，很有可能会爆发严重的冲突，甚至会发生流血事件。您作为本市的副市长，职务和身份非常敏感，很容易被坏人利用，成为他们蒙蔽不明真相的市民，甚至攻击党和政府的把柄。所以我建议，您还是回到市政府，在那里坐镇指挥，统揽全局，决策重大问题。至于执法现场，还是由我们负责，遇到重要的情况我们会随时向您报告。"

方明认为李家杰看问题的角度很高，很有大局观念，便同意了自己不到执法一线直接指挥的意见，但是对李家杰要去执法现场的请求，他仍然坚持自己的看法，"那好吧，我可以不到一线，但是你也不能去现场。"

谢玉清也泪眼汪汪地说："是啊，方市长，不能让他去。家杰，你就听方市长的话吧，不能去呀，我求你了。"

"闭嘴！"李家杰突然脾气大发，冲着妻子吼道。接着就是一阵钻心的疼痛袭来，他的脸都因为痛苦变得扭曲了，好一阵才慢慢地缓解过来。谢玉清为他轻轻拭去脸上的汗珠，李家杰饱含歉意地看着她，艰难地笑笑说："玉清，你的心思我很明白。可是，是我一个人的安全重要，还是那么多人的安全重要？当然是后者了。方市长，请您理解，不管您是否同意，我都要去执法现场。"

见李家杰的态度如此坚决，方明沉思片刻，然后对谢玉清说："家杰说得有道理，为强拆阳光花园二期违法建筑而做的所有准备工作，都是在家杰的直接领导下进行的。在这个最关键的时刻，由他在执法一线亲自指挥，当然是最合适，没有任何人可以真正取代他……好吧，李家杰，我同意你到一线直接指挥。但是，你一定要注意自己的身体，我要请医院派出最好的医生护士，二十四小时对你进行不间断地贴身护理，你必须要服从他们的意见。"见李家杰顺从地点点头，方明接着说："既然这样，那就准备动身吧。"

李家杰感激地对方明说："市领导对我如此信任，我非常感谢，李家杰绝不会辜负您的期望。方市长，我建议您给办公厅下达一条指令，要他们立刻以市政府的名义，直接调动建委、建管局、财政局、人社局、建设银行等单位的领导，全部赶往执法现场，面对面地做好群众的思想工作，解决好相关的问题，全力配合我们的执法行动。"

方明对这个建议极为重视，明确表态道："嗯，这是个好办法。只要我们能把建筑工人和市民们最关心的切身利益问题在现场解决了，他们就不会听信坏人的谣言和挑唆，来阻碍我们的执法行动。好吧，我这就给办公厅打电话，而且我还要和这些市直单位的领导们逐个通话，要求他们深刻明白这样做的意义。另外，你作为拆违现场指挥部的总指挥，有权对重要的问题临机决断，做出处理。"

李家杰很高兴地说："有您的亲自授权，我就更有信心了。玉清、夏茵，扶我下床，咱们现在就走。"

几个人匆匆离开医院，直奔阳光花园二期违法建设工地。到达现场一看，发现这里和他们想象中的紧张情况相差甚远，除了周围街道和建筑工地上，到处都有城管和公安人员在执勤巡逻外，马路上连过往的行人都很少，更没有聚集起大量情绪激动的市民和建筑工人，看不出任何有随时可能发生大规模的暴力抗法冲突的迹象。

李家杰正感到奇怪，夏子强和康辉闻讯赶来。他们仔细关心了李家杰的伤情，又把这里的情况向他做了汇报。夏子强说，按照事先统一部署，城管和公安执法人员，于今晨五时进入阳光花园二期违法施工现场和周边街道的指定位置，分别进行强制性执法程序和外围警戒工作。接着，爆破公司的技术人员和工人，也准时进入违法施工的三栋大楼内，开始进行定向爆破装置的安装准备工作。如果在随后的二十四小时连续作业中，一切进展得比较顺利，预计后天中午之前，定向爆破的准备工作就可以全部结束。康辉又接上汇报说，根据办公厅的紧急通知，政府职能部门的几位领导已经到达公安的指挥车内，准备与我们商榷如何落实各单位的具体任务。

李家杰听完两个人的汇报表现得很满意，当即决定夏子强暂时放下这里的工作，立刻返回市局，集中精力做好全省城管执法现场会议的服务保障工作。然后，他就在康辉的引领下，登上了公安的指挥车。这时，孟威和几位到达现场的市直单位领导，看到头上、胳膊上缠着绷带的李家杰出现在他们面前，连忙上前向他表示慰问。李家杰和每位领导握了手，又把自己遇险的经过简单讲了讲，随即言归正传道：

"各位领导，从表面上看，城管和公安执法人员，进入违法施工现场，风不起、浪不惊，一切似乎都显得很平静。可是，根据我对鑫海房地产公司负责人——黄世雄和魏扬的了解，他们一定不会这么轻易地善罢甘休，任凭我们对这几座违法建筑实施定向爆破拆除的执法行动。我怀疑，在这种极为反常的平静背后，很可能隐藏着我们尚不知晓的巨大阴谋。所以，我们坚决不能掉以轻心，被这种假象所欺骗、所迷惑，必须要提高警惕、争分夺秒地做好我们应该做的各项工作。为此，请市建委、市建管局、市建设银行，主动和承建这个工程项目的几个建筑公司加强联系，真心实意地帮助他们解决实际问题，甚至给予他们特殊的优惠政策，解决拖欠工资、垫资施工等问题，让他们有更多的机会承包新的工程，在经济上得到实实在在的效益，逐渐弥补在阳光花园二期施工中的损失；请市财政局、市建设银行、市建管局等单位，把退还市民购房预付款的事项落到实处。只要我们逐人逐户地把工作做到家、做到位，赢得建筑工人和市民们的理解，就很有可能将群体抗法事件消灭在萌芽状态之中。这样一来，即便发生了特殊情况，除了少数抗法分子以外，我们也可以把人数控制在最小范围内，大大减轻自身的压力。"

这几位手握重权，平日里言行谨慎的政府官员和银行老总，不知道是因为岳峰市长和方明副市长在事前对他们有所交代，还是在严重事态面前，他们都能保持住比较清醒的头脑，又或者是被眼前这位身受重伤、还亲临一线指挥的李家杰所感动，总之，在场的所有领导，无不表现得顾全大局、态度鲜明、慷慨大方，没有人因为李家杰只是个副局长，而且这件事又牵扯到大量的资金、人员和具体工作，就开始摆困难、讲条件、推诿扯皮，提出一些不同意见。因此，这个短暂的碰头会，开得很有成效、非常成功，为应对形势可能发生的急剧变化，打下了很好的基础。

走下指挥车，目送各单位的领导离开执法现场后，李家杰想跟康辉再嘱咐几句，忽然一阵剧痛袭来，让他觉着脑袋如同炸裂了一般，便只好在医生的建议下，迅速离开这里，再次回到了医院。

第二天早上，李家杰做的头一件事，就是给坚守在执法现场的孟威打电话。孟威告诉他，经过一天一夜的连续作业，爆破公司的技术人员和工人，已经完成了安装定向爆破装置工程总量的一半有余，只要今天继续按照这个进度进行，明天中午前后就能提前完成这项工作。

听到这个消息，李家杰感到很高兴，可是在欣慰之余，他的脑海里忽然闪出一个不祥的念头：爆破装置安装完毕之时，是不是也意味着集体抗法行动的开始呢？如果他们的幕后组织者，就是要利用这个机会，突然聚集起大量人群，强行冲入并占领安装了很多炸药的大楼，胁迫政府和执法部门做出让步，以达到保全违法建设大楼的目的呢？想到这里，李家杰惊出了一身冷汗，并赶紧向孟威说明了自己的想法。孟威认为，李家杰的担心并非没有道理。为了以防万一，杜绝可能发生的不测事件，孟威决定立即向市局的主要领导，汇报这里的情况，命令防暴警察支队和武警支队，整装待发，随时准备支援违法现场的执法行动。

打完这个电话，李家杰心里还是七上八下，总是觉着不踏实。于是，他草草吃了点早饭，就再次动身去了执法现场。果然不出他所料，这里的情况已经发生了巨大的变化——二三百名不法分子，突然聚集在执法现场的大门外，他们情绪狂躁，气焰嚣张，不停挥动着手中的凶器，疯狂喊叫着"冲进工地、死守大楼"的口号，试图冲开执法人员组成的人墙，强行进入违法建设大楼。一场大规模的暴力抗法流血事件，随时都有可能发生！

孟威在指挥车里，看见李家杰强撑着受伤的身体，再次赶到执法一线，心里很是感动，连忙上前搀住他，简单问了问他身体状况，又把这里的情况做了介绍：

"你看到了，形势非常严峻！我从警这么多年，还从来没有经历过这种阵势，完全是一起有组织、有预谋的集体抗法行动。好在绝大多数市民和建筑工人，都拿到了银行退还的购房预付款和建筑公司拖欠的半年多工资，没有参加这次抗法行动。根据我们掌握的情况来看，冲击执法现场的这几百人，都是抗法骨干分子，里面还掺杂着不少社会黑恶势力人员。他们的目标，就是强行占领这三座正在安装爆破装置的大楼，准备以此要挟政府和执法部门。经过市局主要领导的同意，我已经命令部分防暴警察，火速赶到这里增援。另外鑫海集团二号人物魏扬，在得知黄世雄卷款外逃的消息后，自知没有退路，已经主动向公安机关投案自首了。"

李家杰对孟威采取的断然措施很是赞赏，也对他说的最后这件事很感兴趣，"孟局长，魏扬作为他们的灵魂人物之一，能够主动向公安机关投案自首，的确是个好消息。我们既可以从他的嘴里，了解更多黄世雄的信息，也可以给他一个戴罪立功的机会，即刻把他带到这里来现身说法，让他直接和抗法分子对话，务求教育、瓦解那些顽固分子，达到出奇制胜的效果，你看怎么样？"

"攻心为上？对，这个主意不错，我现在就通知羁押人员，把魏扬送到这里来。"孟威说着摸出手机，一旁打电话去了。

这时，一直观察着窗外情势的李家杰，发现执法现场门外的不法分子们，气焰是越发嚣张了：他们有的点燃了易燃物，有的不断向执法队伍投掷砖瓦石块，还有的正在试图合力推倒工地的围挡，而更多的不法之徒，则挥舞着棍棒，狂呼乱叫着，试图对执法队伍发起正面冲击。情势万分危急，已然刻不容缓！李家杰没有丝毫犹豫，果断抓起一把手提式喊话器，不顾伤痛和人们的阻拦，毅然决然地走出了指挥车，来到双方对峙的现场。他站在执法队伍的最前面，在所有人惊愕目光的注视下，面对着不法的暴徒，举起了手中的喊话器：

"市民朋友们、工人兄弟们，我是三岛市城管执法局的副局长李家杰，我要郑重地向大家申明，我们的国家是法治的国家，我们的社会是法治的社会，法治国家和法治社会的基本原则，就是有法可依，有法必依，执法必严，违法必究。今天，城管和公安执法部门，就是依据这个原则和相关的法律法规，对阳光花园二期这三栋违法建筑，实行强制拆除。在这里，我代表执法部门，吁请市民朋友和工人兄弟给予理解和配合。同时，我也要提醒各位，千万不要被坏人蒙骗，上他们的当，被他们当枪使，公然和政府、和执法部门相对抗，以暴力抗法，阻碍我们的执法行动。最终，那只会造成亲者痛、仇者快的流血事件。现在，你们唯一的出路，就是放下手中的武器，赶快离开现场，政府将既往不咎、原谅你们的过错。但是如果有人继续执迷不悟，铤而走险，顽固地冲撞法律的底线，那就必将受到法律的严惩！"说到这里，李家杰大口大口地喘着粗气，黄豆大小的汗珠不断从脸颊上滚落下来，异常虚弱的身体让他头晕目眩、两腿打颤，似乎再也支撑不住了。然而，全力阻止流血事件的决心和意志，使他重新挺直了身体，再次昂起了头颅，"可以告诉大家，有未经证实的传言称，鑫海房地产公司的总经理黄世雄，已于近日卷款潜逃国外，他作为重大的犯罪嫌疑人，就算逃到天涯海角，迟早也要受到法律的追究和惩处！还有，棒子队的队长卢老板，也在前天晚上一起由他本人亲手制造的谋杀案中，死于非命。现在，就连你们的头目魏扬，也已经主动地向公安机关投案自首了！"

喧嚣的人群瞬间安静了下来，人们正对李家杰讲的话半信半疑，忽然有人拼命地大喊："不可能，这不可能，绝对不可能！他说的不是真话，全都是假话，他是在骗我们！弟兄们，咱们不能上他的当，现在就冲进工地，抢回大楼，誓与大楼共存亡！"

"抢回大楼！抢回大楼！抢回大楼！……"人们群情激昂，再次被鼓动起来，呐喊着就要冲向大门。

"弟兄们……弟兄们！"几声高呼打乱了抗法人群混乱的叫喊声，魏扬在几个公安干警的押解下，出现在人们的面前。只见他全然没有了往日的冷僻和孤傲，完全一副失魂落魄的样子，紧张兮兮地对李家杰深深鞠了一躬，然后面对着疯狂的人群，"扑通"一声跪在了地上，泪流满面地哭喊道：

"弟兄们哪，我对不起政府，对不住社会，也对不住你们哪！我有罪，我有罪呀！……我亲眼看见，政府把市民的购房预付款和建筑公司拖欠工人的半年多工资，全部交到了市民和工人们的手上；我也知道，市政府为解决建筑公司的困难，准备拿出好几个工程项目，让你们的建筑公司承包。政府的大恩大德，我们得知恩图报啊！"说到这里，远处传来了很多警笛的鸣叫声，魏扬急忙站起来四处张望，提高了嗓门大声喊道："弟兄们，已经有很多的警察赶过来了，这里马上就要被包围了，你们再不抓紧时间离开，就要被抓进大牢里受苦了，赶紧跑路吧！"

喊完了话，魏扬被公安人员押着，离开了这里。随后，全副武装的大批防暴警察，跑步进入执法现场，严阵以待地排列在李家杰的身后，形成一道不可逾越的铜墙铁壁，令人望而生畏！李家杰不失时机，对仍然滞留在原地的部分抗法人员说：

"市民朋友，工人兄弟们，道德和法律的双重底线，绝不允许任意地践踏，否则必将受到道德的谴责和法律的严惩。现在，我再次真诚地呼吁你们：放下手中的武器，回到人民的中间！"

一个……几个……几十个……当所有的抗法群众，都将手中的武器扔在地上时，李家杰才感到如释重负，脸上慢慢地露出了笑容。就在这时，他的手机响了，低头一看，居然是黄世雄！李家杰定了定神，按下了接听键。手机里传来了黄世雄疯狂的大笑声，过了好一会儿，他停了下来很得意地说：

"李家杰，谁能笑到最后，谁才是真正的胜利者。孙子兵法你不一定研究过，但是三国演义你一定不会陌生。里面所讲的兵不厌诈、暗度陈仓、声东击西、出其不意等，都是我在和你们斗法时常用的战略战术。这几天里，我故意释放出烟雾弹，利用你们误认为我已经远赴国外，而把全部的注意力都集中到抗法的群众身上的机会，暗中运作，并亲自率领另一部分群众和一批职工家属，扛着十几个煤气罐，冲破了你们最薄弱环节的封锁，占领了阳光花园二期中心大楼，准备在这里和你们血拼到底。我黄世雄不成功便成仁，誓与大楼共存亡！李家杰，你听好了，限你在十分钟内，一个人进入大楼，我要和你面对面地谈判。"

说完，对方就把电话关了。对于这个突发情况，李家杰并没有惊慌，而是找来孟威，把黄世雄没有去国外，而是狗急跳墙、赤膊上阵，胁迫部分群众，带着十几个煤气罐，占领建筑工地的中心大楼，要求自己单独上楼与他谈判的情况向他做了通报。没等孟威表示什么，李家杰接着说：

"孟局长，时间非常紧迫，形势特别危急，我现在就到楼上去，先稳住黄世雄。你立即调来特警，在半个小时之内，从空中和地面果断发起营救人质的行动，力争速战速决，牢牢地掌握主动权，打他黄世雄个措手不及，让他没有时间和机会实现他的图谋。现在是十点三十五分，请你们务必在十一点准时行动。"

对此，孟威也很果断地表示："我同意你的意见，必须争取变被动为主动，你也要注意自身安全。"

看着孟威转身离开，李家杰又对康辉交代上几句，要他协助公安干警，尽快恢复执法现场的周围秩序，一旦中心大楼的人质问题得到解决，就迅速恢复定向爆破的准备工作。最后，他抬起头来，看了看那座已经封顶、开始部分外装修的中心大楼，深呼了一口气，振作起精神，步履坚定地走了过去。

进入一楼大厅内，李家杰看到墙壁上和水泥柱上，到处布满了爆炸装置已经安装完毕的爆破点；几个手里提着武器的人，正在周围来回地走动，警惕地守护着这里。他刚被两个人押上二楼，就听到黄世雄大喝一声："给我绑了！"一个胖子一个瘦子，立刻上前将李家杰按在一把椅子上，拿起一条绳子就要绑他。正巧这时黄世雄来了电话，李家杰对他俩小声说："我见过你们，给自己留条后路，绳子绑松点。"

胖子和瘦子对看一眼，把李家杰那只没有受伤的胳膊反绑过去，又将系着活扣的绳头塞进了他的手里。

"方市长，我回来了。你是不是感到很奇怪？咱们还是废话少说，限你在十五分钟之内，以市政府的名义，给我开出一份阳光花园二期项目是合法建设的书面证明，市长、副市长都要签上字，还要盖上市政府的大印，并在阳光花园二期中心大楼下面当众宣布。我警告你，千万不要因为一时冲动，逼着我把李家杰和大楼里的几十个人，用这些煤气罐和大楼里埋设的炸药，全都炸到天上去！十五分钟内，我等你的电话。"他关上手机，扔在桌子上，转身走到李家杰面前，一把抓住他的头发，凶狠地说："你小子果然是命大，炉包为你把命丢了，你却只伤到一条胳膊，还把魏扬策反了！后天全省召开现场会，再炸了这三座大楼，继续往自己的脸上贴金抹粉，好事都他娘的是你的了！你还让不让别人活呀？嗯？！你这个王八蛋！"

说着，黄世雄抢起巴掌，连续打在李家杰的脸上，直到他口吐鲜血、自己手麻了才住手。"黄世雄，你已经完全丧失理智了！狂人、疯子！你自绝于国家、自绝于社会，继续往绝路上走，对你本人没有任何好处。现在，外面的几百名抗法群众，都已经觉醒过来散去了，魏扬也感到大势已去自首了，那卢老板杀人未遂都撞死了，唯独你还在这里穷凶极恶，做着垂死的挣扎，妄图和政府、和法律顽抗到底，要为这几座违法建筑殉葬！你不感到自己是多么愚蠢，多么可怜，多么可悲吗？黄世雄，识时务者为俊杰。只要你悬崖勒马，赶快收手，为时还不算太晚，否则，你将后悔莫及！"

黄世雄俯下身去瞪着他，疯狂地叫道："要说殉葬，我也是要你为我殉葬！要说后悔，你和我斗才最应该后悔！李家杰，还是那句话，看看咱两到底谁笑到最后！"

这时，一个暴徒惊恐地跑上来报告说，大楼外面出现很多特警，已经把这里完全包围了！恰在这时，两架直升机由远而近，飞临大楼的上空，巨大的马达轰鸣掩盖了人们慌乱的喊叫声。已经完全绝望了的黄世雄，声嘶力竭地指挥暴徒们，堵住楼梯口，关闭所有的门和窗户，誓与大楼共存亡！喊完，他率先跑过去，连续拧开几个煤气罐的阀门，致命的气体雾时间在空气中弥漫开来，刺鼻的味道呛得人们狂咳不止、到处乱窜。就在这个千钧一发的时刻，挣脱开绳索的李家杰，在命令胖子和瘦子关闭阀门的同时，奋不顾身地扑向了手举打火机正狂笑不止的黄世雄，两个人随即撞碎了巨大的落地窗，一起坠落下大楼……

　　碧空如洗，山海一色。秋天的岛城，处处向世人展示着自己的成熟之美！

　　十一月三十日上午九时三十分，全省城市管理行政执法工作现场会在三岛市会议接待中心——黄海宾馆隆重召开。会议由省政府的领导主持，由岳峰市长代表市委市政府，向国家有关部门、省政府和兄弟城市的领导以及所有参加现场会的人员致欢迎词。接着，三岛市城市管理行政执法局局长赵长河，代表本单位做了大会典型发言，全面总结汇报了近年来，三岛市城管执法部门在全国相对集中行政处罚权试点工作和城市管理行政执法日常工作中所取得的成绩和经验，并获得了与会领导和全省城管执法同行们的充分肯定。

　　十时二十分，参加会议的人员走出黄海宾馆，集体乘坐大巴车，来到阳光花园二期违法建筑执法现场，和前来观看的众多市人大代表、市民群众一起，亲眼见证了这里违法建起的三栋高层大楼，随着三岛市城管执法局副局长、现场总指挥李家杰的一声令下，在连续的爆破声中，轰然倒塌的震撼场面。与会人员都非常感慨地说，三岛市政府、市城管执法局，面对如此复杂敏感、规模庞大的违法建设大案，本着对法律负责、对环境负责、对子孙后代负责的精神，着眼未来、顺应民意，不遮丑不护短，有错必究，勇敢地承担起自己的责任，变长痛为短痛，变坏事为好事，坚决果断地强制拆除了这处迄今为止堪称全国最大的违法建筑群，这充分体现出了三岛市政府依法治市、执法为民的坚定决心和极大勇气，同时也锻造出了一支敢打难仗、会打硬仗、善打险仗、能打胜仗的高素质城管执法队伍，为全省更加科学规范有序地管理城市，起到了很好的示范作用。

　　十一时许，省市领导和与会人员乘坐的大巴车，又停在了城南区城管执法局六中队的门前。大家相继下车，排起了长队，饶有兴致地参观了这个基层执法中队所有的房间、所有的装备和所有的生活设施。同时，中队长包涵向领导们如数家珍地汇报了中队是如何抓好三个建设的具体情况，即：以抓好"十二小"工程为硬件建设，以抓好党建和三大作风为软件建设，以抓好辖区城管执法工作为根本建设。汪湖海省长当场给予了六中队很高的评价，还表示这样的执法工作实践，为三岛市相对集中行政处罚权的试点工作，做出了很大的贡献，总结了很好的经验。在当天下午的会议上，国家有关部门的领导同志，就要正式宣布，相对集中行政处罚权试点工作顺利结束，这就是对先行先试这项重大改革措施的三岛市城管执法局最大的肯定，最大的褒奖。也就是说，大家不负厚望，已经圆满地完成了试点工作的重大使命！最后，汪省长挥毫泼墨、欣然命笔，为六中队写下了"维护市容环境秩序，造福岛城一方人民"十六个大字以资鼓励。

离开城南区城管执法局执法六中队，领导们和与会人员一道，又乘车前往三岛市的体育中心，兴致勃勃地登上了主席台和贵宾席，准备检阅三岛市城管执法局精心组织的队列演示。

十一时三十分，气宇轩昂、威风凛凛的队列演示总指挥林大岳，从指挥位置上迈步前移，向现场最高领导——汪湖海省长豪气冲天地报告：

"首长同志，队列演示准备完毕，请您指示。"

"开始吧。"

"是。"接到命令，林大岳原地转体，面向七八十米开外、站在原地纹丝不动的队列演示方队，声音洪亮地下达了口令："入场式现在开始！——"

雄壮的解放军进行曲骤然响起。由六百四十名城管执法人员组成的刀切斧劈般的演练方队，在猎猎招展的局旗指引下，迈着铿锵有力的步伐，喊着响彻云霄的口号，威风凛凛、气势逼人地向着主席台的方向，大踏步地走过来了！走过来了！！走过来了！！！

"咚——咚——咚——咚——"执法方队踢出标准而统一的正步，有力地踏在结实的大地上，犹如同时擂响了千面战鼓，震动大地，震撼人心；那山呼海啸般的口号声，更是震耳欲聋，一浪高过一浪！主席台上所有的领导和与会人员，都为眼前这种排山倒海、惊心动魄的强大阵势所折服、所感动，为他们的精彩表现赞叹不已！

凝视着那面鲜艳夺目的红旗，看着这支与他同甘共苦，历经狂风暴雨的战斗洗礼，终于日益成长壮大起来的城市管理行政执法队伍，李家杰不由得心潮澎湃、热血沸腾。就在这一刻，他更加坚定了自己的信念：这些忠实地履行了自己神圣职责的城市管理执法者，必将无愧于这个新的时代，无愧于自己生长的这座美丽城市，无愧于政府的重托和千百万市民百姓的热切期盼！想到这里，李家杰再也抑制不住自己内心的激动，泪水夺眶而出！